CINZAS DO SUL

José Antônio Severo

CINZAS DO SUL

100 ANOS DE GUERRA NO CONTINENTE AMERICANO

volume 2

EDITORA RECORD
RIO DE JANEIRO • SÃO PAULO
2012

CIP-BRASIL. CATALOGAÇÃO-NA-FONTE
SINDICATO NACIONAL DOS EDITORES DE LIVROS, RJ

Severo, José Antônio
S525c Cinzas do Sul – vol. 2/ José Antônio Severo. – Rio de Janeiro : Record, 2012.

ISBN 978-85-01-09423-0

1. Rio Grande do Sul – História – Ficção. 2. Romance brasileiro. I. Título.

11-4953. CDD: 869.93
CDU: 821.134.3(81)-3

Capa: Leonardo Iaccarino

Imagem de capa: *Batalha do Avaí* (1872/1877)
Pedro Américo (Areia, PB 1843 – Florença, Itália, 1905)
registro nº 686
Óleo sobre tela, 600x1.100cm
Coleção Museu Nacional de Belas Artes/IBRAM/Minc
Fotógrafo: José Franceschi

Revisão técnica: Edgley Pereira de Paula

Texto revisado segundo o novo Acordo Ortográfico da Língua Portuguesa

EDITORA RECORD LTDA.
Rua Argentina 171 – 20921-380 – Rio de Janeiro, RJ – Tel.: 2585-2000

Impresso no Brasil

ISBN 978-85-01-09423-0

Para Celia

Agradecimentos

Consultores: jornalistas Antônio Carlos de Oliveira Coutinho, Nei Duclós, Sérgio Ribeiro.

Historiadores: vice-almirante Hélio Leôncio Martins, coronel Antônio Gonçalves Meira, Prof. Dr. Cesar Pires Machado, Prof. Dr. Gunter Axt, Prof. Gilberto Jordan, Prof. Rivadávia Severo, arquiteto Marcos Pitombo.

Colaboradores: engenheiro João Ruy Freire e jornalista Carmen Langaro.

Agradecimento especial: Prof. Dr. Luiz Fernando Cirne Lima, pela amizade e por sua contribuição ao conteúdo desta obra; Eurico Saldanha Souto (*in memoriam*), repositório da memória oral da História como se contava na campanha.

ASSUNÇÃO
Paraguari
Villa Rica
PARAGUAI
Rio Paraguai
Foz do Iguaçu
BRASIL
Humaitá
(Cidade
Fortaleza)
Encarnación
(antiga Itapua)
Passo
de Pátria
Corrientes
Rio Uruguai
ARGENTINA
São Borja
Goya
Mercedes
Paso de
los Libres
Alegrete
Uruguaiana
Caçapava do Sul
Rio Paraná
Santana do
Livramento
La Paz
Concordia
Bagé
Salto
Pelotas
Lagoa
dos Patos
Concepcion
Del Uruguay
Paissandu
Rio Grande
URUGUAI
Colônia do
Sacramento
BUENOS AIRES
MONTEVIDÉU
Maldonado/
Punta Del Este

Sumário

Conflitos e personagens

OS CONFLITOS DA FORMAÇÃO DOS ESTADOS DO CONE SUL

Razia de Bella Unión — Operação de comandos de um grupamento de militares brasileiros liderados pelo tenente Osorio para aniquilar um covil de bandoleiros em Bella Unión, cidade uruguaia no vértice dos rios Quaraí e Uruguai, tríplice fronteira com Argentina e Brasil.

Revolução Farroupilha — Levante armado no Rio Grande do Sul, iniciado em 1835 e encerrado em 1845. Propunha transformar o Brasil numa confederação de repúblicas, ou estados interdependentes. Combatia a centralização político-administrativa. Proclamou a República Rio-Grandense. A partir de 1840, a revolução gaúcha articulou-se com o levante de Manuel Oribe, no Uruguai, apoiado com tropas argentinas enviadas por Juan Manuel Rosas, governador de Buenos Aires. Foram pacificados pelo duque de Caxias.

Combate da Azenha — 1835. Primeiro confronto armado da Revolução Farroupilha. Rebeldes tomam Porto Alegre, capital da Província do Rio Grande do Sul.

Combate da Ilha do Fanfa — 1836. O Exército Farroupilha, comandado por Bento Gonçalves, é aniquilado pelo Exército Imperial, comandado por Bento Manoel Ribeiro na ilha do Fanfa, no Rio Jacuí, próximo a Porto Alegre. Na fronteira, o general Antônio de Souza Netto proclama e república e a separação do império.

Revoltas Liberais — 1837/42. Levantes na Bahia, Sabinada, chefiada pelo médico republicano Francisco Sabino, em São Paulo, liderada pelo ex-regente Diogo Feijó; e em Vila do Príncipe, Minas Gerais, comandada pelo senador Teófilo Ottoni. Apoiavam a república e a Revolução Farroupilha. Foram submetidos pelo barão de Caxias.

Intervenção Argentina no Uruguai — 1842. O ex-presidente uruguaio Manuel Oribe desembarca no Uruguai apoiado por um Exército Argentino e inicia uma guerra civil, sitiando Montevidéu.

Califórnias de Chico Pedro — 1843/50. Incursões de guerrilheiros e predadores brasileiros no Uruguai, durante a guerra civil liderada por Manuel Oribe com apoio de Juan Manuel Rosas. O líder era o barão de Jacuí, general da reserva Francisco Pedro de Abreu, o Moringue. Seus efeitos desencadearam uma coalizão das províncias argentinas de Corrientes e Entre Rios com Uruguai e Brasil para derrubar o governador de Buenos Aires, Juan Manuel Rosas. Venceram em Monte Caseros e tomaram Buenos Aires, liderados por Justo Urquiza.

Tratado de Ponche Verde — 1845. Acordo político que deu fim à Revolução Farroupilha.

Vuelta Obligado — 1845. Batalha entre uma armada franco-britânica contra forças de artilharia e cavalaria do Exército Argentino, no Rio Paraná. A esquadra foi comandada pelo almirante inglês sir Samuel Inglefield e tinha como subcomandante o capitão francês Thomas Trehouart. Os argentinos eram comandados pelo general Lucio Norberto Mansilla.

Passagem de Tonelero — 1851. Esquadra brasileira comandada pelo almirante John Greenfield enfrenta argentinos nessa curva do Rio Paraná, com artilharia de terra comandada por Lucio Mansilla.

Batalha de Monte Caseros — 1852. Um exército integrado por argentinos, uruguaios e brasileiros ataca Buenos Aires e destitui o ditador Juan Manuel Rosas, liderados pelo governador de Entre

Rios, general Justo Urquiza, depois presidente da Confederação Argentina.

Esquadra de Pedro Ferreira — 1855. Força-tarefa da Marinha do Brasil comandada pelo embaixador brasileiro no Paraguai, almirante Pedro Ferreira. Sua missão era respaldar o militar-diplomata para negociar a reabertura da livre-navegação do Rio Paraguai.

Incursão da Esquadra Norte-Americana — 1859. Expedição punitiva dos Estados Unidos contra o Paraguai. Uma esquadra com dez navios de guerra, 129 canhões e 2.200 fuzileiros navais subiu o Rio Paraguai para atacar Assunção. Negociações diplomáticas evitaram o confronto.

Batalha de Cepeda — 1859. Na Canhada de Cepeda, encontram-se os exércitos de Buenos Aires e da Confederação. O comandante portenho é o ministro da Guerra, Bartolomeu Mitre, à frente de 10 mil homens; Justo Urquiza lidera sua cavalaria de Entre Rios com 4 mil homens. Os portenhos são derrotados e Buenos Aires é reintegrada à Confederação Argentina. O mediador do conflito foi o jovem marechal Francisco Solano Lopez, ministro da Guerra do Paraguai e filho do presidente vitalício Carlos Lopez.

Batalha de Pavón — 1861. O Exército de Buenos Aires, liderado pelo governador Bartolomeu Mitre, frente a 15.400 homens, enfrenta o Exército Nacional da Confederação Argentina, com 17 mil homens, conduzido pelo capitão-general (comandante em chefe) Justo Urquiza no Arroio Pavón. Os portenhos vencem.

República Argentina — 1861. Derrotado em Pavón, o presidente da Confederação Santiago Derqui renuncia e se exila no Uruguai. Mitre e Urquiza se entendem, extinguindo a Confederação, criando uma república unitária, a República Argentina, com capital em Buenos Aires.

Batalha de Canhada de Gomez — 1861. Comandado pelo general uruguaio Venâncio Flores, o Exército Portenho, integrado por uruguaios e rio-grandenses, massacra a última força leal à Confederação. Mitre é eleito presidente da república por unanimidade, com apoio de Urquiza.

Captura do *Marquês de Olinda* — 1864. Navio brasileiro que fazia a linha Montevidéu-Cuiabá é capturado no Paraguai. Iniciam-se as hostilidades entre Brasil e Paraguai. Em 22 de dezembro inicia-se a invasão paraguaia ao Mato Grosso.

BATALHA DE PAISSANDU — Tropas de terra do Exército Imperial, sob o comando do marechal João Propício Mena Barreto, da 1ª Brigada Ligeira, a divisão de voluntários brasileiros do vale do Arapeí comandada pelo brigadeiro do império e ex-general Farroupilha Antônio de Souza Netto, insurgentes uruguaios e voluntários argentinos comandados pelo general Venâncio Flores, apoiados pela Armada Imperial, sob o comando do marquês de Tamandaré, derrotam o exército legalista uruguaio e tomam a cidade de Paissandu. Cai o governo de Montevidéu e o Paraguai declara guerra ao Brasil.

BATALHA DE RIACHUELO — 1865. O Paraguai invadiu a Argentina, tomou a cidade de Corrientes e concentrou tropas próximas à fronteira do Brasil. Depois de sofrer um contra-ataque argentino-brasileiro, que retomou a capital por algumas horas, a esquadra brasileira foi atacada no Rio Paraná em frente à foz do Riachuelo. Foi a maior batalha naval em água doce até então travada no Ocidente.

BATALHA DE JATAÍ/URUGUAIANA — 1865. Forças combinadas do Uruguai, da Argentina e do Brasil vencem e aprisionam exército expedicionário paraguaio que invadiu o Brasil e a Argentina no vale do Rio Uruguai. Em Jataí, na margem direita, os paraguaios são aniquilados pelo general Venâncio Flores, presidente do Uruguai; em solo brasileiro, na cidade de Uruguaiana, rendem-se ao imperador Pedro II.

DESEMBARQUE ANFÍBIO EM PASSO DE PATRIA — 1866. Maior operação anfíbia já realizada nas Américas. 68 mil homens do Brasil, da Argentina e do Uruguai cruzam o Rio Paraná e atacam a cidade de Passo de Patria, defendida por 45 mil paraguaios. Solano Lopez, ao ver-se envolvido, recua para Humaitá para salvar seu exército de um cerco fatal.

COMBATE DE ESTERO BELLACO — 1866. Sortida de uma força-tarefa de 6 mil paraguaios que atacam de surpresa forças brasileiras e uruguaias e são repelidos pelo general Osorio.

BATALHA DE TUIUTI — 1866. O exército aliado é atacado no seu acampamento de Tuiuti. É a maior batalha campal da América do

Sul e a segunda maior das Américas. O Exército Paraguaio perde daí para a frente sua capacidade ofensiva.

BATALHA DE CURUPAITI — 1866. Brasileiros e argentinos atacam os entrincheiramentos de Curupaiti, apoiados pela artilharia da esquadra brasileira, e são dizimados pela defesa paraguaia.

MANOBRA DE FLANCO — 1867. Movimento envolvente levado a efeito pelo duque de Caxias, contornando a fortaleza de Humaitá para cortar suas rotas de suprimento.

RECONHECIMENTO DE HUMAITÁ — 1868. Ataque frontal às trincheiras de Humaitá comandado pelo general Osorio à frente do 3º corpo do Exército Imperial. Fracassa.

PASSAGEM DE HUMAITÁ — 1868. Flotilha da esquadra brasileira enfrenta bateria de 200 canhões e passa em frente à fortaleza, bloqueando a navegação rio acima e as comunicações do governo paraguaio com sua capital, Assunção. Com o cerco, Solano Lopez abandona essa posição, levando seu exército para posições mais ao norte.

BATALHA DE ITORORÓ — 1868. Primeira batalha da dezembrada, denominação genérica da série de batalhas campais nesse mês. Caxias derrota Solano Lopez.

BATALHA DE AVAÍ — 1868. Osorio derrota o general Bernardino Caballero, mas é ferido por bala na cabeça.

BATALHA DE LOMAS VALENTINAS — 1868. Caxias derrota Solano Lopez nas colinas de Lomas Valentinas. O presidente paraguaio interna-se nas montanhas denominadas de Cordilheira. Caxias retira-se do *front*, assumindo o comando-geral das tropas o genro do imperador, conde d'Eu.

BATALHA DE PERIBEBUY — 1869. Osorio reassume o comando e toma a terceira capital paraguaia, a cidade de Peribebuy. Solano Lopez recua para o norte.

BATALHA DE CAMPO GRANDE — 1869. Conde d'Eu vence o general Bernardino Caballero em Campo Grande, também conhecida como Batalha de Acosta-Ñu. Foi a última batalha campal da Guerra do Paraguai.

BATALHA DE CERRO-CORÁ — 1870. General Joca Tavares derrota o presidente Solano Lopez em Cerro-Corá, às margens do Rio Aquidabã, próximo à fronteira de Mato Grosso. O lanceiro Francisco Lacerda, o Chico Diabo, fere de morte o presidente paraguaio.

* * * *

ALMIRANTE TAMANDARÉ — Almirante Joaquim Marques Lisboa, marquês de Tamandaré, foi comandante em chefe da esquadra na Guerra do Paraguai.

BARÃO DE MAUÁ — Irineu Evangelista de Souza. Industrial e financista brasileiro, político gaúcho, deputado nacional do Partido Liberal Histórico. Estabilizou os governos dos presidentes Francisco Giró, do Uruguai, e Justo Urquiza, da Argentina. Consolidou o comando do duque de Caxias, na Guerra do Paraguai, levantando fundos para pagar os atrasados do exército (soldos e fornecedores).

BARTOLOMEU MITRE — General do exército, intelectual, presidente da República Argentina. Comandante em chefe dos exércitos aliados na primeira fase da Guerra do Paraguai.

CAPITÃO DELPHINO RODRIGUES SOUTO — Ajudante de ordens do coronel Sezefredo Mesquita na campanha contra Juan Manuel Rosas e na Guerra do Paraguai.

CONDE DE PORTO ALEGRE — Marechal Manuel Marques de Souza. Deputado nacional pelo Rio Grande do Sul, líder do Partido Liberal, da ala Progressista, foi comandante brasileiro em Monte Caseros e do 2º Exército na Guerra do Paraguai.

CORONEL SEZEFREDO MESQUITA — Político e militar brasileiro. Capitão republicano na Guerra dos Farrapos, coronel comandante do 26º Corpo de Cavalaria da Guarda Nacional do Império, comandante da 3ª Divisão de Cavalaria na Guerra do Paraguai.

D. PEDRO II — Imperador do Brasil.

DOMINGO FAUSTINO SARMIENTO — Político e intelectual argentino, combateu na guerra contra Juan Manuel Rosas. Foi presidente da República Argentina na fase final da Guerra do Paraguai.

DUQUE DE CAXIAS — Luis Alves de Lima e Silva. Militar e político brasileiro. Marechal do exército, senador pela província do Rio Grande do Sul, ministro da Guerra, três vezes presidente do conselho de ministros (chefe do executivo nacional), comandante em chefe dos exércitos aliados depois da retirada do presidente Mitre, que encerou seu mandato presidencial e deixou o comando-geral na campanha paraguaia.

Francisco Solano Lopez — Presidente do Paraguai, foi comandante em chefe de seu exército na guerra contra a Tríplice Aliança.

General Osorio — Marechal do exército Manuel Luís Osorio, marquês do Herval. Militar e político, deputado provincial e senador do império pela província do Rio Grande do Sul. Comandante dos 1º e 3º exércitos, vencedor da Batalha de Tuiuti, ministro da Guerra de dom Pedro II.

Justo Urquiza — Presidente da Confederação Argentina, governador de Entre Rios, vencedor em Monte Caseros.

Madame Lynch — Elisa Lynch, irlandesa criada na França, mulher de Solano Lopez.

Major Floriano Peixoto — Militar e político brasileiro, comandou a flotilha do Rio Uruguai durante a invasão paraguaia. Teve atuação destacada em vários episódios da Guerra do Paraguai. Foi presidente da república do Brasil.

Venâncio Flores — Uruguaio, presidente da República Oriental do Uruguai, general dos exércitos da Argentina e do Uruguai, comandante do Exército de Vanguarda (integrado por argentinos, brasileiros e uruguaios) na Guerra do Paraguai.

CAPÍTULO 39

O Tenente Cruza a Fronteira

A ÍNDIA MAÍRA OUVIU dois tiros para o lado do mangrulho, a grande torre de vigia que ficava no caminho de entrada da Vila de Bella Unión, percebendo com seus olhos de lince a poeira de uma cavalhada galopando. Olhou para as outras três mulheres que estavam à beira da sanga, notou o alvoroço da égua presa à soga no tronco de um salso e voltou para a tábua de esfregar a roupa que lavava, dando entender às demais que estava tudo certo. Ela era uma vivandeira experimentada, combatente, já participara de muitas ações no território brasileiro, normalmente acompanhando seu homem, o índio Miguel. Embora fosse forte o suficiente para disparar um mosquete, habitualmente atuava como remuniciadora, recarregando as armas enquanto os homens disparavam, aumentando a capacidade de fogo da partida.

— Voltaram poucos — comentou a menina Maria Aparecida, adolescente filha do falecido Miguel Anjel, também adestrada nas artes da equitação e das lutas, mas que ainda não participava das ações armadas do bando.

— Estes vêm na frente ou tiveram peleja braba. Cuide de seu trabalho, menina.

O grupo cavalgava a meio-galope, levantando pó. Já passavam ao largo, dirigindo-se para o vilarejo. Não havia com o que se preocupar. Ali naquele cotovelo das três fronteiras, à margem esquerda do Rio Quaraí, quase na foz do Rio Uruguai, só poderiam ser ameaçados por forças regulares do Brasil ou da Argentina que cruzassem os rios, mas isto era impossível, eles sabiam, pois estavam protegidos pela jovem soberania da República Oriental do Uruguai.

Os dois vigias da torre olhavam com olhos semicerrados, com dificuldade, procurando ver na contraluz pelo meio dos raios do sol da manhã, querendo identificar o grupo de cavaleiros que se aproximava com velocidade. O tenente Manuel Luís Osorio, galopando, gritava a seus homens:

— Dispersem, não façam formação. Eles devem pensar que nós somos uma matilha de bandoleiros. Portem-se como eles, gritando e agitando as armas.

Falou para o homem a seu lado:

— No primeiro tiro, eu fico com o da direita. Da nossa direita, esquerda deles, está bem? Ali da touceira atiramos rapidamente. Não deve dar mais de 150 metros. Capricho...

Os dois homens não acreditaram quando viram os dois disparos quase em uníssono vindo na sua direção. Quando se leva um tiro de frente, o alvo vê a bala chegando. Aquelas vinham certas: embora a clavina de cavalaria não seja uma arma muito precisa, essas eram manejadas por dois especialistas, o tenente Osorio e o velho Lautério. Os dois guardas desceram da plataforma de ponta-cabeça, batendo seco no chão.

— A galope para a vila. Vamos gritar parecendo bandoleiros bêbados!

Avistando o grupo que se aproximava, os habitantes foram saindo de suas palhoças para saudar mais uma expedição que voltava cheia de víveres, riquezas e boas histórias para contar. Havia pouca gente na povoação: a maior parte fora, na razia interceptada por Osorio e seus homens, exterminada ainda no Brasil. Outro tanto da população masculina de Bella Unión fora com o chefe da quadrilha para Paissandu, porto e centro comercial ao sul, vender gado e mercadorias apreendidas em outras rapinas, sob o comando de um de seus chefes mais temidos, o anão português Menino Diabo, um ex-artista de circo que viera da Europa havia sete anos. Menino Diabo era assim chamado por ser minúsculo, e demônio porque sua maldade era inversamente proporcional o seu tamanho. Ganhara a confiança da população local e se tornara um líder respeitado por sua astúcia, sua inteligência e seu conhecimento de tudo. Europeu letrado, capaz de ler e escrever. Os bandoleiros consideravam-no um sábio.

— Preparar as tochas — gritou o comandante.

Num dos cargueiros vinha um amarrado de tochas embebidas em óleo para atear fogo nas choupanas, todas de pau a pique e cobertas de capim-santa-fé. Era um prato cheio para um incêndio incontrolável.

Havia homens e mulheres. A maior parte dos homens era de velhos ou feridos em recuperação. As mulheres, vivandeiras. O covil não era lugar para crianças. Os filhos dos bandoleiros viviam em ranchos nos arredores das cidades próximas, Salto e Paissandu.

— Queimem tudo. Só poupem a igreja.

Maíra ouviu o tiroteio, percebendo logo que a aldeia estava sob ataque. Precisava avisar Menino Diabo e seus homens e articular um contra-ataque. Deixou suas roupas ensaboadas, correu para o mato, soltando as rédeas da égua, saltando no lombo do animal, com uma agilidade surpreendente para uma mulher gorda e baixota como ela, e cavalgou campo afora a todo galope, não sem antes gritar para as outras lavadeiras:

— Ganhem o mato. Sumam.

— A gente precisa dar uma demonstração para todo mundo ver que o exército não acabou. Mostrar aos bandidos que não podem fazer aqui o que costumam fazer no Uruguai e na Argentina; que os políticos e essa tal de Guarda Nacional saibam que as forças de linha continuam na ativa e que os paisanos entendam que no final de tudo quem garante a lei e a ordem somos nós, os militares do imperador. Tenha a idade que tiver o homem.

Osorio dizia isso a seu amigo Emílio Mallet, ex-capitão do Exército, recentemente dispensado numa degola geral dos quadros de oficiais de todas as armas. Um dos critérios foi mandar embora todos os oficiais estrangeiros que não tivessem participado das ações da Guerra da Independência. A medida pegou o francês, que nunca fora mercenário mas que sentara praça logo depois das refregas com os portugueses, não tendo, por isso, o direito de continuar nas Forças Armadas, mesmo tendo se graduado na escola militar brasileira. A lei tomou o cuidado de preservar os portugueses que optaram pelo Brasil, mas pegou alguns como Mallet. Não houve como reparar a injustiça, pois o regente mandou dizer que, se abrisse essa exceção, teria de readmitir praticamente todo o pessoal de quem procurava se livrar, pois cada um deles tinha um bom motivo ou um padrinho poderoso.

A exclusão de Mallet, herói reconhecido por todos, promovido no campo de batalha, foi um escândalo. O francês deu baixa e foi para a estância do sogro, no Quebracho, em Bagé, cuidar do gado e das demais produções do estabelecimento. Ganhava também algum dinheiro com trabalhos de engenharia e de topografia. Com a paz, a economia retomara o prumo e havia muita gente investindo em construção e na demarcação de terras. Osorio era um de seus amigos e fora seu padrinho de casamento com dona Joaquina Castorinha de Medeiros, filha do coronel Antônio de Medeiros Costa, abastado proprietário rural, que acolheu com grande alegria a participação do genro em seus empreendimentos.

Mallet se apaixonara pelo Rio Grande em todos os sentidos: por sua geografia, por seu clima, por sua gente e por suas guerras. A província de São Pedro tinha tudo de que ele gostava. Por isso não lhe custou muito deixar a farda, mesmo porque, dizia, a diferença entre estar num quartel ou fora dele, em Bagé, era mínima. "Nem mesmo a roupa diferencia, pois soldado de uniforme é coisa rara em tempos de paz."

Foi nesse período que Osorio virou fazendeiro. Como presidente do Uruguai, o general Rivera resolveu regularizar a maior parte das terras ocupadas por brasileiros, para evitar conflitos futuros com o império e com o Rio Grande. Grande porção do território era formada por campos abandonados durante as guerras, havia mais de meio século, sem títulos de propriedade nem qualquer documento, tanto pelos donos ancestrais como por seus atuais ocupantes. Eram uma fonte inevitável de questionamentos entre hispânicos e lusitanos, de grande potencial explosivo.

Essa foi uma das motivações mais importantes do primeiro governo independente de Montevidéu. Os estancieiros que ali estavam eram integrados à economia local e já faziam parte da comunidade oriental. Politicamente, compartilhavam do mesmo ponto de vista do líder, pois todos eram simpatizantes, e muitos, militantes do partido Colorado, fundado por Rivera. Obedeciam, portanto, a seu comando político e administrativo. Também contemplou militares brasileiros que, de alguma forma, tivessem contribuído para o desenvolvimento do Uruguai nos tempos da Cisplatina, como Manuel Luís, ou que fossem considerados amigos do novo país, como o tenente Osorio.

Tudo isso para explicar por que ele doara uma fazenda ao tenente-coronel Manuel Luís e outra a Osorio. Nesse tempo, seu pai ainda era vivo. Osorio e os irmãos tomaram posse das terras e registraram a posse nos cartórios de Montevidéu e de Bagé, pois aquela fronteira poderia se mexer outra vez e retornar aos domínios de dom Pedro I. As fazendas ficavam no Entre Rios Arapeí e Quaraí, uma bela porção de pampa, porém despovoada de gados, o que significava não ter valor algum. O donatário nunca visitou seus domínios. A fazenda ficava muito longe de Caçapava e o velho coronel já não tinha condições físicas de cavalgar centenas de léguas para ver o descampado que lhe coubera na partilha generosa do chefe uruguaio. Na verdade, seu nome entrara na lista por indicação do amigo Bento Manoel Ribeiro, que, nesse processo, atraía aliados fiéis para sua nova área de influência, pois cada vez mais se afastava de suas bases do Vale do Camaquã, fixando-se no Entre Rios. Manuel Luís, Anna Joaquina, Osorio e seus irmãos, no entanto, gostaram muito de ser agora grandes proprietários rurais, como se fosse uma compensação à herança frustrada de dona Quitéria e uma volta à situação dos tempos do tenente Tomás Osorio, quando eram orgulhosos estancieiros nas cercanias do Rio Tramandaí, em Conceição do Arroio.

Esse é um dado importante para explicar a ação de Osorio contra o povoado de Bella Unión, pois tinha interesses e criara laços com os habitantes daquela área, sensibilizando-se com suas reclamações. A insuficiência de forças e, principalmente, o descaso das autoridades brasileiras, que relegaram a reação aos cuidados dos próprios fazendeiros, deixavam a região ao deus-dará.

Nas grandes estâncias, os proprietários tinham armamento e gente qualificada para dissuadir os bandidos. Normalmente, entre os abastados, somente sofriam os adversários políticos do governo, que não tinham prestígio ou canais para exigir providências das autoridades. Havia descaso porque os mais atingidos com a desordem eram os pequenos sitiantes, sem peões para conter os assaltos.

Aquele desespero doía tanto em Osorio quanto em seus soldados, muitos deles parentes de gente barbarizada pelos bandidos e que quase nada podiam fazer se não os alcançassem para cá da fronteira. Havia ordens muito severas de que a tropa regular não poderia em hipótese alguma violar a linha divisória entre os dois países. Foi, portanto, com grande receptividade que ele acatou a sugestão do coronel Bento Manoel para ir em frente e acabar com o problema. Osorio podia assim contar com Bento Manoel, que era um dos principais chefes políticos do situacionismo, e também com alguma dose de tolerância de seus chefes, embora o comandante de armas da província, a quem em última instância devia obediência, fosse o seu adversário marechal Sebastião Barreto.

Contendo os bandidos em alguma ação espetacular, Osorio cresceria politicamente e de alguma forma reverteria a maré baixa que assolava a força de Primeira Linha junto à opinião pública. Barreto, seu antigo desafeto, estava organizando a transição da velha milícia para a Guarda Nacional recém-criada. A Guarda Nacional era chamada de Exército Cidadão, pois obedecia aos princípios de povo em armas, um conceito moderníssimo num país que acabava de sair de uma experiência autoritária, numa mistura cabocla de absolutismo europeu com caudilhismo sul-americano. Essas forças descentralizadas obedeciam aos princípios mais caros do federalismo dos liberais, contendo o poder centralizador do império e dando força efetiva às províncias e a suas lideranças. Nesse ambiente do início do século XIX, nos confins da América do Sul, não se poderia falar em poder político sem que as administrações locais tivessem uma força armada para lhes dar respaldo à autoridade moral. Também por isso Bento Manoel poderia estar inflando o exército e escolhendo Osorio, militar de carreira inteiramente dedicada a sua instituição, fiel a suas atribuições constitucionais e filho de um aliado político e companheiro de lutas de longa data.

Osorio não ia tão fundo na análise dessas implicações, mas já tinha vivência suficiente dentro das Forças Armadas para saber que não deveria recuar da missão, fossem quais fossem as consequências. Assim, começou a montar sua operação.

A primeira providência foi conversar com o vaqueano indicado por Bento Manoel. Disse se chamar Lautério de Souza e tinha 56 anos, vividos a maior parte nas fileiras da milícia. Tipo misterioso, falava pouco de si, já fizera alguns serviços para o coronel, mas insistia em não ter vínculos com ele. Recentemente, estivera na 2ª Brigada Ligeira, nos esquadrões de guerrilheiros. Mal-encarado, mais parecia um bandoleiro do que um peão.

Lautério conhecia bem o terreno, pois já estivera mais de uma vez em Bella Unión. Isso era suspeito, porque somente alguém que tivesse alguma relação com o crime poderia entrar e sair livremente daquela localidade. No entanto, Osorio não temia a lealdade de Lautério, porque Bento Manoel lhe dera garantias. Lautério possivelmente chefiava bandos de brasileiros que invadiam as fazendas de hispânicos do outro lado da fronteira, bem ao sul do Arapeí. Assim, poderia circular sem muitas restrições. Embora não houvesse camaradagem absoluta entre os bandos de um lado e de outro, normalmente se respeitavam. Era possível conseguir guarida e outros apoios em seus esconderijos. É provável que, com sua traição, Lautério estivesse dando um passo definitivo e que após essa missão sumisse da região.

Lautério contou a Osorio muita coisa que ele já sabia, mas o tenente ouviu tudo em silêncio. Bella Unión era um lugarejo habitado por índios guaranis das Missões que haviam deixado o Brasil junto com o general Rivera, quando este voltou ao Uruguai após a guerra. Rivera dizia que estava fazendo guerra ao império, mas a verdade era que fugia da perseguição de Lavalleja, seu rival na política interna da Banda Oriental. Com o acordo de paz, teve o apoio do Brasil e foi eleito presidente da República. Nessa volta, alegando que o gado pertencia aos índios, levou consigo os rebanhos mas, ao passar a fronteira e abandonar os índios em Bella Unión, conduziu o gado para o sul. Foi isso que levou os guaranis a se transformarem em ladrões.

Segundo Lautério, de pouco valeria atacar a povoação, pois ali somente viviam índios teoricamente pacíficos, que não participavam dos bandos. Eram costureiras, ferreiros, marceneiros, seleiros, gente que trabalhava servindo aos bandidos mas que não tinha nem recursos nem condições para integrar as partidas. Os verdadeiros facínoras viviam nos acampamentos das proximidades, sempre prontos a fugir ou revidar ataques.

— Não podemos levar muita gente, tenente. Temos de ser poucos, armar uma emboscada e depois sair na cola deles sem que possam se comunicar com o acampamento, e assim os pegamos de jeito.

Esses bandos raramente excediam os cem homens. Isso quer dizer entre 300 e 400 cavalos, uma tropilha que demandava pelo menos 200 hectares de pastos para alimentação. E um bom riacho para água. Para se dissimular e facilitar o suprimento no próprio terreno, ao entrar no Brasil o bando separava-se em três ou quatro partidas, que assim podiam reabastecer-se assaltando médias e pequenas propriedades. O grupo somente se juntava para alguma ação de maior vulto, logo se dispersando para manter a velocidade de movimentação. Quando tomavam uma casa, roubavam o que encontravam de valor, como metais, dinheiro, calçados, roupas, levavam toda a comida, matando os homens e sequestrando as mulheres jovens. Nesses deslocamentos das frações dos bandos é que aconteciam as barbaridades.

Osorio escolheu 20 homens para a missão. Todos voluntários.

— Juvêncio, tu és voluntário. Vai te preparando que partimos a qualquer momento.

Assim foi com todos. Não disse a ninguém o que seria feito. Apenas determinou as armas. Cada qual levaria três pistolas, uma clavina, sabre, lança, boleadeiras e laço. Chamou um sargento quartel-mestre e mandou preparar 50 cavalos de montaria ferrados, três cargueiros e suprimentos de charque, rapaduras, bolachas e outras munições de boca que não necessitassem de muito preparo. Munição para 100 tiros por homem e uma muda de roupa à paisana para cada um. Os dois alferes foram dispensados.

— Vocês são oficiais. Poderiam responder a conselho de guerra. Essa missão é para subalternos.

O grupo partiu de Quaraí e foi acampar 5 léguas ao leste da vila, numa estância abandonada, casa do tipo tapera, destruída pelos assaltos. Ali se meteram nos capões, mas passaram os dias em exercícios. Osorio queria todos na ponta dos cascos quando chegasse o momento. Finalmente, num fim de tarde, apareceu um piá com a mensagem. Deveriam encontrar-se nas imediações do Cerro do Jarau. O menino guiaria o pelotão.

Uma noite apareceu o velho Lautério. Osorio ficou impressionado com seu faro, pois o acampamento não era visível, e o fogo era encoberto pelas árvores e cercado pelos ponchos.

— Como nos encontrou?

— Segui os rastros.

— Já estamos aqui há dois dias. Não se apagaram as pegadas?

— Sempre fica alguma coisa. Cavalos ferrados não há como confundir. Por aqui só os militares e os ricaços usam ferraduras, meu tenente.

— Está bem. Mas vou com os meus animais.

— O senhor está certo, tenente. Somos nós que vamos atrás deles. Com esses ferros nos cascos cada um dos nossos animais anda por três dos deles.

— Aonde vamos?

— No rumo do Ibicuí. Passaram ontem. Estão com 60 homens. O chefe é um capitão desertor do exército do general Estanislao, de Santa Fé.

— São argentinos?

— Alguns. Vem gente de toda parte. Até um português.

— Como sabes?

— Escuto o vento, meu tenente...

— Como vamos pegá-los?

— Na volta. Temos de dar um tempo para que ninguém desconfie no acampamento.

Osorio destacou três duplas de cavaleiros para vigiar o regresso. Nessa parte, conhecendo as rotas de fuga, não seria muito difícil localizá-los, pois estariam bem mais lentos, principalmente se viessem conduzindo animais roubados, o que era muito provável, pois era época de gado gordo.

Seus homens sabiam muito bem o que teriam de fazer, mas Osorio advertiu:

— Ataliba, não te deixes ver. Quando aparecerem, manda nos avisar. Depois vai procurar os outros e traze-os para cá. Isso vale para os demais, entendido?

Cada dupla teria um mensageiro para o comando e o outro iria se comunicar com os restantes. Eles se espalhariam por um espaço de 10 léguas. Poderiam assim cobrir todas as possíveis alternativas de fuga do *capitán*.

Não demorou mais de dez dias até chegar um dos estafetas trazendo a informação que eles esperavam. O vaqueano interpretou a informação e concluiu por onde seguiriam. Osorio mandou levantar acampamento e iniciaram a marcha de aproximação. Os cinco homens que estavam no campo saberiam encontrá-los. Se não o fizessem, a coisa ficaria difícil, pois ali cada um era indispensável. Para anular a vantagem numérica do inimigo, contavam com a qualidade de suas armas sobre o equipamento precário dos bandidos, homens pobres que vendiam boas peças por altos preços, pois uma arma de fogo moderna valia ouro naquelas lonjuras.

Osorio e Lautério traçaram um plano de ataque. Seus batedores confirmaram que os bandoleiros vinham muito seguros de sua impunidade. Com 85 homens contados pelo sargento Ataliba, achavam que somente uma força militar poderia detê-los. Mas não poderiam ser interceptados a tempo, pois o quartel de Osorio estava sendo vigiado por seus espias e ninguém fora avisá-los de qualquer movimento de tropa.

Se a força do exército saísse, não chegaria a tempo, pois o destacamento movimentava-se com mais de 100 homens, com grande cavalhada e trem de guerra, o que poderia ser captado a distância. Poderiam fugir para algum lado, fora do alcance das forças regulares do Brasil. Osorio contava com essa certeza para infligir-lhes uma derrota de surpresa.

A decisão de comum acordo entre Osorio e Lautério foi atacar na hora da sesta, para poupar o gado gordo, que valia dinheiro, objetivo final de todas aquelas ações. Numa região onde água não era um recurso abundante, seria fácil localizar o acampamento, à beira de alguma sanga ou de um riacho. Foi assim que se colocaram à frente da marcha dos bandidos e puderam surpreendê-los quando cortavam a carne ao meio-dia.

Os 21 homens e o guri foram em linha e saíram do meio de um capão já a galope solto, sem que os bandidos entendessem direito o que acontecia. Só quando estavam bem perto perceberam que era o exército. Correram para as armas mas não puderam fazer muito. Foram atropelados pelo piquete em formação cerrada.

Os atacantes disparavam suas descargas sucessivas com as clavinas, depois pistolas, e por fim passavam a lâmina nos sobreviventes. Sem exceção, todos foram mortos, incluindo o capitão, encontrado já agonizante, mas ainda de olhos abertos para ver a faca que lhe aplicava a gravata colorada. Osorio perdeu dois homens. Um morreu, e o sargento Ataliba sofreu ferimento de bala no lado direito do peito e sangrava bastante. Os demais estavam levemente esfolados, podendo seguir sem problemas para completar a missão. Ao sargento recomendou:

— Ataliba, vai ao destacamento o mais rápido que puderes, mas com cuidado porque de nada vale se chegares morto. Vamos voltar por aquele Passo da Guajuvira. Manda a tropa se esconder por ali e ficar nos esperando, pois acho que viremos com eles na nossa cola. Assim que entrem no Rio Grande, que ataquem.

Em seguida traçaram a estratégia. Trocaram os fardamentos pelas roupas civis, aproveitando até mesmo os chapéus dos bandoleiros. Levariam somente os cavalos, como se fosse um grupo avançado. No caminho não tiveram problemas. Quando se aproximaram, tiveram de capturar alguns patrulheiros, que só perceberam o engano quando já era tarde. Depois de rápido interrogatório, eram passados na faca e enterrados, para não chamar a atenção com o sobrevoo dos corvos e demais aves de rapina.

Avistaram o acampamento ao entardecer. Lautério dera instruções sobre como se comportarem para não serem identificados antes do tempo. Um dos soldados levava uma bandeira capturada, pois o pavilhão era a identificação do grupo. Uma bandeira estranha, nunca vista por nenhum deles, nem mesmo por Osorio, que conhecia muitas.

— Devem ter comprado ou roubado de algum navio no porto de Montevidéu. Acho que é de algum principado alemão, mas nunca vi outra igual.

Nas proximidades do acampamento havia um mangrulho com seus 15 metros de altura. De lá fizeram sinais, que o porta-bandeira respondeu balançando o pano como o vaqueano mandara. Os bandidos só perceberam que havia algo errado quando os homens já estavam bem próximos. O próprio Osorio, com sua pontaria infernal, abateu os dois homens da guarda, que despencaram da torre. Os tiros chamaram atenção, mas aquilo não era tão anormal. Na maioria das vezes os bandoleiros que voltavam chegavam disparando para o alto, aos gritos, comemorando o sucesso da sortida. Foi assim que o pelotão entrou no acampamento em formação cerrada, disparando em tudo o que via. Em menos de uma hora não havia ninguém vivo, a não ser os soldados sobreviventes, cerca de 12 homens inteiros e três feridos. Mal terminaram de revistar o lugar, eliminando os que se escondiam, Lautério foi ter com Osorio, dizendo que teriam de sair rapidamente dali, pois com tal alarido não demorariam a chegar reforços de outros acampamentos não muito distantes.

Osorio reuniu seus homens, vistoriou os feridos e deu uma ordem:

— Vamos levar todos os nossos cavalos. Eles não podem vê-los. E a galope para a fronteira.

Mal o grupo se distanciava o soldado que fazia a retaguarda informou que estavam sendo seguidos:

— Pela poeira devem ser uns 200 ou mais.

Cavalgaram a noite inteira, sempre trocando animais a cada 2 léguas. Ao amanhecer estavam cruzando o passo, entrando no Brasil, já com o bando inimigo em suas pegadas. Lautério conduziu-os até os restos de uma cerca de pedra, apoiada num valão que impedia um ataque frontal de cavalaria pela retaguarda. Ali apearam, e Osorio já foi gritando:

— Estender linha. Vamos formar duas linhas. Tu aqui. Vamos, rápido, todas as armas à mão. Vamos disparar em sequência. Teremos seis descargas por atirador. Isso basta para conter o primeiro ataque. Preparar.

Os bandidos aproximavam-se a galope, desordenados. Osorio mandou formar a linha. Dispararíam em sequência. Primeiro as armas longas, de maior alcance, depois as pistolas à queima-roupa.

— Preparar. Só atirem ao meu comando. Atenção. Disciplina. Vamos mandar essa bandidagem para o inferno!

Era um galope assustador. Não dava para saber quantos eram, mas eram centenas. Os soldados, em posição, aguardavam a ordem. Osorio, tenso, esperava. A 20 passos berrou:

— Primeira linha, fogo!

E logo:

— Segunda linha, fogo!

— Primeira, fogo!

Os bandidos caíam aos montes diante da barragem de chumbo. Sem comando, não aguentaram e deram para trás, saindo do alcance das armas do exército. A distância, paravam e se preparavam para nova investida.

Veio a segunda carga. Repetiu-se o esparramo. Os atacantes certamente perceberam que era uma força militar, que teriam de usar algum estratagema para vencer aquela meia dúzia de gatos pingados.

— Sargento Lautério, vamos recuar um pouco e nos proteger melhor. Veja o que eles estão fazendo!

Pela luneta via alguns homens apeando e logo montando na garupa dos companheiros. Iriam usar uma velha tática indígena para atacar tropas de infantaria. Os cavalarianos levariam os infantes até o quadrado e dali eles investiriam sobre os soldados a pé, desfazendo a linha para a carga de cavalaria que vinha logo atrás. Armados de lança, os que viessem a seguir iriam exterminá-los.

— Homens, eles vêm com garupas. Todos disparam e a segunda linha pega os sabres para matar os que se lançarem sobre os clavineiros. Entendido?

Mais uma vez o ataque fracassou, pois os atacantes a pé não conseguiram ultrapassar a linha defensiva. Entretanto, Osorio perdera quatro homens, e a munição começava a escassear. Os bandidos, porém, pareciam perder um pouco do ânimo. Deveriam ter perdido mais de 50 homens, que formavam uma barreira de cadáveres ou de agonizantes em frente à linha rio-grandense. Passaram-se umas duas horas. Já era mais de meio-dia quando começaram a mover-se novamente. Tentariam alguma outra coisa.

Repentinamente, Osorio viu uma agitação, um movimento em sentido contrário. Pareciam em vias de retirar-se precipitadamente. Foi então que vislumbrou, ao longe, as bandeirolas de seus lanceiros chegando a pleno galope, atraídos pela barulheira do tiroteio e pela fumaceira expelida dos canos das armas.

Daí em diante foi um desastre para os bandidos. Os soldados se aproximaram e foram se separando em grupos, abatendo um a um. Os campos de Quaraí ficaram juncados de cadáveres. Nunca mais o covil de Bella Unión ameaçou seriamente a fronteira. Os bandidos continuaram a existir, mas aquele disparate terminou. É verdade que houve reações políticas, e o governo uruguaio teve de tomar providências, extinguindo as quadrilhas e pressionando fortemente os coiteiros que se aproveitavam da frouxidão com que o Rio de Janeiro pressionava Montevidéu.

O escândalo chegou aos gabinetes. O ministro da Guerra pediu providências, pois uma clara indisciplina ficara exposta, exigindo uma resposta administrativa e judicial das autoridades. O Uruguai não deixou de protestar pela invasão; a oposição fez duras críticas ao governo, que não controlava seu exército. O marechal Sebastião Barreto esfregou as mãos e disse a seu ajudante de ordens:

— Agora pego aquele fedelho e o mando preso por anos para a Fortaleza de Santa Cruz.

Esse ódio de Sebastião Barreto contra Osorio tinha origem no ciúme e no despeito, mas já assumia feições mais pragmáticas de antagonismo político. A glória pela eliminação dos bandidos revigorou a fama do jovem tenente em cima de um feito que o marechal pretendia capitalizar para si. Havia o despeito porque o enviara para a fronteira como punição por sua desobediência em não abrir mão do amor da afilhada, obrigando-o a tomar uma medida administrativa para afastá-lo de Rio Pardo e, com isso, ratificar sua autoridade sobre todos os militares da província. Essa intromissão na vida amorosa do subordinado desencadeou um clamor surdo que comprometia a imagem do marechal. No início, quando decidiu acolher o apelo de seu compadre, pensava resolver tudo com uma simples conversa. Quando poderia imaginar que um tenentezinho pobre iria desobedecê-lo?

O namoro constituiu-se numa famosa história de romance, algo como a princesa e o plebeu, encantando toda a juventude contrária a um autoritarismo familiar que caía em desuso nos países civilizados. O restabelecimento desse poder paterno, como base dos bons e tradicionais costumes, foi um argumento do sogro inconformado. Barreto deu-lhe garantias de que, com sua autoridade, resolveria. Não conseguiu. Osorio demonstrou no episódio uma atitude que levaria por toda a vida, separando o pessoal do funcional. Era um militar disciplinado, mas suas opiniões e suas atitudes privadas eram dele e apenas dele. Nem mesmo o imperador, anos depois, conseguiu que atendesse a um pedido dessa natureza.

Para se contrapor ao desmonte do Exército Imperial, o sistema militar fez o possível para conservar o máximo de forças. Uma dessas políticas foi salvaguardar algumas unidades de elite localizadas em pontos escolhidos como reserva estratégica, resguardando o que pudesse do Corpo de oficiais qualificados. Grande parte do pessoal militar mais capacitado partiu para outras atividades profissionais, embora a maioria mantivesse os vínculos militares por meio da Guarda Nacional. Era uma situação mais vantajosa, pois os milicianos, quando convocados a prestar serviço ativo, tinham soldos superiores aos dos seus congêneres das tropas de linha.

Ficar no exército não interessaria a ninguém de bom-senso. Houve um esforço para segurar na tropa esse grupo de elite, que seria a musculatura remanescente do Ministério da Guerra, esvaziado de seu poder político e militar pelo Ministério da Justiça, que comandava a Guarda. Foi assim que Rio Pardo se transformou no chamado "Ninho das Águias", pois ali estava reunida a elite dos oficiais e soldados remanescentes, dentre eles o tenente Osorio, herói do Sarandi e da retirada do Passo do Rosário. Seu amor contrariado era tema de romance, mote para declamações e expressão das novas ideias que chegavam à juventude dourada da campanha vindas da corte, difundidas por duas figuras nacionais perigosas: o senador Vergueiro e o deputado Evaristo da Veiga.

Esse poder era bastante contestado, pois Barreto tinha dois rivais de grande peso, ambos coronéis, os dois Bentos. E Osorio era protegido de um deles, Bento Manuel. Como se não bastasse, o tenente tinha se filiado ao nascente Partido Liberal Constitucionalista, que, entre outros, aglutinava os republicanos de Rio Pardo. Com tudo isso, seu nome e sua atitude começaram a ser usados como argumentos do proselitismo para aliciar jovens oficiais contrários aos "retrógrados". Assim se intitulavam os partidários da volta de dom Pedro I ao Brasil. O objetivo era fazer com que o monarca português assumisse o governo como regente de seu filho Pedro de Alcântara e restabelecesse o poder e a influência dos "caramurus", os portugueses, que, durante o Primeiro Reinado, mantiveram a hegemonia na administração pública e na economia da província.

A grande diferença era que os retrógrados defendiam o predomínio do poder central, enquanto os constitucionalistas pregavam a autonomia das províncias e das regiões. Nesse campo os neoportugueses se opunham aos "pelotenses", como muitos designavam os habitantes da metade sul da província. Seu epicentro era nas estâncias e no complexo industrial-exportador de São Francisco, Rio Grande e Jaguarão, já com forte participação na pecuária de toda a planície pampiana. A maioria era formada por empreendedores vindos de Minas Gerais e do Nordeste, apoiados na produção dos fazendeiros, antigos combatentes das guerras platinas. Essa rivalidade entre burocratas e comerciantes e produtores e industriais ia criando um fosso político, étnico e ideológico. Embora fosse nascido no Rio Grande, Barreto alinhava-se com os portugueses, representando um dos esteios dos absolutistas na província. Osorio era um desafio, pois contaminava de forma preocupante a jovem oficialidade.

Sua base ficava em Jaguarão, área de influência de Bento Gonçalves, líder articulado com seu compadre general Lavalleja, que comandava a oposição em Montevidéu; sua área de atuação era em Quaraí, região controlada por Bento Manoel, compadre, amigo e sócio de Rivera, presidente da República Oriental do Uruguai.

A imagem de Osorio era poderosa naquelas bandas, tanto pelo nome de seu pai, ex-comandante da fronteira do Salto, e de seus correligionários, os dois Bentos, como de sua própria fama como chefe de guerrilhas e hábil atirador, espadachim e lanceiro. O fato de estar sendo perseguido por Barreto animou os liberais a lhe dar uma acolhida calorosa. Em pouco tempo seu destacamento sobressaiu-se, transformando uma tropa desmoralizada, preguiçosa e inepta, integrada pelo refugo do exército, numa força adestrada, disciplinada, integrada por jovens das famílias ricas da região. Esse processo foi concluído com a eliminação dos grandes bandos de Bella Unión.

O que mais irritou o marechal foi a repercussão desproporcional. A ação ecoou por toda a fronteira, relançando o tenente como grande herói, um homem desassombrado que vencera forças imensamente superiores, passara por cima de ordens absurdas para proteger as pessoas e os bens a que deveriam dar segurança. Embora Osorio não tivesse eliminado o banditismo, o certo foi que tirou de cena os maiores bandos dos dois lados da fronteira, pois obrigou as autoridades de Montevidéu a tomar providências, impedindo que se formassem aqueles verdadeiros exércitos de malfeitores. Também foi um agravante o fato de que a extinção do bandoleirismo de grande escala tivesse atingido fortemente os interesses do crime organizado dos dois lados da fronteira e de espertinhos que se valiam da anarquia generalizada para escapar da voragem fiscal de ambos os governos, recém-saídos de anos de guerra e famintos de receitas.

Os fazendeiros botavam na conta dos ladrões o desaparecimento de grandes quantidades de rebanhos, justificando assim as baixas das lotações de seus campos escapando dos tributos cobrados por cabeça de gado. Não havia como entender por que um criador de Santana do Livramento deveria pagar uma taxa para cobrir os custos da iluminação pública do Rio de Janeiro, contribuição obrigatória estabelecida desde os tempos de dom João VI. No Uruguai era a mesma coisa. O bandido era a desculpa para explicar a súbita diminuição dos rebanhos, que normalmente eram vendidos aos charqueadores a bons preços, com ganhos para os dois lados. Essas tropas eram imunes a assaltos, pois detinham excelentes condições de defesa. Os que realmente perdiam tudo com os saques eram os desprotegidos. Para estes a notícia da prisão de Osorio foi um soco no estômago, e preparou-se a reação.

O ataque aos bandidos acontecera na primavera de 1831. Em 1834, o marechal Barreto respondeu a um ofício do ministro da Guerra dando sua versão dos acontecimentos, relatando uma ação "comandada pelo tenente de Primeira Linha Manuel Luís Osorio, que, passando o rio, foi levar o estrago ao Estado Oriental". Omitindo que o pelotão encontrara feroz resistência e enfrentara um bando numericamente superior, informou que, "como para ser julgado se tornasse indispensável proceder-se à devassa, ordenou o Exmo. Sr. Presidente [da Província] ao Juiz Ordinário da vila da Cachoeira" a montagem do processo.

Osorio ficou um ano e três meses em prisão preventiva. Podia andar livremente, mas estava afastado de suas funções. Extinto o processo, voltou às fileiras, mas ficou uma mancha em sua fé de ofício, embora não constasse acusação. Dizia a anotação: "Preso por ordem do Ilustríssimo e Excelentíssimo senhor comandante de armas desta Província, em 8 de janeiro de 1832, solto em 11 de dezembro do mesmo ano, por fatos não comunicados ao Corpo." Ele ficou um pouco mais à disposição da Justiça, mas o incidente custou-lhe inúmeras preterições: marcou passo 11 anos no mesmo posto. Somente foi promovido a capitão em agosto de 1838.

CAPÍTULO 40

O Carisma Exige Respeito

NOS ANOS TUMULTUADOS que levaram à queda do imperador, Osorio permaneceu ocupado na fronteira, tão longe que uma notícia levava de dois a quatro meses para chegar. Abatido pela desilusão amorosa, ficou de fora da crise político-militar que levou o imperador à abdicação. Enquanto seus colegas agitavam-se nos quartéis, ele campeava nas coxilhas de arma em punho, escrevendo poemas depressivos, chamando a morte, ainda chorando o amor perdido.

Por lei do fado tirano
Voou do meu coração
A minha doce ilusão
Nas asas do desengano.
Vem, ó morte! Ao triste humano
A amarga vida findar,
Já que não posso gozar
O bem que meu peito encerra,
E ser feliz na terra
Vi minha esp'rança voar.

Nesses embates, muitas vezes em grande desvantagem numérica, atirava-se à luta com um ímpeto suicida, vendo-se frequentemente cercado por meia dúzia ou mais. Contudo, sempre escapava quase sem arranhões, porque sua habilidade com as armas o salvava. Batia-se movido pelo instinto de sobrevivência, que se apoiava na destreza mortal com a lança, a velocidade felina na espada e a pontaria certeira nas pistolas e na clavina.

Isso lhe conferia cada vez mais renome como pelejador inigualável. Abatê-lo passou a ser uma meta para muitos caçadores de fama. Nenhum conseguira até então, quando a ordem de prisão o tirou do campo, obrigando-o a permanecer no quartel enquanto o marechal Barreto procurava pelo Rio Grande inteiro um juiz que estivesse disposto a realizar a devassa do massacre de Bella Unión. Foi então que o próprio marechal decidiu extinguir o processo.

Osorio cumpria o mandado em liberdade, sem nenhum constrangimento. A única consequência da medida foi que ele deixou as operações, ficando, oficialmente, recolhido ao quartel. Porém foi viver na cidade, em Bagé. Com o tempo adaptou-se à vida ociosa e logo em seguida foi se enfronhando nos movimentos que os acontecimentos políticos geravam, retomando sua militância política junto aos constitucionalistas. Também aproveitou a folga para fazer seguidas visitas à família em Caçapava, onde o pai arrendara um gado e, com seus irmãos, dedicava-se à pecuária.

Naquele tempo, como até hoje, o invernista, ou seja, o pecuarista que se limitava a engordar gado para as charqueadas, não via necessidade de investir seu capital em terras. Alugava o campo, comprando gado criado para a fase final de recria até prepará-lo para vender aos abatedores. O coronel Manuel Luís tivera grande experiência nesse negócio entre as duas guerras da Cisplatina, quando trabalhou com o sogro, o tenente Tomás Osorio, invernando e tropeando manadas para vender nos matadouros de Pelotas.

Em Caçapava retomara a atividade. Nesses negócios o preço das pastagens era insignificante ou nulo. O proprietário emprestava a terra mas arrendava o rebanho, cobrando um preço e estipulando no contrato que, ao devolver o rebanho, este deveria ter o mesmo número de animais; muitas vezes, outra cláusula dizia que o gado recolocado deveria estar "aquerenciado", ou seja, ser nativo daqueles campos. Num tempo em que não se usavam cercas, a única garantia de que os animais não se evadiriam era a querência, ou seja, os bois e as vacas não se afastavam do território onde haviam nascido e crescido.

Foi nessa época que Osorio regularizou a situação das terras que seu pai recebera como doação do Uruguai. A documentação da propriedade era no mínimo duvidosa e poderia ser contestada por herdeiros longínquos.

Assim ele foi à procura de antigos registros, procurou descendentes de donatários ancestrais e foi arrumando a papelada, registrando tudo dos dois lados da fronteira. Primeiro no cartório de Bagé e, mais tarde em Montevidéu, anexou todos os recibos do que pagara a esses descendentes. Ao longo da vida, ampliou a estância, comprada aos poucos, quase sempre em épocas de baixa dos preços de terras. Em fins de 1833, numa viagem a Caçapava em que levava papéis para o pai, o beneficiário da doação, assinar, o coronel Manuel Luís sentenciou na frente de todos os irmãos:

— Manuel, vou dizer aqui na frente de todos o que deixarei por escrito. Essas terras serão tuas quando eu faltar.

Foi nesse dia que Delphino conheceu o futuro general Osorio.

— Um tio me relembrou essa história quando me levou a Bagé, 15 anos depois dessa data, para me entregar ao coronel Osorio. Eu ia sentar praça no 2º Regimento de Cavalaria Ligeira, onde logo em seguida fui reconhecido primeiro-cadete e tive o meu treinamento militar básico nos seis meses obrigatórios que me deu por pronto nas tropas de linha.

O pequeno Eurico escutava calado a narrativa:

— Como tu sabes, o meu falecido pai e o coronel Manuel Luís eram grandes amigos. O meu pai apoiou-o fortemente para uma cadeira na primeira câmara de vereadores de Caçapava, em 1833. Mesmo não sendo natural da vila, foi o segundo mais votado e por isso, quando tomou posse, em 19 de janeiro de 1834, coube-lhe a vice-presidência da câmara, o que, naquele tempo, correspondia a um cargo que não existe mais, o de vice-intendente. Visitavam-se quase todos os dias quando o meu pai não estava na Estância de São João. Numa dessas visitas, ele me levou e foi então que Osorio me viu, ainda no colo da minha mãe e, disse-me o general, eu pisquei para ele, que não teve outra coisa a fazer senão dizer: "Veja, capitão Souto, parece que me piscou o olho. Acho que está pedindo para ser soldado. Quando crescer me mande o guri que vou lhe ensinar as artes da guerra". Diz-se que foi uma risada só, e quinze anos depois, embora meu pai já me faltasse, naquele dia eu estava indo com minhas armas e bagagens para me incorporar àquela tropa de elite, onde aprendi tudo o que precisava para, anos depois, ser um oficial combatente das nossas Forças Armadas.

O tempo em que permaneceu na sombra foi um período frutífero para Osorio. Leu muito sobre assuntos militares e temas humanísticos, enfronhando-se nos grandes debates de sua época, que contribuíram de forma decisiva para seu posicionamento político dali em diante.

Convivendo com a família Mallet, Osorio enfronhou-se na sociedade da região, pois o sogro do francês, o coronel Antônio de Medeiros Costa, era, além de rico, razoavelmente ilustrado. Ali conviveu com o pessoal mais bem informado da região, como o juiz de paz Zeferino Fagundes de Oliveira, pai de Francisca, nascida em Caçapava, a melhor amiga de Castorinha Mallet, mulher do ex-capitão. Além das tertúlias literoculturais, Osorio acompanhava Mallet em suas peripécias pela região.

O antigo capitão de artilharia, inicialmente inconformado com sua exclusão do exército, logo se adaptou à vida civil. Mallet aprendera tudo sobre pecuária, reprodução e engorda de gado vacum, criação de ovinos para lã, de suínos para banha e de equinos para trabalho e guerra. Mandou buscar livros sobre agricultura na Europa e iniciou plantações de trigo, milho, arroz, feijão, alfafa e mandioca. Já era o sábio da cidade, dando aulas de plantação e criação a muito fazendeiro sabido. Como engenheiro, desenvolveu a construção civil, um grande negócio naquela região, que estava, em tempos de paz, em formidável progresso econômico. Um de seus grandes negócios foi a introdução da indústria, criando uma olaria que substituía por alvenaria, tijolos e telhas as casas de pau a pique cobertas de palha santa-fé. O material de construção foi decisivo para elevar o padrão de casas e instalações comerciais numa região pobre de madeiras. Para produzir a cerâmica ele descobriu e explorou uma pequena mina de carvão mineral no Arroio Candiota, economizando o carvão vegetal, que, assim como a lenha, era igualmente raro no pampa.

A situação política, que no fim dos anos 1820 aparentemente se encaminhava para uma grande solução, na década de 1830 retrocedeu em toda a região. Na Argentina, a vitória dos federalistas significava descentralização, cortando pela metade o poder militar das Províncias Unidas. Isso apontava para a pacificação com o Brasil e a Banda Oriental, embora o novo mandachuva de Buenos Aires, Juan Manuel Rosas, não escondesse sonhos de hegemonia, o que em última análise poderia significar o renascimento do sonho de confederação com o Uruguai, algo que o Brasil não toparia. No Estado Oriental, a eleição de Rivera como primeiro presidente da República satisfez plenamente os estancieiros do Entre Rios, pois ele não apenas deixou de molestar os brasileiros que tinham ficado em seu lado da fronteira como legalizou suas terras.

No Rio Grande, tanto a queda do imperador quanto a tomada do poder por um trio de liberais que formaram a Regência Trina indicavam que a república poderia estar chegando, o que acalmava todo mundo, pois mesmo os moderados que aceitavam a monarquia constitucional diziam-se republicanos de coração, como o tenente Osorio. Entretanto, as recaídas de centralismo preocupavam as lideranças mais atuantes, como o capitão Antônio de Souza Netto, em via de ser nomeado coronel da Guarda Nacional:

— Os homens não querem largar a rapadura!

Osorio fazia parte de um grupo de jovens oficiais que se aglutinavam em torno de Netto, um liberal exaltado, como se chamavam os republicanos radicais, membros da Sociedade Federal, mas muito bom de danças, cantorias e cavalarias. A convivência com sua alegria foi um dos impulsos positivos que ajudaram a tirar Osorio do estado de luto fechado em que se encontrava desde os desenganos com o casamento e a morte de Anna, agravado ao saber que ela morrera de tristeza, com seu nome escrito a tinta no seio, do lado do coração. Netto era sete anos mais velho que Osorio. Era filho de uma das famílias mais abastadas da província, senhores de terras que se dividiam num arquipélago de estâncias que se espalhavam desde a foz do Camaquã, na Lagoa dos Patos, estendendo-se para o sul e para o oeste e chegando às margens do Arapeí, próximo à embocadura desse rio no Uruguai.

Nascera numa localidade entre Pelotas e Rio Grande denominada Povo Novo e se estabelecera numa estância que comprara na Cisplatina na região chamada de Piedra Sola, mas sua base política era Bagé. Nessa vila começava a rivalizar com o chefe político local, o coronel Silva Tavares, também um estancieiro poderoso, integrante da Sociedade Conservadora, a corrente dos restauradores ou retrógrados que, apesar da tendência liberal da Regência, nomearam para governar a província um presidente restaurador, o baiano José Mariani. Este designara para comandante de armas o arquirrival dos liberais, o marechal Sebastião Barreto.

A amizade de Osorio por Netto, no entanto, não tinha nada a ver com política, pois ambos pertenciam a correntes que se opunham dentro do Partido Liberal. Osorio era filiado a uma facção criada sob inspiração do líder nacional Evaristo da Veiga, que tinha um diretório em Rio Pardo, denominada Sociedade Defesa da Liberdade e da Independência Nacional. Era integrada por republicanos moderados, ou seja, liberais mais comprometidos com um regime constitucional que assegurasse eleições e respeito a seus resultados, aceitando a monarquia como uma fase de transição até que o país amadurecesse para eleger seu chefe de Estado.

Esses liberais moderados se opunham aos liberais exaltados, que propunham implantar um regime republicano no Brasil imediatamente. O adversário comum eram os retrógrados. A grande diferença ideológica entre liberais e conservadores não era apenas em relação ao regime monárquico, mas principalmente em relação ao grau de centralização do Poder Executivo. Os conservadores defendiam um Estado centralizado, com as províncias respondendo administrativa e legislativamente ao governo nacional; os liberais defendiam a partilha dos tributos entre a nação e as províncias, legislativos e executivos autônomos. A Regência, embora fosse controlada por liberais, manteve no Rio Grande do Sul um governo conservador, certamente temendo a exaltação majoritária.

Os regentes poderiam ter razão de dividir o poder no Rio Grande, tamanha a agitação republicana nos meios civis e militares, mas seus delegados na província integravam uma corrente diminuta que, em vez de procurar equilibrar as coisas, se dedicou à mais primitiva politicalha de perseguições e preterições. O caso da prisão de Osorio, por exemplo, foi encarado na campanha como mais uma perseguição política, pois sua ação em Bella Unión fora interpretada em Porto Alegre como um gesto de apoio a fazendeiros liberais. Tanto Mariani como Barreto não se cansavam de acusar os republicanos liberais de separatistas, provocando desconfianças em sua lealdade. Por exemplo, teceram uma rede de intrigas contra Bento Gonçalves, um grande herói da guerra e chefe político reconhecido da corrente moderada, acusando-o de conspirar com o líder oriental Juan Antonio Lavalleja para formar uma confederação com a Banda Oriental. A prova era que ele fora juiz de paz em Melo, onde tinha uma forte loja de comércio varejista e atacadista. Mas Bento fora juiz quando Melo pertencia ao Brasil.

A acusação o obrigou a viajar ao Rio de Janeiro para se defender ante um conselho de guerra. Outra medida foi a reorganização do exército. Transferindo oficiais ligados à Defensora ou à Federal, Barreto pretendia desmontar o que ele considerava uma perigosa conjura, dispersando pela província os oficiais liberais da guarnição de Rio Pardo, onde haveria em tese o perigo de uma quartelada, como vinha ocorrendo em outros pontos do país. O 5º Regimento de Cavalaria foi remanejado para Bagé e rebatizado de 2º Regimento de Cavalaria Ligeira.

Informações sobre movimentos separatistas chegavam ao Rio de Janeiro vindas do país inteiro. Era o Grão-Pará que queria retomar sua autonomia, Pernambuco que se agitava ainda com os ecos de 1817, a Bahia que não se conformava em ser subalterna, Minas de Teófilo Ottoni revivendo a Inconfidência e assim por diante, todos pensando em formar uma confederação de estados, como se via nos Estados Unidos ou mesmo nos confusos vizinhos platinos. O que mais intrigava os cariocas era uma desconfiança constante de que haveria uma conspiração sinistra para anexar o Rio Grande do Sul ao Uruguai, uma suspeita que vinha desde os tempos do marechal Lecor e que se fortalecera recentemente quando o presidente Rivera, ainda na guerra da Cisplatina, invadira o Rio Grande do Sul, propondo formar um país único.

Nesse episódio o líder uruguaio não encontrou resistência à invasão, não foi combatido quando ocupava o oeste rio-grandense e foi deixado em paz para instalar ali um governo e manter a região como se fosse um Estado independente. Mais ainda, antes de partir, depois de assinado o tratado de paz que criou o Uruguai, mandou dois emissários a Bento Manoel propondo a adesão do Rio Grande do Sul à nova república. Considerados homens de alta categoria, Manuel de Puyerredón e Lucas Obes tentaram cooptar o caudilho entrerriano. Bento Manoel rechaçou a proposta e ainda movimentou tropas para supervisionar a retirada de seu compadre.

Essa atitude, no entanto, atendia aos interesses secretos do império, que via em Rivera um provável aliado para contrabalançar a inevitável influência argentina no novo país. As lideranças portenhas mais agressivas, os irmãos Oribe e o patriarca Lavalleja, estavam integradas ao Exército Nacional, ou seja, eles eram funcionários do governo argentino, a quem tudo deviam para manter viva sua revolução antibrasileira. Rivera rebelara-se contra esse arranjo e fora parar no Brasil perseguido pelas tropas de seus rivais. Assim, seria um contrapeso. Mas isso foi esquecido na hora de tecer intrigas, e o próprio Sebastião Barreto, que também participara da evacuação de Rivera, lançava farpas e suspeitas sobre os líderes liberais rio-grandenses, chegando mesmo a acusar Bento Gonçalves de traição à pátria, uma calúnia rebatida por Bento em suas justificativas apresentadas à Corte de Justiça no Rio de Janeiro.

Bento Gonçalves desembarcou na capital nacional cuspindo fogo. Não deixou barata a injúria de que fora vítima, apesar de ser homem elegante e educado. Apoiava-se em sua biografia. Era glorificado por sua participação em todas as guerras e, mais recentemente, por seu destacado comportamento na Batalha do Passo do Rosário e nas lutas subsequentes, em que conseguiu derrotar o super-herói portenho Juan Lavalle, mandando-o de volta para casa com uma bala no corpo. Ameaçou a liderança liberal com uma rebelião política, contando com apoio de toda a comunidade maçônica do império.

Logo encontrou apoio decidido do ministro da Justiça, o padre Diogo Antônio Feijó, um liberal histórico, com base política em Sorocaba, em São Paulo, uma cidade estreitamente ligada ao Rio Grande do Sul por todos os tipos de laços. Era alimentada em grande parte pela intermediação dos negócios com as tropas de mulas, cavalos e outros animais vindos do sul e reexportados dali para todo o país. Além disso, Sorocaba era o berço de ilustres famílias gaúchas, como os Ribeiro do coronel Bento Manoel. O resultado da acusação de Barreto foi um desastre para seus aliados conservadores, pois Bento Gonçalves voltou da corte com a destituição de Mariani no bolso e a nomeação de um correligionário para seu lugar, um liberal reconhecido: Antônio Rodrigues Fernandes Braga.

Enquanto isso, em Bagé, Osorio passou a ser mais assíduo nas visitas ao engenheiro Mallet. O francês era sua maior fonte de notícias, e foi por seu intermédio que soube da maior parte do que ocorreu no processo de Bento Gonçalves. Enquanto falavam sobre táticas, armas e guerras, Osorio não tirava os olhos de Francisca, filha do juiz Zeferino, mocinha pequenina, morena, de olhos vivos e muito espirituosa, de família ilustre com raízes na terra de adoção de seus pais, o que significava que tinham muitos amigos e referências comuns. Apesar de rica, a família da moça não podia rejeitar o tenente com as mesmas alegações dos pais de Anna. Em Rio Pardo, ele era um joão-ninguém como tantos militares feitos a machado nos campos de batalha, mas em Bagé Osorio era quase um fidalgo, graças à projeção política e militar de seu pai, à proteção de Bento Manoel e de todo o sistema caçapavano. Assim, mesmo que esperasse encontrar um partido mais abonado, o juiz Zeferino assimilou bem o romance e deu-se por satisfeito em sua obrigação de casar as filhas: "Descontei essa letra", disse mais tarde na porta da igreja, vendo a filha ser levada para a responsabilidade do marido.

A humilhação de Bento Gonçalves foi o acontecimento que mais bateu nos brios dos rio-grandenses em toda a sua história. Devido à irresponsabilidade política dos dois chefões em Porto Alegre, mais de Barreto do que de Mariani, que nem era da província e deixou-se levar pelo despeito do outro, o grande mundo brasileiro tomou conhecimento da existência da província como uma fonte de luz própria no panorama brasileiro. Até então só contavam no Brasil: Rio de Janeiro, Minas, Bahia, Pernambuco e São Paulo. Foi com grande sem-cerimônia, portanto, que se convocou Bento para ir ao Rio depor como se fosse um coronel qualquer, que ganhara seus galões pelo favor de algum mandachuva ou por valor militar, ambas razões de segunda linha pouco valorizadas numa corte alimentada pelo capital financeiro do tráfico negreiro, com seu sistema comercial que dominava toda a costa africana, e do comércio de exportação e importação com a Europa e os Estados Unidos.

Somente o ministro Feijó sabia do terremoto que se armava e agiu no sentido de minimizá-lo, pois a desfeita nunca foi perdoada até o conde de Caxias, dez anos depois, oferecer as reparações morais que a província exigia para desagravar seu filho. Ao final, também o imperador Pedro II, ainda muito jovem, ofereceu, com os resguardos que sua real posição exigia, suas desculpas, recebendo e homenageando o então já velho e alquebrado Bento em sua primeira viagem à província em 1845.

Não foram apenas as diferenças ideológicas entre conservadores e liberais ou a disputa pelo eleitorado entre os partidos que moveram o marechal a tecer uma teia de intrigas contra o líder político e militar. Havia uma picuinha, um amor-próprio ferido que procurava vingar, decorrente do vexame da Batalha do Passo do Rosário, espinha atravessada na garganta dos gaúchos. Nos salões, nos fogões de galpão, por toda parte, ao pegar sua viola ou se colocar ao lado do cravo ou de qualquer instrumento para cantar, era invariável o inconformismo com o resultado da Guerra do Vidéu, como se denominava a campanha cisplatina entre os homens da campanha.

Isso era demonstrado nos versos da moda de viola que, a certa altura, diziam: "Bravos heróis se perderam/faz pasmar a triste cena./ devido à rude vileza/do general Barbacena." Entretanto, a estrofe que fazia dar voltas o estômago do marechal referia-se ao combate do flanco direito, em que sua cavalaria pesada foi vergonhosamente batida pelo coronel Juan Lavalle, enquanto a Cavalaria Ligeira de Bento Gonçalves cumprira sua missão de guerrilhas no flanco direito, salvando toda a 1ª Divisão do aniquilamento. Barreto comandara a cavalaria pesada e perdia a fome quando ouvia: "Tendo-nos sido visível/Quase inteira perdição/O herói Bento Gonçalves/Foi a nossa salvação."

Além da fama como guerreiro, que tornou seu nome o mais popular em toda a província, Bento era um líder empresarial de grande projeção e com forte atuação em toda a cadeia produtiva da pecuária, um dos mais dinâmicos comerciantes de toda a zona Sul do Rio Grande. Sua casa de comércio em Melo, no departamento de Cerro Largo, chamada de "venda" naquela região e batizada como "empório" em Porto Alegre, era um estabelecimento varejista e atacadista que servia toda aquela região, dos dois lados da fronteira depois da independência da Cisplatina. Abastecia e comprava as mercadorias de grandes, médios e pequenos produtores desde Santana até a foz do Chuí, estendendo seus domínios nas quatro direções.

No mundo rural, uma sociedade sem dinheiro, o comerciante fazia o trabalho de captar a produção e dar-lhe curso econômico, usando o sistema de escambo, ou seja, a troca direta de mercadorias. O escambo era uma comercialização muito complicada, pois, não havendo bolsas de valores nem outros referenciais, torna-se difícil definir e formar os preços dos produtos. Daí a importância da credibilidade do intermediário. Dominar essa arte de comércio sem dinheiro era algo muito disseminado no Brasil, um país onde a fatia mais expressiva do comércio exterior e do sistema financeiro girava em torno do tráfico negreiro, integralmente realizado, na ponta, pelo escambo.

Na parte financeira, os traficantes captavam recursos nas praças do Rio e de Salvador para armar suas expedições africanas, oferecendo uma rentabilidade que deixou os brasileiros do futuro acostumados a ter rendimentos financeiros gigantescos em prazos bastante curtos. Mesmo pequenos poupadores podiam comprar cotas de viagens desses navios. Com esse dinheiro, os negreiros compravam mercadorias, que eram trocadas diretamente por peças, como se chamava a carne humana na África.

Na volta, vendendo os escravos, davam um retorno de mais de 500 por cento, num investimento que oferecia retorno em um prazo de seis meses a um ano. Assim, dominava-se a arte do escambo como em nenhum outro lugar do mundo. Isso foi aplicado com grande êxito na troca de produtos nas "vendas" do interior, tanto nas nascentes colônias alemãs dos vales dos Rios dos Sinos e Caí como nas florescentes fazendas e granjas da campanha. A maior parte dos operadores de escambo vinha do norte, onde se conhecia esse sistema, importando-se caixeiros, compradores e grossistas, como se chamavam os atacadistas. Entretanto, o aval de confiança vinha do dono que referendava os preços praticados. Bento Gonçalves era um desses homens, considerado honesto e prestativo por uma legião de agricultores e criadores.

Além de comprar e vender, agia como uma espécie de banco de fomento, adiantando recursos para os investimentos das dinâmicas propriedades rurais que se multiplicaram exponencialmente naquela época. O comércio no Rio Grande do Sul até então era totalmente controlado pelos grandes fornecedores de Porto Alegre e de Rio Grande, a maior parte deles portugueses que tinham nos exércitos sua clientela, operando apenas marginalmente com o mercado consumidor. Com a paz, as encomendas das forças armadas emagreceram dramaticamente, e o mercado que se criou foi ocupado por novos atores, como Bento Gonçalves. Isso gerou reações que chegaram ao espaço político, onde esses grupos se aglutinavam no partido restaurador da Sociedade Conservadora, integrada pelos "caramurus", como se designavam os portugueses e apaniguados dos cofres públicos.

Outro fator também contribuiu para fazer pender a balança do poder econômico na província. O final das guerras e a normalização da vida econômica acrescentaram ao fluxo de comércio do eixo Lagoa dos Patos Jacuí, a nova rota do extremo sul, pelo canal de São Lourenço Lagoa Mirim Rio Jaguarão, outro corredor completamente independente do controle dos comerciantes de Porto Alegre. Ou seja, o formidável crescimento que teve a província multiplicou a renda de forma mais significativa no polo do sul, especialmente em Pelotas (a cidade já começava a ser chamada assim), onde se concentravam as charqueadas, o motor desse surto de desenvolvimento.

Seus operadores faziam parte de uma nova classe vinda do norte, de Minas Gerais, da Bahia, de Pernambuco e do Rio de Janeiro, a maior parte integrada ao mercado internacional, promovendo a imediata conexão do Rio Grande do Sul com esses centros comerciais do hemisfério Norte. Em poucos anos, a província saiu do zero para se converter na quarta economia geradora de tributos para os cofres públicos. Isso não podia passar em branco.

A base de produção eram as estâncias no Entre Rios, territórios situados agora no Brasil e no Uruguai, às duas margens do Rio Quaraí, limitados ao sul pelo Arapeí e ao norte chegando até os campos das vacas brancas, ao norte de São Borja. De lá vinham os produtos agrícolas antes fornecidos pelas Missões Orientais e vendidos nos mercados do Prata, como a erva-mate, o milho e outros cereais, como o trigo, o arroz, e até vinho produzido em Bagé, destacando-se o produto da cantina da Fazenda do Seival, vinho de alta qualidade que rivalizava com os importados da Europa.

Mais de 80 por cento dessa produção vinha da pecuária. Em poucos anos, a exportação de charque subiu de 191 toneladas por ano para 15 mil toneladas, saltando para 36 mil toneladas em meados da década de 1830. O parque industrial começou com a primeira charqueada instalada em Rio Grande pelo cearense José Pinto Martins, com 20 escravos trabalhando como campeiros, carneadores, salgadores, celeiros e graxeiros e outros 14 empregados nas demais atividades do estabelecimento, incluindo serviços domésticos da residência do empresário. Em 1834 havia cerca de 10 mil escravos em todas as atividades, a maior parte deles especializada nas atividades industriais e, na entressafra, empregada nas obras públicas ou de melhoramentos das instalações das estâncias. Desenvolvia-se uma atividade frenética.

Além da carne-seca salgada, produto básico da charqueada, vendida no Brasil e no exterior, Pelotas e Rio Grande remetiam para províncias brasileiras e para o exterior o couro de gado e de cavalo, chifres, pelos, línguas e unhas de boi, como eram classificados os cascos no mercado mundial. Era um comércio de duas mãos, pois os navios chegavam tanto do norte quanto do estrangeiro carregados de bens de produção e de consumo, como pianos, móveis de luxo e roupas finas.

Os frutos da paz eram visíveis e geraram uma onda de euforia. As estâncias destruídas, queimadas e despovoadas entraram em fase de reconstrução, erguendo-se casas, galpões e mangueiras para o manejo do gado. Nesse espaço, Bento Gonçalves era uma das figuras mais expressivas. Submetê-lo a uma humilhação provocou repulsa e ânimo de desforra. Enquanto o governo de Porto Alegre dava cobertura a seus agentes econômicos inconformados, o interior ia se inflamando. Numa sociedade guerreira, era um estopim aceso que o padre Feijó pretendeu apagar, nomeando um novo presidente, Fernandes Braga, politicamente alinhado com os liberais do Rio Grande. Entretanto, Braga deixou-se envolver pelas intrigas da capital e abriu um processo que iria outra vez jogar tudo por água abaixo.

CAPÍTULO 41

Armadilhas Uruguaias

BENTO GONÇALVES VOLTOU do Rio de Janeiro acreditando que obtivera grandes vitórias políticas. Os correligionários liberais que controlavam o governo da Regência Una espantaram-se com os absurdos que se produziam no extremo sul e chegaram a concordar que isso acontecia devido à desatenção do Rio de Janeiro. Bento percebeu a fundura do poço que separava sua província daquele cenário empoado e nababesco para seus critérios espartanos. O Rio Grande era tão distante, tão exótico, e as brigas na corte tão intensas que muita coisa era ignorada.

Chegou à capital nacional escorado numa recomendação de seu amigo o major João Manuel de Lima e Silva, comandante do 8º Batalhão de Caçadores de Porto Alegre e republicano militante, irmão do chefe do governo, o regente Francisco de Lima e Silva, líder do Partido Liberal, portanto correligionário. Ou seja, o chefe dos adversários de seus acusadores. Com isso, não precisou de muito esforço para virar a situação a seu favor e derrubar o governo de Mariani, conseguindo ainda a remoção do visconde de Camamu para Santa Catarina, distante das querelas rio-grandenses.

Agora, garantiam os líderes liberais do Rio, os companheiros gaúchos seriam prestigiados. Somente um rapaz que Bento conheceu no Rio, Irineu Evangelista de Souza, empresário forte na praça, seu seguidor fiel, preveniu-o de que as coisas bem poderiam ser diferentes, pois existiam outras forças além das lealdades partidárias influindo nos acontecimentos. Irineu, natural de Arroio Grande, era filho de uma família influente na base política de Bento, o vale do Rio Jaguarão.

Embora jovem, Irineu já era um homem experimentado, atuando desde a infância no comércio da capital brasileira. No início da vida, desde os 11 anos, trabalhou com os comerciantes portugueses ligados ao barão de Ubá, forte atacadista do porto do Rio. Aí conheceu essa vertente do mundo econômico brasileiro, que tirava sua força das articulações políticas com os segmentos dominantes desde o Brasil Colônia. Depois se mudou para o segmento moderno do comércio, ligado à economia internacional, que era composto pelos exportadores britânicos que tinham vindo com dom João VI para instalar no Brasil uma economia pós-colonial de inspiração liberalista. Aqueles comerciantes portugueses nunca engoliram a chegada dos britânicos que operavam dentro dos novos conceitos da livre concorrência. Essas eram as forças que se digladiavam no Rio e que no sul manifestaram-se com a emergência dos pelotenses contra os velhos e carcomidos caramurus porto-alegrenses.

Dizia Irineu para Bento:

— Meu coronel, a luta política aqui no Rio de Janeiro está muito acirrada. O nosso partido dos liberalistas ainda é muito fraco. Não podemos com os caramurus. Temos de ceder em muita coisa. A bem da verdade, só chegamos ao governo por causa do grande fracasso desse ladrão do Barbacena, que quebrou o Banco do Brasil, acabou com a moeda brasileira e levou o Estado ao colapso financeiro, atrasando os pagamentos de fornecedores e funcionários, principalmente os militares; e foi aí que se perderam. Mas não podemos subestimá-los. Tenho para mim que essa situação lá no Rio Grande é uma compensação que estão dando para eles. Não vamos nos iludir, eles estão puxando nossa província para trás enquanto tratam de garantir seus privilégios.

— Mas então por que isso? Nenhum de nós quer impedir que trabalhem e ganhem o seu dinheiro... Há lugar para todos!

— Não se iluda, coronel, isso é uma briga de facão no escuro. Eles querem os fregueses que perderam. O senhor pode estar certo de que essa paz é temporária. Sem as negociatas das guerras no Rio Grande eles não vivem. Tal como aqui no Rio, não sobrevivem sem o tráfico negreiro. Eu não vendo nem compro da África; por isso me chamam de inglês.

Bento Gonçalves manobrava entre seus correligionários liberais no Rio de Janeiro para desfazer as suspeitas que o governo de Porto Alegre lançara contra ele. Precisava desarticular um processo militar que pretendia acusá-lo de traição.

Foi decisiva sua viagem à capital antes que a intriga prosperasse e ele fosse entregue aos conservadores como o pato do banquete para ser trinchado na mesa como iguaria de reconciliação. Isso se devia a uma versão que corria livremente no Rio Grande, denunciando a proteção que Bento oferecia a seu compadre Juan Antonio Lavalleja, em guerra aberta contra o arquirrival Fructuoso Rivera, presidente do Uruguai. Em 1832, Lavalleja veio para o Brasil e, acobertado por Bento Gonçalves, equipou e treinou seu exército, logo invadiu a Banda Oriental, com o propósito de derrubar o governo de Montevidéu. Esse movimento integrava-se à luta entre unitários e federales na Argentina e dava apoio ao governo de Buenos Aires, controlado pelos federales de Juan Manuel Rosas, em guerra civil contra o líder unitário Juan Lavalle, ex-governador da província derrubado pelo caudilho portenho. Com tantas linhas cruzadas, a diplomacia brasileira também interferiu no processo, acusando os liberais rio-grandenses de intromissão no precário equilíbrio no Prata, desvirtuando a política externa do império.

Esse complicador foi usado pelos caramurus de Porto Alegre para desmantelar o sistema pelotense que começava a se impor, deslocando a posição dos comerciantes do porto do eixo Jacuí-Guaíba-Rio Grande. No espaço platino, as alianças entre os grandes atores muitas vezes produziam coligações táticas que descaracterizavam a simetria coerente entre liberais dos três países, até porque no Brasil havia um componente inexistente nas repúblicas vizinhas, que eram os conservadores, remanescentes do sistema colonial português. No Prata, os espanhóis estavam fora do poder. No Rio Grande do Sul, o grupo conservador era mínimo em termos numéricos, sem expressão eleitoral, apoiado unicamente em seu poder econômico e nas conexões com os confrades do Rio de Janeiro. Taticamente, os conservadores gaúchos apoiavam os liberais de Porto Alegre na disputa pela hegemonia dentro do partido da Sociedade Defensora contra os da campanha, cujo centro de emanação era Pelotas.

Ideologicamente, a linha de identidade entre os partidos políticos do Prata, descontadas as lutas internas entre os caudilhos que disputavam o poder, corria em linha reta: unitários argentinos/blancos uruguaios/liberais moderados no Rio Grande de um lado e do outro federales argentinos/colorados uruguaios/liberais exaltados rio-grandenses. Os unitários/blancos/moderados defendiam um governo nacional central e republicano no Prata, mas aceitavam a monarquia constitucional apartidária e restrita à chefia de Estado no Brasil como transição para um futuro regime republicano. Eram contra o tráfico negreiro, mas não falavam em abolição.

Assim, uma administração nacional comandaria as províncias, embora assegurando um bom grau de autonomia legislativa, política e tributária. Já os federales argentinos/colorados uruguaios/exaltados brasileiros defendiam uma descentralização completa do governo, a implantação de um sistema confederado semelhante ao dos estados anglo-saxões da América do Norte, com pequeno grau de subordinação das províncias nas questões internas, embora mantivessem a unidade nacional e uma política externa comum e, por conseguinte, militar una. Eram antitráfico e abolicionistas.

No meio disso, porém, fervilhavam as disputas, desarrumando esse alinhamento. Três países se envolviam nos desdobramentos da guerra, embora nenhum dos governos centrais dispusesse mais de exércitos, pois se haviam esfacelado mutuamente sem que ninguém tivesse vencido seus adversários.

Irineu alinhava-se na política rio-grandense com os pelotenses, como no Rio com os britânicos. Os comerciantes caramurus de Porto Alegre não representavam uma parte expressiva da economia do Rio Grande que justificasse sua influência, mas se conectavam com seus parceiros do Rio de Janeiro, o que lhes respaldava e lhes dava uma força desproporcional num Estado centralizado como o Brasil. Eles tinham ligações familiares e comerciais com os portugueses que haviam ficado no país ou os filhos dos imigrados com a corte em 1808, que ainda tinham o controle absoluto de seus mercados. O exército ainda era comandado por oficiais portugueses; o funcionalismo era integrado por lusitanos, e a maior parte da classe política era formada por portugueses ou senhores regionais ligados estreitamente à corte de dom Pedro. Esse grupo já estava organizado havia pelo menos uma década, congregado em suas associações comerciais no Rio de Janeiro e em Salvador. Os comerciantes dessas duas capitais eram um dos tentáculos do sistema de tráfico com a África, o que lhes conferia um poder gigantesco, pois seu mercado era dezenas de vezes maior que o reduzido núcleo de consumidores brasileiros.

Normalmente se associa a vinda dos comerciantes ingleses para o Brasil à fragilidade política e à incompetência dos estadistas portugueses, que teriam se curvado a exigências descabidas do governo de Sua Majestade. Mas não foi isso o que aconteceu, embora a Inglaterra tenha colhido os dividendos geopolíticos produzidos pelos efeitos colaterais desse processo. Quem tomou a iniciativa de convidá-los foram os próprios portugueses, pois tinham um problema muito grande a resolver quando a corte e seus 40 mil lisboetas chegassem ao Brasil: como integrar rapidamente uma economia colonial ao dinâmico sistema de livre-comércio em curtíssimo prazo.

Naquela época, o Rio de Janeiro era uma das cidades mais pobres do mundo, comparável às metrópoles miseráveis da Ásia e da África. Repentinamente, sua população dobrou, e os novos habitantes eram gente do estrato mais alto da Europa, com hábitos e demandas sequer sonhados pela elite local. Seu sistema comercial não tinha nem estrutura, nem capital, nem conhecimento para abastecer o novo mercado. Sem isso, o resultado seria uma inflação sem limites, um desabastecimento desastroso, o colapso total.

No ato seguinte, nos anos 1830, o verdadeiro choque entre as duas facções começou a ganhar substância quando os ingleses iniciaram a campanha contra o tráfico negreiro. Aí sim os portugueses perceberam o que havia por trás dos argumentos humanistas dos britânicos. O afastamento dos brasileiros do intercâmbio poderia reservar os consumidores daquele continente aos britânicos. Os negreiros argumentavam que sem o tráfico mergulhariam na decadência. Cidades exuberantes como Luanda regrediriam ao nível de aldeias. Essa questão, porém, jogava os conservadores contra os liberais das duas tendências, pois ambos apoiavam o fim do tráfico negreiro, por motivos mais ideológicos do que por apoio à Inglaterra.

Nessa época, houve um incremento significativo do comércio de escravos, com a explosão de crescimento das grandes lavouras que ocupavam mão de obra intensiva, como a do café, da cana-de-açúcar, do algodão, do cacau e outras, tanto no Brasil como nos demais países americanos, incluindo nos Estados Unidos. O Brasil estava sozinho nesse mercado, operando com navios próprios ou acobertando negreiros de outras nacionalidades, como os originários dos Países Baixos e da Escandinávia.

Todas as mercadorias para troca no escambo africano eram processadas pelos brasileiros. Jorrava dinheiro na praça do Rio de Janeiro. É preciso notar que nos anos de 1830, quando ainda se vivia numa sociedade de classes sem nenhuma contestação teórica, a escravidão era condenada apenas moralmente pelos segmentos mais avançados dos humanistas. O escravo vivia efetivamente dentro de um sistema legal. Ser escravo era um estado jurídico como qualquer outro na sociedade de classes. Porém, posicionando-se contra o tráfico, os liberais brasileiros eram considerados inimigos dos conservadores por pretenderem destruir o seu negócio mais importante. Era muito dinheiro em jogo.

Buenos Aires e Rio de Janeiro tinham um interesse estratégico comum que os levou a cooperar em várias oportunidades no processo de independência e posteriormente na consolidação das nacionalidades. As duas cidades detinham, nessa época, 70 por cento do produto interno bruto da Argentina e do Brasil. Assim, os movimentos autonomistas ou descentralizadores iam de encontro à posição que pretendiam manter. Os unitários argentinos defendiam a hegemonia de Buenos Aires mas seguiam a cartilha liberal. Portanto, o único grupo neocolonialista eram os conservadores brasileiros. Por isso tanto unitários como federales se alinhavam com as facções liberais do Rio Grande, do Uruguai e do Brasil. O que explica a ojeriza dos conservadores pela política argentina.

Embora Buenos Aires tivesse proibido o tráfico negreiro em 1814, o governo local tolerava o contrabando humano, revendendo escravos no Peru, no Equador, na Colômbia e na Venezuela, onde havia demanda, e enviando ainda uma porção para o sul do Brasil e do Uruguai, mercados pequenos mas que precisavam dos africanos para o trabalho nas charqueadas, pois a pecuária exigia pouca mão de obra e a agricultura era incipiente. Os traficantes brasileiros odiavam esses atravessadores.

Nesse quadro, a chamada Guerra do Brasil para os argentinos, ou Cisplatina para brasileiros, foi apenas um primeiro ato da grande peça que estava sendo encenada no Prata. Como se recorda, essa guerra começou quando os unitários argentinos, chefiados por seu primeiro presidente nacional, Bernardino Rivadávia, armaram e depois apoiaram militarmente os rebeldes uruguaios que se lançaram contra o Brasil em 1826. Um ano depois, Buenos Aires deu por encerrada a guerra e firmou um acordo de paz com o Brasil, dando independência ao Uruguai, mas essa vitória foi tão confusa que custou o governo a Rivadávia e aos unitários. Do lado uruguaio, o chefe político e militar foi Lavalleja, mas, quando o governo unitário caiu, assumiu o rival Manuel Dorrego, federalista. Dorrego armou o arquirrival de Lavalleja, Fructuoso Rivera, que passara a guerra exilado em Santa Fé, para que invadisse o Brasil e com isso reivindicasse parte da vitória. Rivera atacou o Rio Grande e lá ficou sem ser incomodado, até chegar à presidência, apoiado pelo Brasil, passando a perna em Lavalleja um ano depois.

Na Argentina, os federales dominavam Buenos Aires, enquanto os unitários estavam do outro lado do Rio com um exército bem armado e intacto. Lavalle, já então general, atravessou o Prata e atacou Buenos Aires, tomando o poder e mandando fuzilar Dorrego. Morto o chefe federal, Lavalle foi deposto e assumiu em seu lugar outro general, Juan Manuel Rosas, que trouxe à cena novos atores, os criadores de gado da província de Buenos Aires, grupo que também assumia a liderança da economia do país no lugar dos comerciantes do porto de Buenos Aires, que dominavam os negócios desde a independência.

Então as alianças mudaram: Lavalle teve de fugir e foi acolhido por Bento Gonçalves em Pelotas, onde ficou exilado. Lavalleja, que compartilhava o comando político do território da costa oceânica com Bento Gonçalves, procurou seu compadre e pediu apoio para declarar guerra ao governo de Montevidéu. Teve permissão e ajuda para armar seu exército e atacar seu país em 1832. Enquanto isso, Lavalle voltou a Montevidéu e, aliado a Rivera, atacou a Argentina. Rivera compartilhava o território da costa do Uruguai com Bento Manoel Ribeiro, cada qual liderando seus compatriotas de um e do outro lado da fronteira internacional.

Foi nesse torvelinho que surgiu um projeto que alarmou o Rio de Janeiro e Buenos Aires. De acordo com o que correu de boca em boca, Lavalleja foi visitar Bento Gonçalves para agradecer a acolhida e o apoio. Depois de falarem do tempo e das coisas da vida, o líder uruguaio fez alguns comentários:

— Agora é um bom momento. Buenos Aires nunca esteve tão fraca em toda a sua existência. E o Rio também. Não têm exército, nada, estão na mão de Deus. Boa hora para fazermos algo grande.

E continuou:

— Vou lhe contar. Mandei gente minha a Corrientes e Entre Rios para pedir ajuda. Eles sempre podem mandar gente, dinheiro, armas, cavalos... Também aproveitei para sondar os amigos. Do Paraguai não consegui nada. Aquele doido do Francia não sai de lá, não deixa ninguém entrar.

E assim foi tecendo um panorama das províncias do litoral, como os argentinos chamavam as terras entre os Rios Paraná e Uruguai, abordando a situação de Buenos Aires:

— Esse governador novo, o Rosas, é um homem perigoso. Está quieto porque está pobre e fraco, mas não creio que nos deixe em paz por muito tempo. É amigo dos irmãos Oribe. Não tira os olhos de nós. Na minha opinião, temos de criar uma situação de força muito bem plantada, senão daqui a pouco estaremos outra vez nos defendendo do olho grande dos portenhos. Para alguma coisa assim é que eu gostaria de ver o compadre ao meu lado.

A notícia dessa conversa chegou aos ouvidos do presidente Rivera, que mandou um homem de confiança ao Rio de Janeiro contar tudo tintim por tintim e pedir providências ao império. O regente ficou apavorado.

Bento Manoel recebeu uma carta de Rivera e interpelou Bento Gonçalves, que desmentiu tudo. Comentava-se que Lavalleja o convidara para ser o presidente da nova república. Bento riu-se da história: "Eu, presidente da república! Bem que gostaria, mas acho que vou morrer sem ser presidente de coisa alguma. Não temam."

Porém no Rio levaram a sério, e esse foi um dos temas mais especulados durante sua estada na capital. Chegou-se a dizer que cederam a seus reclamos para acalmá-lo e garantir sua lealdade. A verdade é que o major João Manuel desfez a intriga e, quando voltou, Bento levou no bolsinho do colete um presidente liberal.

Osorio atribuiu a intriga ao desejo de Rivera de criar problemas para Lavalleja e dar uma baforada na política do Rio Grande, mas o coronel Manuel Luís não deixava barato:

— Meu filho, não te metas com essa gente. Vivem aí de abraços com esses castelhanos, e tu sabes que não merecem confiança. Digo-te porque sei.

— O que é isso, meu pai! O senhor não gosta deles pelo que lhe contaram em Santa Catarina. Mas já faz tanto tempo. Nem são as mesmas pessoas. Aqueles eram espanhóis.

— É porque tu não sabes. Ainda bem que quando eles chegaram lá eu já estava na barriga da minha mãe; senão, não poderia dizer quem é o teu avô.

Quando o assunto chegou a Bagé, todos ficaram aterrados: Como Bento Gonçalves poderia fazer uma coisa dessas? Ajudar Lavalleja numa revolução era compreensível. Tornar-se presidente de uma nova confederação seria muito. Netto, que era íntimo de Bento, não deu ouvidos. Semanas depois, voltando de Pelotas, ainda contou sua conversa com ele sobre o tema.

— O coronel me disse que jamais faria uma coisa dessas, mas admitiu que o boato existia e que lhe perguntaram sobre o assunto. Teve de dar explicações no Rio de Janeiro, mas atribui tudo às maledicências do Sebastião Barreto e daquele governadorzinho, o Gurjão, reforçado por este outro baiano, o Mariani. Mas esse já está de malas prontas. Tomara que o navio afunde na saída da barra.

— Afinal, o Lavalleja convidou ou não convidou?

— Acho que não. Mas quando lhe perguntei diretamente ele só me fez um gesto de "deixa para lá".

Osorio contou tudo isso ao pai. Depois da guerra da Cisplatina, Netto fixara-se em Bagé, de onde disparava ordens para todo o seu arquipélago de negócios. O principal motivo para ficar na vila era sua posição estratégica como centro de todas as rotas de comunicação do litoral com a costa do Uruguai, dominando os acessos à região de maior concentração de estancieiros rio-grandenses naquele momento. Embora muito jovem, Netto despontava como líder político, reunindo pessoas e fazendo proselitismo. Também era reconhecido como o braço direito de Bento Gonçalves, indubitavelmente o líder político e o maior ídolo popular da província. Não havia quem não lhe cantasse as façanhas. Por isso o pai de Osorio advertiu-o:

— Cuidado com essa gente, meu filho. Eles podem mesmo estar pensando em entregar o Rio Grande aos castelhanos.

— Ora, meu pai, não diga isso. É uma ofensa duvidar do patriotismo desses homens, especialmente do Bento Gonçalves.

— Não duvido do patriotismo nem dele nem de ninguém, mas conheço os políticos e por isso digo para não te fiares neles. Quando falo assim do meu velho amigo Bento Gonçalves, nos conhecemos desde o tempo em que ambos éramos furriéis, é porque o vejo agora como político. Outro que virou político é o compadre Bento Manoel, e eu já lhe disse que a única forma de me ver de armas na mão à sua frente é se ele pular para o lado dos castelhanos.

A conversa se dava numa roda de chimarrão na casa nova do capitão Manuel Rodrigues Souto, na Rua Clara, perto da matriz de Nossa Senhora da Assunção, igreja que ainda estava nos alicerces mas que seria imponente, uma das maiores do Rio Grande do Sul. A casa também refletia os novos tempos, com alicerces de granito, paredes externas com tijolos vindos da olaria do capitão Mallet e divisórias de massa empedrada e coberta de telhas portuguesas, também vindas de Bagé. Muitos anos depois, o general ainda contava essa conversa e apontava para Delphino, dizendo que ele ainda estava nos peitos da mãe, dona Delphina, mas já acompanhava de olhos abertos aquelas histórias de guerras e tertúlias políticas. Os outros circunstantes também davam palpite, mas o núcleo da conversa era o debate entre pai e filho.

— Pai, eu não vejo os castelhanos tão mais bandidos que os nossos, mas o senhor pode ficar descansado, pois nunca me verá lutando sob outro pavilhão que não seja o verde-amarelo.

— Que Deus sempre te guie nessa direção.

— Sou um soldado de Linha, jurei à minha bandeira e devo obediência aos meus comandantes. Fique tranquilo. Mas essa farda não abafa o cidadão.

— Já vens tu com essas palavras francesas. Que cidadão... És um militar, um soldado, como eu. Isso é o que vale.

— De acordo. O que estou dizendo, senhor meu pai, é que tenho o direito de ter as minhas ideias, de ter a minha independência para falar e pensar no melhor futuro para o meu país. Isso é cidadania. Não imagino que algum dia a farda me obrigue a trair o meu povo e a minha pátria. Não há conflito.

— Fico descansado de ouvir isso. Portanto, muito cuidado com os teus ouvidos, para que por eles não entrem besteiras na tua cabeça.

— Não se preocupe. O Netto é um patriota. É verdade que é um exaltado e que não concorda com a monarquia, mas nunca iria pensar em trair o Brasil e entregá-lo aos castelhanos. Isso já ouvi de viva voz, e o senhor não imagina o nervoso que ficou quando lhe garantiram que o coronel Bento estaria tramando com Lavalleja. Foi a Pelotas e tirou tudo a limpo. Acredito nele, como também no governo que lhe deu razão e, mais ainda, mudou o presidente para botar um aliado nosso.

— Nós quem?

— Os liberais. Não se esqueça de que pertenço à Sociedade Defensora, como a maior parte dos oficiais da Primeira Linha desta província.

— Pois então, eles lá também são liberais, e tem muita gente nossa se passando para o lado deles dizendo que a república vem na frente de tudo e que defender o imperador não é defender o Brasil. Toma cuidado com essas aleivosias.

— Eu também não concordo com essa tese de que a república vem na frente da pátria, mas não posso deixar de pensar que esse ódio entre os nossos povos não se acaba porque serve a muita gente no Rio de Janeiro e em Buenos Aires. O senhor tem razão de odiar os castelhanos. Nasceu ouvindo as histórias das barbaridades que eles fizeram no Desterro, pelejou contra eles naquela guerra do Artigas. Mas já dessa última tínhamos até vergonha. Se não fosse a vinda dos portenhos, os chefes do nosso lado não avançavam. Quando veio o Alvear com aquela sua gente, aí sim, mas os orientais estavam lutando por uma causa justa.

— Justa, não sei. A Cisplatina poderia ser tanto nossa quanto deles. Mas não lhes tiro a razão. Também não gostei quando o imperador entregou a Cisplatina de mão beijada.

— Isso acabou, meu pai. A Cisplatina nem existe mais. Agora é República Oriental do Uruguai.

— Mas esse Netto fala em separar o Rio Grande. Vai me dizer que nunca o ouviste dizer isso?

— Nunca! O que ele fala é em aumentar a nossa autonomia. Esse é o ideário dos liberais. Não queremos nos separar do Brasil. Queremos, isso sim, mudar a Constituição. O Netto, que é um radical, quer mais: acabar com o poder moderador e com a escravidão. Para mim, o fim do tráfico é assunto decidido e respeito quem é escravo. Não digo que votem, mas eles têm o dinheirinho deles, suas chácaras. Teríamos de encontrar uma forma de acabar com o vínculo de propriedade, mas isso ainda não se resolveu em lugar nenhum no mundo. Tenho certeza de que virá uma solução. Um ser humano não é um animal que nem o exército aceita como soldado raso em suas fileiras.

— Pois tome cuidado, meu filho.

CAPÍTULO 42

Os Candidatos do Charque

O DR. SEBASTIÃO RIBEIRO era o convidado de honra da recepção que o flamante coronel Antônio de Souza Netto ofereceu em sua quinta nas proximidades de Bagé. O jovem advogado era o filho mais velho do coronel Bento Manoel Ribeiro. Recém-chegado de São Paulo, onde concluíra seus cursos jurídicos, recebera o diploma de advogado na segunda turma de bacharéis da Faculdade de Direito do Largo de São Francisco, uma das duas escolas de leis criadas em 1827. Elas começaram a funcionar no ano seguinte, uma em São Paulo e a outra em Olinda, inaugurando os institutos de ensino superior civil no Brasil, ao lado das escolas de Medicina de Salvador e do Rio de Janeiro. Nas áreas de Engenharia, Matemática e Filosofia, havia as escolas militares, do Exército e da Marinha, e um curso para técnicos em mineração em Vila Rica, em Minas Gerais, fundada no século XVII. Quem se formava nesse curso, denominado Escola de Minas, era aceito pelo mercado como engenheiro especializado no ramo.

O jovem advogado chegara a Bagé bem encaminhado. O velho Manuel Luís encarregara Osorio de apresentá-lo às pessoas de suas relações na cidade, ou seja, oficiais de linha, políticos e politiqueiros. Esses contatos permitiriam a Sebastião tirar a temperatura do ambiente local e levar essa informação ao pai Bento Manoel, que estava em Alegrete iniciando os preparativos para a campanha eleitoral que se avizinhava. Como subproduto dessa missão, já conheceria o pessoal metido no assunto na fronteira sul, iniciando dessa forma seu ingresso no sistema, pois Bento Manoel pretendia fazê-lo estrear na política nesse embate. Acabara de voltar à província e já se introduzia no noviciado dos negócios de Estado, sequência natural à sua passagem pela academia, pois, como mais tarde diria Joaquim Nabuco, aquelas escolas de Direito eram a antessala do poder no Brasil. Bento Manoel queria que seu guri tomasse logo seu assento, e a oportunidade estava ali e não podia ser perdida.

— Papai esteve com o coronel Bento Gonçalves em Pelotas e ficou sabendo que deve haver uma grande reforma política nos próximos meses, atribuindo mais autonomia às províncias. Uma delas será a criação de uma Assembleia Legislativa. Ou seja: as eleições vêm aí. O senhor sabia, coronel Netto?

— Estou a par. Estamos chegando perto, doutor Sebastião. O futuro regente será eleito pelo voto popular. Com isso, estamos a um passo da república.

— Deus lhe ouça, coronel Netto, porém não creio que cheguemos a um consenso nesse sentido. Pelo que sei está muito difícil chegar a um acerto para a reforma política. Há interesses de todos os lados. Acredito que aquele reizinho vá continuar brincando nos jardins da Quinta da Boa Vista como uma rolha tampando a fermentação da cerveja na garrafa.

Osorio entrou na conversa:

— O meu pai diz ter medo de que isso degenere numa anarquia generalizada, como está ocorrendo com os nossos vizinhos.

— Não só com eles, mas na América hispânica inteira. Tenho as minhas dúvidas sobre se isso é culpa da república ou das pessoas que se arvoram em representantes do povo.

Netto interveio:

— Nós aqui no Rio Grande não deixaremos que os oportunistas se apoderem dessas conquistas para a democracia. Nos Estados Unidos não há anarquia, mas república e democracia. Acho que assim devemos pensar, e que o coronel Manuel Luís me perdoe, mas teremos de fazer a nossa tentativa.

— O senhor tem razão. O importante é trabalharmos para convencer os nossos eleitores. Temos de formar a nossa frente de eleitores provinciais e para isso precisamos contar com todos que têm direito a voto nesta província. Nesse ponto o nosso tenente Osorio vai ser muito importante, pois o povo aqui da campanha acredita nele e vai segui-lo se ele pedir.

— Não me chame de senhor, doutor Sebastião. Afinal, regulamos de idade. Sou apenas um pouquinho mais velho que vocês dois.

— De acordo, mas você também me tire o doutor, pois me parece uma palavra muito solene aqui nestes pagos.

O país inteiro estava agitado, esperando uma reforma constitucional que estava por vir, denominada ato adicional, empurrada ao Parlamento aproveitando-se o vácuo provocado pelo recente falecimento de dom Pedro em Lisboa. Sem o imperador, a Sociedade Conservadora perdera seu rumo, pois sua principal plataforma de luta era o retorno do monarca. Concluído seu trabalho na Europa com a aclamação de sua filha como rainha Maria II, dom Pedro IV, seu título português, adoeceu e morreu inesperadamente, pois ainda era jovem e forte. Os liberais não perderam um minuto e deram curso às reformas que cevavam desde a abdicação.

Dom Pedro ocupara um espaço na cena nacional que nenhuma outra liderança conseguiu ocupar à altura. Isso, por outro lado, garantia o trono do imperador menino, pois ninguém tinha força para mudar o regime. As sociedades cívicas, embriões de partidos, também viviam em crises internas; a Defensora era a mais estável, enquanto as demais sucumbiram no processo.

Em 1832, os caramurus articularam uma conspiração para derrubar o governo e trazer o imperador de volta que ficou conhecida como Golpe da Chácara da Floresta, mas fracassaram. Nesse mesmo ano, os exaltados de Minas Gerais, articulados por Teófilo Ottoni na cidade de Vila do Príncipe, desencadearam um movimento chamado "Golpe de Estado Eleitoral", em que pretendiam dar aos parlamentares da legislatura seguinte poderes de mudar a Constituição sem necessidade da confirmação pelo Senado, mas tampouco tiveram êxito. Somente os moderados da Defensora conseguiam se manter onde estavam. Muitas vezes, os liberais exaltados uniam-se em alianças táticas com conservadores.

Entretanto, no Rio Grande do Sul os dois grupos liberais que se digladiavam na câmara estavam unidos no processo eleitoral. Isso se explica porque a maior parte dos políticos era integrante da Guarda Nacional e tinha como inimigo comum o caramuru Sebastião Barreto, comandante de armas, um adversário tão truculento que os mantinha em frente única. Netto seguia a orientação eleitoral de Bento Gonçalves, um moderado. Bento Manoel também sofria com as perseguições do chefe militar da província, o que o aproximava do outro Bento. O quadro eleitoral era totalmente favorável aos liberais comandados pelos dois Bentos.

As sociedades restauradoras perderam ímpeto antes mesmo da morte de dom Pedro, quando ficou claro que ele não voltaria ao Brasil. Uma dessas reentronadoras, a Sociedade Militar, fechou porque uma passeata de liberais empastelou sua sede e depredou toda a fachadado prédio, sob a alegação de que o retrato de um homem que aparecia num quadro posto à porta era do ex-imperador. Somente os liberais moderados conseguiram se manter aglutinados, e a Defensora foi a semente de um dos dois grandes partidos políticos que predominaram na política interna brasileira dali em diante.

Foi nesse clima que o liberalismo triunfante recebeu Bento Gonçalves na capital do império. Ele desfilou em Porto Alegre com a fama alimentada pelo relatório do marquês de Barbacena, que destacava sua participação na Batalha do Passo do Rosário. A figura vigorosa, benfeita e galante, era o protótipo de herói mítico. Sua estampa caiu muito bem entre as mulheres, e seu prestígio, que emanava das atenções do ministro Feijó, atraía a atenção dos homens, sempre farejando o poder. A reforma política em fase final de negociação entre as forças, num quadro em que os liberais dominavam amplamente, apontava para a eleição de Feijó como futuro regente uno.

Bento Gonçalves voltou ao Rio Grande com o nome de um rio-grandense para substituir Mariani como presidente da província, o desembargador Antônio Rodrigues Fernandes Braga. Apresentado como um esteio do liberalismo histórico, ativista destacado nas agitações republicanas de seu tempo de acadêmico na Universidade de Coimbra, com uma carreira brilhante no judiciário, Braga era um intelectual respeitado que poderia fazer uma administração moderna e, sobretudo, sensível aos anseios dos seguidores e aliados de Bento Gonçalves. Nem foi levado em consideração que ele era irmão do principal aliado do marechal Sebastião Barreto, o também advogado Pedro Chaves, que vestia o boné de liberal no espaço nacional, mas tinha suas bases políticas no Rio Grande assentadas na comunidade de comerciantes caramurus da capital gaúcha.

Braga, que era um homem refinado, ficou horrorizado com o que viu. Suas impressões da cidade-fortaleza de Rio Grande, o primeiro porto a que chegou, eram de uma aglomeração sem-graça, muito diferente dos aprazíveis e graciosos fortes do litoral norte do país. Sua escala seguinte foi na região de Pelotas. O padre Feijó recomendara-lhe que tratasse aquela cidade com todo o carinho, pois ali estava sua base de apoio para as eleições que se avizinhavam. No início, encantou-se com a Vila de São Francisco de Paula, com suas ruas arborizadas, limpas, frequentada por uma população saudável, bem-vestida, onde até os escravos se apresentavam decentemente. A maior parte da população era constituída por mestiços, muitos vindos do norte, com sua elite integrada por gente de Minas Gerais, açorianos rio-grandenses e negros africanos, a maior parte destes originários de Cuba ou de Nova Orleans, nos Estados Unidos, encarregados dos negócios internacionais. Tinham grande influência, até nos costumes, pois nos salões os casais dançavam uma polca saxônica que chamavam de havaneira, ou de vaneira, diferente das danças dos negros do norte ou dos minuetos dos portugueses do Rio e da Bahia.

Ele se apavorou quando o levaram para conhecer as instalações da indústria local, responsável pelo grande surto de progresso da região, geradora de recursos preciosos para os cofres da Coroa. As charqueadas já se estendiam por outros lugares além do Rio Pelotas, e o cheiro de podridão ia aumentando à medida que se aproximavam. Ao entrar no estabelecimento mais importante, a Charqueada São João, do português Gonçalves Chaves, teve engulhos e entrou em pânico. Quando desembarcou em Porto Alegre estava decidido a nunca mais botar os pés num matadouro macabro daqueles.

Ainda em Pelotas, Braga reuniu-se com as forças vivas da metade sul do Rio Grande. Ali estavam para recebê-lo os coronéis Bento Gonçalves, comandante da fronteira de Jaguarão, no sul; Bento Manoel Ribeiro, comandante da fronteira do Alegrete, no oeste; João Manuel de Lima e Silva, oficial de Primeira Linha e irmão do regente Francisco Lima e Silva; além de industriais como Antônio Gonçalves Chaves, comerciantes como Domingos José de Almeida, mineiros, transportadores, donos de navios e de carretas. Tiveram uma conversa amena, em que foi inteirado dos problemas econômicos da província. A expectativa era de que atendesse às reivindicações da cadeia da pecuária, que despontava como principal atividade da província, integrando todo o processo, desde a pastagem até o porto dos importadores no norte do Brasil ou no exterior. A apresentação das reivindicações dos rio-grandenses ficou a cargo de Gonçalves Chaves, nascido em Portugal mas desde jovem radicado no Rio Grande, poliglota e autor de livros de economia.

— O nosso produto é o charque, uma carne salgada de boi. O nosso mercado é a mesa do pobre. Livre ou escravo. Os nossos concorrentes são os produtores do Rio da Prata, os açougueiros das cidades e até os caçadores de animais silvestres. Portanto, a nossa produção só é viável a baixo preço, capaz de competir na panela do escravo. As margens de lucro para os industriais e produtores são mínimas. Qualquer vintém faz diferença e nos tira do mercado comprador. Precisamos do apoio do governo para superar os principais problemas que nos inferiorizam diante dos nossos concorrentes.

Gonçalves Chaves fez uma explanação demonstrando como a cadeia do gado se desenvolvera com recursos próprios e investimentos captados em Minas, São Paulo ou de algum empreendedor da terra, "como nosso conterrâneo aqui de Arroio Grande, Irineu Evangelista de Souza, que tem conseguido financiamentos para o desenvolvimento dos nossos negócios".

— A nossa pecuária vem progredindo aceleradamente para se equiparar à dos nossos concorrentes, pois, enquanto eles desenvolviam as suas criações na província de Buenos Aires e no departamento de Montevidéu, os nossos campos eram assolados pelos exércitos invasores, mas estamos recuperando rapidamente o tempo perdido e os nossos gados já competem com os deles nos mercados do mundo.

Três providências eram necessárias para melhorar a competitividade do produto nacional. Uma delas era a realização de obras de engenharia para a regularização do fluxo da barra de Rio Grande, permitindo a operação de navios o ano inteiro. Ali a fúria das correntes marítimas e a turbulência das águas na saída da Lagoa dos Patos tornavam a navegação tão custosa e arriscada que influía pesadamente no custo dos fretes, enquanto as naus carregadas no Prata passavam rumo ao norte abarrotadas de charque barato para o mercado brasileiro. A estocagem por longos períodos à espera de navios para embarque também onerava a produção.

A segunda medida seria a criação de um banco comercial que viabilizasse a transição das trocas por escambo para uma comercialização monetizada, que possibilitasse o pagamento do gado a dinheiro e a remuneração do trabalho assalariado, reduzindo os altos custos de mão de obra escrava.

A terceira, uma reforma tributária que fomentasse os investimentos e eliminasse os encargos que pesavam na competitividade. Ao concluir, Gonçalves Chaves ofereceu-lhe um exemplar de seu livro *Memórias ecônomo-políticas*, editado em 1822, no qual expunha suas ideias para o desenvolvimento econômico do Rio Grande do Sul.

Mal assumiu o poder em Porto Alegre, seu irmão Pedro já insinuava todo tipo de advertências, entre elas a de que seria um fantoche nas mãos daqueles coronéis broncos do interior. Também o convenceu a manter Sebastião Barreto como comandante de armas, pois a divisão das influências aumentaria seu poder de arbítrio, fortalecendo sua presidência.

Nesse momento, a reforma política dominou o cenário. Os liberais não conseguiram impor sua agenda completa, mas tiveram importantes vitórias, apesar de verem seu projeto comprometido em temas ligados diretamente ao poder central, como a manutenção do Conselho de Estado, do Poder Moderador, do Senado Vitalício e o sepultamento da reforma tributária. Em compensação, foi mantida a eleição direta para regente com mandato de quatro anos, com vitória consagradora do padre Feijó na província e no país. E também a descentralização administrativa e legislativa, com a criação de uma câmara legislativa provincial em Porto Alegre, onde os liberais obtiveram maioria esmagadora.

O Ato Adicional, além da Regência Una eletiva, manteve o Conselho de Estado, que era um colégio de notáveis que acionava o dispositivo do Poder Moderador. Também ratificou o Senado Vitalício, uma câmara com três representantes de cada província. Estes eram escolhidos de uma lista tríplice apurada entre os três candidatos mais votados em eleições majoritárias, sempre que abria uma vaga por morte ou renúncia de um senador. Essa câmara, com membros de escolha do chefe de Estado, era predominantemente conservadora, representando um entrave às reformas aprovadas na Câmara de Deputados, corpo legislativo integralmente eleito pelo povo.

As eleições eram relativamente livres, apesar de alguma violência entre os militantes de um e outro partido. Na primeira eleição do Brasil independente, o voto foi quase universal, pois podiam exercê-lo todos os homens maiores de 20 anos que não fossem nem escravos, nem assalariados, nem estrangeiros, isto é, votavam libertos nascidos no Brasil sem nenhuma restrição. A Constituição de 1824 introduzira uma barreira de renda: votavam todos os maiores de 35 anos com renda a partir de 100 mil-réis por ano, o que não constituía grande impedimento, pois era uma quantia modesta, equivalente a quatro meses de salário de um tenente do exército. Havia exceções, pois também votavam cidadãos acima de 21 anos, desde que fossem casados, bacharéis formados ou clérigos das ordens religiosas. Não votavam escravos, estrangeiros (africanos libertos ou imigrantes), criados e religiosos seculares.

Proclamados os resultados, diplomados os eleitos, a primeira a Assembleia Legislativa do Rio Grande do Sul reuniu-se para sua sessão inaugural em 15 de junho de 1835. Foi quando os chefes liberais perceberam a mudança de atitude do presidente Fernandes Braga, que virara a casaca e estava perfeitamente alinhado com o grupo conservador dos caramurus.

CAPÍTULO 43

O Paiol Farroupilha

OSORIO ESTEVE MUITO ocupado durante a campanha política. Tratava de regularizar a posse das terras que Rivera repassara para ele e para seu pai. Queria casar-se e, por menos que valesse aquela propriedade no conturbado Uruguai, uma escritura de propriedade ajudaria a tirar da boca de qualquer contrariado o argumento de que era um pretendente que não tinha onde cair morto.

Chiquinha, como era chamada dona Francisca na juventude e como foi chamada por toda a vida, sabia da história do amor desenganado e tomou uma atitude que lhe valeu o consentimento, abrindo mão de dote ou de participação em heranças paternas e maternas. Assim mesmo, Osorio foi para o Uruguai tratar da papelada e de botar algum gado em cima dos pastos, pois essa era uma condição para tomar posse das terras. Pelo menos do ponto de vista ético, pois o presidente da República Oriental justificava a doação de terras públicas como forma de incentivar a produção do país, tão necessitado de recursos e de trabalho para seus filhos. A parte do pai ficou a cargo do irmão mais velho, Francisco Luís Osorio.

No entanto, a cachaça da política começava a fazer seus efeitos, enfeitiçando o jovem tenente. Embora tivesse uma filiação partidária tênue como sócio fundador da Defensora em Rio Pardo, até aquela eleição ainda não tinha participado de uma campanha política. Limitava-se a se posicionar diante dos grandes temas, como o papel do país em questões longínquas. Um desses foi o dilema de que atitude tomar em relação ao golpe que dom Miguel pretendia dar em seu irmão dom Pedro IV para usurpar o trono da filha Maria da Glória. Pouco antes da abdicação, falava-se que o imperador mandaria tropas a além-mar para retomar a coroa da menina. Nesse tempo, os liberais diziam: "Que se vá, pois assim pode ser que o homem fique por lá e nos deixe em paz aqui no Brasil."

Na campanha Osorio fez de tudo, desde qualificar novos eleitores até pedir votos na rua. Nessa época, elegeu-se a primeira câmara de vereadores de Caçapava e seu pai foi um dos candidatos vencedores. Ele sentiu o gostinho da popularidade convertida em instrumento para formar a opinião das pessoas e, além do grande prestígio do tenente-coronel Manuel Luís, seu nome ajudou, principalmente entre os jovens que o tinham como modelo. Nas eleições gerais, foi votado e escolhido eleitor ativo em Bagé.

Nessa campanha, surgiram os primeiros sinais do fosso que se abria para separar os rio-grandenses em duas facções políticas inconciliáveis, pela virulência dos ataques pessoais e que iam além das ideias. As ofensas e atitudes levavam famílias inteiras para uma ou outra posição. Osorio ficou muito incomodado com isto, pois tanto seu futuro sogro, o juiz Zeferino Fagundes de Oliveira, como seu melhor amigo, o capitão Mallet, estavam do outro lado. Com a promulgação do Código de Processo Criminal, em 1832, os juízes de paz passaram a ter atribuições nessa área penal, o que aumentou muito seus poderes. O francês não era eleitor por ser estrangeiro, mas acompanhava o sogro, coronel Antônio Medeiros da Costa, que cerrara fileiras ao lado do chefe conservador local, o major João da Silva Tavares.

O mal-estar se instalou e foi se aprofundando a partir de uma intervenção intempestiva do comandante de armas, Sebastião Barreto, que, a pretexto de assegurar a lisura das eleições, destituíra do comando das fronteiras os coronéis Bento Gonçalves e Bento Manoel Ribeiro. Ora, a Guarda Nacional, que estava submetida a esses comandos, era uma entidade essencialmente política. Seu estatuto dizia que eram guardas suscetíveis a convocação por todos os homens habilitados e eleitores entre 20 e 60 anos. Não bastasse isso, os corpos de elite que de fato se mantinham mobilizados para garantir a segurança pública e das fronteiras eram subordinados aos dois comandantes e mantidos a sua custa, pois o dinheiro do governo para cobrir as despesas com a soldadesca nunca chegava.

Em Bagé, foi um escândalo quando chegou a notícia dizendo que a fronteira do Jaguarão passava a ser, doravante, comandada pelo major João da Silva Tavares, candidato conservador a uma cadeira de deputado provincial. Netto espumava. A notícia foi para as ruas, para os bolichos da campanha, despertando uma grande indignação entre os guardas, pois, embora o major fosse um homem acatado na comunidade, os guardas eram, em sua esmagadora maioria, seguidores dos coronéis Bento e Netto, que detinham o comando do Corpo Bageense.

Para não azedar a relação com o amigo, Osorio falava com Mallet apenas de negócios e temas militares, literários ou científicos. Um assunto recorrente era uma nova forrageira que estava colhendo em sua lavoura, plantada com sementes trazidas da França.

— Chama-se alfafa. Isso aqui foi a base da alimentação da cavalaria árabe nas cruzadas. Só isso explica como eles conseguiam ter animais tão sadios no meio do deserto. Tu colhes e enfardas. Podes deixar meses que ela não seca, e os animais consomem com gosto.

O esquadrão de Osorio foi a primeira unidade do Exército Brasileiro a usar alfafa como forragem para seus animais. No inverno, foi um sucesso. Na primeira colheita, Osorio ofereceu sua tropilha como teste. Depois teve de defender tecnicamente a nova forragem para que ela fosse incluída oficialmente na alimentação da cavalhada do governo.

Osorio e o irmão mais velho, Francisco, estavam cuidando também de povoar o campo e construir as instalações necessárias para acolher a família, os empregados e os galpões de armazenagem de produtos e equipamentos agrícolas e cavalariças para as montarias. Mallet fizera os projetos de engenharia e, mesmo de longe, supervisionava as obras e fornecia os materiais de construção, telhas e tijolos de sua olaria, enquanto o madeiramento era importado de Montevidéu e Buenos Aires e chegava ao Arapeí pelo caminho do Rio Uruguai; o transbordo para as carretas era feito em Paissandu.

Com esse vaivém e ainda os trabalhos de treinamento da tropa e patrulhamento da região, Osorio pouco viu dos acontecimentos políticos que envenenavam as relações dos liberais com seu antigo aliado, o presidente Braga. Havia um verdadeiro desmonte do esquema dos dois Bentos em suas áreas, minando-lhes a autoridade. Foi nesse clima que se chegou à posse dos deputados. Só então Osorio viu que a situação era explosiva.

Os problemas começaram no dia mesmo da abertura dos trabalhos da assembleia. A sessão solene deveria se iniciar com uma fala do presidente da província apresentando uma prestação de contas ao Parlamento, como um gesto de boa vontade e submissão aparente. Embora Fernandes Braga tivesse sido eleito deputado, não tomou posse, preferindo ficar no posto de presidente, cargo de livre nomeação do poder central no Rio de Janeiro. Era verdade que o clima das ruas não estava nada favorável para o presidente. Foi o que constatou na prática aquele colegiado sem poder legislativo, agora transformado em Assembleia Legislativa Provincial, isto é, ocupada por homens com poder e mandato eletivo de três anos. Nos poucos passos que deram pela rua da Igreja, percorrendo os 30 metros que separam o palácio do governo da sede do antigo conselho geral da província, ouviram as vaias e os desaforos da multidão na Praça da matriz. A massa se aglomerava na porta da câmara de deputados desde cedo para assistir à chegada ao prédio dos eleitos, alguns deles verdadeiras lendas vivas das recentes epopeias. A maior parte chegou em carruagens, mas Bento Gonçalves preferiu subir a pé a rua da Ladeira, vindo do centro comercial da parte baixa da cidade, onde se hospedava, abrindo caminho entre abraços e aplausos, saudando a população, desfrutando sua popularidade arrasadora.

Braga entrou no recinto transtornado pelos apupos. Colhia os frutos de sua mudança de posição. Mesmo para um homem habituado às vicissitudes da vida pública, não conseguia esconder sua contrariedade. Dava sinais de que perdia o autocontrole. Não admitia ser tratado como vilão na cidade onde nascera.

Decidiu dar ali mesmo uma resposta à altura, custasse o que custasse. A seu lado, o comandante de armas, em seu uniforme de gala de marechal de campo, mordia os bigodes de tanta raiva. Com os 27 deputados presentes (a cadeira de Braga no plenário estava vazia), o tesoureiro da câmara, deputado Rodrigo José de Figueiredo Moreira, abriu os trabalhos e instaurou a assembleia, elegendo-se seu presidente o doutor em Medicina Marciano Pereira Ribeiro. A seguir foi dada a palavra ao convidado de honra, o presidente da província. Todos se calaram quando o viram deixar de lado o discurso que preparara, uma peça de relatório administrativo e de propósitos benfazejos. Rodando o pescoço como se procurasse mais ar, abriu seu discurso num tom raivoso, quase ofensivo, e logo disparou todo tipo de diatribes contra o plenário, acusando os deputados da oposição de traidores da pátria, de estarem conspirando com governos estrangeiros a anexação do Rio Grande ao Uruguai.

Acusou diretamente Bento Gonçalves, dizendo que estava mancomunado com o chefe oriental Juan Antonio Lavalleja e que dera asilo a um inimigo do Brasil, o general argentino Juan Galo Lavalle, ex-governador da província de Buenos Aires. A sessão terminou com protestos irados dos deputados, gritos de "fora" das galerias, a retirada abrupta do comandante de armas e a cara de espanto do bispo, desconcertado. Quando o povo na rua soube o que se passava lá dentro, ameaçou invadir o prédio, sendo contido com tiros para o ar e uma carga da guarda palaciana.

Os relatos chegaram ao interior, como sempre, aumentados e repletos de exageros. A reação do eleitorado foi de furiosa indignação contra o presidente e seus seguidores. Para piorar, um dos defensores de Fernandes Braga, seu irmão e juiz de direito de Porto Alegre, o deputado Pedro Rodrigues Fernandes Chaves, decidiu desagravar o fiasco subindo à tribuna todos os dias para abrir baterias contra os liberais. Aquilo apenas agravou a situação, pois, mesmo contidos pelo regimento interno, era pedir demais àqueles guerreiros veteranos, homens acatados, respeitados, reverenciados em suas cidades, que ouvissem em silêncio as palavras de um almofadinha pomadista da cidade.

Não podia dar certo. Para piorar, não houve, como os gaúchos esperavam, uma reação imediata do governo central, o único que poderia intervir para evitar que aquela festa da democracia se transformasse num conflito sangrento. No Rio, o regente Feijó passava por maus momentos, enfrentando todo tipo de descontrole e desmandos. A vitória sobre seu adversário nas urnas, com 2.826 votos para ele contra 2.251 dados a Holanda Cavalcantti, pouco mais de 500 votos de diferença, fora apertada. No cenário nacional, além do Rio Grande do Sul, encontravam-se em pé de guerra Pará, Pernambuco, Bahia e Santa Catarina. Nas ruas do Rio de Janeiro, todo dia havia manifestações contra ou a favor, mas sempre tumultuosas, insufladas por uma imprensa implacável.

O regente deixou passar, pediu que tivessem calma, que lhe dessem tempo, pois acabara de assumir. Enquanto isso, Fernandes Braga aprofundava suas medidas de desmonte do esquema liberal. Nos meses seguintes, a província inflamou-se. Só se falava em pegar em armas, em expulsar os portugueses, pois toda a culpa pelos desmandos do desembargador-presidente era atribuída a uma conspiração dos comerciantes lusitanos, os caramurus. Proclamava-se que deveriam todos ser mortos ou expulsos do Rio Grande. Não fosse a insensibilidade de Braga e a arrogância de Sebastião Barreto, os ânimos poderiam ser acalmados. Entretanto, o que fizeram foi procurar assumir o controle da Guarda Nacional, submetendo-a ao comando direto do governo provincial. Foi a gota d'água.

O sentimento antiportuguês se acentuou à medida que os crioulos foram percebendo a íntima ligação da comunidade lusitana com a situação. E agravou-se quando se iniciou a violência da repressão aos adversários do presidente. Havia motivos além da concorrência comercial com os empreendedores de Pelotas e das florescentes cidades da fronteira, irrigadas monetariamente pelas exportações, pagas em libras esterlinas, e pelo livre intercâmbio crescente com o Prata, engrossado pelos efeitos deletérios da voracidade fiscal. Os antigos monopolistas do centro do país eram acusados também de tramar com as autoridades fazendárias a exagerada tributação do charque nacional, por serem atravessadores, importando a mercadoria de Buenos Aires e revendendo-a no Brasil com grande lucro. Haveria, portanto, um *dumping* que beneficiava os atacadistas do Rio de Janeiro.

Ao mesmo tempo, metade dos produtos estrangeiros, especialmente bens de consumo e de produção vindos da Europa, era obrigada a se nacionalizar na capital do império, deixando lá os direitos alfandegários, em detrimento das mesas de renda de Rio Grande, Pelotas e mesmo de Porto Alegre. Em compensação, os charqueadores de Pelotas estavam abrindo filiais em Montevidéu para concorrer com eles próprios, desviando os gados da campanha para aquele porto. Esse intercâmbio também era feito em dinheiro, o que revigorava a combalida economia da pecuária. O resultado foi que se instalou na província um processo inflacionário, que elevou os preços dos produtos no varejo e gerou desemprego no comércio e nos serviços. A culpa de tudo era atribuída aos portugueses, levantando a classe média urbana contra eles, isolando ainda mais o presidente e seus seguidores. Pedro Chaves era uma voz isolada. Os liberais aproveitavam-se disso para insuflar a população contra o governo regional.

Mais desastrada ainda foi a escolha do epíteto para desacreditar a oposição. Os caramurus passaram a chamá-los de farroupilhas ou de farrapos, um pejorativo bem ao gosto dos portugueses, pois se referia a um extremista brasileiro que usava esse vocábulo para, no estilo do cínico grego Diógenes, chocar os lisboetas no tempo das revoltas libertárias na capital portuguesa. Em 1820, o liberal radical Cipriano Barata percorria as ruas de Lisboa protestando contra os movimentos recolonizadores, que acabaram gerando a independência do Brasil, trajando roupas maltrapilhas e um chapéu de palha desabado, ganhando esse apelido de farroupilha como um pejorativo insultuoso. Mais tarde, apareceu no Rio um jornal com esse nome, famoso por suas teses tresloucadas. Entretanto, não foi assim que se entendeu em Porto Alegre e, logo em seguida, no interior, onde o epíteto foi associado a posições neocolonialistas da elite portuguesa da capital. Os liberais viram os resultados e logo adotaram o nome de Farroupilha para sua revolução, pois pregavam ideias semelhantes. A derrubada do governo pelas armas foi algo que se precipitou, uma onda que se formou sozinha, como o redemoinho do tornado Carpinteiro nas praias do oceano.

Foi uma tolice do governo nacional não entender o que estava acontecendo no Rio Grande do Sul. Mesmo com toda a sua experiência e todo o seu conhecimento da cultura dos tropeiros, o padre Feijó só percebeu muito depois, quando os acontecimentos já se haviam precipitado. O governo central era ainda muito recente e não tinha experiência em assuntos internacionais para entender as nuances de uma população que há dez gerações vivia mobilizada pelo conflito externo.

Por isso, não foi sensibilizado pela crise no Rio Grande do Sul, diferente dos levantes iminentes no norte, que eclodiam em meio a profundas divisões das forças internas de cada região. Não atentou às peculiaridades da província sulina, que diferia significativamente reclamando uma resposta imediata aos fatos de Porto Alegre.

Feijó dormiu no ponto do trem e quando viu estava com uma avalanche sobre sua cabeça: Braga estava entrincheirado nas fortalezas de Rio Grande, sustentado por tropas mínimas, e expunha o sistema como um todo. A província inteira estava em pé de guerra, com todas as forças militares unidas contra o presidente, gritando em uníssono: "Fora!" Vendo que não teria como resistir, Braga pegou um navio e se mandou para a corte, dando adeus àqueles ensandecidos, conseguindo, com isso, uma trégua, mas deixando atrás de si um incêndio que levou dez anos para se extinguir.

Osorio tomou conhecimento dos fatos em Porto Alegre e sentiu-se, como todo mundo, atingido pela humilhação, tomado pela vontade de dar uma resposta à altura. A repulsa foi geral. Numa província como o Rio Grande, não se entendia como revide a tais afrontas outros discursos na tribuna refutando as acusações e insolências. Naquela época, os gaúchos julgavam que tamanhos desaforos somente poderiam ser lavados a fio de espada.

Quando os deputados desistiram de brigar no plenário e saíram para o interior a fim de explicar o que acontecera e levantar o povo para repudiar as agressões, já encontraram a tropa na rua. Incluindo as unidades de infantaria de outras províncias, que guarneciam alguns pontos estratégicos, como a infantaria pernambucana aquartelada em São Gabriel, que também não concordara com a desmoralização de seus companheiros de armas. Depois se disse que Bento Gonçalves encabeçou uma conspiração para articular o levante de 20 de setembro. Na verdade, ele apenas se posicionou à frente da massa que já estava em movimento sobre a capital para botar porta afora os detratores de todo o Rio Grande e não apenas representantes de facções políticas. Mesmo em Porto Alegre, onde a presença dos caramurus era predominante, a população indignou-se e recebeu os farroupilhas como heróis.

Quando soube dos fatos, Osorio estava em Caçapava, voltando com o irmão da fronteira, trazendo um problema que surgira com relação à posse das terras. Francisco fora surpreendido na estância pela visita de um uruguaio que se dizia legítimo proprietário das terras. A verdade era que fugira para Corrientes e agora, com a pacificação, voltara para buscar o que era seu. Cordato, Francisco Ponsiñon estava disposto a vender a propriedade, mas também deixava claro que faria valer seus direitos caso os Osorio se recusassem a acatá-lo.

Osorio e Francisco, junto com o pai, consultaram um advogado, o dr. Ulhôa Cintra, mineiro, que se mudara para a região justamente porque o negócio de regularização de terras era uma das causas mais comuns para juristas. Doações superpostas, ocupações ilegais, compras duvidosas, tudo contribuía para tornar confusa a situação da propriedade rural no Rio Grande do Sul. Era o paraíso de rábulas e bacharéis. Ulhôa Cintra leu uma cópia da certidão que Francisco trouxera de Montevidéu e concluiu:

— É um documento irrefutável de vossa boa-fé, mas não sei o que dirá um juiz uruguaio se esse dom Ponsiñon apresentar outros títulos ou testemunhos de que aquela terra lhe pertenceu antes das guerras. Entretanto, não nos apressemos. Vamos ver o que ele apresenta. Isso não os impede de negociar um preço, para evitar que ele queira valores muito altos e sinta que pode reaver a sua estância.

A conversa mudou de assunto com a visita do padre Fidêncio José Ortiz, vigário da paróquia e deputado eleito, que chegava de Porto Alegre com notícias da câmara.

— Aquilo está pior que um bolicho cheio de bêbados se xingando. Não dá para acreditar. Não se fala de nada que não sejam ofensas. O coronel Bento Gonçalves foi embora e disse que só volta à frente de uma Divisão de Cavalaria para fazer o Pedro Chaves engolir as palavras. Desculpem, estou forçando um pouco, mas é para isso que caminham as coisas.

Embora fossem liberais, aliados do coronel Bento Manoel Ribeiro, Manuel Luís e o deputado discordavam dos exaltados e da facção moderada de Bento Gonçalves. Assim mesmo, o coronel não desculpava o presidente.

— Onde já se viu ofender um homem da qualidade do Bento. Agora, não se iludam, alguma coisa há nesse negócio de separar o Rio Grande. E com isso não concordo. Está certo que esse governador é português e que deve voltar para o meio dos seus lá no Rio de Janeiro. É tão português que até fala como um galego.

— Pai, o senhor também fala com uma puxadinha para o portuga...

— Deixe disso, guri. Não falo como rio-grandense, mas o meu sotaque é do Desterro. Açoriano, isso sim.

— Brincadeira, meu pai. Não acredito que queiram separar o Rio Grande. Isso é intriga para indispor a nossa gente com o resto do Brasil.

— Não brinque com isso, meu filho. Sou a favor de mandar esse Braga embora. Esse homem foi um desastre; só trouxe discórdia. Mas digo a vocês: só há uma coisa que pode me fazer montar a cavalo, desembainhar a minha espada e voltar para as coxilhas: tentarem separar o Rio Grande do Brasil ou dar um golpe no nosso imperador menino para instaurar aqui uma república. Basta o que já vi de anarquia do outro lado. Ainda bem que entregaram a Banda Oriental para eles. E que se matem! Mas nós de fora.

— Bem, doutor, o nosso processo está nas suas mãos. Francisco, tu cuidas disso daqui para a frente. Amanhã cedo volto para Bagé. Tenho certeza de que entraremos em prontidão a qualquer momento. Sinto cheiro de pólvora.

CAPÍTULO 44

A Vitória Transborda

— Osorio, o que é isso?

O capitão Jorge Mazzaredo, comandante interino do 2º Regimento de Cavalaria de Primeira Linha perguntava a seu primeiro-tenente por que o quartel estava vazio. Eram 7 horas da manhã de 19 de setembro de 1835. Não havia cavalos nem pelotões em ordem-unida, esperando a chegada dos oficiais para hastear as bandeiras do império e da unidade e a flâmula do comandante.

— Você sabia? É a revolução? Vai me prender?

— Capitão, estou aqui ao seu lado, isso não basta?

No quartel ficaram apenas alguns praças, quase todos doentes, que não puderam acompanhar o restante da guarnição, que já partira.

— Quando me convidaram pedi que não me dissessem mais nada, nem data nem hora. Assim, não sei lhe informar. Que iria haver revolução, isso todo mundo sabia.

Um dos soldados informou que logo depois de meia-noite a tropa deixara o quartel comandada pelo alferes José Maria do Amaral, junto com o sargento Bonifácio e o restante do pessoal, dirigindo-se para o Piraí. Não era segredo de onde pensavam tomar posição até receberem novas ordens, certamente do coronel Antônio de Souza Netto, chefe do levante na cidade. O comandante efetivo da unidade, capitão

Francisco Fernandes Osorio, não aparecera para a alvorada, mas os remanescentes não souberam informar se estaria ou não com os desertores. Mazzaredo mandou dar o toque de reunir, separou o que pôde entre seus homens sãos e meio doentes e partiu imediatamente. Na situação em que se encontrava, estaria à mercê dos rebeldes, pois a tropa leal aos conservadores estava fora da cidade, operando na região do Jaguarão sob o comando do major Silva Tavares. Como o capitão era um ativista antiliberal, temia ser preso e, eventualmente, executado, pois muitos adversários vinham dizendo que assim que a rebelião começasse o primeiro caramuru a ser passado pelo fio da carneadeira seria o oficial italiano.

— Vamos para São Gabriel. O marechal Sebastião está indo para lá. Vai se encontrar com o 3º Regimento de Cavalaria e com o batalhão de infantaria de Pernambuco. Ali estaremos seguros.

Antes do meio-dia o quartel foi cercado por uma partida comandada pelo capitão da Guarda Nacional Manoel dos Santos Jardim, encarregado pelo coronel Netto de prender Mazzaredo e, se fosse o caso, Osorio. O chefe revolucionário dissera a Jardim que dificilmente o tenente iria aderir no primeiro momento, mas que tivesse cuidado com ele, pois era um companheiro potencial: "Osorio é milico e enquanto tiver um superior a lhe dar ordens vai cumpri-las." Porém, ao saber que os remanescentes do 2º RC haviam partido, ordenou sua imediata perseguição.

Nesse dia, 20 de setembro, os farroupilhas entravam em Porto Alegre batendo as tropas do visconde de Camamu, mandadas para os arredores da cidade. Lá, um batalhão de rebeldes comandados pelos liberais Gomes Jardim e Onofre Pires acampara na ponte da Azenha, uma das entradas da cidade. A essa altura, Bento Gonçalves se encontrava do outro lado do Rio Guaíba, em Pedras Brancas, vendo de longe as luzes da cidade.

No dia 21, Bento Gonçalves fez sua entrada triunfal em Porto Alegre. O presidente Fernandes Braga já estava em Rio Grande fazendo o transbordo para um navio oceânico que o levaria ao Rio de Janeiro, abandonando o governo sem nem mesmo passá-lo a seu sucessor. Somente o quarto vice-presidente, o médico formado em Edimburgo, na Escócia, Marciano Pereira Ribeiro, aceitou tomar posse. O dr. Marciano, no entanto, era revolucionário; assumiu o poder e foi logo demitindo os caramurus e entregando a máquina administrativa aos liberais. Afinal, fora a recusa de Braga de botar seus correligionários nos cargos-chave que desencadeara os ataques liberais pela imprensa que o levaram a romper com o grupo no Rio Grande.

O governo legal ficou sozinho, isolado. Somente três comandantes pegaram em armas para defendê-lo. Um deles era uma estrela nascente no cenário político e militar do Rio Grande, o major Manuel Marques de Souza, futuro conde de Porto Alegre. Quando a situação azedou, ele pegou um Corpo de tropa e se deslocou rapidamente, ocupando a cidade de Pelotas, centro de difusão dos rebeldes. Outro grupo foi o Corpo de cavalaria do recém-promovido tenente-coronel Silva Tavares, que atuou no sul de Bagé e travou um combate importante contra uma tropa de uruguaios que entrara no Rio Grande para apoiar Bento Gonçalves.

A situação no Prata estava assim, vista pelos olhos de um rio-grandense: o chefe blanco, Lavalleja, estava ao lado de Bento Gonçalves, apoiando a revolução, com discreta simpatia do governador de Buenos Aires, Juan Manuel Rosas. Este estava em luta contra o ex-presidente Rivera, que junto com Juan Lavalle e com o apoio do governador de Corrientes, Virasoro, se alinhava com Bento Manoel (diante dos acontecimentos subsequentes, esses grupos ficaram em antagonismo armado). Por fim, o comandante de armas, Sebastião Barreto, que, com a ameaça de levante militar, se deslocara para São Gabriel, procurando aí reunir forças para combater os rebeldes. Foi a esse grupo que Osorio e Mazzaredo se reuniram no final de setembro e início de outubro de 1835.

O quadro político-militar era insólito: em vez de o governo perseguir os rebeldes, o que se via eram dois pequenos grupos de legalistas fugindo em guerrilhas pela província com os revolucionários em sua cola. Essas poucas forças esparsas atuavam no interior, pois a capital estava inteiramente controlada pelos farroupilhas. O grupamento comandado pelo major Manuel Marques de Souza saiu de Porto Alegre rumo a Rio Grande em socorro ao presidente deposto Fernandes Braga, mas não conseguiu chegar até lá, detendo-se em Pelotas. Na fronteira do Jaguarão, com não mais de 500 homens, operava um Corpo de cavalaria organizado pelo recém-promovido tenente-coronel Silva Tavares, de Bagé, procurando uma saída, pois estava bem no meio do levante. Mais para o oeste, na região de São Gabriel, mas já se deslocando para a fronteira, estava o grupamento do marechal Sebastião.

Houve um esboço de resistência legalista em Rio Pardo, pois um grupo de 150 homens liderados por conservadores locais, decididos a defender o governo, fortificou-se na cidade. Mas logo se rendeu com honra, pois o próprio coronel Bento Gonçalves foi receber a espada do chefe político local José Joaquim de Andrade Neves. A cena de Rio Pardo foi o padrão por toda a província: rendição das forças legais com adesão imediata de toda a tropa, de capitão para baixo.

Osorio e Mazzaredo ciscavam pelas canhadas e coxilhas procurando escapar da perseguição provocada pela partida dos irmãos Jardim (já se haviam incorporado ao grupo de perseguidores José dos Santos Jardim, Zeferino de Quadros e mais seis homens), guiados pelo vaqueano Maneco Feliciano, destacado pelo coronel Netto para capturar o capitão italiano. Dispensaram a escolta, pois a adesão ao levante era total. Os dois fugitivos tinham ainda contra si os olhos de toda a campanha. Ninguém sabia que um dos dois era o tenente Osorio. Pensavam tratar-se de dois caramurus quaisquer. Ninguém se negava a denunciá-los:

— Passaram aqui por volta de meio-dia indo em direção ao Rio Jaguari.

Sebastião Barreto vagava pela campanha procurando inutilmente montar seu dispositivo para contra-atacar. Já sabia da adesão do 2º RC a Bento Gonçalves e botava a culpa em Osorio: "Isso é coisa daquele tenentezinho de merda!" Mas confiava no 3º Regimento de Cavalaria e nos dois batalhões de infantaria do norte que estavam na fronteira. Confiava que as tropas de Pernambuco e da Bahia não se deixariam envolver e cumpririam as ordens de seu comando. Com essas forças poderia fazer frente aos dois grandes grupamentos farroupilhas que operavam na região, chefiados pelos coronéis Antônio de Souza Netto e Bento Manoel Ribeiro. Ao se aproximar da unidade de cavalaria, topou com seu comandante, capitão Francisco de Paula Macedo Rangel, que o informou sobre a adesão em massa da unidade à rebelião e sobre a prisão dos seus oficiais.

— Pois então vamos para São Gabriel nos juntar aos pernambucanos!

— Também não dá, senhor marechal. O 8º Batalhão de Caçadores já se juntou ao coronel Bento Manoel e ocupa a cidade. Se formos para lá seremos presos.

Nas imediações, no Passo de Batovi, entre os Rios Vacacaí e Jaguari, Barreto topou com o Batalhão de Caçadores da Bahia. Os atônitos infantes acataram as ordens do marechal e se posicionaram para pernoitar perto do passo, enquanto o comandante pensava no que fazer, muito desconfiado do desânimo de seus soldados. Seus batedores informaram que se aproximava uma força. À 1 hora da manhã, a avançada da vanguarda, quatro homens de Bento Manoel, identificou um acampamento à frente e foi se aproximando sorrateiramente, constatando a moleza da guarda. Posicionaram-se a menos de 50 metros dos fogos ainda acesos. As armas ensarilhadas, a maior parte dormindo, não havia nem trincheiras nem defesas, tudo ao léu.

Decidiram dar um susto nos caramurus, tomando posição atrás de algumas árvores, e soltaram uma descarga por cima, com planos de sair dali a galope, esperando que a vanguarda que vinha atrás ouvisse os estampidos e se adiantasse para dar combate à infantaria inimiga. Mas tiveram uma surpresa: os soldados, despertados pelos tiros, em vez de correr às armas, começaram a dar vivas à revolução. No meio do alarido, Barreto percebeu que estava sozinho. Cercado pelos oficiais, tomou uma atitude histórica:

— Declaro o exército dissolvido.

Foi um salve-se quem puder. Quando chegaram os reforços, Barreto não estava mais no local, sumindo no meio da noite. Pela manhã, Osorio e Mazzaredo toparam com dois oficiais baianos perdidos que procuravam um meio de sair dali. O tenente então tomou uma decisão:

— Bem, se o comandante de armas declarou o exército dissolvido, aqui termina a minha obrigação. Vou procurar o substituto e me apresentar.

Mazzaredo apavorou-se:

— Osorio, não podes me abandonar. Por favor, amigo, me guie até a fronteira pelo menos e depois siga o caminho de sua consciência.

Osorio entendeu a gravidade. Realmente, seu capitão fizera uma intensa campanha contra os liberais. Estava jurado. "Está bem, vou guiá-los", e continuaram, agora na direção da fronteira. Levou seu adversário, porém amigo, até o vilarejo de Taquarembó, no Uruguai, e regressou a Bagé. Foi se apresentar ao chefe revolucionário local, no quartel-general de Netto, na Chácara do Candal, nas imediações da vila. O coronel estava em viagem para a capital, onde iria se reunir com Bento Gonçalves a fim de tratarem do plano de campanha e dar sequência aos desdobramentos políticos e administrativos. Comandava o acampamento seu irmão, José Netto. Osorio ficou quatro dias esperando alguma ordem. Foram dias de pura festa. Osorio exultava. A vitória sem sangue inspirava sua poesia. Uma de suas décimas compostas ali, de improviso, dizia bem de seu espírito:

A espada do despotismo
Nos quer a lei ditar
Quem for livre corra às armas
Se escravo não quer ficar.

Na sala de estar da grande mansão a fina flor da juventude bageense vivia dias de embriaguez cívica. Pequenos discursos, frases de efeito e, principalmente, como era costume na época, desafios a poemas de improviso. "Osorio, vai para ti um mote: O pendão da Liberdade". O tenente rebateu:

Minerva baixou do Olimpo
Essa Deusa, essa beldade,
Erguendo sobre o Rio Grande
O pendão da Liberdade.

Aplausos. Então largou mais uma:

Exultai ó dia Vinte
Com glória, com igualdade.
Os rio-grandenses defendem
O pendão da Liberdade.

E fazendo um sinal de que iria concluir:

A Pátria em paz chama os filhos
Toda cheia de bondade:
"Filhos meus defendam sempre
O pendão da Liberdade!"

Assim se passavam os dias, até que recebeu ordens para se reunir a seu regimento, que estava com o coronel Bento Manoel, o novo comandante de armas da província, nomeado pelo governo de fato, estacionado em São Gabriel. Partiu, entusiasmado. Sabia que sua tropa o esperava e queria estar com eles nesses momentos. Entretanto, ao chegar ao acampamento recebeu ordem de prisão. Mal correu a notícia e já se formava um alvoroço entre o pessoal do 2º RC, protestando contra a detenção. Osorio foi chamado a se explicar. O coronel interpelou-o, censurando-o por suas atitudes recentes:

— Não previa, senhor tenente Osorio, que o seu ato passando ao Estado Oriental com o capitão Mazzaredo o faria suspeito perante a revolução?

— Previa, sim, senhor coronel, mas esperava que minha pronta apresentação anulasse qualquer suspeita que sobre mim pairasse. Entre um sacrifício momentâneo da minha reputação e o dever de salvar uma vida, não vacilei. Demais, quem poderia duvidar de que conduzindo Mazzaredo ao Estado Oriental afastasse da luta um adversário, e que em vez de um desserviço prestei um benefício à revolução?

Bento Manoel ouviu divertido a boa tirada. Eram velhos amigos, nunca duvidara de sua lealdade, mas resolvera testá-lo diante de testemunhas, para que não dissessem que estaria protegendo uma pessoa a quem devia a própria vida. Para que ninguém mais levantasse qualquer dúvida, carimbou:

— Bem, camarada, fez o que eu faria. Preciso agora dos seus serviços. Vou nomeá-lo comandante do seu próprio regimento e mandá-lo para a fronteira de Bagé. Aceita?

Osorio perfilou-se e soltou:

— Pronto!

Assim que chegou a notícia ao terreiro onde se encontrava a tropa do 2 RC, ouviram-se os vivas. Osorio foi recebido com gritos e disparos para o ar. Ali mesmo fez um rápido e inflamado discurso, conclamando todos ao combate pela liberdade. Dias depois, em 13 de outubro, sua nomeação para o comando saiu em decreto do comandante de armas. No dia seguinte partiu para Bagé, onde foi recebido como herói, aclamado enquanto a tropa desfilava pelas ruas centrais, tomando posse da praça. Em frente à residência do juiz Zeferino, numa janela, lançando beijos e com a fita que exibia o lema da revolução ("Liberdade, Igualdade, Humanidade") atada à testa, Chiquinha viu seus olhos se encontrarem enquanto ele trotava em seu cavalo tordilho, mais branco do que a neve.

A província parecia ter alcançado paz e concórdia. Todos estavam do mesmo lado, fora os caramurus, é claro. Osorio estava muito otimista. As dissensões já começavam a dividir moderados e exaltados, estes querendo radicalizar o movimento e implantar logo o regime republicano. Para isso eram estimulados por correligionários do país inteiro, onde se articulavam movimentos armados para se somar ao do Rio Grande e implantar um sistema federativo, com estados interdependentes, no modelo norte-americano. Essa ideia encontrava boa acolhida no Prata, embora na Argentina o grupo que apoiava os exaltados brasileiros fosse o do unitários, que pregavam um governo centralizado. Mas, na realidade, não havia antagonismo ideológico, pois o liberalismo brasileiro era extremamente centralizado e o unitarismo argentino era excessivamente autonomista.

O que mais unia as correntes platinas eram as alianças entre os chefes políticos: de um lado, a linha Rosas, Lavalleja, Bento Gonçalves; do outro, os unitários Rivera e Bento Manoel. Assim, pode-se dizer que os homens que fizeram a guerra a dom Pedro I já estavam se alinhando com o Rio de Janeiro contra o êxito Buenos Aires/Montevidéu/Porto Alegre farroupilha. Na área econômica, as alianças eram um pouco diferentes, pois o governador de Buenos Aires, Juan Manuel Rosas, subira ao poder aliado aos pecuaristas do interior da província, em aberta hostilidade aos comerciantes que dominavam o porto da capital platina, que se opunham aos do porto de Montevidéu, seu grande rival na disputa de mercados. No Rio Grande, Pelotas alinhava-se com Montevidéu em oposição ao eixo Rio-Buenos Aires. Alguns charqueadores rio-grandenses já estavam abrindo filiais em Montevidéu, procurando defender-se da política tributária esquizofrênica do império.

Passado o primeiro mês já se notavam os sinais de cisões no meio político. Na capital, ocupada pelas tropas vindas da fronteira, a segurança pública desceu ao nível zero, pois o sistema de policiamento dos farrapos não funcionava. Seus homens desconheciam os procedimentos mais elementares para manutenção da ordem numa cidade daquele tamanho. Mal falavam a língua local; comunicavam-se numa mistura de espanhol, português e guarani. Seus modos não eram compatíveis com os hábitos de civilidade de uma população urbana.

Mais ainda: como todo português era preliminarmente culpado de traição, qualquer cidadão que falasse com maior refinamento era logo taxado de caramuru e já entrava na bainha do facão. Professores, advogados, médicos, clérigos, estrangeiros de qualquer nacionalidade, entravam no chicote. Bandos armados e equipados com porretes e rabos-de-tatu, insuflados pelo radical Juca Ourives, desciam o laço. Além do descontentamento com o tratamento brutal, a perseguição aos portugueses provocou uma crise de desabastecimento de gêneros. O comércio entrou em colapso, e mesmo o suprimento de hortifrutigranjeiros do cinturão verde parou. Os agricultores passaram a ser parados, revistados, açoitados e presos, quando não acontecia coisa pior. Em compensação, comerciantes alemães da região da Floresta ocuparam uma parte do mercado como puderam, levando gêneros de São Leopoldo através do Rio dos Sinos. Mas não bastaram, e logo se estabeleceu um mercado negro e a carestia alcançou níveis nunca antes vistos.

A crise recomeçou no final de dezembro, quando ficou evidente o fracasso da manobra de composição ampla realizada por Bento Gonçalves. O líder do movimento agira em alto estilo ao indicar o nome do deputado rio-grandense José Araújo Ribeiro para substituir o desastrado Fernandes Braga. Quando o presidente deposto chegou ao Rio de Janeiro, mal teve tempo de contar o acontecido e já chegavam as notícias da vitória do movimento armado.

Os rebeldes, além da capital, haviam submetido quase sem sangue as poucas tropas que resistiram, obtendo a rendição do Corpo do major Marques de Souza, que depôs armas em Pelotas. Silva Tavares foi varrido para o Uruguai pelo coronel Antônio de Souza Netto, e Sebastião Barreto exilado no Uruguai, aonde chegou perseguido de perto pelos homens de Bento Manoel. O regente ficou, portanto, inteiramente à vontade para acolher a vitória dos revoltosos e dar-lhes o comando da província. Mandou um recado ao chefe do movimento, pedindo que lhe indicasse um nome, que seria aceito. Bento Gonçalves teve, então, uma atitude magistral, apresentando alguém que selaria a composição das forças vitoriosas.

Houve quem dissesse que Bento Gonçalves agiu aconselhado pelo presidente em exercício, pois o dr. Marciano era natural de Minas Gerais, terra de políticos hábeis. No entanto, isso não foi verdade. O chefe da revolução chegou sozinho a essa solução, que tinha tudo para compor inteiramente todas as forças que integravam o esquema vitorioso. Quando lhe chegou às mãos o nome proposto pelo líder do levante no Rio Grande do Sul, o regente Feijó ficou aliviado. Esperava ter grandes dificuldades, pois imaginava que Bento Gonçalves apresentaria o próprio nome. Isso traria problemas, pois não seria aceito no Rio que o chefe de um movimento armado, mesmo vitorioso numa província, assumisse o poder. Isso poderia desencadear a necessidade de uma série de concessões semelhantes.

Entretanto, Bento mandou-lhe a proposta de alguém que preenchia todas as condições. Formado em Direito em Coimbra, republicano histórico, Araújo Ribeiro era um político atuante na província, recém-eleito e que se vinha destacando na câmara de deputados como figura sábia e conciliadora. Além disso, era primo-irmão de Bento Manoel Ribeiro, o outro grande chefe rebelde, que era o comandante de armas, chefe do exército, portanto. Assim, devendo o cargo a Bento Gonçalves e ligado por laços familiares a Bento Manoel, tinha tudo para compor e aglutinar em torno de sua administração todas as forças vivas na província rebelada. Era um prenúncio de paz. Araújo Ribeiro aceitou e apressou-se a embarcar para assumir seu cargo e dar por finda a revolução no Rio Grande do Sul.

O novo presidente chegou ao solo rio-grandense no dia 6 de novembro, a bordo de um navio de guerra, o brigue *Sete de Setembro*. Era um barco confortável, mas de pouco poder ofensivo. Sem levar um só soldado, contando apenas com a tripulação da marinha e as armas de defesa da embarcação, como ele desejava, Araújo Ribeiro dava uma demonstração para lá de evidente de que vinha em paz. Estava muito preocupado com o sucesso de sua missão, não só por conhecer o ânimo de seus conterrâneos, mas também porque aqueles meses no parlamento tinham lhe dado uma ideia muito clara do que estava por vir no país.

Como não era um homem de guerra, supunha que seus serviços à pátria seriam mais bem prestados nos tribunais e no parlamento do que numa posição executiva numa província ou no exército. Já tinha sido presidente da província de Minas Gerais, o que lhe conferia não somente experiência no trato dos assuntos provinciais, com seus chefes e chefetes, caudilhos e caudilhetes dos cafundós sob sua responsabilidade, inalcançáveis tanto pelo braço da lei como pela administração. Além disso, sua convivência com os mineiros dera-lhe mais do que o conhecimento pessoal desse povo peculiar, herdeiro de uma cultura que em seu auge econômico rivalizava com os centros mais refinados da Europa.

O que Araújo Ribeiro trazia de mais importante de sua experiência nessa peculiar província era seu estilo manso de fazer política e, mais ainda, o conhecimento de sua gente e de sua elite, que se projetava fortemente no Rio Grande do Sul.

O governo Fernandes Braga traumatizara toda a sociedade, a ponto de gerar um consenso, incluindo os militares, ou, mais ainda, a pequena força militar profissional, deixando à Guarda Nacional, controlada pelos políticos, quase todo o poder de fogo da província. A força de Primeira Linha, incluindo baianos e pernambucanos, que deveriam atuar como tropa neutra a serviço do governante, aderira aos gaúchos na expulsão tanto de seu presidente como de seu comandante de armas, que, a essa altura, gozava de ampla impopularidade nas forças armadas. Essa distorção contaminava poderosamente o meio político quando chegou o novo presidente.

A tática cautelosa e de negociação prévia do novo presidente, segundo muitos analistas, não funcionou. A experiência republicana dos Estados Unidos, onde entre eleição e posse do presidente da república havia um intervalo para os acertos entre vitoriosos e derrotados, era a base teórica do procedimento de Araújo Ribeiro. Segundo os observadores, ele deveria ter tomado as rédeas do poder, fazendo suas alianças com a caneta na mão. O intervalo civilizado só serviu, na prática, para enfraquecer os líderes moderados e inflamar mais ainda os ânimos, deixando o território livre para as forças desagregadoras.

Bento Gonçalves operava no parlamento, aproximando-se cada vez mais do grupo exaltado, que ia tomando conta do espaço político. Bento Manoel era um verdadeiro ministro da Guerra, trabalhava febrilmente para reorganizar as forças armadas e agia no sentido de restabelecer a ordem pública. Nesse clima, em 5 de dezembro, o novo presidente chegou e dirigiu-se ao palácio para tomar posse. Foi então que se destampou a panela e a fervura transbordou.

CAPÍTULO 45

O Ciscar dos Touros

NAS VÉSPERAS DE seu casamento, Osorio recebeu a visita do pai, vindo de Caçapava, que lhe contou das ordens de Bento Manoel para manter a tropa da Guarda Nacional em regime de sobreaviso. Osorio e Chiquinha já tinham marcado a data para 15 de novembro e decidiram mantê-la, apesar da instabilidade política.

— Meu pai, por que essa prontidão? A revolução acabou, temos um novo presidente. Estamos em paz.

— Não te iludas, meu filho. As ambições não morrem, só mudam de casa. O coronel Bento Manoel está preocupado com o rumo das coisas. Tem muita gente querendo virar a panela do fervido.

Entre os farroupilhas, embriagados pelo sucesso, havia uma crença de que bastaria mais um empurrãozinho e o regime monárquico cairia. Acreditava-se que o regente Feijó só esperava um fato novo para dar um golpe parlamentar e implantar o sistema republicano, mandando o imperador menino para seu avô em Viena, onde poderia crescer sem problemas nem ameaças.

Na Assembleia Legislativa o clima era de euforia, mais ainda devido à fraqueza da oposição, derrotada pelas armas e encolhida, diminuída pelas adesões ou pela fuga de deputados conservadores. Tão logo o novo presidente chegou ao palácio, foi intimado a aceitar uma bateria de condições para tomar posse. Nas ruas, a opinião pública já rejeitava o novo governo, insuflada pela imprensa, que repercutia em uníssono um artigo publicado originalmente no jornal *Continentino*, no qual eram feitas várias acusações a Araújo Ribeiro, atribuindo-lhe propósitos ditatoriais e levantando suspeitas de que estaria ameaçando Bento Gonçalves e outros líderes. Dois juízes, de Porto Alegre e Pedras Brancas, acolheram representações contra a posse e suas decisões foram acatadas por unanimidade pela Câmara dos Deputados. O novo presidente não reagiu. Mandou chamar os dois Bentos e comunicou seu propósito de voltar ao Rio de Janeiro imediatamente caso lhe fosse negada a posse.

Bento Gonçalves argumentou que a situação estava muito agitada, que deveriam ter paciência e aos poucos encontrar meios de estabilizar o quadro político. Disse que ele próprio precisava ceder; caso contrário, poderia perder inteiramente o controle. Também disse acreditar que os fatos estavam se desdobrando muito rapidamente e que não seria impensável o estabelecimento de uma república imediatamente, com Feijó no comando. Pediu um tempo ao presidente, mas apelou que aceitasse as condições da Assembleia e tomasse posse, mesmo com os poderes limitados. Bento Manoel praticamente só ouvia. Vez ou outra fazia uma intervenção sem muita profundidade; não tinha nenhuma proposta e apenas dizia que sua parte ele estava fazendo. Araújo Ribeiro também não mudava de opinião.

— Coronel Bento, estou muito desgostoso. Não vou me sujeitar a ser desmoralizado. Vou me retirar para a casa do meu pai na Barra e depois volto para o Rio de Janeiro a fim de devolver o cargo ao regente e reassumir a minha cadeira de deputado na assembleia geral.

Estava criado o impasse. A renúncia de Araújo Ribeiro significaria um rompimento de fato com o governo central. De certa forma, era isso que se esperava, provocando uma precipitação dos acontecimentos na corte, pois assim o regente teria de se pronunciar, em vez de ficar fazendo meia-sola, ou seja, uma política republicana em um regime monarquista. No entanto, as coisas não se passaram dessa forma.

— Meu primo, não renuncie. Será pior. Será um desastre. Em poucos dias, esses doidos estarão se matando nas ruas. Vamos bolar um plano e eu lhe dou sustentação militar. Tenho forças para respaldar o seu governo. Confie em mim.

Bento Manoel se preparava para reagir ao golpe de Estado que a Assembleia estava articulando. Ainda decidiu conversar com Bento Gonçalves para ver se daria uma meia trava no movimento dos exaltados. Bento Manoel estava na cama, deitado, com a cabeça envolta num pano como se fosse um emplasto com algum remédio. Demonstrando dificuldades para falar, pediu ao amigo:

— Tocaio, não podemos abandonar o Araújo. Ele é nosso correligionário, esteve conosco em todo esse processo. Foi importantíssimo no Rio para evitar que incompreensões, para não dizer intrigas, fizessem voltar essas acusações de separatismo e outras calúnias que estavam atirando em cima de nós. O que a assembleia quer é a desmoralização do homem.

— Manoel, não há o que fazer neste momento, tu sabes melhor do que eu. Temos de esperar, ganhar tempo, conversar com os líderes deles, com o Netto, fazê-los voltar à razão. Se eu me insurgir contra isso que está aí perco completamente o controle. Tu me entendes?

— Com o teu perdão, digo que já perdeste o controle. Eles vão te levar por diante.

— Meu amigo e tocaio, espero que isso não nos coloque um contra o outro. Isso seria o fim da revolução.

— Amanhã não vou votar. Também não vou me expor. Estou doente. Fico em casa.

Como comandante de armas, Bento Manoel tinha assumido uma cadeira na Assembleia, no lugar do marechal Sebastião Barreto, demitido e foragido. A votação seria no dia seguinte. O coronel mandou um atestado médico, recolheu-se à cama, cobriu-se de acolchoado e cobertor, botou vidros de remédios à cabeceira e assim recebeu as pessoas que foram procurá-lo. Um deles era um de seus advogados na capital, o deputado Francisco Sá Brito. Quando ele chegou, Bento Gonçalves ainda estava no local.

— Sá Brito, feche essa porta!

Assim que o deputado girou o trinco, Bento Manoel saltou agilmente de baixo das cobertas.

— Amanhã não vou votar. Não há condições. Os exaltados vão encher as galerias de gente armada. Estão com 400 homens prontos para entrar na cidade. Não há como impedir que votem nem que haja um resultado contra. Então escute bem: vá até o palácio e diga ao Araújo para sair da cidade.

A Assembleia negou a posse do presidente. Araújo Ribeiro seguiu as instruções do primo e foi para a estância do pai dele, na barra do Arroio Ribeiro, a várias léguas da capital. Enquanto isso, alegando a necessidade de ir inspecionar guarnições no interior, Bento Manoel obteve uma licença da Assembleia e deixou Porto Alegre. Na ida, esteve com o primo.

— Tu não podes renunciar. Peço uma oportunidade e garanto que vais assumir. Tenho força para isso. Agora vamos combinar como vamos agir: enquanto organizo a resistência tu vais para São José do Norte. Não vás á Rio Grande que pode ser perigoso, corres o risco de cair nas mãos dos caramurus, o que é pior ainda. Vais escrever para todos os nossos companheiros que já estão desgostosos com essa anarquia. Explica-lhes teus propósitos e pede apoio. Isso vai ser formidável. Aqui está a lista dos destinatários. Vamos conseguir um grupo de estafetas que levem essa correspondência rapidamente.

Araújo Ribeiro concordou, espantado com o tamanho da lista. Havia gente de toda a província, civis, militares e eclesiásticos. Bento Manoel comentou sobre vários nomes e fez-lhe uma recomendação especial: que não deixasse de enviar uma carta ao comandante da guarnição de Bagé, o tenente Osorio.

— Esse tenente é influência também?

— É, sim, primo. E se não morrer virá a ser no futuro, dentre as primeiras, a primeira influência. Não se esqueça de escrever-lhe.

Osorio mal tivera tempo de começar a vida de casado e já era chamado novamente às armas. Mas as bodas não chegaram a ser perturbadas pela crise política, que só se manifestou 15 dias depois, quando a assembleia negou posse ao novo presidente. Foi quando ficou sabendo que Bento Manoel se afastara dos radicais e pretendia sustentar o governo da revolução, pois já se considerava o grupo de Porto Alegre uma dissidência desagregadora, possivelmente separatista.

A festa do casamento foi magnífica. Francisca era uma mulher belíssima, de pequena estatura, um tipo *mignon*, como diziam os franceses. Sua aparência fazia jus à fama de Osorio de conquistar mulheres formosas. Além disso, tinha outras características que atraíram o tenente, como a generosidade; tanto que, antes do casamento, influíra para que Osorio reconhecesse um filho que ele tivera com uma vivandeira. Ele atendeu e ainda deu seu nome à criança: "Vai se chamar Manuel Luís", disse.

Os padrinhos de casamento foram, pelo noivo, o amigo Emílio Luís Mallet; pela noiva, o amigo da família João Antônio Rosado. O casal preparava-se para a festa de Natal quando Osorio recebeu a carta de Araújo Ribeiro. Ficou encantado com a atenção do presidente a um simples tenente de cavalaria de 27 anos. Dizia:

> Ilustríssimo Senhor Tenente Osorio.
>
> Há três dias cheguei a este lugar, vindo de Porto Alegre, cheio do mais profundo pesar, não por me haverem recusado a entrega da Presidência da Província, mas por me haverem recusado com o fim de levarem a efeito planos que não podem ser senão desastrosos. Minhas intenções eram de retirar-me logo para a corte do Rio de Janeiro, mas os pedidos em contrário que me têm sido feitos pelas Câmaras Municipais e habitantes do Rio Grande, São José do Norte e Pelotas, assustados com os projetos de república e separação da Província, me decidiram sobrestar na minha viagem.
>
> Nesta circunstância, tenho julgado prudente dirigir-me às pessoas de mais consideração da província para pedir delas o seu parecer e ouvir a manifestação de seus sentimentos sobre a crise em que nos achamos, porque entendo que as Câmaras e os habitantes pacíficos e desarmados nada poderão conseguir se forem contrariados pelos que têm a força à sua disposição. V. S.ª é um oficial conceituado na província e está bem no caso daqueles cidadãos a quem tenho julgado prudente dirigir-me, pela qual razão vou também rogar a V.S.ª o favor de me declarar, com franqueza, o seu modo de pensar sobre a circunstância em que atualmente me vejo e sobre os negócios de nossa Pátria. Fico esperando a sua resposta, e tenho a satisfação de confessar-me
>
> De. V. S.ª
> Muito atento venerador e criado.
> José de Araújo Ribeiro.
> Norte, 23 de dezembro de 1835.

No mesmo dia chegou-lhe às mãos o texto da ordem do dia do comandante de armas, o coronel Bento Manoel Ribeiro, abrindo a campanha para sustentar o governo de Araújo Ribeiro. Dizia:

> O comandante das armas está demasiadamente atento ao fato dos manejos do partido republicano e dos meios que emprega, e mais certo ainda das desgraças que acompanhariam a separação da Província; e, firme nos princípios que proclamou depois do memorável dia 20 de setembro, em desempenho de sua palavra, de acordo com aquelas ilustres e patrióticas câmaras e com a totalidade dos cidadãos bons da Província, solenemente reconhece a legítima autoridade do Ilmo. e Exmo. Sr. Presidente José de Araújo Ribeiro, desconhecendo outra qualquer que o partido republicano da capital intente levantar ou sustentar.

Ao ler esse documento, Osorio viu que chegava a guerra civil. No dia seguinte, para completar, chegou-lhe outra carta, de seu pai, vinda de Caçapava:

> Manuel
> Estou-me aprontando para marchar em defesa da legalidade. Se tu és dos revolucionários, que desconhecem a autoridade do presidente Araújo Ribeiro e tramam a separação da província — podes contar em mim um inimigo a mais com quem brigar. Adeus.
> Teu pai.
> Manuel Luís da Silva Borges.

Essa bateria de cartas, recebidas uma atrás da outra, pode ter influído para que tomasse posição no racha entre os revolucionários de setembro. Entretanto, falava-se que estaria apoiando seu amigo inseparável, Antônio de Souza Netto, chefe liberal exaltado em Bagé, companheiro de bailes e de volteadas nas prendas, seu vizinho da estância do Arapeí. Osorio era frequentador assíduo da chácara do irmão dele, José Netto, onde se realizavam noitadas memoráveis, com saias arrebanhadas em Montevidéu, Buenos Aires e Pelotas. O tenente, porém, era um tipo muito especial que, ao contrário da maioria dos rio-grandenses, conseguia conviver com adversários. Ele dizia:

— Posso ser amigo e pensar diferente. Isso é a tal de democracia. Nem escuto quando o Netto começa a abrir a boca contra um e outro. Desde que não fale contra a pátria, o resto tudo é palavra livre.

Seus assuntos com Netto eram mulheres, parelheiros e poesias. Muita gente não entendia como podiam dois adversários políticos não ser inimigos. Foi por isso que a intriga chegou a seu pai e gerou a carta dramática. E também a Bento Manoel, que, temendo uma defecção cujo resultado seria o enfraquecimento de uma posição estratégica, pois era certo que para onde fosse Osorio iria todo o 2º Regimento, mandou dois oficiais a Bagé para averiguarem a veracidade da denúncia. No caminho os dois se encontraram com Delfim Pereira, que pernoitava numa estalagem. Durante a conversa, Delfim disse que Osorio já havia comunicado ao pai e ao presidente que estava com a legalidade. Os emissários desconfiaram. Delfim ficou irritado. Os dois insistiram:

— E o senhor dá prova disso que diz?

— Dou. Neste ofício do mesmo Osorio a Bento Manoel. Nele diz que esteja alerta contra as intrigas, que sabe andarem espalhadas a seu respeito.

Mostrando a carta, disse que era o emissário e pediu que o levassem até o quartel-general do comandante de armas a fim de entregar o documento que tinha em mãos.

A guerra civil estava começando e acabou ensanguentando o Rio Grande por dez anos. A virada do ano foi um tempo de articulações e de preparação para a guerra, com recrutamento das tropas, formadas basicamente pela Guarda Nacional, equipamento e treinamento. Na área política também se formavam as duas coligações, que iriam atuar nos dois partidos, que depois funcionaram no tempo de paz e chegaram até a proclamação da república, já no fim do século XIX. Nenhum deles viu isso de perto, com exceção de Osorio, que plantou as sementes do que viria a ser a base humana e territorial do Partido Republicano Rio-Grandense.

Enquanto na fronteira Bento Manoel reunia forças, na zona sul Araújo Ribeiro tratava de se posicionar e de legitimar sua presidência. Deixou São José do Norte, atravessou o canal, se apresentou à Câmara de Vereadores de Rio Grande e jurou à Constituição no dia 15 de janeiro de 1836.

Rio Grande acabara de ser elevada de vila a cidade, numa das poucas leis votadas nessa primeira legislatura da Assembleia Legislativa Provincial. Também Pelotas teve a mesma regalia, uma demonstração clara do poderio político da região e de sua economia. Assim, os dois bastiões da Lagoa dos Patos se igualaram politicamente a Porto Alegre, embora não fossem capital, o que ainda dava uma vantagem ao velho Porto dos Casais de Viamão. Essa posse em Rio Grande foi um golpe de mestre político e jurídico, pois até então o Poder Legislativo reconhecido no Brasil era o das Câmaras de Vereadores. A própria independência, para ganhar legitimidade, teve de ser aprovada pelas câmaras das cidades, de uma a uma, enquanto a Assembleia Provincial era uma instituição recém-criada, ainda sem tradição e, no caso do Rio Grande do Sul, até contestada diante do tumulto que aconteceu em sua instalação. A verdade é que Araújo Ribeiro tomou posse, e Bento Gonçalves tentou de todas as maneiras que sua presidência se efetivasse, como última esperança de evitar o confronto armado.

Até então a luta armada tinha sido insignificante. Tiroteios ocorreram na fronteira de Jaguarão, onde a tropa do tenente-coronel Silva Tavares bateu dois grupamentos de revolucionários. Um foi a força de orientais do coronel Verdum, e outro o Corpo de Cavalaria da Guarda de Arroio Grande, comandado pelo farroupilha Antunes da Porciúncula, em 16 de outubro. Dois dias depois, Silva Tavares foi fragorosamente derrotado pelas forças do coronel Antônio de Souza Netto, retirando-se para o Uruguai, onde se exilou.

No Sul, entretanto, havia um foco de resistência. Além de Rio Grande e São José do Norte, a cidade de Pelotas estava em poder dos legalistas, comandados pelo major Manuel Marques de Souza, líder liberal de Porto Alegre que se opunha aos farroupilhas desde o primeiro momento. Era o prenúncio da grande divisão entre os liberais moderados que se daria no Rio Grande do Sul. Marques de Souza se entrincheirou na cidade e, com isso, garantiu a retaguarda de Rio Grande, criando um enclave de grande importância estratégica que, no futuro, decidiria o resultado da guerra, pois cortou a comunicação de Porto Alegre com o mar. Isso obrigou os rebeldes a usarem o porto de Montevidéu e outros no Uruguai para se suprir, bases muito distantes e sujeitas às pressões diplomáticas do Rio de Janeiro, que dificultavam o relacionamento da futura república rio-grandense com o resto do mundo.

Consumada a posse em Rio Grande, Araújo Ribeiro mandou um aviso à Assembleia Legislativa comunicando que estava em território rio-grandense e assumia todos os seus poderes. Com essa atitude o novo presidente lançou um fato político que confundiu os deputados, o que permitiu a Bento Gonçalves retomar o comando do processo, conseguindo um recuo do radicalismo. Diante disso, a Assembleia mandou convidar o presidente a se apresentar em Porto Alegre e ser devidamente empossado, sem condições. Estaria, com isso, restabelecida a legalidade, e a rebelião teria sua vitória consagrada, pois Araújo Ribeiro era um homem da revolução reconhecido pelo governo central do país. Há quem diga até hoje que esse foi o momento crucial. Araújo Ribeiro mandou dizer que logo estaria a caminho da capital, mas não foi. O que determinou seu recuo foi um fato pouco explicado, mas suas consequências determinaram os acontecimentos dali para a frente. Bento Gonçalves, o único homem que poderia conter as forças à beira do choque, perdeu essa cartada de grande risco e teve de se submeter aos fatos, que o conduziram cada vez mais para a radicalização do processo, chegando à secessão oito meses depois. O presidente permaneceu em Rio Grande e declarou a cidade capital provincial.

Bento Manoel também foi encurralado política e moralmente, pois não podia romper com a palavra dada a Araújo Ribeiro, prometendo sustentar militarmente sua política. Estava declarada a guerra. A província tinha dois presidentes, o vice legalmente empossado em Porto Alegre, e o legal, irregularmente empossado em Rio Grande. Curiosamente, a cidade polo dos líderes do governo da Assembleia era Pelotas, que estava em poder das forças conservadoras de Porto Alegre, leais ao presidente apoiado por seus concorrentes da capital.

Em 15 de janeiro, quando Bento Manoel foi demitido do cargo de comandante de armas por um ato do presidente Marciano Pereira Rodrigues e nomeado comandante de armas por um ato do presidente Araújo Ribeiro, todas as forças militares ainda estavam do mesmo lado. Seus inimigos eram os exilados de Sebastião Barreto em Taquarembó, de Silva Tavares em Melo, ambos no Uruguai, e os remanescentes do último reduto em território gaúcho, encastelado no centro da cidade de Pelotas sob o comando do major Marques de Souza Nesse dia, porém, o presidente Marciano nomeou como novo comandante de armas o capitão do exército João Manuel de Lima e Silva, e este, depois das devidas proclamações, declarou Bento Manoel e seus seguidores rebeldes e desertores. Do outro lado, os mesmos atos do governo de Rio Grande expulsavam das forças armadas os guardas nacionais e militares de carreira que não obedecessem ao comando de Bento Manoel.

No Rio de Janeiro, o governo nacional assistia a tudo sem tomar nenhuma providência. Entretanto, Araújo Ribeiro operava no sentido de obter o apoio do regente Feijó, pois no parlamento nacional a ala exaltada do Partido Liberal se aproximava cada vez mais dos conservadores ou regressistas, num movimento ideologicamente incompreensível, com a união dos extremos, dos republicanos intransigentes com os monarquistas absolutistas. O governo do regente Feijó, que mais tarde apoiaria a república de Piratini, alinhou-se aos republicanos históricos ou moderados contra os exaltados, embora no Rio Grande do Sul a situação fosse mais confusa do que no Rio. Na província, o grupo moderado cindia-se entre os da margem sul e os da margem norte do Rio Jacuí. Os do norte formaram com os conservadores e até remanescentes exaltados da capital, contrários à frente de moderados e exaltados na metade sul. O pequeno núcleo de conservadores monarquistas manteve-se unido em toda a província e por isso ganhou uma importância maior do que sua força efetiva conferiria ao longo do processo.

Os dois Bentos já haviam traçado a linha divisória no grupo interno da revolução. Ambos tinham como marco cívico o 20 de setembro, bradavam representar a revolução, se proclamavam republicanos e, mais ainda, diziam respeitar e defender o trono do imperador menino dom Pedro II. Quando romperam as hostilidades entre os dois, a desvantagem da corrente de Araújo Ribeiro era abissal. O exército de Bento Manoel não chegava a mil homens, 600 sob seu comando direto, 120 com o sogro do capitão Mallet, o tenente-coronel Antônio de Medeiros Costa, e 187 com o tenente-coronel João da Silva Tavares, que haviam deixado o Uruguai e acampado a poucos metros da fronteira. Já o exército de Bento Gonçalves tinha mais de 3 mil homens, sendo 1.200 com o próprio Bento, controlando Porto Alegre e a margem direita do Guaíba, 1000 sob o comando direto do comandante de armas, Lima e Silva, tendo como chefe de operações o capitão Afonso José de Almeida Corte Real; 400 com o tenente-coronel Domingos Crescêncio de Carvalho e 500 com Onofre Pires. Entretanto, as forças de Bento Manoel cresciam, pois ainda não se contavam muitas unidades que acabaram por juntar-se a ele, como o 2º Regimento de Cavalaria de Primeira Linha, comandado pelo tenente Manuel Luís Osorio, que ainda não era dado formalmente como integrante das tropas chamadas, dali em diante, de legalistas.

Os desdobramentos políticos iam levando à luta armada. O coronel Medeiros foi preparando sua gente e convocou o genro para montar uma minibateria de artilharia, comprando dois canhões de segunda mão no Uruguai, que Mallet logo pôs em funcionamento. Em poucos dias já estava treinando a guarnição, preparando-se para dar poder de fogo ao reduzido Corpo de cavalaria do sogro. Osorio afiava as espadas. Escreveu várias cartas explicando sua posição, uma delas ao amigo e companheiro dos saraus da chácara dos Netto, Domingos Crescêncio, um dos principais chefes dos exaltados.

Nessa carta o tenente fez um apelo à unidade, denunciando que "eles querem mover-nos uns contra os outros, ou antes, já moveram rio-grandenses contra rio-grandenses". Apontou a contrarrevolução, dizendo: "Ah! meu caro patrício, os manhosos retrógrados e os esquentados republicanos pouco a pouco vão escurecendo o claro horizonte do 20 de setembro", e, no final, explicitou sua posição e pediu apoio: "Caro patrício e amigo: eu sou republicano de coração; porém o estado presente de nossa Pátria, a falta de luzes que nela existe me fazem agir ao contrário do que sinto, e por me parecer que não estamos preparados para tal forma de governo. Eu fico fazendo votos pela fortuna de nossos compatriotas ameaçada pela ruína, e desejoso de saber qual é o norte de meu caro companheiro, pois o meu já fica declarado." Num trecho anterior, Osorio dissera que "entre as aclamações de vitória, no sempre memorável 20 de setembro, também constantemente aclamaram os patriotas e seus chefes a Constituição reformada, a integridade do Brasil e dom Pedro II". Antes disso já respondera à carta do pai, colocando-se do mesmo lado. Dizia:

Meu pai.

Seu filho é republicano de coração, mas não quer a república para o povo que não está preparado. Sou coerente. A revolução de setembro de que fui humilde soldado não se fez para separar do império a província do Rio Grande do Sul, nem para dar-lhe um governo republicano, mas para pôr termo à péssima administração que a ofendia.

Bento Gonçalves e Bento Manoel, quando levantaram o estandarte da revolta, levantaram também o grito de que sustentariam o trono do nosso jovem monarca e a integridade do império.

Colocando-me, como fiz, sob as ordens de Bento Manoel, fui também fiel ao juramento que prestei no dia em que assentei praça.

Já vê que nada poderia neste mundo colocar-me na atitude de mais um inimigo com quem meu pai tivesse de combater.

A seu lado, deve meu pai contar sempre com seu filho

Manuel

O fantasma do separatismo não era uma alucinação dos liberais moderados gaúchos. Logo antes do levante dos farroupilhas contra Fernandes Braga, nos primeiros meses de 1835, a questão entrara na ordem do dia em duas rebeliões do norte do país em que, de formas diversas, surgira concretamente. Em Belém, a revolução denominada Cabanagem pretendia anular a anexação do Grão-Pará ao império do Brasil, realizada por dom Pedro I logo após o Grito do Ipiranga, e restabelecer a autonomia das províncias do norte. Na Bahia, a Revolta dos Malês antagonizou escravos e libertos africanos contra escravos, libertos, crioulos, mulatos e brancos brasileiros.

Também os irredutíveis pernambucanos, os inquietos cearenses, os inconformados maranhenses, em todas as províncias crescia o sentimento anticentralista. Sem contar os paulistas e mineiros, que tinham propostas concretas de república ou de reformas profundas na estrutura política do país.

O separatismo era uma realidade, e o Rio Grande não estava sozinho. Isso provocava urticária entre os militares de Primeira Linha, homens que tinham entranhada em suas consciências a ideia da unidade nacional, de um país unificado e poderoso. Era o que pensavam os liberais moderados como Osorio, que começou os preparativos para a guerra.

O coronel Medeiros conseguira que o novo presidente nomeasse o genro para a Guarda Nacional, na qual não havia restrições ao alistamento de estrangeiros. Ninguém se preocupou com isso, pois quem poderia botar reparos eram os adversários, e estes eram agora inimigos no campo de batalha. Se não gostassem, que esperassem pelos petardos dos seus canhões. Assim, os dois amigos voltaram a se encontrar nas fileiras, o que foi um grande alívio para Osorio, pois algo que ninguém queria era estar na mira das peças de Mallet.

No início de março, Osorio recebeu ordens de Bento Manoel para se movimentar na direção do Rio Santa Maria, pois havia informações de que a Divisão do coronel Corte Real estava se dirigindo naquela direção, certamente com o objetivo de bater os legalistas. Os partidos que apoiavam o governo de Araújo Ribeiro passaram a se autoproclamar legalistas, o que de fato eram, pois foram reconhecidos como legítimos pelo governo central do Rio de Janeiro. Embora o padre Feijó deixasse a guerra civil no Rio Grande ser decidida internamente entre os gaúchos, manteve seu ato de nomeação do chefe da província, declarando o governo de Porto Alegre, ainda comandado pelo vice em exercício, ilegal.

No caminho rumo a São Gabriel, na região da Cerca de Pedra, na antiga fazenda jesuítica de São João, Osorio fez junção com o Corpo de Cavalaria de Caçapava, que se dirigia para o mesmo destino, para se incorporar a Bento Manoel. No comando estava seu pai. Foi uma surpresa. Lá estava o velho coronel, trazendo a seu lado, com o posto de tenente da Guarda Nacional, seu irmão José. Tripulando uma charrete puxada a cavalo, com o pingo amarrado pelo cabresto, viajava poupando-se para as horas de necessidade. Enquanto transitasse por estradas, poderia usar o veículo. Se fosse obrigado, por algum motivo, a combater ou fazer alguma manobra de aproximação ou retirada, era só pular para o cavalo. Foi uma boa lição, pois Osorio nunca tinha pensado nisso antes, admirando-se da esperteza do velho. Quando foi sua vez, muitos anos depois, também usou como veículo militar uma dessas carrocinhas aptas a operar em qualquer terreno.

— Meu pai, o senhor aqui? Deveria ter ficado em Caçapava, cavando trincheiras e se preparando para um eventual sítio!

— Que nada, meu filho. Estou bem. Quero estar ao teu lado e ao lado do teu irmão para que ninguém duvide da posição da nossa família. Já andaram falando umas coisas a teu respeito... Agora ninguém pode dizer mais nada. Vamos em frente.

No dia 15 finalmente fizeram a junção com Bento Manoel, depois da transposição do Rio Vacacaí. Ele vinha costeando o rio, no rastro de Corte Real. Com a chegada do pessoal de Bagé e de Caçapava, sua força aumentou para 700 homens, 100 a menos do que a tropa farroupilha, que andava em volta esperando Bento Gonçalves e Netto, cada qual com uma Divisão, o que elevaria o efetivo rebelde a quase 3 mil homens.

O projeto de Bento Gonçalves era travar uma batalha decisiva, destruindo completamente o exército de Bento Manoel, antes que este pudesse aumentar seus efetivos e ameaçar concretamente a tropa farroupilha. O comandante de armas havia dividido sua pequena força em duas Divisões. A da direita ficou sob as ordens do coronel Medeiros, enquanto a da esquerda obedecia a ele próprio. Curioso era como se denominavam essas Divisões, pois normalmente, desde os tempos dos portugueses, quando forças militares atuavam na região, a da direita ia por dentro, no sentido norte-sul, costeando o Rio Uruguai, enquanto a da esquerda operava pelo litoral. Dessa vez, como que indicando a direção contrária de sua ofensiva, Bento Manoel denominou de direita a que subia por esse lado no sentido sul-norte, mudando a direção da ofensiva tradicional dos exércitos brasileiros.

Medeiros comissionou Osorio no posto de major de legião, isto é, major de milícia — embora oficialmente, no exército, continuasse um simples tenente —, e ele recebeu o comando de um Corpo, que era a unidade correspondente ao regimento nas tropas regulares. Bento Manoel reuniu todo o efetivo, incluindo a força do tenente-coronel Silva Tavares, que voltara do retiro no Uruguai, e reintegrou o capitão Mazzaredo, que também regressara do exílio.

Na manhã de 17 de março, Corte Real aprontava-se para transpor o Passo do Rosário, no ponto exato em que o marquês de Barbacena esperara surpreender o Exército Republicano havia nove anos e um mês, quando avistou a força de Bento Manoel. Só que em vez de seguir o exemplo do argentino, que contramarchou, tomou posição de batalha. O certo seria que ele recuasse, esperando a chegada do grosso do exército de Bento e Netto, mas o jovem capitão, agaloado de coronel, seguro de sua superioridade numérica, preparou-se para receber o ataque. Bento Manoel, desconfiado e com visão estratégica, deu ordens para retirar. Seu plano era atrair as tropas rebeldes para o interior, levando os farroupilhas para cada vez mais longe de seus objetivos estratégicos, que eram as praças fortes de Pelotas, em poder de Marques de Souza e Rio Grande, onde governava Araújo Ribeiro. Manuel Luís, porém, discordou. Já estava muito distante de casa; era hora de decidir a questão. Pressionou Bento Manoel e se propôs a atacar o inimigo com sua força de caçapavanos, tendo os dois filhos como subcomandantes:

— Compadre, olha lá ele com aqueles arreios de prata e ouro. É um pomadista. Caímos em cima dele com toda a força que não aguenta.

— Tens razão. Eles não esperariam um ataque assim, mas são patrícios, não são castelhanos. A nossa gente também vai pegá-los de leve.

— Não creia, compadre. Guerra é guerra. Vamos acabar de vez com essa anarquia em que eles lançaram o Rio Grande.

— Pois vamos. Vais à vanguarda.

Manuel Luís chamou os filhos, botou um de cada lado: José com os caçapavanos à sua direita, Osorio à esquerda com seu Corpo de Cavalaria de Linha.

— Ao meu comando! Pelo imperador, por Tomás Osorio! Pelo Brasil uno e indivisível! Atacar!!!

Atacando em escalão, ou seja, em duas linhas, a cavalaria dos Osorio caiu concentrada em cima do centro farroupilha, sobre a posição em que estava o comandante Corte Real. À descarga dos clavineiros, o cavalo de Osorio rodopiou, atingido em cheio por uma saraivada de balas. Foi abrir as pernas e sair caminhando e já pegava outro animal de um de seus homens, continuando a investida. Foi um choque furioso. Bento Manoel entrou com o restante de sua coluna e em uma hora a força rebelde estava envolvida e dominada. Cercado pelos homens de José Osorio, Corte Real não acreditava na derrota, brandia a espada, estava pronto para morrer. Foi então que o tenente Osorio chegou e foi gritando que parassem, ao mesmo tempo que se dirigia ao ex-companheiro de armas:

— Renda-se, patrício, me entregue a espada que eu lhe garanto a vida!

Foi como se todos tivessem congelado. Imediatamente baixou o silêncio total. Os dois homens se olhavam de espada na mão. As tropas, vencidos e vencedores, misturadas como se fossem uma única plateia, aguardavam o desfecho daquela cena. Ali estavam duas lendas do Exército Imperial. Corte Real, um fidalgo de antiga estirpe de guerreiros lusitanos, formado na academia militar da corte; Osorio, o oficial mais famoso do Rio Grande, feito na campanha, mas bisneto do então major Tomás, que comandara o ataque da ala direita dos guaranis na Batalha de Caiboaté, logo ali adiante, nos subúrbios de São Gabriel. Os dois reconhecidos como grandes espadachins. Se Corte Real não aceitasse a voz de prisão, certamente teria de se bater com Osorio num duelo até a morte, sem interferências nem apaziguamentos.

Espadas em punho, os dois se olhavam, mediam-se: grandes amigos, companheiros de armas, agora estavam frente a frente, separados pela insensatez da guerra civil. Insensível à dramaticidade da cena, um soldado legalista aproximou-se de Corte Real com a faca em punho, já metendo o fio no loro do estribo para se apoderar da peça de prata. Corte Real soltou a bota e aplicou-lhe um golpe no queixo, e o saqueador voou longe, caindo atônito, quase desacordado com a violência do golpe. Osorio não se conteve e deu uma gargalhada. Corte Real distensionou-se, viu Osorio rindo, virou a espada e lhe ofereceu o cabo em sinal de rendição. Osorio devolveu-lhe a arma, como sinal de respeito. Estava concluída a cena.

Corte Real foi prudente, pois, se tivesse entrado em luta, o duelo reabriria as hostilidades e seus homens desarmados seriam atacados pelos vencedores, o que degeneraria num morticínio generalizado. O campo já estava coberto de cadáveres, contando-se 150 mortos só das tropas farroupilhas. Bento Manoel reuniu os prisioneiros, fez um discurso legalista e, valendo-se de seu cargo de comandante de armas, declarou extinta a Divisão de Corte Real. Em seguida mandou que voltassem a suas casas ou, se quisessem, aderissem às tropas legalistas. Corte Real não pôde ficar com sua espada. Assim que acabaram os salamaleques, foi entregue ao capitão Mazzaredo, com ordens de mantê-lo preso e depois escoltá-lo a Rio Grande, onde ficaria detido até ser enviado de volta para o Rio de Janeiro.

O coronel Manuel Luís ficou contente e orgulhoso. Vencer aquela batalha com os dois filhos era mais do que pedira a Deus. Entretanto, notava-se que por trás de toda a alegria ele estava profundamente abalado; seu velho corpo fora além dos limites. Bento Manoel deu ordens para que fosse levado de volta a Caçapava:

— Compadre, não te estou mandando embora. Pelo contrário, voltas a Caçapava porque vou precisar de ti para defender a cidade. Não podemos deixar os rebeldes tomarem conta dessa posição estratégica.

A vitória no Passo do Rosário desarticulou a ofensiva de Bento Gonçalves e Souza Netto. Não convinha se aprofundar para oeste. Netto refluiu para o litoral e foi atacar Pelotas em poder dos legalistas. Bento Manoel redividiu seu exército, mandando Medeiros e Silva Tavares regressarem a Bagé. No caminho, a Divisão passou por Caçapava, deixando Manuel Luís, José e mais alguns homens tomando conta da cidade. O velho coronel não resistiu muito às fadigas dessa campanha. Em junho, faleceu. Alguns meses depois da morte do pai, José também abandonou a Guarda Nacional, mudando-se para Pelotas e jurando nunca mais combater contra brasileiros, fosse por qual motivo fosse. Entretanto, ainda ajudou o irmão a escapar do cerco de Caçapava. Em Pelotas, dedicou-se ao comércio. O filho de José, que levava o nome do fundador da linhagem paterna no Brasil, Pedro Osorio, deu continuidade a seus negócios e se converteu, no futuro, num dos maiores empresários do Rio Grande do Sul. Manuel Luís Osorio voltou a seu posto e continuou a guerra.

Na volta de Rosário para Bagé, Osorio conversou muito com os dois coronéis, Medeiros e Silva Tavares. Ficava evidente que a luta interna na revolução de 1835 descambara de vez para a luta armada entre as duas facções. O fundamental seria saber que grupo o regente Feijó apoiaria. Isso também daria o rumo das coisas no Brasil, pois Bento Gonçalves estava definitivamente comprometido com os republicanos, sem possibilidade de volta. Caso o regente apoiasse esse grupo, seria o sinal de que os dias da monarquia estavam contados.

Bento Manoel pedira a Medeiros, que era o comandante-geral dessa fronteira, que mandasse alguém a Rio Grande para ver o que estava acontecendo, ao mesmo tempo que também levaria consigo para despacho e sanção do presidente da província grande parte do material burocrático da Comandância de Armas e da Divisão da Direita. Eram nomeações, promoções, pensões, pedidos de verbas e suprimentos, ratificação de requisições e de compras feitas para o abastecimento das tropas e todas as demais providências indispensáveis ao funcionamento legal dessas repartições do governo. Embora os dois touros ainda estivessem apenas ciscando, era inevitável que dentro em breve estivessem cruzando as aspas. Esta era uma das grandes expectativas, motivo de apostas e até de promessas: o dia em que os dois Bentos se enfrentariam.

Mal chegou de regresso a Bagé, o coronel Medeiros encarregou Osorio da missão a Rio Grande. Sua escolha não se deveu unicamente a suas qualidades pessoais e ao grau de confiança que nele tinham Bento Manoel e o sogro de Mallet, mas também ao fato de que seria um grande desafio cruzar aquele território dominado pelos farrapos sem ser visto e, pior, capturado ou morto.

Osorio escolheu seis homens. Com ele, eram os sete homens de ouro, assim os chamaram, pois representavam a fina flor da valentia rio-grandense. Cada um mais pelejador, mais esperto, mais capacitado, cada qual especialista numa aptidão das diversas características necessárias a um comando como aquele para operar furtivamente atrás das linhas inimigas. Não tinham nem mesmo certeza de que encontrariam Araújo Ribeiro, pois as comunicações da campanha com o enclave legalista de Rio Grande estavam totalmente cortadas. O que se sabia era que Marques de Souza estava cercado em Pelotas por uma força dez vezes superior à sua, que Onofre Pires sitiava São José do Norte e que Lima e Silva iria se lançar sobre a cidade-fortaleza. Os farrapos já poderiam ter vencido e tomado a cidade. O presidente poderia estar navegando em alto-mar, rumo ao Rio de Janeiro, tudo poderia estar acontecendo sem que eles nada soubessem.

Osorio escolheu o caminho: sairia de Bagé no rumo sudoeste, entrando no Uruguai, descendo pelo Estado Oriental ao longo da margem direta do Rio Jaguarão, reingressando no Brasil próximo à Lagoa Mirim e dali subindo para o norte até cruzar o Canal de São Gonçalo, que liga as Lagoas Mirim e dos Patos. Era preciso fazer numa noite o trecho entre esse obstáculo e Rio Grande, pois era um terreno de planícies descampadas, sem alternativa para ocultar um só homem, quanto mais uma partida, que poderia ser avistada a muitos quilômetros de distância. Essa região, entretanto, ainda não estava inteiramente sob controle farrapo e poderia ser palmilhada, desde que se fizesse uma marcha muito bem planejada e sem erros de trajetória.

A situação política do Uruguai era instável, e os orientais estavam bastante envolvidos na guerra civil rio-grandense, pois havia uma estreita intercomunicação entre as forças em luta em toda a região. Em Cerro Largo, a província que Osorio teria de cruzar, o coronel Bonifácio Isas Calderon, um dos principais chefes da região, que tinha sido grande aliado de Bento Gonçalves, rompera com o companheiro e estava combatendo ao lado de Bento Manoel. Calderon ainda conservava sua patente de coronel do império, pois na guerra contra a Argentina lutara ao lado dos brasileiros e naquele momento, como se alinhava com os legalistas, fazia valer sua patente no exército de dom Pedro II. Tinha recrutado uma Divisão para combater ao lado do império, contra Lavalleja e Oribe. Osorio poderia contar com alguma cobertura em território uruguaio; pelo menos estaria mais seguro do que cruzando os domínios de Netto e Bento Gonçalves no lado brasileiro da fronteira.

O grupo avançou sem problemas, evitando estradas principais, mas na localidade de San Servando, no Uruguai, quando estavam num comércio comprando mantimentos, foram abordados. O comandante de uma guarda ficara sabendo de tipos suspeitos na loja da vila, juntara seus homens e fora ver do que se tratava. Eram cerca de 20 orientais, mais de dois por um. Ao perceber que Osorio era o chefe do bando, o militar encarou-o. Osorio falou:

— Buenos, senhor comandante. Não viemos aqui perturbar a ordem. Somos apenas viajantes, com passagem rápida por estes lugares.

O uruguaio foi ríspido:

— Não importa. Vocês estão armados e as ordens do meu governo são para desarmar seja quem for.

Osorio levava consigo um documento que havia conseguido com as autoridades locais:

— Essa ordem não me pode ser aplicada; tenho um salvo-conduto. Não posso ser considerado suspeito; estou passando legalmente pelo país.

O militar pegou o papel, leu-o demoradamente, devolveu-o a Osorio e foi taxativo:

— Isso me é indiferente. Esse papel para mim não vale. Entreguem-me as armas!

Seus homens botaram as mãos nas clavinas. Osorio e seus homens, espalhados, formavam uma linha diante deles, tendo à retaguarda o estabelecimento, uma boa linha de retirada, bem abrigada e própria para um enfrentamento. Osorio desafiou:

— Já que para o senhor esse documento é indiferente, eu também lhe digo que não faço caso da sua ordem. Não lhe entrego as armas e muito menos admito que o senhor me desarme.

O militar não esperava por essa resposta. Talvez o brasileiro quisesse negociar, oferecer-lhe uma alternativa, mas enfrentá-lo, isso não. Foi quando apareceu no local um figurão da cidade, o coronel Fortunato Silva. Ao ver o que se passava, foi perguntando, recebido com respeito e reverência pelo comandante. Reconheceu Osorio, seu velho amigo. Saudou-o efusivamente e se dirigiu ao comandante oriental, assumindo a responsabilidade pelos viajantes e mandando que os deixasse em paz. O grupo montou enquanto Osorio se despedia de dom Fortunato. Ao vê-los partindo, o capitão comentou:

— São pícaros os brasileiros, coronel.

— Sim, mas valentes. Veja bem: é preciso respeitá-los, amigo, pois amanhã podem ser nossos aliados.

Dom Fortunato era um dos líderes colorados que estava organizando um levante contra o governo blanco de Manuel Oribe e sabia em que facção se apoiar no Rio Grande.

Quatro dias depois Osorio entrou em Rio Grande, ainda em poder dos imperiais, e se apresentou ao presidente Araújo Ribeiro, entregando-lhe a documentação e passando as informações da campanha. Osorio ficou ainda algum tempo na cidade, antes de voltar, cooperando na organização da defesa da praça-forte. Foram dias de grande tensão, pois logo em seguida Pelotas caiu em poder dos farroupilhas e Rio Grande ficou diretamente sob ameaça de ataque pelas tropas de João Manuel de Lima e Silva.

CAPÍTULO 46

Tensão na Capital

— PRESIDENTE, POSSO DAR um palpite? Uma ideia?

— Diga, tenente.

— Por que não mandamos buscar em Bagé o major Emílio Mallet? O senhor o conhece? Já ouviu falar dele?

— Acho que ouvir falar. Quem é Mallet?

— É um oficial do nosso exército, dispensado em 1831 por causa da lei dos estrangeiros. Ele nasceu na França, mas é brasileiro e monarquista. É genro do coronel Medeiros. Poderia ajudar muito aqui em Rio Grande se as coisas ficarem feias.

— Ele é tão bom assim?

— Para lá de bom, presidente. Desenvolveu uma técnica de combate que fez com que suas baterias sejam chamadas de artilharia-revólver, tal a velocidade de tiro. É o melhor artilheiro do Brasil. Se não fosse ele, os argentinos teriam passado por cima do marquês de Barbacena no Passo do Rosário. Foi promovido ali mesmo, no campo de batalha.

— *A-la putcha!*

— Se ele viesse seria uma garantia. Já vi o equipamento disponível, mas esses artilheiros não darão conta em caso de ataque. Além disso, é um grande engenheiro, pode dar um jeito nessas fortificações, que estão muito antiquadas. Se eu fosse o senhor, mandava chamá-lo.

Naqueles dias a situação do novo presidente era delicada. Os farroupilhas estavam cada vez mais fortes. Depois de sua única derrota significativa, a de Corte Real no Passo do Rosário em 17 de março, em 7 de abril o general Netto tomou Pelotas e prendeu seu comandante, o major Marques de Souza. Outra força legalista que operava em apoio a Rio Grande, comandada pelo capitão Francisco Pinto Bandeira, batera os farroupilhas em Torres e marchava para o sul para romper o cerco de São José do Norte, mas foi interceptada por uma tropa de lanceiros alemães vinda de Porto Alegre, sob as ordens de Juca Ourives, e batida em Mostardas. Era só cair sobre Rio Grande, imaginava-se.

Entretanto, Araújo Ribeiro acabara de receber do Rio um reforço decisivo e de grande vantagem tática: uma pequena flotilha da Marinha de Guerra, comandada pelo almirante inglês John Prescott Greenfeld. Era equipada com barcos a vapor, o que lhe permitia mover-se nos rios sem restrições. Com a artilharia naval, o presidente esperava conter os rebeldes e impedi-los de cruzar o canal, vindo da Vila do Norte, como eles chamavam São José, para acometê-los. Mas, com a tomada de Pelotas, ficava aberto o caminho por terra.

Derrotado Marques de Souza, a única tropa operando na Zona Sul, a Brigada do coronel Silva Tavares, sofreu dois reveses. O primeiro quando foi derrotada pelo coronel Domingos Crescêncio; logo em seguida, foi expulsa do país pelo coronel Antônio de Souza Netto, exilando-se pela segunda vez no Uruguai. Com isso, Araújo Ribeiro concordou com Osorio e pediu que lhe enviassem o mais rapidamente possível o tal artilheiro francês que poderia salvar sua cidadela.

Em meados de abril de 1836, o exército da revolução excedia em três vezes o efetivo legalista, dominava 80 por cento do território da província, incluindo as principais cidades, como a capital, Pelotas e Rio Pardo. Só restavam Rio Grande, Caçapava e dois enclaves nas Missões controladas por uma tropa diminuta de lanceiros guaranis, comandada pelo coronel Santos Loureiro, de São Borja. Os rebeldes preparavam-se para se atirar sobre Rio Grande, derrotando no Passo dos Negros, às margens do São Gonçalo, o último reduto legalista, comandado pelo coronel Albano de Oliveira Bueno, feito prisioneiro e executado. Era uma situação desesperadora. Bento Manoel mandou chamar Osorio de volta para assumir seu posto junto às tropas de Bagé, sob as ordens do coronel Medeiros.

— Osorio, tu ainda és muito moço para ser um comandante de Divisão. Só por isso o escolhido será o Medeiros. Mas ele será apenas um comissário político. O chefe de operações vais ser tu. Portanto, toma as rédeas da 3ª Divisão de Cavalaria e vamos ver como enfrentamos esses rebeldes.

Foi quando aconteceu a tragédia estratégica e política que mudou o curso dos acontecimentos.

Porto Alegre estava à beira da insurreição contra os farrapos. Tinham contra eles primeiro os portugueses e funcionários da nação que estavam encurralados e eram perseguidos e hostilizados pela polícia farroupilha; logo em seguida, os alemães, liderados pelo médico João Daniel Hillebrand, romperam com a revolução, pois já era irrespirável o clima de repressão e desmandos. A Assembleia, acuada, era um órgão fantoche, pois nenhum deputado podia se opor ao sistema dominante, sob pena de ser esfaqueado.

Mas os líderes sabiam que um levante seria um massacre. Foi quando chegou preso a ferros e depositado no fundo da masmorra flutuante, o navio *Presiganga*, fundeado no Guaíba, o major Marques de Souza, jovem oficial de carreira do Exército, membro de uma das famílias mais ilustres da cidade. O dr. Hillebrand viu nele uma saída. Com seu nome, o prestígio de sua família e, principalmente, sua valentia pessoal, era uma garantia de que poderia libertar a cidade. Foi feito, então, um plano para libertá-lo e, mais ainda, dar-lhe os meios para um avanço imediato, restabelecendo o governo legal na cidade.

A colônia alemã não era um fato novo no Rio Grande. Já estava integrada e participava ativamente daqueles acontecimentos políticos e militares. Mas estava dividida. Os colonos do interior, principalmente os do Rio dos Sinos, de São Leopoldo, Taquara e Morro dos Hamburgueses, apoiavam os rebeldes e forneceram tropas para os farroupilhas, a maior parte deles servindo sob as ordens de Onofre Pires no cerco de São José do Norte. Na capital, porém, sua posição era outra.

Em 1836, os alemães já tinham um lugar na história do Rio Grande do Sul. Na guerra contra a Argentina, as colônias forneceram um Corpo de lanceiros, que atuou com destaque na batalha do Passo do Rosário. Terminada a campanha, a maioria dos oficiais, inferiores e soldados do 27° Batalhão de Caçadores, mercenários contratados na Europa, ficou no Brasil e se estabeleceu no Rio Grande e em Santa Catarina, tornando-se fazendeiros, agricultores, industriais e comerciantes.

Em Porto Alegre havia uma próspera colônia, estabelecida no bairro da Floresta. Esses alemães de Porto Alegre estavam acossados pelos farrapos, expostos aos desmandos da soldadesca. Foi essa a semente de sua adesão a um governo legal. Um ano depois do 20 de setembro, os alemães de Porto Alegre estavam em confronto com seus compatriotas do interior, dispostos a tudo para tirar os farroupilhas da cidade. Foi assim que o dr. Hillebrand urdiu seu plano.

A pretexto de comemorar o dia de Santo Antônio foi organizada uma grande festa para a noite de 14 de junho, oferecida aos farrapos pela colônia alemã de Porto Alegre. Levaram bebida e comida, bandas de música, e cedo da noite acenderam as fogueiras, abriram os barris e distribuíram *schnapps* à vontade. As belas mocinhas, com seus olhos azuis, cabelos de mel e peles alvas, insinuavam-se entre os bigodudos da fronteira, oferecendo bebidas e prometendo maravilhas. Antes da meia-noite quase todo o exército farroupilha estava completamente embriagado, desmaiado, totalmente disperso pela cidade.

Subornando a guarda do navio-prisão, Marques de Souza e os outros prisioneiros fugiram e foram assumir o comando das operações. Foi quase sem provocar mortes que prenderam a guarnição, mais de 500 homens. A marinha, que já estava avisada, tinha fundeado seus navios na foz do Guaíba, na entrada da lagoa. A um sinal, os barcos se aproximaram e, pela manhã, estavam presos o governador, os deputados e os chefes militares. Os farrapos perdiam sua capital.

Bento Gonçalves não conseguia acreditar no que lhe contavam. Perguntava:

— Não dispararam nenhum tiro? Prenderam todo mundo dormindo? O doutor Marciano? Os nossos deputados? Não acredito!

Era realmente inacreditável. Logo quando os farrapos estavam a um passo da vitória completa. No dia 1º de junho Bento Gonçalves pegara Bento Manoel de jeito no Arroio dos Ratos e destroçara completamente a Divisão da Esquerda, quase prendendo seu tocaio, que fugiu às pressas, sem tempo nem mesmo de calçar as botas, deixando um pé no acampamento, o que deu motivo para chacotas; Lima e Silva, no sul, conseguira iludir a marinha e cruzara o São Gonçalo no dia 2 de junho, derrotando as cavalarias de Silva Tavares e de Isas Calderon, impondo sítio à cidade de Rio Grande, visto que Onofre Pires já havia anulado a ofensiva vinda do norte, pela praia, em Mostardas. E agora que estavam com a vitória ao alcance das mãos, afundavam assim, morriam na praia depois de cruzar o rio a nado. Era isso o que pensava o chefe rebelde.

— Vamos para Porto Alegre retomar a cidade.

Osorio pegou seus mil e tantos homens e partiu em direção à capital, que era uma posição estratégica, politicamente decisiva. Enquanto isto, Araújo Ribeiro, a bordo de uma nave da marinha, desembarcava na cidade e tomava posse no palácio do governo, restabelecendo o poder imperial.

No dia 27 de junho Bento Gonçalves chegou às imediações de Porto Alegre e mandou um pedido ao governo para que lhe devolvesse a cidade. Não pedia rendição, mas devolução, alegando falar em nome do Poder Legislativo devidamente constituído. Marques de Souza já organizara a defesa. Araújo Ribeiro negou-se, dizendo que era o governo legítimo. Então, no dia 30, Bento Gonçalves lançou um ataque. Em pouco tempo os farrapos venceram as primeiras trincheiras e começaram a tomar os subúrbios. Nos primeiros entreveros a violência dos atacantes foi assustadora. Todos, chefes e soldados, querendo vingar a humilhação. A disposição era matar, estuprar, queimar, não deixar pedra sobre pedra. Punir a cidade ingrata.

Lá dentro também não era menor a decisão de resistir. Armados até com facas de cozinha, os porto-alegrenses estavam dispostos a não se deixar dominar. Também tinham consciência de que não haveria perdão. Bento Gonçalves sentiu que perderia o controle, que suas tropas não atenderiam a nenhum comando. Tomou, então, uma decisão que decepcionou todos os seus homens, mas evitou o que se desenhava como uma das maiores tragédias da história do Brasil. Ordenou a retirada e acampou nas proximidades, na Vila de Viamão, a antiga capital, a quatro léguas da cidade. Só depois de alguns dias restabeleceu o cerco, sitiando a cidade, esperando sua rendição pela fome ou pelo desânimo de seus defensores.

Embora depois fosse muito criticada, foi sábia a decisão política e humanitária de Bento Gonçalves de suspender a ofensiva e poupar a cidade de um massacre. Ele percebera que a fúria natural dos soldados em combate ultrapassava os limites dos escalões inferiores e enlouquecia até os oficiais superiores. Procurou saber o que havia de diferente naquela mesma gente que havia um ano entrara na mesma Porto Alegre de maneira brincalhona e que agora manifestava uma raiva explícita. Foi então que entendeu o que mudara.

O contato com a imprensa e a força dos meios de comunicação insuflavam as mentes com uma intensidade desconhecida, levando a opinião pública a atitudes extremadas. Até então, quem indicava os rumos eram as palavras dos comandantes, no máximo davam-se vivas exaltados antes dos combates. No princípio, os primeiros e poucos jornais que circulavam não traziam mais que anúncios de oportunidades de negócios, reclames de escravos fugitivos, ofertas de produtos de consumo e um ou outro editorial, geralmente expressando a posição do governo, como no tempo do *Diário de Porto Alegre*, o jornal pioneiro fundado em 1827.

Nos últimos anos, porém, fora surgindo uma imprensa diversificada, que fazia ataques pessoais, acusações escabrosas e denúncias sem comprovação, difundindo simultânea e explosivamente a ira entre os leitores. As pessoas davam total credibilidade a qualquer coisa que fosse impressa. Uma prova dessa força desmesurada foi que um pasquim como o *Continentino* derrubou o presidente Araújo Ribeiro com um único artigo contendo acusações infundadas.

Embora houvesse uma lei de imprensa de 1822, proposta por José Bonifácio de Andrada e Silva, ela nunca foi aplicada. Havia, com o nome de liberdade, uma permissividade vernacular inimaginável até então, pois nos tempos da Colônia era proibido publicar. Os meios de comunicação entraram na vida do brasileiro de maneira abrupta. Só os nomes dos jornais que circulavam em Porto Alegre na época da revolução farroupilha já denunciavam suas intenções: *Belona Irada Contra os Sectários de Mono*, *A Idade de Chumbo*, *O Quebra Anti-Evaristo*, *O Mentiroso*, *Filho do Mentiroso*. Esses eram alguns dos 69 jornais publicados na capital. Em Rio Grande a imprensa era mais comedida, talvez por ser uma cidade mais cosmopolita, mas também havia pasquins.

Um dos principais editores de Porto Alegre, o francês Claude Debreuil, ex-prisioneiro de guerra do Exército Argentino, que ficou no Rio Grande depois do conflito, publicava vários jornais de sua propriedade ao mesmo tempo, cada qual com sua linha editorial, contra ou a favor do governo. E ninguém achava isso estranho. Ele apanhava dos ofendidos dos dois lados, era expulso do Rio Grande e até do Brasil, mas voltava e começava tudo de novo. Sua gráfica imprimia qualquer coisa, desde que se pagasse. Foi isso que inflamou os farrapos e levou Bento Gonçalves à moderação. Se deixasse correr solto, não sobraria nada na cidade.

Bento Gonçalves, porém, não se descuidou dos aspectos militares. Tratou de estabelecer um sítio impermeável, fechando todas as saídas da cidade, impedindo seu abastecimento por terra e bloqueando a entrada por via fluvial das belonaves da marinha, instalando uma poderosa fortaleza na foz do Guaíba, em Itapuã, equipada com nove canhões. A retaguarda legalista, protegida pelo rio, era igualmente intransponível, pois ali o rio tem mais de mil metros de largura, uma travessia impossível para os exércitos de cavalaria, tanto por meio de pelotas quanto a nado. Seria uma questão de dias a queda da capital, pois suas tropas improvisadas não teriam como resistir à investida dos farroupilhas, com um exército treinado e disciplinado.

Entretanto, não se contava com a audácia e a matreirice de Bento Manoel. Imaginava-se que o guerrilheiro estaria lambendo as feridas de Arroio dos Ratos em Caçapava quando ele apareceu em Porto Alegre, botando seus homens na zona urbana e reforçando a cidade com suas tropas, inviabilizando a manobra idealizada por Bento Gonçalves. Uma coisa seria atacar defensores civis mal equipados. Outra seria bater uma força de 700 fuzileiros bem armados e comandados por oficiais profissionais. A entrada de Bento Manoel e seus caçapavanos e bageenses em Porto Alegre foi o ponto de inflexão da grande ofensiva de inverno dos farroupilhas e decidiu o futuro da guerra.

Em Caçapava, Bento Manoel reorganizava seu exército quando de Bagé chegou a 3ª Brigada de Cavalaria do coronel Medeiros, tendo Osorio como subcomandante. Ladino, ele plantou patrulhas nas estradas que davam acesso a Caçapava, dando a impressão de que ainda estava se concentrando na cidade. Assim as patrulhas de Netto não ficaram sabendo que em 20 de novembro, numa madrugada horrorosa, em que chuviscava fino, a temperatura abaixo de zero, as serras e canhadas encobertas por uma neblina impenetrável, a coluna deixou o acampamento em silêncio total, ganhando a estrada rumo à Picada dos Tocos. Ao chegar ao Capané, seguiu ao longo do Jacuí, deixando o rio a uma distância de mais de légua. Com aquele clima, que durou até além do Pântano Grande, o mau tempo escondeu a tropa, que cavalgava sem parar, comendo apenas os munícios que haviam levado, sem potrear nem pastorear para não dar na vista.

Chegaram a Pedras Brancas sem ser pressentidos. Uma vanguarda, comandada por Osorio, ocupou a vila da margem direita do Guaíba sem alarde, esperando o grosso, que chegou algumas horas depois. À tarde, Bento Manoel sinalizou à cidade que estava pronto. Do alto da torre da catedral um observador divisou a grande bandeira branca sendo agitada do outro lado. À população, principalmente o pessoal do cais do porto, disse que eram reforços que chegavam aos rebeldes vindos de Pelotas e Camaquã.

A vigilância de Bento Gonçalves começava nos Navegantes e circundava a cidade. Se viesse algum reforço pelo rio, teria de passar por ali. Se viesse por terra, o caminho natural seria atravessar as ilhas para desembarcar naquele pesqueiro. Entretanto, Marques de Souza havia preparado uma flotilha de 40 canoas na colônia de pescadores da Vila Assunção e mantinha os barcos escondidos em terra. Quando escureceu os pescadores botaram seus barcos na água e remaram com agilidade até o outro lado, embarcando rapidamente a totalidade da tropa, que passou apenas com armas e bagagens, deixando tudo o mais do outro lado.

Enquanto isso, Osorio e uma escolta de dez homens desciam para a Barra do Ribeiro, onde iam fazer contato com a flotilha da Marinha

Imperial, que estava fundeada na Lagoa dos Patos, impedida de entrar em Porto Alegre pela artilharia do Forte de Itapuã. Sua missão era calar esses canhões e desmantelar a fortaleza, liberando o rio para a subida da frota com armas, víveres e suprimentos de guerra.

Osorio encontrou a esquadrilha da Lagoa dos Patos, comandada pelo capitão-tenente Parker, e desenhou o ataque às fortalezas. Com 250 homens, comandados pelo coronel Francisco Xavier da Cunha, protegidos pela artilharia da armada, o forte foi tomado de assalto. Estava completada a operação. Bento Manoel era senhor de terra e água.

Assim que a esquadra do almirante Greenfeld assumiu o controle do Guaíba, as embarcações voltaram a Pedras Brancas para levar à cidade sitiada e faminta os víveres que Bento Manoel trouxera da campanha, cerca de 800 bois gordos e algumas carretas com farinha e cereais. Bento Gonçalves assistiu calado ao ir e vir, sem poder fazer mais nada, pois os navios de guerra impediam qualquer ação para deter os transportes. Ficou paralisado, mas tampouco afrouxou o sítio.

Enquanto isso, em Porto Alegre, Bento Manoel tomava providências para fortalecer seu exército, abrindo recrutamento e intensificando a instrução das tropas. Por meio da ligação marítima com Rio Grande estava assegurada sua rota de suprimentos. Quando se sentisse forte, poderia sair da capital e enfrentar os farroupilhas nas imediações da cidade. O importante era manter o inimigo inquieto com ações de guerrilha e contra-ataques às investidas dos revolucionários. Entretanto, Osorio não esquentou cadeira na cidade.

CAPÍTULO 47

Dois Juramentos

A RETOMADA DE PORTO Alegre gerou um grave problema político para os farroupilhas, pois a vitória numa guerra é determinada pela posse da capital, que é a garantia da existência de um país. Ao perder a capital, o movimento farroupilha foi privado da condição de revolução vencedora e rebaixado a mais uma rebelião como tantas outras da América do Sul. Para não se deixar malograr-se nessa imagem negativa e apagar seu status de beligerantes, mantendo o reconhecimento internacional, os rio-grandenses proclamaram independência em 11 de setembro de 1836. Isso mudou o curso dos acontecimentos e trouxe contra eles, para dentro da província, o peso e a força do império, que até então observava de longe a guerra civil gaúcha, esperando que suas forças internas decidissem o futuro dentro da nação brasileira.

A condescendência de Bento Gonçalves diante dos muros de Porto Alegre teve uma péssima repercussão na campanha, em que a guerra ia escalando em violência. Como foi o caso do tenente-coronel Albano, derrotado e aprisionado pelo comandante em chefe do Exército João Manuel de Lima e Silva e morto por ordem sua a caminho da prisão. Dias depois o coronel Onofre Pires mandou fuzilar 12 prisioneiros capturados no Combate de Mostardas, entre eles o comandante da unidade derrotada, capitão Francisco Pinto Bandeira, executado numa cena patética, pedindo para ser poupado alegando ter 11 filhos para criar, ao que Onofre respondeu:

— Não seja covarde, morra ao menos como brasileiro!

Esses fatos grosseiros cometidos por homens ilustres desgostaram profundamente Bento Gonçalves, pois a revolução era acusada na corte de se igualar aos desmandos dos caudilhos platinos. Foi para criar um fato novo, que revigorasse politicamente o movimento, que os comandantes militares decidiram proclamar a república e separar o Rio Grande do Brasil.

No dia anterior, 10 de setembro, Netto enfrentara uma vez mais, nos campos do Seival, Silva Tavares, que perdia sempre mas voltava a lutar. Com essa vitória, decidiu-se, no dia seguinte, proclamar a independência da província. Foi um gesto demasiadamente ousado, perigoso, mas que teve o efeito esperado pelos líderes, pois relançou a revolução, dando novo ânimo à população já descrente. Quando soube, em Porto Alegre, Bento decidiu abandonar o sítio e voltar para a campanha.

De início mandou sondar sobre um cessar-fogo para se retirar em paz. Em contatos informais, Bento Manoel mandou dizer que não daria trégua. Se decidisse deixar suas posições, que saísse lutando. A situação interna na cidade era de grande tensão. A população exigia do presidente uma ação enérgica para acabar com aquilo. Do lado de fora, Bento Gonçalves também estava com os pés amarrados, pois, se sua superioridade numérica o deixava seguro para manter o cerco, não dispunha de forças para tomar a capital. Na cidade, Bento Manoel não se sentia forte para mudar a situação, que era de impasse.

Uma retirada hostil seria extremamente complicada, pois não havia meios de cruzar o Rio Jacuí em segurança. E, se seguisse pela margem esquerda, teria igualmente de atravessar vários rios caudalosos, colocando-se em situação de alta vulnerabilidade durante as transposições. Bento Gonçalves não tinha um subcomandante à altura para deixar em Porto Alegre. Se tivesse, poderia voltar sozinho para a fronteira, onde reassumiria o controle político da revolução.

O clima atrás dos muros era de crescente desconfiança, tanto do presidente quanto de seu comandante de armas. Aquela alegria do desembarque dos bois para acabar com a fome era coisa do passado. Os gaúchos de Bento Manoel provocavam o mesmo descontentamento do tempo dos farrapos. Araújo Ribeiro colhia críticas de frouxo e condescendente, perdendo apoio a cada dia. Aos poucos engrossava o coro dos descontentes, orquestrado pelo ultralegalista Pedro Chaves, que ninguém mais acusava de ser irmão do presidente deposto.

A imprensa intramuros abria suas baterias, alguns até insinuando que a qualquer momento os portões poderiam ser abertos, deixando os rebeldes entrar, pois, no fim das contas, os dois Bentos eram farinha do mesmo saco. Esse foi um dos principais motivos que levaram Bento Manoel a rejeitar um acordo para a retirada, pois se fizesse qualquer movimento de trégua seria derrubado ou teria de enfrentar um levante popular sangrento. Nesse momento a população local, tanto o povo como os comerciantes caramurus e os funcionários imperiais, estava querendo mandar os gaúchos de volta para os pampas.

Mas quando, no dia 12 de setembro, foi expedida a proclamação oficial da nova República, Bento Gonçalves não teve mais dúvidas. Iniciaram-se os preparativos para levantar o assédio à cidade e voltar para Jaguarão. Bento tinha com ele Onofre Pires e o ativista italiano Tito Zambecari. O movimento republicano no Rio Grande do Sul estava despertando grande interesse e entusiasmo na Europa, pois não só era antimonarquista como se propunha a destronar um rei que pertencia às famílias mais combatidas pelos carbonários italianos: os Habsburgo, que dominavam o norte da Itália, por seu ramo austríaco, e o Reino das Duas Sicílias, mestiçado com os Bourbon, que controlava o sul da península e as ilhas mediterrâneas. Além disso, era a única revolução republicana em curso no Ocidente naquele momento de refluxo dos regimes populares do Velho Mundo e consequente fortalecimento das realezas em geral.

Bento Gonçalves fez uma manobra que desnortearia seus perseguidores, caso tivesse dado certo. Seguiria ao longo da margem esquerda do Rio Jacuí, dando a entender que seu destino seria Rio Pardo ou Cachoeira. Nesse caso, Bento Manoel poderia esperar para pegá-lo na travessia de um dos muitos afluentes do Jacuí. Entretanto, não era nesses passos óbvios que ele passaria para a campanha, mas logo acima da foz do Rio Caí, onde haveria uma possibilidade muito interessante de transpor águas caudalosas sem muito trabalho.

Um vaqueano de Porto Alegre fez uma sugestão que, segundo ele, pegaria a repressão totalmente desprevenida, desviando a perseguição para um lado enquanto saíam pelo outro. Bento sairia com as 2 mil e tantas pessoas que o seguiam, pois temiam represálias e preferiam voltar junto com alguma tropa vitoriosa. Por mais amena que fosse a ocupação da cidade, ficaram muitas arestas, muitas dívidas, tanto em dinheiro quanto em sangue.

O projeto do guia era que seguisse como se fossem para São Leopoldo, onde havia uma forte base de apoio, o que tornaria coerente a escolha da rota. Dali, o natural seria seguir para Rio Pardo ou Cachoeira, evitando o Jacuí até o Passo do São Lourenço, por onde ganhariam a campanha. Pela proposta, ao cruzarem o Passo das Canoas, no Rio Gravataí, infletiriam para oeste, entrando por banhados impenetráveis, cruzando o Sinos e logo adiante o Caí, no Passo Raso na altura dos pântanos de Santa Clara, até chegarem às margens do Jacuí na altura da Ilha do Fanfa, pouco abaixo de Triunfo. Os dois braços do rio, na ilha, são fios d'água estreitos, não oferecendo grande dificuldade, a não ser a força da correnteza e a profundidade do rio. Mas a vantagem compensava o perigo.

Bento Gonçalves, natural de Triunfo, cidade que fica bem na região indicada, avaliou positivamente essa possibilidade, embora se soubesse que os tais banhados de Santa Clara eram desconhecidos justamente por serem traiçoeiros e perigosos. Botar um exército ali dentro, ainda mais seguido de toda a tralha de paisanos que o acompanhava, pareceria uma temeridade muito grande, pensariam, algo que ele, conhecido como um guerreiro prudente, jamais faria. Por isso decidiu estudar a possibilidade, desconcertando seus antagonistas. Com a esquadrilha da marinha no Jacuí, precisava de um passo de transposição rápida, senão teria de ir até as cachoeiras de onde os navios de guerra não pudessem passar para atacá-lo no meio do rio. Isso seria no São Lourenço, a mais de 40 léguas. Seria muito chão para dar chance aos guerrilheiros de Bento Manoel, ainda mais que as cidades ribeirinhas da margem esquerda estavam todas em poder do governo, entre elas Rio Pardo e Santo Amaro. Usando a marinha, os imperiais poderiam lançar colunas contra ele, infernizando sua marcha. Ao chegar à outra margem do Jacuí estaria ao alcance de seus homens e Netto poderia socorrê-lo em caso de dificuldades.

A manobra, porém, foi descoberta. No dia 4 de outubro foi surpreendido pelo coronel Bento Manoel quando já estava com mais da metade de seu efetivo na Ilha do Fanfa. A outra parte ainda esperava para passar, antes que tivesse estabelecido uma cabeça de ponte à margem direita. Foi o maior desastre político e militar, pois os farroupilhas perderam o sítio da capital, um Corpo de Exército e, pior de tudo, seu chefe Bento Gonçalves e mais uma dúzia de próceres. Ninguém acreditou quando disseram que o exército farrapo estava liquidado e Bento Gonçalves a ferros no fundo do porão de um navio da marinha, junto com outros tantos, dentre os quais o balofo Pedro Boticário, uma figura de grande projeção social e política da capital e uma das grandes expressões intelectuais da revolução em Porto Alegre.

O desastre ocorreu porque os rebeldes fizeram tudo errado. Já de início o segredo vazou, pois entre os oficiais comentava-se abertamente o plano de marcha, embora um dos farroupilhas, o fidalgo paulista Renato Pompeu, republicano extremado e antimonarquista de primeira hora, recomendasse silêncio, advertindo que "as orelhas têm ouvidos". Bento Manoel pôde construir a cilada, executando a manobra com perfeição e surpreendendo o inimigo na hora exata e no lugar certo. Deixou que Bento Gonçalves passasse para dentro da ilha mais da metade de seu exército e a totalidade das famílias. Quando estava assim vulnerável, foi atacado. Pior ainda é que deixara sua artilharia na margem, como última garantia para o caso de um ataque por terra, sem prever que a marinha poderia cortar-lhe o caminho e que ele ficaria sem condições de revidar o fogo dos navios sem suas armas pesadas. Mas foi assim que aconteceu, e ele ficou sem meios de enfrentar o bloqueio, caindo na arapuca.

Com seu exército encalhado, castigado incessantemente pela artilharia naval, de um lado, e terrestre, do outro, pregado a um terreno sem acidentes nem pedras para se entrincheirar, Bento Gonçalves viu seu exército bombardeado, condenado a um fim que não chegava. Sem desencadear um ataque final, seu antagonista deixava-lhe a opção de desaparecer tragado pela própria terra ou render-se.

Ao fim de três dias chegou a um acordo com Bento Manoel. Ele e seu alto-comando se entregariam, libertando as famílias e anistiando soldados e oficiais de baixa patente, que regressariam desarmados para suas casas na campanha. Chegou a haver uma proposta para que ele fugisse, mas Bento Gonçalves recusou-se a abandonar seus homens, pois seria seu fim político. Foi levado para o Rio de Janeiro como troféu, e Bento Manoel foi promovido a brigadeiro, o primeiro degrau do generalato no império. Entretanto, essa vitória de pouco lhe valeu, pois seus dias e os de Araújo Ribeiro estavam contados.

A notícia da independência e da proclamação da República ameaçava botar abaixo todo o precário sistema de regência que mantinha o Império de pé. O que mais apavorou os esteios do sistema foi uma parte da proclamação do comandante em chefe do exército rebelde, João Manuel de Lima e Silva, na qual ele disse que o Estado rio-grandense poderia "ligar-se por laços de federação àquelas províncias do Brasil que adotassem o mesmo sistema de governo e quisessem federar-se com o novo Estado".

Esse era o ponto. Se fosse um separatismo puro e simples, uma aspiração de dissidentes gaúchos, como se costumava dizer, de anexar o Rio Grande aos países do Prata, não teria causado tanto rebuliço quanto essa história de federar-se com as demais províncias republicanas do Brasil. Aquilo era a semente de um levante sem precedentes, que encontrava apoio em todo o país e, até mesmo, dentro do próprio governo da Regência. Além disso, essa proclamação vinha referendada por nada menos do que um Lima e Silva, um oficial de escola de uma das famílias mais ilustres do Rio de Janeiro, irmão de um ex-regente e tio do tenente-coronel Luis Alves de Lima e Silva, comandante da polícia militar da capital que impusera ordem na cidade e era uma pessoa das mais populares, por ter sido o homem que extinguiu a bandidagem e trouxe de volta a segurança pública à cidade, um dos temas mais caros aos cariocas. Se ainda fosse uma proclamação daqueles coronéis toscos da fronteira...

Logo se estabeleceu uma rede de intrigas, alimentada pelos ultralegalistas de Pedro Chaves, em Porto Alegre, e secundada pelo marechal Sebastião Barreto, que voltara ao Rio de Janeiro vindo de Montevidéu depois de deixar o Rio Grande do Sul expulso pelos revolucionários. Dizia-se que, em primeiro lugar, as demais províncias cairiam como uma coluna de dominó, uma depois da outra, mergulhando o país na anarquia republicana. Pedro Chaves chamava a atenção para o pouco caso que se fizera de suas denúncias de separatismo, apagadas pelo regente Feijó, que livrara o coronel gaúcho das acusações em troca de apoio nas eleições para regente em 1834.

Enquanto isso, na campanha, os revolucionários tratavam de consolidar suas posições, pois ainda estavam em franca vantagem em relação aos legalistas. Seu exército tinha quase 10 mil homens em armas, uma força descomunal para uma província que não chegava a 400 mil habitantes. A prisão de Bento Gonçalves, pelo menos aparentemente, não abalaria sua determinação. O chefe político do movimento e proclamador da república, Antônio de Souza Netto, reuniu as lideranças na cidade de Piratini e conclamou os companheiros: "O revés que sofremos é grande, mas é um só no círculo de tantos triunfos. Redobrai vosso valor, e venceremos", escreveu.

O comandante em chefe Lima e Silva ratificou no dia seguinte os termos da proclamação de Piratini e logo em seguida os republicanos elegeram as autoridades do novo país. O coronel Bento Gonçalves foi eleito presidente da república, mesmo estando preso. Com isso, Pedro Chaves e os legalistas de uma maneira geral passaram a chamar o confito, de forma pejorativa, de república de Piratini, fazendo pouco da importância dessa pequena cidade para ser capital de um estado independente. Entretanto, Piratini era um bom lugar para ser escolhido como território liberado, uma cidade perdida nos confins dos pampas, de difícil acesso para a repressão ao movimento. Assumiu o governo civil o vice-presidente José Gomes de Vasconcelos Jardim, e como demais vices foram eleitos Antônio de Paula da Fontoura, o coronel José Mariano de Mattos, o coronel Domingos José de Almeida e Ignácio José de Oliveira Guimarães.

Jardim constituiu seu ministério, criando as secretarias de Estado e designando Domingos José de Almeida ministro do Interior e interino da Fazenda, José Mariano de Mattos ministro da Guerra e interino da Marinha e João Pinheiro de Ulhôa Cintra ministro da Justiça e interino de Estrangeiros. Como comandante do Exército foi designado Antônio de Souza Netto, pois Lima e Silva, comandante de armas rebelde, fora ferido em Pelotas e sua saúde piorara sensivelmente. Também foram nomeados os generais do exército: Netto, Lima e Silva e Bento Gonçalves. Ficou decidido que a república teria nesse posto apenas um nível de general, que seria assim chamado, enquanto no império havia quatro níveis: brigadeiro, marechal de campo, tenente-general e marechal do exército.

Enquanto isso, Bento Manoel procurava reorganizar seu exército. Sem grande entusiasmo, é verdade. Tanto ele quanto o presidente Araújo Ribeiro estavam por um fio, acusados de fraqueza, de terem sido condescendentes com os vencidos e de estarem mancomunados com os rebeldes. No Rio, o regente era obrigado a ceder.

O primeiro sinal de que as coisas estavam mudando foi a chegada à província do tenente-general João Crisóstomo. Assim que chegou, foi se apresentar ao comandante de armas, um ato muito estranho, pois o general português estava dois postos acima do de seu chefe na hierarquia do exército, mas, como o cargo de comandante de armas era uma função política, seria admissível que ficasse sob seu comando. Esse, porém, era um primeiro passo para a destituição de Bento Manoel. Ele tinha acabado de dividir o exército em três Brigadas, uma sob seu comando, outra com Silva Tavares e a terceira com Medeiros; o subcomandante era o tenente comissionado major Manuel Luís Osorio. Crisóstomo chegou com alguns reforços, alguma artilharia e infantaria.

Assim mesmo Bento Manoel resolveu agir. Mandou a coluna de Medeiros assediar os rebeldes que haviam sido assinalados na região do Arroio Velhaco e determinou a Silva Tavares que fosse operar contra Antônio de Souza Netto na região do Arroio Grande, também chamada de Grande do Herval. Nesses dias, assumiu o comando de um Corpo Revolucionário o tenente-coronel Davi Canabarro, veterano do esquadrão dos furriéis e das campanhas da Cisplatina, sólido comerciante em Santana do Livramento, que deixara seus negócios e juntara-se à revolução dias antes do combate do Fanfa.

Tais acontecimentos envolvendo esses homens tiveram uma importância decisiva na história do Brasil. O mês de dezembro foi o tempo da intriga e determinou uma virada na situação, que só foi se recompor anos depois, com a ida do barão de Caxias para o Rio Grande do Sul e a formação da grande dupla de guerreiros e políticos: Luis Alves e Manuel Luís, um Lima e Silva e outro Osorio. Foi então que a legalidade perdeu Bento Manoel e só foi recuperar sua hegemonia militar depois que ele voltou para suas fileiras. Naqueles dias de dezembro, Silva Tavares amargou mais uma derrota, desta feita contra o estreante Davi Canabarro, que, após a vitória, mandou tirar definitivamente de seu nome o patronímico Martins e assumiu o nome que ficou para a história: Davi Canabarro.

Canabarro pegou Silva Tavares churrasqueando no Arroio Grande e o aprisionou. O chefe monarquista nunca perdoou Bento Manoel, dizendo que ele o lançara às feras. Entretanto, conseguiu fugir, ajudado por um sargento baiano chamado Sigismundo, e voltou às linhas legalistas, acusando Bento Manoel de traidor. A essa altura, Bento Manoel conseguira uma grande vitória, batendo os farroupilhas no Passo do Salso e expulsando-os para o Uruguai. Desse combate participaram ao lado dos imperiais os uruguaios Fructuoso Rivera, ex-presidente do país, e o coronel Bonifácio Isas Calderon, o que não deixa de ser hilariante, pois se acusava os farroupilhas de estarem querendo anexar-se ao país vizinho. Nesse combate, Bento Manoel levou um tiro no pé que arrancou o salto de sua bota. Osorio participou no comando da 3ª Brigada de Cavalaria.

Daí em diante a posição de Bento Manoel foi se deteriorando, até que em fins de janeiro Araújo Ribeiro foi destituído e Bento Manoel demitido do comando de armas. Ameaçado de prisão, passou-se para os farroupilhas, dando razão aos ultralegalistas, que o acusavam de traidor. Ficara ao lado do governo somente enquanto seu primo Araújo Ribeiro estivera na presidência, pois lhe dera sua palavra de honra de que o sustentaria militarmente enquanto estivesse à frente do governo do Rio Grande do Sul.

No final desse ano, o Exército Republicano estava emigrado no Uruguai, posto para fora do Rio Grande por Bento Manoel Ribeiro. Com a guerra praticamente ganha, o governo nacional decidiu tirar o poder dos liberais moderados e nomeou para presidente da província um general de carreira que não estava envolvido com as facções em luta pelo poder. Chegou, então, a Porto Alegre o brigadeiro Antero José Ferreira de Brito. Foi recebido na capital rio-grandense com festas e homenagens, tendo à frente o juiz Pedro Chaves, que não cessava de jurar fidelidade eterna ao trono do imperador menino. Explicava a situação da província como resultado de uma luta de facções de republicanos que acabaria em novas desordens. O melhor, aconselhava, era livrar-se daquela gente e implantar um governo neutro, mas fiel à monarquia.

Não tardou para a imprensa sair dizendo que Bento Manoel caíra em desgraça. Mais alguns dias e os jornais já alegavam saber de fonte segura que ele seria preso. Poucos dias depois se confirmava sua situação, pois recebera um comunicado agradecendo seus serviços e mandando que passasse o comando do exército ao general Crisóstomo. Decidiu então tomar uma providência. Reuniu o exército em Caçapava, licenciou as tropas irregulares, passou o comando das forças de linha ao general Crisóstomo, montou a cavalo e sumiu nas campinas. Estava formada a crise.

Quando soube das atitudes de Bento Manoel, o general Antero ficou possesso. Decidiu que iria assumir pessoalmente o comando das operações, pois acumulava o cargo de presidente e de comandante do Exército do Sul. O problema era que esse poderoso exército resumia-se, depois que o velho caudilho licenciara seus soldados, a 320 homens e 13 canhões sob o comando de João Crisóstomo em Caçapava.

Havia um fato novo. Convidado pelo general Netto e pelo novo general da república, Davi Canabarro, Bento Manoel reconciliou-se e aderiu à revolução, dizendo que, se não fora a palavra dada a Araújo Ribeiro, nunca teria deixado suas fileiras. O general Antero resolveu então ir pessoalmente a Alegrete, onde se dizia que ele estava, para prendê-lo e enviá-lo para dividir uma cela com Bento Gonçalves na fortaleza de Santa Cruz, no Rio. Qual não foi sua surpresa quando, numa manhã, ao acampar nas margens do Arroio Itapevi, seus homens foram imobilizados e ele viu chegar um gaúcho enorme, gordo, com uma voz de trovão, perguntando quem estava preso. Antero tentou se impor:

— O senhor me respeite. Sou o presidente desta província!

— Presidente de quê? — retrucou Bento Manoel. — O senhor está em território estrangeiro e é prisioneiro da República Rio-Grandense. Homens, ponham esse senhor a ferros.

Antero foi de mãos amarradas na direção de São Gabriel, onde Bento Manoel iria tomar posição, já a serviço da república. Ao saber dos acontecimentos, Osorio botou seus homens em forma e marchou para Caçapava, a fim de se apresentar ao novo comandante. Foi recebido com frieza pelo general Crisóstomo, que se lembrava dele da batalha do Passo do Rosário. Assim que pôde, Osorio sugeriu ao comandante que se retirassem dali, pois os farroupilhas estavam convergindo sobre a cidade com o objetivo de tomá-la. Crisóstomo novamente não o escutou.

Havia pouco chegara da fronteira oeste o major Maciel com a notícia da prisão de seu comandante em chefe, mas mesmo assim Crisóstomo não se moveu. No dia seguinte estava sitiado por 1.500 homens do Exército Republicano, sob o comando-geral do general Netto, secundado por seus subcomandantes, os generais Davi Canabarro e João Antônio da Silveira e o coronel Guedes.

Bento Manoel mandara seu filho Sebastião convencer o tenente Osorio a passar para as fileiras revolucionárias, pois sua permanência entre os legalistas serviria unicamente para atrair perseguições e desconfianças. Com a bandeira branca, apareceu na cidade um emissário dos rebeldes pedindo uma conferência com o tenente Osorio. Ele foi até seu comandante pedir permissão para se ausentar. Crisóstomo, mesmo desconfiado, concordou. Na situação desesperada em que se encontrava, qualquer coisa seria melhor. Além disso, Osorio achou que indo até o comando inimigo poderia observá-lo e ver se havia alguma saída.

Chegando ao acampamento, Osorio foi recebido efusivamente por todos os comandantes e oficiais superiores, como se fosse um general e não um simples tenente comissionado como major de guardas nacionais. O dr. Sebastião transmitiu as ordens do pai e, diante da negativa de Osorio, apelou de novo para o patriotismo do tenente e para o antigo sentimento de camaradagem que os unia.

Osorio ouviu o recado. Olhou, pensou no que dizer e falou:

— Te agradeço, Sebastião, o incômodo de vir falar-me e não tenho expressões por meio das quais possa manifestar ao meu antigo comandante, teu pai, a grande honra com que recebo o teu convite. Por isso peço-te que lhe digas o seguinte. Logo que o meu chefe de Brigada, coronel Medeiros, soube da requisição, marchei para São Gabriel, mas lá chegando, ao saber que o meu antigo comandante tinha se passado para o partido adverso e que o brigadeiro Antero estava preso, voltei ao meu quartel. Aí tenho combatido, aí tenho sofrido, aí hei de vencer ou morrer. Aí foi que comprometi a minha lealdade com os meus companheiros, e nada há no mundo que me faça abandoná-los. Principalmente agora que estão sitiados e eu com eles. Na situação difícil em que se encontram, o que não diriam de mim se eu não voltasse para o seu lado? Com razão iriam me chamar de traidor, e esse epíteto não me cabe. Por favor, Sebastião, diz ao teu pai, meu antigo comandante Bento Manoel, que não posso nem devo aceitar o seu convite; que continuo no meu posto de honra, sem sacrifício do meu patriotismo e do meu sentimento de camaradagem; e também dize-lhe que o meu maior pesar é que amanhã terei de ouvir os que vão acusá-lo de traidor, acusá-lo de ter voltado as armas contra os seus fiéis soldados, de sitiá-los nesta vila e de não poder eu defendê-lo.

Após esse pequeno discurso, Osorio fez menção de sair para montar e voltar a Caçapava. Sebastião insistiu:

— Respeito o seu escrúpulo, mas permita-me que lhe pergunte: é a sua resposta definitiva?

— Uma e única. Costumo ter uma só palavra. E, com licença, já é tempo de me retirar.

E partiu a galope. Voltando ao acampamento dentro da cidade, foi ter com o comandante. Contou-lhe o que vira, ou seja, uma tropa de primeira categoria, cinco vezes mais numerosa que a deles, animadíssima com a revolução e, principalmente, ainda mal posicionada no terreno, deixando uma saída aberta pelo lado oeste da cidade. Osorio propôs a Crisóstomo aproveitar que eles ainda não tinham se dado conta disso e fugir pela brecha o mais rapidamente possível, pois seria questão de dias, talvez horas. O general não quis saber, uma vez mais, dos conselhos de seu oficial. Osorio insistiu, dizendo conhecer tudo ali:

— Sou como se fosse daqui. Já explorei essas redondezas mais de uma dezena de vezes. Ademais, meus irmãos conhecem isso como ninguém. Já discutimos o problema e chegamos a essa conclusão.

Mas Crisóstomo foi irredutível. Não deu outra: dois dias depois estava fechado o cerco. Crisóstomo reuniu a oficialidade para decidir o que fazer. Optou-se pela rendição com honra, isto é, deixando os oficiais com suas armas e os soldados jurando não mais pegar em armas contra a república, sobre o que comentou Osorio:

— Assim que forem liberados vão se passar todos para o Netto. Melhor que jurassem diretamente à república.

Crisóstomo uma vez mais vacilou, mas mandou que um oficial levasse sua proposta ao comandante republicano. Netto concordou com os termos, mas eles teriam de deixar os canhões. Uma vez mais o comandante monarquista mostrou-se indeciso, até que um de seus oficiais, o tenente-coronel Carlos José Ribeiro, dizendo-se vaqueano naquela região, propôs um plano de fuga, saindo pelos matos da zona norte da cidade, descendo para o vale do Rio Santa Bárbara e dali rumando para o Passo do São Lourenço, de onde escapariam por via fluvial ou mesmo a pé, no rumo de Rio Pardo ou Porto Alegre. O general gostou muito do plano, consultou seus subordinados, mas Osorio contestou:

— Por esse modo eu não me retiro.

Decidido a não ser feito prisioneiro, Osorio deixou o acampamento e foi para a casa da mãe. Reuniu-se com os irmãos e disse que iria chamar alguns companheiros dispostos e romper o cerco, pois tinha certeza de que Crisóstomo cairia prisioneiro, ou por se render ou por ser capturado, mas que não combateria nem faria algo que pudesse ter êxito para escapar do sítio.

— Não vou ficar aqui. Vou para Rio Pardo e lá me juntarei ao coronel Gabriel Gomes.

A mãe, temerosa por todos os lados, tanto de ele ser morto por alguma sentinela inimiga quanto de ser declarado desertor, uma situação que ela bem conhecia dos anos de clandestinidade do marido, protestou, mas ele não a ouviu:

— Minha mãe, o sítio rompe-se. José, tu vais comigo; serás o meu guia, conheces melhor do que eu essas paragens.

— Vamos embora, estou pronto.

Nisso, ouviu uma voz:

— Se o senhor-moço for, eu vou também com o meu machado; pode ser preciso cortar alguma picada.

Era um escravo da casa, oferecendo-se para ir junto. Osorio aceitou prontamente e foram se preparar para sair ao cair da noite. Dona Anna Joaquina preparou fiambres para a viagem. Osorio chamou seus homens de confiança, exatamente os 39 de Primeira Linha que tinham vindo com ele, e partiram na direção dos despenhadeiros do chamado Vale dos Lanceiros. Foram ao Arroio Santa Barbinha e enveredaram pelos campos do Barro Vermelho, até cruzar o Jacuí ao sul do Arroio Capané. Chegaram a Rio Pardo, onde foram recebidos pelo comandante, que já sabia da tragédia da defecção de Bento Manoel e da prisão do presidente Antero e de sua comitiva. Gomes comentou com o recém-chegado:

— Que vergonha, deixar-se prender dessa forma! Deveria ter morrido lutando. O brigadeiro Bento vai fazer falta, mas é um sonho desses rebeldes acreditarem que podem vencer o império. É muito grande a desproporção. Só de pensar no tamanho do Recife, de Salvador, do Rio de Janeiro daria para desistir.

— Pois é, coronel, mas essa gente não desiste. Não enfrentaram Buenos Aires e as Províncias Unidas juntos? Mas não hão de separar o Rio Grande do Brasil. Pelo menos não comigo. Foi uma promessa que fiz ao meu pai, pois foi a sua luta a vida inteira. E também jurei a essa bandeira. Se não quebro um, quanto mais dois juramentos.

Dias depois chegaram a Rio Pardo os destroços da força de Crisóstomo. Osorio teve de se esforçar para não dar uma gargalhada quando soube dos fatos. No dia da retirada, uma manhã bem cerrada pela neblina, que é impenetrável na Serra de Caçapava, a tropa saiu de mansinho, procurando o caminho indicado pelo vaqueano. Entretanto, ele se enganou e, quando se deram conta, toda a unidade e seus canhões estavam bem no meio do acampamento farroupilha. Foi tão insólito que os republicanos pensaram que se apresentavam para a rendição e ficaram apenas olhando. Crisóstomo, feito um zumbi, não dizia nem fazia nada. Foi o próprio coronel Ribeiro quem mandou a tropa voltar por onde tinha vindo, sem reação dos rebeldes, pois ninguém entendia o que estava acontecendo. De volta à cidade, tiveram de tomar uma decisão, pois ao saber dos fatos Netto mandou novo ultimato, dessa vez para valer. Assim, Crisóstomo rendeu-se nas condições anteriores, deixando seus canhões, suas armas e munições, e saindo só com as bagagens pessoais e as espadas dos oficiais. A quase totalidade da tropa aderiu à revolução. Com ele voltou apenas uma parte dos soldados de infantaria e artilharia que trouxera do Rio de Janeiro. Os demais, entre eles muitos de outras províncias, mas que eram republicanos, uniram-se aos rebeldes, engrossando as fileiras do general Antônio de Souza Netto.

CAPÍTULO 48

Fogo Amigo

OSORIO FICOU POUCOS dias em Rio Pardo e foi chamado a Porto Alegre pelo vice-presidente em exercício, Américo Cabral de Melo. Suas façanhas, tanto políticas, rechaçando Bento Manoel, como militares, escapando do cerco, eram destaque na imprensa governista da capital, que precisava de um fato positivo para amenizar o impacto das grandes derrotas recentes. O novo chefe do Executivo via o resultado deletério das intrigas e conspiratas que haviam levado o general Antero à desgraça e resolveu aproveitar a fama do tenente antes que os ultralegalistas conseguissem ofuscar sua imagem. Decidiu nomeá-lo para um cargo importante: comandante do Esquadrão de Cavalaria da Guarda Nacional, que também era a unidade de escolta do presidente, obedecendo diretamente às suas ordens. Ou seja, botou-o a salvo dos comandos monarquistas, que poderiam encontrar formas de prejudicá-lo. Seu decreto de nomeação foi publicado na íntegra pela imprensa da capital:

> Achando-se vago o lugar de major de legião neste município, e atendendo aos mui relevantes serviços que o tenente Manuel Luís Osorio tem prestado à causa da legalidade, e à sua atividade, perícia e mais partes que nela concorrem para o bom desempenho das funções ine-

rentes ao dito posto, hei por bem nomear o mencionado tenente para o referido posto de major de legião, que desde logo principiará a exercer, percebendo o soldo e mais úteis que lhe competem como tal.

Palácio do Governo em Porto Alegre, 1º de maio de 1837, dr. Américo Cabral de Mello, vice-presidente.

Assim que assumiu o novo cargo, Osorio foi ver sua tropa e constatou que não havia soldados. A escolta presidencial fora capturada junto com o general Antero e boa parte ficara prisioneira ou fora liberada na campanha, sem poder voltar ou, o que também ocorreu, aderindo a Bento Manoel. Informou então ao presidente a urgência de recompor a unidade, pois a guerra batia outra vez às portas da capital: Netto marchava com quase 2 mil homens, disposto a retomar Porto Alegre.

Osorio sabia onde encontrar soldados de cavalaria de primeira qualidade. Pegou um ajudante de ordens e saiu pelas prisões militares à procura de conhecidos. Um número considerável de farrapos feitos prisioneiros durante a retomada da cidade eram soldados de Primeira Linha, capturados bêbados na festa de Santo Antônio. Em poucas horas arrebanhou mais de cem e apresentou sua nominata ao presidente da província. Cabral de Mello indultou a todos, que foram imediatamente incorporados às forças da Guarda Nacional e postos à disposição da escolta presidencial. Os ultralegalistas urraram de raiva.

Osorio, contudo, estava seguro de que não levaria um tiro pelas costas e, mais ainda, que em caso de ter de agir teria sob seu comando os melhores soldados da província, que haviam aderido à revolução como ele próprio, pois no primeiro momento somente os caramurus ficaram contrários ao movimento ao lado de Fernandes Braga. Havia também o irmão de Braga, Pedro Chaves, uma pedra no sapato do presidente e de sua equipe, tamanha era sua articulação no sistema judiciário nacional e sua penetração nos altos escalões da corte, especialmente entre os senadores.

Em 11 de maio Netto chegou aos subúrbios de Porto Alegre, ocupando a margem esquerda do Rio Guaíba, vigiado de perto pela esquadrilha da marinha. Na cidade, 320 homens de cavalaria, montados nos únicos 300 animais disponíveis, e mais uma tropa de infantaria e voluntários civis guarneciam um sistema de trincheiras construído às pressas em volta da zona urbana. A população ficara isolada na península urbanizada, protegida dos três lados pelos navios de guerra e pelas fortificações que iam da Ponte dos Açorianos até o cais do porto.

Netto desfechou dois ataques, nos dias 15 e 18 de maio, mas foi rechaçado. Então cavou trincheiras e fechou o cerco, sitiando inteiramente a cidade. Para pastar, os cavalos tinham de ser transportados de barco para a Ilha da Pintada, em frente à cidade, em poder do governo e defendida de qualquer assalto pelos barcos do almirante Greenfield. No entanto, o capim da ilha mal dava para manter os animais vivos. Não era suficiente para recuperá-los inteiramente, a fim de terem condições de entrar em combate. Assim mesmo, no dia 23 de maio, Osorio fez uma sortida contra os rebeldes na Picada, tomando 50 cavalos, 170 bois, oito canoas e prendendo 32 republicanos armados. O feito foi comemorado em grande estilo e enaltecido pela imprensa, fortalecendo a fama do major Osorio, para desagrado dos caramurus, que queriam a destituição do comandante da guarda e o extermínio dos farroupilhas presos.

O regente Feijó decidiu nomear novo presidente para a província do Rio Grande do Sul, pois não havia sinais de que o brigadeiro Antero seria libertado. Também desistiu de enviar um militar, escolhendo a dedo um civil moderado, Nunes Pires, prevenido de que não deveria se deixar envolver por nenhuma das facções radicais. Trouxe também boas referências relativamente ao tenente Osorio, que seria o comandante de sua guarda. Em poucos dias o presidente viu que seu poder de fato se limitava à zona urbana de Porto Alegre e à cidade de Rio Grande. Havia dois Corpos de tropa operando no interior, mas não tinham capacidade para se impor no território, mantendo-se com os recursos que encontravam nas fazendas.

Descobriu rapidamente que o clima de intrigas internas era pior do que os inimigos externos. Como era um homem de boa paz e pretendia ser imparcial, acabou encontrando no tenente Osorio um bom parceiro, judicioso e que não se referia aos farroupilhas com bazófias e palavreados que não condiziam com a realidade. Se fossem tão cruéis, incompetentes, ignorantes e desalmados como diziam os caramurus, não estariam dominando todo o território da província nem teriam tantas adesões. Assim, em pouco tempo Osorio era a figura mais influente do governo. Nunes Pires não dava um passo sem consultá-lo. As ordens, instruções ou sugestões do tenente eram acatadas como se fosse ele próprio o chefe do governo.

No campo militar a situação só piorava. Dois Corpos sofreram grandes reveses na entrada do inverno. Em 8 de julho o marechal Sebastião Barreto, que voltara à província, perdeu a batalha nos campos do Atanagildo, em Cruz Alta, escapando por pouco de ser preso. Em 12 de agosto, o coronel Gabriel Gomes foi derrotado em Triunfo. Antes de perder seu exército, Barreto conseguiu armar uma emboscada para Bento Manoel, que passava uns dias na estância de um amigo. Feriu-o gravemente, mas não conseguiu matá-lo. Foi uma operação desastrosa, pois durante o atentado os rebeldes perceberam sua presença, atacando-o e aniquilando suas forças.

Na campanha contra Osorio, os ultralegalistas não davam trégua, usando todo tipo de influência para tirá-lo da posição em que se encontrava. Até que um dia ele ficou frente a frente com seu arqui-inimigo, o juiz Pedro Chaves. O motivo fora um atentado dos caramurus, que resolveram botar em xeque a autoridade do presidente, mandando um capanga dar uma surra em seu secretário particular e redator do jornal *Correio de Porto Alegre*. Antes da surra, o Correio foi empastelado, pois estava alinhado com a política do governo de moderação e conciliação e contra ele havia os ataques do jornal *Campeão*, que pregava o radicalismo antifarroupilha. O jornalista refugiou-se a bordo de um patacho de guerra e foi para Rio Grande, temendo ser morto pelos monarquistas. Osorio apresentou-se para restabelecer a ordem, pois nesse momento Pedro Chaves era o chefe de polícia da capital e acolhera o agressor em sua residência.

Com uma ordem escrita do presidente, Osorio apresentou-se na casa do juiz e de lá retirou o beleguim responsável pelo desmando. Foi uma cena inesquecível, pois a cidade inteira esperava para ver o que faria o governo.

Seguido por uma pequena multidão, Osorio parou diante da porta e bateu. Pedro Chaves custou a vir atendê-lo, mas teve de ceder quando foi exibida a ordem de busca emitida pelo presidente. Viu que se houvesse resistência Osorio não hesitaria em abrir fogo e tomar a casa à força. Finalmente, toda a cidade viu quando a patrulha voltou ao palácio levando o capanga do juiz.

Estava iniciada a luta. Mas o motim não estourou, porque a situação nacional deu uma guinada de 180 graus. O padre Feijó renunciou, caiu o governo liberal e assumiram os conservadores chefiados pelo regente interino, depois efetivado, Araújo Lima. No ano anterior, as correntes políticas haviam se organizado em dois partidos, o Liberal e o Conservador. Com relação à rebelião no Rio Grande do Sul, os propósitos dos conservadores eram muito claros e rigorosos: "Debelar a rebelião no Rio Grande do Sul, não poupar esforços para restaurar ali o império da lei."

O novo presidente era também um militar, o marechal português nascido em Lisboa Antônio Elisiário de Miranda e Brito. Veterano da campanha da Cisplatina, velho conhecido de Osorio, com quem mantivera boas relações na guerra. Era o quartel-mestre do marquês de Barbacena, que fizera elogios ao alferes que cobrira sua retirada com grande talento e valentia. Não seria fácil cevar intrigas contra ele. Assim mesmo, o novo presidente não resistiu, pois, sendo português, foi facilmente envolvido pela colônia dos comerciantes lusitanos e logo estava envenenado contra Osorio. Menos de um mês depois o substituía no comando, mas logo viu que poderia estar incorrendo num erro irreparável, pois a unidade entrou em prontidão e ameaçou rebelar-se caso fosse tomada alguma atitude contra seu chefe.

Elisiário então expediu uma portaria destituindo-o e ordenando que se apresentasse a Pedro Chaves. Esperava-se um desacato, mas Osorio fardou-se e se encaminhou à casa do juiz. Logo apareceu Pedro Chaves, com um ar muito divertido.

— Oh! Senhor major de legião! Por aqui? Queira sentar-se.

— Não vim para sentar-me. Por ordem do senhor marechal presidente da província venho tão somente apresentar-me a vossa senhoria. Não sei para quê!

Pedro Chaves não gostou, mas foi em frente:

— Ah! Já sei. Está demitido, não é verdade?

— Sim, é verdade. Estou demitido graças à perseguição que vossa senhoria moveu contra mim.

— Eu? Persegui-lo? Qual! Ouvi dizer que vai para fora desta capital em comissão muito honrosa...

— Sim, honrosa. Esse pelo menos é o meu desejo. E que seja tão honrosa como aquela que já desempenhei nesta capital.

— Qual foi?

— A de prender bandidos que, com a proteção das autoridades, afrontam a sociedade, espancam nas ruas cidadãos inermes, depois procuram a casa de Vossa Senhoria para ocultar-se.

Por essa Pedro Chaves não esperava. Olhou-o com energia, mas encontrou diante de si os olhos firmes de Osorio. Desconcertado, dispensou-o:

— Bem, pode retirar-se, senhor tenente.

— Às ordens.

Esse encontro foi um desastre para ambos os lados. Pedro Chaves queixou-se ao presidente, e a inquietação entre os militares subiu de tom, pois havia certeza de que Osorio seria molestado, talvez preso. A coisa ficou tão tensa que o presidente teve de tomar uma atitude pública de desagravo ao tenente. Baixou outra ordem de serviço: "Em aditamento ao meu ofício de 8 do corrente, cumpre-me declarar a V. Mercê que a comissão de que vai ser encarregado consistirá em ir, na forma das instruções que receber do Encarregado de Negócios em Montevidéu, engajar e organizar força armada para operar depois nesta Província; e que acabo de expedir à Tesouraria as convenientes ordens para que a V. Mercê, assim como ao segundo-sargento José Rodrigues Souto e aos guardas nacionais José Lemos de Sampaio e José d'Ávila, que o acompanham, seja adiantado um mês de seus vencimentos." José Rodrigues Souto era irmão do capitão Manuel, de Caçapava, companheiro de campanha do tenente-coronel Manuel Luís nas guerras platinas.

Osorio e sua escolta partiram para Rio Grande no primeiro navio que deixou Porto Alegre. Houve alguma movimentação no quartel para que a ordem fosse revogada, mas Osorio desautorizou o movimento.

— Não quero que os meus amigos rastejem aos pés da autoridade prepotente. Eu sou soldado, devo obedecer.

Em Rio Grande apresentou-se ao comandante local, outro adversário político, o tenente-coronel Silva Tavares. A situação voltou a esquentar. Acabava de chegar à província uma notícia que provocou pânico nas fileiras monarquistas e uma grande festa no acampamento de Netto, que sitiava a cidade: Bento Gonçalves conseguira fugir da prisão do Forte do Mar, na Bahia, e se encaminhava de volta para o sul a fim de assumir seu cargo de presidente.

A viagem de Porto Alegre a Rio Grande foi uma pausa deliciosa para os quatro militares. O navio era um veleiro, barco silencioso, sem o barulho do motor nem a fumaça desprendida pelas chaminés que queimavam o carvão mineral extraído das minas da região das Charqueadas da Freguesia Nova, na margem direita do Jacuí, na chamada Mina do Leão, de propriedade de um farroupilha com esse nome, com fama de bandido. Deixar a cidade foi um alívio, pois o sítio estava fazendo suas desgraças: havia gente demais, porque muitas famílias do interior se mudaram para a capital, onde poderiam ter mais segurança. Faltava de tudo, tanto carnes como cereais, e uma epidemia devastava a população.

Dias antes da partida de Osorio, Porto Alegre vivera o inferno, sofrendo um ataque com bombas. O 8º Batalhão revidou, perdendo seu comandante, o major Mazzaredo, e a unidade só não foi exterminada porque o major Osorio acudiu com uma companhia de cavalaria de lanceiros alemães. Ao sair da cidade, deixou todos esses horrores para trás. Só uma ponta de apreensão: como seria recebido por seu antigo adversário político em Bagé, o coronel Silva Tavares?

O comandante bageense fora adversário ferrenho de Osorio antes e por ocasião da revolução, mas confiava nele. Recebeu-o como um militar de alto coturno, oferecendo-lhe, de imediato, um posto de grande relevância em sua unidade, o cargo de major de Brigada e instrutor de cavalaria.

Quando soube que seu desafeto fora recebido com tapete vermelho, Pedro Chaves bufou e vociferou, mas nada pôde fazer, pois seu alvo estava fora de seu alcance. Osorio, porém, foi muito hábil e, alegando que aguardava novas ordens, declinou do convite de Silva Tavares e disse a todos que o posto estava muito bem arranjado com seu titular, o capitão Manoel Joaquim Moreira de Souza. Sua atitude foi um sucesso, muito elogiada, principalmente pelos amigos de Manoel Joaquim.

Logo foi convidado e aceitou filiar-se à maçonaria, sendo admitido na Loja Maçônica União, de Rio Grande. Isso ajudou muito na futura carreira de Osorio, pois pertencer à maçonaria era uma distinção essencial para um homem que não tivesse fortuna pessoal ou ascendência nobre. A maçonaria fora fundada no Rio Grande do Sul em 1831, com a loja Filantropia e Liberdade, em Porto Alegre. Embora a maior parte dos chefes farroupilhas fosse maçom e os conservadores não, a irmandade teve pequena atuação na Revolução Farroupilha.

Logo em seguida o presidente Elisiário, atendendo a um pedido de Silva Tavares, transferiu Osorio para sua unidade, determinando que "empregasse convenientemente o capitão Manoel Joaquim e passasse a exercer interinamente as funções de major de Brigada do seu comando o major de legião Manuel Luís Osorio, enquanto não podia efetuar a comissão para que fora nomeado". Ao que Osorio comentou:

— Não podia? Nunca pude...

E assim desmascarou-se a perseguição. Outros oficiais liberais foram afastados ou pediram demissão, como o almirante Greenfield, liberal histórico, que voltou para o Rio de Janeiro, entregando o comando da esquadra ao capitão Martiah. Este enfrentou um osso duro de roer, pois Bento Gonçalves trouxera consigo do Rio de Janeiro um marinheiro italiano, carbonário e maçom, Giuseppe Garibaldi, que iria infernizar a vida da Marinha Imperial na Lagoa dos Patos e, mais tarde, nos mares do Sul.

CAPÍTULO 49

O Encontro com Caxias

DEPOIS QUE SAIU de Porto Alegre, o tenente Osorio entrou numa fase de calmaria à beira-mar em Rio Grande. No acampamento de Canudos, onde servia como instrutor de cavalaria e major de Brigada, tinha tempo para dar uma chegada na praia, que se estendia até além de Castilhos, no Estado Oriental, centenas de quilômetros de areia e mar sem nenhuma perturbação topográfica. Era a paisagem de sua infância, quando vivia em Conceição do Arroio, quase nas margens do Rio Tramandaí, a pouco mais de uma légua da praia. Ali aprendera todos os segredos do mar-oceano. Ter dado suas braçadas naquelas águas salgadas e revoltas muito o ajudou na hora de enfrentar as correntezas dos rios, tirando lá do fundo muita gente que quase morria nas travessias.

Em terra vigiavam a linha de defesa do porto de Rio Grande, no canal de São Gonçalo. Na área administrativa era major de Brigada, uma função de estado-maior. Como era também instrutor, dava aulas práticas batendo espada e terçando lanças com os farrapos nas guerras de guerrilhas que se desenvolviam até as margens do Rio Jaguarão.

Pode-se dizer que até a chegada do barão de Caxias, em 1842, teve vida calma, pois ficou longe das perseguições políticas. Suas relações com Silva Tavares eram corretas, sem que precisasse para isso submeter-se ideologicamente a seu comandante, muito menos prestar-se a atos de perseguição a adversários dos monarquistas.

Pode-se dizer que, tirando Bento Manoel, o coronel bageense não tinha raiva pessoal de nenhum farrapo. E com Bento Manoel a briga fora no tempo em que estavam do mesmo lado, pois julgava que a derrota do Arroio Grande devera-se a uma deliberada traição do então comandante de armas, como dizia: "Ele já estava costeando o alambrado procurando um buraco na cerca para se passar para o inimigo. Sabia que eu jamais o apoiaria, de modo que aproveitou para se livrar de mim. Mas não deu, porque me escapei e aqui estou graças ao sargento Sigismundo." O homem que lhe deu fuga ficou com ele e foi um fiel escudeiro em todas as guerras.

Osorio ouvia as falas de Silva Tavares em silêncio, pois era mais do que conhecida sua amizade com Bento Manoel. Ele também deixara o velho caudilho falando sozinho. Ficara com o Exército, não com nenhum governo ou um partido.

Em 20 de agosto de 1838 publicou-se o ato com sua promoção a capitão de Primeira Linha do Exército Imperial, por antiguidade. Ficara 11 anos como tenente, um recorde. Continuou, porém, como major de Brigada com o coronel Silva Tavares, integrando a Divisão que tinha como comandante-geral seu companheiro de Sarandi, o brigadeiro Felipe Néri. Ali estava entre amigos, incluindo seu sucessor no Esquadrão Presidencial, que lhe passara a frente nas promoções e já era o major Anjo, comandante do 2º Corpo de Primeira Linha.

O Exército era inteiramente controlado por portugueses: Felipe Néri, no Sul, comandava a Divisão da Esquerda; e o próprio Elisiário, secundado por Crisóstomo e pelo brasileiro de alma lusitana Sebastião Barreto, a Divisão da Direita. O Exército Imperial tinha em armas, no Rio Grande, 4.907 homens, sendo 490 de artilharia, 1.477 de cavalaria e 2.970 de infantaria, sem contar a marinha. Por seu lado, os republicanos dispunham, segundo as informações de inteligência, de um número entre 900 e mil homens de infantaria e entre 3 mil e 3.500 na cavalaria. Entretanto, os resultados eram pífios. O governo da Regência decidiu mandar ver de perto o que estava acontecendo no Rio Grande do Sul. Em março desembarcou em Porto Alegre o próprio ministro da Guerra, Sebastião do Rego Barros, que visitou todas as unidades, esteve na frente de batalha e, na volta, passou por Rio Grande, onde encontrou um pedido de reunião com os oficiais do exército.

A crise militar era completa dos dois lados. Entre os republicanos, a volta de Bento Gonçalves consolidou o comando político, mas a rivalidade entre os generais era evidente, não só por vaidades pessoais, como se dizia, mas por divergências ideológicas e conceitos operacionais. Netto levantara o cerco de Porto Alegre, que Bento restabeleceu logo depois da vitória em Rio Pardo. Canabarro estava sendo enviado para fora da província, numa manobra para tirá-lo da fervura; Bento Manoel sentia-se preterido, não obstante a república tivesse lhe confirmado no posto de general. Na parte teórica, a chegada dos italianos exacerbou os ânimos dos exaltados num espaço novo que se criava com os acenos de pacificação desencadeados pelo governo nacional, dividindo internamente o alto-comando revolucionário.

No império era ainda pior, pois era iminente uma rebelião dos oficiais brasileiros contra os portugueses, algo absolutamente descabido naquele quadro. Com tantas brigas internas, não era de estranhar que a guerra estivesse em compasso de espera. Era essa a avaliação do ministro da Guerra. Agora ele tinha de receber os oficiais brasileiros da zona sul que certamente iriam apresentar queixas contra os portugueses de Porto Alegre que estivessem com o marechal Elisiário, que além de português era oficial de Engenharia, pouco entendendo de guerras de cavalarias, como a que se travava no Rio Grande do Sul.

Em 24 de abril o ministro e sua comitiva chegaram ao acampamento de Canudos. Entre seus ajudantes de ordens estava um oficial que despertava grande curiosidade nos demais. Era o tenente-coronel Luis Alves de Lima e Silva, reconhecido por ter sido o reorganizador da Guarda Municipal Permanente da Corte e comandante por oito anos desse Corpo Policial Militar, que restaurou a ordem pública na capital.

Luis Alves, como ele se chamava, entrara para o exército na primeira infância, reconhecido como primeiro-cadete aos 5 anos de idade, no Regimento de seu avô, marechal José Joaquim de Lima e Silva. Com 15 anos era alferes. Aos 18, como tenente, ficou famoso na Guerra da Independência. Servira na Guarda do Imperador, enviada à Bahia para expulsar os portugueses que se opunham à separação do Brasil em 1823. Em 2 de julho daquele ano, à frente de um pelotão de infantaria, foi cercado e atacado por uma dúzia de portugueses e ficou sozinho no meio deles, porque seus soldados fugiram. De espada em punho, firmou pé. Não atendeu às intimações de rendição e, ao contrário do esperado, atirou-se em cima dos atacantes, travando-se uma luta nunca vista, ele sozinho contra mais de dez, aparando golpes e estocando de ponta e de talho, abatendo um a um, movimentando-se como um bailarino. Vendo aquilo, seus homens voltaram e dali a pouco eram os portugueses que fugiram.

Luis Alves era campeão de esgrima na Escola Militar e o feito espetacular valeu-lhe a promoção a capitão no campo de batalha; criou um mito em torno de seu nome e sua fama espalhou-se por todo o exército. Logo foi promovido a major e nomeado comandante da Guarda do Imperador. Nessa época, cumpriu diversas missões no Uruguai na Guerra da Cisplatina. Como era de infantaria, não cruzou com Osorio nessa campanha.

Ficou no cargo durante todo o Primeiro Reinado até ser nomeado para o comando da Guarda Municipal. Assumiu e iniciou um trabalho de reconstrução do Corpo, começando pela expulsão dos corruptos, pelo recrutamento de novos guardas escolhidos a dedo, pela recuperação dos quartéis, dos salários, dos fardamentos, pois dizia que era fundamental que os homens estivessem bem-vestidos e asseados tanto para que tivessem amor-próprio como para obter o respeito do público. Em pouco tempo foi restabelecendo a ordem, ocupando a cidade e impondo respeito pela autoridade e pela lei. Em 1831, quando o imperador abdicou, foi mantido, mesmo que seu pai fosse um dos membros da Regência Trina, permanecendo no cargo na Regência Una, sem que ninguém levantasse a mínima ressalva por ser filho do marechal Francisco de Lima e Silva. Quando seu pai praticamente extinguiu o exército, chegou à beira do rompimento. Não admitia que a crise brasileira fosse jogada em cima das forças armadas.

Nesse posto foi promovido a major e depois a tenente-coronel, um dos mais jovens do exército. Era ainda instrutor de esgrima do imperador-menino, um dos grandes amigos da criança que estava sendo preparada para assumir o poder no país e que revelava uma maturidade fora do comum. Além disso, Luis Alves era sobrinho do general João Manuel, o primeiro general farroupilha, que fora comandante em chefe do Exército Republicano e que se recuperava de um ferimento que sofrera ali mesmo naquela frente de combate, nas proximidades do Canal de São Gonçalo. Apesar de tio e sobrinho, os dois Lima e Silva tinham a mesma idade e foram contemporâneos na Real Academia Militar. Mas Luis obteve melhores notas.

Antes da audiência, Luis Alves foi ter com os oficiais da comissão. Apresentou-se e foi apresentado a cada um. Quando chegou a Osorio, ao ouvir seu nome, comentou:

— Ah! Então o senhor é que é o capitão Osorio. Já ouvi falar do senhor.

— Espero que bem.

— Ouvi histórias muito elogiosas a seu respeito de Sarandi e Passo do Rosário.

— Mas também devem ter ouvido outras, pois tenho sentido minhas orelhas quentes nestes dias.

— Não se impressione com isso. Sabemos quem é o senhor. Quem vai falar em nome do grupo?

— Eu mesmo, coronel. Os meus colegas pediram que expusesse os nossos pontos de vista ao senhor ministro.

Mais tarde Luis Alves contou esse encontro e lembrou sua curiosidade em ver pela primeira vez aquele oficial tão bem e ao mesmo tempo tão malfalado. Era conhecido seu prestígio na tropa e entre a oficialidade rio-grandense, mas também ouvira as piores referências de líderes políticos como Pedro Chaves e de generais como o presidente Elisiário, o marechal Barreto, o general Crisóstomo e outros portugueses. Não deixava de ser interessante também vê-lo com a palavra, falando em nome de oficiais famosos e superiores a ele, como os tenentes-coronéis Silva Tavares, José Fernandes, Teodoro Burlamarque, Santos Loureiro, Antônio Medeiros e os majores Eudoro Berlink, Anjo, Mayer e outros. Por que tantos comandantes de unidade tinham nomeado como porta-voz um capitão moderníssimo, um tenente recém-promovido? Impressionou-se com sua exposição, tecnicamente muito bem fundamentada e sem nenhum ressentimento pessoal, embora tanto ele quanto o ministro soubessem que fora preterido e perseguido. No final, a visita custou a cabeça de Elisiário. Os jornalistas que acompanhavam o ministro não deixaram de registrar o encontro. Disse o *Aurora Fluminense*:

> Chegando ao Acampamento de Canudos, depois de passar em revista as tropas e de se recolherem estas aos quartéis, vieram muitos oficiais cumprimentá-lo. Nesta mesma ocasião, representaram-lhe verbalmente contra o presidente Elisiário, baseando-se nos fatos ilegais e violências por ele praticadas; e concluíram lembrando a urgente necessidade de ser ele demitido para que os negócios da província pudessem tomar uma face mais favorável.

Nesses dias, Osorio recebeu uma carta de sua mãe. Dona Anna Joaquina escrevia-lhe desesperada. Em meio à guerra, sem recursos, não tinha mais a quem recorrer. A pensão a que tinha direito como viúva de veterano, devidamente votada pela Assembleia, não fora confirmada. Osorio decidiu, então, deixar o exército e mudar-se para o Uruguai, onde poderia cultivar suas terras e sustentar a família, a mãe e quatro irmãos menores, um menino e três meninas. Escreveu uma carta ao amigo, padrinho e compadre Emílio Mallet, expondo suas desventuras:

> Eu era um pobre rapaz que não pensava senão em ilustrar meu espírito pelo estudo, quando meu pai, que era o tipo da abnegação e do patriotismo, me deu por profissão as armas. Eu não sabia o que era ser soldado; aprendi sofrendo, e o que é mais, matando o meu semelhante em nome do direito que tem todo homem à defesa, em nome desse amor que é a dilatação do amor-próprio, do amor da família, do município, e que pretiro a todos os amores, o amor à Pátria!
>
> Senti minha alma presa ao patriótico dever que me sujeitou às incomodidades, às privações, aos perigos, a afrontar a morte no campo de batalha, inspirado sempre neste ideal sublime que anima os indivíduos que têm a mesma origem, usos e leis; que os reúne em uma Nação, e a Nação em torno de uma bandeira à qual devem defesa. Fui muitas vezes à luta. Se no modesto lugar em que comecei,

como simples soldado, tivesse caído com outros soldados como eu, certo cairíamos como caem as abnegações desconhecidas, os sacrifícios ignorados, pois nem sequer a parte oficial do chefe discriminaria nossos nomes: diria na sua linguagem clara mas lacônica, morreram (tantos) soldados... E nada mais. Nossos nomes? Sabê-lo-iam nossas mães, coitadinhas, quando não nos vissem voltar.

A morte não me quis. Por quê? Porventura não a mereci, como a mereceram outros que a meu lado combateram como eu, ou mesmo menos que eu? Para que me poupou? Para que eu continuasse a ver aquilo que nunca imaginara antes de ser soldado: moços e velhos torturados pelos rigores da disciplina, sem roupas para as intempéries, sem soldo pago e sem saúde, maltratados, mal comandados? Minha própria fortuna ajudou-me; sim, galguei postos; fui alferes, vi meus chefes derrotados em Sarandi e Ituzaingó! Fui tenente, meteram-me na prisão durante um ano, por haver defendido as propriedades e as vidas dos meus patrícios dos assaltos dos bandidos, destroçando-os! Fui major de legião, comandante de um esquadrão presidencial, demitiram-me por não ter querido servir de instrumento a perseguições; deportaram-me, porque, no cumprimento do meu dever, prendi o agressor de um cidadão indefenso, em casa do próprio mandante, influência política!

Sou atualmente capitão do exército após 11 anos de preterições de que não me queixei; que tenho eu lucrado? Meu interesse individual, nada. Minha família, nada. Por serviços relevantes o Poder Legislativo votou para meu pai uma pensão, mas nunca lha deram. Ele faleceu sem havê-la recebido, jamais! Minha mãe, enviuvando, implorou meios de subsistência ao Estado, que havia usufruído os serviços do esposo, e o Estado emudeceu à sua voz! Porventura a Pátria a quem até agora tenho servido abnegadamente, a Pátria, que é a nossa grande mãe, a mãe de nossas mães, será tão egoísta, que todo o meu esforço queira para si, e não tolere que eu trate de socorrer minha própria mãe? Não é possível. Sou soldado, mas também sou filho.

Em 23 de abril de 1839 encaminhou ao governo uma petição solicitando sua baixa do exército, alegando que como soldado de Primeira Linha não podia ter atividades paralelas, "sendo o fruto de seu trabalho o recurso único com que poderá alimentar sua família". Foi aberto um processo para julgar a viabilidade de atender à petição do capitão Osorio. O ministério pediu pareceres sobre o oficial aos principais comandantes de tropas. Foi uma enxurrada de elogios, de menções favoráveis, de relatos elogiosos e entusiasmados sobre sua conduta pessoal e militar. Enviaram relatórios os oficiais João da Silva Tavares, coronel-comandante da Guarda Nacional da província de São Pedro; coronel Antônio Medeiros da Costa, tenente-coronel João Nepomuceno da Silva, coronel Manoel dos Santos Loureiro, coronel Henrique Marques de Oliveira Lisboa e o fidalgo cavaleiro da casa imperial, general João Frederico Caldwell. Somente uma pena escreveu contra Osorio, a do marechal Elisiário: "Conquanto o suplicante seja valente e sofrível, ou mesmo idôneo oficial de fileira, seu comportamento é irregular. Ele foi dos primeiros que entraram na sedição de 20 de setembro, e até o principal conspirador da tropa que então se rebelou contra o marechal-comandante de armas Sebastião Barreto." Acusava-o de suspeito de traição, de intrigante e, no final, recomendava: "Nestes termos, parece-me que bom seria não só conceder-lhe a reforma, que implora, mas até determinar-se-lhe um lugar para residir fora desta província, enquanto não terminar a guerra civil que a tem assolado."

A resposta negativa não tardou, e três meses depois o novo comandante de armas, tenente-general Manoel Jorge Rodrigues, o mesmo que em 1827 liderara a resistência na Colônia do Sacramento, nomeava "para capitão da 3ª Companhia do 2º Regimento de Cavalaria de Linha o capitão Manuel Luís Osorio. Conta 16 anos de serviço, e é capitão de 20 de agosto de 1838. Serve na luta atual com bastante distinção e está empregado como major de legião de Guardas Nacionais". No dia 2 de dezembro, aniversário do imperador, foi decretada a nomeação de Osorio.

Enquanto nada acontecia de relevante no lado legalista, os rebeldes atingiam seu apogeu, dominando quase toda a campanha, invadindo Santa Catarina e proclamando a república Juliana, com sede em Laguna. Sob o comando do general Netto, uma força de 2 mil homens estava pronta para operar na Argentina contra o ditador de Buenos Aires, Juan Manuel Rosas, integrando o exército do general

Justo Urquiza, governador de Entre Rios, que pretendia derrubar o governo portenho em associação com o ex-presidente uruguaio Fructuoso Rivera. Nessa época o império fez um acordo secreto com Rosas, prometendo ajuda militar, com tropas e equipamentos, para se opor a Urquiza.

A província foi impactada por outra reviravolta da situação nacional. Os liberais conseguiram dar um golpe parlamentar e aprovaram uma emenda constitucional que dava maioridade a dom Pedro II, então com 14 anos. É curioso: os republicanos conquistaram o Executivo aprovando uma lei que restabelecia o trono, desfazendo a Regência, que funcionava como uma semirrepública. Assim, foi mandado para a província como presidente e comandante de armas outro veterano das guerras platinas, com largo círculo de amizades entre os militares rio-grandenses, o marechal Soares Andréa. Sua missão seria restabelecer a paz por meio de negociações. Entretanto, os farroupilhas rejeitaram a anistia oferecida pelo império, optando por continuar a luta. A paz não foi assinada porque não houve consenso.

Desgostoso com a intransigência, o general Bento Manoel Ribeiro resolveu deixar a revolução, aceitando o indulto de Andréa se retirando para sua estância no Arapeí, no Uruguai. Foi nessa oportunidade que ele cunhou a frase em que declarava que abandonava a luta porque "o tal sistema republicano parece em teoria governo dos anjos, porém na prática nem mesmo para diabos serve". Sem êxito, deixou o governo.

A única vitória significativa na gestão do marechal Andréa foi a retomada de Caçapava, capital da república, que foi transferida para Alegrete. A situação só começou a mudar em 1842, quando voltou à província o já então general Luis Alves, agraciado com o título de nobreza de barão de Caxias, em reconhecimento a suas vitórias contra os rebeldes no Maranhão. Uma de suas primeiras providências foi chamar Osorio para seu círculo íntimo.

CAPÍTULO 50

O Pacificador em Armas

A REVOLUÇÃO FARROUPILHA NO Rio Grande do Sul foi o início de uma transição importante no Cone Sul. A fase de libertação nacional avançou para o período de consolidação das fronteiras e de institucionalização dos novos estados, que surgiram com o desmembramento dos vice-reinados, tanto no mundo português como no espanhol. A maioridade de dom Pedro II foi o primeiro grande fato político da região na virada da década de 1840 para a de 1850, porque trazia o Brasil como um todo de volta para o quadro político militar, então ocupado unicamente pelos atores locais, incluindo a porção brasileira, que eram Rio Grande do Sul e Santa Catarina. Com a volta do Rio de Janeiro ao Prata, cresceu o papel de sua interface, Buenos Aires, e se iniciou o esmaecimento dos demais integrantes do elenco, como Montevidéu, Porto Alegre, Desterro, Santa Fé e Corrientes. Foram para o fundo do palco as cidades figurantes, como Rio Grande, Pelotas, Maldonado, Paissandu e Missões Orientais, isso para mencionar apenas esses pequenos atores da margem esquerda do Rio Uruguai, pois na Argentina havia muitos outros centros de poder.

Quando o Paço Imperial voltou à cena, uma das novidades foi que apareceu um pouco mais de dinheiro para irrigar os cofres, uma vez mais esvaziados pela infindável guerra civil generalizada. Com as revoluções no Rio Grande, de 1835 em diante, e no Uruguai, de 1832 para a frente, o surto de desenvolvimento esfumou-se na margem oriental. Logo também na Argentina reinstalou-se a guerra, não tão disseminada como do lado de cá do Rio da Prata, mas o suficiente para dificultar as coisas para todos, pois pegava pelo meio o Rio Paraná, onde se situavam as capitais das suas províncias rebeldes que não se submetiam a Buenos Aires.

Esse é o quadro que explica por que teve tanta importância e destaque nos relatórios de comandantes e governantes o êxito da missão, que deram a Osorio, de conseguir cavalos para o exército. Conseguir uma manada de 10 mil cabeças, um número bem modesto para equipar as cavalarias, era um feito que demandava mais prestígio pessoal para chegar aos fornecedores. Numa guerra nos pampas, um cavalo valia por três homens e tinha um tratamento de primeira.

A reunião da cavalhada no Rincão dos Touros valeu a Osorio mais elogios do que suas participações nos combates e nas refregas contra os farroupilhas. Sua missão, no entanto, só foi possível porque o tesouro imperial mandou sacos e sacos de libras esterlinas. Os recursos do imperador desentocaram uma enorme quantidade de cavalos. Então começou a segunda parte da missão, a mais difícil, que era fazer a manada chegar até os quartéis. Para ter êxito nesse deslocamento era preciso que os tropeiros pudessem dar segurança ao translado. Por isso Osorio ganhou tantos elogios, pois não apenas obteve os cavalos como os entregou inteiros e sem perdas aos seus comandantes.

Os dois primeiros anos do império restaurado foram de acomodação das abóboras ao andar da carreta. No Brasil, a descentralização do poder imperial tentada durante a Regência teve um efeito parecido com o esvaziamento de poder na América hispânica depois do colapso da Coroa de Madri. O fim do primeiro reinado levou à desagregação por todos os motivos que podem romper laços políticos frágeis. Quando dom Pedro II foi declarado maior, o Brasil estava pontilhado de guerras civis, mais ou menos graves, de norte a sul.

Uma das primeiras demonstrações ao mundo político de que aquele adolescente que empunhava o cetro dos Bragança não era um fantoche foi a designação de seu instrutor de artes marciais para intervir num dos levantes mais graves, no Maranhão, uma região potencialmente separatista, que poderia inflamar todo o norte para o restabelecimento do vice-reinado do Grão-Pará, cuja última capital fora a cidade de São Luís. Estava sendo criado o homem que iria assegurar à Coroa do Rio de Janeiro a soberania sobre todo o Brasil e que seria decisivo para a estabilização definitiva das fronteiras no Cone Sul, influindo não só no Brasil, mas nos quatro países hispânicos que compõem a Bacia do Prata. Mas ainda faltavam dois anos para que o coronel Luis Alves, já chamado de barão de Caxias, desembarcasse em Porto Alegre para ligar definitivamente seu nome aos destinos do Rio Grande, província que o elegeu senador do império ao fim de sua campanha.

O novo estadista tinha marcado seu estilo no Maranhão, província profundamente cindida em duas correntes denominadas de Cabanos (os conservadores) e Bem-te-vis (os liberais), inconciliáveis e absolutamente hostis entre si. As primeiras tentativas de pacificação, pela força ou pela negociação, fracassaram. Foi por isso que o governo decidiu mandar para São Luís um governador absolutamente neutro. Em 7 de fevereiro de 1840, Luis Alves assumiu a presidência da província e o Comando de Armas, lançando uma proclamação: "Maranhenses! Mais militar que político, quero até ignorar os nomes dos partidos que entre vós existem!" E assim denominou seu contingente de Divisão Pacificadora do Norte. E foi "pacificando", introduzindo seu estilo de no âmbito militar operar incessantemente na ofensiva, mas no âmbito político sempre compor com os vencidos e oferecer anistia e indulto aos acusados de insurreição contra o regime, de crimes contra pessoas ou propriedades que se configurassem como ações de rebelião contra o Estado. Ao final, restabelecida a ordem e sendo-lhe oferecido um título de nobreza, adotou o título de barão de Caxias, em reconhecimento à cidade de Caxias, que fora o epicentro do vulcão maranhense.

Depois disso o coronel-barão sufocou em Minas Gerais o levante liderado pelo patriarca dos republicanos brasileiros da época, Teófilo Ottoni. E em São Paulo, onde o ex-regente Feijó chefiou um levante a partir de Sorocaba contra a monarquia. Antes disso houve uma revolução republicana em Salvador, liderada pelo médico Francisco Sabino, denominada Sabinada, que eclodiu em fins de 1837, dois meses depois da fuga de Bento Gonçalves da prisão, também de cunho republicano e separatista, e sufocada pelo general João Crisóstomo.

Quando chegou ao Rio Grande, em novembro de 1842, Caxias encontrou uma situação estável. A república dominava praticamente todo o território e tratava de fazer funcionar seu governo, arrecadando impostos, realizando obras e implementando serviços públicos. Uma das principais atividades da administração foi o desenvolvimento do ensino. Foi usada uma velha lei portuguesa do tempo do marquês do Pombal, que cobrava um pesado tributo da pecuária vinculado a um fundo literário, com o fim de custear escolas públicas. Também foi criado o Gabinete de Leitura, depois transformado em Biblioteca Nacional. Estabeleceu-se um serviço de correios e, na área de investimentos, foram construídas estradas e pontes.

Mesmo submetidos a uma guerra sem quartel, pois as operações se desenvolviam por todo o território, os governos trabalhavam. A administração de Porto Alegre mantinha os serviços públicos em pleno funcionamento, mas a guerra era a atividade principal. Até mesmo na área previdenciária foi estabelecida uma pensão de meio soldo às viúvas dos mortos em combate. Os dois governos que antecederam Caxias depois da restauração da Coroa com a maioridade de Pedro II não conseguiram mudar o quadro estratégico.

É verdade que Osorio esteve fora de alguns dos fatos mais notáveis desse período, pois no âmbito imperial as grandes operações foram a fracassada invasão do Rio Grande pelo general Labatut, vinda do norte e destroçada pelos farroupilhas; e a retomada de Laguna, em Santa Catarina, com vitória dos imperiais. Nesse meio-tempo ganhou outra promoção, para major efetivo, e recebeu sua primeira condecoração importante, a Ordem do Cruzeiro do Sul.

A república Juliana era uma tentativa de ampliar a revolução para o Rio Grande não ficar sozinho. Em Santa Catarina havia um movimento republicano consistente, mas sem condições de tomar o poder na província. O Rio Grande decidiu dar apoio militar, de olho num porto marítimo ao norte, em Laguna, que diminuiria o preço dos fretes do comércio internacional e com as demais províncias do país. Era uma alternativa a Maldonado e Montevidéu.

Mas esse foi um processo efêmero. Em julho de 1839 Davi Canabarro tomou a cidade de Laguna, com apoio naval da esquadrilha de Garibaldi, mas perdeu a cidade cem dias depois. A tropa, integrada pelo aguerrido Corpo de Lanceiros Negros, formado por boiadeiros africanos libertos pela revolução nas charqueadas da zona sul, comandados pelo tenente-coronel Teixeira Nunes, voltou cabisbaixa dessa ofensiva. No mesmo período, o império mandou o general francês Pedro Labatut à frente de um poderoso exército, que acabou sendo derrotado por Bento Gonçalves e teve de recuar para São Paulo completamente batido.

As operações militares não decidiam a parada, enquanto na frente política a república se esfacelava em divisões internas. Uma Assembleia Constituinte foi instalada, mas não chegou a concluir seus trabalhos, por dois motivos: um foi a ofensiva legalista que desbaratou sua capital, Alegrete, onde se reunia o congresso; o outro, o desentendimento interno. Os debates degeneraram a tal ponto que um dos deputados, o ex-presidente Bento Gonçalves, feriu gravemente num duelo seu opositor, coronel Onofre Pires, que veio a morrer em consequência da briga. Ficou claro que os farroupilhas, a exemplo de seus vizinhos hispânicos, não tinham grandes vocações parlamentares.

O trabalho inicial de Caxias foi reorganizar o exército, que tinha vantagem numérica, mas estava desarticulado, com forças espalhadas por vários pontos da província. Não havia um plano de campanha. Seu dispositivo foi montado assim: guarnecer com canhoneiras e lanchões todo o sistema fluvial, do sul do Canal de São Gonçalo, em Pelotas, até a Lagoa Mirim e do Jacuí de Porto Alegre até Rio Pardo. Deixar tropas suficientes para a defesa em Porto Alegre, Rio Grande e São José do Norte, ocupando o terreno entre esta vila e Mostardas. Distribuir partidas pelos distritos de Santo Antônio da Patrulha, Taquari, Santo Amaro, Viamão, Aldeã e Belém, com a missão de perseguir os grupos de desertores dos dois exércitos que se juntavam para formar bandos de assaltantes. Com esses pontos firmes, avançar sobre o Exército Republicano na campanha.

No início de janeiro Caxias partiu em missão secreta para o Rincão dos Touros, onde estava Osorio com as cavalhadas. Ali os dois apartaram 5 mil animais em boas condições para equipar o exército.

Também conversaram sobre a guerra. Caxias demonstrou reconhecer Osorio dos tempos da reunião em Canudos, quando pediram ao ministro a cabeça do presidente da província.

— Meu amigo, que me diz dessa guerra?

— É preciso uma ofensiva, senhor barão. Não ganhamos nada com essas manobras de vaivém. Os rebeldes sabem se movimentar nesse terreno. Embora estejam em minoria, suas táticas são muito eficientes e nos mantêm pregados dentro das nossas fortificações. Quando saímos atrás deles, evadem-se. Vamos ficar anos nisso aí.

— Concordo. Vamos iniciar uma ofensiva organizada, vamos convergir e pegá-los. Entretanto, não vai ser fácil alcançá-los.

— De fato, não. Precisamos de um homem.

— Quem é esse homem?

— O brigadeiro Bento Manoel. Ele é o mestre nesse tipo de guerra.

— Vai se unir a nós? Por que faria isso?

— Porque nós temos uma proposta para ele. O brigadeiro Bento ficou pendurado no pincel, como se diz. Estava pintando a casa e lhe tiraram a escada debaixo dos pés. Então precisamos recolocar essa escada. Depois disso a volta dele significa que vamos ganhar uma enorme região que ele controla politicamente. Vai desde as Missões até o Rio Negro, no Uruguai. Nessa área em que hoje só contamos farroupilhas, passaremos a ter correligionários; onde só havia inimigos teremos amigos e combatentes do nosso lado. Sem contar o entusiasmo que isso vai causar no nosso próprio exército, na Guarda Nacional. Ele é um homem muito admirado, tanto quanto Bento Gonçalves.

— Foi indultado, não?

— Sim, pelo brigadeiro Andréa. Não tem contas a ajustar com a Justiça nem nenhuma pendenga. Está na reserva, mas podemos reconvocá-lo, pois ele é brigadeiro do império. Se pensarmos bem, senhor barão, ele pagou um preço muito alto por nos apoiar. Se tivesse ficado na revolução, a história seria outra. Bento Gonçalves não reinaria sozinho. Não sei se o império ainda estaria dando as cartas aqui no Rio Grande se isso tivesse ocorrido.

— Ele e o Bento fizeram frente única, não é?

— Sim. O 20 de setembro foi uma coisa fantástica, pois a província se mostrou, deixou de ser aquela terra de ninguém para os exércitos pelejarem. No entanto, os radicais tomaram conta e o movimento logo se cindiu. Bento Manoel ficou com a legalidade mais por razões familiares do que por discordar da república. Ele não aguentou que se tratasse seu primo, um homem de alta cultura, recém-eleito deputado nacional, como se fosse um moleque, pois foi isso o que fizeram. Então sustentou o governo. Bastou mandarem o Araújo Ribeiro embora para ele voltar às fileiras da revolução. Mas aí não havia mais ambiente. Antes de se retirar deixou umas belas vitórias para os farrapos. Eles lhe devem muito, apesar de tudo.

— E o senhor, meu major, dizem que o senhor major é um farroupilha que só está no Exército porque é disciplinado, que é milico de nascença?

— Não tenho o que esconder, senhor barão. Disse ao meu pai e repito: sou republicano de coração, mas não vejo esse sistema na minha vida. Levaremos muitos anos até termos homens que possam fazer uma república como pensaram os filósofos. Para haver república é preciso que os poderosos estejam dentro da lei. Estamos muito longe disso, meu senhor. Não somos melhores que os nossos vizinhos. Veja a anarquia em que vivem. Aquilo não é república. Aquilo é uma mazorca, como o nosso Rosas denomina seu grupo de justiceiros. Essa palavra vai passar para os dicionários como a maior esculhambação, com perdão da má palavra.

— Voltando à sua proposta, o senhor não crê que se chamarmos de volta o brigadeiro Bento Manoel vamos conquistar mais inimigos do que amigos?

— Não creio e digo isso porque lhe tenho observado e posso afirmar que o senhor fez a coisa mais certa, não repetiu o erro de seus antecessores, fossem liberais ou não, ao não se deixar envolver pelas questiúnculas locais. Vejo que o senhor sabe manter essa gente a distância. Eles foram a desgraça dos presidentes, essa gente dos dois lados, pois não estou acusando nem defendendo ninguém, mas o senhor sabe a quem me refiro. Desse jeito o senhor vai ter o apoio de todos, dos monarquistas, dos liberais e, lhe digo, até dos farrapos. Para isso, trazer o brigadeiro Bento de volta será positivo, sem mandar o Silva Tavares embora, o senhor me entende?

— O senhor propõe que acabemos a guerra e convoquemos um congresso para negociar um armistício?

— Não, senhor, ainda é cedo. O senhor terá de se impor pelas armas, antes de tudo, mas sem fechar a porta para ninguém. Ninguém. Estão todos cansados dessa guerra, de um lado e do outro. É preciso botar a carreta seguindo os bois e andando no trilho do corredor. Se os dois lados acreditarem que haverá justiça e que ninguém será humilhado, a paz será possível, mas antes é preciso demonstrar que tem força e que sabe lutar. Essa gente só reconhece autoridade naqueles que sabem fazer a guerra, pois combater é muito mais que puxar a espada diante do inimigo, não é?

— O senhor me parece muito sensato. A sua franqueza me faz acreditar que o senhor tem boas intenções e que quer realmente ajudar. Vou pensar muito nisso. Se precisar falar com o brigadeiro Bento Manoel, o senhor pode ser o emissário?

— Posso. Mas há outros nomes até melhores que o meu.

— O senhor acha que ele pode ser uma soma positiva?

— Tenho certeza. É muito odiado por causa de sua independência. Isso, porém, conta a seu favor.

Caxias voltou a Porto Alegre e tratou de reorganizar o exército usando os mesmos critérios, contemplando lideranças das várias facções que compunham a legalidade, algumas delas em luta na frente interna do governo. O convite a Bento Manoel, como previra Osorio, causou ampla repercussão. Teve de se explicar ao ministro da Guerra. Havia razões puramente militares, como a necessidade de ter a seu lado um homem que fosse especialista na guerra dos pampas, um tipo de conflito em que Caxias nunca havia lutado até então e, pelo retrospecto, via que muitos generais haviam fracassado justamente nesse quesito. Mas também havia razões políticas, e demonstrava as cautelas, escrevendo: "Julgo, como V. Ex.ª, impolítico dar comandos a Bento Manoel Ribeiro... Hei de usá-lo com cautela... Ele tem muitos inimigos por aqui, mas também alguns amigos no exército e, casualmente, no número deles os melhores oficiais da Província."

O novo comandante em chefe tratou logo de converter em resultados sua superioridade estratégica, pois tinha 12 mil homens das três armas contra uma força estimada entre 3 mil e 5 mil inimigos. O número 3 mil seria o mais adequado, pois era a força que estava permanentemente mobilizada. Os 2 mil restantes eram voluntários que iam e vinham. Entretanto, mesmo com aquele efetivo, os legais não conseguiam resultados, porque os farroupilhas, com sua extraordinária mobilidade, o uso adequado das táticas pampianas e o grande apoio popular que encontravam na campanha, compensavam essa deficiência de efetivos.

Caxias articulou-se também com a Marinha de Guerra. Desde o governo do marechal Soares Andréa o almirante Greenfield estava de volta ao Rio Grande do Sul, de cujas águas interiores a força naval rebelde havia sido varrida em 1843. A República chegou a ter uma marinha que operou com algum sucesso na Lagoa dos Patos e dispunha de uma base de operações, que incluía um estaleiro para reparos e construção, na Estância do Cristal, pertencente ao presidente Bento Gonçalves, no Rio Camaquã, bem próximo à foz, mas numa posição vantajosa. Podia ser defendida contra incursões navais e não permitia, pelo seu calado, a entrada de navios mais pesados. A incipiente Marinha Republicana havia começado com alguns marujos locais, como Tobias da Silva, Santos Carvalho, José dos Santos Ferreira, comandante da *Farroupilha*, e Francisco Modesto de Melo, da *Bela Angélica*. Mas teve grande incremento depois que o empresário rio-grandense Irineu Evangelista de Souza apresentou a Bento Gonçalves, então prisioneiro na Fortaleza de Santa Cruz, no Rio, o capitão italiano Giuseppe Garibaldi, que fugia da Europa condenado por crimes políticos na Itália e na França. Garibaldi deu operacionalidade a uma pequena frota, que chegou a navegar no oceano e realizou um feito impressionante: o transporte dos barcos por terra para iludir o bloqueio do Canal de Rio Grande.

Mas essa pequena esquadra foi destruída por um ciclone no litoral norte da província, quando velejava para atacar Laguna, em Santa Catarina, dando cobertura naval à expedição terrestre de Davi Canabarro. Quando Caxias assumiu a presidência, a marinha rebelde não mais existia e seu comandante Garibaldi transformara-se num coronel de cavalaria ao lado da mulher, a catarinense Anita. Mais tarde, foi um excelente comandante de tropas terrestres na Europa.

As forças imperiais foram organizadas em três divisões, aglutinando tropas de linha com guardas nacionais e voluntários civis, que levavam a denominação de suas cidades de origem, sem numeração. Os comandantes representavam os três principais segmentos políticos: a Primeira Divisão com o brigadeiro português Felipe Néri; a 2ª Divisão com o liberal moderado coronel Jacinto Pinto de Araújo Corrêa e a 3ª Divisão com o coronel conservador João da Silva Tavares. No primeiro dia de março o exército irrompeu a marcha, deslocando-se lentamente, pois ao longo do caminho ia recebendo reforços e incorporações, até chegar a São Gabriel, em pleno território farroupilha, em 19 de março. Dali preparou-se para lançar a ofensiva de inverno. A escolha da estação era um disparate, pois os exércitos costumavam invernar, ou seja, recolher-se aos quartéis.

Os farrapos não entraram no jogo de Caxias, evitando as batalhas, mas tampouco deram trégua às tropas regulares, fustigando-as e realizando ações ofensivas sobre as frações em deslocamento. Quando pressionadas, cruzavam a fronteira e se escondiam no Uruguai, onde o exército regular não podia entrar em perseguição. Com a província inteiramente em movimento, pois os republicanos haviam desistido de ter bases fixas no Brasil, criou-se uma situação *sui generis*. O estado Rio-Grandense passou a ter uma capital móvel, com seus arquivos permanentemente embarcados em carretas e carroças e um ministério ambulante, despachando onde fosse possível e seguro acampar. Nesses dias, sua última capital, Alegrete, foi atacada e tomada por Bento Manoel.

Foi assim que se travaram combates parciais em 10 de abril em São Gabriel, em 13 no Cerro do Vacaicuá, em 26 de maio no Ponche Verde e em 8 de junho no Santa Maria-Chico. Em julho o serviço de espionagem informou que os rebeldes preparavam um golpe de mão para tomar a cavalhada no Rincão dos Touros. Caxias designou então a 7ª Brigada do coronel Manuel Marques de Souza para interceptá-los. Faziam parte dessa unidade o 2º Regimento de Cavalaria Ligeira, comandado pelo major Manuel Luís Osorio, além do 5º Corpo de Guardas Nacionais e dos Esquadrões de Voluntários de Faxinal, Triunfo e São Leopoldo, esta uma unidade de descendentes dos colonos, chamados de lanceiros alemães, embora a maior parte deles fossem brasileiros natos.

Marques de Souza era um dos oficiais preferidos de Caxias. Liberal moderado, era descendente de uma estirpe de militares que haviam prestado grandes serviços como generais da Coroa portuguesa, do Reino Unido, do primeiro império e, agora, do imperador dom Pedro II. Um deles, o avô deste, foi um dos fundadores do Rio Grande do Sul. Embora não tivesse cursado nenhuma academia militar, Marques de Souza era um homem educado e versado nas artes da guerra, um espírito destemido, embora um pouco trapalhão. Nessa expedição atacou Piratini, a antiga capital, tendo na vanguarda o Regimento de Osorio, e tomou um comboio com gêneros, roupas, armas e munições. Do butim fazia parte meia dúzia de barricas com o precioso sal de cozinha, um produto de grande valor para as tropas, que muitas vezes usavam o suor dos cavalos para salgar a carne e dar-lhe algum sabor, se é que se podia chamar sabor o resultado obtido com tal tempero. No final, a Brigada conseguiu levar os cavalos para a remonta do exército.

Foi num desses dias, já em 23 de julho, que Osorio soube por um amigo que seria demitido do comando do Regimento, substituído por um velho major reformado que se apresentara para a luta e para quem não havia posto disponível. Osorio insurgiu-se. Mandou um ofício ao comandante dizendo que antes de sofrer tal desaire preferia despir a farda e retirar-se para a vida privada. Caxias o atendeu, declarando:

— Está bem. A um militar como o senhor, brioso, honrado e valente não é lícito maltratar. Será sustentado no seu posto.

O segundo semestre de 1843 foi de intensa atividade bélica. Houve combates em 15 de agosto em Alegrete, em 11, 12 e 30 de setembro nas Missões, em 1º de outubro em Quaraí, em 25 de outubro e 9 de novembro em Canguçu, em 26 e 31 de dezembro em Santa Rosa e em 8 de janeiro em São Francisco Xavier. Em Pai-Passo, Caxias capturou o arsenal farroupilha com cinco canhões e grande quantidade de armas e munições. Não havia trégua. Era o sistema de Caxias: avançar sempre, não parar, não dar descanso. À guerra de movimento respondia com mais movimento. Foi num desses dias que mandou chamar Osorio e lhe comunicou:

— Major, tenho admirado a sua conduta. O Corpo que interinamente comanda é um exemplo de asseio, de disciplina, de valor. O governo deve-lhe uma promoção. Promovendo-o, não lhe fará favor, mas justiça. Previno-o de que vou dirigir-me ao ministro da Guerra nesse sentido.

Em 23 de julho de 1844, Osorio foi promovido a tenente-coronel e efetivado como comandante de seu 2º Regimento, além de colar mais uma medalha em seu peito, nomeado cavaleiro de São Bento de Aviz.

Foi por essa época que chegou o resultado das gestões diplomáticas reclamadas por Caxias para pôr fim naquele jogo de entra e sai pela fronteira. O barão já havia entendido a lógica e a simetria do jogo político no espaço platino, desfiando as alianças entre os grupos em luta nos três países. Foi assim que escreveu ao ministro da Guerra pedindo a intervenção do Ministério do Exterior, agindo conforme mecanismo próprio da região. Precisava de uma ação que colocasse seu governo no Rio Grande do Sul alinhado com as forças que se enfrentavam na área. Foi por isso que pediu ao governo nacional que negociasse com uma ou outra facção política uruguaia, para que tivesse condições de passar a fronteira com seu exército em perseguição aos farrapos, deixando a critério do Rio de Janeiro qual seria a melhor interface: blancos ou colorados. Mas em seu memorando pendia para Oribe, indisposto com os rebeldes, para ele uma alternativa melhor do que Fructuoso, colaborador dos farrapos, segundo provas que tinha reunido.

Finalmente, seis meses depois, Caxias chegou ao espaço platino. Estava agora com a faca e o queijo na mão para dar fim àquela guerra e levar o Rio Grande definitivamente para a família brasileira.

CAPÍTULO 51

Fronteiras da Diplomacia

CAXIAS ENTENDEU QUE a política externa brasileira não podia ter um único centro de gravidade ao constatar que, sem uma articulação internacional, o império jamais conseguiria bater os farrapos. Estava certo de que o Brasil desenvolvia uma política externa no Prata oposta aos verdadeiros interesses da província do Rio Grande do Sul. O império, por meio de sua esquadrilha naval, operava em volta de Montevidéu, bloqueada pelos portenhos de Rosas, sob o comando do velho Brown, num imbróglio que envolvia as esquadrilhas da França e da Inglaterra. Enquanto isso, os interesses nacionais na fronteira corriam por outro caminho, contrariando o que fazia e dizia o ministro plenipotenciário João Lins Cansanção de Sinimbu.

O barão percebeu, quando chegou à campanha e entrou em operações, que havia outra realidade, desconhecida e subavaliada no Rio de Janeiro, de conformação própria em todos os aspectos geopolíticos. Concluiu que para ter êxito precisava inserir-se nesse espaço e que a verdadeira história do Brasil estava sendo escrita ali e não pelos burocratas que ocupavam as legações do império ou atuavam na chancelaria da corte. Resolveu agir, mandando que se abrisse uma frente diplomática específica para tratar do caso, oferecendo ao sistema a opção de operar por um ou outro lado, mas de acordo com os interesses e a realidade de sua província.

Em Montevidéu o ministro Sinimbu e, em Buenos Aires, o chefe da legação Duarte da Ponte Ribeiro representavam o Rio de Janeiro num conflito que envolvia as potências europeias contra o ditador de Buenos Aires, Juan Manuel Rosas. Essa crise decorria de direitos e interesses comerciais e reconhecimento de hegemonias, iniciando-se com um bloqueio do porto de Buenos Aires pela esquadra francesa, a pretexto de tirar da cadeia um cidadão francês convocado irregularmente pelo exército. Depois disso, como Rosas fechou o Rio Paraná, que corre no meio de seu território, penetraram no coração da Argentina para obrigar seu governo a dar-lhes livre trânsito por onde quisessem. Em contrapartida, Buenos Aires patrocinou um levante contra o governo de Montevidéu, subvencionando um exército que cercava a capital oriental, e declarou o bloqueio desse porto, considerado nulo pelas grandes potências e mais o Brasil, que desconheceram o direito alegado por Buenos Aires de confinar o governo do Estado Oriental.

Nesse espaço político as questões eram bem diferentes das guerras civis da campanha. Seus atores eram os embaixadores estrangeiros, figuras públicas mais atuantes e conhecidas do que muitos ministros, ou os almirantes das esquadras.

Em Montevidéu, os nomes eram outros: aparecia o ministro Pacheco y Obes, o comandante militar Lourenço Battle e, posteriormente, o coronel Venâncio Flores, seguidor de Rivera na guerra da campanha que, à frente de 500 homens, rompera o cerco portenho a ferro e fogo e ocupara as trincheiras no Cerro, nos subúrbios da capital, unindo-se aos defensores da cidade. Flores entendera que o centro do processo político do Uruguai estava ali, e não nos pampas. Dentro da cidade, as tropas que a defendiam eram formadas pelas colônias de refugiados, como a Legião Francesa, os Caçadores Bascos ou a Legião Italiana. Esta às vezes operava em combinação com os farrapos, pois seu comandante era o ex-almirante da república Giuseppe Garibaldi, que, a partir de Montevidéu, com uma minúscula força naval, dava mais respaldo estratégico aos rio-grandenses do que se estivesse operando na Lagoa dos Patos. Ele atacava as posições portenhas ao longo do Rio Uruguai, mantendo desimpedido o tráfego de Puerto Buceo, principal base de suprimento e de intercâmbio dos farroupilhas, cedido porto-livre aos rebeldes gaúchos pelo ex-presidente Rivera.

Na região das costas dos Rios Uruguai e Paraná o problema de Buenos Aires era completamente diferente. Lá os portenhos lutavam para impedir a desagregação do antigo vice-reinado do Prata, que, desde a independência, já perdera três províncias: a do Alto Peru, que se transformara em Bolívia, a do Oriente, que virara Uruguai, e a do Paraguai, que teimava em não aceitar a soberania argentina. Embora o governador de Buenos Aires se declarasse federalista, isto é, favorável à autonomia das províncias, essa posição era só da boca para fora. Servira para justificar seu golpe de Estado, em 1829, para destruir a facção rival, a dos unitários, que defendiam um poder central, sob a liderança de Buenos Aires, evidentemente. Entretanto, desde que voltara ao poder em seu segundo mandato e se autodesignara defensor perpétuo, ou seja, ditador vitalício, Rosas trabalhava no sentido de restabelecer o comando central, mudando o nome do país de Províncias Unidas do Rio da Prata para Confederação Argentina, o que bem dizia de seu avanço sobre as demais províncias. Enfrentava forte oposição a seus projetos, sendo obrigado a manter uma guerra constante contra os recalcitrantes. Era o caso de Entre Rios e Corrientes, as províncias lindeiras com o Rio Grande do Sul.

A guerra civil generalizada no espaço platino, onde se cruzavam alianças e interesses de várias soberanias, envolvia diretamente o Rio Grande do Sul e, mais ainda, sua República Rio-Grandense, que operava militarmente tanto na Argentina como no Uruguai e diplomaticamente também no Paraguai. O governo de Assunção usava o Rio Grande para comercializar erva-mate, que era vendida para Buenos Aires, o maior mercado para o único produto de exportação do país, que sofria embargo promovido por Rosas para qualquer comércio com a nação guarani. Por terra, o mate entrava no Rio Grande por São Borja, onde era nacionalizado e reexportado para o Prata como se fosse produto brasileiro. Os colonos de origem alemã já estavam cultivando o mate e o fumo na região do Vale do Taquari, exportando suas folhas para a Europa, tanto como chá quanto para a fabricação de cigarros. O fumo rio-grandense, o amarelinho, concorria com os fumos da Virgínia, nos Estados Unidos, que começavam a dominar o mercado de cigarros leves, alternativa para os puros ou charutos, originários do Caribe, especialmente de Cuba, ainda sob as asas da Espanha.

Era nisso que as guerras civis se interpenetravam, pois havia uma teia de ações políticas e comerciais e a movimentação das pessoas que ora confluíam, ora se ramificavam, atingindo toda a região. Rosas combatia Rivera, que, ameaçado por Oribe, sustentado pelo governador portenho, dava guarida aos unitários de Lavalle, que tentava derrubar o governo de Buenos Aires. Rivera apoiava Bento Gonçalves, que apoiava o unitário portenho e Lavalle e, com isso, articulava-se com os colorados uruguaios, que apoiavam Urquiza de Entre Rios, que se opunha a Rosas, prometendo enviar tropas rio-grandenses para atacar Buenos Aires. Corrientes estava ora com Entre Rios, ora com o Paraguai, hostilizando Buenos Aires, com apoio dos rio-grandenses, que negociavam com os paraguaios. Assim, comandava Caxias:

— Isso é uma embolada que só agora estou começando a entender.

O ex-presidente uruguaio Manuel Oribe, que governara entre 1834 e 1838, socorreu Rosas, depois de deixar o palácio do governo em Montevidéu, que enfrentava rebeliões em vários pontos do país. Com suas tropas e, principalmente, seu comando militar e político, Oribe se impunha. Ele fora um dos coronéis de José Artigas na juventude, e isso lhe dava grande autoridade para atuar em favor do federalismo, embora estivesse defendendo a hegemonia de Buenos Aires, que era o ideal de seus adversários. Oribe sufocou brutalmente o levante de Córdoba, derrubou o governo de Catamarca, fez intervenções em La Rioja, Tucumán, Jujui e Salta, operando da costa do Paraná à Cordilheira dos Andes. Depois, como pagamento por seus serviços, Rosas deu-lhe dinheiro, homens e armas para que ele cercasse Montevidéu e tentasse retomar pela força o governo de seu país.

Já Rivera estava mancomunado com o líder da resistência a Rosas, o general argentino José Maria Paz. Paz fora um dos generais de Alvear na guerra contra o Brasil, em 1827, e comandara as forças que impediram a entrada de Oribe em Montevidéu, e nesse momento estava em Corrientes articulando uma aliança com o Paraguai contra

Rosas. O governador de Entre Rios, Justo Urquiza, que contara com o apoio de Bento Gonçalves para impedir a intervenção de Buenos Aires em sua província, estava em cima do muro, ajudando a sustentar Rosas porque os correntinos queriam apeá-lo do poder. Foi assim que Caxias conseguiu que o governo do Rio negociasse uma aliança ágil mas efetiva com Rosas, para obter o beneplácito de Oribe a fim de que Caxias pudesse operar dentro do território uruguaio contra os farroupilhas.

Essa vitória diplomática desmontou o esquema da república. Bento Gonçalves marcou uma reunião com seus comandantes na estância de Francisco Pereira de Souza, no Uruguai, com a presença de Fructuoso Rivera, a fim de discutirem uma saída para a crise, pois o concurso de Rosas expunha-os a mais um inimigo poderoso. Lá estavam Canabarro, Netto, Mariano de Mattos, Vasconcelos Jardim e outras sumidades da república.

A situação dos dois grupos, farroupilhas e colorados, era desesperadora. Rosas estava se aproveitando da porta aberta para enfiar o pé, procurando contrabalançar os problemas causados por uma guerra emergente com o império e pela ameaça de um conflito com França e Inglaterra, além do recente reconhecimento da independência do Paraguai pelo Brasil. Em 1839, o ditador portenho acolhera uma embaixada da república, pensando, com isso, enfraquecer seu vizinho do norte. Entretanto, como represália e buscando não perder o trânsito da erva-mate paraguaia pelo país, o governo de dom Pedro II desconhecia a reclamação argentina sobre o Paraguai e reconhecia sua soberania, com a ressalva de uma pequena parte de território, em Mato Grosso, que o governo de Assunção reclamava como sua.

A reunião dos farroupilhas chegou ao conhecimento do barão de Caxias pelo coronel Jerônimo Jacinto, amigo de Fructuoso Rivera, que se ofereceu ao presidente do Rio Grande, por meio desse militar, como mediador do conflito. Rivera começava a se preocupar com os possíveis desdobramentos daqueles fatos novos, principalmente do que poderia ser a sua parte a pagar no acerto entre Rio de Janeiro e Buenos Aires. Caxias não aceitou a oferta, mas reuniu seus comandantes para falar sobre o assunto. O coronel Jacinto expôs a proposta dos farrapos:

— Eles concordam em negociar se o governo imperial os confirmar nos seus postos militares. Isso é importante, senhor barão, pois eles não querem abrir mão de suas posições na Guarda Nacional. Ou seja: poder político e segurança patrimonial, pessoal e contra seus adversários e inimigos.

— Não vejo muito problema nisso, mas ainda é cedo. Essa reunião ainda não é para discutirmos um armistício, mas sim como vamos usar a franquia para entrar no território oriental com as nossas tropas. É uma questão delicada, e não quero nenhum erro, nenhum equívoco. Se passarmos um centímetro dos limites o nosso governo nos pegará. Vamos ter conselhos de guerra, punições, e de heróis vamos passar a vilões. Portanto, cada um de vocês tem de seguir à risca as minhas instruções.

O barão foi enfático, preciso:

— O que o Rosas espera é que entremos com tudo, levando o que encontrarmos por diante, como eles fazem lá no sul. Assim pegamos os farroupilhas, mas levamos os colorados junto. Depois é só o Oribe vir colher os pedaços que sobrarem de seus adversários. Mas não. Por enquanto vamos usar essa licença somente para mantê-los acuados. Quando eles passarem a fronteira nós os seguimos em pequenas unidades, fustigando-os até que sumam. Então recuamos. É isso o que faremos; nada mais, por enquanto. Não esqueçam que, se Rivera aqui na campanha compactua com os nossos inimigos, em Montevidéu é aliado do nosso governo nacional. Não podemos arrumar aqui e estragar lá. O interesse permanente do Brasil é manter o Rosas fora do Uruguai. Esse é o verdadeiro objetivo e, não se iludam, será o fim dessa história toda. E por isso digo: quando chegar a hora o Brasil vai precisar dos farroupilhas.

Ao que Silva Tavares emendou:

— Não sei para quê!

— Por favor, coronel, qual é o seu comentário?

— Não, nada, senhor barão! Foi só um pigarro...

No segundo semestre de 1844, tanto Rivera quanto os farroupilhas viram o garrote apertar em torno de seus pescoços. O governador de Entre Rios, Justo Urquiza, aproximou-se de Rosas e deu sinais crescentes de hostilidade contra os unitários, consequentemente afastando-se dos farroupilhas. Rivera se viu cercado. Uma alternativa seria recompor-se com o império, voltando a oferecer sua mediação para pacificar o Rio Grande. Enviou, então, uma carta a Caxias propondo uma trégua de 30 dias para a negociação de um armistício, fazendo o convite para uma reunião.

Caxias estava aquartelado em Caçapava do Sul. Não concordou com a proposta, mas arranjou uma desculpa para não melindrar o chefe uruguaio, aliado de seu governo nacional. O próprio portador da carta de Rivera revelou no acampamento que seu chefe tinha acabado de conseguir 600 cavalos para os farroupilhas. Caxias ficou possesso e mandou um enviado.

No dia 12 de outubro chegou Osorio ao quartel-general na chácara dos Fontoura. Ali se encontrou com um velho amigo, Antônio Vicente da Fontoura, primo do dono da casa e ministro do governo republicano, que estava no local aguardando a resposta de Caxias à proposta de Rivera. Osorio viu ali uma oportunidade de restabelecer um entendimento direto, pois seu chefe não confiava em Rivera nem em castelhano algum. Caxias era adversário visceral dos hispânicos. Mal Osorio começou a falar, Vicente da Fontoura fez menção de retirar-se, mas Osorio pediu-lhe que ficasse, repetindo palavra por palavra a resposta de Caxias: Tendo expressa ordem do governo imperial para não aceitar nenhuma proposta dos rebeldes que não tivesse por base a deposição das armas, não anuía à proposta, não concordava com a suspensão das hostilidades; que, se os seus constituintes pretendiam diretamente representar Sua Majestade, o imperador, por intermédio de algum de seus chefes, desde já certificava o livre trânsito até a corte; que no entanto podiam os rebeldes rio-grandenses passar ao outro lado da fronteira e ali no Estado Oriental esperar a volta do seu comissionado com a última decisão de Sua Majestade, o imperador, ficando porém certos de que continuaria a perseguir os que armados passassem à província.

Rivera levou um choque. Não esperava por aquela. Começou a falar destemperadamente, dando a entender que Caxias não teria o direito de responder-lhe dessa forma, quando foi interrompido por Osorio, que, escolhendo as palavras, procurava não agravar a situação.

— Se Vossa Excelência me permite, direi que vim aqui para ser ouvido e tratado com a atenção e o cavalheirismo a que tem direito um emissário do chefe do Exército Imperial.

— *Si, señor, pero que motivos tiene el baron para repudiar mi intervención, para considerar engañosa mi propuesta?*

— Não estou autorizado a descer a minudências, nem a argumentar com Vossa Excelência, mas tão somente a expor o pensamento do meu chefe, o senhor barão de Caxias. Entretanto, se Vossa Excelência me consentisse, diria que um dos motivos do desagrado do meu general é ter Vossa Excelência, ainda há pouco, em carta que lhe escreveu, protestado simpatia pela paz do império na mesma ocasião em que fornecia 600 potros para remonta do exército da revolução.

Rivera emudeceu. Olhou para um lado, para o outro, como se não tivesse ouvido. De repente apareceu um servente. Ele se virou e disse:

— Tchê, traga-me um mate!

E foi saindo, deixando os dois observando a cena insólita. Osorio aproveitou que estava a sós com Vicente da Fontoura e atacou:

— Patrício, a pacificação se fará porque os senhores a querem e o governo imperial também a quer. Não trabalha para outra coisa o barão de Caxias. Nós estamos cansados da guerra, e a nossa terra precisa de paz. Mas, por Deus! Os senhores estão perdendo tempo. Patrício, abandone a ideia de que a pacificação possa ser obtida pela intervenção desse homem. Caxias não quer vê-lo, não quer ter relações com ele, nem com ele tratará; porque esse homem pretende é iludir, é contemporizar, é comprometê-los, é se aproveitar dos senhores para intuitos que tem no seu país. Creiam-me. Que importa a ele a felicidade do Rio Grande? Nada. Na continuação da luta, tem Rivera a sua esperança e, na proteção que pensa orgulhosamente dispensar aos senhores, toda a sua glória. O patrício duvidará ainda da sua perfídia? Não me ouviu lançá-la em seu rosto? Não viu como se calou e saiu dissimulando não ter percebido as minhas palavras? Vamos embora, patrício; vamos nós mesmos cuidar da nossa paz. Não precisamos de uma intervenção estrangeira tão inconveniente.

— Julga então o senhor Osorio que o barão de Caxias nunca tratará com Rivera e que deseja entender-se diretamente conosco?

— Sem dúvida afirmo!

— Nesse caso, vou-me embora.

Volta então Rivera oferecendo um mate.

— *Pues, amigo Fontoura. Ya ve usted lo que contesta Caxias a mi nota. Su gobierno decidirá, no es verdad?*

— Certamente, general. Vou comunicar-lhes a ocorrência.

— Quanto a mim, peço licença para retirar-me. Tenho por cumprida a minha missão.

Rivera respondeu em português:

— Como queira, tenente-coronel Osorio.

De volta a Caçapava, Osorio contou a Caxias com todas as cores e sons, puxou ao máximo sua narrativa, contente porque acreditava que suas palavras haviam calado fundo em Vicente da Fontoura e que em breve aquela conversa produziria frutos. Caxias divertiu-se com a narrativa, riu-se das tiradas. Quando Osorio lhe contou da resposta sobre os cavalos, Caxias atalhou:

— Deveras? E que disse ele?

— Tchê, me traga um mate, e se fez de desentendido.

Caxias deu uma rara e desabrida gargalhada.

Dias depois apareceu no acampamento imperial uma comitiva republicana. Trazia dois embaixadores designados para ir ao Rio de Janeiro negociar com o imperador. Um deles era o próprio Vicente da Fontoura, o outro, o padre Francisco das Chagas Martins d'Ávila e Souza.

No dia da reunião com Rivera, 12 de outubro, dom Pedro II assinou, no Rio, o ato que nomeava Osorio oficial imperial da Ordem da Rosa, uma das mais altas condecorações do Brasil.

CAPÍTULO 52

A Paz Negociada

No fim do primeiro trimestre de 1845, diminuiu a pressão anglo-francesa sobre o governo de Buenos Aires, e o Tigre de Palermo, como se autodenominava o ditador Juan Manuel Rosas, animou-se a dar uma força a seu aliado Manuel Oribe. Foi para cima de seus inimigos no Uruguai, que eram não só os exilados unitários, mas também os uruguaios liderados por Rivera e os farroupilhas, que voltaram correndo para o Rio Grande. Caxias chegou a decretar prontidão a suas tropas, mas não foi preciso, porque Rosas não se atreveu a continuar perseguindo os colorados dentro dos limites do Brasil. Parou na margem esquerda do Rio Quaraí, o que levou o comandante republicano, Davi Canabarro, a dizer a célebre frase: "O sangue do primeiro portenho que pisar o solo rio-grandense será a tinta para assinarmos a paz com o império."

Desde o encontro de Osorio com Vicente da Fontoura, no acampamento de Rivera, a guerra entrara num processo de meia trava. Havia uma impressão geral no exército de que as hostilidades chegavam ao fim e que logo os farrapos estariam nas mesmas fileiras dos imperiais. Um poder mais alto que a República de Piratini, como diziam seus detratores, era exatamente Rosas. Entretanto, Caxias não dava folga, como era seu costume e sua tática política. Sustentava a pressão sobre os farroupilhas remanescentes que se mantinham nas coxilhas e dava anistia para quem se apresentasse desarmado. Oferecia as condições mais favoráveis possíveis para a rendição, pressionando o Rio de Janeiro a fazer concessões.

Seus principais comandantes afrouxavam o laço e davam corda, menos um deles, o coronel Francisco Pedro de Abreu, que fazia o oposto. Chico Pedro para os íntimos, Moringue para os inimigos, ele era o único a manter as operações vivas em toda a linha, tanto nos combates quanto na guerra psicológica, ativíssimo, como se a revolução estivesse no início. Osorio não tinha muita simpatia pelo guerreiro tardio, considerava-o demasiadamente cruel com os vencidos e trapalhão na ofensiva, mas tampouco podia deixar de reconhecer que era um homem de ação: se apanhava era porque atacava.

Moringue era um mestre da surpresa, uma qualidade que Osorio considerava a mais importante para um verdadeiro guerreiro, principalmente na cavalaria, pois pegar o inimigo de calças na mão era meia vitória. Nesse momento final Moringue teve um papel decisivo para manter os farrapos acuados. Conservava uma disposição juvenil e colheu muitas glórias em cima do desmonte da máquina de guerra farroupilha no ocaso da República. Isso lhe valeu um reconhecimento, chegando a ganhar seu título de nobreza com um nome pomposo. Virou barão do Jacuí, o rio formador do Guaíba, pai das águas da Lagoa dos Patos, a grande fonte de vida de sua cidade, Porto Alegre. Maior do que o dele só o de Marques de Souza, conde de Porto Alegre, também atribuído por dom Pedro II, que repetira esses dois títulos em outras famílias. Numa nobreza de extração africana, com títulos não hereditários, repetir um brasão de família era coisa rara, só concedida a gente muito especial, como esses dois, que, apesar de serem nobres, eram membros do Partido Liberal.

Moringue ganhara esse apelido devido a seu tipo exótico demais: a cabeça era redonda no queixo e nas bochechas, mas o crânio projetava-se para cima, pontudo, guarnecido por duas gigantescas orelhas de abano, com a pele tão fina que pareciam ser transparentes, lembrando uma moringa de barro, daquelas usadas pelas mulheres para transportar água sobre a cabeça. Essa aparência, que lhe dava a imagem de um palhaço mascarado, escondia um temperamento violento, um homem feroz. Na guerra civil, teve a oportunidade de revelar-se. Era temido por todos.

Moringue também não tinha grandes escrúpulos quando operava politicamente. Como nas batalhas, foi ousado e desastrado mas contundente, perigoso e um tanto traiçoeiro quando tentou destruir Caxias no cenário rio-grandense. Atacou com uma intriga além do razoável para ter credibilidade ao denunciar que o presidente estava virando a casaca ao buscar uma aliança com o inimigo.

De fato, as suspeitas de Moringue tinham algum fundamento. Nos dias finais da Guerra dos Farrapos ele era um dos últimos comandantes monarquistas que ainda operava ofensivamente com o mesmo ímpeto dos primeiros tempos do comando de Caxias. Era verdade que o Corpo de exército sob comando direto do barão ainda era ativo, porém, a maioria das unidades independentes tinha se atirado nas cordas. Com as negociações de boca em boca, não havia como manter o entusiasmo belicoso. Com exceção de Moringue. Sua 8ª Divisão do Exército não tinha descanso nem dava quartel ao inimigo.

Observando o cenário, desconfiou de tantas intimidades com Osorio e viu na mão estendida que Caxias oferecia aos rebeldes uma ameaça a sua facção dentro da política rio-grandense, que já se colocava como hegemônica na província e se preparava para colher os frutos do pós-guerra. Moringue teve certeza desse desfecho assim que soube das negociações com Vicente da Fontoura e com o padre Chagas. Foi à capital aconselhar-se com o juiz Pedro Chaves, o líder monarquista mais radical, que ainda se dizia liberal embora já estivesse com um pé no Partido Conservador.

— Doutor, não estou gostando nem um pouquinho de tanto salamaleque para esses farroupilhas. Acho que tem coisa vindo por aí, o senhor não acha?

— O que é isso, Chico Pedro? Essa política de mão estendida é uma marca do barão. Foi assim que ele agiu para acabar com as revoluções no Maranhão, em Minas, em São Paulo. Ele bate e assopra.

— Não sei não, doutor. Abra logo o olho porque se demorar um pouco, quando acordar numa manhã dessas, vai encontrar o Tatu sentado na cadeira do presidente.

— Estás louco, Chico! Não me repita uma coisa dessas. O barão está fazendo a guerra do jeito dele. Tu mesmo não tens todos os meios para continuar a tua ofensiva? Ele te mandou parar?

— Não, tenho ordem de atacar e atacar. Mas não confio nem um pouquinho nessas manobras políticas. Que é estranho é...

— Fique tranquilo. São manhas de carioca. Conheço essa gente. Volta para a campanha. Te faço uma sugestão: procura o barão e conversa com ele.

Moringue não perdeu a primeira oportunidade que teve de tocar no assunto. No dia 9 de novembro de 1844, foi chamado a Piratini, onde Caxias estava com seu quartel-general de campanha, para receber ordens. Assim que recebeu suas diretrizes de operações, não se conteve e perguntou de seu jeito o porquê de tanta moleza e do incômodo que causavam entre os companheiros aqueles rapapés com os adversários. O presidente foi paternal.

— Meu coronel, sou governador de todos os rio-grandenses. Até dos filhos pródigos. Entenda que essa guerra se acaba. Ainda é tempo de combates, mas também de diplomacia. Eles ainda teimam, mas concorde que os motivos da revolução dos farrapos estão superados: não há mais regentes disputando o poder; temos um rei coroado, acatado e respeitado por todos, até pelos farroupilhas; o gabinete é composto por um governo de coalizão, com o governo dividido entre meus correligionários conservadores e os seus liberais. O problema do Brasil agora é outro, está um pouco mais adiante, do lado de lá da fronteira. Para ser mais preciso, na margem direita do Rio da Prata. Se o que estou esperando se confirmar, o país vai precisar de todos os brasileiros do mesmo lado para conter aquele doidivanas do Rosas, porque se facilitarmos ele toma o Uruguai e logo em seguida vem para cima de nós. Procure entender: o inimigo interno de hoje será o companheiro de amanhã.

— Desculpe-me, senhor barão, mas não posso concordar. O senhor está muito confiado, acredite. Concedo que há algumas boas figuras entre eles que poderiam ser sensatas, mas quem está mandando é esse pústula do Canabarro. Esteja certo de que da cabeça do Tatu não sairá nada que preste.

— Eu o entendo, coronel, mas acredite: o quadro agora é outro. Aprecio muito a sua atuação, o senhor é um guerreiro como eu gosto, mas os tempos são outros e o Brasil vai precisar muito de seus soldados, de todos, incluindo o senhor Canabarro. Por isso até, aproveitando essa nossa conversa, quero lhe dar uma orientação: mantenha a ofensiva, mas procure poupar os oficiais e os graduados. O Brasil não pode perder esses homens. Não deixe massacrá-los, pois logo, logo vamos estar do mesmo lado. Creia: vamos ter coisa muito feia pela frente.

— Está bem. Peço permissão para reiniciar a ofensiva.

— De acordo. Vou mandar emitir a ordem.

Moringue não se convenceu. Com o ofício ordenando a marcha na mão, falou com seu cunhado e ajudante de campo, Francisco Pereira Rangel:

— Esse barão tem outro por dentro.

Da conversa tirou uma conclusão: sua ordem era manter a ofensiva; outra: o inimigo poderia estar relaxado, pois o barão estava mandando sinais de condescendência, uma vez que autorizara o trânsito e a viagem de negociadores farroupilhas ao Rio de Janeiro para tratar da pacificação com o governo central. Tampouco era segredo o lugar do acampamento dos republicanos. Segundo a ordem do quartel-general, Canabarro, João Antônio, Netto e Lucas de Oliveira, com mais de mil homens das três armas, estavam acampados no Cerro de Porongos, nas nascentes do Arroio Candiota, próximo a Bagé. Moringue estava a 30 léguas do objetivo.

No acampamento rebelde a situação era tensa, com os chefes politicamente divididos. Canabarro e Lucas estavam animados com as propostas de Caxias; João Antônio e Netto, os dois outros generais, não concordavam com a pacificação. O fiel da balança, o ex-presidente Bento Gonçalves, estava praticamente retirado da revolução desde que matara seu primo e adversário político Onofre Pires num duelo a espada para dirimir as diferenças no debate parlamentar.

No governo, porém, havia consenso em relação a dar curso às negociações de paz. Naqueles dias o presidente Vasconcelos Jardim e o ministro da Guerra Lucas de Oliveira ultimavam os preparativos e se apressavam para completar a papelada que o negociador Vicente da Fontoura deveria levar ao Rio de Janeiro para as tratativas finais do fim da guerra. A viagem estava marcada para dali a quatro dias, quando passaria a valer o salvo-conduto para a embaixada farroupilha cruzar o território legalista e embarcar para o Rio no porto de São José do Norte.

Caxias e Osorio assistiram ao romper da 8ª Divisão do Exército. Moringue partiu célere para cumprir sua missão, preparado para uma marcha forçada. Na vanguarda, o capitão Fidélis Paz da Silva, o "Bodinho". À frente do grosso da tropa o próprio Moringue, ladeado pelo major João Machado Moraes, seu secretário. A Divisão desfilou a trote, apressada, três cavalos por ginete, indício de marcha forçada.

— Veja, barão, como vai apressado o Moringue. Não quer perder o fim da guerra...

— Que não me faça estripulia.

Na tarde escaldante de 10 de novembro o clima esquentou entre os chefes farroupilhas. De um lado, Netto e João Antônio exigiam a alforria concedida aos escravos que tinham servido ao Exército Republicano. De outro, Canabarro e outros chefes consideravam suficiente a proposta de Caxias para os cativos: quem quisesse permanecer no Exército Imperial poderia ser incorporado às fileiras; os que decidissem voltar à vida civil seriam entregues ao governo imperial e incorporados ao serviço público como escravos da nação. Canabarro dizia não ver razão para protestos:

— Ué, não vão ser funcionários públicos? Que mal há nisso?

O grupo belicista não gostou da piada de mau gosto do comandante em chefe. Ao entardecer o ministro da Guerra, Lucas de Oliveira, procurou Canabarro para expressar outra preocupação.

— General, corre aí um zum-zum de que um certo pessoal pode estar tramando tomar o acampamento e depois sair daqui e se internar na campanha para manter a guerra.

— Que pessoal? Que pessoal? Diga! É o João Antônio? O Netto?

— Esses dois não querem entregar os negros. Dizem que o Bento Gonçalves também não aprovaria.

— Pois vou prendê-los.

— Não, general, não faça isso. Haveria um motim. Melhor: recolha as armas da infantaria.

Canabarro deu ordens para que os pedestres entregassem a munição ao quartel-mestre com a justificativa de que o tempo ameaçava chuvas e o melhor era proteger o armamento. Entretanto, não demorou muito chegou a galope um mensageiro da patrulha do major Fidélis Paz que fazia as avançadas avisando que fora avistada uma força inimiga a poucas léguas do acampamento. Netto opinou:

— Deve ser o Moringue.

Canabarro retrucou.

— Que nada! Se ele sentir a minha catinga dá meia-volta. Isso não é nada, é alguma partida procurando cavalos para roubar. O Polvadeira está vendo assombrações.

Netto atalhou:

— Eu proponho que em vez de desarmar a infantaria decretemos prontidão.

Canabarro fez pouco da ameaça:

— Não se assuste, general, estamos em trégua. Olhe ali o ofício do Caxias dando salvo-conduto para o coronel Fontoura. Para que nos atacar? Estamos em trégua.

— Esse Caxias não dá trégua, David.

— Fique calmo, Netto. Deixe estar...

Netto, porém, decidiu mover seu acampamento para outro lugar nas proximidades, alegando que procurava melhores pastagens para sua cavalhada. Canabarro concordou, fazendo pouco caso. Ao cair da noite, os 403 homens da cavalaria de Netto se movimentaram para o novo acampamento, deixando o Cerro de Porongos. Entretanto, ao desmontar na nova posição o general não seguiu a ordem de relaxar e recomendou ao comandante do Corpo de Lanceiros Negros:

— Teixeira, vamos acampar, mas dormimos com os cavalos à soga, rédeas na mão. Esse alarme do Polvadeira não me cheira bem.

À noite Canabarro inspecionou a posição. O acampamento dividia-se em três fogões: um de guardas nacionais e da oficialidade; outro com os índios dos Lanceiros Guaranis; o terceiro com a infantaria de linha. Com isso mantinha uma separação racial: os brancos da guarda num, os índios noutro e mais à frente os negros libertos, pretos livres e mulatos da infantaria. Na escuridão uma sombra corcunda esgueirou-se da tenda do comandante para a barraca do farmacêutico João Duarte, que naquela noite estava de plantão no hospital de campanha. Lá dentro esperava o comandante em chefe a mulher do farmacêutico, dona Maria Francisca Duarte Ferreira, a belíssima Papagaia, assim chamada porque, não obstante sua formosura, quando abria a boca emitia um som que lembrava o agudo esganiçado dos psitacídeos. Isso salvou a vida de Canabarro.

A menos de légua de Porongos terminava em tragédia a última missão do major Polvadeira, guerrilheiro legendário dos farroupilhas. Ele e seus dez homens foram cercados, capturados e exterminados silenciosamente pela patrulha vanguarda legalista chefiada pelo tenente Manduca Rodrigues.

Logo regressaram quatro observadores que Moringue mandara para assinalar as posições das tropas farroupilhas no acampamento. Moringue queria saber onde estava a infantaria, porque essa tropa poderia oferecer a oposição mais perigosa se tivesse tempo de formar o quadrado defensivo e assim deter a investida da cavalaria legalista. Dessa forma, a 8ª Divisão pôde se aproximar em bloco, inteira, compacta, deslocando-se em silêncio absoluto.

Moringue deu as últimas ordens, recomendando ao comandante da vanguarda, Fidélis Paz:

— Vamos cair sobre a infantaria com todo vigor. Manduca, tu vais direto na barraca do Tatu e pega aquele filho de uma puta. Não deixes ele fugir, mas também não o mates, pois esse quero para mim: vou arrastá-lo no laço estrada afora.

Depois renovou a recomendação aos demais comandantes:

— Também não se esqueçam da ordem expressa do barão: oficiais e graduados devem ser poupados. Não quero me incomodar. Ele quer essa gente viva para botar no exército dele. Já se viu!

A surpresa foi completa. Às duas da manhã, orientados pelos fogos acesos, os legalistas caíram em massa sobre o acampamento farroupilha. O choque com a infantaria desarmada foi um morticínio. Os soldados estavam indefesos, contando apenas com algumas pistolas e garruchas pessoais, espadas e facas, procurando mais fugir do que resistir, uma presa fácil para cavalarianos armados de lanças. Em minutos o chão estava coberto de cadáveres e feridos agonizantes.

O estrago só não foi maior porque o general Netto, percebendo o ataque, mandou montar e contra-atacou, carregando com sua cavalaria sobre o flanco imperial, retardando seus movimentos, o que deu tempo à cavalaria indígena e aos guardas nacionais de se retirar de qualquer maneira. Enquanto os imperiais se entretinham massacrando os infantes, os demais cruzaram a sanga e foram se fortificar mais adiante, no Baú da Moura, uma posição favorável.

Manduca Rodrigues se apresentou a Moringue, levando por diante um rapaz preto que dizia ser ordenança do general.

— Coronel, revistei tudo mas não encontrei o Tatu. Só esse estupor aqui.

Moringue interrogou o jovem.

— Não sei do general. Ele dormiu na barraca do doutor Duarte com a dona Papagaia. Não vi mais ele.

— Tatu filho duma puta. Eu ia fazer ele confessar tudo o que estava tramando com esse barão caramuru...

Ao amanhecer, Moringue contou as perdas Farroupilhas: 110 baixas, 333 prisioneiros, dos quais 35 oficiais, 5 estandartes, um canhão, quase todas as armas, bagagens, arquivos e mais de 1.000 cavalos. Também não perseguiu os derrotados. Acampou e mandou servir churrasco para os vencedores. Chamou seu secretário e deu uma ordem:

— Major, já que não pegamos o Tatu, vamos fazer uma carta. É o seguinte...

Dias depois Moringue exibia a carta a algumas pessoas, sempre pedindo reservas. Quando o juiz Pedro Chaves leu, reagiu com energia.

— Chico, não me mostre esse papelucho a ninguém mais. Rasgue e bote fora. Isso é um absurdo tão grande que vai manchar o teu nome, vai nos comprometer. Faça o que te digo, pelo amor de Deus.

Moringue tinha, porém, razão ao duvidar dos arranjos entre Caxias e os farrapos, porque no acordo de paz havia uma cláusula que corroborava suas suspeitas: Caxias oferecia aos farroupilhas a possibilidade de indicarem os nomes dos dois próximos presidentes da província. Por essa os liberais de Porto Alegre, que tinham passado quase dez anos combatendo os farroupilhas na campanha, não esperavam. A revolução voltava ao ponto do rompimento e restabelecia a situação vitoriosa em 20 de setembro de 1835.

O protocolo da pacificação gerou uma grande controvérsia semântica. Enquanto os farroupilhas insistiam em chamá-lo de Tratado de Paz, os liberais porto-alegrenses negavam-se a reconhecer esse status, alegando que era apenas um convênio, porque tratado só ocorre entre países, e a república de Piratini nunca fora reconhecida como Estado independente. O documento que a missão pacificadora levou do Rio de Janeiro falava, em letras maiúsculas, em "republicanos", o que indicava a posição ideológica de um partido, sem reconhecer a República Rio-grandense. Seria, portanto, um acordo político escrito e selado.

O documento reconhecia quase todos os atos da República: o império assumia a dívida pública dos rebeldes, reconhecia seus oficiais e soldados e dava-lhes inserção de convocação para o serviço militar. No artigo 4º dizia textualmente: "São livres e como tais reconhecidos todos os cativos que serviram à revolução". Reconhecia os atos jurídicos emanados da Justiça republicana, libertava os prisioneiros de guerra e assegurava as garantias individuais e as propriedades. Esse documento é datado de 25 de fevereiro e foi aprovado em Ponche Verde em 28 de fevereiro de 1845, dando por finda a Guerra dos Farrapos. Restava o principal, que era os farroupilhas apresentarem ao governo um nome para ser o presidente da província. Aí estava o nó, pois os liberais moderados julgavam-se grandes credores da pátria e da província, além de terem o pleno direito de revide. Os vencedores acreditavam ter uma extensa lista de contas a cobrar. Mas o governo nacional deu ganho de causa aos farrapos, oferecendo-lhes o principal cargo político, administrativo e militar.

Bento Gonçalves foi o primeiro a perceber o tamanho da encrenca. Não fazia sentido, à primeira vista, o governo nacional entregar-lhe o governo de mão beijada. Nos arraiais governistas, entre sussurros, alguns chefes diziam que seria inaceitável. Caxias mandou que também se cochichasse que o governo da província sustentaria o tratado nos termos do governo nacional. Outra exigência dos farrapos? Bem, aí já não era com ele. Mas nos termos que viera a proposta, sem tirar nem por, era negócio fechado. Moringue não se aguentava e teve de dizer a Osorio:

— Não é possível: eu ganho a guerra e o Tatu é que leva a vitória!

— Eu acho que quem ganhou foi o Rio Grande, coronel. Não sei quem montou esse acordo, mas se foi como penso esse nosso reizinho está se saindo muito bom, melhor do que a encomenda.

Osorio teve um papel importante nesse processo, porque era dos poucos comandantes que tinha trânsito dos dois lados. Nesse momento, valeu ter passado toda a guerra sob desconfiança, pois a intolerância que dividiu a província obstruíra quase todos os canais de interlocução. Embora não fosse um chefe político com bases eleitorais sólidas e numerosas, Osorio compensava essa defasagem com sua influência junto a Caxias, que parecia um deus de bronze. Só se ouvia dele que cumpriria o que fosse acertado pelo governo da nação.

Não foi apenas a profunda dissensão do movimento republicano que levou à escolha de um nome neutro, mas uma soma de fatores relevantes que demonstra o grau de maturidade política atingido pelos grandes chefes que tiveram de decidir. Foi de fundamental importância a primeira resolução, de aceitar a cláusula, pois havia outra corrente que dizia justamente o contrário, que ao indicar o nome do futuro presidente a revolução estaria reconhecendo sua derrota. Era o pensamento do grupo mineiro, do qual faziam parte os ministros Domingos José de Almeida e João Pinheiro de Ulhôa Cintra. Ao que Canabarro contestou:

— Então o que vosmecê está dizendo é que na guerra aqui nas coxilhas nós vencemos?

— Ainda não ganhamos, mas tampouco fomos derrotados. Podemos ficar anos e anos pelejando. Aqui neste Rio Grande nenhum exército nos extermina.

Ao que Canabarro, com sua veia de comerciante atacadista, respondendo a Ulhôa Cintra, ponderou:

— Com isso eu concordo, mas também pergunto: e quem vai sustentar a guerra? Estamos arruinados financeiramente e sem condições de nos recompor, pois o inimigo, desde que o barão assumiu, não dá trégua. Antes sempre podíamos criar algum gado, plantar, juntar recursos até que eles desencadeassem uma ofensiva. Amigo, acabou. Ninguém mais vai nos apoiar. Companheiro, as garantias que nos ofereceram são tão grandes como se tivéssemos vencido a guerra. Temos de escolher a dedo o nome que vamos indicar para a presidência da província.

Ulhôa Cintra, já versado nas manhas da diplomacia, não deixou passar e deu sua martelada:

— Só não vê quem não quer: esse é mais um daqueles acordos do Rio de Janeiro com Buenos Aires. Olhem o que está acontecendo: o Rosas bota o Rivera e seus colorados para fora da campanha. Isso interessa ao império, porque nos tira das nossas bases de abastecimento. O Rivera é obrigado a optar e prefere ficar com o Rio de Janeiro, pois o império pode sustentar Montevidéu com esquadra, dinheiro e munição. Sem os colorados pela retaguarda, o Rosas e seu aliado Oribe podem concentrar forças para tomar Montevidéu, que, por sua vez, estará defendida pelo império. Não é formidável?

Canabarro escutou com seu ouvido de negociante:

— Isso quer dizer que não teremos mais o nosso porto no Rio da Prata. Os nossos aliados das demais províncias, na maior parte, são homens do comércio e da indústria, como o parente aqui do general Netto, o Irineu Evangelista, e estão mais interessados que voltemos ao mercado. Não querem que continuemos pelejando com o governo, pois assim não há mais negócio, uma vez que, sem porto, não teríamos como mandar-lhes as nossas mercadorias. Sem dinheiro não há guerra, amigos. Vamos nos converter em bandoleiros, assaltando fazendas para nos recompor. O que eu vejo pela frente me dá vontade de provar: o império vai nos dar meios para nos atracarmos com esse filho de uma égua do Rosas.

Netto falou por seu lado, como estancieiro e morador de um território que o Brasil havia entregado ao Uruguai seguindo as fronteiras do Tratado de Madri:

— Tens alguma razão, general David. Admito que vamos ficar sem pai nem mãe, pelo menos por um tempo, se mantivermos a luta. A nossa república ficou um corpo estranho nesse organismo. Mas não teremos paz. Vocês acreditam que os bandoleiros do Oribe vão respeitar as nossas propriedades? Acham que o Rosas dará as garantias que deve ter oferecido ao império de nos deixar em paz? Acho que é melhor mantermos a guerra e obrigar o Rivera a continuar combatendo na campanha. Sempre poderemos ter apoio de algumas figuras ambiciosas que gostariam de ver o Tigre de Palermo fugindo campo afora. Como o Urquiza, por exemplo. Ainda somos uma carta nessa mesa. Não creio que devamos nos retirar de cena. E um reparo: Irineu é Souza, mas não é meu parente. Ele é dos Souza de Sorocaba; eu sou Souza dos Açores.

— Se o presidente da província for nosso, estaremos melhores do que combatendo em retirada com pouca munição. Temos de escolher um bom nome, que nos dê garantias.

Essa foi a grande questão tratada pelo alto-comando farroupilha. No primeiro momento, quando Vicente da Fontoura voltou do Rio com essa concessão, tanto a oficialidade quanto os políticos civis da república tiveram uma reação imediata e unânime: o nome a ser indicado era Bento Gonçalves. Por todas as razões seria ele o líder capaz de manter os rebeldes unidos e promover a composição necessária com a comunidade política para o estabelecimento de um governo consequente. Entretanto, o próprio Bento refugou. Seria uma humilhação para os liberais legalistas. Ele não seria uma solução estável.

De repente, a campanha viu-se palmilhada por grande quantidade de mensageiros próprios dos chefes, levando consultas e respostas de um lado para o outro. Por fim, marcou-se uma reunião dos chefes revolucionários na estância dos Cunha, no Ponche Verde. Seria uma assembleia com toda a oficialidade e todos os líderes políticos para deliberar. Porém, como sábios chefes políticos, quando se constituiu a assembleia os pontos básicos já estavam resolvidos. Bento Gonçalves, alegando doença, não compareceu. Seria muito arriscado, poderia ser colocado contra a parede. Melhor ficar de fora, ratificar as posições que já havia assumido e permanecer na reserva para eventual necessidade. Se os generais perdessem o controle, sempre poderia intervir e botar a carreta no trilho. O presidente da república, José Gomes de Vasconcelos Martins, também não foi, mandando uma mensagem pelo ministro Manoel Lucas de Oliveira também com sua posição final.

Nos bastidores, Osorio operou como intermediário ou denominador comum, conforme o caso, pois era preciso compor uma solução política que envolvesse tanto Bento Gonçalves como os principais chefes legalistas, como Silva Tavares, Marques de Souza e outros que tinham atuação política militante (muitos generais não eram líderes de partidos), principalmente Bento Manoel, que pesava tanto quanto seu tocaio na balança política rio-grandense. Osorio explicava tamanha desenvoltura ao comentar com o amigo Antônio Eleutério Camargo:

— Eu servia sem gosto, dominado pelo pesar de combater contra patrícios e irmãos em uma luta fratricida; tinha amizade aos revolucionários; os meus sentimentos políticos tornaram-me quase um membro desse partido; entre os chefes imperiais era visto com desconfiança; entre os rebeldes, como um amigo. Eu deplorava aquela luta que não podia dar, ao final, um digno triunfo aos rebeldes.

Por fim concluíram que a melhor solução seria um nome neutro, o que era impossível encontrar na província. Onde haveria um homem que não pertencesse a nenhum dos dois lados do Partido Liberal? Com isso só se deixava espaço para um conservador; alguém que tivesse autoridade no exército e respeito entre os rebeldes, para ser acatado; um homem que tivesse ascendência indiscutível, não tivesse medo de mandar e fizesse questão de ser obedecido; um nome que não oferecesse a menor possibilidade de rejeição pelos legalistas e que fosse inequivocamente aceito tanto pelo governo do Rio de Janeiro quanto pelo imperador. Enfim, uma indicação acima dos partidos e que demonstrasse a maturidade política dos rebeldes. Só havia um corpo que coubesse nesse figurino. Ao final, os farroupilhas apresentaram o nome de seu candidato ao governo do Rio Grande do Sul, prontamente aceito: general Luis Alves, barão de Caxias.

CAPÍTULO 53

O Imperador no Pampa

FOI UM ACONTECIMENTO de grande porte a ratificação do acordo político depois chamado de Tratado de Ponche Verde, um evento histórico tão imponente quanto os outros grandes fatos que marcaram a história americana naquele século e, certamente, o mais vigoroso daquela década no Cone Sul. Sem golpes de Estado, derrubada violenta de governos, quarteladas, levantes, montoneras, arreadas e todo tipo de ação ou de manifestação política do primeiro meio século da independência das antigas colônias ibéricas, o final da Revolução Farroupilha não foi marcado pela derrota e prisão dos rebeldes ou pela execução de seus líderes. Pelo contrário, foi um ato democrático levado a efeito numa das mais belas paisagens da América do Sul, num rincão do pampa tão lindo que o próprio nome geográfico revela o feitio de um grande manto que recobre todo o corpo, tanto do homem quanto de sua montaria.

A convenção de Ponche Verde, em 28 de fevereiro de 1845, era mais uma formalidade do que uma assembleia deliberativa. Nos dias que antecederam a reunião os pacifistas dobraram os belicistas, como os generais Netto e João Antônio e os ministros Ulhôa Cintra e Domingos, que prefeririam seguir com a guerra, mas aceitaram democraticamente a decisão da maioria.

Os oradores foram o ministro da Guerra Lucas de Oliveira e o comandante em chefe do exército David Canabarro. Lucas falava em nome do governo. Disse ter lido um texto do presidente da república, Gomes Jardim, escrito a quatro mãos com Bento Gonçalves. Nessa proclamação ele historiou a origem do conflito, rememorou os princípios da revolução de 20 de setembro e da tremenda guerra que se seguiu, acentuando, ao final, o sentido da paz dentro de um Estado de direito.

O manifesto mais importante foi a ordem do dia de despedida do comandante em chefe, general David Canabarro, porque expressava a obediência do exército e sua subordinação ao poder civil da república. Usando o vocabulário liberal, dirigiu-se ao Rio Grande: "Concidadãos: competentemente autorizado pelo magistrado civil, a quem obedecemos, e na qualidade de comandante em chefe, concordando com a unânime vontade de todos os oficiais da força do meu comando, vos declaro que a guerra civil, que por mais de nove anos devasta este belo país, está acabada." Mais adiante, evocou a ameaça externa como um dos motivos da deposição das armas: "Um poder estranho ameaça a integridade do império; e tão estolida ousadia jamais deixaria de ecoar em nossos corações brasileiros." Defendeu a unidade dizendo que "nós partilharemos da glória de sacrificar os ressentimentos criados no furor dos partidos", e, após se demitir do cargo de general farroupilha, fez um agradecimento ao chefe adversário: "União, fraternidade, respeito às leis e eterna gratidão ao ínclito presidente da província, ilustríssimo senhor barão de Caxias, pelos afanosos esforços que há feito na pacificação da província."

Caxias apressou-se em dar conta da decisão dos republicanos. O Exército Imperial estava acampado nas proximidades, na estância de Alexandre Simões, e já no dia seguinte os farroupilhas receberam a proclamação que dava a guerra por finda pelo lado dos legalistas. Nesse documento, de 1º de março de 1845, Caxias lembrou o ato de anistia ampla, geral e irrestrita decretada em 18 de dezembro de 1844.

A indicação do barão de Caxias como candidato farroupilha, prontamente aceita e referendada pelo imperador — que eleva Caxias a conde em 25 de março de 1845 —, foi uma grande surpresa na corte, pois ninguém havia acompanhado em minúcias o que ocorria no

Rio Grande do Sul, atribuindo o fim da revolução à vitória das armas, à submissão dos rebeldes, como ocorria nas demais províncias.

Quando os mentores cariocas dos ultralegalistas se prepararam para avançar sobre o butim, deram com a cara na porta, pois o nome e o partido do futuro presidente seriam de livre escolha dos rebeldes recém-capitulados. Foi um espanto, mas logo todos se calaram quando os farroupilhas mandaram o nome do barão como sua indicação, abrindo, dessa forma, duas brechas no sistema que seus adversários haviam montado na capital. A primeira foi que levaram um nome neutro nas disputas rio-grandenses e com autoridade moral e poder coercitivo efetivo para assegurar seu mando na máquina do governo, especialmente na polícia; a segunda, Caxias era do Partido Conservador, uma agremiação praticamente sem bases eleitorais na província, mas forte no Rio de Janeiro. Foi uma surpresa até para seu pai, o senador Francisco de Lima e Silva, ex-regente em dois mandatos, na Trina e na Una, e uma das figuras mais proeminentes do Partido Liberal, ver seu filho milico projetando-se como nova figura do partido adversário.

Caxias assumiu o governo e se atirou a fundo na administração da província, tomando medidas para reconstruir sua economia e suas instituições a partir das bases existentes. O governo da república, embora precário e, nos últimos anos, acossado pelo poder militar legalista, havia estabelecido, em seus nove anos de existência, uma série de melhoramentos nos serviços públicos, antes totalmente descuidados pelas administrações provinciais. Caxias não desperdiçou essa base, nem os serviços e seu funcionalismo, tanto na Justiça como em outros setores, como os correios, por exemplo.

Pouquíssimos funcionários públicos da república perderam seus postos de trabalho, pois a maioria foi automaticamente absorvida pelo novo governo. Isso garantiu a homens letrados das pequenas cidades da campanha seus empregos, contribuindo para manter a paz e a continuidade administrativa como base para a retomada do desenvolvimento, que passou a ser a meta principal do novo governo. Como houve o endurecimento das relações com o governo de Oribe no Uruguai e o consequente fechamento dos portos do Prata para os farroupilhas, a pacificação mudou a rota dos rebanhos no rumo do Atlântico, reativando aceleradamente as charqueadas de Pelotas.

Outro ponto forte do governo Caxias foi a recuperação do sistema de rodovias implantado pela república, convertendo o sistema fluvial de uso militar para navegação civil. A reconstrução desse sistema foi outro ponto alto que favoreceu a pacificação. As obras ofereceram trabalho remunerado aos soldados desmobilizados, injetando renda no interior.

Na área política, Caxias convocou eleições imediatas para as Câmaras Provincial e Nacional e para uma vaga de senador. A eleição, contrariamente ao que se imaginava no Rio, colocaria do mesmo lado farroupilhas e legalistas, pois, em face do novo alinhamento nacional, o Partido Liberal se opunha aos conservadores, que nem sequer estavam, a essa altura, organizados como partido na província. O Partido Conservador só foi se organizar como força política consequente no Rio Grande em 1848.

Nenhum dos grandes chefes farroupilhas se candidatou. O conde, embora seu partido não tivesse expressão, teve apoio quase unânime, pois só não teve a seu favor 13 votos dos eleitores qualificados. Os farrapos sufragaram seu nome em massa. A eleição foi realizada em 15 de setembro e em 22 do mesmo mês o imperador ratificou seu nome para a vaga rio-grandense.

Osorio foi candidato a deputado provincial, elegendo-se numa bancada fortemente integrada pelos militares vencedores, dentre os quais Moringue, Marques de Souza e outros chefes legalistas. Os farrapos elegeram vários parlamentares, entre eles o charqueador Antônio José Gonçalves Chaves, filho do ex-deputado farroupilha e ideólogo do movimento Antônio Gonçalves Chaves, de Pelotas, que morrera afogado em 1836 em Montevidéu, num naufrágio suspeito e nunca bem explicado. Também a colônia alemã carimbou seu primeiro representante político, o deputado Ernesto Frederico de Werna e Bilstein.

O presidente da Câmara foi o mesmo da primeira legislatura, que desandou em 1835 com a Revolução Farroupilha, o velho padre Tomé Luiz de Souza, figura veneranda na província, ainda nascido na Colônia do Sacramento, em 1770. Os deputados nacionais foram Domingos José Gonçalves de Magalhães e Luis Alves Leite de Oliveira Bello, primo-irmão de Caxias, fortemente apoiado por Osorio na paróquia de Bagé. Um detalhe: com tantos candidatos militares, incluindo ele próprio, o presidente conde de Caxias proibiu a participação de soldados e sargentos, assim como de candidatos como eleitores em primeiro ou segundo turno.

Eleito deputado e efetivado como comandante do 2º Regimento de Cavalaria, Osorio começou também a cuidar de seus negócios, pois saíra da guerra sem um vintém no bolso. A Estância Cruzeiro, como denominou a propriedade no Arapeí, estava devastada, saqueada. Com um soldo de 80 mil-réis por mês, não tinha condições de sustentar a família, mais a mãe e os irmãos menores, pois nem mesmo a pensão do pai, o tenente-coronel Manuel Luís, era paga. A única saída seria aproveitar a paz e botar em funcionamento a estância. Por isso, não pôde assumir sua cadeira na assembleia, que se reunia durante apenas dois meses por ano com a finalidade de aprovar as contas públicas.

Em fins de setembro, Osorio assumiu o comando das forças estacionadas na fronteira de Bagé e abriu voluntariado para sua unidade. Foi um sucesso. Pais levavam seus filhos para servir no 2º RC, que em pouco tempo se tornou uma unidade de elite do exército não só pelo alto grau de instrução, mas também pelo nível social de seus soldados, na maior parte filhos das famílias mais destacadas da região. Jovens educados, bem montados, fardados à própria custa chamaram a atenção do presidente Caxias, que estava preparando a visita do imperador dom Pedro II à província no fim do ano. Mandou uma ordem a Osorio para escoltar o monarca e sua comitiva na viagem pela província, acompanhado pela jovem imperatriz dona Teresa Cristina, pelo bispo conde de Irajá, arcebispo do Rio de Janeiro, e pelo ministro do império conselheiro José Carlos Pereira de Almeida Torres.

Osorio deveria deslocar-se para a margem direita do Rio Jacuí, no Passo de São Lourenço, de onde o imperador seguiria por terra pelos pampas desertos, ainda sob a ameaça de bandidos. Osorio levou um susto quando recebeu o ofício de Caxias mandando que tomasse posição perto de Cachoeira e mais ainda com a recomendação: "Vossa Senhoria deve regular as suas marchas de maneira que até 20 de novembro esteja no ponto indicado, pois o homem tem apenas 20 anos e pode teimar em querer sair para o campo mais cedo do que eu tenciono; a nossa marcha não excederá São Gabriel." À noite, comentou com o sogro, o juiz Zeferino Fagundes, e com Emílio Mallet:

— Isso vai ser um perigo. Vocês já imaginaram o esparramo se algum boi-corneta nos atacar, se bandidos se aproveitarem de alguma carroça atrasada, se pegarem algum palerma desgarrado?

Chiquinha ficou excitadíssima quando ele disse que dona Teresa Cristina também estaria na comitiva.

— O quê? A rainha?

— Sim, senhora, ela mesma, dona Teresa Cristina Maria Guiseppa Gasparre Baltassarre Melchiore Gennara Rosalia Lucia Francesca d'Assisi Elisabetta Francesca di Padova Donata Bonosa Andrea d'Avelino Rita Liutgarda Gertruda Venancia Teddea Spiridione Rocca Matilde di Bragança e Borbone.

Osorio lera o nome completo da rainha que constava nos papéis com a nominata da comitiva imperial. Dona Chiquinha bateu pé.

— Quero ir junto!

— O que é isso, minha senhora? É uma missão militar e não um passeio!

O dr. Zeferino também deu razão ao genro, mas foi um caro custo demover dona Francisca de pelo menos ver a imperatriz. Ela dizia:

— Eu fico na barranca do rio. Só a olho de longe.

Ao final a questão se desfez quando veio a informação de que dona Teresa Cristina só faria a parte fluvial da viagem e não iria além de Rio Pardo, por motivo de segurança.

No dia seguinte, Osorio reuniu seus oficiais e deu a notícia da missão do 2º Regimento. Naquele dia mesmo, foram tomadas duas providências: a intensificação dos treinamentos e o início de um plano para evitar surpresas. Mallet, como oficial da reserva da Guarda Nacional, prontificou-se a ajudar. Em dias havia um projeto: um Corpo de 200 homens da tropa regular do exército faria a escolta direta da comitiva; outro Corpo de voluntários se dispersaria pelo terreno, dando cobertura em todo o trajeto; um Corpo de Guardas Nacionais faria uma varredura num raio de 20 léguas, espantando qualquer formação suspeita, fosse quem fosse. Mallet integraria uma das partidas que iam palmilhar a área de exclusão.

Depois a escolha dos homens. Osorio começou pelos mais garbosos. Teriam tudo para fazer bonito, pois havia poucos dias, em meados de outubro, o Regimento recebera fardamentos novos. Fariam sua estreia na missão imperial. O sogro foi quem teve a ideia de provocar um efeito especial, montando toda a cavalaria da escolta em tordilhos. Um grupo saiu pelas estâncias com a missão de buscar os cavalos dessa pelagem e a recomendação:

— Quero animais bem branquinhos. Nenhuma mancha no pelo.

Àquela altura o monarca já estava viajando. Seu navio partira no dia 6 de outubro do Rio de Janeiro, aportando em Santa Catarina no dia 11. Na ilha, dom Pedro visitou as principais localidades: foi à lagoa, ao ribeirão, e no dia 30 foram às caldas, pois a imperatriz queria conhecer as águas de que tanto lhe falaram. Ficou encantada e pediu que arrumassem alojamentos, pois pretendia voltar ali todos os anos, tanto bem lhe fizeram os banhos. Isso bastou para que os ilhéus carimbassem o novo nome do lugar: Caldas da Imperatriz. No dia 8 de novembro dom Pedro tocou o solo gaúcho, desembarcando em São José do Norte. Daí foram a Rio Grande e à Ilha dos Marinheiros, atracando na capital no dia 21 de novembro. Osorio já estava com sua tropa pronta para marchar a qualquer momento.

Já em Porto Alegre, no dia 25 de novembro, o imperador assistiu a um espetáculo inesquecível, segundo disse ao regressar ao Rio de Janeiro: uma corrida de cavalhadas na Várzea, com demonstrações equestres dos gaúchos, uma espécie de rodeio com domas, tiros de laço, de boleadeiras e tudo o mais que se pode fazer no lombo de um cavalo. No dia 2 de dezembro, aniversário do imperador, eles inauguraram uma escola para meninas órfãs, que levava o nome da imperatriz: Colégio Santa Teresa. No dia 10 realizou-se o grande ato político do evento, que selou de forma inequívoca a pacificação da província e a submissão de todos os seus habitantes como súditos de Sua Majestade: em audiência privada, dom Pedro II e dona Teresa Cristina receberam o coronel Bento Gonçalves da Silva, ex-presidente da República Rio-Grandense e líder do mais expressivo movimento republicano no país. Os ultralegalistas morderam-se de raiva, pois nenhum deles, nem general algum do império, recebera tamanha distinção. Caxias sabia o que fazer.

Embora Bento Gonçalves fosse coronel de Primeira Linha do Exército Imperial, reabilitado pela lei de anistia de 14 de dezembro, apresentou-se em trajes civis e sem as condecorações, os colares, as faixas ou os distintivos das ordens a que pertencia. Trajava uma sobrecasaca preta, colete, gravata, uma roupa bem moderna e elegante, no melhor padrão de um gentil-homem europeu. Ao seu lado, dona Caetana não deixara em sua vestimenta de acentuar levemente seu berço de origem espanhola. Caxias mal introduziu os visitantes e, habilmente, pediu desculpas a dom Pedro e se retirou. Saiu logo após a chegada de Bento Gonçalves. Recebeu-o à porta do palácio e o encaminhou aos aposentos ocupados pela família imperial, acompanhado por um ajudante de ordens com grau de oficial superior. Os visitantes não se demoraram na antecâmara mais do que um minuto, apenas o tempo para o mordomo anunciar a chegada do casal.

— Coronel Bento Gonçalves da Silva e senhora Caetana.

O imperador, que se achava sentado numa poltrona ao lado da imperatriz, levantou-se e se dirigiu ao convidado, estendendo-lhe a mão, num gesto pouco monárquico, que surpreendeu os visitantes:

— Presidente, dona Caetana, sejam bem-vindos.

Bento Gonçalves bateu os calcanhares numa reação instintiva de militar e inclinou levemente a cabeça.

— Majestade.

A imperatriz, já de pé, acolhia dona Caetana, que saudou os reis com uma genuflexão que havia ensaiado, saindo-se tão bem quanto qualquer dama da corte, pensou. Dom Pedro logo deixou os visitantes à vontade. A conversa foi amena, começando pela saúde, pelo clima, a beleza da paisagem durante a viagem fluvial, a boa impressão que já tinha do Rio Grande e as grandes esperanças que seu desenvolvimento traria para o Brasil como um todo.

Falaram da situação internacional e das ameaças de guerra no Prata, ambos criticando os ditadores em geral e Rosas em particular. Dom Pedro também revelou seus projetos num dos temas mais caros aos farroupilhas: o tráfico negreiro.

— Estou trabalhando nesse assunto. É um tema delicado, que não depende de mim, mas do governo.

— O Uruguai já decretou a abolição. É verdade que a lei só vale para a campanha, pois o governo de Montevidéu não acatou essa legislação, que é do general Oribe. Na minha opinião os demais países sul-americanos vão seguir essa tendência.

— Precisamos nos preparar para isso. O primeiro passo será implementar o fim do tráfico. O senhor pode estar certo de que em pouco tempo vamos conseguir.

Na realidade, somente em 1850 o parlamento votou leis nesse sentido. De abolição mal falaram, pois era um tema distante, embora reconhecessem que seria o passo seguinte. Pouco antes de se despedir, Bento Gonçalves enunciou ao monarca o nome que sugeria para substituir o conde de Caxias, que deixaria o governo no ano seguinte para assumir sua cadeira no Senado.

Enquanto isso, Osorio deslocava-se para cumprir sua missão. Era a primeira marcha festiva de sua vida. A força entrou em Caçapava e acampou na chácara dos Miranda. Além dos homens da escolta, vinha um Corpo de Guardas Nacionais liderados pelo major Mallet, integrado basicamente por estancieiros, familiares e empregados fixos das fazendas. Todos voluntários, sem remuneração. Em Caçapava seriam incorporados outros 50 homens da guarda. Também seguia a coluna uma tropa de mulas cargueiras e algumas carroças tiradas a cavalo transportando mantimentos, selas de montaria e as bagagens com os fardamentos limpos e as armas de parada que a guarda de honra empunharia quando o imperador chegasse.

A escala em Caçapava seria por dois dias. Naquela noite, Osorio ofereceu um banquete aos oficiais na casa de sua mãe, na Rua das Palmas. Foi um jantar delicioso, alegre. Dona Anna Joaquina estava orgulhosa do filho, deputado eleito, vendo-o com seus galões, acompanhado de jovens bem-vestidos, distintos. No final, ele levantou um brinde ao imperador. Dona Anna, parecendo só então se dar conta do que se passava, não resistiu:

— Mas, menino... Meu Deus! Vais mesmo receber o imperador? Cuidado, filho, vê lá! Tu sabes alguma coisa de etiqueta?

— Não se aflija, minha mãe, levo a Jajada para mestre de cerimônia.

A velha Felizarda, a Jajada, criada da família que fora ama-seca do menino Manuel Luís ainda em Conceição do Arroio e que ali estava servindo à mesa com toda cerimônia, não se conteve e passou-lhe a mão à cabeça, enquanto os militares aplaudiam. (Jajada viveu até 1893 com a família, falecendo na casa de dona Eufrásia, irmã de Osorio, no Rio, com 102 anos de idade.)

No dia seguinte partiram para seus destinos. Osorio e seus cavaleiros foram para São Lourenço. Mallet e os outros oficiais voluntários pegaram seus homens e se encaminharam para suas posições a fim de cobrir os flancos do imperador.

Enquanto isso (era meados de dezembro), os reis visitavam a Vila de São Leopoldo, às margens do Rio dos Sinos. A colônia havia apoiado os farroupilhas, liderados pelo coronel Carl Ferdinand Schneider e pelo major von Quast, mas recebeu o monarca como se tivesse sido caramuru durante o conflito. Suas Majestades falavam muito bem o alemão. Embora a rainha tivesse toda a sua nominata em italiano, sua família tinha o alemão como língua caseira, assim como o imperador, que era filho de uma Habsburgo e tivera como tutor o engenheiro José Bonifácio de Andrada e Silva, que não só vivera como estudara e trabalhara na Alemanha. Já quase no fim do ano a comitiva imperial finalmente embarcou num iate para subir o Jacuí e se internar na misteriosa campanha.

Para dom Pedro era o fruto proibido, um território povoado pelos irredutíveis gaúchos, eivado de tribos de bugres, índios ferozes e insubmissos, bandoleiros e desertores. Embora Caxias dissesse que ele seria escoltado pela melhor cavalaria do mundo, a perspectiva dos perigos não deixava de excitar o jovem monarca.

A comitiva subiu o rio triunfalmente, fazendo escala nas cidades ribeirinhas Triunfo e Santo Amaro e chegando a Rio Pardo no dia 1° de janeiro. Passaram o *Réveillon* embarcados, numa noitada memorável a bordo da esquadrilha fluvial. Nessa cidade a imperatriz deixou a comitiva. As fadigas da campanha eram demasiadas para uma moça europeia e urbana, com certa dificuldade de locomoção. Dali seguiu dom Pedro, passando pela Vila da Cachoeira e, finalmente, em 6 de janeiro, passou para a margem direita do Jacuí, adentrando nos campos lendários dos pampas.

A comitiva foi recebida do outro lado pelo 2º Regimento de Cavalaria. Dom Pedro já esperava algo especial, tão elogiado que fora pelo presidente Caxias, mas o impacto visual ficou para sempre, e ainda era lembrado 35 anos depois, quando os dois trabalhavam juntos no Rio de Janeiro, ambos alquebrados pelas doenças, dom Pedro um imperador decadente e Osorio um velho general e ministro da Guerra do governo de Sua Majestade.

Pedro II queria muito conhecer Osorio. Tinham-lhe dado a ficha completa do tenente-coronel: um homem de formação tosca, mas aplicado, um verdadeiro autodidata, como se define o termo; educado pela família, filho de um oficial de milícias, neto de um fazendeiro abastado e bisneto de um fidalgo português, militar de carreira enforcado por engano em Lisboa, acusado de manter relacionamento com os então terríveis jesuítas; herói das três campanhas, famoso como valente e, depois, como hábil comandante; político liberal recentemente eleito deputado provincial pela corrente mais exaltada e, curiosamente, cupincha de Caxias. Aliás, o conde fizera os melhores elogios, estimulando o imperador a conversar bastante com seu escolta para conhecer melhor o pensamento dos rio-grandenses. Garantiu-lhe que estaria seguro sob o manto do oficial, pois era muito competente, organizado e, ainda, bom lutador para defendê-lo caso alguma coisa desse errado e ameaçasse a integridade do monarca. Segundo Caxias, esta última razão fora a principal, pois Deus o livrasse de ocorrer algum infortúnio naquela viagem que deveria ser um alegre tomar posse do território que estava fora de seu controle desde que fora coroado, cinco anos antes.

Dom Pedro ficou deslumbrado com o que viu quando estava cruzando o caudaloso Jacuí e a guarda de honra formou-se em linha na margem direita: 20 homens elegantemente vestidos com fardamentos novos, metais brilhando e aquela formação fantástica de tordilhos. Em sua vida, como nunca saíra do Brasil, somente conhecia aquelas imagens pelas obras dos pintores europeus. Ali no meio do deserto, aquilo se assemelhava mais a um quadro do que a uma cena com gente de carne e osso.

A barca aproximou-se da margem e destacou-se um grupo de cavalarianos, quase todos com condecorações no peito. Não havia dúvida, eram o comandante e seu estado-maior chegando para cobrir seu desembarque. Osorio apeou-se e foi até o trapiche de atracação, secundado por seus oficiais, alinhando-se para a continência de estilo. Ao longe se ouviu o clarim com o toque característico de "comandante em chefe", ordenando apresentar armas e continência.

O jovem monarca dispensou as carruagens e seguiu a cavalo junto a escolta. Embora houvesse uma ordem de precedência para o posicionamento dos cavaleiros na coluna do imperador, ele mandou chamar Osorio para ir a seu lado. Nessas conversas, dom Pedro tirou o que pôde de seu tenente-coronel, pois percebeu que aquele homem era um manancial de informações não viciadas. Entretanto, preocupava-se com sua franqueza, que seria excessiva para um cortesão. Se quisesse subir na vida, teria de ser mais discreto e maneiroso ao se relacionar com seus superiores dos altos escalões. Ao notar que o imperador admirava-se de sua maneira de falar, Osorio apenas comentou:

— Vossa Majestade perguntou, eu respondo.

Falaram sobre o passado recente, que interessava muito a dom Pedro, dedicado a consolidar a pacificação. O imperador não se esquecia de que herdara um país conflagrado que só agora chegava a uma estabilização precária, com a extinção da Guerra Farroupilha, mas não se iludia que o império ainda podia explodir a qualquer momento. Fazia de tudo para manter um governo de coalizão na corte, mas as desavenças regionais ainda não haviam sido completamente apagadas. Sua esperança era de que a conciliação no centro se espalhasse, pouco a pouco, para as províncias, embora soubesse que um regime constitucional, baseado em eleições gerais com ampla participação, era uma tentação aos desmandos que desembocavam em lutas abertas e, muitas vezes, sangrentas entre as facções.

O Brasil fazia uma experiência avançada no mundo, dando voto primário direto a todos os homens livres que tivessem alguma renda. Com isso, mesmo os libertos crioulos tinham direito a se filiar politicamente, embora não pudessem ser eleitores de segunda instância, posição que exigia renda maior e qualificações diferenciadas, como ser proprietário ou ser formado em curso superior ou oficial das forças armadas, por exemplo. Osorio era eleitor, além, é claro, de deputado, mas dizia ao imperador que não conseguia se ver num parlamento.

— Sou homem do Exército, acostumado a receber e cumprir ordens do meu governo. Como posso manter a independência que se pede de um representante? Digo que sou bronco e que por isso não posso ser deputado, mas de fato é só uma desculpa. Isso pode distorcer a minha missão aqui na fronteira.

Ele não se queixou da falta de dinheiro, pois ganhava pouco e acabara de começar a estruturar suas atividades agropecuárias; também não disse que ficar dois meses em Porto Alegre, enquanto duravam as sessões legislativas, era caro e dispersivo. Sem contar que isso poderia agravar as desconfianças da alta hierarquia militar contra ele, por suas estreitas vinculações com os antigos farrapos. Ficar distante era preservar-se.

— Ficando aqui na campanha acho que posso servir melhor à minha província e ao país. Assim faço o que me mandam e penso o que quero. Afinal, somos o país mais livre da América do Sul, o único onde os adversários são respeitados em suas vidas e seus bens. Veja que, fora algum desmando, a revolução terminou e a ordem pública é generalizada. É verdade que as pessoas vão custar a se perdoar, que muitas inimizades vão durar até os netos, mas todos têm garantias e podem ficar do seu lado sem muito medo.

Osorio lembrou que a eleição do conde de Caxias era um exemplo desse espírito pacificador entre os rio-grandenses, pois ele fora eleito por um partido que nem sequer tinha diretório na província, votado pela unanimidade dos farroupilhas, uma prova de que a paz era uma ideia de ampla aceitação. Respondendo a uma pergunta do monarca, sugeriu que o próximo presidente também fosse um nome do agrado dos republicanos, como estava no acordo do Ponche Verde, pois Caxias deveria deixar o governo para assumir o Senado dali a dois meses. Dom Pedro foi lacônico na resposta, não revelou nomes, mas deu uma indicação de que o convênio seria respeitado.

— Já conversei com o coronel Bento Gonçalves.

E mudou de assunto.

Dom Pedro referiu-se sem se aprofundar às dificuldades para fazer uma paz honrosa aos rebeldes, sem concessões perigosas ao sistema, que tiveram de passar por cima da intransigência partidária dos liberais rio-grandenses e de seus aliados no governo. Osorio pensou se não estaria mandando, por seu intermédio, um recado de que a Coroa era a garantia da pacificação. Lembrou que uma das questões mais melindrosas estava resolvida, com a alforria dos africanos entregues à nação, pois sua libertação feria um princípio constitucional pétreo. Disse ainda que a escravidão estava em extinção no mundo, mas que dependia, para acabar, de uma reforma constitucional muito difícil, pois o Senado jamais aprovaria uma proposta dessa natureza. Deveriam, antes, importar mão de obra mais barata, lembrando que com o dinheiro da compra de um escravo na África dava para pagar a passagem de 50 europeus, agora que os navios a vapor podiam transportar centenas de homens e mulheres com segurança e relativo conforto, longe dos porões infectos dos veleiros negreiros do passado. Isso, contudo, levaria algum tempo, pois a existência do tráfico, por si só, assustava os imigrantes. Acreditava que isso poderia mudar.

— Aqui no Rio Grande a escravidão não vinga porque não temos dinheiro para comprar escravos. Sai mais em conta ajustar um peão. Só têm cativos os que precisam de trabalho braçal e, claro, de domésticos, mas esses são baratos, pois o preço da mulher e da criança crioula é acessível para as famílias de fazendeiros mais abastados.

Dom Pedro revelou que um de seus grandes problemas era o constante atrito com as potências europeias por causa do tráfico africano, que, àquela altura, era sustentado basicamente pela bandeira brasileira, embora muitos negreiros fossem norte-americanos, ingleses, franceses, holandeses e, principalmente, nórdicos. Escondiam-se atrás do pavilhão imperial e nem mesmo pagavam tributos. Uma das receitas mais importantes do erário vinha dos impostos de importação de escravos. Sair disso era um problema complicado, pois o Brasil perderia o monopólio do comércio com a costa africana e teria ainda de redirecionar seu intercâmbio para outros mercados. O Prata seria o destino mais lógico. Isso era uma razão a mais para pacificar o Rio Grande e um argumento para acalmar os temores dos investidores no tráfico.

Perguntou o que ele achava dos vizinhos hispânicos.

— Eles vivem entretidos com as guerras deles. Só há uma coisa que os une: pelejar contra nós. Acho que isso responde à sua pergunta. E também do nosso lado, se for para nos defendermos dos castelhanos.

Os perigos de uma guerra externa e os reflexos da Revolução Farroupilha foram assuntos recorrentes entre os dois durante a viagem. Osorio admirava-se com a coragem pessoal do imperador, arriscando-se pelo interior apenas oito meses depois da pacificação. Também o admirava, pois sua presença no Rio Grande corria de boca em boca, servindo como uma mensagem de concórdia. Dom Pedro contemplava o cenário, a topografia, perguntava a Osorio os nomes das serras, dos rios e riachos, e ficava impressionado com sua intimidade com a geografia.

— Todos esses campos que Vossa Majestade avista foram percorridos pelos soldados do império e da república. Garanto-lhe, majestade, que os percorri com tristeza porque a espada que desembainhava não era para verter senão o sangue dos meus patrícios. Sempre tive horror à guerra civil, à guerra entre cidadãos da mesma pátria.

— Como o senhor me explica, coronel, que essa República tenha durado tanto tempo?

— O senhor me perdoe a franqueza. Primeiramente, pela constância de seus chefes. Sua tenacidade valia mais que um exército. Depois pela inépcia dos governos da Regência, que cuidaram mais de politicagem do que de administração. Finalmente, pela inépcia de seus generais, a quem entregou a direção da guerra. Só depois que foi nomeado o barão de Caxias, perdão, digo conde, os rebeldes cederam. Ele teve o bom-senso de não se deixar dirigir pelo Rio de Janeiro, cercou-se de pessoal capaz, deu o comando das forças aos que conheciam o gênero de guerra peculiar do Sul, criando um exército numeroso e convenientemente provido de todos os recursos. Logicamente, teve de vencer.

Dom Pedro escutou em silêncio.

O imperador foi até São Gabriel, onde foi recebido por estancieiros e militares que vieram de toda a fronteira. Ficou alguns dias e voltou pelo mesmo caminho. Pegou a imperatriz em Rio Pardo e voltou para o Rio de Janeiro, com breves escalas em Porto Alegre, Pelotas e Rio Grande. Em 1° de março abriram-se os trabalhos legislativos nas províncias e na corte; Caxias foi para o Rio assumir sua cadeira de senador vitalício. A presidência da província ficou com Manoel Antônio Galvão.

CAPÍTULO 54

O Pesadelo Rosas

OSORIO CONDUZIU O imperador até o presidente Caxias e voltou rapidamente para sua base em Bagé. Lá reinstalou seu Regimento no acampamento do Piraí, uma posição próxima da vila, recanto aprazível, com pastagens fartas para os cavalos e um sítio confortável para a tropa viver e treinar.

Foi recebido como um príncipe. Era unanimidade: deputado eleito sem fazer campanha, agora era, além de tudo, amigo do rei, o homem que havia privado com o monarca e tinha a confiança absoluta do chefe. Decidiu, então, cuidar de seus negócios particulares.

A conjuntura era extremamente favorável. Havia no ar um clima de prosperidade não apenas no lado brasileiro, mas também no Uruguai. Com o fim das hostilidades no Brasil, abria-se a campanha uruguaia. A guerra civil entre blancos e colorados transferira-se para os subúrbios de Montevidéu, ainda cercada pelas tropas do restaurador das leis Juan Manuel Rosas. A cidade era defendida por milícias de refugiados europeus e unitários argentinos, apoiados pela artilharia das marinhas do Brasil, da França e da Inglaterra. O general Oribe, que até pouco antes fustigava os fazendeiros rio-grandenses, agora estava em lua de mel com os brasileiros.

Como tantos outros ruralistas, Osorio acreditou que aquele era o momento para reiniciar os investimentos na Estância do Cruzeiro, no Vale do Arapeí. Não foi difícil conseguir financiamento em condições favoráveis para investir na pecuária e na agricultura. Todos queriam emprestar-lhe dinheiro. Pediu uma licença ao exército e foi para a fazenda com 20 peões e 150 cavalos, muitos patacões no bolso para comprar gado e repovoar seus campos. Havia muita oferta na Argentina, embora os preços estivessem subindo, devido à procura por parte de compradores brasileiros e uruguaios, que também voltavam às suas propriedades, o que aumentava exponencialmente a demanda de gado para repovoar as invernadas.

"Aqui não se descansa", escreveu à mulher, dona Chiquinha, revelando entusiasmo, pois se deliciava com a vida rural, com o trabalho produtivo, no qual julgava estar sua verdadeira vocação. Era frenético o movimento de negócios: compravam-se e vendiam-se terras, pois muitos estancieiros que haviam fugido dos flagelos das guerras civis, tanto da brasileira como da uruguaia, já não queriam saber de viver naqueles lugares perigosos e se desfaziam de suas propriedades a preços convidativos. Osorio aproveitou para aumentar suas posses. Como ele, muitos antigos legalistas se enfiaram no Uruguai, como o barão do Jacuí, o célebre Moringue, e o coronel João Antônio Severo, açoriano da Ilha Terceira que chegara ao Rio Grande em 1811 como alferes dos Voluntários Reais e, com seu irmão José Antônio, também oficial, radicara-se na campanha.

Assim, farrapos e imperiais trabalhavam lado a lado. As desavenças antigas ficaram no Rio Grande, eliminadas em função da nova ameaça comum: os mal-encarados blancos, que temiam os brasileiros devido ao apoio que o Rio de Janeiro dava aos colorados no cerco de Montevidéu. Era uma paz precária, e todos sabiam que se fosse rompida pegaria igualmente farrapos e legalistas.

Nessa lida, levando e trazendo gado, Osorio viajava por toda a região, refazendo contatos, recuperando antigas amizades, construindo um eleitorado e consolidando sua liderança. Com o alvará do conde de Caxias, o beneplácito do imperador e sua biografia, reaproximava-se dos republicanos, seus antigos correligionários. Mesmo o velho general Bento Manoel recebia-o com alegria e não se cansava de dizer a todos que Osorio era o novo dono de sua lança.

A pecuária deu certo, e logo a fazenda estava em produção, pronta para receber umas mil cabeças de gado que já tinha comprado nas vizinhanças ou em Entre Rios, na Argentina. Fez no trabalho produtivo o mesmo que aplicava no exército, valorizando o trabalhador com elogios e recompensas e cobrando dos chefes, mas sempre com aquele seu jeito folgazão e duro, ensinando, rindo dos erros dos recrutas sem ofendê-los nem desmoralizá-los diante dos demais. Isso valeu para a guerra e funcionou muito bem na paz, pois o trabalho de pastoreio da pecuária é muito parecido com o serviço militar, exigindo do peão disciplina, treinamento e iniciativa. É preciso obedecer às ordens para que o movimento dos rebanhos se dê articuladamente, isto é todo mundo chegando a tempo com as pontas de gado nos rodeios, treinamento para não ferir os animais nos tiros de laço, no uso das boleadeiras e nas demais ações de manejo, além de saber se decidir. Essa é a arte do gaúcho, do campeiro, uma habilidade passada de pai para filho desde o tempo dos padres jesuítas, que ensinaram aos índios essa profissão que, já em meados do século XIX, tão bem servia aos novos donos das terras, tanto lusos como castelhanos.

Não demorou muito e o estancieiro Osorio foi atropelado pelos acontecimentos. O luto inaugurou essa nova fase. A esposa, dona Chiquinha, avisou do falecimento da filhinha Ana, ainda bebê, que não aguentara a vida e se fora como tantos outros primogênitos naqueles tempos. Mais da metade das crianças morriam antes de completar um ano de vida, mesmo entre as famílias de posses. Tomado pela tristeza, Osorio acabou se conformando e viajou para Bagé. Pensava ficar uns dias e voltar, pois ainda tinha um bom tempo de licença e sua presença era importante para os trabalhos. Não escondia que poderia até pedir baixa para se dedicar inteiramente aos negócios.

Mal chegou a Bagé e recebeu uma carta da mãe. Dona Anna Joaquina pedia socorro, pois um credor implacável ameaçava penhorar e tomar uns poucos bens que possuía. Pelo nome do credor, identificou a maldade e supôs motivos ocultos, de origem política, na pressão. Mas a dívida era legítima. Apenas comentou com Chiquinha:

— Paciência, paciência.

Os Osorio ficaram apavorados. Tinham certeza de que não teriam recursos para socorrer dona Anna, pois seus empreendimentos estavam na fase de investimento. Não tinham reservas, só dívidas, e o prazo era curto. A reação foi de desânimo, mas decidida.

— Não te aflijas. A vida é isso mesmo. Agora o que fazer? Deixar que a minha mãe sofra o vexame? Isso nunca. Consulta as nossas economias guardadas para ver se conseguimos resgatar o documento. Vê se possuímos pelo menos a pequena importância correspondente aos juros.

Dona Chiquinha já sabia a resposta, mas foi ver. No casal Osorio, a administração das finanças cabia à mulher. Isso era comum no Rio Grande daquela época. Os homens saíam para a guerra, ficavam anos longe de casa, e deixavam à mulher a administração dos bens e a solução dos problemas. Os Osorio mesmo estavam em guerra havia 40 anos, de modo que eram Anna Joaquina e Chiquinha que sabiam das finanças de suas famílias. A decisão foi imediata:

— Preciso atender ao chamado da minha mãe.

Escreveu um requerimento ao coronel Francisco Felix, comandante da Fronteira Sul. No texto, indicava a pressão que sofria e a necessidade de "promover os meios de melhor subsistência de sua mãe viúva e irmãos órfãos". Autorizado, partiu para Caçapava para ver o que conseguiria, sem nenhuma perspectiva. No caminho, encontrou-se com um conhecido que também se dirigia àquela vila. Cavalgando lado a lado, falavam de tudo, mas o companheiro de viagem notava que Osorio não era o mesmo. A certa altura, não se conteve e perguntou:

— O tenente-coronel sofre? Estou lhe estranhando. O que tem?

— É verdade, sofro e muito. Estou indo ver a minha mãe, que a essa hora deve estar bastante agoniada. Mas por que me pergunta se não pode me dar remédio?

— Quem sabe? Diga-me se não é segredo.

Osorio contou-lhe seu drama. O amigo retrucou:

— E o que pensa o tenente-coronel fazer?

— O que pode fazer um homem honrado? Falar ao credor, explicar-lhe as circunstâncias; se ele for inexorável, obter os meios de pagar-lhe, nem que seja necessário vender os poucos bens que possuímos, contanto que não se proceda à penhora.

— Pois, meu caro, não pense mais nisso. A senhora dona Anna não sofrerá vexame. Vou justamente a Caçapava arrecadar algumas quantias que me devem e que lá se acham à minha disposição. Desde agora ficam à sua ordem.

— Quer dizer que mudamos apenas de credor?

— Com a diferença, porém, de que eu tenho coração, entende?

— Obrigado, amigo, aceito o seu favor.

— Não é favor, é meu dever.

— Dever! Por quê?

— Porque o bem se paga com o bem.

Contou-lhe que devia a vida a dona Anna. Durante a Guerra dos Farrapos, era rebelde. Perseguido, refugiou-se em sua casa. Mesmo sendo ela legalista, encobriu-o, despistou os soldados e o salvou de uma degola certa. Chegando à cidade, Osorio já foi comunicando à mãe, que o esperava aflita:

— Não fale mais nisso. Está tudo arranjado. Só para a morte não há remédio.

Ficou seis dias em Caçapava e voltou a Bagé, com o intuito de regressar ao Arapeí e dar continuidade a seus trabalhos de estancieiro, mas antes decidiu dar uma passada no acampamento do Piraí, onde estava aquartelado seu regimento. O que encontrou provocou uma verdadeira revolta. Pegou da pena uma vez mais e escreveu um longo e detalhado relatório ao governo da província, mostrando o abandono e também o perigo de tal incúria. Não havia cavalos, as armas estavam imprestáveis, os fardamentos em farrapos, os soldos atrasados mais de três meses e os soldados se valiam de seus próprios meios para sobreviver, com crédito cortado no comércio, também falido pela falta de pagamento. Os moradores das cercanias do quartel sofriam com os roubos em suas propriedades, mas não tinham a quem reclamar, pois os ladrões eram os próprios soldados do regimento.

Enviou a correspondência e procurou cobertura escrevendo ao marechal Gaspar Mena Barreto, relatando o fato e sua atitude arriscada e censurando fortemente a administração pública: "O exército não pode ser como o salão de baile que só se veste na hora da polca, e mal." Era setembro de 1846.

Nessa época um protesto tão veemente de Osorio não mais podia ser ignorado. Agora ele já era um militar consagrado, conhecido do imperador e com uma forte conexão na corte devido a sua amizade com o senador conde de Caxias, o militar de maior prestígio no país, o conselheiro militar mais ouvido por dom Pedro e político em ascensão, que se configurava como um dos mais poderosos líderes do emergente Partido Conservador. Esse partido tinha suas bases na antiga aristocracia colonial e no funcionalismo público, em contraposição aos liberais, com sustentação nos setores mais modernos da economia e nos profissionais liberais urbanos. Com o fim das rebeliões regenciais, o sistema tradicionalista fortaleceu-se. Era assim que o tenente-coronel Osorio, embora fosse um liberal quase exaltado, tinha sua força própria, bem maior do que a de qualquer oficial de carreira normal naquela região.

É preciso lembrar que naqueles tempos os oficiais de linha, como se chamavam os regulares do Exército Nacional, não tinham muita força junto às administrações. Não passavam de cumpridores de ordens dos governos, enquanto os oficiais da Guarda Nacional eram, ao mesmo tempo, chefes políticos e militares detentores de comandos com grande poderio, tanto em forças ativas quanto em poder de fogo.

Era sabido que seu comandante não dava um passo sem antes ouvi-lo. Numa carta pedia-lhe o coronel Francisco Felix que lhe esclarecesse sobre o complicado tabuleiro de xadrez em que se jogava naquele momento: "Osorio, dize-me com franqueza o que achas de bom e o que não presta. Tu és meio parlamentar e já foste iniciado em política com esses meus senhores; portanto, dá-me tua opinião com toda brevidade." Por isso é que seu grito foi logo ouvido.

Não demorou começaram a baixar as providências que reclamava, como o pagamento de atrasados dos soldos e de fornecedores, suprimentos de armas, munições, cavalos e fardamentos. Nesse meio-tempo, alternava-se entre seus negócios particulares e as obrigações militares, tratando de botar em dia seu regimento e comprando e vendendo gado e cavalos. Não causou grande estranheza quando saiu para cumprir a missão que lhe deram seus chefes militares e o governo nacional.

No dia 26 de março de 1847, chegou um estafeta do novo comandante da Fronteira, brigadeiro Carlos Frederico Caldwell, trazendo uma mensagem enigmática. Dizia a carta do general, datada de 25 de março: "Hoje, pelas 5,30 horas da tarde, recebi ofício do Sr. Ajudante General, de 22 de corrente, comunicando-me que, tendo S. Excia., o dr. general comandante de armas, de partir da vila de São Gabriel para o acampamento de São Diogo, nesta mesma data ordena S. Excia. que V. S. vá ali falar-lhe, levando o necessário como para empreender uma viagem que talvez se prolongue por mais de um mês, o que lhe comunico para conhecimento e execução."

Osorio pegou três homens de sua inteira confiança e partiu para o encontro com o general José Joaquim Coelho, comandante de armas do Rio Grande do Sul e de Santa Catarina. Encontrou o militar preocupado com a situação internacional e com as consequências que os últimos fatos poderiam trazer. Assim que recebeu Osorio, mandou que todos se retirassem e expôs a situação.

— Tenente-coronel, o presidente Galvão escolheu-o pessoalmente para essa missão, com a plena concordância do Rio de Janeiro. Além das suas qualidades para cumpri-la, o senhor terá a cobertura perfeita para não levantar suspeita. Assim, peço que parta imediatamente, pois cada dia pode ser precioso.

Osorio ouvia calado. O general primeiro explicou-lhe por que poderia transitar sem muitos problemas:

— O senhor está povoando a sua estância e por isto tem comprado ou mandado adquirir em seu nome animais na Argentina. Assim, se aparecer por lá, todos vão acreditar que está simplesmente a negócios. — Depois explicou: — O governo imperial está muito preocupado com os desdobramentos da paz entre Buenos Aires e as potências europeias. Teme-se que, livre da pressão dos ingleses e franceses, o governador Rosas intensifique a guerra na Banda Oriental e ataque Entre Rios e Corrientes. Daí a passar às Missões é um pulo. Temos de estar preparados, pois, assim como eles podem brigar entre si, também podem se aliar para nos atacar. Precisamos que o senhor vá a essas províncias para sondar suas intenções, sua capacidade militar e, principalmente, que componha uma sugestão da melhor forma de nos prepararmos para a eventualidade de uma guerra em larga escala contra a Confederação Argentina. Sim, isso mesmo, pois, se Rosas fizer um bom acordo, vamos ter toda a confederação contra nós, como em 1827.

Osorio reagiu com uma expressão bem gaúcha:

— Essa situação está mais enrolada que uma maçaroca cheia de nós cegos.

Ele estava bem a par do que se passava. O Tratado de Aliança, um acordo tático entre o império e Rosas, que visava a combater os inimigos comuns e acabar com as bases mútuas de suprimentos para os farrapos e colorados riveristas, fora tão precário que o governador portenho nem se dera ao trabalho de ratificá-lo. O fim das tropelias na fronteira trouxera alguma tranquilidade, mas ninguém se iludia com essa estabilidade. O fim da guerra civil no Rio Grande e o consequente impulso nos negócios não eram suficientes para garantir a continuidade da paz. Fora uma simples trégua, com os contendores demasiadamente enfraquecidos, mas todos já estavam afiando as espadas. Quando o império se entendeu com Buenos Aires, os farrapos ainda tinham condições de continuar a luta; Rosas estava acossado pelos europeus, e os governadores das províncias da Mesopotâmia Argentina contavam com a vulnerabilidade do Tigre de Palermo para se manter independentes. Entretanto, os últimos acontecimentos haviam liberado as mãos de Rosas, que polia as garras para dar seus próximos passos. A informação mais alarmante era de que pretendia consagrar-se presidente da Confederação, estendendo seu poder a todo o país. Isso era mais do que preocupante para todos que tivessem algum interesse na região e territórios a defender.

Essa maçaroca a que se referia Osorio era a nova situação que se embrulhara no Prata a partir dos anos 1840, que foi se enleando cada vez mais com o transcorrer dos anos, formando-se um novelo impossível de ser desfeito.

O governador de Buenos Aires conseguira, de fato, estabilizar a situação naquela província, mudando o eixo de poder, que, desde a independência, era controlado pelo comércio exportador. Tanto industriais quanto mercadores sustentavam o estado com as rendas da alfândega e transformaram o porto platino num gargalo por onde transitavam as mercadorias destinadas ao interior. Rosas mudara a sustentação do governo para os fazendeiros, marginalizando os antigos detentores do poder. Isso inviabilizara as províncias do Paraná e o próprio Paraguai, embora este último, nos primeiros tempos, pouco tenha sofrido, pois vivia completamente isolado, sem nenhum tipo de intercâmbio com o restante do mundo, incluindo as províncias rio abaixo.

Tampouco o Brasil sofria com a situação. As províncias do oeste, Mato Grosso e Goiás, pouco se relacionavam com o sul, comunicando-se por terra com o litoral Atlântico, numa demorada e custosa viagem, que levava meses. Não havia mercadorias volumosas a transportar, pois de lá só vinham ouro e pedras preciosas, bens de pequeno volume, que cabiam em malas na garupa dos cavaleiros que faziam essas viagens. Eram praticamente autossuficientes. Assim, a atitude de Buenos Aires afetava mais diretamente as províncias de Entre Rios, Santa Fé e Corrientes, que ficaram isoladas e dependentes dos bons ofícios da capital.

Buenos Aires dirigia a política interna da Confederação Argentina, que foi a organização que sucedeu as Províncias Unidas do Rio da Prata, por inspiração e articulação de Rosas. Um de seus grandes aliados e principal general na submissão das províncias foi o ex-presidente uruguaio Manuel Oribe, velho aliado da Argentina desde a guerra da independência da República Oriental e cunhado do tenente-general brasileiro João Crisóstomo. Controlando as relações internacionais da confederação e a alfândega de Buenos Aires, Rosas era o virtual presidente da Argentina.

Para explicar melhor é preciso considerar o início do governo Rosas. Ele apareceu logo depois da guerra contra o Brasil, um conflito com o nítido objetivo de usar a guerra externa para abafar os conflitos internos. Embora Buenos Aires tivesse comemorado uma vitória sobre o império, a guerra resumiu-se a uma batalha, tecnicamente vitoriosa, mas que não chegou a destruir o exército inimigo nem lhe tomou território. Pelo contrário, ao final a Argentina teve de devolver o Uruguai aos brasileiros e desistir de sua anexação, reconhecendo a independência. Com isso, a precária unidade nacional desmoronou, o país mergulhou na anarquia e surgiu um novo líder, o coronel Juan Manuel Rosas, que assumiu, restabelecendo a legalidade constitucional, donde o título de restaurador das leis. Mas aos poucos seu regime foi descambando para uma tirania que reacendeu as rivalidades regionais e reinstalou a guerra civil no Prata.

O principal aliado de Rosas era o general uruguaio Manuel Oribe, fundador do Partido Blanco, que, tão logo derrotou militarmente os antagonistas de Rosas, pegou seu exército e invadiu a Banda Oriental, que estava sob o controle de seu rival Fructuoso Rivera. Este, aliado do Brasil, era o chefe do Partido Colorado, que foi deslocado e ficou reduzido à cidade de Montevidéu e a uma franja de território na campanha, região que faz fronteira com o Brasil, aliado aos farrapos. Assim, Rivera agia com grande ambiguidade: na campanha valia-se da aliança com os republicanos brasileiros para escapar da perseguição dos blancos de Oribe, lutando contra o império. Na capital, enfrentava os blancos sustentado pelo Rio de Janeiro. Porém, tanto em Montevidéu como na fronteira, Rivera dava abrigo aos dissidentes argentinos que conspiravam contra Rosas, criando um polo de antagonismo ao governador portenho. No entanto, Rosas enfraquecia-se com as guerras civis no Uruguai e no Rio Grande do Sul, de onde era fulminado pelos disparos dos Unitários, como se chamavam os liberais argentinos que tentavam derrubar seu governo pelas armas.

O enfraquecimento de Rosas no cenário argentino não derivou unicamente dessa mudança na colocação das peças do xadrez político, envolvendo os segmentos de federales, blancos e legalistas rio-grandenses de um lado contra unitários, e colorados e farroupilhas do outro. Essas foram as alianças que se formaram no primeiro quinquênio dos anos 1840. Elas levaram à derrota quase total dos colorados no Uruguai (sobrou-lhes o reduto de Montevidéu), à extinção dos farroupilhas (ganharam uma anistia de fato e o governo do Rio Grande) e ao banimento de todas as lideranças unitárias ou antirrosistas, que foram derrotadas militarmente ou expurgadas para o Chile, para Montevidéu e para o Rio de Janeiro, na sua maior parte, com expressivos opositores indo viver na Bolívia, no Peru, nos Estados Unidos ou na Europa.

O sistema de alianças começou a ruir justamente quando o ditador de Buenos Aires atingiu o auge de seu poder, em 1845. Em 1840, Rosas tinha conseguido controlar inteiramente o país e estabelecera um verdadeiro totalitarismo, banindo seus adversários e instituindo a obrigatoriedade do culto à personalidade. Todo cidadão deveria usar na roupa algum símbolo com sua cor, o vermelho, sob pena de prisão.

Após uma sucessão de campanhas militares, dominou todo o interior, derrotando seus rivais, principalmente os antigos generais vencedores de Passo do Rosário, Juan Lavalle e José Maria Paz, e o uruguaio Fructuoso Rivera.

Em 1843 um exército argentino se uniu aos rebeldes de Oribe e dominou todo o interior uruguaio. Somente a capital, Montevidéu, com apoio do Rio de Janeiro, da França e, mais discretamente, da Inglaterra, resistiu, com um governo liderado pelo presidente Herrera y Obes. As marinhas de guerra dos três países sustentaram o porto da capital uruguaia, bloqueado pela esquadra argentina comandada pelo almirante Guilherme Brown, fracamente enfrentada pela marinha oriental, sob a liderança do farroupilha Giuseppe Garibaldi, que havia mudado do Rio Grande para Montevidéu em 1842, pois a marinha rio-grandense fora extinta na Batalha de Laguna. Foi chamado para reforçar os carbonários italianos que lutavam ao lado dos colorados de Rivera, aliados dos farroupilhas, os famosos camisas-vermelhas do caudilho italiano.

Quando Caxias assumiu o governo do Rio Grande para combater os farroupilhas, descobriu que não poderia derrotar o Exército Republicano se não chegasse a uma composição dentro do espaço político platino. O problema era a posição dos legalistas rio-grandenses, antagônica à política do Rio de Janeiro, pois os aliados do governo nacional eram os mesmos do governo republicano gaúcho. Foi preciso romper com essa contradição básica. Caxias tomou o partido dos legalistas rio-grandenses e exigiu uma posição pró-rosista do império. Esse foi o momento decisivo, pois o governo do Rio, mesmo sem abandonar a resistência de Montevidéu, firmou um tratado de ajuda mútua com Buenos Aires, no qual se comprometia a não intervir no Rio da Prata enquanto Rosas e Oribe liberassem o império para entrar com seu exército no Uruguai a fim de perseguir os farroupilhas.

Esse movimento isolou Rivera no interior, obrigando-o a tentar um acordo de paz no Rio Grande que lhe assegurasse o apoio brasileiro em Montevidéu, joia de sua coroa. De nada valeria controlar uma parte da fronteira, no noroeste do Uruguai, aliado a uma república falida, se perdesse a capital ou, mais concretamente, o apoio dos líderes de seu próprio partido que controlavam Montevidéu.

Enquanto a situação na fronteira com o Rio Uruguai caminhava para uma estabilização, com a derrota dos farroupilhas e dos colorados, no Prata a crise chegava a seu auge e a guerra contra a França e a Inglaterra se propagava para as águas dos Rios Paraná e Paraguai. O Brasil assistia a esse desdobramento de camarote, afrouxando a pressão enquanto os europeus fustigavam Rosas, e Caxias dava um fim à guerra no Rio Grande, transformando os farroupilhas de inimigos em aliados preciosos, com a incorporação do Exército Republicano às forças imperiais, justamente com a motivação de enfrentar Rosas num futuro próximo. Começava assim, com a unidade rio-grandense, o fim do Restaurador.

A missão de Osorio era operar nas províncias argentinas da Mesopotâmia e redirecionar para o império as antigas afinidades entre farroupilhas e unitários. Ninguém melhor do que ele, um liberal quase exaltado que tinha a confiança de Netto e Bento Gonçalves para intermediar essa aproximação.

A situação no Prata era de grande tensão desde que Rosas se indispusera com o embaixador francês, e a evolução da disputa levou os dois países a um estado de guerra, arrastando a Inglaterra ao lado da França por outros motivos, mas também devido à configuração da aliança estratégica entre as duas potências europeias, que de inimigas nos tempos de Napoleão passaram a amigas para dividir o mundo. Era uma nova fase de colonialismo que se iniciava. Os dois países do Canal da Mancha assumiam os espaços dos decadentes impérios ibéricos. Espanha e Portugal não se tinham recuperado das guerras que os destruíram mutuamente a partir de meados do século XVIII, quando também se acirraram os conflitos resultantes do Pacto de Família, em 1761, e das invasões do vice-rei dom Pedro de Ceballos a partir do ano seguinte. Essa guerra, de fato, iniciara-se em 1762.

A verdade é que já havia uma questão grave envolvendo a geopolítica da região. Com os navios a vapor, Mato Grosso e Goiás entravam na área de interesse do comércio do Rio da Prata, pois as correntezas dos Rios Paraná e Paraguai deixavam de ser um obstáculo. Depois de 1840, Rosas havia fechado o Paraná à livre navegação, como forma de garantir a exclusividade da alfândega de Buenos Aires para todo o interior argentino, pois o entreposto que supria os mercados do interior, incluindo Córdoba, Mendoza e províncias pré-andinas, era a cidade de Rosário. França e Inglaterra queriam comerciar diretamente com esses mercados. Além disso, Rosas havia criado uma escalada de divergências com a França a partir do recrutamento de cidadãos desse país para o Exército, o que não era aceito pela diplomacia francesa.

O estopim que levou a Inglaterra a apoiar a França foi a moratória da dívida externa argentina decretada por Rosas, o que motivou o envio de uma força-tarefa naval para pressionar os argentinos e cobrar a conta. Com a desculpa de abrir mercados, os dois países se prepararam para forçar a navegação do Paraná. Isso era bom para os brasileiros.

Um dos termos do acordo Rio-Buenos Aires era de cunho americanista, ou seja, o Brasil enviaria tropas para ajudar o Restaurador a defender-se de uma eventual invasão europeia. Além disso, a Inglaterra estava propondo à Argentina comprar a Patagônia, região desértica e gelada do extremo sul, para compor seu esquema estratégico de controlar o Estreito de Magalhães, na época a única ligação marítima entre os oceanos Pacífico e Atlântico. Isso era essencial aos emergentes Estados Unidos, que viam um explosivo desenvolvimento de sua costa oeste, na Califórnia, onde fora descoberto ouro, irrigando com muito dinheiro os negócios naquela área recém-conquistada ao México.

Os ingleses já haviam conquistado as Ilhas Malvinas, rebatizadas de Falklands, mas aquele arquipélago, embora bem colocado para fechar a entrada do Atlântico, ou vice-versa, era por demais inóspito para que se construísse uma base suficientemente segura. A Argentina nem queria escutar essa proposta, que não avançou tamanho seu despropósito. O Brasil mesmo negava-se a apoiar essa pretensão e estaria ao lado de Rosas para sua defesa, diziam os diplomatas do Rio de Janeiro. Aquilo seria apenas um primeiro passo para o avanço sobre o norte do país, onde havia uma fronteira bastante difusa com Inglaterra e França na região das Guianas.

Em fins de 1845, quando Osorio escovava seus corcéis brancos para escoltar o imperador, Rosas jogou sua grande cartada contra as duas maiores potências mundiais nas águas do Rio Paraná. Até julho de 1846, o rio seria o palco de uma das mais cruéis batalhas navais de sua história, somente superada alguns anos depois na foz do Riachuelo, em um conflito entre brasileiros e paraguaios. Esse episódio ficou conhecido como Vuelta Obligado, onde se deu o primeiro combate no dia 20 de novembro. Num gesto de desafio à declaração do governador de Buenos Aires da soberania argentina sobre os rios interiores, França e Inglaterra desafiaram a proibição de acesso ao Rio Paraná por navios estrangeiros. Oficialmente, os navios de guerra estavam dando cobertura a uma armada comercial de 90 navios, que subiam 1.600 quilômetros rio acima carregados de mercadorias para atender à demanda reprimida das cidades ribeirinhas, devendo chegar a Assunção. Rosas proibiu a incursão e mandou seu cunhado, o general Lucio Norberto Mansilla, impedir a subida da frota. Mansilla era um veterano general, considerado por uns desastrado, mas era o homem de confiança de Rosas.

Era o teste final para o poder do Tigre de Palermo, como o denominavam seus inimigos políticos. Rosas já havia submetido seus grandes rivais, derrotando o legendário general Juan Lavalle em 1841, na Batalha de Tucumã, encerrando a guerra com a Bolívia, em 1839, e neutralizando os rebeldes riveristas no Tratado de Aliança com o Brasil. Restava-lhe submeter Corrientes, que acabava de firmar um acordo defensivo com o Paraguai e contratara o general argentino José Maria Paz, um dos vencedores de Passo do Rosário, para comandar seu exército e organizar as forças paraguaias que poderiam intervir no conflito iminente. Nesse mês de novembro, o governo sitiado de Montevidéu lançou uma ofensiva: pelo Rio Uruguai, Garibaldi entrou com sua flotilha e saiu atacando as cidades argentinas costeiras, saqueando Galeguaychú, enquanto a esquadra anglo-francesa subia o Paraná.

Antes de iniciar a empresa, os europeus haviam derrotado e eliminado a pequena esquadra argentina que fazia o bloqueio do porto de Montevidéu e dominava o Rio da Prata, aprisionando seu comandante, o velho almirante Brown, veterano das guerras de independência. Sem marinha, Mansilla decidiu fortificar-se nas margens do Paraná para impedir a progressão da frota invasora. Escolheu dois pontos de resistência, nos quais instalou correntes para bloquear a passagem dos navios. A primeira em Pavón, no Passo da Ramada, e a segunda, onde se fortificou, em Vuelta Obligado, no Passo de São Pedro, um lugar propício, pois ali o Paraná estreitava-se num leito de 700 metros, numa curva, dificultando a navegação rio acima devido a sua forte correnteza. Ele não contava com a capacidade das pás dos navios a vapor, que venciam a torrente sem maiores dificuldades.

A artilharia argentina era insignificante perto do poder de fogo da armada. Mansilla tinha 35 canhões de pequeno calibre contra 90 dos navios, de calibres 30 e 80. A armada levava 3 mil marinheiros e mil fuzileiros navais.

Era um assombro. A frota mostrava pela primeira vez na América do Sul navios de guerra movidos a vapor. Sob o comando geral do almirante inglês sir Samuel Inglefield, a flotilha inglesa tinha como nau capitânia a fragata a vapor *Gorgon*, comandada pelo capitão sir Charles Rothan. Os franceses levavam como nave insígnia a fragata *San Martin*, sob o comando do capitão François Thomas Trehouart.

Ao amanhecer a esquadra chegou diante da fortificação argentina. Repentinamente o silêncio foi rompido pelo dos metais de uma banda vindo de terra firme. Em seguida ouviu-se na esquadra o coro impressionante de milhares de homens cantando o hino nacional, e as vozes ganharam um vigor assustador quando os argentinos entoaram a letra "*juremos con gloria morir*". No meio daquilo tudo, como se fosse uma salva de honra, os canhões de terra falaram, atingindo em cheio, já na primeira descarga, a goleta francesa *Expeditive*, ponteira da expedição. Os tiros foram disparados da bateria *Manuelita*, assim denominada em homenagem à filha de Rosas e que estava sob o comando do mais famoso artilheiro argentino, o tenente-coronel Juan Bautista Thorne.

A artilharia de Mansilla estava dividida em quatro baterias. Nova descarga, e a fragata *San Martin* foi atingida no convés, provocando 50 mortes entre a tripulação. Aí o canhoneio se generalizou. Enquanto isso, a fragata inglesa *Fairbrand* atacava a linha de chalupas que sustentava a corrente de contenção, rompendo-a e deixando o caminho livre rio acima. Os aliados desembarcaram seus fuzileiros e travou-se uma batalha em terra que terminou com a destruição completa da artilharia portenha. Os ingleses e franceses perderam mais de 10 por cento de seus efetivos. Foi, como disse Rosas, uma vitória de Pirro, enganadora. A esquadra não mais tentaria desembarques dali em diante. A vantagem do rio cheio e propício à navegação de barcos pesados era eliminada pelas armadilhas das margens inundadas e costas pantanosas, que ofereciam poucos locais para desembarque. Nessas pequenas praias, a cavalaria argentina se mostrava, dando a entender que um desembarque seria uma tragédia para os atacantes. Enquanto isso, Mansilla, que ficara ferido no combate de Vuelta Obligado, fazia uma guerra de guerrilhas, movimentando-se rapidamente com sua artilharia hipomóvel ao longo das margens, fustigando a esquadra sem trégua.

A operação comercial que justificava a invasão foi um fracasso. Já em Vuelta Obligado, 40 navios mercantes abandonaram a expedição, regressando a Montevidéu, temerosos de que os argentinos lhes pusessem a pique. Outros 50 seguiram, mas tiveram uma decepção atrás da outra. Primeiro, esperavam recepções entusiásticas das populações ribeirinhas, mas foram tratados com desconfiança. Segundo, não havia dinheiro. Nem o comércio nem os consumidores tinham recursos para comprar as mercadorias de todos os tipos que lhes ofereciam os donos dos navios comerciais.

Levando chumbo dia e noite, tão logo deixava algum porto à beira-rio, a esquadra chegou a Corrientes, a cidade rebelde que não aceitava ordens de Rosas. Ali também não encontraram nenhum entusiasmo, mas puderam ficar em paz enquanto mandavam um navio a Assunção para negociar com o presidente paraguaio, sob o comando do capitão Charles Hotham. Assunção recebeu o marinheiro inglês com indiferença. A cidade tampouco animou os visitantes: meia dúzia de ruas sem calçamento e casas de pau a pique, cobertas por palha de capim santa-fé. O palácio era a casa da família do chefe de Estado, o advogado Carlos Antonio Lopez, um homem enorme e inexpressivo, que falava baixo, mal movendo os lábios.

Hotham apresentou-se com uma proposta: fazer um acordo comercial, iniciar negociações para apoio militar e um eventual reconhecimento da independência do Paraguai, um país que tinha existência diplomática apenas para o Brasil. Lopez inverteu a proposta, dizendo que aceitaria negociar na seguinte ordem: sem reconhecimento e apoio militar não se discutiriam tratados comerciais. No dia seguinte o enviado britânico foi surpreendido por um artigo na imprensa local. Segundo o texto, Lopez dissera que, além de suas composições com o Brasil e dos acordos antirrosistas com Corrientes, fazia saber que “a ingerência externa era inaceitável pelos mais sólidos e genuínos princípios das leis e do direito das nações”. O capitão Hotham concluiu que o melhor a fazer era se retirar.

Em junho desembarcou em Buenos Aires o enviado especial britânico Thomas Samuel Hood, com ordem de acertar a paz imediatamente. Rosas havia mandado pagar os atrasados da dívida externa e já não havia motivos para os dois governos ficarem em crise. Com isso, a esquadra recebeu ordens de voltar ao Prata.

O regresso a Montevidéu foi uma viagem de horrores. A esquadra franco-britânica, constantemente acossada pela artilharia argentina, navegava humilhada rio abaixo, as máquinas a todo vapor, procurando desesperadamente sair daquela armadilha.

Ao final a esquadra atracou com 12 navios de guerra e 40 mercantes, dez totalmente inutilizados, que aportaram rebocados. Rosas saiu do incidente — já que foi uma guerra não declarada — com a impressão de uma força sem precedentes, tendo dobrado todos os seus contendores, internos e externos. Estava tão seguro que se negou a ratificar o Tratado de Aliança, acordo firmado por seu embaixador, Tomás Guido, no Rio.

Então o comandante de armas do Rio Grande do Sul argumentou com Osorio:

— O senhor, melhor do que ninguém, conhece os meandros dessa política. Temos de ver o que de concreto existe nessas propaladas intenções de reanexar o Uruguai e o Paraguai. Pode ser uma simples bazófia, mas também pode ser verdade. Que Rosas tem exército capaz para isso, tem. Mas ele sabe que para concretizar esse plano terá de passar por cima do império.

— É verdade, general, terá de passar por cima de nós. O Mansilla sabe muito bem quão longe fica o Rio de Janeiro...

— Pois não se esqueça de que, se o Rosas vier, vão passar bem por cima da sua casa em Bagé.

— Mas ele que não se esqueça que se a nossa capital fica lá na Baía da Guanabara, a dele fica logo aqui do outro lado do Rio da Prata!

— Pois é essa a sua missão. Vamos examinar a fundo o que precisamos saber.

CAPÍTULO 55

Olheiro do Império

— MEUS AMIGOS, VAMOS entrar na Argentina pelo Paso de los Libres. Cruzando o Rio Uruguai, visitamos o comandante da Vila de los Libres para que ele nos apresente a seu irmão, o governador de Corrientes. Assim a nossa chegada por lá não vai chamar tanta atenção como se entrássemos pelo Salto, pois ali sou muito conhecido. Se os espiões do Rosas me virem na Argentina não vão largar do nosso pé. Só vão saber de nós os agentes do interior, mas esses não irão prestar muita atenção a um fazendeiro rico que vem oferecendo bons negócios. Saímos daqui, vamos para Santana do Uruguai e de lá seguimos.

— Uruguaiana, coronel.

— É verdade. Os farroupilhas mudaram o nome da cidade.

A antiga Vila de Santana mudara de nome para não ser confundida com Santana do Livramento, cidade construída bem em cima da linha divisória com a Banda Oriental. Uruguaiana era o ponto extremo oeste da província, quase em cima do ângulo do Tratado de Madri, a posição mais remota da fronteira mais estratégica do Brasil com a Confederação Argentina. Por ali Osorio e seus três companheiros iriam passar para o território estrangeiro, lugar de muitas guerras, desde os tempos coloniais até a última incursão de Rivera em

1828-1829, quando passara por ali tentando levantar a população, dizendo que aquelas terras não pertenciam nem aos portugueses nem aos espanhóis, mas sim aos índios missioneiros. Sustentava que nasceria um novo país, ocupando toda a Banda Oriental do Uruguai, formando uma federação de três nações, os castelhanos, os açorianos e os guaranis, e esse seria o país dos gaúchos. Osorio comentou sobre o assunto:

— Não deu certo. Ele teve de devolver o território conquistado e se conformar que seu sonho de nação gaúcha não vai se realizar porque ainda não é possível politicamente. O Brasil nunca vai abrir mão de seus direitos, que herdou de Portugal nos limites do Tratado de Madri. Se fizer isso, será retaliado por seus vizinhos.

Osorio conversava com seus três acompanhantes, antigos companheiros desde o início da revolução e que o acompanharam quando foi expurgado de Porto Alegre, em novembro de 1837, pelo então presidente Antônio Elisiário de Miranda e Brito.

Dez anos depois, os três eram experimentados estancieiros, que conheciam o serviço de gado e já tinham percorrido aqueles campos de Entre Rios e Corrientes comprando boi e cavalo, o que oferecia uma cobertura perfeita para seu disfarce. Poderiam também aproveitar a empreitada para fazer alguns negócios, dando assim mais credibilidade à comitiva. Um deles era o sargento José Rodrigues Souto, suboficial da reserva convocado, fazendeiro na Cerca de Pedra, no distrito de São Sepé, município de Caçapava, irmão do falecido Manuel, grande amigo de seu pai, e tio do guri Delfino, que acabara de sentar praça no 2º Regimento de Cavalaria e que seria, assim que voltasse, reconhecido como primeiro-cadete, por sua condição de filho de capitão do Exército. Os outros dois eram os guardas nacionais José Lemos Sampaio e José d'Ávila. Osorio ria:

— Lá vou eu com os três Josés!

O governo da província entregou-lhe a quantia de 700 patacões em moedas de ouro para custear sua viagem "e todas as despesas necessárias ao cumprimento da missão". Poderia gastar no que julgasse necessário, até mesmo pagar espiões. Era uma verba secreta para que usasse a seu critério. Uma pequena fortuna. Assim mesmo, levou dinheiro seu, pois estava precisando de gado em sua estância. Em Uruguaiana, Osorio muniu-se das apresentações necessárias, alugou uma canoa e atravessou o Rio. Em Paso de los Libres, dirigiu-se diretamente ao comandante militar da área, general João Madariaga, irmão do governador Joaquin Madariaga, a quem fora recomendado. Apresentou-se formalmente e a seus companheiros, perguntando sobre as oportunidades na região e comunicando sua intenção de percorrer Entre Rios e Corrientes. Pediu um salvo-conduto para o caso de ser abordado por autoridades policiais ao longo do trajeto. Embora o general não tivesse poder sobre a província vizinha, indicou um amigo que poderia providenciar um documento equivalente. Nessa conversa Osorio já percebeu o conflito latente entre as províncias e a capital argentina, mesmo dando os descontos da resistência em Corrientes às pretensões hegemônicas de Buenos Aires. O general explicou:

— O senhor vai encontrar muito gado barato. A nossa produção está retida porque não temos preço para competir com Buenos Aires. Temos as charqueadas, mas o nosso produto paga duas vezes o mesmo imposto, uma aqui, para sustentar nosso governo, outra para os portenhos, que não permitem que a nossa produção embarque diretamente para o exterior. Precisa ser reembarcada e, evidentemente, taxada uma vez mais. Assim, é melhor vender para o senhor do que mandar matar, salgar e depois deixar todo o resultado para o general Rosas. Ele hoje é o maior estancieiro deste país. Não há província que não tenha uma fazenda do Restaurador. Isso sim, senhor.

Osorio não comentou a diatribe do general, limitando-se a expressar-se enigmaticamente com os olhos, podendo se entender que estaria admirado ou concordando. Então perguntou pelo governador de Entre Rios, o general Justo Urquiza.

— Esse pode estar em qualquer lugar, numa de suas estâncias. É o segundo maior latifundiário do país. Só aqui em Corrientes tem para mais de cinco propriedades com léguas de campo.

O plano de Osorio era internar-se em Entre Rios pela margem esquerda do Rio Paraná, descendo até Rosário e dali, de barco, subir até Corrientes, parando nas cidades ribeirinhas. Considerava a região da margem direita do Rio Uruguai dispensável, pois estivera ali recentemente a negócios e tinha uma informação bastante precisa do clima local. Antes de partir, o general convidou-o a visitar seu quartel.

Encontrou um Regimento de Dragões. Podia ver que o armamento era usado, estava desgastado, mas com sinais de conservação e cuidado. Pensou que serviria para missões policiais, mas nunca para uma guerra, principalmente se fosse contra o exército de Buenos Aires. O fardamento também estava em condições precárias. Quase nenhum soldado estava calçado. Os cavalos, entretanto, mostravam-se magníficos.

Bem, isso não era surpresa naquela região tão bem servida desses animais. Pelos movimentos de parada, pôde ver que a maior parte da tropa era bisonha, gente recém-incorporada. Os soldados velhos deveriam estar licenciados, mas poderiam, acreditou, ser rapidamente recambiados para as fileiras. Em todo caso, não era uma unidade temível. Não seriam páreo para a infantaria portenha nem para a cavalaria de Entre Rios.

Osorio partiria na madrugada seguinte na direção do Paraná. À noite o general recebeu-o para um jantar a dois. Ofereceu-lhe bom vinho, mas o coronel recusou, alegando que fazia mal ao fígado. Na verdade, não lhe apeteciam os licores. Só no final brindou com um cálice de Porto. Madariaga sorveu alguns cálices. Osorio falou um pouco do Brasil, da política de conciliação, uma composição razoável, pois pelo menos em âmbito nacional mantinha certa paz política, embora nas províncias houvesse muita disputa entre os partidos. O general comentou:

— Muito sábio o vosso imperador. É um bom governante?

— Na verdade, não governa. Apenas arbitra os conflitos políticos. O governo é composto pelos partidos.

— Muito interessante. Isso é bom, porque evita as lutas, que geralmente acabam em guerra. Nós agora estamos inseguros quanto ao futuro. O senhor sabe: o Rosas está velho, já completou 55 anos, e não tem sucessor. Sua filha Manuela é a pessoa mais próxima. No entanto, é mulher. Não creio que uma mulher possa ter as rédeas nas mãos em Buenos Aires.

— É verdade. No mundo só temos mulher governando se for rainha. Como em Portugal e na Inglaterra. Mas isso é lá na Europa.

— É verdade; se for rainha, pode. Portugal e Inglaterra parecem combinar de ter reis iguais. No passado, quando combateram Napoleão

Bonaparte, os dois tinham reis loucos, Jorge III em Londres e dona Maria em Lisboa. Agora estão com mulheres. A portuguesa é irmã do seu imperador, não?

— É, sim. A outra irmã dele, dona Francisca, é casada com o filho do rei da França, Luís Felipe, o mesmo que mandou a frota atacar o Rosas.

— Eles deram um susto no Tigre. Mas apanharam bastante. O interessante é que dessa guerra saiu um possível candidato à sucessão, o cunhado dele, o general Mansilla. O senhor o conheceu? Quer dizer, o senhor esteve combatendo contra ele em 1827?

— Sim, mas não assisti ao combate do Umbu. No Camaquã eu estava, mas ali foi mais um entrevero de vanguardas. Não chegou a ser uma batalha. Briga mesmo foi no Ituzingó.

— Aí foi. O meu irmão estava lá.

— O senhor acredita que o Mansilla pode ser o sucessor?

— Não garanto. Ele é um ano mais velho que o Rosas. Acho que se vai antes para o inferno. A verdade é que não há um nome, pois os que botaram a cabeça de fora ele cortou. Se morrer hoje, não sei o que acontecerá.

— E o general Urquiza?

— Esse está querendo, mas que se cuide. Agora mesmo nessa guerra contra os franceses e ingleses arrumou uma desculpa para não participar e se foi para a Banda Oriental ajudar o Manuel Oribe contra o Rivera. Com isso deixou o caminho livre para o Mansilla fazer seu nome. Mas, se formos olhar de fato, é o único que apresenta alguma possibilidade, mas terá de tomar o governo a força. Não imagino o general Rosas passando a chefia da confederação para o Urquiza numa cerimônia civilizada. Talvez o Oribe também pense nisso, mas acho tão difícil quanto para o Urquiza.

— O Oribe só pensa no Uruguai. Conheço-o bem. É compadre do general Antônio Netto. É um homem decidido, um general capaz, mas já tem os seus problemas, que se chamam Fructuoso Rivera e Juan Lavalleja. Tudo o que faz por Rosas tem um único alvo: Montevidéu. É por isso que, na minha opinião, o Rosas dá-lhe tanto poder: ele nem olha para os lados de Buenos Aires. É como se não existisse.

— Então é o Urquiza mesmo o homem?

— Pelo menos é o que ele pensa, mas o Rosas pode pegá-lo na volta a qualquer momento. Não é por nada que o chamam de Tigre. Que nem a onça, ele faz cara de moça, mia que nem uma gatinha antes de dar o bote.

— Como ficaria Corrientes diante de uma candidatura do general Urquiza?

— Bem, não ficamos. Não é para nada que ele está cevando o Benjamin Virasoro... A verdade é que Corrientes é hoje o último bastião unitário da Confederação.

Nas despedidas, Osorio prometeu voltar em duas semanas para conhecer e saudar o governador, irmão do general.

O grupo penetrou em Entre Rios e foi passando pelas estâncias, olhando gado e, principalmente, conversando com os estancieiros e com a população em geral. Como no Rio Grande, os fazendeiros entrerrianos eram também militares, e seus empregados, milicianos. Não apenas suas opiniões, mas principalmente suas expectativas de mobilização iminente eram percepções importantes naquelas conversas com interlocutores qualificados, como proprietários rurais que geralmente eram oficiais milicianos, capatazes que eram suboficiais ou mesmo a peonada, assim como os bodegueiros das encruzilhadas ou vaqueiros e passantes que se encontravam diante de um balcão tomando um trago ou comprando provisões. Osorio tinha a nítida impressão de que a qualquer momento podia soar o toque de reunir e o exército provincial pegaria em armas. A safra estava no fim, as tropas para invernagem estavam sendo montadas e os gaúchos voltavam para os braços de suas chinas, desocupados, ou seja, à disposição para qualquer empreitada, principalmente se fosse uma guerrinha.

Mas a aparência era de paz, pois Urquiza licenciara suas tropas, liberando os homens para o trabalho produtivo. Bem cuidados, os campos entraram em produção e logo se notava a dificuldade de comercialização dos gados devido à concorrência de Buenos Aires. O melhor negócio era justamente o contrabando para o Rio Grande ou para o Uruguai, onde o grande mercado eram os mais de mil estancieiros gaúchos do Vale do Arapeí, que direcionavam esses rebanhos para as charqueadas de Pelotas ou das cidades da margem esquerda do Rio Uruguai, saladeiros também controlados pelos industriais rio-grandenses. Na Banda Oriental, os charqueadores pagavam impostos a Oribe.

Todos pareciam à espera da tempestade. O chefe Urquiza, antes de se dispersar, aniquilara os uruguaios de Rivera no combate de Índia Muerta, uma atitude francamente favorável ao rosismo. Embora fosse hostil aos colorados que apoiavam os unitários argentinos, Urquiza deu guarida aos inimigos colorados de Oribe em seu território, o que não deixa de ser uma ambiguidade gritante. Em Entre Rios os farroupilhas estavam alinhados a Oribe, antigo inimigo nos tempos da Guerra dos Farrapos, quando hostilizava os republicanos rio-grandenses a mando de Rosas. Como oficial de carreira do exército, apesar das recomendações de Netto, Osorio podia ser confundido com um riverista, pois o governo do Rio de Janeiro apoiava os aliados do caudilho colorado que estavam sob sítio em Montevidéu, onde vários unitários argentinos se destacavam combatendo nas fileiras da resistência. Osorio comentou com José Rodrigues Souto:

— Essa paz sustenta-se num lote de tratados falsos, numa rede de intrigas. Isso não pode acabar bem.

Em sua viagem por Entre Rios, Osorio captou o crescente avanço de seu governador a fim de montar uma frente sob seu comando para contrabalançar a força de Rosas. O Exército Portenho estava aquartelado em Santos Lugares, nas imediações de Buenos Aires. Entre Rios, Corrientes e o Paraguai firmaram um acordo, denominado Tratado de Alcaraz, para conter o avanço de Buenos Aires, o que provocou uma grande manifestação de repúdio na capital portenha. Mas o governador Madariaga pisou em falso ao dar ouvidos a uma proposta do almirante inglês. Quando a esquadra franco-britânica estava ancorada diante da cidade, sir Samuel Inglefield propusera criar na Mesopotâmia um Estado independente que seria reconhecido pelas potências europeias e irrigado por um acordo comercial vantajoso. Corrientes ocuparia uma posição estratégica como entreposto para o intercâmbio de mercadorias em toda a bacia dos Rios Paraná e Paraguai. Quando o governador Urquiza soube do assunto, começou a preparar a queda de seu vizinho, escalando Benjamin Virasoro para o seu lugar.

Nessa rede de interferências, havia o Tratado de Aliança entre Buenos Aires e Rio de Janeiro, incompleto pela falta da ratificação argentina, mas que fortalecia a posição de Rosas na Banda Oriental, onde tinha uma parte de seu exército sitiando Montevidéu. O restaurador preocupava-se com o rápido fortalecimento do império depois da pacificação no Rio Grande, que fortalecia Urquiza, ainda indefinido entre um lado e outro. Rosas não poderia correr o risco de tê-lo contra si e perder a cavalaria de Entre Rios no caso de ter de enfrentar o império. Urquiza poderia contar com seus aliados rio-grandenses para mandar Rosas de volta para sua estância na Patagônia.

Urquiza viu que não poderia dispensar o controle de Corrientes no caso de uma guerra contra Buenos Aires. Era necessário não ter inimigos na retaguarda nem ser obrigado a combater em duas frentes, o que seria uma derrota certa. Outro motivo eram os 6 mil homens que o Exército correntino poderia acrescentar a seus 15 mil milicianos, no caso de enfrentar os 20 mil homens das três armas mantidos pelo Restaurador. Mas o que pesou de fato para Urquiza iniciar um movimento foi a proposta de um país à parte, do almirante Inglefield a Joaquin Madariaga, mas não da forma que tinha sido desenhado, pois aquilo seria fora de propósito, um país mediterrâneo tendo Buenos Aires na porta da saída. A predisposição dos ingleses era uma oferta que não poderia ser dispensada. Era preciso, no entanto, preparar-se para capturá-la, e foi assim que pensou Urquiza, segundo a percepção de Osorio, que foi conhecê-lo apresentado pelo general Antônio Netto. O ex-chefe farroupilha preveniu Osorio de que o simples ruído do tilintar das moedas deixava o governador de Entre Rios com água na boca. Foi esse cofrinho que o almirante sacudiu diante de Madariaga, e o ruído chegou aos ouvidos de Urquiza.

Urquiza era uma estrela de primeira grandeza naquela constelação de caudilhos. Destacava-se dos demais porque era um homem educado, ilustrado, protetor das artes, graduado na academia mais importante da Confederação, o Colégio San Carlos, de Buenos Aires.

O caudilho entrerriano recebeu Osorio em sua residência particular, alegando que estava atendendo à apresentação de um amigo, Netto, e por isso dispensava as pompas oficiais. No entanto, pela discrição com que foi conduzido até dom Justo, percebeu que o caudilho não queria ser visto com ele. Ansiava por conhecer aquele coronel brasileiro que andava por ali a negócios, mas pouco comprava. O cuidado com a segurança era essencial, pois, ao mesmo tempo que despistava os agentes de Rosas que vigiavam cada passo seu, não chamava atenção especial para o visitante. Na Argentina, todo mundo era espionado e todos vigiavam os demais. Osorio falou com Urquiza tão secretamente que nada vazou; tanto que seu relatório às autoridades brasileiras desapareceu dos arquivos militares, podendo-se encontrar somente um rascunho de sua memória sobre a visita ao governador de Corrientes.

— Amigo do general Netto é meu amigo. Seja bem-vindo.

O início da conversa foi uma espécie de sondagem mútua, cada qual procurando perceber os sentimentos do outro em relação aos assuntos sensíveis: Rosas, a Banda Oriental e a livre navegação dos rios interiores. Urquiza revelou que, quando estivera à beira de enfrentar-se com Rosas, 10 anos antes, Bento Gonçalves aprestara 2 mil homens da cavalaria rio-grandense para engrossar as tropas de Entre Rios e Corrientes que marchariam sobre Buenos Aires:

— Para tomar aquela província eu precisaria reunir todas as forças da nossa região. Eles são muito fortes, têm muita gente e dinheiro para nos submeter. O senhor sabe que sem dinheiro não se vence guerra alguma.

Essa guerra não houve. Rosas compôs com o caudilho entrerriano, evitando o confronto. Osorio elogiou a cavalaria de Entre Rios, fez comentários positivos sobre o desempenho de Urquiza como chefe militar, destacou a teoria de manobras que lhe assegurara vitórias, inclusive em Índia Muerta, onde derrotou Rivera, sepultando qualquer possibilidade de uma retomada dos farroupilhas. Urquiza concordou, ressalvando que Oribe, embora fosse adversário do Brasil, jamais se imiscuiria na política interna do império. Era um inimigo menos perigoso do que certos amigos, aludindo a Rivera.

Urquiza lamentou a pressão franco-britânica, sem, contudo, estranhar que Rosas não lhe pedisse ajuda militar para deter a frota. Disse entender o Tigre quando percebera que a operação se esvairia por si mesma e decidira aproveitar o incidente para se fortalecer em Buenos Aires e lançar o nome de Mansilla como figura forte de seu governo, consolidando sua liderança no exército. Embora dissesse que considerava uma besteira Madariaga dar ouvidos às propostas de secessão, acreditava que a oferta britânica poderia ser uma boa ideia no tocante ao incremento do comércio e ao financiamento para o desenvolvimento econômico. Perguntou a Osorio sobre as intenções do império, mas o tenente-coronel evitou aprofundar-se nesse assunto, afirmando que sua viagem era puramente comercial, que não era um enviado do governo e que, como comandante de uma guarnição numa fronteira longínqua, não podia saber da política externa do governo central. Como produtor estabelecido na região, disse acreditar que o império nada teria a ganhar com qualquer guerra e que a paz seria o melhor para o Brasil. A guerra se travaria na região mais produtiva de sua província, causando mais prejuízos do que qualquer ganho que pudessem obter com o fornecimento de bens para as tropas. Ressaltou que surgia no Brasil uma nova liderança, o conde de Caxias, que entendia perfeitamente as demandas do Rio Grande:

— Não sou sequer seu correligionário. Pertencemos a partidos opostos. Entretanto, ele tem um compromisso com o Brasil e entendeu que os reclamos do Rio Grande são legítimos; da mesma forma, também os rio-grandenses estão entendendo que as razões brasileiras devem ser consideradas. Assim, acredito que a nossa província está definitivamente integrada aos objetivos nacionais. Caxias será uma peça importante para consolidar essa configuração.

Com esse quadro formado, Osorio seguiu a cavalo para a cidade de Corrientes, na confluência dos rios Paraná e Paraguai. Em Mercedes, separou o grupo. Cada um iria numa direção e voltariam a se reunir em Corrientes. José seguiu para Candelária, na margem esquerda do Paraná, diante da vila paraguaia de Itapuá ou Encarnación, como já estavam chamando o lugar. Ele próprio pegou um vaqueano, devendo marchar no rumo norte até o destino. Em seu plano, visitaria algumas fazendas para eventualmente apartar algum gado.

No meio da viagem, Osorio preveniu o vaqueano de que iria dar uns tiros. Pegou sua pistola de repetição Colt norte-americana, que ganhara de presente do empresário Irineu Evangelista, uma joia trazida da Europa que fazia dos antigos trabucos de canos duplos verdadeiras peças de museu. Falando em guarani, explicou-se ao companheiro.

— O amigo sabe como é: para manter a mão afinada, é preciso praticar. Como na viola, se não tocar perde-se a mão.

Também com isso mostrava sua habilidade: o objetivo era desencorajar qualquer audácia. Montado, com o cavalo a trote, abatia pássaros em voo, principalmente perdizes, iguaria saborosa para uma refeição quente nas paradas. Nessas viagens procurava observar tudo. Tanto ele quanto seus companheiros faziam uma varredura do terreno, aproveitando para atualizar seus mapas, anotar a situação dos passos, das estradas, das estâncias, informações que poderiam ser úteis no caso de terem de combater naquelas paragens. Por isso não gostou muito quando o vaqueano lhe propôs tomarem um atalho, deixando a estrada, para alcançar uma estância que estava em seu roteiro. A noite ia caindo, e Osorio desconfiou e interpelou seu guia:

— Olá, amigo, para onde me leva? Perdeste o rumo?

O vaqueano parou, pediu desculpas e confessou que não encontrava o atalho, que realmente estava perdido e que com o cair da noite seria arriscado continuarem. Escolheram um pouso, desencilharam e acamparam. Comeram o que tinham, incluindo um amarrado de perdizes, e foram dormir fazendo dos arreios a cama, como era costume dos gaúchos. De repente, viu movimento na cama do correntino. Quando ele estava a uns dez passos, Osorio saltou, pondo-se de pé, com a Colt à vista.

— Que desejas?

O vaqueano parou, deixou-se ficar quieto, também de arma na cintura.

— Fala ou eu te mato com um tiro!

O outro, vendo Osorio ali em posição para sacar o revólver, certamente lembrando de seus tiros na passarinhada, deixou as mãos à mostra, paralisou-se e respondeu:

— Que é isso, meu coronel. Só estava procurando o meu isqueiro para acender um pito!

— Pode ser, mas agora volte para a sua cama. Se o perdeu por aí, procure amanhã!

O peão voltou para a cama e não se mexeu até o raiar do dia, quando encilharam e seguiram em frente. Isso foi o que Osorio contou, mas a verdade é que não se soube mais do tal vaqueano. Na estância, o fazendeiro admirou-se de ele estar vivo:

— *Pero amigo, ese hombre es un bandido conocido! Admira que usted no lo conosca y lo haya tomado para su peon!*

— Pois, amigo, o que mais me admira é que sendo ele tão conhecido os senhores que por aqui moram ainda o conservassem! Eu nunca o vi senão agora.

Esse incidente produziu o boato de que Osorio havia sido assassinado. Ninguém poderia ter escapado das mãos do bandido. Um mês depois, ele reapareceu na província, para espanto geral.

Osorio ficou alguns dias na capital correntina. Circulou entre fazendeiros e gente do governo, dentre os quais o governador Joaquin Madariaga. Um de seus interlocutores foi o embaixador do Brasil no Paraguai, o conselheiro José Antônio Pimenta Bueno, que tinha residência na cidade de Corrientes, pois em Asunción a infraestrutura era tão precária que ele preferira instalar-se na cidade argentina. O diplomata também acompanhava de perto os acontecimentos da Mesopotâmia, onde se articulava o emaranhado da política internacional daquela região. Desconfiou da verdadeira missão de Osorio naquelas paragens e ficou mesmo um tanto abespinhado de enviarem um alto funcionário sem lhe comunicar, mas depois se acalmou, compreendendo:

— Esses militares são assim mesmo — conformou-se.

Cooperou no que foi possível, facilitando-lhe o trânsito, apresentando-o às pessoas e dando suas opiniões francas sobre os acontecimentos e as perspectivas futuras. Foi uma contribuição preciosa, até mais do que diria normalmente a um patrício que estivesse ali simplesmente a negócios. Em nenhum momento acreditou plenamente que Osorio estivesse apenas passeando e comprando gado.

Contou da expedição naval anglo-francesa, falou dos acordos políticos e da instabilidade do governo local, dos acordos com os paraguaios. Uma das pessoas com quem se encontrou foi o general José Maria Paz, "El Manco", um dos mais perigosos adversários do governador Rosas, militar de renome, que fora convocado no cerco de Montevidéu, onde combatia contra Oribe, para chefiar os Exércitos correntino e paraguaio, que estavam em posição para enfrentar uma possível invasão portenha. Pimenta Bueno explicou:

— O Paraguai certamente possui o maior efetivo militar das Américas. Acredito que nem os Estados Unidos tenham tantos soldados em armas. Entretanto, não dispõe de um único general. O Lopez tem tantos soldados porque todos os homens do país são militares, não trabalham nas lavouras e nas demais tarefas da economia. Isso é serviço de mulheres. Os homens são guerreiros, como os índios. Na verdade, são índios cristianizados. Obedecem a Cristo, mas se portam como no tempo em que adoravam Tupã.

O comandante em chefe do exército era o filho do ditador Carlos Antônio Lopez, um rapaz de 30 anos, Francisco Solano, que nunca havia cursado uma escola militar, mas apresentava-se com um uniforme de marechal com o peito coberto de medalhas, como se fosse um velho general vitorioso das guerras europeias. Paz tinha à sua disposição 4 mil homens do exército de Lopez estacionado do outro lado do Rio Paraná, a cerca de 30 quilômetros rio acima, próximo a Corrientes, numa localidade denominada Passo da Pátria, em frente a uma fortificação argentina de Paso de la Patria, na outra margem do rio.

Osorio estava curioso em relação ao Paraguai. Ninguém sabia nada daquele país. Não havia vaqueanos, nem mapas, nem nada. Era proibida a entrada de estrangeiros e a saída de nacionais de suas fronteiras. Cultivava um isolamento completo desde 1811, quando sofrera uma invasão de tropas portenhas e se retirara definitivamente da vida platina. Só recentemente, nos últimos três anos, concordara em permitir a navegação de barcos brasileiros em suas águas, mas os navios não podiam nem embarcar nem desembarcar passageiros. Tinham de cruzar direto, na direção de Mato Grosso, e estavam proibidos de transportar militares, armas ou munições. Somente uma velha embarcação de tempos em tempos fazia a rota Assunção — Corrientes. Osorio disse a Pimenta Bueno que ia ao Paraguai comprar gado, mas o diplomata o desaconselhou:

— Não faça isso, meu coronel. Se o senhor conseguir chegar lá, não voltará.

— O que farão? Vão me prender, me matar?

— O senhor vai desaparecer, que nem o Artigas: vão lhe dar um rancho para morar e nunca mais conseguirá botar os pés do lado de cá do rio. Não há como sair. Não me faça isso, coronel, pelo amor de Deus.

Osorio e seus homens pegaram um navio de carreira e desceram pelo Rio Paraná até a localidade de Esquina, tocando em Empedrado, Bela Vista e Goya. Dali, outra vez por terra, cortaram no rumo leste até Uruguaiana. Onde Osorio tirou uns dias e rabiscou o rascunho de seu relatório para o presidente da província. Nessa correspondência ele pedia providências policiais para coibir o roubo de gado por brasileiros na Argentina. Também em Uruguaiana devolveu o dinheiro que sobrara da viagem, entregue ao encarregado de pagamentos da localidade, Rafael Godinho Valdez.

No relatório que mandou para os chefes militares dava mais detalhes sobre o quadro político-militar da região: "Não vi nem me constou haver nenhuma prontidão bélica, exceção ao Corpo de Dragões na povoação dos Livres. O exército correntino está licenciado, mas em todas as povoações há pequenos destacamentos e um comandante militar", disse para demonstrar que a província teria condições de rápida mobilização de forças armadas. "Na capital existem em casco os batalhões União, o de Republicanos e o Esquadrão Sagrado, que é a escolta do governador. Aqueles batalhões estão com pouca força substituta dos soldados velhos que foram licenciados. O Tratado de Alcaraz está roto, porque Rosas não lhe quis dar seu assentimento e Urquiza, que o teme, fez o tratado para desarmar Corrientes e consentiu na sua ruptura."

Contou ter encontrado em Corrientes o enviado de Rosas, o coronel Manuel Galán, para intimar o governador Madariaga a denunciar o tratado e romper com o Paraguai, e exigiu o uso das divisas vermelhas por todos os cidadãos da província. Madariaga, porém, recusou-se e somente autorizou o uso de divisas azuis e brancas, a cor da bandeira nacional. Além disso, Rosas determinou que em todas as cerimônias públicas "sejam levantados vivas à sua pessoa e à Confederação e morras aos selvagens unitários". Ele previa uma guerra civil iminente, com a deposição de Madariaga e a ascensão do general Benjamin Virasoro, com o apoio de Rosas e de Urquiza. Dizia ter lido o rascunho de um artigo que devia ser publicado nos próximos dias no jornal *Comércio do Prata* no qual o governador rompia com o governo de Buenos Aires. Aí seria a guerra, que ele acreditava seria muito difícil, pois os correntinos deviam resistir a qualquer tentativa de invasão. Mas estariam enganados, pois julgavam que seriam socorridos pelos entrerrianos e pelos paraguaios. Estes, contudo, não seriam bons parceiros, pois, não obstante "em Entre Rios falar-se mal de Rosas, Urquiza está brando" e poderia apoiar o Tigre de Palermo. Advertia, porém, que, "retirada a intervenção, todos obedecerão a Rosas e voltarão armas contra o Brasil e o Paraguai". Narrou também o congresso realizado em Corrientes, uma sessão secreta que não transpirara, mas um dos chefes políticos antirrosista e antiurquizista, o coronel Nicanor Cáceres, retirara-se do conclave dizendo: "Não me interessa o que fará o governo. Fio-me no meu punho e no meu peito", numa atitude de aberta beligerância.

Osorio advertia que Urquiza fazia corpo mole, mantendo seu exército licenciado, mas que Buenos Aires "retificou e reforçou as baterias do Paraná e tem seu exército de reserva em Santos Lugares, ao comando do general Angel Pacheco". Afirmava que "Corrientes permanece incerta do seu futuro destino, que depende de Urquiza e do Paraguai, que não tem meios de conservar seu exército, não tem um chefe que o comande e o excessivo espírito de provincianismo não o deixa aproveitar de outros o que não pode achar em si". Concluía que, ao final, esperava-se "como consequência infalível a guerra contra o Brasil e o Paraguai, na qual todas as demais províncias entrarão, Corrientes inclusive; e quanto à submissão do Paraguai pelas armas, é tida como coisa muito fácil".

Na conclusão Osorio transmitiu uma espécie de recado que o governador Madariaga enviara ao Brasil: "Em uma das vezes que falei com o governador de Corrientes, disse-me que seu país precisa de paz, todavia duvidosa; e que um dia seria rico, quando ambos os rios estiverem francos ao comércio de todos. Corrientes seria o depósito de mercadorias do Paraguai, de Goiás e de Mato Grosso e vice-versa para os povos do Sul. Sempre se mostrou desejoso da amizade dos brasileiros e, de minha parte, fiz-lhe sentir que devia nos considerar bons vizinhos e amigos." Por fim, referiu-se outra vez ao Tratado de Alcaraz, dizendo que, "quando se fez aquele tratado, em Buenos Aires se deram pelas ruas morras ao traidor Urquiza. Este se pronuncia contra Oribe, porque Oribe desconfia de Urquiza, que dá boa acolhida a seus inimigos".

De Uruguaiana Osorio voltou diretamente a Bagé e reassumiu seu posto à frente do 2º Regimento de Cavalaria, intensificando a instrução. Em sua opinião, a guerra era iminente.

CAPÍTULO 56

Revolução? Que Revolução?

— Aí, GURI, TE preparas. Na semana que vem vamos para Bagé e vou te entregar ao Osorio. Aí sim tu vais aprender a ser homem.

José Rodrigues Souto acabara de voltar da expedição à Mesopotâmia. Chegando a Caçapava, foi visitar a cunhada, a viúva dona Delfina Brites Rodrigues Souto, e disse a ela que estava na hora de mandar o menino para o exército. Era interessante que passasse um período de treinamento básico antes de entrar em combate, como acontecia com muita gente, que aprendia as artes da guerra em plena marcha, com o inimigo à vista. Em poucos dias, quando Delphino montou a cavalo para viajar as 30 léguas até o quartel do Piraí, ocupado pelo 2º Regimento de Cavalaria, estava tudo pronto: roupas, utensílios, arreios, tudo o que era necessário e possível de levar tinha sido providenciado pela mãe do soldado.

Naqueles dias, estava seguindo de Caçapava um lote de recrutas que, tal como Delphino, vinham das famílias destacadas da cidade, alguns ricos e outros pobres, mas todos filhos de veteranos que haviam sido escolhidos a dedo e por tradição para aquele período de adestramento, promovido anualmente na unidade por Osorio. Esses jovens, que a partir dos 15 anos podiam habilitar-se como cadetes, teriam um tratamento especial, mais duro que o normal e com cuidados de formação física e teórica, pois o plano era devolvê-los logo à vida civil para serem a base da jovem oficialidade da Guarda Nacional. Normalmente, os guardas eram alistados por seus comandantes e treinados na própria comunidade. Entretanto, Osorio criou esse verdadeiro curso de oficiais da reserva, dando um trato na rapaziada nas fileiras, para que introjetassem os instintos de guerreiro. Um voluntário alistava-se por cinco anos, mas havia um dispositivo para filhos e netos de militares ou filhos da fidalguia que reduzia esse tempo para de seis meses a dois anos, conforme o caso. O serviço militar era obrigatório, tanto para homens livres como para libertos, eleitores primários entre 18 e 60 anos de idade, com renda própria ou de família, a ser cumprido nas fileiras ou na Guarda. Mas as forças armadas não realizavam o alistamento forçado, a não ser em caso de guerra. A prática era o voluntariado ou o engajamento de veteranos. Também era normal a mobilização de prisioneiros comuns.

Num amanhecer de maio de 1847, cerca de 40 rapazes com idades entre 15 e 17 anos montaram a cavalo e, soltando gritos e vivas, pegaram a estrada na direção do Pinheiro. Foram pelo Passo do Salso, descendo rumo ao Passo dos Enforcados, no Rio Camaquã, e dali para Traíras e coxilhas afora até Bagé, onde dariam adeus à vida civil e cairiam nos rigores da caserna.

Durante o dia e a noite anterior houve festas de despedida por toda a cidade. A alegria era normal, pois para isto aqueles meninos se preparavam, junto com as famílias, desde o nascimento. Ainda crianças, com seus 7, 8 anos, já eram admitidos nas brincadeiras dos mais velhos. Depois vinha o tempo de piá, lá pelos 12 anos, em que os maus-tratos eram ministrados diretamente pelos adultos. Nessa segunda fase, o menino pula da brincadeira para a pré-realidade, a um passo da verdade da vida. Quem esquecia o primeiro tiro? Aquele momento mágico em que assistia aos mais velhos gastando a pólvora vencida, quando o pai olhava o garoto e o chamava para o batismo:

— Pega aqui, guri. Quero te ver!

Era uma grande emoção. Já brincara com armas de pau, com velhos trabucos inutilizados, tinha ideia do peso e da posição certa para o disparo, mas nada se igualava àquele instante em que puxava o gatilho e se via atrás da fumaça, segurando o coice da pistola. Menos agradável era quando um mais velho chegava com duas madeiras, em geral ripas de tábua, e pronunciava a frase fatídica:

— Te defendes, guri!

Mal pegava na mão e já estava levando bordoadas. Era assim que ia se desenvolver, criar os reflexos, aprender a concluir pelo olho do adversário aonde viria o golpe e escolher por onde revidar. Era uma base, pois só ia pegar nos ferros no quartel: jogar a lança, espetá-la numa argolinha balançante. Todas as artes marciais levava de casa, mas nada se igualava às fadigas da vida militar, durante a qual tudo aquilo seria exercitado ao máximo, pois antes de morrer teria de fazer seu nome e honrar sua bandeira. As demais habilidades se aprendiam na própria lida: montar, cuidar do animal, dos arreios; movimentar-se no terreno durante a caça diurna e noturna; espreitar, se camuflar, se aproximar sem ser visto, usar o vento como aliado e assim por diante. Até que chegava o grande dia em que montava a cavalo e ia se apresentar num quartel do Exército ou da Guarda, pois disso ninguém escapava.

Na véspera da partida estavam todos na cidade e se despediam das famílias e da vida civil. Em Bagé seriam admitidos no Exército de Primeira Linha como soldados particulares, uma denominação que, nos últimos anos, mudara para terceiro-cadete. Era o primeiro passo do oficialato para quem não cursara escolas militares. Nos últimos anos, a maior parte dos oficiais de Primeira Linha saía das academias militares. Os cursos de Engenharia, Artilharia e Estado-Maior duravam quatro anos na Academia Real do Rio; os cursos de Infantaria e Cavalaria eram ministrados na Escola Militar de Rio Pardo e na de Porto Alegre, com dois anos de duração. Entretanto, grande parte dos oficiais destas armas era promovida a partir das próprias fileiras. Uma das fontes de cavalarianos e infantes eram esses cadetes, filhos de militares que ingressavam como voluntários.

Pouco antes da partida, ao amanhecer daquele dia, todos se reuniram com as famílias e a população da cidade na Praça da Matriz, onde foi pronunciado um discurso de despedida pelo advogado local e ex-ministro da república, um dos chefes do Partido Liberal, o dr. João Pinheiro de Ulhôa Cintra.

A comitiva era acompanhada por uma carroça colonial, com quatro rodas e tirada por duas parelhas de cavalos, levando as bagagens do grupo. Cada um levava o que podia. Muitos deles vestiam botas de boa qualidade e fardamentos feitos pelas mães ou madrinhas, com a estrela pregada no braço esquerdo, símbolo do soldado particular. Os cadetes se identificavam por esse adereço: o segundo-cadete tinha uma estrela no braço direito e o primeiro-cadete tinha uma estrela em cada braço.

Chegando ao acampamento, alinharam-se diante do comando. Em seguida, Osorio foi saudar os voluntários. Muitos ele conhecia pessoalmente, ou conhecia os pais, que lhe haviam pedido o alistamento de seus filhos. Servir no 2º RC era uma distinção. Osorio fez uma rápida saudação, muito bem-humorada, mas que não deixava de prometer-lhes como recompensa por seu voluntariado uma vida de sangue, suor e lágrimas. Logo em seguida apresentou-lhes seu sargento, que, para começo de conversa, foi logo saudando a turma:

— Seu bando de merda de éguas! Seus cabeças de osso para sopa! Só me abra o bebedor de lavagem quem for perguntado, entenderam?

E por aí foi. Em poucos dias, seus belos fardamentos mais pareciam panos de chão. Os belos e vicejosos rapazes fediam a bosta de cavalo e estavam tão desgrenhados que nem de longe lembravam os rapazes elegantes e bem-vestidos que tinham chegado ao acampamento. Baixava, então, a dura realidade da vida militar, em que o homem é apenas um número. Uma arma ou um cavalo tinha mais valor que um soldado, que só podia contar, no final de tudo, com a camaradagem de seus companheiros, que é o amálgama que mantém a tropa unida.

Delphino estava limpando as cocheiras numa manhã gelada no início de agosto de 1847 quando o sargento mandou que deixasse de lado a pá com a qual recolhia os dejetos dos cavalos, tomasse um banho e se apresentasse no comando.

— Vê se te mexes, estupor! Acelerado!

Foi o tempo de passar uma água no corpo e vestir a farda. Temendo alguma punição ou o que fosse, pois nunca tinha lhe acontecido nada semelhante, apresentou-se ao sargento escriturário. Este o fez passar, e quando viu estava diante do coronel. Osorio tratou-o com benevolência. Era seu costume: brando com os inferiores e duro com os graduados.

— Como estás, menino? Estás gostando da vida da caserna?

— Pronto, meu coronel!

— Assim é que eu gosto...

Deveriam partir para uma longa viagem. Delphino o acompanharia como ordenança, mas sob o disfarce de pajem, filho de um amigo da família, pois não deviam deixar saber que estavam em missão oficial.

— Vamos à Banda Oriental. Conheces o Salto?

Delphino nunca tinha estado por lá. Só conhecia Porto Alegre, onde estudara dos 12 aos 15 anos, antes de ser encaminhado ao exército, e as cidades nesse roteiro: Cachoeira, Rio Pardo, Santo Amaro e Viamão.

— Ainda tens as tuas roupas de paisano? Pois então as leve, pois vamos sem fardamento.

Osorio recebera no dia anterior um ofício do comandante da 3ª Divisão de Cavalaria, o brigadeiro Caldwell, dando-lhe nova missão secreta. O requerimento era um pedido de licença por dois meses para tratar de interesses no Estado Oriental.

A documentação anexada continha um relatório dos serviços secretos do império denunciando uma conspiração separatista no Rio Grande do Sul, liderada pelo general Antônio de Souza Netto e inspirada pelo presidente da facção rosista do Uruguai, Manuel Oribe. O movimento começaria com um ataque a Pelotas, comandado por Netto com o apoio de dois famosos bandoleiros da campanha, ambos brasileiros, Hipólito e Figueiró. Acrescentava a nota do presidente Galvão "que este plano tenebroso deve ser precedido de um atentado horrível e da morte de David Canabarro". Também mandava o comandante de armas guarnecer Pelotas com 400 homens do Exército de Primeira Linha e mandar alguém ao Uruguai para confirmar essas informações, que na corte davam como fidedignas. O comandante, brigadeiro José Joaquim Coelho, repassara o encargo a Caldwell. Sugerira que o tenente-coronel Osorio assumisse a empreitada, mas receava "que seu aparecimento ali" levantasse suspeitas. Foi então que urdiram o disfarce da licença.

A primeira parada foi na estância de Osorio. Logo começaram a chegar visitantes, que o colocaram a par da situação. Seu capataz já lhe dissera que estava havendo muito roubo de gado de parte a parte. Os uruguaios estavam irritados com os estancieiros rio-grandenses, que estariam dando recursos e apoio aos colorados, o que motivava represálias. Já do lado dos brasileiros, dois grupos de bandoleiros estavam assaltando as fazendas dos blancos, dizendo que não roubavam, e sim que resgatavam o gado roubado. Com um efetivo total de 50 homens, esses bandos eram liderados por dois conhecidos abigeatários (ladrões de gado) da região, o tenente-coronel Cândido Figueiró e o capitão Hipólito Camillo. Osorio entendeu o que de fato acontecia e decidiu fazer uma visita a seu amigo Antônio de Souza Netto.

Osorio apresentou Delphino ("filho do falecido Manuel Rodrigues Souto, te lembras?"). Netto apresentou-lhe umas amigas de Montevidéu que o visitavam. Falaram um pouco de negócios, um pouco dos últimos acontecimentos.

Naquela noite, Netto ofereceu uma recepção ao amigo recém-chegado. Só no dia seguinte foram entrar no assunto.

— Vais ficar pasmo, Osorio, mas dessa vez não é o nosso pessoal que está tramando a revolução. É gente de vocês.

Nessa conversa, Osorio se convenceu de que Netto não participava da conspiração denunciada pelos agentes do império.

Da Estância Cruzeiro, no Arapeí, despachou três sargentos, disfarçados de seus tropeiros, para comprar gado na região e sondar o que poderia estar acontecendo por debaixo do poncho. Um deles foi à cidade de Taquarembó, outro à Estância do Quaró, onde o comandante militar do Departamento de Salto, o coronel uruguaio Diego Lamas, estava aquartelado com uma tropa de cavalaria. O terceiro saiu na direção de Santana do Livramento para levantar notícias de outro bando, comandado por um espanhol de nome Pipipuisti, que estava acumpliciado com um ex-capitão colorado, chamado de la Madrid, e que roubava gado na região em nome do caudilho Rivera. Osorio, com Delphino e Netto, foi a Salto para se encontrar com o comandante da região ao norte do Rio Negro, general Servando Gómez, que estava na cidade recuperando-se de uma doença. Ali também se encontrou com o tenente-coronel Lucas Pires, brasileiro que servia com

Oribe e que era o comandante da guarnição da cidade. Mais alguns dias e entrou na cidade o coronel Lamas, trazendo a queixa de que Hipólito estava em sua casa, em Quaraí, sem ser incomodado:

— Depois que o general Coelho voltou para Porto Alegre não fizeram mais nada para deter esse celerado.

Os comandantes uruguaios não escondiam o esfriamento das relações com o governador de Buenos Aires. Desde o início da intervenção anglo-francesa, diziam, ele estava mantendo o Exército Oriental à míngua, com os soldos atrasados e os cavalos em péssimas condições. Continuavam com o sítio de Montevidéu porque tampouco os colorados de Herrera y Obes tinham meios para repeli-los. Lamas confessou:

— Outro dia mandei um sargento buscar um prisioneiro com o coronel Inácio Oribe e imagine que ele não dispunha nem mesmo de algemas para manear o homem. E o pior: o meu homem não dispunha de uma espada para se garantir. Que vergonha!

Osorio passou o fim do ano em sua estância e regressou a Bagé no dia 20 de janeiro. Ao chegar, ficou sabendo que em sua ausência vencera o pleito de eleitor pela paróquia. Em seu relatório desmentiu as suspeitas do Rio de Janeiro e garantiu: "Netto está na sua estância trabalhando e ainda que muito respeitado, compadre e amigo de Oribe, parece cuidar só de seus negócios." Nesse meio-tempo também estourou a crise entre o novo presidente da província, Saturnino de Souza e Oliveira, e o coronel João da Silva Tavares. Mais uma vez sobrou para ele em uma briga que não era sua. Osorio ficou sabendo que o presidente iria destituí-lo de seu comando. Seria um desprestígio, pois era deputado provincial e acabara de ser confirmado como eleitor. Mandou uma carta ao general Caldwell, que estava como comandante de armas do Rio Grande do Sul: "Meu general: Tenho suspeitas de que a marcha do governo Saturnino seja dar comigo fora do Regimento. Se V. Ex.ª me disser que são fundadas, tratarei de retirar-me com tempo, porque não sirvo para negócio e, se não mereço nenhuma consideração, ao menos não me parece que mereço traição." Era seu estilo direto, sem meias palavras.

Felizmente para Osorio e seu comandante, Saturnino foi removido, assumindo como ministro de Estrangeiros do Gabinete de 22 de maio. Sua angústia acabou quando recebeu o boletim da informação semestral do comandante de armas: "Manuel Luís Osorio: este tenente-coronel é ativo, inteligente, ótimo oficial de cavalaria e aguerrido. No mês próximo passado assumiu de novo o comando interino do Regimento. J. F. Caldwell."

Delphino voltou da missão e logo recebeu a notícia: podia trocar a estrela de braço, pois fora promovido a segundo-cadete. Como prêmio ganhou 15 dias de licença para visitar a família em Caçapava. Assustou-se um pouco ante a repercussão de sua viagem com o coronel. No dia seguinte a sua chegada, a casa estava cheia de gente. Os grandes da cidade queriam notícias do Arapeí. Com toda segurança e sem revelar detalhes do que vira e ouvira, garantiu aos conterrâneos:

— Por agora não haverá guerra. O pessoal do Oribe está muito contente com a neutralidade brasileira na guerra deles.

CAPÍTULO 57

Tempos de Califórnias

— Foi aí que eu conheci de verdade o general. Fiquei três meses ao lado dele, vendo tudo o que fazia e ouvindo quase tudo o que dizia.

Delphino nunca esqueceu aquela viagem em que convivera no meio de coronéis brasileiros e uruguaios, mulheres lindas e grandes matronas, e, principalmente, o general Netto, com quem cavalgou. Era o melhor amigo de Osorio naquelas bandas e os dois juntos eram um par de figuras impressionantes:

— Eram tão iguais que pareciam irmãos. Grandalhões, mesma altura, mesma cor da pele, a cara quase igual, cabelo com umas pintas de fios brancos, bigode bem preto, rosto escanhoado. Até o jeito de olhar era muito parecido. A diferença é que o Osorio tem os olhos pretos, o Netto, azuis.

Delphino viu muita coisa, incluindo a bela Ana de Monteroso descendo de uma carruagem para uma festa na quinta do coronel Lucas Pires.

— Havia muita lenda sobre a beleza dela. Mas que era linda, isso era. Impressionou-me tanto que acho que nunca vi mulher mais bonita em toda a minha vida.

Sobre os movimentos sediciosos, Netto dissera a Osorio que se formava uma onda para combater os roubos e assaltos, mas garantiu que não havia nada de revolução. Segundo contara, as desordens haviam começado porque os bandoleiros puderam agir livremente, atacando as estâncias dos antigos farroupilhas que ficaram desprotegidas no Uruguai com o fim da república e a retirada dos colorados. Não havia a quem recorrer, pois as autoridades brasileiras estavam se lixando para suas reclamações, com a desculpa de que caberia aos uruguaios dar-lhes proteção. Os castelhanos diziam que se entendessem com os brasileiros, pois os bandidos vinham do outro lado do Rio Quaraí. E assim estava a situação: Hipólito e Figueiró entravam e saíam como queriam; o mesmo acontecia com o basco Pipipuisti na fronteira de Santana do Livramento. Esses bandidos, dissera Netto, operavam com apoio dos chefes políticos e militares legalistas, que também estavam ganhando dinheiro, pois compravam e pagavam bem por qualquer gado que chegasse por lá.

— Eles tiveram alguma dificuldade quando o general Coelho esteve em São Diogo. Mas bastou ele se ir e tudo voltou ao que era antes.

Osorio concordara com Netto que uma situação como aquela não poderia continuar sem retaliações, pois os estancieiros, mesmo estando atemorizados pela retirada de seus correligionários colorados e farroupilhas, não se deixariam esbulhar tão facilmente. Era gente de briga, que ainda não reagira porque os pés dos blancos e legalistas estavam em seu pescoço.

— Quando o Cabildo de Montevidéu votou uma lei em 1819 e autorizou o general Lecor a mandar distribuir terras entre o Arapeí e o Quaraí, isso aqui era um subúrbio do inferno em que nem o diabo entrava.

A maior parte dos donatários era de velhos soldados. Tinham apoiado os farroupilhas porque uma das promessas da revolução era incorporar a área ao Brasil, pois nunca haviam contado com os castelhanos para lhes dar segurança e estabilidade jurídica. Tanto que a delimitação da fronteira fora um dos itens do acordo de pacificação que o império não honrara. Em nome do critério do tratado de Madri como base para a divisão territorial, ignorara o instituto do *uti possidetis* e deixara os súditos rio-grandenses ao léu.

— Abandonados pelos dois governos, eles estão se organizando, mas só para brigar com os bandidos, não para fazer revolução. Os bandoleiros só visavam às fazendas de colorados e farroupilhas. Poderosos, como Netto e Osorio, não eram incomodados. O preço das terras caiu porque muita gente estava querendo dar o fora dali, especialmente herdeiros dos proprietários originais que não tinham a mesma determinação de seus pais. Muita gente da nova situação aproveitava para enriquecer seu patrimônio, principalmente ex-militares legalistas brasileiros.

— Até o Moringue comprou estância aqui no Arapeí. Agora é meu vizinho. No modo de dizer, é claro, pois graças a Deus a estância dele fica bem para lá.

Netto achava que o rearmamento dos estancieiros, todos antigos inimigos dos blancos, provocaria inquietação no general Oribe.

— Qualquer dia isso vai degenerar em conflito. A mim eles não têm incomodado, mas estou com as barbas de molho.

A sede da estância Piedra Sola era uma fortaleza, com paredes de pedra e um terraço fortificado com bases para quatro canhões. Netto dispunha de uma peonada muito especial, integrada por antigos soldados farroupilhas, incluindo um grupo de lanceiros negros que tinham vindo com ele depois do Ponche Verde.

— Não tenha dúvidas, Osorio, não demora muito isso aqui vai degenerar, pois esses bandidos não vão se contentar em atacar somente os adversários políticos dos dois governos. Enquanto os nossos, digo, os meus estão penando, os caramurus estão se locupletando. Mas vai sobrar para eles, isso eu garanto, pois há cada vez mais ladrões.

Nos meses seguintes Delphino perdeu Osorio de vista. Já como segundo-cadete, voltou às atividades militares, avançando em seu treinamento, preparando-se para se tornar oficial da Guarda Nacional. Quando todos voltassem para suas regiões, seriam eleitores e seguidores da orientação de seu coronel, com algumas exceções. Muitos iriam para partidos diferentes, seguindo as orientações da família. Mas a maior parte seria uma base política fundamental no jogo de poder. Isso porque Osorio, mesmo sendo um liberal, não se alinhava automaticamente com as diretrizes do partido, como na eleição de 1848, que renovou as bancadas na Câmara dos Deputados e na assembleia provincial.

Enquanto eram acrescentados novos ingredientes ao caldeirão do Arapeí, que começava a transbordar, Osorio esteve inteiramente voltado para a política interna da província, e seus soldados, aferrados aos afazeres militares. Dom Pedro seguia a teoria política de que a alternância entre os partidos era a maior segurança para a estabilidade das instituições. Ao fazer valer o seu poder moderador, passou o governo ao Partido Conservador, que vinha na oposição desde o final do governo de coalizão que comandara o país a partir de sua coroação até 1845. Foi quando os liberais obtiveram maioria e tomaram as rédeas da administração. Agora era prudente tomar uma medida dessa natureza, tamanha a instabilidade nos países europeus, onde suas duas irmãs, ambas cabeças coroadas, estavam fugindo da fúria da população que queria botar os nobres na cadeia. Dona Januária, casada com o filho do rei Luís Felipe, da França, escapou por pouco de ser linchada e conseguiu refugiar-se com a prima Vitória, rainha da Inglaterra, em Londres. Dona Francisca, casada com o irmão da imperatriz Teresa Cristina, filho do rei das Duas Sicílias, estava às voltas com o corsário Giuseppe Garibaldi, que voltara à Itália e, aliado ao rei Victor Emmanuel III, tentava derrubar a dinastia dos Bourbon do trono do sul italiano.

A base teórica do poder moderador vinha do filósofo francês Montesquieu, e a ideologia era baseada no livro *Curso de política constitucional*, do filósofo Henri-Benjamin Constant de Rebecque. Era considerado um instrumento moderníssimo para aparar crises, sem nenhum resquício de autoritarismo.

A intervenção de dom Pedro não causou problemas, e todos se jogaram no processo eleitoral, menos os pernambucanos, que, com a queda dos liberais, iniciaram uma guerra civil. A revolução denominada Praieira eclodiu em novembro daquele ano e durou mais de seis meses, até acabar com a prisão de seus líderes, o exílio de outros e uma subsequente anistia a todos os envolvidos. Para debelar o levante, o governo designou o general Joaquim José Coelho, ex-comandante de armas do Rio Grande do Sul.

A luta armada em Pernambuco não se refletiu no restante do país. No Rio Grande do Sul, as eleições transcorreram em um clima de normalidade, ou seja, perseguições, brigas, mortes, atentados, empastelamento de jornais e, no final, acusações de fraudes por parte dos derrotados. No entanto, sua legitimidade não foi contestada, e os eleitos tomaram posse e legislaram enquanto foram deputados gerais.

Osorio já era um líder consolidado. Tão logo se iniciou o processo, foi convidado pelo senador rio-grandense Cândido Baptista de Oliveira a se candidatar a uma cadeira na Câmara dos Deputados. Uma vez mais, negou-se, alegando não ter condições de ser um parlamentar eficiente. Osorio antevia a grande crise em que mergulharia sua região com a extensão do conflito platino para dentro do território gaúcho.

Seus candidatos, ambos advogados, pertenciam a partidos diferentes. Um deles era Luis Alves Leite de Oliveira Bello, primo-irmão do conde de Caxias, que disputara pelo Partido Conservador, recém-criado na província. O outro era Joaquim José da Cruz Secco. No entanto, Osorio teve de distribuir alguns votos para outros dois, também advogados: João Evangelista de Negreiros Sayão Lobato e José Martins da Cruz Jobim, a pedido de seu arquirrival, o juiz Pedro Chaves, que era candidato. No final, os cinco foram eleitos e toda a bancada gaúcha ficou devendo favor ao coronel de Bagé.

Com o novo governo mudaram os presidentes das províncias e os comandos militares. No Rio Grande do Sul, foi designado para sua segunda presidência o tenente-general Francisco José de Souza Soares de Andréa, como comandante de armas o coronel João Propício Mena Barreto e como seu chefe direto o novo comandante da 3ª Brigada de Cavalaria, o coronel Francisco de Paula Macedo Rangel. Osorio acumulava com o 2º RC o comando interino da fronteira oeste.

No Arapeí, a situação piorava. Da liberação dos assaltos às estâncias dos farroupilhas pelos ladrões brasileiros, os desmandos foram atingindo toda a campanha, agora praticados por quadrilhas uruguaias acobertadas pelos caudilhetes oribistas, atingindo todos indistintamente: uruguaios colorados e blancos e brasileiros farroupilhas e caramurus.

A fronteira brasileira era um refúgio seguro, e os estancieiros do outro lado do Rio Quaraí, um mercado certo para todo tipo de rapina. O general Oribe viu naquilo uma política insidiosa do império para desestabilizar seu precário governo e tomou medidas draconianas, como era de seu feitio. Proibiu terminantemente a marcação de gado em toda a região; com isso nenhum animal tinha dono, pois ninguém poderia provar sua propriedade. Ordenou que todos os brasileiros habitantes da região se recolhessem aos postos fortificados em oito dias. Quem não cumprisse a ordem seria punido, ou seja, degolado. Os impostos tiveram aumentos exorbitantes, mais de mil por cento em alguns casos. As estâncias de brasileiros foram embargadas.

Instalou-se o caos. A violência generalizou-se para brasileiros e castelhanos, as estâncias começaram a ser abandonadas e a população fugia em massa. Uma comissão de proprietários atingidos foi procurar o general Netto para pedir que intercedesse junto ao general Oribe. O grupo era composto pelo ex-coronel colorado Calengo e pelos brasileiros Moringue, barão do Jacuí, e João Antônio Severo, coronel da Guarda Nacional. Mandaram que um emissário pedisse a audiência e, dias depois, se apresentaram na estância La Gloria, em Piedra Sola. Netto recebeu-os com frieza. Ao apertar a mão de seu ex-companheiro Calengo, vendo que Moringue se apeava, não se conteve:

— Não lhe gabo a companhia, coronel!

Netto mandou-os passar e sentar-se, mas ficou de pé sem oferecer nem mesmo um chimarrão. Era visível seu desconforto. Moringue expôs a situação dramática. Netto não perdeu a oportunidade de retrucar:

— Pois foram vocês mesmos, os monarquistas, que descumpriram esse quesito do acordo de paz, o que falava da região da fronteira. Agora vêm a mim se queixar? Desculpe-me, senhor barão, mas o governo brasileiro é dos senhores. Eu aqui sou um exilado.

O coronel Severo atalhou:

— O senhor não é um exilado, senhor general. O senhor é um coronel da reserva do Exército de Primeira Linha. Não há nada contra o senhor no Brasil: pode entrar e sair como quiser, quando quiser. Como, aliás, o senhor faz, cuidando dos seus bens, das suas propriedades e participando da vida política da província. É por isso que viemos procurá-lo, como um patrício que tem direitos ultrajados.

— Senhor coronel, não estou sendo incomodado. Sei o que se passa, lamento, mas não tenho direitos a reclamar neste país que me acolhe tão gentilmente.

Moringue então tomou a palavra. Era ele o líder daquele grupo:

— General, viemos convidá-lo a ser o chefe de um movimento para defender os direitos de centenas de proprietários, de milhares de pessoas, de patrícios seus que estão sendo esbulhados neste país.

— Senhor barão, não creio que o seu governo concorde com o que o senhor me propõe.

— Governo! Que governo? O Andréa? Então derrubamos o governo!

— Que coisa, senhores, aqui estamos eu falando em governo e os senhores em revolução?

— Estou falando em mais do que revolução, meu general. Digo que precisamos forçar o nosso país a tomar uma atitude. Enquanto o Rosas estiver apoiando o Oribe, enquanto ele quiser o Uruguai para ele, não teremos paz. Temos de forçar o nosso governo a tomar uma atitude. É disso que se trata.

— O senhor acredita que o seu imperador vai fazer guerra a toda a Argentina por causa de uns fazendeirinhos como nós?

— O Rosas tem muitos inimigos.

— Mas também tem aliados poderosos. Veja que a Inglaterra voltou a se relacionar com ele. Para a França abandonar Montevidéu falta muito pouco. Então ele terá tudo o que quer. Não creio que possamos enfraquecê-lo. Pelo contrário: a hostilidade dos brasileiros só o fortalece.

— Ele pode dar um passo em falso...

Netto não se comprometeu. Então Moringue decidiu encabeçar o movimento. No final de dezembro, a revolução estourou. Moringue abriu o levante com uma proclamação que sacudiu toda a província: "Brasileiros! É tempo de correr às armas e despertar do letargo em que jazeis." O manifesto, de 26 de dezembro de 1849, assinado por Francisco Pedro de Abreu, comandante em chefe, denunciava as violências no Uruguai e conclamava à união de brasileiros e uruguaios. Estava declarada a guerra.

A notícia do levante no Arapeí fez estrago em Buenos Aires. O embaixador argentino no Rio de Janeiro, Tomás Guido, entregou ao governo imperial uma nota de protesto ácida, sustentando que o governador Rosas não aceitava desculpas e responsabilizava o Brasil pelos acontecimentos no Arapeí.

Esse embaixador não era um simples diplomata de carreira ou um homem ilustrado local que ascendera na burocracia, como tantos outros, e fora aproveitado por sua bagagem intelectual nos serviços estrangeiros. Guido era um Pai da Pátria, general com participação em todas as campanhas. Amigo e colaborador íntimo de San Martin e de Simon Bolívar, era um homem especial naquele cenário de caudilhos, com uma biografia muito rica, repleta de participação efetiva em missões decisivas no processo de reconhecimento da independência. Teve destacada atuação política na organização do Estado platino, assim como nas guerras de libertação da Argentina, do Chile, do Peru e da Bolívia. Era uma figura de grande estatura e sua presença no Rio de Janeiro constituía um poderoso elemento de credibilidade e força a suas credenciais de plenipotenciário. Entretanto, ele representava um governo que estava em processo de acelerada deterioração.

O embaixador argentino conquistou bons resultados diplomáticos, pois o governo do Rio de Janeiro queria tudo, menos confusão com seus vizinhos. Estava em processo de desenvolvimento no Brasil uma guinada político-econômica sem precedentes desde 1815, quando os brasileiros assumiram definitivamente o lugar dos portugueses na costa atlântica da África e desencadearam o fantástico progresso que a antiga colônia teve dali em diante.

A partir dos anos 1820 a rota do Atlântico Sul converteu-se num dos segmentos mais dinâmicos da antiga economia colonial, que se oxigenava para morrer, como na visita da saúde aos moribundos terminais. Na contramão da teoria econômica, tanto a Revolução Industrial como o liberalismo abriram caminho para um incremento sem precedentes no mercado de escravos africanos, enriquecendo toda a cadeia escravista como nunca se vira desde a criação das grandes lavouras americanas, as *plantations*, como as denominavam os norte-americanos. Na África os reis da costa que controlavam o fornecimento de escravos ficaram eufóricos, tamanha a demanda. As grandes lavouras de algodão e outras fibras têxteis que se produziam em cultivos com alto emprego de mão de obra tiveram um incremento sem igual devido ao rápido desenvolvimento industrial que consumia vorazmente qualquer quantidade de matéria-prima. O sul dos Estados Unidos, o nordeste brasileiro, a Mesopotâmia Argentina e até o Paraguai entraram fortemente no mercado.

No Cone Sul essa nova economia cresceu com base no trabalho livre, embora a escravatura ainda persistisse nas atividades das charqueadas do Rio Grande do Sul. Para o Brasil vinham colonos dos países de língua alemã, enquanto Entre Rios importava colonos da Escócia, num programa de emigração do general Urquiza, e entrava firme na cultura algodoeira. Junto com a agricultura chegou a ovelha lanar, também produtora de insumos para a indústria de vestimentas. Ela acrescia uma nova e lucrativa fonte de renda aos campos de pastagens, além de aumentar a fertilidade dos campos devido a sua complementaridade com os bovinos e equinos. A ovelha come o pasto baixo, enquanto cavalos e bois preferem o mais alto e, assim, um limpa o campo para o outro, e sua urina e fezes fertilizam as gramíneas e leguminosas para ovinos, bovinos e equinos. Isso gera aumento da lotação dos campos, intensificando o pisoteio e eliminando as ervas daninhas. Foi um processo que melhorou o desempenho dos pampas. Essas práticas rapidamente se espalharam para o outro lado do Rio Uruguai e foram adotadas com avidez pelos orientais e rio-grandenses.

A venda de escravos para as Américas, que era um segmento apenas complementar do mercado escravista intra-africano, cresceu exponencialmente. Os escravocratas africanos entraram em frenesi, armando expedições de captura que penetravam profundamente no continente para trazer material humano, transformando uma prática subsidiária, subproduto das guerras tribais, em atividade organizada. Isso também era facilitado pelo grande avanço nos meios de transporte com o surgimento de navios de grande porte que podiam transportar com segurança centenas de homens e mulheres, bem diferentes dos veleiros primitivos que nos tempos coloniais levavam poucas centenas, com alto índice de perdas.

Financeiramente, o comércio de escravos atraía investidores de todos os tipos, interessados nos rendimentos da atividade, desviando recursos que os países industriais necessitavam para o desenvolvimento de suas fábricas e da infraestrutura para a nova sociedade que florescia na Europa. Com os ganhos de produtividade da indústria para produção de bens de consumo, especialmente de tecidos, os traficantes já não precisavam ir ao extremo oriente buscar sedas e balangandãs, que podiam obter na Europa a preços baixos e vender a preço de ouro no escambo pelos escravos. Foi a grande farra do Atlântico Sul.

Os comerciantes britânicos não viam nenhum sentido em vender aos brasileiros, que iam direto de seus portos para a África trocar as mercadorias por negros escravos e revendê-los nas Américas a preços exorbitantes, auferindo lucros desmedidos e remunerando os investidores melhor do que seu sistema financeiro interno.

Os lucros eram tão altos que o erário não precisava se preocupar; podia exagerar na carga fiscal que o sistema ainda oferecia rendimentos elevados para todos. Internamente, os produtores rurais que compravam escravos precisavam socorrer-se do sistema financeiro para comprar a peso de ouro mão de obra para suas lavouras, endividando-se com os juros mais altos do mundo, um velho costume brasileiro. Também devido ao barateamento e à maior segurança do transporte transatlântico, a mão de obra livre tornou-se muito mais conveniente. Com o advento do navio a vapor, que transportava milhares de homens em seus porões, ficou ainda mais fácil, pois o europeu vinha, fazia a colheita e voltava para sua terra. Muitos ficavam.

A escravidão americana era vista na Europa iluminista, liberal e democrática como um verdadeiro escândalo. Era terreno fértil para o proselitismo, embora os segmentos mais pragmáticos vissem no trabalho servil um obstáculo ao comércio nos países escravocratas e um concorrente invencível nos prósperos mercados africanos. Além, é claro, de ser um concorrente na captação de recursos financeiros no nascente capitalismo. Como maior potência mundial, a Inglaterra tomou para si a responsabilidade de acabar com aquele disparate. Desde 1807, quando aboliu o tráfico e a Inglaterra perdeu a posição de maior traficante do mundo, combatê-lo convinha aos políticos, pois defender a liberdade e condenar a escravatura era o discurso mais politicamente correto naqueles países. E assim, pouco a pouco, a Coroa Britânica foi tomando medidas, restringindo o livre trânsito dos negreiros pelos mares.

Nos países escravistas não houve grande reação, pois a facilidade de obter mão de obra rural europeia não comprometia as lavouras. Depois de 1830 só o Brasil continuava ativamente no mercado, ocupando o vazio deixado pelos britânicos, suprindo a demanda marginal dos países que ainda compravam esse tipo de "produto". O torniquete, porém, foi apertando e dificuldades crescentes passaram a complicar o tráfico e a atrapalhar a vida internacional do país.

Apesar de ter aceitado pressões e votado leis contra o tráfico, o Brasil mantinha o próspero negócio. Os países europeus não se importavam muito, pois no Brasil havia uma escravatura diferenciada. Nos demais países, o escravo era simplesmente mão de obra sem renda, mas no Brasil o escravo constituía uma parcela significativa da classe média ativa. Praticamente todas as atividades do pequeno comércio e de serviços eram realizadas por escravos. Muitos eram verdadeiros microempresários, alguns com empregados livres ou escravos próprios para tocar seus negócios. O senhor era um investidor parasita que cobrava uma parte dos ganhos. Esse sistema sustentava o Estado, que empregava uma caudalosa massa de servidores públicos, em sua maioria clientes dos políticos. E assim se formava um sistema que produzia consumo para os comerciantes ingleses estabelecidos no país, amenizando a repressão da armada britânica contra os traficantes nacionais. Isso tudo até 1848, quando o imperador decidiu acabar de vez com o tráfico, diante da pressão que sofria da comunidade internacional e das forças liberais do país.

Havia consenso no país de que a escravidão era uma mancha, mas num Estado constitucional não conseguiam acabar com ela, pois as bancadas mais fortes do parlamento negavam-se a votar a abolição. Minas, Rio de Janeiro e São Paulo obstruíam qualquer reforma nesse sentido. Entretanto, com leis abolicionistas entrando em vigor em todo o mundo, pelo menos o tráfico teria ser atacado. A escravidão não era mais o sustentáculo das economias mais prósperas da região: o algodão e o fumo nos Estados Unidos, o açúcar em Cuba e o emergente café no Brasil. Nessas lavouras o braço escravo ainda predominava. O nordeste, que fizera uma incursão no algodão e tivera a base de sua economia colonial na cana-de-açúcar, perdia seus mercados devido à concorrência dos produtores do hemisfério norte, que utilizavam em terras mais férteis e estavam mais próximos dos mercados, num tempo em que os preços dos fretes eram decisivos.

Era essa questão escravista o grande embrulho brasileiro da época. Rosas contava com o crescente isolamento diplomático do Brasil para consolidar sua posição no Cone Sul. Seu embaixador no Rio de Janeiro o prevenira de que moderasse seu avanço, mas ele deixou claro que sua reivindicação de retomar Uruguai e Paraguai era um simples movimento diplomático para botar o Brasil contra a parede e barganhar nas negociações futuras. Não contava com o esparramo que tal boato causaria nos demais atores do Rio da Prata, mesmo que o Rio de Janeiro perdesse o apoio europeu à divisão da soberania sobre as águas daquele estuário. Rosas estava cego e não conseguia enxergar o que Tomás Guido tentava lhe mostrar como um quadro límpido do xadrez regional. Como não havia quem o contrariasse, deixou a carreta ir pegando força, podendo passar à frente dos bois.

Era realmente difícil para um homem de pouca experiência internacional como Rosas, governador de uma província hegemônica, entender o Brasil, um onde que os interesses regionais tinham vida própria. Por isso a letargia do Rio de Janeiro em reagir a seus avanços foi uma percepção enganosa. Logo se iniciaram as califórnias, como passaram a chamar as razias dos rio-grandenses e dissidentes orientais contra Oribe. O nome do movimento foi dado porque a região de Taquarembó, nessa época, era chamada de Califórnia Uruguaia, pois ali haviam descoberto ouro. Era uma comparação com a corrida do ouro no extremo oeste norte-americano, na costa do Oceano Pacífico.

O governo nacional brasileiro deu ordens severas às forças armadas do Rio Grande do Sul para que reprimissem as califórnias. O governador portenho captou aquilo como uma manifestação de sua força e capacidade de pressão, quando, na verdade, as coisas se passavam de maneira diferente. Primeiro, o governo do Rio não queria crises internacionais; segundo, dava pouca importância ao movimento de ladrões na fronteira sul.

Esse foi um dos grandes momentos em que o jovem imperador demonstrou seu talento político, o perfeito domínio das manhas que aprendera com seus preceptores — especialmente com o mineiro José Bonifácio de Andrada —, e seu profundo brasilianismo. Para acabar com o tráfico de escravos, levou para o governo o segmento conservador mais radical, aliado e sustentado pelos senhores do tráfico. O gabinete era chefiado pelo marquês de Monte Alegre e por seu ministro da Justiça, a quem caberia operacionalizar o processo; tratava-se do conselheiro Eusébio de Queiroz, nascido em Angola, um homem que tinha suas bases justamente na grande lavoura escravista fluminense.

— O nosso país é singular, senhor ministro. Deixamos de ser colônia quando a metrópole se transferiu para o Brasil, um fato inédito na história dos impérios; a nossa independência foi selada por um rei português, meu avô, e a nossa separação do Reino Unido foi feita pelo príncipe herdeiro do trono de Lisboa. Então, nada melhor do que um prócer do Partido Conservador para implementar o fim do tráfico negreiro. A verdade é que o país não tem mais condições de sustentar essa situação. Temos o mundo inteiro contra nós. Se não bastasse ser uma vergonha, é imprescindível que nós o façamos antes que eles venham aqui e nos obriguem a acatá-los de joelhos.

O país estava diplomaticamente vulnerável, mas o imperador nunca estivera tão forte. Rosas sentiu-se ainda mais dono da situação quando a esquadra britânica bombardeou alguns portos do litoral fluminense, onde se suspeitava que estariam ocorrendo desembarques de escravos. A repressão ao tráfico produzia crimes que horrorizavam a classe média humanista dos países adiantados. Uma das práticas dos negreiros, quando flagrados, era lançar ao mar sua carga humana, pois a criminalização do transporte de escravos equiparava os tripulantes dos negreiros aos piratas do Caribe do século XVI e a pena era a forca numa prisão inglesa. Sem a prova material do crime, eles podiam perder o navio, amargar alguns anos atrás das grades, mas não precisavam enfrentar um carrasco. Em defesa do humanismo justificava-se o ataque aos barcos e, logo em seguida, à infraestrutura escravista. Era a medida autorizada por uma lei denominada "Bill Aberdeen", nome do primeiro-ministro que a sancionou.

Foi assim que os navios da Royal Navy entraram nos portos de Macaé, Cabo Frio e Paranaguá, criando um incidente diplomático que Rosas interpretou como uma guerra do pobre Brasil contra a poderosa Inglaterra, quando, na verdade, era um incidente pontual que logo foi superado, pois o governo estava ultimando os decretos que baniriam definitivamente o tráfico no país.

O que de fato provocava calafrios na visão estratégica na América do Sul era o fechamento dos Rios Paraná e Paraguai, decretado pelo governador de Buenos Aires. Rosas sentiu-se mais seguro ainda quando recebeu notícias de Oribe informando que o Exército Brasileiro estava ativo na fronteira, não só prendendo os dissidentes como ainda passando informações a seus comandantes para que estes atacassem os rio-grandenses no território oriental. Deu então ordens para Tomás Guido endurecer com o império.

Mas a situação era outra. O exército estava agindo contra os californistas, mas nenhum acusado ficava mais do que alguns dias detido, executando fugas inacreditáveis de tão mirabolantes. Por exemplo: o coronel Severo conseguiu escapar de sua escolta simplesmente porque seu cavalo era mais veloz que os dos guardas. Foi o que constou no relatório oficial, plenamente aceito pelas autoridades superiores da província.

Aconteceu então que o faro aguçado do menino de Arroio Grande captou os ventos do Sul: Irineu Evangelista tomou um navio e partiu para Rio Grande a fim de dar uma olhada na agência local de seu banco. Em Rio Grande e Pelotas conversou com seus gerentes e, por meio deles, com lideranças locais. Aos poucos foi tomando pé da situação de virtual levante em que vivia o Rio Grande do Sul. Uma das conversas mais importantes foi com o advogado Antero de Oliveira Fagundes, irmão de dona Chiquinha, cunhado de Osorio. O dr. Antero acabara de publicar um artigo no jornal *Farol*, respondendo a um crítico anônimo que atacara Osorio, acusando-o de estar mancomunado com os uruguaios de Oribe para conter a ação dos homens do barão de Jacuí, que operavam do outro lado da fronteira, respondendo às afrontas dos descontrolados blancos. Ele lhe deu um panorama bastante completo da situação:

— O governo do general Rosas está ruindo. A sua única sustentação é o exército, alimentado e pago pelos charqueadores de Buenos Aires. Rosas é o maior deles e também o maior produtor de gado de corte de toda a Confederação. Nenhum outro setor de Buenos Aires o apoia, tampouco tem condições de derrubá-lo.

Antero pintou o quadro para Irineu Evangelista. Havia uma revolta generalizada contra Rosas em todo o Vale do Rio Uruguai, dos dois lados, tanto nas províncias argentinas como no Uruguai e no Rio Grande do Sul. Nos países hispânicos, porque o ditador portenho inviabilizava toda a produção agropecuária da região, cobrando altas taxas pelo trânsito dos produtos pelo Rio da Prata, represando a economia e provocando grande crise nas províncias que ficaram sem arrecadação.

No Rio Grande, o que pegava mal era a desordem na Banda Oriental, que atingia os fazendeiros brasileiros estabelecidos além da fronteira, mas também levava à total desorganização dos sistemas de comercialização. Boa parte do gado que era abatido em Pelotas vinha do outro lado da linha divisória. Isso era considerado um compromisso sagrado do Estado uruguaio, que cedera aquelas terras aos brasileiros.

Com as califórnias, os rio-grandenses iniciaram uma ação ofensiva contra as tropas argentino-uruguaias que dominavam a campanha e sitiavam Montevidéu, desestabilizando o governo do general Oribe. Afetaram assim a segurança de Buenos Aires, que sustentava sua hegemonia sobre o Prata com o controle de suas duas margens: uma patrulhada diretamente e a outra controlada por seus aliados blancos. O governo nacional brasileiro opunha-se às califórnias e determinara sua repressão, mas havia unanimidade no Rio Grande do Sul a favor da abertura de hostilidades contra Rosas. As forças armadas faziam o policiamento, movidas unicamente pelo espírito da disciplina militar, pois tanto os chefes como toda a oficialidade e a tropa em geral apoiavam as califórnias. Esse movimento dos rio-grandenses estava pondo em xeque o controle argentino e conseguindo adesões nas províncias de Entre Rios e Corrientes. Tais fatos chegavam a Buenos Aires, e Rosas via seu poder esvair-se. Uma oposição armada estava em fase de organização a partir da irradiação desse enclave no Arapeí, que tinha a fronteira brasileira como santuário.

Os grupos das califórnias eram plurinacionais. Uma dessas unidades era comandada pelo coronel Hornos, de Entre Rios, e tinha como subcomandante o tenente-coronel Gregório Verdun, uruguaio, e como segundo subcomandante o tenente-coronel rio-grandense Cândido Figueiró. Havia oficiais destacados das três nacionalidades, veteranos de guerras civis, condecorados em muitas guerras, nas quais várias vezes combateram uns contra os outros. Chico Pedro ganhava renome e batizava o movimento de “As Califórnias de Chico Pedro”. Osorio entrou fortemente em ação contra eles. Numa carta enviada ao jornal *Farol*, reclamou que seu apego ao dever estava gerando inimizades. Lamentou estar nesse conflito: “Tenho consciência de haver cumprido ordens superiores como foi possível sem fazer disparar um tiro nos meus desvairados patrícios que, aliás, não poucos assassínios e roubos praticaram alguns deles.”

No interior do Uruguai, os combates eram sangrentos, mas a repressão era flácida. Numa carta ao presidente Soares Andréa, Osorio encaminhava o prisioneiro João Antônio Severo: "Depois de ter cumprido um dever de soldado creio que posso exercer o de amigo, e o faço recomendando à alta proteção de V. Excia. o coronel João Antônio Severo, homem de longos e distintos serviços e companheiro que vi por tantas vezes verter seu sangue no campo de batalha em prol da monarquia e da ordem." Em resposta, Andréa reclamou do coronel, que se evadira no meio do translado para Porto Alegre, afirmando que esperava o prisioneiro com as melhores atenções, "designando-lhe para prisão em Porto Alegre uma casa qualquer que ele escolhesse. Hoje, com bastante sentimento, sei que este seu amigo caiu no erro indesculpável de fugir no caminho". Tudo isso contaram a Irineu Evangelista. O advogado Antero Fagundes lembrou um desses fatos que dizem tudo para explicar o que estava acontecendo na campanha, em que os comandantes militares e a tropa davam mostras inimagináveis na América do Sul de lealdade à Constituição, pois só isso explicava por que obedeciam ao governo tão contrariamente a suas convicções e seu sentimento de justiça. Contou-lhe uma do cunhado:

— O Osorio recebeu contrariado a ordem de marcha. Mas, fossem quais fossem os seus sofrimentos, contrariedades e desgostos, fossem quais fossem os seus interesses privados, acima disso tudo era soldado e conhecia os preceitos da disciplina militar. A ordem estava dada. Devia ser cumprida.

O Exército e a Guarda Nacional operavam com eficiência; tanto que prenderam todos os chefes das califórnias, incluindo os coronéis Severo e Ramirez, este líder oriental, os subcomandantes de Chico Pedro. O próprio barão de Jacuí foi capturado pelo coronel Severino Ribeiro, da Guarda Nacional de Quaraí. Nenhum deles ficou preso, e mesmo aquele que se comprometia a apresentar-se ao presidente tinha de fugir porque não havia clima para segurar, mesmo em prisão domiciliar, nenhum daqueles homens. A opinião pública era tão fortemente a favor dos californistas que ninguém se dispunha a mantê-los em custódia.

For numa dessas, contava Antero, que Osorio capturara nas matas do Rio Ibicuí o tenente Vicente Fialho, homem de grande respeitabilidade em toda a região. Quando preparava uma escolta para mandá-lo, com os demais prisioneiros, para o quartel da 3ª Divisão, soube que uma das filhas do tenente estava gravemente doente. Era dado como certo que morreria sem ver o pai. Osorio mandou trazer Fialho e libertou-o sob a promessa de que não voltaria a lutar.

Irineu Evangelista ainda foi a Pelotas e a Arroio Grande visitar seus parentes, sempre assuntando e, consequentemente, captando o clima de crescente indignação que predominava na fronteira e da desmobilização dos blancos uruguaios que apoiavam Oribe. Com seu exército em fase de deterioração, sem recursos para pagar os soldos e para manter a tropa, os homens do presidente da campanha passaram a se abastecer como podiam, confiscando e roubando. O processo se descontrolava rapidamente. Oribe não conseguia contê-lo e até o absorvia como necessidade premente para manter seu exército minimamente agregado.

Sua base de apoio desarticulava-se e o levante das califórnias ganhava adeptos também entre os orientais, que atribuíam a Rosas a culpa de tantos desmandos. Entretanto, alertava Antero, havia uma questão mais grave: os rebeldes uruguaios não teriam como sustentar seu estado nem seu governo sem apoio financeiro externo. Se Oribe vivia à míngua com as migalhas de Rosas, o governo colorado de Montevidéu estava sem fontes de recursos e estraçalhado por uma dívida externa impagável. Somente o império, com seu tesouro, poderia providenciar os recursos necessários a uma recuperação do Uruguai. Irineu Evangelista perguntou:

— E se nós conseguirmos esse dinheiro?

— Nós quem, Irineu?

— Nós, rio-grandenses. Eu entro com uma parte e posso captar o restante entre os charqueadores e estancieiros. Pelo que imagino, não deve ser tanto dinheiro assim. O meu banco compraria a dívida uruguaia. Eu garantiria as aplicações.

Antero pensava, olhava Irineu Evangelista e ia entendendo o que se passava na cabeça do empresário.

— Tens razão, Irineu. Os rio-grandenses podem resolver essa situação, mas haverá guerra.

— Sim. A guerra é com vocês. Eu cuido do resto.

CAPÍTULO 58

Mauá Compra o Uruguai

— OSORIO, TENS DE te articular com Caxias e obter o apoio dele para esse projeto que traçamos no Rio Grande. O Irineu Evangelista espera um sinal meu para dar os passos necessários.

— Que passos, Antero?

— Não sei. Creio que nem ele decidiu ainda como fazer. Mas pode resolver essa situação. A alternativa, se não fizermos isso, é um banho de sangue.

— É verdade. Sem uma solução política, o Moringue vai derrubar o governo. Quanto mais batemos nele, mais forte fica.

Osorio entendia a preocupação do cunhado e a profundidade do que dizia, pois não falava de uma posição isolada. Ele tinha o apoio ou, pelo menos, o beneplácito das forças econômicas da província, que viam a situação descambar rapidamente para uma nova guerra civil se o governo nacional insistisse em manter as forças armadas numa empresa tão impopular quanto a repressão às califórnias. Era preciso traçar uma estratégia e envolver o senador do Rio Grande no projeto. Osorio encaminhou o problema sem, contudo, relaxar no cumprimento de sua missão profissional.

Antero chegara ao acampamento da Tapera do Trilha, onde estava aquartelado o 2° Regimento de Cavalaria, depois de uma longa e cansativa jornada. Foi uma surpresa para o cunhado, que se riu ao vê-lo desfeito pelas agruras da viagem, pois, embora fosse um homem criado na campanha, os anos de vida acadêmica em São Paulo, e depois as rotinas profissionais nos tribunais, fizeram seus efeitos e ele perdera a forma. Antero sofreu bastante para vencer as 40 léguas entre o porto de Jaguarão e o acampamento na costa do Quaraí, que tiveram de ser percorridas a cavalo, depois de desembarcar do iate que o conduzira de Rio Grande até aquele último porto do sistema fluvial do Sul.

Passada a surpresa, relatou as conversas com Irineu Evangelista. Osorio sabia do empresário, mas não o conhecia pessoalmente. Conhecia a mãe, dona Mariana Batista de Carvalho, e seus meios-irmãos, filhos do padrasto João Jesus e Silva, que viviam na região, mas o filho Irineu era apenas uma notícia, pois ainda criança fora mandado para o Rio de Janeiro para trabalhar no comércio e lá ficara e fizera fortuna. Com Antero, rememorou alguns lances desse novo ator.

— Que eu saiba, deu muito dinheiro para os farroupilhas.

— É verdade. Da revolução em si não chegou a participar, mas ajudou muito os farrapos que o Bento Manoel mandou presos para o Rio. Foi ele que apresentou o Garibaldi ao Bento Gonçalves. Todos eram maçons, tu sabes. É liberal, mas para lá de moderado. Não se mete em política, mas vai ajudar o partido na nossa região.

Irineu Evangelista estava disposto a se meter nas questões do Uruguai por razões políticas, mas também seria uma ótima oportunidade de negócios, uma porta para entrar na vida econômica do Cone Sul. Ele pertencia a uma das famílias mais tradicionais do Vale do Jaguarão. Seu avô materno, José Batista de Carvalho, fora o primeiro estancieiro da região, com 4 mil hectares de campos entre os Arroios Grande e Chasqueiro, havidos por doação real. Seu avô paterno, Manoel Jerônimo de Souza, chegou logo depois, também, como Carvalho, vindo do Arquipélago dos Açores, ainda no século XVIII. Seus filhos se casaram e tiveram dois filhos, Guilhermina e Irineu. Este foi batizado com o nome do santo do dia, 28 de dezembro, no ano de 1813, e o do pai, João Evangelista de Ávila e Souza. Era cinco anos mais novo do que Osorio.

Aos 5 anos, Irineu Evangelista perdeu o pai, morto numa refrega com bandidos castelhanos. Criado pela mãe, teve toda a formação tradicional de criança rio-grandense, mas com uma diferença, pois Mariana dera ênfase em sua educação ao ensino básico: ler, escrever e fazer contas. Aos 9 anos começou sua vida profissional, o que era normal naquela época, quando uma criança de 7 anos já era chamada de "rapaz", e as meninas casavam-se mal entravam na puberdade, com 10, 11 anos. Foi o caso da irmã Guilhermina, casada aos 12 anos com José Machado da Silva. Irineu foi levado para o Rio de Janeiro em 1823, pelo tio materno José Batista de Carvalho, capitão da marinha mercante. Ele o colocou como aprendiz de caixeiro na loja do comerciante português João Rodrigues Pereira de Almeida, na rua Direita 155, atacadista que tinha entre seus negócios a distribuição de charque rio-grandense por todo o reino, àquela altura transformado em império.

Almeida era um dos comerciantes mais fortes do Brasil. Controlava 30 por cento de todo o mercado de alimentos do país, abastecendo-se no Rio de Janeiro, em Minas Gerais, no Rio Grande do Sul, de onde importava charque e farinha de trigo. Ali Irineu Evangelista desenvolveu-se, aprendendo a arte do comércio e estudando economia, conseguindo se registrar como guarda-livros, um contador. Em 1828, com a falência do Banco do Brasil, Almeida perdeu tudo o que tinha, retirando-se para sua plantação no interior de Minas. Foi agraciado com o título de barão de Ubá, nome de sua fazenda às margens de um Arroio homônimo — ubá era um tipo de canoa usada pelos indígenas locais. No Rio, aos 16 anos, o jovem rio-grandense teve de cuidar da liquidação dos ativos do patrão, negociando com o principal credor, o britânico Richard Charruters. No fim do acerto, continuou na firma. Quinze anos depois Charruters havia se aposentado e regressado a sua Escócia natal. Irineu virou dono do negócio.

A mudança do sistema pós-colonial português para o florescente capitalismo da Revolução Industrial foi uma descoberta para o jovem executivo e depois empresário. Entendeu rapidamente a nova gestão empresarial implantada pela comunidade britânica e, com o declínio do tráfico negreiro da África, também copiou o modelo inglês de desenvolvimento e começou a investir em infraestrutura de serviços públicos e na indústria pesada.

Em poucos anos, juntou grande fortuna e no final dos anos 1840 teve um crescimento exponencial. Foi quando os ingleses perderam as regalias, e o tráfico entrou em recesso para ser totalmente extinto. Havia necessidade de abrir novos mercados, e a região do Prata era o mais atraente. A revolução no Uruguai era um prato cheio. Tão logo chegou ao Rio de Janeiro, foi procurar seus contatos para ver como se inserir nesse processo, além de apoiar seus patrícios na luta para acabar com os desmandos da dupla Rosas/Oribe na campanha. Sua mãe mesmo lhe pedira isso: "Meu filho, sei que não és político, mas, se puderes nos ajudar a nos ver livres dessa bandidagem, por favor, nos ajude."

Na repressão às califórnias, Osorio era o único chefe militar a levar a ponta de faca a ordem de combater os rebeldes sem trégua, enquanto encaminhava negociações para a pacificação. Despachou Antero para o Rio a fim de conferenciar com Caxias para articular algum tipo de ação que levasse a uma solução. Isto é: não haveria outra saída senão a intervenção armada no país vizinho, o que significaria, automaticamente, guerra contra a Argentina. Mas ele alertava o governo para os perigos de nada ser feito e denunciava o oportunismo de Chico Pedro, que vinha crescendo substancialmente. Osorio desconfiava que seu verdadeiro objetivo era a guerra civil no Rio Grande contra o governo.

Em março de 1850 começaram a mover os cordéis. O presidente da província, Soares Andréa, militar de carreira, foi substituído por um diplomata profissional, José Antônio Pimenta Bueno, na época o maior especialista dos quadros do ministério de Estrangeiros em assuntos da fronteira sul, isto é, das complicadas fronteiras do nordeste argentino. Era embaixador no Paraguai, mas vivia em Corrientes e estava profundamente enfronhado na crise platina, acompanhando de perto o paulatino afastamento entre o ditador Rosas e o governador de Entre Rios, Justo Urquiza, a peça-chave desse intrincado xadrez do Cone Sul. O barão do Jacuí depôs as armas, encerrando as califórnias, com a promessa de que nem ele nem seus seguidores sofreriam qualquer punição.

Pimenta Bueno assumiu e tratou logo de restabelecer as conexões com Corrientes e Entre Rios, dizendo por baixo do pano que o Rio Grande do Sul estaria com eles no caso de um rompimento com Rosas. O governador de Buenos Aires, pela convenção de 1831, detinha o monopólio das relações internacionais da confederação, de forma que esses contatos se produziam informalmente. O novo presidente do Rio Grande deveria trabalhar para que esses relacionamentos passassem para o papel e se convertessem em algum tipo de documento que pudesse ser aceito pela comunidade internacional. Sem isso o Brasil não poderia intervir.

Além de todas as dificuldades internas, havia uma forte campanha na imprensa europeia e norte-americana denunciando o Brasil como agente das monarquias e expondo sua nódoa escravista. Os dois bordões pegavam muito bem na opinião pública. Havia um forte movimento abolicionista no hemisfério norte. Embora na Europa não se praticasse a escravatura econômica, ela não era proibida e muita gente tinha cativos, especialmente estrangeiros que viviam no Velho Mundo. Nos Estados Unidos, o movimento também era forte. Destacava-se um político nova-iorquino que tinha a abolição pura e simples, sem indenizações ou meias medidas, como plataforma de campanha: Abraham Lincoln.

Na república restaurada francesa, quando assumiu um sobrinho de Bonaparte, o presidente Luís Napoleão, havia livre trânsito para a campanha antimonarquista na América do Sul. A princesa destronada, dona Januária, era irmã do imperador do Brasil. A opinião pública diferenciava essa monarquia do fim do mundo dos grotescos reinados africanos. Esse noticiário militante era alimentado também pelos generosos subsídios que o governador de Buenos Aires oferecia a jornalistas e veículos, não só em Paris mas em outras capitais europeias. A difusão de notícias e ideias ainda não era uma atividade independente, como se tornou mais tarde. Ninguém achava errado que alguém pagasse para que um jornalista o defendesse e promovesse.

O Brasil tinha um grande problema de imagem no exterior que precisava ser levado em conta antes de se meter numa aventura militar, mas também não tinha mais como escapar, porque sem os rio-grandenses não seria possível aos gaúchos hispânicos destituir Juan Manuel Rosas.

Em julho de 1850 o 2º Regimento recebeu ordens de regressar a seu quartel em Bagé. Chegando à cidade, Osorio licenciou seus cadetes. Todos voltaram a suas famílias e foram imediatamente incorporados à Guarda Nacional no posto de alferes. Delphino também deixou a farda e foi encaminhado para um Corpo de São Gabriel. Osorio explicou-lhe por que essa designação:

— Meu rapaz, apresenta-te ao capitão Sezefredo Mesquita em São Gabriel. Tu és de Caçapava, mas eles estão precisando de oficiais para completar um Corpo de cavalaria.

A província entrara em acelerada mobilização. Nesse momento, o Rio Grande do Sul contava com efetivos de 6 mil homens de Primeira Linha e 2 mil guardas nacionais em serviço. O governo evitara concentrar tropas para não acirrar os ânimos em Buenos Aires enquanto não tivesse resolvido as questões internas, principalmente o tumulto que decorreria da extinção definitiva do tráfico africano. O fim da receita dos impostos de importação dos escravos ameaçava seriamente os cofres públicos. Pela primeira vez desde a independência, o país obtivera o equilíbrio fiscal. Além disso, interrompia catastroficamente o comércio atacadista que vivia de suprir os navios negreiros com mercadorias para escambo na África. Sem contar a própria reação dos reis africanos, muitos deles grandes investidores no Brasil, que estariam definitivamente arruinados. Seria desarticulado todo um sistema de suprimento, que penetrava continente adentro. Haveria a consequente desestabilização de seus governos devido à crise econômica em que mergulharia toda a costa atlântica, a região mais próspera do continente. Cidades poderosas como Luanda e Lagos estavam condenadas a regredir ao nível de aldeias decadentes.

A questão mais grave, porém, estava milagrosamente resolvida desde que o industrial Irineu Evangelista entrara no processo. A base legal no âmbito do direito internacional para toda a movimentação seria dada pelo governo legal uruguaio sitiado em Montevidéu. Desde 1845 a França concedia um subsídio para a sustentação desse governo, uma política que em parte objetivava contrabalançar a presença britânica no Prata, e em menor grau uma ajuda indireta do rei Luís Felipe ao irmão de sua nora, que estava ainda consolidando sua monarquia no Brasil. A última revolução republicana, a Praieira, em Recife, fora pacificada em 1848, ou seja, pouco antes da queda do rei francês. Em 1849 o governo de Paris suspendeu essa ajuda. Irineu substituiria a França, viabilizando, com isso, a sustentação do governo legal de Herrera y Obes para legitimar a guerra contra Oribe e Rosas sem que o governo do Rio de Janeiro estivesse diretamente envolvido na guerra civil uruguaia.

Os primeiros passos da articulação política foram dados por Pereira Bueno. Assumindo o governo do Rio Grande do Sul, estava em posição de se converter num interlocutor válido para os governadores argentinos, pois falava embasado num exército de quase 10 mil homens, mas em fase de crescimento. Nenhum dos três contendores, porém, tinha força para, sozinho, depor o governador de Buenos Aires: nem os mesopotâmicos, nem os rio-grandenses, nem os colorados uruguaios. Já com os três juntos a conversa era outra. O último elo dessa cadeia era a viabilização do governo de Montevidéu, o que se realizou com Irineu Evangelista, que empenhou fundos próprios e captou uma boa parte entre os estancieiros gaúchos. Com isso transformou-se no principal empresário do setor financeiro do Rio Grande do Sul.

Irineu Evangelista tinha ótimas relações com o novo governo conservador constituído pelo marquês de Monte Alegre em 1848. Embora fosse membro do Partido Liberal, transitava bem na situação, a ponto de obter a aprovação pelo parlamento do Código Comercial em seus termos, um arcabouço jurídico fundamental para o desenvolvimento dos negócios no país, que ainda vivia atormentado por uma legislação dos tempos da colônia. Conversando com o ministro do Exterior, Paulino Soares de Sousa, ouviu um sonoro "não" ao sugerir uma ação para apoiar Montevidéu. O ministro concordava com Irineu Evangelista que uma expansão comercial para o Prata seria necessária com o fim do intercâmbio africano, mas o governo ainda considerava prematura uma intervenção nesse sentido. Preferiria mesmo que os próprios argentinos resolvessem a situação, e queixou-se dos rio-grandenses que se imiscuíram na guerra civil trazendo problemas diplomáticos desnecessários para o Brasil, já bastante ocupado com os dissabores da campanha de imprensa na Europa e da repercussão negativa dos embates com os ingleses. Além disso, o gabinete estava envolvido, naquele momento, com a aprovação da Lei de Terras, destinada a aplacar a fúria dos plantadores com o fim do tráfico e a necessidade de se adaptarem à mão de obra assalariada europeia, que, embora mais barata que a escrava, demandava uma grande transformação em todo o sistema produtivo. Os fazendeiros estavam vendo o preço dos escravos subir para a estratosfera, o que valorizava suas senzalas mas também tornava proibitiva a aquisição de mão de obra cativa.

Os olhos do ministro se arregalaram quando Irineu sugeriu, timidamente, que o setor privado poderia resolver aquele problema. Paulino viu de imediato uma possibilidade concreta de oferecer uma solução ao imperador, que andava extremamente preocupado com o torvelinho platino. Seu principal conselheiro em assuntos rio-grandenses, o senador conde de Caxias, dizia que se o governo central não fizesse algo o Rio Grande do Sul poderia conflagar-se novamente. Isso era tudo o que dom Pedro não queria ouvir. O ministro era considerado um dos políticos mais duros do império. Nascido em Paris e criado na França, filho de mãe francesa, era um homem intelectualmente refinado, mas na ação política mais lembrava um girondino, o tipo de moderado que, na França, fazia oposição aos radicais jacobinos. Em sua base eleitoral, em Saquarema, na região dos Lagos do litoral norte fluminense, era conhecido por ser implacável com os adversários. Costumava dizer: "Não se poupa inimigo derrotado, pois ele pode se levantar amanhã."

Paulino viu uma oportunidade em sua conversa com Irineu:

— Bem, se vocês do Rio Grande garantem a mão, então pode ser possível.

Alguns dias depois, Paulino chamou Irineu Evangelista a sua casa para uma nova conversa. O ministro despachava em sua biblioteca, o único lugar que considerava seguro no Rio de Janeiro, pois via espiões em toda parte. Disse que aceitaria a proposta desde que o governo ficasse de fora. Seria um negócio dele com os uruguaios. Se fosse assim, poderia ir em frente que ele cuidaria do resto, ou seja, de mobilizar o exército para dar apoio à política rio-grandense.

Paulino conversou com o imperador e convenceu dom Pedro de que aquele modelo seria perfeito. Se tudo desse errado, a culpa seria dos gaúchos que se haviam metido naquela aventura desmiolada. Se as províncias argentinas aderissem e o governo de Montevidéu conseguisse rachar o exército de Oribe, o Brasil poderia estabelecer uma situação minimamente favorável no Rio da Prata. O risco seria dos investidores. Assim, atendendo a um pedido do embaixador uruguaio no Rio, Andrés Lamas, o ministro decidiu encaminhar Irineu Evangelista ao diplomata que vinha reiteradamente pedindo apoio ao governo brasileiro, alegando que, com a retirada do subsídio francês, em poucos dias a cidade ficaria à mercê de Rosas e nunca mais um navio brasileiro iria navegar pelas águas do Rio Paraná. A convicção de Lamas era de que o ditador portenho anexaria o Uruguai e seu próximo passo seria a invasão do Rio Grande do Sul e do Paraguai, levando a fronteira até o Rio Jacuí, no sul, e o Mato Grosso, no norte.

O primeiro encontro de Irineu Evangelista com Lamas foi cômico, tamanho o susto que o diplomata levou. Paulino instruíra o empresário a ir sozinho, para evitar que vazasse a informação, pois a casa do embaixador era estreitamente vigiada. Irineu pegou sua bengala e se encaminhou para a Pedra da Glória, onde ficava a embaixada. Ali chegando, foi recebido pelo filho do ministro uruguaio e, segundo Pedro Lamas, "o senhor Irineu se apresentou espontaneamente para pedir a honra de contribuir com seus milhões para a queda de Rosas". O embaixador ficou tão assustado, pensando ser um espião argentino, que desconversou e em seguida pediu uma audiência ao imperador para narrar o encontro. Qual não foi sua surpresa quando dom Pedro lhe disse que Irineu Evangelista tinha o beneplácito da Coroa. Também o governo ficou intrigado com aquela transação. Uma comissão composta pelo presidente do gabinete, marquês de Monte Alegre, e pelo ministro da Fazenda, visconde de Itaboraí, fora a dom Pedro pedindo que retirasse seu aval, temendo que a operação pudesse desandar, trazendo nova crise internacional. Entretanto, dom Pedro manteve sua posição e disse garantir que o negócio seria benfeito.

Enquanto as negociações iam se arrastando no Rio de Janeiro, na campanha rio-grandense o povo se preparava para a guerra. Delphino deixara Bagé e fora, como mandara Osorio, apresentar-se ao capitão Sezefredo, que estava com um bando de recrutas para adestrar. O capitão era dez anos mais velho do que o jovem alferes. Com 27 anos já era um militar experiente. Aos 13 anos alistara-se nas forças do coronel Antônio de Souza Netto e fizera toda a Revolução Farroupilha na cavalaria. Estava em Ponche Verde no dia da paz. Beneficiado pela anistia, foi aproveitado na Guarda Nacional no mesmo posto que tinha no Exército Republicano, quando essa instituição foi reorganizada no Rio Grande do Sul, em 1849.

Saindo de Bagé, Delphino cavalgou até Caçapava para ver a família e, principalmente, pegar a documentação necessária a seu engajamento na Guarda Nacional: comprovantes escolares, pois era necessário saber ler e escrever; comprovante de renda, que deveria ser acima de 200 mil réis por ano para ser oficial da guarda; e o encaminhamento de seu registro eleitoral. Com isso, estava habilitado, pois dizia a lei que todo brasileiro válido e livre entre 18 e 60 anos era reservista e poderia ser mobilizado, mas apenas os eleitores poderiam ser oficiais. Por isso chamavam os guardas nacionais de soldados-cidadãos. Lá chegando, apresentou-se ao capitão. Sezefredo conhecia sua família.

— O teu tio José fez toda a revolução como Osorio. Dizem que não era oficial porque a dona Anna Joaquina o encarregou de ser o anjo da guarda do filho. Como sargento ele podia não desgrudar do homem. Bem-vindo: estamos precisando de homens valentes e que conheçam o ofício das armas.

Delphino avaliou aquele homenzarrão a quem Osorio o recomendara, contando-lhe sua história, preparando-o para esse encontro. Osorio e Sezefredo pouco se conheciam, mas o general Antônio de Souza Netto botara a mão no fogo por ele. Era um dos chefes do Partido Liberal e, apesar de ser capitão, portava-se como um coronel. O jovem aspirante a oficial desculpou-se por ter chegado sozinho. O padrão era que os oficiais da Guarda se apresentassem levando consigo pelo menos um punhado de homens.

— Vim correndo, mas o meu tio está mandando seis homens. O senhor sabe que a maior parte do nosso pessoal vai ficar lá mesmo por Caçapava. Esses que estão vindo são só para eu não chegar de mãos vazias.

Sezefredo demonstrou que esperava só por ele. Dando uma olhada em sua estampa, ainda fardado com o uniforme de primeiro-cadete, mandou:

— Sei disso. Já é muito o que me trazes. Agora vai mandar fazer um traje de acordo. Na vila tem um alfaiate, o preto Virgulino. É careiro, mas o tecido é de boa qualidade e o corte perfeito. Vai lá e te prepara enquanto eu encaminho a documentação para o teu alistamento.

O jovem alferes entrou logo em serviço: dava ordem-unida, era instrutor de esgrima e tiro, ensinava táticas de cavalaria. Sezefredo dizia que era um oficial completo, parecia ter saído de uma academia. De fato, o 2° RC era uma verdadeira escola militar. Em pouco tempo o comandante trouxe Delphino para perto de si, nomeando-o seu ajudante, isto é, uma espécie de subcomandante.

Na alfaiataria Delphino encontrou uma oficina em atividade frenética. O alferes aproximou-se, perguntou por "seu" Virgulino, apresentou-se mandado pelo capitão e foi se entendendo com o chefe daquela fabriqueta, que falava uma mistura de tatibitate em português e castelhano.

— Os coronéis, majores e capitães vêm com os seus uniformes antigos querendo ajustar, mas não tem jeito. Engordaram; a fazenda não basta para as suas banhas. O máximo que posso fazer é ficar com a farda antiga a fim de reformá-la para um mais moço que caiba nela.

O alfaiate não parava de falar enquanto tirava as medidas do futuro alferes. Contou que sua base era Rio Grande, mas fora para São Gabriel atendendo a um pedido do brigadeiro Marques de Souza, que seria o comandante da divisão. Alugara quatro escravos alfaiates e se instalara ali com o objetivo de vestir em poucas semanas mais de cem oficiais que eram esperados para integrar todos os Corpos em formação. Ele mesmo, contou a Delphino, era natural de Luanda, onde começara como escravo de um artesão local, que o vendera a bom preço para vir ao Brasil já como oficial alfaiate de um fornecedor do exército, em 1811. Fora com dom Diogo de Souza para Montevidéu, voltara para Rio Grande e, já com Lecor, ficara dez anos na capital uruguaia. No momento fixara-se em Rio Grande outra vez, mas estava esperando "vocês botarem o Rosas para correr" de modo a instalar-se novamente em Montevidéu, onde tinha uma casa própria e uma freguesia numerosa.

No Rio de Janeiro pouca atenção se prestava à crise no Sul. A imprensa da corte sofria uma inundação de notícias relativas ao fim do tráfico africano. Desde que ficara estabelecido que a torneira se fechasse, os plantadores estavam comprando tudo o que aparecesse no mercado. Os próprios traficantes, alertados por Queirós, já estavam abandonando o mercado. Era uma festa, pois se vendia qualquer "peça" chegada da África e os banqueiros e agiotas emprestavam a juros altíssimos aos escravistas desesperados, que se endividavam, temendo não ter mais braços para a lavoura.

O imperador estava atento aos acontecimentos, pois, enquanto o fim do tráfico era o final de uma era, tanto o Prata quanto as novas leis comerciais e de terras representavam o futuro. Com pouca diferença de tempo, tratou do assunto com Paulino, que lhe levava o modelo de solução privatista. Irineu Evangelista seria banqueiro dos estancieiros rio-grandenses, e havia ainda outro ator importante desse processo que, dias antes, lhe pedira uma audiência: seu antigo instrutor de artes marciais, amigo e conselheiro, o senador Luis Alves de Lima e Silva. Caxias era uma peça-chave naquele mecanismo que começava a se movimentar.

Antero Fagundes desembarcou no Rio de Janeiro e mal se instalou num hotel seguiu para o Senado a fim de procurar o conde de Caxias. Desde que tomara posse, o general dedicara-se inteiramente à vida parlamentar. Ele, conservador, ao lado do pai, o antigo regente Francisco, que integrava a bancada do Partido Liberal. Ambos senadores, caso único na história daquela câmara, pois pai e filho sentavam-se no mesmo plenário, mas em bancadas opostas.

Vestindo um meio-fraque preto, Caxias recebeu Antero com surpresa e foi logo ao assunto, percebendo o olhar grave do visitante. O advogado rio-grandense era cunhado de Osorio, seu principal interlocutor nos assuntos militares da fronteira e grande eleitor. Era também a voz dos estancieiros e charqueadores. Antero narrou-lhe as reuniões com Irineu Evangelista e a disposição da zona sul de levantar fundos para a estabilização financeira do Uruguai.

A deposição de Rosas era uma necessidade de grande urgência, pois o acirramento da instabilidade no Uruguai de Oribe interrompia o fluxo de gados na região do Arapeí, afetando o suprimento das charqueadas e abalando a comunidade agropecuária da província, que tinha naquela região uma extensão natural dos campos dos pampas rio-grandenses. Caxias bem sabia que aquela área era como se fosse uma extensão do Brasil e que sua produção fluía pela Lagoa dos Patos. Demonstrou estar bem informado sobre a evolução do problema, uma decorrência natural das califórnias e que agora parecia envolver as províncias argentinas. Sabia que ali estava uma oportunidade de ouro para juntar todas as forças num único bloco e aí sim ter condições de enfrentar de igual para igual o ditador portenho.

— O governo não vai nos dar atenção, mas o imperador sim. Vou vê-lo.

As tenazes pareciam fechar-se sobre Rosas. Quando foi conversar com dom Pedro, Caxias já encontrou o imperador voltado para o problema. Os acertos financeiros estavam em andamento, mas faltava uma ação rápida para organizar o exército. Caxias ponderou-lhe que era preciso mandar para o Rio Grande um presidente que entendesse do assunto e que promovesse a mobilização. Dali para a frente estava cumprida a missão de Pimenta Bueno. Já estava na hora de passar da etapa diplomática para a ação militar. O imperador concordava, mas insistiu para que voltasse ao exército e assumisse o comando das operações. Isso não pôde ser implementado de imediato, pois o governo do Rio Grande era um espaço dos liberais. Sendo conservador, a nomeação de Caxias para a presidência da província e para o comando de armas demandava negociações. Assim, para não perder tempo, dom Pedro escreveu a Pimenta Bueno pedindo que se demitisse e, logo em seguida, nomeou para o cargo o chefe de Divisão Pedro Ferreira de Oliveira, designando comandante de armas o marechal de campo Antônio Correia Seara.

Enquanto o Sul se preparava para uma guerra de grandes proporções, no Rio de Janeiro os políticos e o povo estavam às voltas com as atividades do embaixador inglês Charles Hudson, que pressionava o governo para acabar de vez com o tráfico negreiro. Na câmara dos comuns a gritaria contra o Brasil era grande. O deputado William Hunt bradava que "nem loucos varridos acreditam que leis, tratados e navios de guerra possam acabar com um tráfico tão lucrativo", acusando os banqueiros da City de estarem acobertando os traficantes do Atlântico Sul. O próprio governo preocupava-se com o tema.

O ministro do Exterior, Henry Temple, visconde de Palmerson, declarava: "Se o tráfico de escravos pudesse ser totalmente extinto, haveria um grande aumento do comércio legítimo com o litoral da África. Os nativos estão muito necessitados de artigos que podemos lhes fornecer e têm amplos meios de pagar por eles em mercadorias de que necessitamos." A grande mercadoria com valor na África eram os braços humanos. Para receber seu dinheiro, os ingleses e franceses que haviam recolonizado aquele continente tiveram de apoderar-se de suas riquezas naturais, empobrecendo a população nativa que vivera séculos de prosperidade vendendo seus irmãos para os fazendeiros e escravistas árabes e das três Américas.

Em 1848 a monarquia francesa fora destronada à força. Havia levantes por quase toda a Itália, nos reinos e principados da Alemanha, nos domínios do império dos Habsburgos, na Suíça e, em menor intensidade, mas não menos alarmante, na Dinamarca, Espanha, Romênia, Grécia, Irlanda e Inglaterra. O novo ambiente social contrariava aquela situação. O emergente proletariado pregava não só a igualdade de todos perante a lei, mas também o igualitarismo econômico, nas águas do socialismo do teórico Sant Simon e, mais recentemente, do comunismo inventado pelo filósofo alemão residente na Inglaterra Karl Marx. Ser tolerante com um império governado por um rei da nobreza europeia e, ainda por cima, escravista era demais.

O governo britânico precisava dar uma demonstração de intolerância. O embaixador de Sua Majestade mandou a flotilha da Marinha Real abrir fogo contra os portos brasileiros em que desembarcavam negreiros, numa atitude inteiramente incompreensível, pois bombardeariam justamente as instalações onde estariam, em tese, prisioneiros os escravos que queriam libertar. Mas tampouco se prestava atenção a esse disparate: o que valia era o gesto. Tampouco havia importância militar nessa crise, pois as forças armadas brasileiras não tinham como resistir e as forças terrestres eram inúteis para conter os barcos de guerra britânicos. O barulho encobria completamente a grande mobilização que se realizava no Rio Grande do Sul no sentido de uma guerra contra a única potência que poderia, de fato, criar uma crise nacional, como fora em 1828, quando mandaram o marquês de Barbacena de volta para o Rio de maneira humilhante.

Foi assim que o serviço secreto argentino descobriu a maquinação. O embaixador Tomás Guido mandou uma mensagem para Buenos Aires informando que os gaúchos das três fronteiras do Vale do Uruguai se preparavam para saltar em sua garganta. Rosas não se abalou, considerando inteiramente improvável que aquilo fosse verdade, pois nunca um financista privado brasileiro cometeria a loucura de financiar uma guerra civil no conturbado Uruguai. E deixou para lá, esquecendo-se do assunto.

Enquanto isso, Irineu Evangelista apresentava uma proposta financeira e um protocolo político. Na parte econômica não havia muitas dúvidas. Ele compraria a dívida contraída com a França, levantaria todas as hipotecas, que já sequestravam todas as receitas da alfândega e do fisco de Montevidéu e, ainda, ruas e praças da cidade que haviam sido dadas como garantia ao governo de Paris. Aportaria mensalmente recursos ao tesouro e, por fim, exigiria o reconhecimento das fronteiras nos limites reivindicados pelos rio-grandenses, isto é, no Rio Arapeí, entregando cerca de um quinto do país a seus vizinhos. O ministro-chefe do governo, Herrera y Obes, ficou horrorizado, mas Lamas tranquilizou-o, pois tivera um aceno de Paulino de que essa cláusula seria posteriormente retirada pelo império, que aceitava as fronteiras do Tratado de Madri como definitivas. Nesse momento, entretanto, tal exigência deveria ser aceita como forma de acalmar os gaúchos e, assim, assegurar que Irineu Evangelista conseguisse levantar todos os fundos necessários ao pacote financeiro.

Herrera y Obes elogiou a negociação de Lamas. Relativamente à remuneração, os números eram convidativos, pois, embora a proposta tivesse um artigo generoso dizendo que os juros seriam os mais baixos praticados na Praça de Montevidéu, o menor interesse praticado na cidade era de 40 por cento ao ano. Se o Uruguai pagasse, todo mundo ganharia muito dinheiro. E os investidores de Pelotas e arredores confiavam na cavalaria do general Marques de Souza para ir buscar seu dinheiro de volta caso decidissem aplicar-lhes um calote.

Rosas se viu acossado quando, de repente, como no assoprar de uma vela, a crise entre os Impérios Britânico e Brasileiro extinguiu-se. Aprovada e efetivamente implementada a lei contra o tráfico, de um dia para o outro White Hall, o Ministério do Exterior inglês, mudou inteiramente de atitude em relação ao Brasil, saudado pelos comerciantes de Liverpool, que viam abertas as portas da África para seus navios. Palmerson deu duas compensações ao Brasil. Uma delas foi aceitar que o governo reagisse publicamente aos bombardeios, anunciando que responderia ao fogo da flotilha caso se aproximasse da costa; os ingleses recuaram, lavando a honra nacional brasileira. A outra foi dar carta branca para o Brasil agir no Prata: a armada britânica recebeu ordens de não intervir no conflito iminente. Estava pronto o quadro. De uma hora para outra Rosas entendeu que o aviso de Tomás Guido não era alucinação de um velho senil.

CAPÍTULO 59

Nas Portas de Buenos Aires

NO DIA 10 de junho Osorio recebeu ordem de se apresentar ao marechal de campo Antônio Correia Seara, novo comandante de armas da província. Seara substituíra o marechal Caldwell em 7 de janeiro, mas acabara de tomar posse de fato depois de dar uma volta por toda a província examinando as guarnições e conversando com seus chefes e comandantes da Guarda Nacional. Ele já estivera em Bagé e lá reorganizara as forças para compor uma Brigada, juntando os três Regimentos sob o comando único do brigadeiro Manuel Marques de Souza.

Quando soube de sua designação, o novo comandante mandou uma carta a Osorio, convidando-o a se integrar à força. Dessa feita, tinha nova missão para o tenente-coronel:

— Veio uma ordem de cima, da corte, para que o senhor seja encarregado das negociações com os governos de Entre Rios e Corrientes. Tenho para mim que isso é coisa do conde de Caxias, não é?

— É possível, senhor marechal.

Osorio deveria estabelecer uma diplomacia paralela às negociações oficiais que se desenvolviam no Rio de Janeiro e seriam levadas para Montevidéu para as conclusões finais assim que as bases estivessem estabelecidas. O acerto e os arranjos para a guerra eram assunto para o presidente do Rio Grande. Era a diplomacia de fato que colocaria na mesa as propostas e exigências das forças que estavam intervindo no processo, algo bem mais profundo do que a tíbia burocracia podia alcançar. Era preciso fazer um acerto que atendese às demandas dos rio-grandenses sem que tais exigências comprometessem a política de longo prazo do Brasil.

Rosas e o império apoiaram-se um no outro, até como inimigos potenciais. Quando o império estava fraco, durante as revoluções da Regência, a estabilização de Buenos Aires fora decisiva para a paz no Cone Sul. Rosas, o Restaurador das Leis, hostilizara os farrapos durante toda a Revolução Farroupilha. Agora, no entanto, aos olhos do Rio de Janeiro, perdia o controle perigosamente e teria de ser sacrificado. Era importante que fosse um golpe preciso, que o abatesse rapidamente, sem grandes prejuízos. Tanto Buenos Aires como o Rio de Janeiro entenderam que aqueles gaúchos poderiam muito bem fazer o serviço. Por sorte, receberam o prato feito, com um agente financeiro de primeira linha para organizar a montagem do processo, o barão de Mauá, e um líder de grande porte para tomar a frente da revolução, o governador de Entre Rios, capitão-general dom Justo José de Urquiza. Cabia a Osorio realizar a missão de fechar negócio com ele, pois os diplomatas que escreviam os tratados tinham limites que nem mesmo as mais secretas cláusulas podiam ultrapassar.

Osorio partiu respaldado em instruções por escrito que asseguravam o caráter oficial de sua missão. Era um documento secreto que poderia ser exibido para a história no futuro. Deveria combinar-se com o chefe entrerriano em todos os detalhes da guerra e também assegurar-se da adesão do governador de Corrientes, dom Benjamin Virasoro, tratando-o como aliado formalmente com a mesma estatura de Urquiza, pois ambos eram governadores de Estados independentes integrantes da Confederação Argentina. Mas sua participação como negociador representava o consenso rio-grandense e a concordância plena dos orientais aliados, tanto colorados quanto dissidentes blancos, dessa aliança tática com os gaúchos brasileiros. Aí estava a chave da frente ampla que se formou para bater Buenos Aires. Só isso explicava por que o avalista era um tenente-coronel da ativa, e não um coronel político da Guarda Nacional, um marechal ou algo mais do que isso. Suas credenciais diplomáticas eram emitidas pelo governo de Porto Alegre.

Osorio viajou de Bagé à cidade de Paraná, onde estava Urquiza, com uma pequena escolta de dois homens, atravessando território inimigo sem ser minimamente molestado. Ao longo do percurso pernoitou em casas de amigos. Em Santana do Livramento, com o coronel David Canabarro.

— Precisamos que você assuma o comando da fronteira. Assim estaremos neutralizando Moringue e dando uma demonstração clara de que não é ele que dá as cartas por aqui. O conde disse também que sua promoção a brigadeiro do império será homologada.

Em Quaraí, parou na Estância do Jarau e deu um recado de Caxias a Bento Manoel Ribeiro.

— O conde quer que o senhor seja o comandante de uma Divisão do exército.

— Osorio, estou muito velho, todo entrevado. Agradece-lhe a lembrança, mas estás vendo que não tenho mais condições de enfrentar as fadigas de uma guerra.

— O que é isso, general? O senhor é um símbolo. Com a sua presença devolveremos a Oribe a emboscada de Sarandi. Não se esqueça de que eu estava lá e continuo com essa espinha atravessada na garganta até hoje.

Entrando no Uruguai, passou por Piedra Sola e conversou com o coronel Antônio de Souza Netto.

— Tu precisas ir a Bagé, reunir todos os emigrados que estão por lá e formar uma Divisão só com o pessoal aqui do Arapeí, juntando orientais e brasileiros.

No caminho também parou em Taquarembó, onde visitou o general Diego Lamas, seu amigo e comandante-geral das tropas oribistas no departamento de Salto. Dele Osorio recebera em fevereiro uma carta de reconhecimento por sua lealdade à disciplina militar. Era um documento bem no estilo de Rosas. Iniciava com as divisas do Tigre de Palermo: "*Vivan los Defensores de las Leyes!!! Mueran los selvajes Unitários*!!" Depois de agradecer sua ação efetiva contra Moringue, concluía dizendo: "Agora tenho inteira confiança de que a tranquilidade pública será restabelecida e serão perseguidos os malvados que a comprometeram desde que a honrosa comissão foi conferida à lealdade e a atitudes que tanto caracterizam Vossa Senhoria. Deus guarde V.S., Diego Lamas." Em Salto, conversou com o general Servando Gómez, comandante-geral dos departamentos ao norte do Rio Negro. Quando chegou ao Paraná, trazia o consenso das principais correntes que atuavam no Arapeí, falando até em seu próprio nome, pois era um dos proprietários naquela área.

Entre as informações ultrassecretas que Osorio levava somente para Urquiza, e que seriam enunciadas de viva voz numa reunião estritamente privada, estava a manobra que a diplomacia imperial usaria para conter o ímpeto dos rio-grandenses na questão territorial. O império sabia que não podia romper com o Tratado de Madri anexando a margem esquerda do Rio Quaraí. Urquiza opunha-se a essa solução porque seria um fator de instabilidade incontrolável. A qualquer grita dos uruguaios quanto à soberania sobre a região corresponderia uma adesão imediata em toda a "Mesopotâmia" e uma guerra certa contra o Brasil. Essa cláusula, porém, era considerada pétrea pelos rio-grandenses e principalmente pelos investidores que estavam com Irineu Evangelista no socorro financeiro a Montevidéu.

Esse modelo de ajuda pelo setor privado era politicamente correto, pois não envolvia diretamente nenhum governo estrangeiro. A origem dos recursos era transparente. Irineu Evangelista comprava armas, contratava mercenários, adquiria tudo o que fosse necessário para a guerra em nome de um governo legalmente constituído e reconhecido como legal pela comunidade internacional. Sem isso, estaria agindo à margem do Direito, o que transformaria aquela frente numa intervenção deslavada, inaceitável para as chamadas nações civilizadas. A solução dava segurança jurídica aos fazendeiros, assegurava o suprimento das charqueadas de Pelotas e não feria as fronteiras históricas universalmente aceitas como legítimas e definitivas.

A solução intermediária seria a liberação das fronteiras num só sentido, criando-se uma zona de livre comércio de mão única do Uruguai para o Brasil para gado em pé. Osorio deveria ponderar a Urquiza para não se insurgir publicamente contra a exigência da redemarcação da fronteira até que o acordo estivesse selado e os rio-grandenses pudessem aceitar como mal menor o tratado de livre trânsito dos gados. Essa solução não seria a ideal para os fazendeiros, mas eles a engoliriam porque estaria respaldada por um tratado internacional, que valeria mais do que uma legislação interna uruguaia, no entender deles, e atenderia os charqueadores porque garantiria seu suprimento, amenizando aos ânimos exaltados. Ele ponderou a Urquiza:

— A turma está muito ressabiada, mas, se tiverem Entre Rios como garantia desse tratado, vão aceitar.

Essa era a questão mais delicada para a montagem do dispositivo militar. Era o núcleo do processo de deterioração do governo Rosas, que tinha sua origem no campo e não no comércio do Rio da Prata, como os líderes que o antecederam no governo de Buenos Aires. Pouco a pouco os setores comerciais e financeiros da província portenha foram perdendo a hegemonia política, que, àquela altura, já era totalmente caudatária dos estancieiros e charqueadores que sustentavam o poder do Restaurador das Leis. O foco do incêndio estava aí. Quando Rosas se animou com a sensação de fortalecimento decorrente de sua vitória sobre os invasores anglo-franceses e dos problemas do império com os britânicos devido ao tráfico negreiro, autorizou o avanço dos blancos sobre os gados dos brasileiros e colorados no Arapeí, produzindo uma crise de grandes proporções em todo o sistema econômico do Vale do Uruguai.

Em represália contra os farroupilhas, que constituíam a maioria dos fazendeiros do Arapeí, aliados dos colorados e acobertadores dos refugiados argentinos, que viviam livremente no Rio Grande do Sul, autorizou as ações de embargo das propriedades e o sequestro dos gados. Com isso, cortou o fluxo de bovinos para as charqueadas de Pelotas, elevando o preço do gado no Brasil a valores estratosféricos. Entretanto, os brasileiros pouco se aproveitaram dessa alta, pois não tinham produção para vender. As requisições de Oribe levaram 814 mil cabeças de estancieiros gaúchos, fora as dos colorados uruguaios. Essa enxurrada de gado entupiu as charqueadas do Rio da Prata e derrubou o preço do gado em pé tanto no Uruguai como na Argentina, especialmente em Entre Rios. Esse movimento, porém, não abalou o preço do charque, que até experimentou uma alta devido às especulações da crise no mercado e da guerra inevitável que aquelas ações provocariam. Rosas sentia-se seguro para sustentar essa política. Foi quando apareceu Moringue com suas califórnias e acendeu o estopim do conflito.

A outra questão delicada era a desconfiança com que as duas províncias argentinas viam a proposta brasileira para incluir o Paraguai na aliança antirrosista. O status político do Paraguai era uma questão mal assimilada pelas províncias da Confederação Argentina. Embora se reconhecesse sua autonomia, conferida pelo tratado de 1813, sua existência como nação independente ainda era polêmica na "Mesopotâmia" e rechaçada firmemente por Buenos Aires. Mas a questão principal que transformara o Paraguai de um aliado oportuno contra Rosas em um parceiro indesejado era sua reivindicação de internacionalização das águas interiores. Os argentinos aceitavam a proposta brasileira de livre navegação do Rio Paraná, que dava acesso às províncias mediterrâneas de Mato Grosso e Goiás, mas não a internacionalização do rio, como pretendiam os paraguaios, compartilhando a soberania sobre seu curso.

Para o Brasil, isso também era um assunto espinhoso, pois o país estava sob ameaça semelhante vinda do norte, onde a nova potência comercial emergente, os Estados Unidos, advogava a tese de que os rios amazônicos deveriam ser internacionalizados porque parte de seu curso ficava além das fronteiras do Brasil. Para o Rio de Janeiro, essa era uma questão crucial. Portanto, conviria deixar os paraguaios de fora da aliança. Naquele momento, o Paraguai tinha uma força de 4 mil homens no território de Missiones, na área de influência de Corrientes, sob o comando do filho do presidente, o jovem general de 19 anos Francisco Solano Lopez.

Enquanto Rosas apertava as oposições, levando sua polícia política a cometer os atos mais violentos, a Argentina entrava em processo de ebulição doutrinária. Intelectuais de peso como Juan Bautista Alberdi, Valentin Alsina, Esteban Echeverría, Juan Cruz e Florêncio Varela, mas principalmente Domingo Faustino Sarmiento, com seu livro *Facundo*, no qual desenhava a oposição entre a civilização e a barbárie, sacudiam o país. Também começava a dar seus primeiros sinais na primeira linha um militar com fortes inclinações intelectuais chamado Bartolomeu Mitre, exilado em Buenos Aires, a exemplo de outros, refugiados no Uruguai, no Brasil e no Chile.

O primeiro desafio a Rosas: Urquiza abriu as portas de sua província a quem quisesse voltar ao país, declarando que "sendo argentinos e desgraçados não me importa a pelagem que tenham", abrigando indiferentemente unitários e federais proscritos, numa espécie de anistia branca. Esses pensadores posicionavam a Argentina no quadro ideológico mundial, no qual um dos grandes movimentos era a formação de Estados Nacionais na Europa e a emergência das classes trabalhadoras urbanas no cenário político, com destaque para o levante denominado Comuna de Paris. Rosas parecia uma velha carcaça, ainda sustentado por uma economia rural e de espírito monopolista.

Homens amplamente conectados com os setores de vanguarda, que estavam chegando ao poder na Europa, viam em Urquiza um líder com capacidade para desalojar Rosas do poder em Buenos Aires. Embora o governador de Entre Rios mantivesse algumas características do caudilho tradicional ("um chefe e um patriarca valente, temido e popular", nas palavras de Victor Gálvez), era um líder ilustrado. Estudara no melhor educandário de Buenos Aires, o colégio San Carlos, e sua administração era progressista, com ênfase nas medidas econômicas e na atração de investimentos, além do desenvolvimento da educação e das artes.

Essa composição tática com a nova geração portenha ofereceu aos argentinos uma luz no horizonte. Rosas respeitava-o, embora o chamasse de "selvagem louco". Urquiza, em contrapartida, chamava Rosas de "caprichoso e ditador odioso". O ministro Manuel Herrera y Obes, de Montevidéu, era outro que via no governador entrerriano uma possibilidade de confrontar Rosas. Dizia a Andrés Lamas: "Urquiza está contra Rosas até não poder mais; que seus interesses pessoais e provinciais vão completamente de encontro aos do governador de Buenos Aires e que será o primeiro a aproveitar a ocasião para sacudir o jugo, se essa situação se apresentar de modo que inspire confiança." Era ele o homem, e Osorio foi a Paraná exatamente para levar confiança a Urquiza.

Rosas começou a se exasperar com Urquiza quando o líder entrerriano e seu seguidor Virasoro, de Corrientes, se recusaram a votar, abstendo-se numa resolução, aprovada pelas outras 11 províncias, que lhe dava o título de chefe supremo da Confederação. O cargo o identificava como o chefe de Estado Nacional, uma vez que Buenos Aires tinha a delegação das províncias para gerir as relações exteriores da Confederação.

Em maio de 1850, Urquiza designou um embaixador para representar Entre Rios em Montevidéu, considerada por Rosas província rebelde e onde ele mantinha um exército havia oito anos sob o comando do general Manuel Oribe, que reconhecia como presidente da república vizinha. Rosas então voltou a falar em anexar o Uruguai e em submeter a outra província dissidente, o Paraguai. Corrientes, numa demonstração de rebeldia, abriu relações diplomáticas com Assunção. Seu embaixador em Montevidéu, Antônio Cuyás, entrou em entendimento com o embaixador brasileiro Rodrigo de Souza da Silva Pontes. Nessa mesa sentava-se o ministro uruguaio Herrera y Obes, complementando as negociações de Andrés Lamas no Rio de Janeiro. Osorio chegou a Paraná com a carta do presidente do Rio Grande do Sul, Pedro Ferreira de Oliveira, designando-o plenipotenciário com uma única ressalva: "Deve subordinar o que tratar ao que estiver estipulado na dita convenção relativamente ao nosso exército."

Osorio impressionou-se logo com o que viu em Entre Rios. De um momento para outro, brotara um exército de 10 mil homens de cavalaria muito bem montados, que dissuadiram o ditador Rosas de tentar qualquer reação precipitada. Garantiu-lhe Urquiza que havia mais 6 mil homens prontos em Corrientes. Mas isso não bastava. Uma coisa era deter uma invasão rosista, outra muito diferente era atacar o Exército Portenho em Buenos Aires.

Nesse caso, ponderou Urquiza, ele teria de combater em duas frentes. Uma no Uruguai, onde Rosas tinha um Exército Argentino sob as ordens de Oribe lutando contra os colorados, e outra contra os portenhos, que poderiam atacá-lo rio acima. Para isso, contava com o apoio bélico da Marinha do Brasil para bloquear a subida do Paraná com sua esquadra e para reforçar com outra seu flanco, no caso de ser atacado pelo interior. Dias antes Córdoba votara uma proclamação condenando a rebelião dos mesopotâmicos.

O último ato político antes do rompimento foi aceitar a renúncia de Rosas. Essa atitude foi uma surpresa, pois já era uma tradição o ditador apresentar a cada congresso sua renúncia, sempre recusada pelos deputados. Em maio Urquiza quebrou os pratos, dizendo aceitar o pedido de demissão do governador de Buenos Aires, e declarou sua província desvinculada do Tratado do Quadrilátero, entre as províncias do litoral e Buenos Aires, reassumindo a independência de Entre Rios. Seu gesto foi seguido por Corrientes.

Viajando Paraná acima num vapor que lhe fora cedido por Urquiza e caminhando nos portos enquanto o navio carregava lenha, Osorio pôde ver a movimentação das tropas. Aquelas cidades pacatas onde se viam apenas gaúchos nas ruas agora estavam repletas de homens armados, pelotões e esquadrões se movimentando, mesmo sem uniformes, mas perfeitamente armados e bem montados.

Antes mesmo de partir para Corrientes, Osorio mandara um de seus homens com uma mensagem urgente ao presidente do Rio Grande informando o que vira. A guerra era iminente, dizia, e as tropas brasileiras deveriam ficar de prontidão. Em 15 dias voltou ao Brasil. Tinha pressa e não podia correr riscos. Por isso evitou entrar no Uruguai. Cruzou a fronteira em Uruguaiana. Ao desembarcar do bote que o trouxera de Libres, foi direto ao quartel da Guarda Nacional. Ao chegar, teve a esperada notícia: Caxias chegara ao Rio Grande do Sul e assumira o comando do exército na qualidade de presidente da província e comandante de armas. A antiga Santana do Uruguai também estava agitada, vendo o movimento do outro lado, temerosa. Semanas antes de Corrientes romper com Buenos Aires, um grupo de argentinos cruzara o rio e invadira a cidade, dando vivas a Rosas e "morram" aos "asquerosos brasileiros".

No quartel, Osorio encontrou-se com o comandante da guarnição local, o major Hipólito Cardoso, um dos antigos chefes de califórnias, agora integrado às forças armadas. Trocou informações com o oficial, que estava a par da movimentação do outro lado da fronteira. Estava exultante, mas se segurou para não fazer graça sobre a situação do tenente-coronel, que o combatia havia pouco tempo. Osorio percebeu:

— Vocês conseguiram fazer a guerra que queriam. Agora estamos do mesmo lado. Vamos lá.

— Às suas ordens, coronel!

— Pois pegue o que puder de gente e vá para Santana do Livramento a todo o galope. Leve essa mensagem ao coronel Canabarro e diga-lhe para reunir homens e fazer demonstrações na fronteira. Pode ser que com isso a gente espante o pessoal do coronel Inácio Oribe que está operando do outro lado do Rio Quaraí.

Ele também viu que ainda não havia um movimento de mobilização geral e despachou mensageiros para alertar os chefes locais da Guarda Nacional que fossem juntando sua gente, pois a ordem de marcha viria a qualquer momento. Pegou três cavalos e partiu a toda velocidade para Orqueta, o QG aonde acabara de chegar o presidente Caxias. O negócio era ir adiantando o serviço.

Foi uma viagem e tanto. Os cavalos chegaram inutilizados e os ajudantes tiveram de baixar hospital de tão esgotados.

Osorio ficou alguns dias com Caxias, ajudando-o na reorganização do exército. O conde incorporou todos, farroupilhas e legalistas. A Guarda Nacional foi rapidamente recomposta em três comandos, um sob as ordens do coronel David Canabarro, com base em Livramento, outro comandado pelo coronel José Gomes Portinho, em Caçapava, ambos farroupilhas, e o terceiro comando em Rio Pardo, dirigido pelo legalista coronel José Joaquim de Andrade Neves. O 2º Regimento de Cavalaria foi incorporado à 2ª Brigada de Cavalaria, comandada pelo brigadeiro Manuel Marques de Souza, integrada pelo 3º Regimento da Guarda Nacional de Bagé, comandada pelo coronel João Antônio Severo. Era o mesmo que Osorio capturara na califórnia e enviara preso para Porto Alegre, mas que fugira com seu cavalo parelheiro quando cruzavam os campos do Barro Vermelho, entre Cachoeira e Caçapava. Marques de Souza ordenou uma formação da tropa e os dois ficaram lado a lado, Osorio e Severo, cada qual frente a seu Regimento. No dia 28 de agosto, Caxias deu por encerrada essa importante fase preliminar e mandou ultimarem os preparativos para a marcha. A data para cruzar a fronteira era 4 de setembro.

Caxias montou seu Corpo de Exército em quatro divisões e um Corpo de Artilharia. A 1ª Divisão seria comandada em operações pelo brigadeiro Manuel Marques de Souza, embora seu titular fosse o marechal Bento Manoel Ribeiro. Caxias não queria deixá-lo de fora e combinou que ele seria o comandante efetivo e estaria à frente de suas tropas quando rompesse a fronteira. Sua proposta foi que acompanhasse a expedição como adido ao estado-maior. O velho e alquebrado caudilho aceitou e seguiu com o exército.

Bento Manoel era o arqui-inimigo de Juan Manuel Oribe, que fora presidente da República Oriental do Uruguai em seu mandato legal, antes da nova investidura por decisão pessoal do ditador Rosas, sustentado pelo Corpo expedicionário do Exército de Buenos Aires. Na época da Revolução Farroupilha, o governo de Oribe chegara a estabelecer relações diplomáticas com a República Rio-Grandense e facilitara o uso dos portos uruguaios para o suprimento do exército farrapo. Bastou Bento Manoel voltar às hostes rebeldes após a substituição de Araújo Ribeiro na presidência da província, para Oribe romper com os republicanos gaúchos e passar a hostilizar o movimento. Desde então a inimizade entre os dois era causa de muito rebuliço na fronteira. Caxias, que no seu tempo de presidente pacificador da província tivera no apoio de Bento Manoel o seu principal elemento para a guerra nos pampas, num tipo de combate que desconhecia, não podia deixar passar a oportunidade de dar o troco. Queria mostrar a Oribe que o velho guerrilheiro rio-grandense estava no comando das forças que iriam expulsá-lo do Uruguai. Depois se retiraria. Bento Manoel concordou.

— O Brasil e o exército lhe devem essa satisfação, marechal.

Caxias tinha uma preocupação clara de demonstrar que obtivera a unanimidade no Rio Grande do Sul e que seu exército expressava militarmente a totalidade política daquela província. Embora em sua força houvesse gente de todo o país, e até mesmo mercenários europeus contratados, os gaúchos se apresentavam como um só homem. Além do ex-general farroupilha Bento Manoel, que tivera atuação controversa na Guerra dos Farrapos, estavam em suas forças as figuras mais expressivas da república.

O comandante em chefe do exército farroupilha, Davi Canabarro, estava à frente da 4ª Divisão Ligeira, integrada por duas Brigadas de Cavalaria. Uma era a 11ª, comandada pelo coronel Demétrio Ribeiro. Dessa unidade fazia parte o Corpo de Cavalaria da Guarda Nacional de São Gabriel, no qual servia o alferes Delphino, liderado pelo capitão Sezefredo e sob as ordens do major Sebastião José do Couto. A unidade era composta ainda pelo Corpo de Cavalaria da Guarda Nacional de Alegrete, liderado pelo tenente-coronel Miguel Luís da Cunha. A outra brigada, a 12ª, estava conduzida pelo coronel e ex-general farroupilha João Antônio da Silveira. Além dessa, havia a Brigada da Guarda Nacional de Reserva, que não integrou o exército, permanecendo na retaguarda, sob a responsabilidade do ex-ministro da Guerra da República, coronel Manuel Lucas de Oliveira. Também fazia parte a 7ª Brigada de Cavalaria da 2ª Divisão, conduzida por um ex-farrapo destacado, coronel José Gomes Portinho. Nesse corpo estava destacado o capitão Francisco de Lima e Silva, primo-irmão de Caxias e filho de seu tio João Manuel de Lima e Silva, o primeiro general farroupilha, assassinado em 1837.

A Brigada de reserva de Lucas de Oliveira chegou a entrar no Uruguai, mas foi mandada de volta para garantir o território do Rio Grande, pois havia informações de que Oribe planejava um contra-ataque na região sul da província, pretendendo tomar Pelotas e, eventualmente, ameaçar Rio Grande, cortando as bases de suprimento do exército de Caxias. Para a defesa territorial foram designadas várias unidades da Guarda, além da Brigada de Reserva, como o Corpo de Cavalaria da Guarda Nacional do Erval e Arroio Grande, sob o comando-geral do tenente-coronel Maximiano Soares Lima. Havia ainda o Corpo de Infantaria de Jaguarão, do capitão José Augusto Penedo, do qual faziam parte os parentes de Irineu Evangelista. As duas margens da Barra de Rio Grande ficaram a cargo dos Corpos provisórios de cavalaria de Rio Grande (do coronel José Joaquim Barbosa) e São José do Norte (do major Genuíno da Silva Ferreira). A cidade ameaçada de Pelotas era guarnecida pelo Batalhão de Infantaria da Guarda Nacional, do major Joaquim Sá Araújo.

Na 1ª Brigada, diferentemente do restante do exército, em que essas unidades eram compostas por armas singulares, Caxias adotou uma formação mais moderna, adequada para a tropa de choque, com dois batalhões de infantaria e um de cavalaria ligeira. As outras unidades mantiveram a formação tradicional, incluindo as Brigadas, com dois ou três Corpos da mesma arma.

As tropas pareciam se preparar para uma grande festa, tamanha era a alegria. O entusiasmo guerreiro que varrera a província no tempo das califórnias de Chico Pedro transmudara-se em euforia, em parte pela oportunidade de desforrar-se das ofensas dos blancos, em parte porque estavam saudosos de uma campanha militar. E também orgulhosos de servir sob as ordens de seu senador e o mais famoso general brasileiro.

As primeiras hostilidades aconteceram na fronteira sul, quando o comandante da 3ª Divisão, brigadeiro José Fernandes dos Santos

Pereira, encarregado da fronteira de Jaguarão, decidiu por conta própria entrar no território uruguaio para bater as unidades orientais que cobriam aquela região. Atacando a localidade de Arredondo, Fernandes foi agradavelmente surpreendido com a adesão do comandante local, coronel Hubos, que passou para o lado dos brasileiros com seus 200 homens. Um depois do outro os comandantes oribistas foram se incorporando ao Exército Brasileiro. Continuando o avanço, Fernandes destacou o coronel uruguaio Vega para comandar sua vanguarda. Acampado perto de Cerro Largo, o comandante oriental foi surpreendido por um contra-ataque do coronel oribista Dionísio Coronel, que dispersou sua força, mas foi socorrido pelo antigo líder das califórnias, o coronel barão do Jacuí, comandante da 8ª Brigada de Cavalaria. As notícias das vitórias chegaram ao acampamento de Orqueta. Caxias ficou furioso:

— Quem mandou avançar? De onde veio essa ordem? Mande retroceder para as posições designadas por mim e que só se mexam com ordens minhas, por escrito!

Caxias estava possesso. Seu desafio era imenso. Precisava criar da noite para o dia um exército que tinha como base um contingente de 6 mil homens espalhados por todo o território do Rio Grande do Sul. Elevar seu efetivo para cerca de 25 mil homens, armá-lo, fardá-lo, supri-lo e treiná-lo em poucas semanas. Só para o deslocamento dos contingentes até o ponto de reunião eram necessárias semanas, quanto mais fazer tudo o que era preciso. Embora os rio-grandenses fossem afeitos à vida militar, alguns problemas muito importantes não podiam ser resolvidos ao tocar do clarim. Por exemplo: como suprir, organizar e dirigir essa força por mais de 100 léguas em território hostil e com os recursos locais exauridos? Não era pouco. Osorio foi seu principal auxiliar, tão logo o alcançou voltando de sua missão diplomática junto aos aliados.

Osorio tinha perfeito conhecimento de todas as necessidades e, mais importante, sabia onde obter rapidamente o que era preciso. Sabia quais os homens e quem eram para compor uma força equilibrada, considerando-se seus pontos fortes e fracos e as idiossincrasias de cada corpo. Era necessária alguma homogeneidade política: não deixar rivais muito próximos uns dos outros, e assim por diante. O exército ainda estava nessa fase inicial quando houve o avanço do brigadeiro Fernandes, o que aceleraria o processo. Dias depois chegou a notícia vinda do Sul de que as tropas de Entre Rios, comandadas pessoalmente por seu capitão-general, estavam cruzando o Uruguai e se dirigindo para Montevidéu. O chefe da revolução temia que os brasileiros ganhassem a dianteira e tomou a iniciativa para não comprometer o desenvolvimento da guerra. Se Oribe fosse derrotado pelos brasileiros e não por argentinos e colorados uruguaios, isso poderia ser usado contra ele. Teve de partir. Aconteceu o que tanto Caxias clamava no Senado: o exército só foi lembrado quando o inimigo já estava às portas da Pátria.

O embaixador Rodrigo Pontes já estava bastante desgastado junto ao governo de Montevidéu porque estabelecera, com desvantagem, uma linha de comunicação com o ministro do Exterior do governo de Oribe, Villademoros. Dom Pedro, como sempre, dava uma no cravo e outra na ferradura. Para contrabalançar o poder conferido ao conde de Caxias, enviou como chefe da missão diplomática a Montevidéu um dos políticos mais importantes do Partido Conservador, o senador Honório Hermeto Carneiro Leão, veterano das lutas políticas desde que entrara como deputado nacional na assembleia geral em 1830. Fora ministro da Justiça e presidente das províncias do Rio de Janeiro e de Pernambuco. Mineiro de Jacuí, iniciou a carreira entre os liberais, pertenceu à Defensora, mas migrou para o Partido Conservador. Como ministro foi inflexível, recusando-se a dar anistia aos rebeldes liberais de São Paulo e Minas em 1842 e reprimindo com extrema energia o levante pernambucano de 1848. Era, portanto, um homem de grande estatura no cenário brasileiro. Um contrapeso ao poder do conde.

Em Montevidéu, assumiu a cadeira brasileira para firmar o Tratado de Aliança Ofensiva e Defensiva entre os três Estados: Uruguai, Brasil e Entre Rios. Embora seu exército estivesse se juntando na fronteira, contava no Prata com a esquadra comandada pelo almirante John Greenfield, que operava livremente naquele sistema de rios, tanto no Prata como no Paraná e no Uruguai. Essa força naval dava cobertura à travessia de Urquiza, que tão logo botou o pé em terras uruguaias iniciou uma ofensiva fulminante com sua poderosa cavalaria.

Caxias, com um exército pesado, composto de artilharia e infantaria, marchava lentamente, atrasado ainda pelo estado precário de adestramento das tropas, que iam recebendo instrução ao longo do caminho, quando ele parava dois ou três dias nos acampamentos em marcha.

Antes de o exército partir, Osorio esteve outra vez com Urquiza, por ordem de Caxias, logo depois que o governador entrou em território oriental. A missão secreta era altamente perigosa: apenas dois homens o acompanhavam a galope no território hostil. Foi e voltou em poucos dias, trazendo informações valiosas sobre o plano de operações e os ânimos do inimigo. Oribe estava sendo abandonado por seus seguidores. O que ocorrera na fronteira de Jaguarão estava acontecendo em todo o país, e no sul as forças argentinas de Rosas rendiam-se em massa. Urquiza mandava que mensageiros levassem uma oferta de anistia e uma proposta de rendição, dizendo que estariam perdidos se continuassem. Seria mais honroso cederem aos argentinos do que aos brasileiros, que já estavam se aproximando com um grande exército.

Oribe mesmo enviou uma proposta de abandonar a luta, obtendo uma trégua para se retirar com as forças argentinas e os orientais que quisessem acompanhá-lo. Carneiro Leão, com sua proverbial intransigência, não concordou. Somente aceitaria a rendição. Urquiza acolheu a exigência e renovou a proposta de rendição incondicional, garantindo a vida a Oribe e seus generais. Osorio voltou com a combinação de as tropas brasileiras e entrerrianas fazerem junção na região do Rio Negro.

Imediatamente Caxias deu a ordem de marcha, mas de pouco adiantou. Ainda estava a meio caminho quando chegou a notícia de que Oribe havia deposto as armas e que a guerra no Uruguai estava encerrada. O chefe oriental preferira entregar-se aos argentinos e lançara uma proclamação dizendo que se rendia "pelo desejo de evitar à sua Pátria a efusão de sangue, porque uma só gota que derramasse já não podia produzir mais resultado do que afligir a humanidade". Oribe reconheceu o governo de Montevidéu e entregou o comando das tropas argentinas a Urquiza, que as incorporou a seu exército. Nesse momento, Caxias acabara de atingir o Passo do Polanco, sobre o Rio Yi. Ao receber a mensagem do argentino, passou o comando ao marechal Bento Manoel Ribeiro e seguiu para o Pantanoso, onde Urquiza estava acampado, levando como escolta o 2° Regimento de Cavalaria de Osorio. E assim Bento Manoel pôde inscrever em sua biografia que foi comandante em chefe do Exército Brasileiro por alguns dias.

O velho caudilho levou o exército até Santa Luzia, o ponto estratégico fundamental para o controle da Banda Oriental do Rio Uruguai. Era o acampamento de todos os exércitos invasores daquela área. Dali a força seguiu para a Colônia do Sacramento. Era a primeira vez que Caxias pisava o antigo bastião lusitano, de onde, mesmo a olho nu, se avistava o casario de Buenos Aires. O comandante em chefe voltava da reunião com Justo Urquiza. Um dos pontos principais da combinação entre os líderes militares e os negociadores políticos era que se deveria conferir a Urquiza o comando político e militar inequívoco, para caracterizar o ataque a Buenos Aires como um ato de política interna argentina. Ficou estabelecido que Brasil e Uruguai teriam no Grande Exército Aliado a denominação escolhida para a coalizão antirrosista. Seriam caracterizados como "auxiliares" e seus generais comandantes teriam o grau de brigadeiros.

Caxias, que era tenente-general, estava fora do combate. Ele concordava que, politicamente, era importante dar toda a glória a Urquiza. Em todo caso, ficaria ali à vista da capital portenha com seu exército com as unhas de fora. Enquanto seus homens iam chegando à cidade e ocupando suas posições estratégicas, as fortificações ainda construídas pelos portugueses e usadas depois pelos brasileiros de dom Pedro I, foi até o cais com Bento Manoel para dar uma olhada do outro lado do rio.

Lá estava Buenos Aires, aquela cidade legendária que era um dos produtos mais exuberantes da grande aventura europeia da Renascença. Pela primeira vez era a pequena Colônia, tantas vezes arrasada, que renascia das cinzas para azucrinar de novo, a assediar sua antagonista histórica. Bento Manoel também olhava com seu óculo de alcance, mas na sua cabeça não se passavam reflexões geopolíticas e sim as lembranças de todas as guerras perdidas naqueles lugares. Baixando a luneta, olhou para Caxias. Vivia o instante em que os rio-grandenses voltavam a pisar aquele chão que era, de fato, a semente original de sua província.

— Eta nós aqui de novo, senhor conde!

CAPÍTULO 60

Todos contra Rosas

DELPHINO OLHOU A crista da modesta coxilha à frente, que parecia ter uma cerca humana plantada no dorso. Amanhecia o dia 3 de fevereiro de 1852. A seu lado estavam dois irmãos, os cadetes Pedro Felix e Antônio Julio Mallet, este com 13 anos. Iriam ter seu batismo de fogo dali a pouco. Mais à frente outros dois cadetes, Diogo Ferraz e José Thomaz Vieira da Cunha, todos do 2º Regimento de Cavalaria Ligeira, sob o comando do tenente-coronel Manuel Luís Osorio.

— Lá estão eles.

A pequena elevação apinhada de soldados se estendia desde dois morrotes, que nem nome próprio tinham, sendo conhecidos pelo sobrenome do dono da estância, dom Diego Casero. Os Monte Caseros eram vistos dos Santos Lugares, a uma légua dali, onde ficava o acampamento principal do portenho. O alferes Norberto Xavier Rosado, comandante do esquadrão, também admirado, comentou:

— Diz-se que são mais de 30 mil...

Depois dos montes estava o objetivo desses 23 mil gaúchos argentinos, brasileiros e uruguaios: a bela cidade de Buenos Aires. Entre eles uma planície limpa, um campo de tiro de caça para os fuzileiros de Monte Caseros. Separando os dois grupos um pequeno curso de água, o Arroio Moron, facilmente vadeável, tanto a pé quanto a cavalo. Nunca até então havia se juntado tanta gente para uma batalha nas três Américas. Cerca de 50 mil homens e uma pequena porção de mulheres preparavam-se para se pegar a tiros e armas brancas, num corpo a corpo mortal. Fora relinchos de cavalos e um ou outro grito de sargento, fazia-se silêncio. Os milhares de homens se concentravam para se transmudar do estado de euforia, falsamente folgazão, potoqueiro, desabrido e desafiador, em feras. Tornaram-se tão cruéis que só a sombra de uma bandeira justificaria para eles mesmos e para o mundo o que cada um foi nas horas de violência e glória. O sargento José Crispiniano de Contreiras abriu o peito:

— Em forma. Aí vem o comandante!

Aproximou-se um pelotão. Eram o comandante e seu estado-maior tomando posição diante do 2º Regimento para iniciar o ataque. Osorio montava um esplêndido corcel, que mordia o freio e testavilhava, excitado pelo cheiro de milhares de éguas e mais ainda pela proximidade da carga. À passagem do coronel a tropa apresentou armas e já se aprestou para o ataque. Então se rompeu o silêncio quando alguém gritou: "Viva o coronel Osorio!", e começou o alarido que foi seguindo o galope do cavalo, irrompendo vivas ao imperador, ao Brasil, ao Rio Grande, ao general Urquiza, e "morras" aos portenhos e a Rosas. A calmaria se converteu numa confusão de imprecações que podiam ser ouvidas a quilômetros, onde estavam os defensores, que também se animaram do outro lado, e a coisa começou.

O piquete do coronel foi passando pelo esquadrão. Destacaram-se o comandante, o capitão João Francisco Mena Barreto, e seu subcomandante, o tenente Manoel Francisco Monteiro. O capitão deu uma ordem:

— Delphino, acompanha o coronel.

O alferes fez que não entendeu, perguntou, mas o capitão Mena Barreto foi enfático.

— Apressa-te. Ele mandou te chamar. Vai, vai!

Delphino não teve alternativa. Obedeceu, esporeando o cavalo para alcançar o piquete do comando que já se adiantava uns 40 ou 50 metros. Seu desejo era permanecer ali junto aos demais cadetes, seus companheiros nos últimos anos, que já tinham funções de oficiais mas que ainda não estavam efetivados porque a burocracia no exército era muito lenta, com papéis indo e vindo do Regimento, em Bagé, para o Ministério da Guerra, no Rio de Janeiro. Ele já era alferes graduado na Guarda Nacional, dependente do Ministério da Justiça, que nos postos abaixo de major eram de nomeação do presidente da província. Delphino encostou-se ao coronel, que foi logo dando a ordem:

— Delphino, tu vais ficar comigo. Acompanha o cadete Diogo e fica de secretário reserva. Se alguma coisa acontecer a ele, tu assumes.

Diogo Ferraz era outro companheiro que estava exercendo a função de oficial, junto com os demais, todos em comando de piquetes: Filisbino Antônio Mendes, Sebastião Xavier de Azambuja Júnior, Angelino Carvalho e Manuel Jacinto Pereira. Seu desejo era participar do combate ao lado dos companheiros, para isso viera, mas o comandante não concordou. Disse que poderia precisar dele no caso de ter de escrever ou transmitir ordens no meio da refrega.

Galoparam até o final da linha e voltaram para o meio do Regimento. Osorio à frente, seus oficiais a seu lado. Diogo passou a Delphino um equipamento de secretaria: tinteiro, pena, um maço de papéis e uma tábua para escrever. Ele botou o material na mala de garupa e rapidamente verificou o nó do tento que prendia às presilhas suas bolas para colocá-las na posição. Com 550 homens, o 2º Regimento de Cavalaria era uma das poucas unidades com fardamento completo, diferentemente do grosso do exército, que trajava as vestimentas campeiras: chapéu de abas largas, camisa, uma calça chamada chiripá e botas. Duzentos homens tiraram seus sombreiros e ficaram com uma fita prendendo as cabeleiras enquanto enfiavam entre os dedos os tirantes das boleadeiras. Esse era o ponto forte da tropa.

Subitamente, uma grande aclamação encheu o espaço. Milhares de homens berravam ao mesmo tempo. Era o comandante em chefe do grande exército aliado, diretor da guerra, brigadeiro-general governador da província de Entre Rios, dom Justo José de Urquiza, que tomava posição e ia dar a ordem de ataque. Os artilheiros preparavam-se para disparar seus canhões. As bocas de fogo seriam os primeiros sinais das hostilidades, com seu alcance fenomenal de 5 mil metros. Todos deviam preparar-se, pois inevitavelmente a resposta seria imediata.

Na noite anterior, quando o exército iniciava seu movimento para o campo de batalha, Urquiza mandara chamar o comandante da Divisão Brasileira, brigadeiro Manuel Marques de Souza. Informou que mudara seu plano de batalha e que estava requisitando o 2° Regimento de Cavalaria para ser integrado à força sob seu comando direto, com a missão de atacar frontalmente o reduto do ditador Juan Manuel Rosas. Explicou ao brigadeiro:

— Preciso dos seus homens. Eles são os mais hábeis no uso do laço e das boleadeiras. Essas serão as armas de que vamos precisar para desalojar o Tigre da sua fortaleza.

Marques de Souza não teve como negar, mesmo sabendo que, em todas as forças entrerrianas, correntinas ou mesmo orientais, havia lanceiros e boleadores. Essa era uma distinção que exigia um sim. Para Osorio, foi um alívio. No plano de batalha que estava traçado, sua cavalaria ficaria na reserva para apoiar a infantaria onde fosse necessário. Não tinha dúvida de que não seria chamado a intervir, assistindo à batalha de camarote, com seus cavalos mordendo os freios. Urquiza encontrou uma solução. A Osorio explicou:

— Coronel, na ala direita seremos argentinos contra argentinos. Temo que os meus homens fraquejem quando se virem diante de um inimigo que até pouco tempo foi nosso aliado. O velho Rosas tem uma força estranha para cativar os homens simples. Sendo o senhor brasileiro e como os seus homens não têm esse envolvimento pessoal, estou certo de que levará o ataque até o final, com a energia necessária. Se os portenhos virem o seu chefe recuando ou fugindo, abandonarão a luta. Ninguém mais quer defendê-lo, mas enquanto estiver no campo de batalha há o perigo de eles reagirem. Não nos esqueçamos de que eles têm um exército mais numeroso e bem armado que o nosso.

Esses cuidados de Urquiza tinham razão de ser. Na noite de 25 de janeiro, mais de 600 homens de uma unidade do antigo exército de Oribe engajados por Urquiza depois da rendição fizeram um motim, assassinaram seu comandante, o coronel Pedro Leon Aquino, seu sargento ajudante e mais três oficiais, desertando para se apresentar a

Rosas. Era um mau presságio, embora se esperasse que tropas engajadas quase à força para combater ao lado do antigo inimigo pudessem trocar de lado com certa facilidade. Não obstante, o coronel Manuel Hornos, comandante da 2ª Divisão Oriental, declarou-os traidores, candidatos à gravata colorada. Esse fato causou alarme, uma vez que havia muitos portenhos no Exército de Entre Rios, pois a maior parte dos argentinos que haviam servido com Oribe no Uruguai estava incorporada ao grande exército.

Depois de pegar Osorio para si, Urquiza mandou ler a seguinte proclamação: "Soldados! Faz hoje 40 dias que no Diamante atravessais as correntes do Paraná e já estais perto da cidade de Buenos Aires e em frente a vossos inimigos, onde combateríeis pela liberdade e pela glória. Soldados! Se o tirano e seus escravos vos esperam, ensinai ao mundo que sois invencíveis; se a vitória, por um momento, for ingrata para com algum de vós, procurai o vosso general no campo da batalha, porque o campo da batalha é o ponto de reunião dos soldados do Exército Aliado, onde devemos vencer ou morrer. Este é o dever que vos impõe em nome da Pátria o vosso general e amigo." Assinou: Justo José Urquiza.

Estavam todos atentos, à espera da ordem que viria do general Araoz de la Madrid, comandante da ala esquerda do exército, a quem estavam subordinadas. Delphino estava tenso, como todos os demais. Baixinho, falou ao cadete Diogo:

— Bah, tchê, estou entrando na segunda fase.

— Que fase?

— Aquela que diz o coronel. Quando se avista o inimigo, muito entusiasmo; quando partimos para o primeiro choque, medo.

Diogo riu. Ele também sentia o mesmo. Delphino checou uma vez mais suas armas. Pegou no cabo do revólver e verificou a presilha do coldre: trazia uma pistola de cinco tiros no tambor de cano único, fabricação norte-americana do armeiro Samuel Colt. Estava ali como "convidado". Tal qual o outro oficial da Guarda Nacional que estava no 2º Regimento de Cavalaria, o capitão José de Oliveira Bueno, comandante do esquadrão de atiradores. O alferes se lembra da verdadeira epopeia que foi conseguir uma autorização para se juntar a sua antiga unidade quando soube que seu Corpo ficaria na reserva em

Colônia. Quando foi montada a força-tarefa que participaria do Grande Exército, denominada Divisão Auxiliar Brasileira, decidiu-se que os brasileiros enviariam 3 mil homens de infantaria e outros mil e poucos de cavalaria e artilharia. A unidade montada seria o 2º Regimento de Cavalaria, escolha do próprio general Urquiza. O Corpo da Guarda Nacional de São Gabriel, integrante da 11ª Brigada, ficaria na Banda Oriental.

Seus colegas cadetes exultavam, mas logo viram que faltava alguém naquela turma. Delphino estava inconsolável. Decidiram então ir ter com o tenente-coronel e pedir-lhe que requisitasse o companheiro. "Não vai fazer falta do lado de cá do rio", disseram. Osorio acabou concordando que eles gestionassem para obter a liberação do companheiro.

O primeiro obstáculo foi fácil de ser transposto. Seu comandante imediato, o capitão Sezefredo, até gostou da ideia. Depois teve de vencer o comandante interino do Corpo, o major Sebastião, que substituía o comandante efetivo, o coronel José Alves da Cunha, afastado por doença. Ele concordou, desde que o comandante da Brigada não se opusesse. O coronel Dinarte Ribeiro também aprovou, mas mandou-o consultar o comandante da 4ª Divisão, o coronel David Canabarro. O Tatu, como era seu apelido, lembrou que Osorio já tinha lhe falado de ter o rapaz com ele, referindo-se ao capitão Manoel, companheiro da grande jornada de Paissandu em 1811.

O passo final era o mais difícil: passar por Caxias. Delphino procurou um amigo da família, o marechal Bento Manoel, que se admirou por ele estar no Corpo de Caçapava mas com o pessoal de São Gabriel.

— Ué? Por que não estás com o Chananeco?

Delphino disse-lhe que Osorio o havia encaminhado ao capitão Sezefredo. Bento entendeu e prometeu ajudar, não sem antes fazer um elogio a seu pai:

— Acho que tens esse direito. Filho do capitão Manoel Souto. Bicharedo. Com uns 50 que nem ele a gente tomava aquela vila a pelegaços.

Mandou perguntar a Canabarro se estava de acordo e foi ter com o conde Caxias, que ficou interessado em saber por que tamanha insistência. Bento Manoel repetiu-lhe a história, Caxias chamou Osorio, que estava no quartel-general, e o coronel lhe confirmou:

— Foi meu cadete. O pai dele salvou a vida do meu na "correria" para Paissandu. Se o senhor estiver de acordo, levo o Delphino comigo. E prometo que ele volta assim que botarmos o Rosas para fora do seu palácio em Palermo.

Canabarro concordou, rindo.

Para Delphino, a guerra se iniciou quando partiu de São Gabriel e atravessou a campanha em direção a Santana, para se incorporar à 4ª Divisão Ligeira, que seria integrada pelos corpos de guardas nacionais. Era uma tropa reunida às pressas, com poucos oficiais de linha. A maioria era de veteranos farroupilhas, conhecedores da guerra, mas um tanto enferrujados pelos anos de inatividade. Delphino, um dos poucos que tinha acabado de sair do quartel, foi importante para a readaptação dos gaúchos à disciplina das casernas. Em Santana, integrados às forças de Canabarro, foram designados por Caxias para fazer a vanguarda do Exército Imperial, por serem vaqueanos na região.

Antes de chegarem ao Rio Negro, receberam a notícia da rendição de Oribe, mas ainda havia ameaças. A 3ª Divisão, do brigadeiro José Fernandes dos Santos Pereira, estava ameaçada por contingentes blancos que se recusavam a depor as armas. Canabarro foi desviado para Canelones, onde fez junção com essa tropa que descia próxima ao litoral, vinda de Jaguarão, e conduziu-a para Santa Luzia, onde já esperava o grosso do exército. Dali a tropa deslocou-se para Colônia e ficou à espera dos navios que a levariam até o ponto de reunião do grande exército. A região de Salto, que constituía a retaguarda das forças em operações, na margem esquerda do Rio Uruguai, ficou a cargo da Brigada de Voluntários rio-grandenses, organizada e comandada pelo coronel Antônio de Souza Netto, com homens da região do Arapeí, 600 deles recrutados em Bagé, onde estavam refugiados. Lucas de Oliveira guarnecia o território metropolitano rio-grandense; Netto, do Quaraí ao Rio Negro. Alguma força portenha que decidisse operar a partir das Missões ou pela retaguarda de Urquiza seria contida por esses guardas nacionais, que davam cobertura estratégica a Caxias, no Uruguai, e a Urquiza, no Paraná.

A rendição de Oribe foi um balde de água fria na 4ª Brigada. A força corria para ver se ainda encontrava os oribistas. Havia naquelas unidades de Alegrete e São Gabriel um grande número de ex-californistas que esperavam desforrar-se. Aliás, Delphino volta e meia ouvia gracejos de seus homens sobre sua participação naqueles acontecimentos como cadete do 2º Regimento de Cavalaria, mas não chegavam à hostilidade, pois a repressão de Osorio não produzira nenhuma vítima fatal. Sem morte não há inimizade. No entanto, Oribe entregou-se porque seu exército perdera completamente a combatividade. O Uruguai estava exausto pelos oito anos da Guerra Grande, como se denominou o conflito, e as tropas totalmente desmotivadas, esfaimadas, tendo de roubar para sobreviver e, no final, mais nada havia para furtar.

De repente, aparecem dois exércitos invadindo seu território, aguerridos, bem armados, alimentados, montados e, o mais importante, com dinheiro para pagar os soldos atrasados. Entre um patrão que paga e outro que dá o calote, a maior parte das tropas orientais e também das argentinas, que passavam pelas mesmas necessidades, abandonou seus chefes e mudou de lado. Para frustração geral, a campanha converteu-se num passeio, como os militares chamam as guerras que vencem sem lutar.

Nem os soldados nem a população entendiam o que realmente estava havendo naquela revolução. O projeto dos dissidentes portenhos, dos entrerrianos, correntinos e uruguaios era varrer de vez o caudilhismo e implantar estados de direito nos países. Na Argentina o movimento era mais profundo, pois pregava a unidade nacional num país dividido em um federalismo primário. Seu lema era "organização". Essa nova ordem foi implantada no Uruguai tão logo Oribe se rendeu. É verdade que o Uruguai ficou em desvantagem política. O Brasil enviara Caxias. A Argentina tinha Urquiza, o único homem com estatura para se contrapor a Rosas. Enquanto, no Uruguai, o grande nome que fizera a situação do país virar e que seria aclamado presidente da república, um guerreiro legendário que fora companheiro de San Martin e Simon Bolívar nas guerras da independência, o general Eugenio Garzón, falecera em 1º de dezembro de 1851, vítima de um erro médico, deixando seu exército sem comandante e o país sem seu líder.

Em vez das retaliações, Urquiza lançou uma proclamação pacificadora, a que Caxias subscreveu, pois repetia exatamente o modelo que usara para o Brasil nas guerras civis da Regência. Dizia: "Declara-se que entre as diferentes opiniões em que estiveram divididos os orientais não haverá vencidos nem vencedores, pois todos devem unir-se sob o estandarte nacional para o bem da Pátria e para defender as leis e a independência." Ou seja: anistia ampla e garantia pelos argentinos da independência do Uruguai, banindo de vez o fantasma da anexação às Províncias Unidas. O próprio Urquiza, que em seu "Pronunciamento", o manifesto com o qual abria a revolução, substituíra o lema divisionista de Rosas "Morram os Selvagens Unitários" por "Morram os Inimigos da Organização Nacional", cortou a palavra "morram" e emitiu nova palavra de ordem: "Viva a Confederação Argentina."

Rosas não entendeu que os ventos mudavam e continuou com seus insultos habituais a seus adversários, chamando-os de "loucos", "selvagens", "traidores". Não via que as elites dos países abandonavam a ditadura autocrática e unipessoal. O mesmo vento que soprou na campanha uruguaia varria Buenos Aires, onde a elite aspirava a um estado de direito que oferecesse garantias às pessoas e aos negócios.

A criação efetiva de um estado de direito era o grande ideal dos jovens intelectuais que emergiam como os novos líderes políticos argentinos. Eles acreditavam que essa seria a base para a construção de um Estado Nacional, e não mais simplesmente o regime republicano, como se pensava desde a independência até então. A solidez do estado de direito era a força do Brasil, que avançava rapidamente enquanto seus vizinhos dessangravam-se em intermináveis guerras civis, alimentadas pelos personalismos e por outros desvios do regime republicano. O Brasil, no entanto, era um país de difícil entendimento para eles, pois a monarquia não era um regime autocrático centrado na pessoa do imperador e tinha o Poder Moderador para promover a alternância dos partidos.

Outro ponto incompreensível era o funcionamento de uma democracia com escravatura. Um dos líderes da oposição a Rosas e defensor de uma aliança estratégica com o Brasil, o coronel Bartolomeu

Mitre era um dos poucos argentinos a entender e a escrever que o Brasil tinha uma democracia peculiar, produto de uma fusão do Direito europeu e dos costumes africanos, na qual a escravatura se encaixava. O país se formara assim, com o Estado Português gerindo uma economia e uma sociedade africana transferidas para a América. O brasileiro era ambíguo, pois sua consciência europeia condenava a escravidão, mas o sistema não podia existir sem ela, uma vez que os escravos tinham uma espécie de monopólio do trabalho. Toda a atividade braçal somente podia ser exercida pelos cativos escravizados. O liberto não aceitava trabalho de escravo, por exemplo. Era pegar a carta de alforria e não mais pisava numa lavoura ou numa oficina.

Não havia como explicar a um hispânico essa nuança. Nos outros países americanos, o senhor era dono da vida e da morte de seus escravos. No Brasil havia leis sobre deveres e direitos na escravidão. Uma delas era que, dependendo da atividade, a escravidão durava um determinado número de anos, após os quais o cativo tinha o direito à alforria, indenizando, com 17 anos de prazo para pagar, seu senhor. Os trabalhadores das charqueadas, no Rio Grande do Sul, ficavam de seis a oito anos no cativeiro. Depois desse período, o escravo seria livre para pensar e falar, mas não tinha direitos políticos, não podia votar nem ser votado. Tampouco não podia ser punido ao arbítrio de seu senhor. Desde o século XVIII que um escravo somente podia ser açoitado por sentença judicial. O pelourinho era o órgão de execução dos castigos físicos para escravos desobedientes e livres que cometessem pequenos delitos. Fazia parte do sistema judicial, e o carrasco era um funcionário da Justiça. Um escravo de ganho tinha direito a seu dinheiro e, ainda mais: podia ter seus próprios escravos para trabalhar em suas empresas. O senhor do escravo-chefe não era dono dos escravos pertencentes a ele.

Era isso que embaralhava a cabeça dos argentinos e uruguaios, que em muitas guerras civis entraram no Brasil oferecendo alforria aos escravos dos brasileiros e tiveram como resposta os cativos de armas na mão batendo-se contra eles, como aconteceu na guerra da Cisplatina e, mais recentemente, na Guerra Grande, quando Oribe oferecia alforrias sem resultados significativos. Os escravos de fato fugiam, rebelavam-se, protestavam, mas dentro do sistema afro-brasileiro. Em sua defesa, os escravistas brasileiros diziam que no Brasil um cativo tinha mais direitos que um operário britânico e era mais bem tratado do que qualquer trabalhador livre do nascente e selvagem capitalismo industrial europeu. Lá se trabalhavam mais horas, sem quaisquer garantias, enquanto um escravo tinha assegurado o direito à moradia e à alimentação mesmo em caso de desgraça da empresa ou do senhor. Ainda argumentavam que um escravo brasileiro tinha mais liberdade pessoal do que um camponês russo.

Outro argumento, uma espécie de direito de recesso, era a lei que obrigava o senhor a vender seu escravo em caso de desentendimento entre os dois. O cativo recorria à Justiça, apresentava suas razões, e se sua causa, tanto relativa a maus-tratos quanto a questões profissionais, fosse julgada justa, a Justiça decretava que o senhor tinha de vendê-lo. Isso, evidentemente, não era generalizado e ocorria somente nos casos de escravos de ganho — alguns mais ricos do que seus senhores —, que podiam pagar bons advogados para livrá-los dos grilhões ou, como era mais comum, ser vendidos a outro senhor já dentro de um modelo de negócio, pois se fossem simplesmente alforriados estariam impedidos de exercer sua profissão. Alguns senhores usavam a alforria como vingança contra escravos mal-agradecidos. Irineu Evangelista, que era contrário ao trabalho escravo por razões morais e econômicas, teve de manter em seu estaleiro de Ponta da Areia mais de cem cativos, que não quiseram ser alforriados para continuar trabalhando. Todos eram metalúrgicos especialistas em construção naval e só dois eram serventes.

A instituição da alforria e sua aplicação generalizada também amenizavam o quadro de opressão. Ao longo de três séculos de escravismo, o Brasil importara 4 milhões de africanos cativos, mas havia no país 820 mil escravos, menos de 20 por cento deles nas lavouras e em trabalhos típicos da economia escravista, ao passo que nos Estados Unidos, que receberam nesse mesmo período 500 mil africanos, havia uma população de 5 milhões de escravos. Enquanto no Brasil era raríssimo um neto de escravo ainda em cativeiro, na América do Norte alguns já contavam dez ou mais gerações na condição servil.

Foi levando em consideração esse quadro específico brasileiro que aceitaram o império numa aliança político-militar formada para derrubar um governo legal e legítimo contando com tropas estrangeiras. Diziam os pronunciamentos que o levante era contra Rosas, e não contra o povo de Buenos Aires ou das demais províncias argentinas, como se enfatizava nos manifestos. O objetivo era simplesmente botar um ditador muito poderoso para fora do palácio. Esse posicionamento foi plenamente aceito depois que o Brasil acabou efetivamente com o tráfico negreiro. O resíduo escravista brasileiro passou a ser encarado como no caso dos Estados Unidos, que também eram aceitos como nação democrática, liberal, um Estado de direito pleno, não obstante a escravidão ainda estivesse em vigor, o que importava era que o tráfico era proibido e reprimido. Tanto no Brasil como nos Estados Unidos, um africano desembarcado como escravo era imediatamente libertado e podia ser devolvido à África ou, eventualmente, ficar no país como trabalhador livre. A maior parte dos contrabandeados, tanto na América do Norte como no império, preferia ficar, pois se voltasse à África seria novamente escravizada pelos manicongos.

Também contribuíram para essa revolução do Cone Sul o enfraquecimento dos governos europeus, abalados com revoltas de todo tipo, e o isolamento de Buenos Aires devido ao grande número de guerras civis nas províncias situadas fora do espaço platino. Os interesses comerciais franco-britânicos, que se expandiam pelo mundo, deixaram campo livre para o Brasil agir na região enquanto franceses e britânicos avançavam vorazmente sobre o espólio dos traficantes que haviam abandonado o mercado africano. No fim de tudo, no entanto, o que se via era uma campanha para quebrar a hegemonia de Buenos Aires, movida pelos povos da Bacia do Uruguai.

Esse quadro era bem evidente quando se confrontavam os dois líderes do movimento: de um lado, Rosas, o maior charqueador e criador de gado da margem direita do Rio da Prata; do outro, Urquiza, o maior charqueador e criador do Vale do Uruguai, proprietário de mais de 1 milhão de hectares em dezenas de estâncias no Uruguai, em Entre Rios e em Corrientes, com 1 milhão de cabeças de gado em seus campos. Os outros contendores também representavam o setor agropecuário de seus países. O Rio Grande do Sul comparecia comandado por seu senador, o conde de Caxias, que levava ao campo de batalha todos os seus chefes políticos, tanto os imperiais quanto os generais farroupilhas, incluindo seu tio, o coronel Luís Manuel de Lima e Silva, irmão do primeiro general da república, João Manuel, no comando do 14º Batalhão de Infantaria da 10ª Brigada da 1ª Divisão.

Do ponto de vista político-econômico, cada grupo tinha seus motivos: os mesopotâmicos queriam compartilhar do mercado e das receitas virtualmente monopolizados por Buenos Aires; os portenhos desejavam recuperar espaço para os setores comerciais e financeiros; os uruguaios, pacificar o país e reintegrar-se na economia; e os rio-grandenses, assegurar a posse das terras ao sul do Rio Quaraí. Já o império não pensava como os gaúchos, mas não perdeu essa oportunidade para desenvolver um bom relacionamento com os vizinhos do sul que abrissem as portas de seus mercados para o Brasil substituir, pelo menos em parte, o mercado africano, que entregava de mão beijada para os países do Canal da Mancha. Com essa unanimidade, Buenos Aires teria de cair. No entanto, quando as forças se movimentaram só havia incertezas, pois a grande metrópole do Prata ainda era uma força muito poderosa, tida como invencível em seu território.

Delphino ficou impressionado quando chegou ao acampamento de Santa Lucia: nunca vira tanto milico junto. Ali estava todo o Exército Imperial, com pouco mais de 14 mil homens, só esperando pela 3ª Divisão para seguirem até sua posição estratégica na Colônia do Sacramento. A Divisão Ligeira tivera um pequeno desvio e voltava comboiando a 3ª Divisão de Cavalaria do brigadeiro José Fernandes, que encontrara oposição armada em sua marcha, pois o comandante oribista Dionísio Coronel não acatara a ordem de rendição e continuara hostilizando os brasileiros e orientais que compunham aquela unidade. O alferes teve uma grande alegria quando se encontrou com essa força já no departamento de Canelones, trazendo o 2º Regimento de Cavalaria da Guarda Nacional, composto por gente de sua cidade, Caçapava, e de Lavras, sob o comando do tenente-coronel Manuel de Oliveira Bueno. Nesse encontro abraçou seus conterrâneos, apresentou os amigos aos camaradas e deram um quebra-costelas no tenente Vasco Antônio da Fontoura Chananeco, veterano farrapo, que insistira muito com ele para se alistar na Guarda Nacional em

Caçapava: "O teu lugar é aqui entre os papa-laranjas", dizia, usando a expressão jocosa, mas que apreciava muito, ao que se desculpava o alferes: "Estou com os gabrielenses por ordem do coronel Osorio", e concordava o tenente: "Se é assim, está bem. O Sezefredo é um bom homem, gente do general Netto."

Mal a Divisão Ligeira apeou em Colônia, recebeu ordens de regressar a Canelones e segurar o flanco do exército. Não se podia dar o lado a Rosas. Ele tinha capacidade de insuflar gente contra o Brasil, como fizera em agosto ao levantar os índios da região do Arroio Turvo, em Santa Catarina, contra a cidade de Vacaria, no Rio Grande do Sul, promovendo um verdadeiro morticínio e quebra-quebra. Delphino, porém, conseguiu ficar e juntar-se ao 2° Regimento de Cavalaria Ligeira, que estava prestes a embarcar rumo ao porto de Diamante, no Rio Paraná, onde Urquiza concentrava as forças que comporiam o grande exército. A Divisão Brasileira seria transportada pela via fluvial, subindo o Paraná, levada pela esquadra do almirante Greenfield, que já conduzira até aquele ponto a Divisão Oriental, com 2 mil uruguaios.

Dias antes o conde de Caxias, com seus comandantes de Divisão e alguns oficiais superiores, incluindo Osorio, montara a força-tarefa que iria participar do Grande Exército. O brigadeiro Marques de Souza, escolhido para ser o comandante da unidade, fez galhofa com o nome do exército: "Esse nome me lembra *Grande Armée*. Não dá sorte", disse, referindo-se ao exército de Napoleão Bonaparte que invadira a Rússia em 1812 e voltara para a França reduzido a frangalhos.

O Brasil entraria com o terceiro maior efetivo. O maior seria o de Entre Rios, depois Corrientes, Brasil, Buenos Aires e uma pequena representação uruguaia. O governo de Montevidéu, recém-saído de uma situação de colapso, não tinha objetivamente condições de reunir e armar uma força poderosa, nem mesmo com o apoio total dos aliados. As forças portenhas estariam sob o comando dos exilados que chegavam de toda parte quando ficou evidente o colapso de Rosas. Caxias, porém, não estava tão certo do êxito do empreendimento.

— O Rosas tem 43 mil homens em armas. É quase o dobro das nossas forças. Se os arranjos políticos fracassarem e toda essa gente vier disposta a combater, com os recursos de que dispõem, teremos guerra para muitos anos. Não temos poderio para desalojar o governador de Buenos Aires. Aí vai se configurar o que insinuou o brigadeiro Marques de Souza: os nossos exércitos voltarão para casa com o rabo entre as pernas como cachorro surrado.

A força brasileira seria composta de seis batalhões de infantaria, um Regimento de Cavalaria e um Regimento de Artilharia. Os infantes, a maioria rio-grandenses, marchariam a cavalo. Caxias lembrou:

— Como dizia o general Alvear, aqui na América Meridional somos o contrário da Europa. Nossos infantes são cavalarianos convertidos em pedestres. Urquiza nos dará os cavalos, tanto para a cavalaria quanto para o deslocamento da infantaria até o campo de batalha. Brigadeiro, o senhor está levando a elite do Exército Brasileiro. Desejo boa sorte a vocês todos, e estejam certos de que nós vamos desembarcar em Buenos Aires, custe o que custar, se vocês fracassarem. Contem conosco para tirá-los de lá.

O efetivo da Divisão Auxiliar ficou estabelecido em 4.020 combatentes, mais o pessoal de apoio. As unidades escolhidas foram: da 1ª Divisão, o 2º Regimento de Cavalaria Ligeira e os batalhões de infantaria números 5, 8 e 11; da 2ª Divisão, os batalhões de infantaria números 6 e 13; e o 7º Batalhão da 3ª Divisão; da artilharia, o 1º Regimento de Artilharia a Cavalo (RAC) e uma bateria de foguetes à Congrève (foguetes de guerra inventados pelo inglês Willian Congrève em 1805) com 200 homens no total. As demais unidades teriam um efetivo de cerca de 500 homens. O restante do exército seria composto por 10.650 homens de Entre Rios, 5.260 de Corrientes, 3.735 de Buenos Aires e 1.970 uruguaios.

Caxias teve uma grande contrariedade. Seu propósito era enviar como comandante do 1º Regimento de Artilharia a Cavalo o veterano da Batalha de Passo do Rosário Emílio Mallet. O oficial fora afastado do Exército na crise da abdicação de dom Pedro I por ser nascido na França, mas na Guerra dos Farrapos foi incorporado no posto de major à Guarda Nacional e comandou os canhões de Rio Grande, posição estratégica que assegurou a vitória legalista. Depois disso, Mallet voltou à vida civil em Bagé, até que os dois se encontraram novamente a pedido de Osorio, que vinha com o conde desde o acampamento de Orqueta, na zona sul da província, em direção a Santana, onde Caxias planejava invadir o Uruguai. Nesse deslocamento, Osorio sugeriu que incorporasse o amigo:

— Coronel, o senhor acha que o Mallet vai aceitar o meu convite?

— Tenho certeza, senhor conde.

— Ele é tão essencial assim?

— Meu comandante, o Mallet é o maior artilheiro do mundo. Na situação em que nos encontramos, somente ele poderá reabilitar a nossa artilharia. E mais ainda: garanto que não vai haver uma granada que erre o alvo.

Caxias convidou Mallet e o velho artilheiro foi alistado no posto de coronel sem nenhuma formalidade, enquanto Caxias encaminhava a papelada para sua readmissão nas fileiras no posto de tenente-coronel, contando o tempo em que estivera fora do exército e a serviço da Guarda Nacional durante a Revolução Farroupilha. O francês partiu imediatamente para São Gabriel e botou o 1º RAC em atividade, implantando os novos métodos de treinamento que aprendera na literatura militar. Depois foi a Pelotas receber o Regimento de prussianos, mercenários contratados na Europa, e levou-os pessoalmente até Santana, para se unirem ao exército, sob o comando do barão Lemmert.

Quando o exército alcançava o *front*, às margens do Prata, chegou o despacho do Ministério da Guerra indeferindo as promoções, engajando-o no posto de capitão, sua patente dos tempos da guerra da Cisplatina, promoção que ganhara no campo de batalha. Com isso, Mallet não pôde seguir com a tropa para Diamante, pois com a patente de capitão não podia comandar uma unidade como aquela, que ficou a cargo do major Joaquim Gonçalves Fontes, comandante interino no lugar do coronel Francisco Antônio Silva Bittencourt, que tivera de se afastar por doença.

Caxias ficou furioso, mas nada pôde fazer, e Mallet permaneceu a seu lado em Colônia, enquanto "a unidade em que servira na última guerra contra a Argentina ia para o *front* sem a sua participação", conforme Caxias confidenciou a Osorio: "Logo agora que ele poderia dar o troco aos portenhos, burocratas almofadinhas aboletados em suas poltronas de parasitas, que ficam a pinçar artigos e incisos para mostrar que, mesmo arriscando a vida, nós temos limites e que são eles que mandam. Não é só ao Mallet que querem atingir, mas principalmente a mim, para me mostrarem que devo me curvar às penas dos que podem assinar."

A liderança de Caxias no Rio Grande assustou muita gente no governo central. Levar os exércitos farroupilha e legalista, e também juntar numa mesma unidade o rebelde Canabarro e o ultralegalista Moringue, era perigoso. Monte Alegre, o chefe do gabinete, com inflexão de galhofa, depois de elogiar a unanimidade obtida pelo senador no Sul, lembrando que Caxias era um fidalgo da mais pura estirpe de cortesãos lusitanos, caso único na história de pai e filho no mesmo Senado, deu sua alfinetada:

— Que logro seria, mandamos um príncipe e os gaúchos nos devolvem um caudilho...

Ao que seu secretário, maldosamente, completou:

— Como senador ficou igual ao pai. Mas lhe falta ser regente...

— Bem, regente não pode mais. Chefe do gabinete, porém, disso não existem mais dúvidas: mais dia menos dia o senhor Luis Alves vai sentar nesta cadeira aqui.

No *front*, Caxias não pensava exatamente assim, mas imaginava que por aí andaria o motivo para o governo mostrar a ele que, ainda que ele pudesse muito, até promover coronéis, não podia tudo. Mallet fora demitido por uma lei emitida e sancionada por seu pai, Francisco de Lima e Silva, na época regente trino. Não teria direito de contar o tempo inativo nem o da Guarda Nacional, que não era um organismo do Ministério da Guerra. O ministro da Justiça que o promovesse a coronel, brigadeiro, o que fosse, mas no exército não havia injustiças nem caronas. O comandante em chefe, porém, viu um pouco mais rasteiro, embora também estivesse certo:

— Inveja!

CAPÍTULO 61

Incêndio nas Águas

O CAIS DO PORTO da Colônia do Sacramento estava apinhado de soldados no dia 14 de dezembro de 1851. De um lado, com seus equipamentos de guerra, os 4.300 homens que embarcavam junto com a marujada e os fuzileiros da esquadra; de outro, a sua frente, 11 mil homens que ficariam naquela praça como exército de reserva para o caso de um desembarque em Buenos Aires, se recebessem essa ordem do comandante em chefe, Justo José de Urquiza. Entre os dois grupos, Urquiza e seus generais, mais o almirante John Greenfield, comandante da esquadra. À frente da tropa da agora denominada 1ª Divisão Auxiliar formavam o comandante da Força Expedicionária Brasileira, o brigadeiro Manuel Marques de Souza, seu ajudante-general, o tenente-coronel Joaquim Procópio Pinto Chichorro, e os comandantes das duas Brigadas, coronel Francisco Felix da Fonseca Pereira Pinto, da 1ª, e o coronel Feliciano Antônio Falcão, da 2ª.

Delphino estava em posição de sentido enquanto um sargento arauto de voz potente pronunciava a ordem do dia de número 33, assinada pelo general conde de Caxias, comandante em chefe brasileiro. Osorio não estava presente, pois já seguira por terra com parte da cavalaria, deixando para trás 200 homens que seguiriam junto com infantes e artilheiros a bordo dos navios da esquadra. No cais estavam em amarras as barcaças que levariam soldados e tripulantes até os vapores, fundeados a cerca de 100 metros da margem, e as corvetas a vela, que iriam rebocadas. O material pesado, como canhões, munições, suprimentos e a maior parte das bagagens, já estava a bordo.

Só faltava mesmo o pessoal, que ouvia a palavra de seu chefe conclamando-os à luta pela liberdade, dizendo que eram pessoas de um país civilizado e moderno em luta para varrer a barbárie do Cone Sul. A ordem do dia ainda deu um detalhe importante sobre as disposições táticas, informando que aos brasileiros caberia a vanguarda do grande exército, e pediu obediência ao comandante Marques de Souza, dizendo que, em espírito, também estaria na linha de frente. A euforia tomou conta da massa, que irrompeu em vivas. Lentamente as unidades foram se formando em filas para o embarque, que demorou dois dias.

Quase todos se vestiam à paisana, com trajes típicos do Rio Grande, pois num exército que se formara em marcha não houvera tempo para os uniformes. O 2º RC era uma das poucas unidades fardadas, pois Osorio cuidava muito da apresentação de seus soldados, fazendo questão de que todos obedecessem às normas.

Madrugada de 17 de dezembro. Todos a bordo. Trilavam os apitos dos mestres e contramestres passando as ordens à marujada. Sinaleiros agitavam as bandeirolas, enviando ordens e recebendo as mensagens, captadas por um oficial que, de telescópio, acompanhava os movimentos dos sinaleiros dos outros navios. Era esse o sistema de telecomunicações. As corvetas, atracadas no cais, abriam as velas e se aproximavam dos navios a motor, que, por sua vez, baixavam escaleres com os remadores rebocando os cabos. Para subir a correnteza era necessário o reboque, pois o veleiro, mesmo com bom vento, tinha de bordejar, diminuindo enormemente sua velocidade e, na mesma proporção, aumentando sua vulnerabilidade a artilheiros ou fuzileiros escondidos nas margens.

Os cavalarianos foram embarcados na corveta *União*. Em toda a flotilha, os que tinham funções de marinhagem, os passageiros e os fuzileiros navais foram para o convés de seus navios assistir às manobras da esquadra. Iniciado o movimento, viram os prédios brancos de arquitetura portuguesa de Colônia ficando cada vez mais longe, enquanto subiam em direção ao Rio Paraná. Havia uma descontração generalizada. Ninguém esperava uma cilada dos portenhos.

Uma semana antes essa mesma flotilha tinha ido até Diamante com os uruguaios e 400 homens da Divisão Argentina do coronel Vicente Gonzáles, que estava destacada na Banda Oriental. Argentinos que estavam exilados em Montevidéu e se haviam juntado às tropas para combater o "tirano", como eles denominavam Rosas. Entre os refugiados políticos estavam dois futuros presidentes, Bartolomeu Mitre e Faustino Sarmiento, e um dos principais comandantes do Exército Argentino na Guerra do Paraguai, Wenceslao Paunero. Os três, porém, ficaram em Colônia, a convite do brigadeiro Marques de Souza, para viajar com o comando brasileiro. Os três embarcaram na nave líder, enquanto o comandante da Divisão ficou para a segunda leva que seguia nos vapores *Imperador* e *Uruguai* e na corveta *D. Januária*.

No *D. Alfonso* tremulava a bandeira do almirante, que tanto oficiais quanto marinheiros tratavam por "chefe", uma denominação bem marítima, que para os lobos do mar vale mais que a patente de oficial general. Era a nau capitânia da esquadra. Seu comandante, o capitão de fragata Jesuíno Lamego da Costa, dirigia os trabalhos de atrelamento do reboque da corveta *D. Francisca*, comandada pelo capitão de mar e guerra James Parker. Quase ao lado estava a corveta a vapor *Recife*, sob o comando do capitão-tenente Antônio José Francisco da Paixão, amarrando o brigue a vela *Calíope*, do primeiro-tenente Francisco Cordeiro Torres e Alvim; mais além, o *Pedro II*, do capitão-tenente Joaquim Raimundo Delamare, atrelava a corveta *União*, comandada pelo capitão-tenente Francisco Vieira da Rocha. Solitário, o pequeno vapor *D. Pedro*, dirigido pelo primeiro-tenente Vitório José Barbosa da Lomba, rodeava, esperando para tomar sua posição no comboio.

Assim que a navegação entrou em ritmo de cruzeiro, o comandante Vieira da Rocha convocou os oficiais passageiros à sua cabina para uma informação importante:

— Tivemos uma notícia e não quisemos atracar para não dar na vista e evitar que se espalhasse. Os nossos serviços de informação mandaram um informe dizendo que o general Lucio Mansilla saiu de Buenos Aires com uma força de artilharia. Acreditamos que planejam nos surpreender numa das voltas do rio. Na medida do possível, estamos procurando verificar os detalhes. Pedimos que não digam nada aos inferiores, pois isso somente trará desassossego. Quando for a hora, informaremos aos senhores para que aprestem os seus homens. Muito obrigado.

O oficial de cavalaria mais graduado ali presente perguntou:

— Esse Mansilla seria o mesmo que combateu contra os ingleses e franceses em Vuelta Obligado?

— Não tenho certeza, mas deve ser. Ou há outro Mansilla?

— Não sei, não, senhor. Mas esse é perigoso.

— Que seja. Mas nós somos mais perigosos que os gringos. Se for ele, vai ter uma surpresa, não é, capitão?

— Conte conosco.

— Se for preciso, vou chamá-los para a luta. Só não posso lhes oferecer cavalos.

— Não é necessário, capitão. Lutamos tanto a pé quanto montados.

A reunião terminou com esse otimismo. Antes de descerem ao convés, Bueno pediu a todos.

— Por favor, atendam ao pedido do capitão Vieira. Não comentem nada diante da tropa. De acordo?

O alferes Pedro Osorio, lanceiro caçapavano do 2° RC, sobrinho do coronel, e Delphino também perguntaram ao capitão sobre esse inimigo que os ameaçava.

— Capitão, esse Mansilla não é o mesmo que se pegou com o marechal Bento Manoel no Passo do Umbu?

— Vocês de Caçapava só pensam no velho... Pois foi esse mesmo, mas não se assustem. Se ele vier, faremos o mesmo que o velho Bento Manoel fez com ele: botamos para correr campo afora.

Mansilla fora o chefe do estado-maior do Exército Republicano do general Alvear que invadira o Brasil em dezembro de 1826. Poucos dias antes da Batalha do Passo do Rosário, atacou a 2ª Divisão Ligeira nas barrancas do Rio Ibicuí. Foi um combate de cavalaria, cada qual cantou vitória, mas o argentino teve uma grande vantagem estratégica porque manteve Bento Manoel a várias léguas do grosso do exército, e ele não pôde intervir em Ituzingó. Em 20 de novembro de

1845, com 220 homens de artilharia e 35 canhões, Mansilla travou um combate com a esquadra anglo-francesa logo à frente de onde estavam naquele momento, em Vuelta Obligado, num estreitamento em curva do Rio Paraná ao norte de São Pedro. Estava apoiado por uma força de mil homens de cavalaria, que enfrentaram o desembarque franco-britânico. Morreu muita gente, mas a esquadra rompeu o bloqueio e navegou até a foz do Paraguai, em Corrientes. A expectativa era de que escolhesse o mesmo local para atacar os brasileiros. Ali o rio estreita-se para 700 metros, deixando os barcos ao alcance de tiros de fuzil e na cara das peças. Porém nada aconteceu. Batedores que acompanhavam a flotilha por terra informaram que o lugar estava limpo, com livre curso para os navios. Foi um alívio.

O ladino Mansilla, contudo, decidira não repetir a batalha contra a esquadra franco-britânica. Esse era um episódio passado e repassado pela literatura naval, conhecido pelo direito e pelo avesso como um dos primeiros grandes embates fluviais da guerra moderna, certamente estudado à exaustão pelos brasileiros, que assim poderiam ter um plano para enfrentá-lo. Escolheu um novo estreito, mais acima, o Passo do Tonelero. Uma terceira opção seria a Ilha de Ramallo, onde também poderia alcançar a esquadra a tiro de fuzil. Entretanto, preferiu Tonelero, onde as Barrancas de Acevedo favoreciam a instalação da artilharia e o entrincheiramento dos atiradores. Ali posicionou 16 peças de grosso calibre e se fortificou com duas companhias de carabineiros do Batalhão de Infantaria nº 6 e um esquadrão de artilharia.

Dos navios foi possível avistar o dispositivo rosista. Greenfield convidou os três militares argentinos a participarem de um rápido conselho para repassar o plano de batalha. Ouviu-os por cortesia, mas também porque conheciam seus compatriotas e seu exército, podendo contribuir com alguma informação preciosa. Mitre, como oficial de artilharia formado na academia militar, ofereceu-se para guarnecer uma peça. A ordem geral era de que a tropa terrestre se recolhesse aos porões, onde estariam protegidos da fuzilaria. Todos já tinham feito exercício de evacuação do navio em caso de naufrágio, que consistia apenas na indicação das escadas por onde poderiam sair do barco e se jogar na água, pois nem sequer havia escaleres para todos.

Os oficiais propuseram que a tropa participasse da linha de fogo, mas o almirante retrucou que não haveria espaço e suas armas não tinham alcance para atingir as trincheiras da ribanceira. O mesmo se repetiu em todos os outros navios. Na corveta *União* os oficiais se ofereceram para combater no tombadilho como simples atiradores, ao lado dos fuzileiros navais que deveriam sustentar o tiroteio. O comandante concordou, mas o restante da tropa deveria permanecer embaixo, garantindo que seriam chamados em caso de desembarque para contra-atacar.

No fim da manhã, a força-tarefa entrava no gargalo de Tonelero. Os motores bufavam para vencer o súbito aumento da força contrária da correnteza, puxando os veleiros com seus panos estufados de vento para ajudar os vapores, manobrando com todo o cuidado, porque o rompimento de um cabo ou um bordejo em falso, um encalhamento, seria o fim, um alvo fixo para deleite dos artilheiros de terra. Pelos binóculos, os oficiais podiam ver os atiradores nas trincheiras das barrancas, os canhões e, mais temíveis, as fornalhas para inflamar as balas ardentes.

Essas bombas poderiam multiplicar o estrago, devido ao grande carregamento de munições nos porões ou no convés, para uso dos canhões navais que se preparavam para responder ao fogo do inimigo. Postados no castelo, os sinaleiros emitiam as ordens sem parar. Às 12h12 Mansilla deu a ordem de fogo. Quase em uníssono os canhões troaram. De imediato 50 peças de grosso calibre da esquadra soltaram suas salvas. Dos barrancos, em posição elevada e com ângulo de tiro perfeito para alvejar os tombadilhos, os carabineiros apertaram os gatilhos. Entrincheirados nas amuradas, os fuzileiros navais respondiam. Enquanto isto, lentamente, mas a toda força, os navios desfilavam diante da boca do inferno.

A dezenas de quilômetros, a quietude do pampa era perturbada pelo som seco do tiroteio como um trovão distante, e o fumo da pólvora levantava uma nuvem como se estivesse queimando uma gigantesca resteva (ou restolho, aquela parte da base da planta que liga a raiz ao topo) de palha de trigo. A bordo os homens se movimentavam com precisão, fruto do treinamento, agindo com presteza e naturalidade, embora afobados. Os serventes das peças recarregavam, os artilheiros disparavam, os oficiais davam a mira. Os fuzileiros disparavam e os remuniciadores cartuchavam e espoletavam os fuzis com a calma de costureiras bordando, pois um erro faria a arma engasgar o balim ou negar fogo no flamante. Os inferiores obedeciam e os oficiais davam ordens enquanto as balas passavam zunindo e as granadas explodiam por toda parte, atraindo os reparadores de danos, os sargentos que informavam o comandante da gravidade do impacto e os demais que se envolviam na reparação dos estragos.

Delphino e Pedro Osorio, na ponte, assistiam ao combate. Nada podiam fazer. Suas armas não tinham serventia naquela refrega. O capitão Bueno e os demais oficiais também estavam de pé observando calmamente, como se estivessem assistindo ao passeio. O capitão-tenente Vieira da Rocha deixou de dar suas ordens aos combatentes e se aproximou furioso:

— Protejam-se!

Os oficiais olharam como se não entendessem o que ele queria. Vieira da Rocha voltou a falar:

— Saiam daí. Protejam-se.

Sem resultado. Então falou novamente:

— Saiam daí! Na marinha os homens não se expõem. Aqui um homem vivo vale mais do que um morto. Não agimos como vocês, que se mostram. Isso aqui não é a cavalaria. Obedeçam, é uma ordem!

Só então eles foram se abrigar atrás de um anteparo. Nos porões, soldados e sargentos rezavam. Primeiro alguém pensou em sair, em atacar, mas logo viram que só havia água para todo lado. Era enlouquecedor ficar ali ouvindo tudo, mas a alternativa era pior. Não deixava de ser incrível ver aqueles gaudérios, acostumados a cruzar os rios em pelotas precárias ou agarrados às crinas dos cavalos, apavorados com a falta de opções. Assim voltavam-lhes à memória as ave-marias e os pai-nossos que haviam aprendido ainda crianças e que não lembravam quantos anos havia que não recitavam em suas orações.

Os oficiais, agora cobertos, acompanhavam o movimento. Observavam com admiração a disposição do segundo-tenente Luís Maria Piquet, correndo de um lado para o outro no comando de sua bateria, providenciando o fogo rápido, corrigindo a pontaria. Notaram sua desenvoltura quando um canhão encravou, e ele rapidamente procedeu à substituição por uma peça do outro costado e logo voltou a abrir fogo. Invejavam o segundo-tenente Francisco Sales Duarte, sinaleiro, que de pé, exposto no castelo, não parava de movimentar suas bandeirolas, enviando mensagens ao *Pedro II*, que o rebocava, e trocando informações constantemente para que coordenassem seus movimentos, evitando manobras que pudessem romper os cabos de reboque. Era impressionante seu sangue-frio, pois os tiros que visavam o *Pedro II* passavam por cima da proa da *União* e alguns projéteis varavam os estais (cabos) do traquete (a vela maior do mastro de proa). A coisa ficava preta.

De repente, o cabo fuzileiro naval Manuel de Morais e Souza e os soldados fuzileiros Generoso Francisco de Castilhos e José Teodoro Meireles, mais o marinheiro Lourenço Pinto, que estavam de cama, baixados na enfermaria de bordo, se apresentaram no convés armados, tomaram posição na amurada e começaram a atirar. O mestre de armas José Pedro de Carvalho, que estava à frente da taifa da marinhagem (que é o grupo do pessoal de bordo), abordou o chefe da quinta peça e assumiu como artilheiro, disparando o canhão. A certa altura não havia ninguém parado. O segundo cirurgião José Inácio da Silva e o funcionário civil José Faustino da Gama, comissário, entraram na dança e foram ajudar os grumetes na passagem da pólvora dos paióis para as baterias. Chamava atenção a pontaria do marinheiro imperial Mateus da Cruz, chefe da quarta peça.

De repente, um ferido. Caiu abatido o marinheiro W. Andrés, da terceira peça, guarnecida por marujos ingleses. Foi a única baixa na *União*. Os escaleres, que serviam de trincheira, viraram peneiras. Os dois navios, *Dom Pedro II* e *União*, ficaram expostos ao fogo durante 65 minutos, até saírem do alcance das balas e das bombas de Mansilla.

O *Pedro II* não contou uma única baixa e sofreu poucas avarias, pois tinha à sua frente a *União*, que levava a maior parte dos tiros disparados na sua direção. O comandante Delamare anotou apenas uma bala ao lume da água a bombordo, por baixo do traquete e a ré (popa), e outra por baixo da mesa grande. Ao levar o segundo tiro do rodízio (peça que acompanha o movimento da boca do fogo para que fique na posição adequada) de ré, partiu-se uma das manilhas (peça em forma de U) do vergueiro (cabo grosso), mas a rápida intervenção fez com que em 10 minutos o canhão voltasse a funcionar.

A nau capitânia, *Dom Alfonso*, passou praticamente incólume, anotando um ferido, o marinheiro Alexandre Moore, servente do rodízio de proa. Teve a perna direita esmagada na hora de disparar o tiro. Na revisão de danos, só se anotou o impacto de tiros de fuzil. Já o *Recife* teve sete rombos de tiros de artilharia, um deles causado por uma bala ardente que pôs fogo no pano da trincheira e outro por uma a estibordo, perto do rodízio de ré. Além disso, sofreu estragos de metralha no aparelho e no costado, inutilizando um escaler. Contou três mortos e dois feridos, todos tripulantes. O vapor *Dom Pedro* sofreu dois impactos: um que levou a proa da parte de bombordo e produziu um ferido, o encarregado do navio Jacinto Gomes do Rego, e o outro que lascou a parte superior do beque (extremidade da proa em forma de bico), sem produzir vítimas.

O barco mais atingido foi o brigue *Calíope*, que estava na retaguarda da linha, rebocado pelo *Recife*. Uma bomba cortou o estai (cabo) da bujarrona (vela triangular, içada na proa) e penetrou no gurupês (mastro na extremidade da proa); outra arrombou a canoa puxada nos turcos (peças que servem para içar a âncora e os escaleres); e outras explodiram no costado (casco do navio). De resto, suas velas ficaram em frangalhos perfuradas pela fuzilaria rosista. Ao final, quatro mortos e cinco feridos. Mansilla relatou oito mortos e 19 feridos.

Dali rio acima a viagem foi um passeio pelas águas do Paranazão. A margem esquerda, rio abaixo, estava inteiramente controlada pelo Exército de Entre Rios, mas à direita o território ainda era teoricamente inimigo, pois o governo de Santa Fé, controlado pelo governador Pascual Echagüe, ainda apoiava Buenos Aires e contava com 7.500 homens em armas. O que se observava em terra não eram inimigos temíveis. Pelo contrário, centenas de pessoas eram vistas acenando amistosamente para a esquadra. Partidas de cavalaria galopavam saudando os navios. Os três líderes argentinos, ao ver aquilo, comentavam com o almirante, como disse Sarmiento:

— Já se cagou o restaurador de merda...

No outro ponto de resistência, a Ilha de Ramallo, onde se esperava encontrar 2.800 homens sob o comando de Mansilla, não havia quase ninguém. A única manifestação da guarnição local foi a apresentação do major Maroto, com seis oficiais e um sargento, que se puseram às ordens dos oficiais portenhos e, logo em seguida, trouxeram mais cem homens, que depois foram absorvidos pelo exército do general Urquiza. Mesmo na passagem por Rosário, onde havia uma força de 1.600 homens sob o comando do coronel Serrano, e logo depois pelo Espinillo, também guarnecido, não se disparou nem um único tiro. No dia 19 a armada atracou na Ponta do Diamante e desembarcou seus passageiros, todos ilesos. Logo em seguida as corvetas *União* e *D. Francisca* e o brigue *Calíope* abriram velas e desceram para dar cobertura à passagem da outra Divisão da esquadra que subia o rio trazendo o restante da tropa, incluindo o comandante da Divisão, o brigadeiro Marques de Souza, que viajava a bordo do vapor *Imperador*, que estivera encalhado num baixio, atrasando a flotilha, que era ainda integrada pelo vapor *Uruguai* e pela corveta *D. Januária*, trazida a reboque. Mansilla continuava emboscado no Tonelero.

Quando os artilheiros de terra se preparavam para disparar contra os três barcos, a guarnição avistou as duas corvetas e o brigue descendo o rio com suas velas enfunadas, aproximando-se da margem, sugerindo um desembarque. Então simplesmente abandonaram suas posições, pois já ninguém em Santa Fé queria arriscar o pelego pelo ditador de Buenos Aires. Como se dizia, "deram às de Vila-Diogo", ou seja, fugiram precipitadamente, como os judeus que se refugiavam no único lugar onde, por decisão real, não seriam perseguidos, exatamente Villadiego, na Espanha. A expressão foi aportuguesada pelos escritores lusos para Vila-Diogo.

Em 23 de dezembro — dia de Santa Vitória, como lembrou Urquiza — o Grande Exército da América do Sul, como agora se denominava a força revolucionária, iniciou a travessia do Rio Paraná. Quatro batelões, com capacidade para cem cavalos cada um, iam e vinham sem parar, passando os 50 mil animais que serviam às cavalarias.

Mal o Grande Exército pisou em Santa Fé, começaram as adesões. A força encarregada de dar o primeiro combate, comandada pelo coronel José Maria Francia, recebeu dos inimigos 500 homens e quatro peças de artilharia. Logo em seguida mais duas guarnições se passaram, comandadas pelo coronel Matias Dias e pelo sargento-mor Inácio Gómez. O general Urquiza cruzou numa travessia triunfal a bordo do escaler de honra, posto à sua disposição pelo almirante Greenfield. Nesse mesmo dia verificou-se a adesão da província de Santa Fé, com a deposição do governador Echagüe e a eleição, pelo Congresso Provincial, de Domingos Crespo. O dispositivo de Rosas esboroava-se.

O governador Echagüe fugiu para as barrancas para se encontrar com seus comparsas Santa Coloma e Serrano, pretendendo encastelar-se em Rosário, que era comandada pelo irmão José Maria Echagüe. À frente de apenas dez homens, o coronel José Hernandez tomou a cidade e o comandante fugiu garreado, junto com o major Nicolau Garmendía. Sem apoio, abandonado, o governador juntou seus últimos seguidores e, à frente de 500 homens, rumou para Córdoba, onde o governador local ainda apoiava Rosas. No dia seguinte o capitão San Martin, comandante da guarnição de Palermo, nos subúrbios de Buenos Aires, o covil do ditador, apareceu com pequena guarnição, contando que fugira, aderindo à revolução. Urquiza sentiu o cheiro da vitória.

Dali até Buenos Aires foi outro passeio. O Grande Exército marchava triunfalmente, aclamado pelas populações das localidades por onde passava. A resistência era praticamente zero. O general Mansilla, que recuava de volta à capital, retirando-se entre Arrecifes e Fontezuelas, pediu demissão e foi substituído pelo general Angel Pacheco. As forças remanescentes tomaram posição em Arroio do Meio, San Pedro e Lujan. À aproximação de Urquiza, recuaram ou desertaram e se incorporaram aos revoltosos.

Urquiza fez uma grande volta para chegar à capital portenha. Sua manobra visava a impedir que Rosas se retirasse com seu exército para o sul do país, onde tinha suas bases políticas, e criasse uma situação de resistência. Em 30 de janeiro, Urquiza chegou a Rio das Conchas, onde estava Pacheco. O general simplesmente abandonou seu comando, entregou a posição e se retirou para sua estância em El Talar de Lopez, onde ficou sem ser incomodado, acompanhado por

500 soldados que haviam desertado com ele. Sem Mansilla e sem Pacheco, não havia outra saída; Juan Manuel Rosas foi obrigado a assumir ele próprio o comando do exército.

Assim que o Tigre tomou para si o comando pessoal, Buenos Aires foi surpreendida pela incapacidade de seu governador para lidar com uma situação realmente grave. Nos últimos anos o ditador tinha se revelado dinâmico na manipulação dos mexericos da corte, cruel na repressão às pequenas desobediências e enérgico na perseguição aos adversários. Mas quando se deparou com uma crise de grandes proporções pareceu petrificado e não conseguiu agir minimamente. Enquanto as tropas de Urquiza avançavam em sua direção, ele promovia bailes e festas, ouvindo poemas em seu louvor ou de sua filha Manuela, que era, de fato, a segunda pessoa da Confederação até aquele momento. Não era mais o mesmo, definitivamente, como dizia Mitre no acampamento do Espinillo:

— É um tigre de papel. Basta riscar um fósforo que pega fogo e vira cinza.

Rosas chegara ao poder atuando pelo meio de uma crise generalizada, na qual todos os setores do país estavam profundamente divididos e esganando-se uns aos outros. Concertando uma aliança firme com o setor rural, tomou o poder, levou certa tranquilidade à província e depois, pisando com sua bota no pescoço de seus desafetos e rivais, impôs certa homogeneidade política ao país inteiro. Essa articulação, porém, foi se desfazendo com a deterioração natural dos regimes excessivamente fechados. No fim, chegou à grande crise sem ter aliados consistentes nem interlocutores consequentes em nenhum segmento da política, da economia ou da sociedade civil. Quando foi ameaçado, também os militares estavam pulando fora de sua carruagem de fogo. Restavam-lhe alguns bajuladores, dependentes diretos e uma chusma de servidores de uma milícia policialista denominada Mazorca, derivada de uma antiga sociedade secreta que aos poucos se transformou numa organização repressiva tão descontrolada e arbitrária que seu nome se converteu não só na Argentina, mas também nos demais países, em sinônimo de anarquia.

Isolado dessa forma, repentinamente viu-se solitário. Nem mesmo seu fiel cunhado, Lucio Mansilla, acreditava em salvação e recusava-se a comandar qualquer reação. Ofereceu-se para defender Buenos Aires, ou melhor, para manter a cidade em ordem até que as coisas se resolvessem, para o bem ou para o mal. Não confiava mais nem em seus soldados nem em sua própria autoridade desde que vira suas tropas praticamente debandarem em Tonelero.

Rosas não entendeu os sinais de que aquela autocracia estava começando a ruir e manteve sua atitude de ativa repressão apesar das evidências incontestáveis. A primeira veio com a publicação na edição de 5 de janeiro de 1851 do jornal *La Regeneración*, de Concepción del Uruguai, território de Entre Rios, de um artigo sobre as perspectivas para o ano intitulado "O ano de 1851". Dizia o jornal: "Esse ano se chamará nessa parte da América 'A Organização'. Obra de uma admirável combinação de ciência, patriotismo e firmeza, haverá paz geral e glória na república e com a república. O grande princípio do sistema federal, consagrado pela vitória, será consolidado numa assembleia de delegados dos povos." O jornal apontava um futuro "mandato de fraternidade" de um "nome glorioso" que sairia desse sistema.

Esse texto publicado num país onde não havia liberdade de imprensa somente poderia ter sido aprovado por alguém muito poderoso que estaria desafiando o mandachuva nacional. Foi um terremoto em Buenos Aires. Rosas mandou um de seus auxiliares, Rufino Elizalde, interpelar Urquiza, pedindo que desautorizasse o texto. O governador de Entre Rios concordou em dar uma resposta, ressalvando, contudo, que seu texto deveria permanecer secreto, podendo o mensageiro dar conhecimento de seu teor apenas ao governador Rosas. A resposta era taxativa: o escritor pensava o mesmo que ele, que novos tempos se anunciavam: "É preciso que o senhor entenda que a província de Entre Rios, cuja imprensa não depende absolutamente do governo, organizada e uniformizada em opiniões, sem dissidentes nem revoltosos e marchando apoiada na sua glória pela senda que assinala a civilização, participa com seu chefe do desejo de ver a República definitivamente arrumada. Eu em particular espero fervorosamente ver essa organização em meus dias e ter contribuído para ela."

Em abril, Urquiza quebrou os pratos quando vários governadores tentaram converter Rosas em presidente. Disse: "É chegado o momento de dar um basta às temerárias aspirações do governador de Buenos Aires". No final, disse que estava disposto a "se pôr à cabeça do grande movimento de liberdade com que as Províncias do Prata devem sustentar suas crenças, seus princípios políticos, seus pactos federativos, sem tolerar por mais tempo o criminoso abuso que o governador de Buenos Aires tem feito em seu proveito e em ruína dos interesses e das prerrogativas nacionais". Em 1° de maio Urquiza decidiu aceitar como real a renúncia *pro forma* de Rosas e, com isso, abriu a rebelião, logo apoiado por Corrientes. O Tigre não entendeu o alcance desse pronunciamento e reagiu com seus insultos costumeiros. Quando soube de negociações com o Brasil, elevou o tom contra o Rio de Janeiro e acusou o "império antiamericano", por ser o Brasil uma monarquia com desenho europeu e um imperador de dinastia portuguesa.

Então rompeu com o Brasil e declarou guerra, procurando com o inimigo externo conter a avalancha que baixava sobre seu governo. Tudo inútil. Nesse final de janeiro estava solitário, mas ainda acreditando que sua superioridade militar pela lógica esmagaria seus inimigos e consolidaria seu governo, podendo, com essa vitória, almejar a presidência da Confederação.

O desânimo e a deserção que grassavam no Exército portenho, porém, eram o contrário da exaltação e da adesão às forças do Vale do Uruguai. O gauchismo era uma realidade, uniformizando pela escassez, em trajes precários, correntinos, entrerrianos, orientais e rio-grandenses, antigos rivais que lutavam entre si havia 50 anos. No acampamento não dava para saber nem a nacionalidade nem a arma a que pertenciam os soldados. Sabendo disso, Rosas não acreditava em ameaça ante aquela malta de selvagens, exatamente a expressão com que qualificava seus adversários políticos.

Quando sua situação se assemelhava à de seus antigos opositores e ele se achava praticamente sitiado em Buenos Aires, partiu para seu quartel-general em Santos Lugares, nos subúrbios da cidade, e se preparou para a guerra. Os tímidos assessores aconselharam-no a tomar a ofensiva, pois tinha superioridade militar. Ele preferiu esperar, manter-se onde estava e ali enfrentar o que viesse. A uma sugestão de que chamasse os índios do sul para enfrentar os gaúchos, também se negou a dar a ordem. Aos olhos de seu conselheiro mais próximo, Antonio Reyes, considerado o "confessor laico de Manuelita", sua filha, Rosas parecia apático.

Reyes ponderou que não se podia mais confiar no exército. Rosas replicou:

— Estive ouvindo os conselhos dos chefes sobre o que fazer e cada um me deu sua opinião. Seguramente que não concordam que lhes demos batalha, mas que ocupemos a cidade com a infantaria e a artilharia e mandemos a cavalaria para o sul a fim de voltar com os índios. Mas você sabe que eu me oponho a misturar esses elementos entre nós, porque se sou vencido não quero deixar arruinada a campanha; se triunfamos, quem contém os índios?

Reyes tentou, ainda, ponderar que melhor mesmo seria retirar-se para a área urbana. Dentro da cidade seriam necessários mais de 200 mil homens, disse, para lutar de casa em casa e desalojar os defensores. Rosas, porém, sabia que seu exército não era mais confiável. Mostrava-se conformado:

— Os coronéis Martiniano Chilavert e Pedro José Diaz, que se expressaram com maior exatidão, são de opinião de que devemos nos esquivar da batalha, mas não há mais remédio, é preciso jogar tudo ou nada; chegamos até aqui e não se pode retroceder.

Ele havia desdobrado seus 25 mil homens ao longo de uma légua entre as casas da sede da estância de Daniel Casero até o quartel em Santos Lugares. Suas tropas mais fiéis haviam cavado trincheiras e instalado artilharia com canhões e foguetes para cobrir a posição. Na escuridão da noite Urquiza também desdobrava seu exército, esperando o amanhecer para iniciar um ataque, mesmo em inferioridade numérica e de equipamento, especialmente desvantagem de artilharia. Confiava na agressividade de seus guerreiros ante a apatia dos adversários. Quando o lusco-fusco clareou os campos, reuniu seus generais e deu a ordem de ataque. Pouco antes requisitara a cavalaria de Osorio para seu dispositivo com a missão de atacar o reduto do ditador. Delphino, Pedro Osorio e os demais cadetes, de lança em riste, se preparavam para cair em cima deles.

CAPÍTULO 62

A Invasão de Buenos Aires

A BATALHA DE MONTE CASEROS, Morón ou Santos Lugares muda de nome conforme a história de cada país. É conhecida pelo batismo do campo onde se situava a frente da batalha, tanto da tropa confederada quanto das tropas urquizistas. Os brasileiros ficaram ao centro, e a tomada do reduto de Monte Caseros foi o ponto culminante do enfrentamento, pois foi ali que Rosas se entrincheirou e de onde depois fugiu, acabando-se a guerra.

A revolução terminou rapidamente. Nos dias seguintes não havia um só preso político em Buenos Aires, pois em 25 de fevereiro Urquiza decretou uma anistia ampla, geral e irrestrita, não sem antes acertar contas com os "lacaios rosistas e os desertores traidores orientais", justiçados com degola por seus próprios compatriotas orientais logo depois do fim do combate.

Quando a anistia entrou em vigor, não foi preciso muito para dar os sobreviventes como perdoados e a vida recomeçar normalmente na cidade. O cônsul inglês escrevia a seu ministro dizendo que parecia que nada tinha acontecido, pois os funcionários continuavam nos seus lugares, despachando normalmente, e tudo andava como dantes, como se não tivesse ocorrido uma gigantesca guerra civil.

A queda da ditadura de Juan Manuel Rosas foi um acontecimento comemorado em toda a América Latina, e o nome de Grande Exército da América do Sul, dado por Urquiza à sua coalizão, não era um despropósito decorrente de alguma mania de grandeza do vencedor e refletia a participação no movimento de gente de todo o hemisfério, pois havia entre as tropas gaúchas voluntários norte-americanos, mexicanos, centro-americanos, caribenhos e andinos. Até mesmo europeus, como os alemães do Regimento de artilheiros prussianos que integrou a bateria brasileira sob o comando do tenente-coronel barão Guido von Helde. Encontrava-se gente do hemisfério norte principalmente nas forças orientais; embora o presidente do Senado e interino da República, Joaquín Suárez, tivesse dissolvido oficialmente os batalhões estrangeiros que haviam sido o sustentáculo da defesa de Montevidéu, suas tropas regulares absorveram a maior parte dos combatentes nas unidades enviadas ao Grande Exército.

A libertação de Buenos Aires foi o acontecimento político mais importante daquele ano no mundo inteiro. As chancelarias europeias e norte-americanas acompanharam os acontecimentos do Cone Sul como um fato novo no cenário internacional. Tudo ocorrera sem a participação política, econômica ou militar das grandes potências. Dessa vez deixaram os crioulos resolverem suas pendengas sem seus sábios conselhos. Devido à rapidez com que se formou o Grande Exército com gente de estados que estavam militarmente desmobilizados, tanto brasileiros quanto correntinos e entrerrianos, não houve tempo para comprar armas e munições no exterior, o que sempre demanda negociações de concessões políticas aos fornecedores. Nem mesmo o dinheiro viera do exterior, pois fora tudo financiado pelo tesouro imperial e pelo empresário Irineu Evangelista, que captou investimentos no mercado, algo inteiramente novo no Brasil daquela época. Em 1849, pela primeira vez em sua história desde que os portugueses botaram o pé em Porto Seguro, na Bahia, o erário da nação apresentava um superávit e o país tinha um balanço de pagamentos positivo. Assim, não foi impossível bancar a guerra sem precisar recorrer aos banqueiros da City londrina.

Após os acontecimentos que levaram à queda de Rosas, o Brasil emergiu como um país relevante, que havia financiado com recursos próprios a solução para o problema da dívida externa uruguaia e aportara o numerário para a formação do Grande Exército, um fato novo e de grande importância estratégica. Para os castelhanos, a vitória de Urquiza encaminhava para a consolidação de uma república unitária na Argentina, o que levaria ao surgimento de outra nação poderosa na América do Sul. Por fim, estava garantida, de forma definitiva, a independência do Uruguai, abolindo-se de vez os movimentos anexacionistas do Brasil e, principalmente, da Argentina, que tinha bem viva sua missão de restabelecer o antigo vice-reinado do Prata.

A estabilização da independência uruguaia era fundamental para o desenvolvimento dos negócios na região. Faltava pouco para se desenhar definitivamente o mapa da América do Sul, algo tão promissor naquela época em que nem mesmo na velha Europa os cartógrafos paravam de trabalhar retocando o traçado das fronteiras. No que dizia respeito ao aspecto geopolítico, a América do Sul já era o continente mais arrumado, com limites definitivamente compostos e amplamente aceitos.

Na Bacia do Prata só faltava a delimitação do Paraguai, pois sua independência, embora reconhecida apenas pelo Brasil, naquela época já era um fato consumado. Depois que Rosas se foi, nenhum outro governante argentino reivindicou a reintegração de posse do Paraguai como província platina desencaminhada. Tudo isso significava que as águas do Rio da Prata seriam para sempre compartilhadas por mais de uma soberania, o que também tirava esse pomo da discórdia do horizonte de qualquer governo.

Ninguém falou na época que essa revolução foi um movimento transnacional que uniu gaúchos de quatro nações para assegurar seus direitos sobre o irmão mais moço do Paraná, o Rio Uruguai. Nenhum desses segmentos de gaúchos queria alterar a divisão política internacional da região: os rio-grandenses queriam continuar brasileiros; os mesopotâmicos, os argentinos e os orientais, apenas ficar com o que era deles. Rosas quis controlar o secular intercâmbio informal entre eles, por meio da intervenção de Oribe na Banda Oriental e do fechamento do trânsito no Rio Paraná. Foi assim que o ditador soprou a brasa, produzindo o fogo que esquentou a chapa que o fritou e queimou os fundilhos.

Se essa era a causa que movia os interesses econômicos e políticos das lideranças, tomar Buenos Aires e medir-se com os portenhos foi o grande fator de mobilização da massa gauchesca, o irrecusável convite a que nenhum gaudério resistiria. Os três lados esqueceram momentaneamente suas diferenças internas e rivalidades externas e se uniram para peitar os bonairenses. Era isso, e não as concepções teóricas dos observadores de fora, o motivo que produzira tamanho entusiasmo naquele exército e o medo nos seus contrários. Vendo aquela massa de gaúchos, indistinguíveis entre si, preparando-se para pular nas suas gargantas, o pânico espalhou-se nas fileiras do exército rosista e também entre a população civil.

Os habitantes da capital esperavam a entrada da horda de bárbaros na cidade com seus laços e suas boleadeiras num incontrolável massacre medieval. Era o medo da barbárie, embora um dos principais ideólogos do movimento, que estaria integrando as tropas invasoras, fosse justamente quem havia denunciado a barbárie como razão do atraso da Argentina: o escritor Domingo Faustino Sarmiento, autor do livro de grande sucesso e poderoso formador da opinião pública em toda a região, o romance *Facundo*. Ele levava à cidade sua mensagem de democracia e de direitos dos cidadãos. E tinha razão, pois não foram os gaúchos que saquearam a cidade.

Os habitantes de Buenos Aires deveriam ter medo do que estava por vir, tamanha a incoerência do cenário. De um lado estavam as tropas rosistas, representantes da barbárie apontada por Sarmiento, com seus uniformes brilhantes, suas roupas limpas, seus soldados asseados. Do outro, as forças da civilização, uma horda de mestiços analfabetos, calçados com botas de garrão, chiripás molambentos, cinturões de guaiacas adornados com medalhões de lata com figuras grotescas, barbas enormes babujadas da gordura dos seus churrascos.

Delphino olhou para Diogo e registrou a partida:

— Rapaz, é agora e se vamos!

O cavalo de Osorio, um baio que ele recebera de presente de Urquiza, deu seu primeiro passo. Lentamente a cavalaria foi se movimentando enquanto se ouviam os clarins dando a ordem de avançar. As bandas marciais da infantaria irromperam ao sinal do mestre, cada qual atacando sua marcha de guerra, os metais vibrando ao sopro de centenas de músicos, levando as tropas pedestres para a frente, os taróis rufando, as caixas dando o ritmo do passo e os bombos marcando pé esquerdo. Eram 43 mil homens frente a frente. Uma a uma as unidades foram se deslocando para suas posições de batalha. Ali seria colocado um ponto final nesse parágrafo da história do Cone Sul.

Desde o primeiro dia de janeiro do ano da graça de 1852, quando o generalíssimo Urquiza instalou seu quartel-general na margem direita do Rio Paraná, em território de Santa Fé, o destino era Santos Lugares, um caminho sem volta, como dizia a proclamação: "Vencer ou morrer." Dali partiu para o tudo ou nada: entrerrianos faziam a vanguarda; brasileiros e orientais com infantaria e artilharia, o centro; e os correntinos, a retaguarda. Assim cruzaram os campos de Santa Fé até o delta do Prata, encontrando um cenário desolador.

Enquanto os exércitos coligados se deslocavam pela margem direita do Paraná buscando chegar a Buenos Aires, em Colônia o exército de reserva, basicamente composto por brasileiros e frações de orientais que haviam ficado guarnecendo suas costas, fazia uma demonstração para inquietar as tropas rosistas. Em 17 de janeiro o conde de Caxias e o almirante John Pascoe Greenfield, a bordo do vapor *Dom Alfonso*, foram até 3 quilômetros da Quinta de Palermo, palácio-residência do governador, num ato de desafio. A flotilha argentina nem sequer se mexeu. Dava para perceber que o ditador estava sendo abandonado por suas forças armadas.

No dia 1º de fevereiro o exército cruzou o Arroio Durazno, marchou a noite inteira e fez alto às 5h37. Às 9h40 retomou o avanço, seguindo o rumo leste-nordeste, detendo-se às 11h52. Depois de um rápido descanso de meia hora, continuaram se movendo até atingir o alto de uma coxilha ocupada por tropas portenhas, que se retiraram com a aproximação do Grande Exército, indo para sua linha de batalha do outro lado do Arroio Morón.

A guerra se desenvolvia num verão de rachar, de modo que os generais preferiam marchar à noite. No dia 2 de fevereiro Urquiza chegou às imediações de Buenos Aires, depois de se deslocar fazendo um contorno com o objetivo estratégico de cortar a comunicação de Rosas com as duas únicas províncias que se declararam aliadas: Córdoba e Santiago del Estero. Queria ameaçar suas reservas de cavalos e tirar a única linha de retirada. É isso que explica por que os gaúchos chegaram ao campo de batalha deslocando-se no rumo nordeste.

Nessa tarde Urquiza reuniu-se com seus generais e, logo em seguida, com os comandantes das unidades para expor seu plano de batalha. Foi nessa reunião que requisitou a cavalaria de Osorio para integrar o grupamento que ficaria sob seu comando pessoal na batalha. Justificou-se ao general brasileiro:

— Vou constituir uma reserva comandada pelo general de la Madrid para atuar no ponto sensível da batalha, com o objetivo de decidir a sorte da guerra. Preciso dos seus gaúchos porque são muito bons no laço e nas boleadeiras. Em compensação, vou lhe dar um Regimento de Artilharia e mais um Corpo de infantaria.

Marques de Souza havia sido designado para comandar o centro do dispositivo, integrado por infantaria e artilharia. As cavalarias atuariam nas pontas. A direita da linha de batalha ficaria a cargo de um comandante de Entre Rios, ou seja, o próprio general Urquiza, que dividiu sua ala em duas porções, a da direita propriamente dita, com cavalaria e um batalhão de infantaria, sob o comando do coronel José Miguel Galán, e a outra, de reserva, sob seu comando direto mas conduzida pelo general de la Madrid. A ala esquerda estava sob o comando-geral do governador de Corrientes, o major-general Benjamin Virasoro, também dividida em dois Corpos: o da esquerda com a infantaria uruguaia e a cavalaria sob o comando-geral do brigadeiro Juan Pablo Lopez e a extrema esquerda comandada pessoalmente por Virasoro.

Cada um dos dois governadores mesopotâmicos ficou com um comando estratégico; Urquiza com a reserva para atuar de acordo com as circunstâncias no ponto vital e Virasoro fustigando o flanco a fim de atrair o inimigo para fora de suas linhas. O centro teria o comando do brasileiro Marques de Souza, com um reforço de 21 bocas de fogo com canhões tomados dos blancos uruguaios e comandados por oficiais portenhos exilados em Montevidéu. O comando-geral caberia ao coronel entrerriano José Maria Pirán, ficando uma bateria a cargo do coronel Bartolomeu Mitre e a outra do tenente-coronel Bernardes Castro.

Também a infantaria recebeu o reforço de três batalhões de Buenos Aires incorporados no Uruguai, comandados pelo coronel Matias Rivero. Marques de Souza não disse nada, mas ficou desconfiado. Havia o mau exemplo do grupo de 500 blancos oribistas do coronel Pedro Leon Aquino, que desertaram em massa e ainda levaram com eles alguns federalistas de Santa Fé em 8 de janeiro. Tinham sido aliciados pelo major Aguilar. Assassinaram seu comandante, três oficiais e um sargento. Mal o exército passou o Paraná, dispararam campo afora para se unir às forças do general Rosas. Aquilo era um precedente perigoso, pois, embora Urquiza garantisse que podia confiar no comandante, também poderia ser surpreendido a qualquer momento por um levante de seus homens na hora de enfrentar os antigos colegas de farda. Isso no meio de um combate era ter o inimigo na própria trincheira, mas o general não reclamou, apenas tomou as precauções naturais para evitar algum dissabor.

Delphino estava naquela formação quando Osorio deu uma leve esporeada em seu cavalo e começou a andar a passo na vanguarda da cavalaria da direita, na frente do Grande Exército. Eles teriam de descer uma coxilha, cruzar uma das duas pontes sobre o Arroio Morón, inexplicavelmente intactas, e ganhar um baixio ao longo da linha de defesa do inimigo, que estava estendida na crista da colina por quase uma légua. Dava para temer uma cilada. O Regimento foi se estendendo atrás de seu comandante, que, como era seu costume, ia abrindo o grande desfile. O avanço se dava numa linha oblíqua sobre o inimigo, que tinha um parapeito formado por uma centena de carretas colocadas como obstáculos à cavalaria, além de várias baterias, totalizando 54 canhões e meia dúzia de estativas (plataformas de lançamento) de foguetes à Congrève.

Logo depois de passarem a ponte, ao se estenderem ao longo da linha, receberam a saudação de Rosas com um nutrido fogo de artilharia. Felizmente, era pouco preciso e não conseguiu molestar a cavalaria, que ganhava rapidamente a frente da defesa, embora houvesse um banhado e uma lavoura de milho entre eles, o que poderia esconder uma linha de atiradores guerrilheiros. Contudo, nada havia, e Urquiza pôde tomar posição tranquilamente, como havia planejado.

A vanguarda de Osorio movimentava-se cautelosamente, procurando poupar seus cavalos para a carga que certamente seria dada dali a pouco. Seguia-o a cavalaria de Entre Rios. A extremidade da linha seria ocupada pela coluna de cavalaria do general Anacleto Medina. Depois ficaria o grupamento sob o comando do coronel José Miguel Galán, com o restante da cavalaria entrerriana e sua infantaria, onde se salientava o 2º Batalhão de Infantaria Urquiza, sob o comando do coronel Barabilbaro, o batalhão de infantes correntinos do coronel Caetano Virasoro e o Batalhão Constituição, do coronel José Tonedo. A reserva da direita era toda a cavalaria do general de la Madrid, integrada, entre outros, pelo 2º RC, que estava ali para ser acionado a qualquer momento.

Já a infantaria, tão logo botou o pé na ponte, recebeu uma chuva de granadas, obuses, foguetes e tudo o mais que pudesse ser lançado por um cano de canhão. Os comandantes das peças do Grande Exército, rebeldes portenhos e brasileiros, botaram seus cavalos de tração a galope para chegar o quanto antes às posições e dar uma resposta à altura. Não demorou muito para que os coronéis Mitre e Castro e logo o major brasileiro Joaquim José Gonçalves Fontes posicionassem o 1º Regimento de Artilharia a Cavalo e as quatro estativas para lançar foguetes. Mal tiveram as armas bem fixadas, abriram fogo contra os portenhos que se encontravam no reduto da Chácara Caseros. A fumaça tomava conta de tudo, uma vez que naquela manhã sem vento não havia como dissipar o fumo das peças e dos fuzis que disparavam incessantemente. Gastou-se muita munição, pois as armas confederadas estavam fora de alcance.

Mitre mandou cessar fogo, seguido pelos demais comandantes. Os canhões rosistas conseguiam fustigar a tropa invasora na passagem do Arroio Morón. Era inacreditável como seus artilheiros disparavam tão burocraticamente, formando uma barragem de fogo que seguia o padrão do manual, de maneira tão ortodoxa que as tropas puderam desviar-se sem perder um só homem. O coronel Diaz, comandando a infantaria uruguaia, articulou-se, ao cruzar a ponte, para enfrentar um contra-ataque de guerrilheiros, o mínimo que um comandante em defensiva deveria fazer nas circunstâncias. Mas não encontrou um só cavalariano portenho para atrapalhar a vida de seus homens, que foram se colocar na sua posição sem problemas. Diaz estava já na fase de transição entre o centro e a esquerda, comandando o cotovelo da força de ataque, que se posicionou como num ângulo obtuso sobre a direita da linha inimiga, cujo ponto forte eram as casas e trincheiras artilhadas da chácara.

Rosas parecia não ter um plano de batalha. Foi do que desconfiou o major-general Virasoro quando botou sua extrema esquerda para hostilizar a direita portenha e teve como contraofensiva um ataque bem descoordenado de cavalaria, que levou o comandante correntino a supor que os comandantes estariam agindo isoladamente, sem a orientação de um estado-maior.

Rosas de fato não tinha um estado-maior, e ninguém se animava a dizer-lhe que assim não seria possível travar uma batalha consequente, pois quem haveria de dar as ordens? Nem mesmo seus generais tinham coragem de interpelá-lo. Teria de ser como ele queria, sem discussão. Como não falava nada, seu exército ficou plantado. Para a batalha, formou seus três grandes comandos, passando a direita para o general Mariano Maza, a esquerda para o ex-governador de Santa Fé, Pascual Echagüe e ficando com o centro sob suas ordens diretas. Instalou seu QG na sede da chácara, com pontos de observação na soteia das duas casas, orientando o tiro das duas baterias lado a lado, com 12 bocas de fogo cada uma, mais uma estativa de foguetes, e três batalhões de infantaria entrincheirados numa forte posição defensiva com fossos e parapeito. Atrás do pomar botou mais duas baterias com 10 peças cada e uma de obuses com 22 peças, mais outra estativa para foguetes.

Era um reduto formidável. Rosas considerou-o inexpugnável. O flanco direito era protegido pela trincheira de carretas, com um obstáculo que eram os aramados que cercavam a plantação de milho. Assim ele tinha a posição dominante. Só faltava um comando, mas Rosas deixou-se ficar, esperando os ataques, sem estabelecer nenhum sistema para integrar toda essa força. Em número de homens, estavam equilibrados: tanto Rosas como Urquiza tinham mil homens de artilharia, cerca de 8 mil de infantaria e 13 mil de cavalaria. Havia mais uns 2 mil servidores não combatentes de cada lado nos serviços de transporte, hospitais, pastoreio da cavalhada, dos bois de canga e do gado de corte, e demais apoios. Só a cavalaria de Entre Rios levava 50 mil animais de montaria, que, obviamente, supriam as necessidades de remonta de todo o Grande Exército.

Urquiza, ao contrário de Rosas, era um guerreiro experiente. Percebeu que o Tigre não saberia o que fazer e, mais ainda, que estava vulnerável porque a fumaça tirava completamente a visibilidade do campo à sua frente, por onde poderia avançar a infantaria aliada. Rapidamente mudou seu plano inicial, concentrou toda a força a pé sob o comando do brigadeiro Marques de Souza, agregando-lhe à direita os uruguaios e à esquerda os enterrianos e correntinos do coronel Galàn, e mandou avançar a artilharia até posições de alcance sobre o reduto inimigo. Como a fumaça não se dissipava, os defensores da cidadela não tinham noção do que estava acontecendo lá embaixo. Com baionetas caladas, os infantes seguiram em marche-marche, um passo de trote, quase correndo, subindo a coxilha enquanto os canhões botavam suas bombas nas posições de artilharia e nos entrincheiramentos. Na extrema direita mandou o general de la Madrid avançar sobre a linha de carretas. Osorio foi acionado. Já passava das 10h da manhã.

Em Colônia o exército de reserva estava em prontidão. Caxias esperava o ataque para o dia 4 de fevereiro, como estava previsto, mas também sabia que na guerra nada era combinado, cada qual pretendendo surpreender o inimigo. Ao ouvir o barulho do canhoneio ao longe, chamou seus generais e mandou embarcar a tropa de assalto, que tinha deixado aprestada para agir se fosse necessário. A antecipação bem poderia ser um ataque de Rosas, surpreendendo Urquiza. Era preciso grande presteza antes que fosse tarde, caso as coisas estivessem piorando em Santos Lugares. Chamou o general José Fernandes dos Santos Pereira, comandante em chefe das infantarias, e o coronel Frederico Caldwell, comandante das cavalarias, e comunicou sua decisão de embarcar imediatamente com os infantes e a artilharia. Deu ordens para que a cavalaria ficasse também de prontidão para ir, a pé ou montada, conforme fosse possível, reforçar a tropa de desembarque. O ponto escolhido era ao norte de Buenos Aires, num sítio selecionado na sortida que fizera com o almirante Greenfield no dia 17 de janeiro.

No *front* a situação era favorável às armas aliadas. Assim que se iniciou o ataque em toda a linha, o Regimento de Cavalaria de Corrientes, comandado pelo coronel Urdinarian, chocou-se com a extrema direita rosista, levando-a de vencida e impedindo a fuga daquelas unidades, que já largavam as armas e debandavam. A situação era mais dura no centro e na ponta esquerda da direita. A infantaria uruguaia teve dificuldades para transpor os pântanos e subir a canhada a fim de instalar sua artilharia. Marques de Souza, vendo seu flanco em dificuldades, ordenou um ataque para distrair o inimigo e livrar os uruguaios da pressão. Destacou o coronel Francisco Felix da Fonseca Pereira Pinto, comandante da 1ª Brigada, para a missão. E fez seu grosso avançar, com a cobertura da artilharia brasileira do major Fontes e das duas baterias argentinas, a de Buenos Aires, comandada pelo coronel Mitre, e a de Entre Rios, pelo coronel Pirán. O fogo dos canhões foi certeiro, desorganizando a linha de Rosas. O ditador mandou então concentrar o fogo contra o centro:

— Tratem de atirar sobre os brasileiros; são fracos e talvez possamos abatê-los.

Rapidamente 12 canhões com munição de metralha foram levados e instalados junto ao fosso da trincheira da frente e abriram fogo em cima da infantaria de Marques de Souza. Naquela hora chegou ao reduto o comandante da esquerda, o general Echagüe, que foi ter com o ditador e, tão logo viu a tropa inimiga avançar, já a poucas quadras de onde estavam, alertou o chefe:

— General! Não estamos bem aqui. Veja como avança aquela gente. Daqui a dez minutos estarão nessa posição. Temos de sair daqui!

Rosas fixou de novo a vista e viu que seu auxiliar tinha razão. Pegou-o pelo braço e desceu desabalado as escadas. No pátio, montaram a cavalo e se afastaram rapidamente. A tropa pensou que o governador ia se colocar em outra posição. Porém, não muito tempo depois, corria a notícia: Rosas tinha abandonado o campo de batalha e dirigia-se para a cidade.

Na ala direita, Osorio recebia ordem de atacar. Chamou o capitão José Daniel Damaso dos Reis, fiscal do Regimento:

— Damaso, pegue o esquadrão e avance em linha de atiradores sobre aquela trincheira.

A cavalaria avançou em galope, curto e tão logo viu a fumaça da primeira descarga Osorio percebeu, pelo binóculo, que a linha inimiga se desfazia e seus defensores recuavam. Chamou então o capitão José de Oliveira Bueno.

— Pegue o restante dos clavineiros e ataque. Eles estão fugindo. Avance pela esquerda, envolva e corte a retirada. Vá!

O general de la Madrid encostou com seu cavalo e mostrou a Osorio uma bateria de canhões no alto da coxilha. Mandou tomá-la. Osorio falou com o clarim:

— Toque trote. Vamos!

Com o restante do Regimento formado, mais lanceiros e guerreiros armados com laços e boleadeiras, tendo os tirantes entre os três dedos já reboleando, todos avançaram, como numa parada militar. Os artilheiros abandonaram suas peças e se foram, levando consigo apenas os armões (jogo dianteiro das carretas de artilharia) das peças. Os capitães João Francisco Mena Barreto e José Crispiniano Contreira e Silva, do 4º Regimento de Cavalaria, que estava incorporado ao 2º RC, atropelaram a bateria e saíram em perseguição aos fugitivos. Nas proximidades de Santos Lugares, alcançaram a unidade em retirada, recuperaram as partes dos canhões e ainda capturaram uma carruagem de luxo que pertencia ao chefe da mazorca, o coronel Martin Santa Colona, um dos mais temidos policiais do tirano. Também o esquadrão do capitão Manuel Inácio da Silva atropelou o núcleo de comando da unidade portenha, e o soldado José Martins, de Mostardas, enfiou seu sabre num porta-estandarte com uma das mãos enquanto com a outra arrebatava a bandeira argentina, voltando a todo galope para oferecê-la ao tenente-coronel.

Osorio recebeu-a e foi devolver ao general de la Madrid. Essa foi a única bandeira tomada ao inimigo no campo de batalha.

À uma e meia da tarde estava liquidada a fatura. Os últimos redutos rendiam-se à notícia de que seus generais tinham abandonado o exército. Rosas passou por sua quinta, em Palermo, pegou a filha Manuela, que já tinha arrumado as malas, e tomou o cuidado de fazê-lo vestir-se com uma farda de soldado raso, e foram para a residência do encarregado de negócios da Inglaterra, Robert Gore. O diplomata, surpreso, mandou trazer imediatamente uma escolta de seis marinheiros da fragata *Locust* e embarcou Rosas, seus filhos Manuela e Juan, o general Echagüe e os coronéis Jerônimo Costa e Manuel Febre.

Com sua letra de garranchos, Rosas deixou um texto de renúncia ao governo antes de embarcar para o exílio, desculpando-se pela letra por estar "ferido na mão direita e no campo, perdoai que vos escreva com lápis esta nota e de uma letra tão trabalhosa". Logo em seguida foi transferido para a fragata *Centaur*, porque havia uma ameaça de abordagem do navio em que ele se encontrava, para retirá-lo a força. No dia 10 de fevereiro, ainda secretamente, Rosas foi transferido para outro navio, o vapor *Conflict*, que levantou ferros da Ponta do Índio e seguiu diretamente para a Inglaterra. A investida planejada por Caxias também foi abortada. Quando os barcos já estavam saindo veio pela corveta *Paraense* uma mensagem do general Mansilla informando que havia licenciado suas tropas e entregava a cidade ao general Urquiza. Dizia também que o ditador estava a bordo de uma embarcação de guerra britânica, sob a proteção da *Union Jack*. Caxias mandou dar meia-volta e desembarcar, embarcou na fragata *D. Alfonso*, levando o 2° Batalhão de Infantaria como escolta, e se dirigiu para Buenos Aires a fim de se reunir com o general Urquiza. A unidade ficou a bordo, no porto, pronta para desembarcar se fosse chamada. Isso, porém, não ocorreu.

Ao final os aliados ficaram com 7 mil prisioneiros. Os demais fugiram e não foram perseguidos. O cônsul inglês, em seu relatório ao ministro Palmerson, em Londres, disse que "em realidade não houve batalha, pois as tropas de Rosas abandonaram suas armas e fugiram. Excetuando a Divisão Palermo, não foi mais do que uma pequena luta, demonstrada pelo resultado, pois caíram mortos tão somente de 190 a 200 homens e havia 43 mil homens no campo de batalha". O almirante francês não deixou por menos: "Houve um simulacro de batalha, uma refrega confusa, durante a qual Rosas foi abandonado por suas tropas." Esses números, contudo, não conferem com os levantamentos oficiais, que anotam mais de 2 mil mortos, 1.500 entre os rosistas e 600 do Grande Exército.

A cidade começou a entrar em pânico quando voltaram os primeiros fugitivos e desertores trazendo as notícias da batalha. O general Lucio Mancilla, comandante da praça, reuniu todos seus homens no quartel — cerca de 5 mil oficiais e soldados —, licenciando-os ali mesmo, sem pagamento, sem ordens, sem nada, simplesmente agradecendo sua lealdade, depois do que montou em seu cavalo e desapareceu galopando na direção do porto. Embarcou num navio francês que zarpou horas depois rumo à Europa. Em poucas horas a tropa dispersou-se, saindo em grupos pela cidade, gritando insultos a Rosas e saqueando tudo o que encontrava. Em seguida desandou o caos.

Foi nessa hora que o vapor *D. Afonso*, que trazia Caxias, aportou no cais. O comandante brasileiro desembarcou com uma escolta e deixou o restante a bordo, com ordens para não descer a fim de não serem depois acusados de qualquer violência. As informações que colheu eram de que a cidade estava descontrolada, e a violência, desatada. O major Kelly deixou seus homens de prontidão, desembarcou um pequeno contingente para fazer a guarda externa e enviou um grupo de homens vestidos à paisana para investigar o que estaria acontecendo. Horas depois, quando voltaram com seu relatório, confirmavam o pandemônio, contando que na rua da Federação todo o comércio havia sido saqueado, e as lojas, depredadas. E ali ficou a tropa, enquanto Caxias conferenciava com o comandante em chefe.

Naquele 3 de fevereiro o Grande Exército acampou em Santos Lugares. No dia seguinte, movimentou-se para Palermo de São Benito. Nenhum homem entrou na cidade, enquanto os vândalos semeavam o horror. Na manhã seguinte, Urquiza recebeu um grupo de notáveis, que formavam a Comissão Conservadora da Ordem, integrada pelo bispo diocesano, dom d'Aulon, e pelos cidadãos Barnabé Escalada e José Maria Rosas, pedindo que mandasse tropas para conter a anarquia. Urquiza enviou um grupamento de correntinos comandados por seu governador, o major-general Virasoro, com a missão de restabelecer a ordem. A gauchada entrou na cidade disposta a tudo, atirando antes de perguntar. Cerca de 300 suspeitos foram fuzilados onde foram encontrados.

Também os navios estrangeiros desembarcaram tropas para proteger legações e seus nacionais, além de ocuparem alguns centros vitais da cidade para impedir sua destruição. Aos poucos, a normalidade foi retornando. No dia 11 de fevereiro, Urquiza determinou o justiçamento dos traidores, ou seja, os uruguaios que desertaram, alegando que não haviam cumprido com o juramento de lealdade à revolução pela convenção de 7 de outubro, e também os desertores santafezinos, declarados "foras da lei". A medida alcançou os servidores de Rosas, especialmente os que estavam ligados ao terror.

Muitos foram passados pelas armas, entre eles o coronel Santa Colona e o general Martiniano Chilavert, heróis da Guerra da Independência, fuzilados por ordem de Urquiza. Também foram degolados os 300 uruguaios, cujos cadáveres ficaram expostos no caminho de Palermo, especialmente o do oficial que os comandava, o major Aguilar, que enquanto esteve entre os rosistas exibia as orelhas de seu comandante, o coronel Pedro Aquino, uma delas inconfundível, pois ainda tinha o brinco de argola que o oficial usava. Aguilar foi fuzilado em praça pública, junto com os antigos integrantes da Mazorca. Enquanto isso, Urquiza nomeou o presidente do Tribunal de Justiça, Vicente Lopez, governador interino enquanto não se reunia um congresso para eleger um novo mandatário. Uma das primeiras providências do velho jurista foi pedir que o cônsul inglês mandasse o navio que asilava Rosas partir imediatamente, para evitar um incidente, pois havia muitas pessoas dispostas a resgatá-lo. Em seguida Urquiza renovou seu lema: "Nem Vencedores Nem Vencidos", e todos os demais, civis e militares, foram anistiados.

Somente em 18 de fevereiro o Grande Exército fez sua entrada triunfal na cidade. Bandeiras de Entre Rios, Corrientes e Uruguai e o pavilhão do império do Brasil enfeitavam as ruas. No fim da manhã desfilou a Divisão Auxiliar, tendo à frente seu comandante, o brigadeiro Marques de Souza. Caxias estava na tribuna de honra junto com Urquiza e as outras altas autoridades, como o presidente Vicente Lopez e os governadores das demais províncias. Lopez já havia expedido um decreto expropriando todos os bens de Rosas e estava examinando as demandas de famílias que haviam tido suas propriedades confiscadas pelo antigo regime e que pediam reintegração de posse.

À noite houve um grande baile de gala, oferecido pela cidade a seus libertadores. Os generais formaram uma grande mesa. Com os outros oficiais e altas personalidades da república, Delphino participou da festa. Osorio, com um uniforme passado e engomado, dançava e se divertia. Como de costume, a certa altura deixou o baile acompanhado de uma nova conquista. No dia seguinte, faleceu o capitão Domingos Rodrigues Tourinho, do 2º Batalhão de Infantaria Ligeira, ferido em combate no assalto ao reduto do ditador e que tivera uma perna amputada. Foi nomeado herói símbolo da guerra. Seu sepultamento com honras militares prestadas por contingentes de todas as forças envolvidas constituiu-se numa grande cerimônia em que foram homenageados, por meio do morto ilustre, todos os mortos na grande batalha.

No dia 20 de fevereiro a Divisão Brasileira embarcou de volta a Colônia. Os uruguaios fizeram o mesmo: juntaram suas coisas e partiram, aproveitando a carona dos barcos brasileiros que fizeram o translado. Caxias não queria deixar os brasileiros expostos a uma possível virada de humor dos portenhos, tratando de levar suas tropas da cidade. A Sala de Representantes, órgão legislativo municipal, enviou suas despedidas, emitindo uma nota em que dizia que "os orientais e os brasileiros se retiravam deixando seus mortos no campo e levando sobre seus ombros as armas que trouxeram laureadas pela vitória e sobre suas cabeças as bênçãos de um povo agradecido".

CAPÍTULO 63

Um País Sai da Sombra

QUANDO A DIVISÃO Auxiliar chegou a Montevidéu a cidade estava exuberante, deleitando-se com seus primeiros dias de liberdade. Estava livre do cerco, da guerra civil, das privações e, mais importante de tudo, com espaço para combater a peste, nome genérico para todos os tipos de epidemia que se abateram sobre a população nos oito anos anteriores. Chegavam novos tempos ditosos, com dinheiro e comida farta e barata.

A chegada de quase 20 mil homens, entre militares e agregados, com dinheiro, saúde e muita disposição irrigou o ambiente. A veia mundana inflou-se e a cidade virou uma festa. Foi tanta celebração que os colorados vencedores mal viram um processo eleitoral sendo realizado no meio político.

Delphino, como de resto toda a gurizada solteira do exército, se atirou com gosto, esbaldando-se naquela cidade faminta de vida. Havia gente de outras províncias entre os oficiais, pois o Rio Grande era o mercado de trabalho promissor para militares profissionais no Brasil. Já entre os soldados rasos, a maioria era de gaúchos, embora se encontrassem muitos nordestinos, na infantaria principalmente. Em Montevidéu eles se soltaram, depois de serem mantidos em Buenos Aires na rédea curta. Para os novatos, foi uma maravilha, pois a maior parte, como Delphino, vivia um verdadeiro "batismo de fogo". Com os bolsos recheados, eram jovens, bonitos, vencedores e foram recebidos como príncipes pela população de classe média da cidade, em sua maioria europeia. Na esfera política, porém, já se assopravam os tições para reavivar as brasas e reacender o fogo.

As raposas políticas portenhas preparavam um golpe para driblar os brasileiros na nova situação uruguaia e manter sua influência no país vizinho. É bem verdade que o secretário do embaixador Honório Hermeto Carneiro Leão, o diplomata José Maria da Silva Paranhos, percebeu o movimento, mas já era tarde. Os blancos fizeram a maioria nas apressadas eleições gerais que restabeleciam o estado de direito em toda a república. Enquanto isso, os brasileiros se emocionavam com as cortesias do governo do presidente interino Joaquin Suarez, que emitiu dia 13 de fevereiro um decreto dando medalha de honra à Divisão Oriental e uma coroa de louros ao comandante da Divisão Brasileira, o brigadeiro Manuel Marques de Souza. Também foi conferida medalha de ouro sem coroa para os oficiais superiores e de prata para capitães e subalternos.

Quando deram por si, em 1º de março a assembleia geral elegeu um dos mais ferrenhos adeptos do general Manuel Oribe para presidente da República, o advogado Juan Francisco Giró; para presidente do Senado, Bernardo Berro; e, para presidente da Câmara de Representantes, José Maria Muñoz. Todo o aparelho de Estado voltou às mãos dos derrotados e os blancos conquistaram num golpe parlamentar o que não haviam conseguido em oito anos de guerra com o apoio militar, político e econômico do governador de Buenos Aires, Juan Manuel Rosas.

Giró, Berro e Muñoz eram políticos de uma nova geração, que não alcançaram os embates das guerras de independência, quando a autonomia uruguaia era uma quimera do general José Artigas e a então província Oriental, para os argentinos, Cisplatina para os brasileiros, era um joguete nas mãos dessas duas potências. Eles sucederam aos líderes da independência, José Fructuoso Rivera, Juan Antonio Lavalleja e Manuel Oribe, que haviam combatido ao lado do Pai da Pátria. Evoluíram de uma posição subalterna para o primeiro plano na política platina, sempre atrelados aos vaivéns das sequelas dos embates luso-espanhóis. Não eram radicais, mas extremamente nacionalistas, e nasceram aprendendo a se posicionar no meio da rivalidade argentino-brasileira, tirando partido de um e de outro, conforme o caso.

Era o chamado governo dos doutores, pois todos os seus integrantes tinham um invejável currículo acadêmico. O presidente Giró, por exemplo, estudara em Buenos Aires e vivera no Rio de Janeiro, na Espanha e nos Estados Unidos. Naquele momento, com a vitória de Urquiza e se valendo da anistia que perdoou os rosistas orientais, empolgaram o processo eleitoral e se colocaram à frente do governo, deixando os colorados, que haviam vencido a guerra com seu acordo com os brasileiros e com o governador de Entre Rios, antigo aliado dos blancos, a ver navios no porto de Montevidéu. Um desses líderes colorados da nova geração, o coronel Venâncio Flores, comandante de cavalaria nas tropas de Entre Rios, amigo do coronel Mitre, o novo líder portenho, ficou muito amigo de Osorio, apresentado e recomendado por um amigo comum, o farroupilha Antônio de Souza Netto. Enquanto a juventude gastava a sola dos sapatos nos bailes, Osorio e Flores comentavam o fato consumado da eleição presidencial:

— Me deixaram chupando o dedo.

— Democracia é isso, dom Venâncio. Lá em Minas Gerais se diz que "eleição e mineração, só depois da apuração".

— Osorio, isso não foi eleição. Foi um golpe. Eles estavam mobilizados, dominavam a campanha. Nós estávamos encerrados aqui dentro de Montevidéu há quase dez anos, a nossa gente que não estava no cerco foi para o exílio. Só não entendo como é que vocês deixaram fazer o que fizeram sem nenhuma pressão. Isso não vai durar, esse é que é o problema.

Os militares brasileiros custaram a se dar conta do que se passava. Estavam em clima de festa, a maior parte ainda polindo as novas dragonas, pois tão logo soube do resultado da batalha o governo brasileiro expediu uma enxurrada de promoções. No dia 3 de março, Osorio, por exemplo, foi promovido a coronel efetivo por decreto e recebeu a comenda da ordem dignatária do Cruzeiro no dia 7, a medalha de distinção. Caxias foi elevado a marquês na nobiliarquia. O brigadeiro Marques de Souza foi promovido a marechal de campo e foi agraciado com o título de barão de Porto Alegre, elevando-se à mesma nobreza que o pai e o avô, dos quais tinha o nome. Delphino, por ser da Guarda Nacional, não foi promovido, mas recebeu a medalha alusiva à campanha. O herói da jornada, o soldado José Martins, que tomara a bandeira do inimigo no campo de batalha, além da medalha e dos elogios recebeu uma gratificação de 200 patacões e três meses de licença remunerada para passar onde bem entendesse, por ordem do próprio comandante em chefe, o marquês de Caxias. Também houve muitas promoções na infantaria, na artilharia e no Corpo médico.

Caxias não esperou para ver o resultado da trapalhada eleitoral realizada debaixo dos olhos de Carneiro Leão. Tomou um navio e voltou imediatamente para o Rio de Janeiro, sem nem mesmo passar em Porto Alegre para se despedir do governo, deixando em seu lugar o vice-presidente Luis Alves Leite de Oliveira Bello, seu primo-irmão. Sua única escala na província foi no porto de Rio Grande, onde cunhou uma frase que ficou como mensagem política, deixando uma saudação a Osorio, por intermédio do coronel Vicente Manoel Espíndola, que foi entendida como um recado a quem pudesse interessar: "Transmita esse abraço ao nosso Osorio; é o maior guasca da província, que mais naipes ganhou e louros colheu em Morón; dê-lhe esse recado e que disponha de mais um amigo na corte." Não precisou dizer mais nada.

Os uruguaios simplesmente deixaram Carneiro Leão falando sozinho ao renegarem os tratados que o governo Suarez havia firmado com o plenipotenciário, sem fazer caso do Exército Brasileiro, que literalmente ocupava a cidade. O senador não teve alternativa a não ser pedir ajuda a Urquiza. O governador de Entre Rios e encarregado dos negócios estrangeiros da Confederação Argentina mandou um recado duro a Giró. Dizia que os acordos eram válidos e que a Argentina era o país que garantia sua execução. Giró negara autoridade ao governo anterior para fazer acordos que, no seu entender, eram lesivos aos interesses da república. Urquiza replicou dizendo que o governo Suarez era legítimo e que dessa legitimidade derivava seu governo. Portanto, que tratasse de respeitar o que estava escrito. Giró negou-se uma vez mais a acatar a mensagem, até que Urquiza mandou um recado definitivo: estariam cortadas todas as ajudas financeiras e franquias comerciais se o Uruguai não respeitasse os tratados. Sem dinheiro não havia governo.

Com essa pressão iniludível, Giró concordou, emitindo uma nota dúbia que reconhecia a legitimidade dos tratados e anunciava suas ratificações, um documento assinado pelo ministro do Exterior, Florentino Castellanos, que deixava muitas dúvidas, mas que para Carneiro Leão bastou, dando por encerrada sua missão e deixando o abacaxi na mão de seu secretário, Silva Paranhos, nomeado novo plenipotenciário brasileiro em Montevidéu.

Começou então a outra novela que iria descambar na maior guerra internacional do subcontinente sul-americano. Urquiza acudiu Carneiro Leão, mandando seu embaixador plenipotenciário junto à corte do Rio de Janeiro, Luis José de la Peña, fazer uma escala em Montevidéu e dar um puxão de orelha no novo presidente, lembrando-o de que não fizera a revolução para trair seus aliados e alertando-o para que tomasse cuidado. Achou que seria emblemático apoiar seu parceiro e dar uma demonstração cabal ao Brasil de que era diferente de Rosas, que também não cumpria acordos incômodos com o Rio de Janeiro.

O chefe argentino ainda estava nos seus primeiros momentos como político número um de seu país, aguardando a reunião do congresso que o elegeria presidente da Confederação. Não tinha muita certeza do que poderia vir, pois vencera Rosas, mas as províncias continuavam em ebulição. Era de bom tom também demonstrar que não estava disposto a tolerar reviravoltas como a que ocorrera em Montevidéu, com os perdedores levando vantagem. Sua palavra indicava que isso não se repetiria na Argentina.

O Exército Brasileiro ainda estava em Montevidéu e poderia ser útil caso ele tivesse de enfrentar um levante de grande envergadura. Urquiza também achava que não convinha deixar os colorados sozinhos no comando do Uruguai, pois sua penetração entre os blancos assegurava um equilíbrio de influências na irrequieta república vizinha. Assim, aconselhou Carneiro Leão a retirar o exército da cidade, mas deixá-lo de sobreaviso para dar-lhe sustentação caso o governo Giró continuasse com suas exigências. Foi o que se fez. Urquiza conseguiu contornar a crise enquadrando os blancos e mantendo-se fiel aos compromissos com seus aliados.

No dia 5 de abril o exército retirou-se da capital uruguaia para o acampamento de Santa Luzia e dali voltou para o Brasil, tão logo o governo uruguaio concordou em ratificar os acordos de 12 de outubro de 1851, que estabeleciam as bases para o relacionamento entre os dois países. Osorio, já coronel, recebeu o comando da 6ª Brigada de Cavalaria, integrada pelo 2º e pelo 3º Regimentos de Cavalaria, ambos destacados em Jaguarão.

Mal voltou ao Brasil, foi envolvido pela política, pois já se preparavam as eleições para a nona legislatura da câmara e para a escolha de um senador que iria representar o Rio Grande do Sul. Osorio entrou de sola na campanha eleitoral. A província estava empolgada pelo espírito democrático e embevecida pelos resultados da campanha na Argentina. Os desmandos de Montevidéu ainda não haviam chegado ao pleno conhecimento das populações da fronteira, que continuavam acreditando que suas demandas dos tempos das califórnias seriam honradas pelos governos uruguaios e que nada havia a temer.

A questão era que o Uruguai previa a aprovação pelo congresso dos tratados com o Brasil, enquanto o império dizia que o assunto estava vencido, pois fora negociado e selado num momento em que não havia nenhuma casa legislativa operando, valendo, portanto, a decisão do Poder Executivo. As marchas e contramarchas ainda estavam restritas aos gabinetes ministeriais e embaixadas. O que se sabia era que uma comissão de limites estava formada, que havia um comissário oriental e que os interesses brasileiros estavam entregues à defesa do tenente-general Francisco José de Souza Soares Andréa, companheiro de muitas guerras e ex-presidente da província por duas vezes. Os veteranos de Caseros estavam no auge de sua popularidade e avançaram para tomar o comando político da província. Osorio emergiu como um dos principais eleitores da zona sul.

Os veteranos da guerra então resolveram lançar a candidatura do barão de Porto Alegre ao Senado. Marques de Souza tinha todas as credenciais para ser a voz do Rio Grande na câmara alta. Integraria a mesma chapa, como candidato a deputado geral, o vice-presidente em exercício, Luis Alves de Oliveira Bello. Entretanto, em Porto Alegre, o inefável Pedro Chaves tinha outras ideias. Ele seria o senador pelo Rio Grande. Sua primeira providência foi tentar fazer o novo presidente da Província, pois nada melhor do que uma boa máquina administrativa para apoiar um companheiro nas eleições. Queria influir nos dois cargos mais importantes, ambos de nomeação pelo poder central: o de presidente, pelo imperador, e o de comandante de armas, pelo gabinete. Justamente os dois candidatos adversários estavam nessas posições, Bello presidente e Porto Alegre comandante. Como líder do Partido Conservador na província, um saquarema, Chaves achou que o melhor para ele seria ficar como presidente. Redigiu ele próprio os atos, mandou para o Rio e ficou esperando. Qual não foi sua surpresa ao saber que o imperador recusara seu nome. Procurou então uma solução confortável e propôs o nome do brigadeiro Frederico Caldwell, que ele tinha na algibeira para ser seu comandante de armas caso recebesse o governo do Rio Grande.

Caldwell, percebendo a manobra, mandou dizer que não aceitaria o cargo. Pedro Chaves tomou essa negativa como um ato de hostilidade dos militares e lançou sua candidatura. Entretanto, tinha um obstáculo importante, que era a grande popularidade dos militares e, mais ainda, da militância dos guardas nacionais dispensados, na maioria liberais, que fariam campanha para Porto Alegre inevitavelmente. Foi aí que teve uma inspiração. Pegou sua sobrecasaca, vestiu-a e bateu à porta de seu grande adversário, Israel Rodrigues Barcelos, líder dos santa luzias, como se chamavam os liberais, adotando um apelido jocoso que lembrava o levante republicano de Teófilo Ottoni, em Minas. Israel, surpreso, perguntando a que se devia tanta honra, levou um susto com a proposta do juiz e agora deputado.

— Veja, doutor Israel, os militares nos estão alijando do processo. Se não tomarmos uma atitude heroica, em pouco tempo veremos somente fardados em nossas câmaras legislativas.

O que Pedro Chaves propunha era inconcebível para os costumes políticos. Os adversários poderiam se aliar em manobras parlamentares, mas o espaço eleitoral era inegociável. Israel ficou surpreso e rechaçou a insinuação, temendo que fosse uma armadilha.

— O senhor pode ter razão de que os militares estão com a faca e o queijo na mão, mas acho que devemos disputar. Cada macaco no seu galho...

Quando os primeiros boatos do acordo começaram a circular, ninguém acreditou. Era inconcebível. Israel, contudo, escreveu a amigos na corte e viu que não havia de fato tanta repugnância como imaginara. Pelo contrário, alguns de seus correligionários, como o marquês do Paraná, escreveram-lhe dizendo que poderia ser um exemplo salutar para acabar com os radicalismos destrutivos, o faz e desfaz que caracterizava a administração dos negócios públicos no Brasil. Por fim, foi anunciada a coalizão, que se denominou "liga", um nome bem apropriado para a inconcebível aliança.

Osorio reagiu com veemência, confidenciando aos amigos:

— É um conluio repugnante. É uma guerra pessoal, injusta. Aí não há amor aos princípios políticos, nem patriotismo. Há unicamente a procura pela satisfação de uma simples vaidade.

Marques de Souza também ficou irado. Escreveu a Osorio, revelando que sua candidatura tinha o apoio do marquês de Caxias. O general garantia que, eleito, seria o escolhido entre a lista tríplice. Requisitava os préstimos de seu companheiro de armas, dizendo: "Já vejo que enristou a lança de Caseros cheio de entusiasmo e confiança na vitória", nomeando os colégios eleitorais em que Osorio poderia influir. "Torno a lembrar-lhe que em Piratini, Pelotas, Rio Grande, Santo Antônio, Cruz Alta, Cachoeira, Rio Pardo, São Borja, Alegrete, Uruguaiana e aqui [Bagé, onde ele se encontrava], enfim, em todos os colégios V. Excia. tem muitos amigos que nos podem ajudar." Lembrou ainda o nome de outros amigos comuns "que não só podem ajudar no colégio de São Gabriel como nos de Caçapava, Cruz Alta e de Cima da Serra". Enfim, "entrego-me em suas mãos".

Osorio jogou todo seu prestígio nessa eleição. Na primária, quando se escolhiam os eleitores do pleito indireto que lançaria os candidatos, Marques de Souza elegeu a maioria esmagadora dos delegados, que depois confirmaram esse resultado indicando-o por larga margem como o primeiro da lista. Só faltava o "de acordo" do imperador. Porto Alegre já preparava seu traje de gala para a posse no Rio de Janeiro quando chegou a notícia aterradora: o imperador escolhera o terceiro nome da lista para ser o senador pelo Rio Grande do Sul: Pedro Chaves. O candidato ficou desiludido e divulgou os mais ferinos impropérios contra seus adversários, culpando, em primeiro lugar, o presidente João Lins Vieira Cansanção de Sinimbu, que tomara posse em 2 de dezembro, dias antes do segundo grau, por ter usado o cargo para forçar a votação em seu adversário, e em segundo lugar "os esforços de Osorio, que destacara para todos os pontos praças de seu regimento a fim de fazer pressão sobre seus parentes e amigos".

Osorio tinha um grande poder de mobilização, graças a seus seguidores espalhados por toda a província. Entretanto, o imperador fez uma das suas. Manteve um liberal como Sinimbu no governo provincial, como queria Caxias, mas escolheu Pedro Chaves como senador. Foi um escândalo. Sinimbu protestou na tribuna da Câmara, onde era deputado: "Nesse pleito o voto do eleitor foi arrancado à sua consciência pelo valor do ouro!"

Dom Pedro deixou saber a algumas pessoas o critério que usara. Optara por Pedro Chaves a fim de levá-lo para o Rio de Janeiro e tirá-lo da província, onde estava causando muita confusão. Entretanto, o monarca apreciou muito a composição alcançada pelo novo senador, que foi ainda agraciado com o título de barão de Quaraí. No ano seguinte, o marquês do Paraná foi encarregado pelo imperador de compor um gabinete de conciliação, denominação escolhida para um dos primeiros governos de coalizão que se instalou no Ocidente entre partidos antípodas. A justificativa era de que o país precisava de paz política para fazer as grandes reformas necessárias a seu desenvolvimento econômico.

O resultado da eleição foi inteiramente favorável a Osorio. Seu deputado, Luís Bello, foi o mais votado em toda a província, mas também seus adversários Israel Barcelos e Pedro Chaves ganharam mandatos. Chaves não assumiu por ter sido indicado senador. A legislação permitia a uma pessoa candidatar-se, ao mesmo tempo, a vários cargos. Não demorou muito para que o "conluio repugnante", como chamava Osorio, fosse consagrado pelo gabinete de conciliação, composto pelos dois partidos adversários.

Logo em seguida veio a eleição para deputados provinciais. Não houve tempo para descanso. Em seguida, eleições para a Assembleia

Provincial. Osorio uma vez mais foi a campo, consolidando sua atuação política. Seu partido não fez a maioria, mas teve um desempenho razoável. Ele próprio, apresentado como candidato, emitiu uma carta circular pedindo que não votassem em seu nome. Sua exclusão foi lamentada, como escreveu o secretário da presidência, Antônio José Afonso Guimarães: "Um sentimento me acompanha, o de não ver entre os escolhidos contemplado o nome de V. Sª, que tanta importância dava e daria à chapa antiliga; vale, porém, saber-se que foi V. Sª mesma que procurou arredar de si a votação dos colégios."

Uma vez mais Osorio renunciou a uma eleição certa, mas dessa feita agiu no sentido de não ser votado no segundo grau, quando os delegados das paróquias, como se dividiam os distritos eleitorais, sufragavam os nomes dos candidatos. No primeiro grau, uma eleição com ampla participação em que votam pessoas com rendas, livres e libertos, elegem-se os eleitores que vão escolher os futuros parlamentares entre os nomes preferenciais de sua região, seguindo a orientação de seu partido. Nas eleições anteriores ele simplesmente não tomara posse e deixara o mandato para seu suplente, limitando-se a enviar por escrito os compromissos que havia assumido com o eleitorado, deixando que seu nome fosse usado como sinuelo para ajudar o partido. Entendeu que isso não era uma atitude positiva e pediu que seu nome nem sequer aparecesse nas listas de votação. Osorio começava a entender de política. Aliás, não só ele, mas o Brasil começou nessas eleições dos anos 1850 a compreender o processo eleitoral e sua influência na vida do setor público, nos negócios e, portanto, na vida de cada um.

Ainda assim, o quadro político no Rio Grande do Sul apresentava um descompasso entre o posicionamento das bases locais e das alianças nacionais. Osorio era o grande eleitor com influência decisiva em quase todos os colégios da metade sul do Rio Grande. Em sua carta, o barão de Porto Alegre mostra como o líder guerreiro influía nas principais cidades da província, tendo o Rio Jacuí como fronteira norte. O resultado do pleito demonstrou que o barão estava certo, pois sua vitória eleitoral foi esmagadora. Entretanto, perdeu politicamente, porque o escolhido pelo Poder Moderador foi nem mesmo o segundo, mas o menos votado, Joaquim Vieira da Cunha. Osorio percebeu perfeitamente o que ocorria e comentou com o amigo Antônio de Souza Netto, que fora um dos principais cabos eleitorais na região de Bagé, onde votava grande parte dos proprietários brasileiros radicados no Arapeí:

— Com isso quiseram dar uma trava no Caxias. Esses casacas têm medo dos militares e veem no Caxias um senador militar, não um homem do Rio Grande. Mas isso é um erro, pois ele é um homem do Rio Grande justamente por ser militar. Aqui, ser militar e cidadão é a mesma coisa: um complementa o outro. A gente nem bem senta a bunda num mocho para tomar um mate e já nos chamam de novo para alguma guerra. Então Caxias cuida do exército. E, se ele cuida do exército, cuida do Rio Grande. Simples.

— Tens razão, Osorio. Essa gente tem medo do Caxias porque ele é do Rio Grande e por ser do exército. Mas tem um a mais: eles não vão botar a fronteira onde nos disseram que iam botar. E para fazer isso terão de enfraquecer o Caxias, pois é o único que pode virar a mesa lá no Rio de Janeiro. Esse nosso reizinho é ladino. Ele te deu o Cansanção, mas não quer saber do Porto Alegre no Senado. Basta-lhe um Caxias.

O que eles diziam é o seguinte: o grande interesse do Rio Grande era o mesmo interesse do exército. Toda a região de influência de Osorio estava profundamente ligada a essas demandas. Uma das mais importantes era cuidar das viúvas e dos mutilados de guerra. A toda hora Caxias pressionava ministros em favor de alguma vítima. Essa ação era considerada fundamental pelos chefes políticos rio-grandenses, pois todos tinham sobre si as demandas das pessoas em suas vilas e cidades. Osorio dizia:

— Um estado que não dá garantias a seus guerreiros não merece a honra da soberania sobre homens e terras deste planeta.

Nessa época a soberania era uma questão fundamental em quase todo o mundo, embora no Brasil isso só se manifestasse no Rio Grande do Sul e em Santa Catarina, pois eram as províncias que tinham a seu encargo sustentar as fronteiras. No Brasil até os escravos defendiam sua bandeira nacional, recusando-se a compor com exércitos inimigos, como foi fartamente comprovado nas guerras do Prata. Daí a força de Caxias nessa sociedade. E também a de Osorio, que era visto como um homem dedicado a seus soldados, além da fama de valente guerreiro, que compunha a imagem totalizadora que se expressava politicamente nas eleições.

Com essa linha direta na corte pode-se dizer que não havia família na metade sul do Rio Grande que não devesse algum favor ao coronel Osorio. Numa sociedade em que os chefes não primavam nem pela humildade nem pela atenção com os inferiores, ele era um homem destacado e acatado. Sua legenda de bom de briga, bom tático, organizador e estrategista dava-lhe a legitimidade, mas o que valia era seu populismo. Embora fosse reconhecido como um militar de estirpe, bisneto, neto e filho de oficiais, tinha olhos para os pequenos, dizia-se. Essa fama espalhara-se por todo o Cone Sul, onde já era o militar brasileiro mais conhecido e reconhecido, não tanto pelos poderosos, mas pela soldadesca dos acampamentos. Os contrários admiram e respeitam os guerreiros inimigos que se dão a esse respeito. Assim o nome de Osorio transitava com grande desenvoltura em todo o pampa dos Vales do Uruguai e das Lagoas dos Patos e Mirim. Caxias era reconhecido, mas Osorio era o ídolo. O marquês tinha isto muito em conta. Costumava dizer a seus correligionários conservadores quando lhe pediam algum apoio em assuntos do Sul:

— De Santa Catarina para baixo, é com o Osorio.

No Rio de Janeiro pouco se falava dele no primeiro quinquênio dos anos 1850. Era visto como um apêndice de Caxias e quando seu nome aparecia em artigos da imprensa ou nos discursos parlamentares era com o intuito de atingir o marquês, considerado seu protetor. Em geral os detratores verberavam, acusando os chefes militares de gastar mal os recursos que geriam. Nessa época, o comandante era também o gestor das verbas militares, comprando suprimentos no comércio e animais nas estâncias. Somente armas, munições, uniformes e outros produtos estratégicos eram adquiridos pelo governo central. Na campanha eleitoral, o deputado Melo Franco, apoiando Pedro Chaves, acusava Marques de Souza de ser "um esbanjador de dinheiros públicos". Chamar de ladrão não era comum, mas de incompetente com as verbas era normal. De vez em quando sobrava para Osorio. Na corte, a essa altura, ainda não lhe davam a mesma importância política que ele tinha na província.

Foi com esse novo status que Osorio entrou na campanha seguinte, como comandante de uma Brigada de Cavalaria do Exército de Observação, a força armada que serviu no Uruguai para sustentar o governo sucessor do desastrado presidente Giró.

Terminada a campanha eleitoral, era tempo de botar a casa e os negócios em ordem, cuidar do adestramento da tropa e suprir as suas necessidades, pois sempre faltava de tudo nos quartéis. Mal chegou à Estância Cruzeiro, Osorio percebeu que a situação no Uruguai voltava a se deteriorar e que o governo de Montevidéu ia ter dificuldades em curto prazo. A obstinação do presidente e, mais ainda, a intransigência do congresso de maioria blanca em não acatar os termos dos acordos com o Brasil, principalmente no que se referia às novas fronteiras e ao livre trânsito dos gados para as charqueadas de Pelotas, azedavam rapidamente as relações da colônia de estancieiros rio-grandenses radicados no Uruguai e aproximavam os gaúchos dos colorados, que também não se conformavam com a gambeta que haviam levado ao perder o governo para seus adversários sem disparar um único tiro.

Essas foram as principais razões para a ruína do governo uruguaio: Giró acreditou que cedendo às pressões do Rio de Janeiro no que ele considerava as grandes questões — reconhecer a dívida externa, conceder a livre navegação do Rio da Prata, o tratado de limites e um acordo de extradição para devolver escravos fugitivos — estaria livre do item relativo ao livre trânsito dos gados, que era a exigência básica dos fazendeiros do Arapeí. E foi justamente esse ponto que abriu caminho para os estancieiros se aliarem aos colorados, num projeto golpista para mudar de vez a situação em Montevidéu.

O governo da república estava totalmente isolado, sem aliados. Urquiza já mandara dizer que não apoiava seus desmandos. Giró tentara um acordo com os ingleses e chegara a obter o apoio do embaixador Henry Southern, reconhecendo que seus termos eram leoninos e indo pessoalmente ao Rio de Janeiro tentar obter uma amenização dos termos do tratado de 12 de outubro, mas voltando de mãos vazias. Sem isso, seu governo desmoronou diante de uma situação insustentável, como comentava Irineu Evangelista, a essa altura também nobilitado com o título de barão de Mauá, por sua participação decisiva na solução do problema uruguaio. Dom Pedro dera-lhe o título em lembrança ao antigo nome do Porto da Estrela, que ficava ao lado do terminal da ferrovia que ele construíra ligando Petrópolis ao Rio de Janeiro, a primeira estrada de ferro do Brasil. As más línguas, no entanto, diziam que o era barão de Mauá porque "algum mal há".

O novo barão assim descrevia o panorama econômico do Uruguai: "Agricultura nenhuma; os ricos campos de criação pelados; atravessavam-se dezenas de léguas sem encontrar nenhuma rês; o país é um verdadeiro cadáver político, econômico e financeiro; os dez anos de guerra tudo assolaram." Aproveitando-se desse estado de terra arrasada, Mauá comprava terras a preços mais do que convidativos, adquirindo propriedades na extensão de 1 milhão de hectares. Também engrossava seu patrimônio imobiliário no Rio Grande do Sul. Dele foi o argumento mais convincente para que Urquiza deixasse correr a deposição de Giró e a intervenção brasileira para estabilizar o governo colorado que se seguiu.

Era preciso cumprir os dois anos finais do mandato de quatro interrompido pelo pronunciamento dos dois grandes pais da Pátria, fundadores da República, Juan Antonio Lavalleja, líder dos Trinta e Três Orientais, e José Fructuoso Rivera, primeiro presidente e fundador da República Oriental do Uruguai. O terceiro nome do triunvirato era o do coronel Venâncio Flores, oficial dos exércitos de Entre Rios e de Buenos Aires, compadre do fundador da República Rio-Grandense, o general Antônio de Souza Netto. Lavalleja foi, durante um curto período, presidente do Uruguai. Os dois generais retiraram-se, deixando Flores como titular do cargo, sustentado pelo Exército de Observação, enviado do Rio Grande para garantir seu mandato.

Essa situação foi criada a partir do dia 18 de julho de 1853, quando eclodiu um levante do Partido Colorado, liderado pelo general Melchior Pacheco y Obes e pelo advogado Juan Carlos Gómez. Inesperadamente, a tropa que deveria desfilar em honra à data nacional atacou o palácio, e Giró só foi salvo porque uma guarnição de fuzileiros navais brasileiros ocupava a praça. Salvou seu governo fazendo concessões aos colorados, nomeando dois líderes da oposição para cargos importantes: Venâncio Flores como ministro da Guerra e

Manuel Herrera y Obes como ministro da Fazenda. Isso não valeu de nada, pois o novo ministro do Exterior, Bernardo Berro, inimigo do Brasil, tomou o governo e neutralizou Flores e Herrera y Obes. Em 25 de setembro, outro levante. Giró, um ancião respeitável, abandonou o palácio do governo e pediu asilo à embaixada francesa, passando logo à fragata *Andromède* e indo embora para a Europa, deixando o país acéfalo. Instalou-se então o governo do triunvirato.

O governo do Rio Grande do Sul já esperava pela revolução no país vizinho, expedindo ordens ao comandante da fronteira de Jaguarão, o brigadeiro Francisco Pereira Pinto, para ficar alerta, com suas forças em prontidão, a fim de evitar que se servissem da fronteira brasileira para manobras táticas, como era comum. Osorio foi alertado e pressentiu que em pouco tempo teriam de entrar em território uruguaio. Dias depois recebeu uma carta do comandante blanco coronel Dionísio Coronel, que tentava, no interior, reunir forças para reverter a situação e reempossar Giró. Era uma mensagem amigável. Osorio respondeu dizendo que o Brasil estava neutro, mas deu um puxão de orelhas no comandante oriental, afirmando que "esse proceder, além de outros males, deve ainda retardar a prosperidade material e moral desse belo país, aniquilando suas forças e destruindo seus filhos, o que sinceramente lastimo".

A crítica era uma reprovação ao regime republicano, pois nessa época a ideia de uma chefia de Estado emanada das forças políticas era sinônimo de anarquia e falência das instituições. Não tardou muitos meses para a contrarrevolução fracassar e o novo governo ser chefiado pelo presidente Venâncio Flores. Um mês depois, morreu Lavalleja e, em dois meses, Rivera, deixando campo livre para a nova geração. Flores, invocando o tratado de 12 de outubro, pediu ao Brasil o envio de tropas para garantir o governo constitucional. Em março do ano seguinte o Exército de Observação entrou em território uruguaio com um efetivo de 4 mil homens e se dirigiu a Montevidéu. Osorio foi como comandante da 2ª Brigada de Cavalaria.

Essa missão não chegou a ser uma campanha, pois o Partido Blanco não encontrou apoio para pôr em risco o governo de Venâncio Flores. A Divisão do Exército Brasileiro, engrossada por 1.500 homens da Guarda Nacional, entrou em Montevidéu recebida pelo próprio presidente da república e marchou na avenida 18 de julho, a via principal da cidade, para que todos a vissem. Se alguém tivesse dúvidas sobre a capacidade militar do situacionismo, ali estava uma prova de que aquela capital era, novamente, inexpugnável. Delphino cavalgava em parada ao lado do major Sezefredo, integrando o 26° Corpo. A recepção aos brasileiros foi efusiva, pois a população da cidade já estava exausta de tanta guerra, tanto golpe, tanta insegurança.

O clima de festa que se seguiu resultou numa carta, remetida do quartel em Bagé, assinada pelo barão de Porto Alegre: "Amigo Osorio, Estância de Santa Maria, 27 de agosto de 1854. Sei que em retribuição a um obséquio idêntico que recebera dos blanquillos, dera V. Exª um esplêndido baile, ao qual concorreram muitas notabilidades desse país e estrangeiros, não obstante não ter recebido dos cofres públicos, como o senhor visconde do Paraná recebeu para o mesmo fim, quando aí esteve, 20 contos de réis. Honra, pois, ao ilustre rio-grandense que, com tanto sacrifício, soube sustentar a dignidade de brasileiro. Seu camarada e amigo barão de Porto Alegre."

Em junho corria em Montevidéu a notícia de que os blancos fariam um ataque à guarnição brasileira. Era preciso checar. O embaixador Amaral chamou o comandante Francisco Felix para apurar a verdade. Perguntou ao general:

— Mas quem há de ir à campanha desempenhar essa comissão?

— Aqui entre nós temos um homem: é o Osorio. Conhece perfeitamente a campanha, é relacionado com seus mais importantes moradores, é festejado pelo Partido Blanco, é estimado pelos colorados. Além disso, é perspicaz, ativo e com rapidez dará conta da incumbência.

— Pois fale com ele. Se o Osorio quiser, mande falar comigo.

O brigadeiro foi consultar seu coronel, perguntando se poderia ir. Osorio replicou:

— Pronto, como soldado, para cumprir ordens.

Viajou 322 léguas pelo interior do Uruguai e voltou dizendo que não havia perigo de nenhum levante. Com isso, reinstalou-se a normalidade e o presidente Venâncio Flores convocou eleições, que seriam garantidas pelos militares brasileiros. Tanto a situação colorada quanto a oposição blanca puderam desenvolver seu proselitismo. O chefe político da oposição, o coronel Ventura, dirigiu de Paissandu uma carta a Osorio perguntando se teria liberdade para fazer a campanha sem ser molestado. Ele assegurou que sim. Tudo isso levou a uma situação de despeito. Os dois chefes, o militar e o diplomata, começaram a mandar notas a seus ministros, no Rio, criticando a independência e a desenvoltura com que Osorio se movimentava na cena uruguaia.

O embaixador queixava-se de que o presidente Flores dava mais atenção a Osorio do que a ele próprio. O general incomodou-se quando um jornal local chegou a escrever que "era ele quem deveria ser o comandante da Divisão Brasileira". Foi demais. O general teve uma explosão, advertindo-o de que não deveria mais entrar no quartel vestido à paisana, pois Osorio costumava, quando fora da unidade, trajar-se livremente, muitas vezes misturando calças militares com paletós de civil, ou bombachas à gaúcha, enquanto ao se movimentar pela cidade vestia seus elegantes ternos pretos de casimira inglesa. Ele não deu bola e continuou a proceder como sempre. Em pouco tempo foi removido, pois o governo aproveitou-se daquelas intrigas para disfarçar a nova missão que atribuiria a Osorio.

A tropa brasileira ainda estava em Montevidéu, antes de se retirar para o acampamento de Unión, onde ficou aquartelada por dois anos, quando atracou no cais do porto o navio que trazia de Assunção o embaixador plenipotenciário da República do Paraguai. Ele viajava à Europa com a missão de se apresentar aos governos do mundo, comprar armamentos para seu exército, pois era o ministro da Guerra, e trazer dos estaleiros de Pontillac, na França, o poderoso vaso de guerra a vapor de 480 toneladas, o *Tacuari*, embarcação maior da nascente armada, pois também era ministro da Marinha. Tratava-se do marechal Francisco Solano Lopez, filho do presidente da república, Carlos Antonio Lopez. Aos 27 anos, além dessas importantes credenciais, o jovem Lopez, um ano mais velho que dom Pedro II, já era o chefe das forças armadas de seu país e sucessor do pai, presidente perpétuo. Trajando um brilhante uniforme de corte francês, o dólmã recoberto por uma coleção de condecorações e cruzes de ordens que enchiam o peito, dava a medida de sua importância em seu país.

O jovem Lopez também trazia à cena do Prata o último dos chefes do Grande Exército. Na guerra contra Rosas, o Paraguai participara como aliado de Urquiza, mas não chegara a enviar tropas para a frente de batalha. Pelos acordos, negociados pelo embaixador José Berges com os plenipotenciários das províncias mesopotâmicas, Brasil e Uruguai, ficou acertado que uma força de 4 mil homens atravessaria o Rio Paraná para Missiones, território de Corrientes, e ali aguardaria como reserva estratégica. Seu comandante era o filho do presidente, o então brigadeiro general Francisco Solano Lopez, agora recebido festivamente pelos aliados no porto de Montevidéu. Pretendia encontrar-se com o imperador da França, Napoleão III; com a rainha da Inglaterra, Vitória I; com a rainha da Espanha, dona Isabel; com o papa e outros chefes de Estado, coroados ou não. Nos porões do navio levava um carregamento de prata. O pequeno país mediterrâneo pretendia entrar na cena internacional.

Em sua passagem pela cidade de Paraná, sede provisória do governo da Confederação e residência de seu presidente, fora recebido por Urquiza, compadre de seu pai, padrinho de batismo de um de seus irmãos, o balofo Benigno; agora recebia a continência de uma guarda de honra uruguaia e as boas-vindas do presidente Venâncio Flores, que trazia consigo todos os corpos diplomáticos acreditados no Uruguai e convidados especiais, entre eles os comandantes brasileiros. Osorio estava lá e foi apresentado ao jovem general, batendo-lhe continência e estendendo-lhe a mão, correspondido com um breve levantar de braço e um aperto rápido e rasteiro. O brigadeiro Fernandes e os almirantes estrangeiros, todos saudaram Solano, que vinha acompanhado de uma comitiva de dignitários de seu país. Osorio comentou com o embaixador Joaquim Amaral:

— Garboso o jovem príncipe...

Em sua breve estada, Solano Lopez foi homenageado com uma recepção discreta, pois não houve baile e poucas mulheres compareceram. Venâncio Flores queria simplesmente dar uma satisfação a um fiel aliado, o pai do visitante, eleito dez anos antes como presidente perpétuo da República do Paraguai e futuro cliente do porto de Montevidéu. Embora ainda estivesse em processo de reconhecimento diplomático pelo Uruguai, o governo paraguaio estava dando mostras de que poderia intensificar a tênue abertura para o exterior. Ofereceria igualmente o porto de transbordo dos barcos fluviais que viessem de Assunção em direção aos grandes cargueiros transatlânticos movidos a vapor ou mistos, com velas e motores, que chegavam ao Prata, barcos cada vez maiores e que poderiam usufruir de fretes mais baratos. O governo colorado também tinha uma dívida de gratidão com Carlos Lopez por seu apoio político e militar, embora sem participação ativa na frente de batalha, para depor o antigoverno blanco de Oribe.

Solano Lopez estava sempre cercado pelos membros de sua comitiva, estreitamente escoltado pelo embaixador em Montevidéu, José Berges, um dos poucos homens do país com alguma experiência internacional. O isolamento do Paraguai era total e os poucos paraguaios que viviam no exterior eram refugiados que não seriam bem recebidos pelos homenageados da festa. Era a primeira vez que o marechal pisava em solo estrangeiro muito além da fronteira. Venâncio Flores, um homem da Campanha, um tanto rústico, olhava com curiosidade para aquela comitiva e especialmente para os dois filhos do ditador, Francisco Solano e seu irmão Benigno. Segundo se comentava, os dois disputavam a preferência do pai, mas o certo era que um deles seria o sucessor. Osorio teve uma conversa rápida com Solano. Embora o assunto fosse a batalha de Monte Caseros e o paraguaio tivesse demonstrado saber detalhes da participação do 2º RC no combate, deixou escapar a grande crítica que o sistema paraguaio fazia às repúblicas do Prata e que era a justificativa para seu isolamento político, comercial e social das demais antigas províncias:

— Admiro o seu império porque livrou o Brasil da anarquia. Estamos fazendo uma república pacífica, sem desordens. Esse foi o legado do doutor Francia que o atual presidente mantém com muito zelo.

— Eu também sou republicano, marechal, mas acho que é muito cedo para podermos ter um Estado totalmente controlado pelos partidos políticos. A monarquia ainda é necessária.

— Eu admiro o seu país. Perdoe-me dizer que não posso afirmar o mesmo sobre seus governos, pois não conseguimos chegar a um entendimento para traçarmos uma fronteira definitiva. Muda governo, muda partido, muda ministro, mas a inflexibilidade é a mesma. Não fosse isso, poderíamos conviver muito bem.

Osorio teve de encontrar uma frase diplomática para não rebater diretamente aquela afirmação, pois todos sabiam que as fronteiras do Brasil com seus vizinhos derivavam da herança colonial. E o tratado que dava as linhas mestras era o de Madri e não o de Santo Ildefonso, como queria o Paraguai. Por que seria diferente se todos os demais vizinhos reconheciam essa mesma fronteira? O coronel teve de se valer de toda a sua habilidade com as palavras para não deixar aquela afirmação sem resposta.

Mais tarde, Osorio comentou a conversa com o embaixador brasileiro e com o comandante da Divisão, o general Fernandes. Olhando para Solano, Amaral comentou com os interlocutores:

— Isso aí vai dar trabalho...

No fim do dia seguinte, ao subir da maré, o navio transatlântico fez-se ao mar. Nesse dia também começou a mudar a vida de Osorio, pois ele dava mais um passo, evoluindo de político provincial para figura no cenário internacional. Agora confrontava seus dois interlocutores que estavam à sua frente: o embaixador e o general.

CAPÍTULO 64

Olheiro de um Enigma

OSORIO FICOU PREOCUPADO quando viu a cara de satisfação, de regozijo com que o brigadeiro Francisco Felix o recebeu em seu gabinete na manhã de 12 de janeiro de 1855. Cumprimentou-o alegremente, mandou-o sentar, ofereceu um chá. "Boa coisa não é", pensou o coronel, pois havia algum tempo era evidente a má vontade de seu comandante, sem contar os comentários que lhe chegavam de amigos da corte, de Porto Alegre e do próprio comando em Montevidéu sobre a forma um tanto hostil com que o chefe se referia a ele. Sabia o motivo e deixava levar, pois nada poderia fazer. Nesse dia, alegre, expansivo, era outro homem e foi com grande alegria que lhe entregou o texto de um "Aviso" do ministro da Guerra, o tenente-general Pedro de Alcântara Bellegarde. Osorio leu e foi como se levasse um tapa na cara.

— Meus parabéns, coronel. O senhor foi promovido do comando de uma brigada para o comando de uma região. Receba os meus cumprimentos, e peço-lhe que tome as providências para cumprir o quanto antes as suas novas ordens.

Para deleite do brigadeiro, a expressão de Osorio, por maior que fosse sua fleuma, não conseguia esconder a decepção, a contrariedade, a raiva por ver triunfarem as intrigas, as fofocas, os malditos, a pequenez humana daquele homem que fora seu companheiro, seu chefe em tantos momentos, e que agora, ocupando um cargo burocrático, deixava-se levar pelo disse me disse e por outras pequenas maldades fruto do despeito e do ciúme. Sua cara de satisfação também não escondia o doce sabor do triunfo, de quem estava rindo por último.

Nem Osorio, que aceitou o novo encargo, nem o brigadeiro, nem o embaixador Amaral, que adorara a notícia da transferência, pareciam ter, no primeiro momento, compreendido que a coisa era outra. As picuinhas e recriminações haviam contribuído para encobrir o óbvio. Ninguém parecia ter notado que a missiva chegara a bordo da fragata *Amazonas*, vinda do Rio como capitânia de uma pequena esquadra que tinha a missão de escoltar o novo plenipotenciário rumo a Assunção a fim de substituir o último embaixador que fora expulso do país diretamente pelo presidente da república. Por que dez navios de guerra para levar um simples embaixador a seu posto? Ou o motivo de tantos barcos seria o fato de o enviado de dom Pedro ser um oficial general da marinha, o chefe de esquadra Pedro Ferreira de Oliveira? Que nada!

Havia algo oculto, ainda não percebido. A notícia provocou perplexidade e as reações mais fortes foram contra os dois detratores, que viram, assim, seu tiro sair pela culatra. Na câmara de deputados e no senado dizia-se nos bastidores que os dois chefes da missão em Montevidéu tinham pedido a transferência de Osorio porque ele estaria às turras com o Partido Colorado devido ao bom tratamento que dava aos opositores, do Partido Blanco. O próprio presidente Venâncio Flores, chefe dos colorados, tratou de desfazer a intriga escrevendo uma carta ao ministro na qual lamentava a perda e enaltecia o trabalho de Osorio em seu país. Depois veio uma enxurrada de cartas, algumas assinadas pela totalidade dos oficiais das unidades, e de matérias na imprensa. Foi uma consagração; a autoridade moral do brigadeiro ficou enfraquecida e um ano depois ele deixou o Uruguai no meio de uma revolução, justamente o que lhe cabia evitar mas que não conseguiu porque os dois bandos em luta estavam desgostosos com ele. E o governo achou por bem dar por finda a missão da Divisão Auxiliadora. Entretanto, enquanto se mostravam estarrecidos, ninguém parecia atentar para o fato de que a esquadra estava se aprestando para seguir viagem.

Esse foi o ponto de inflexão do processo político internacional no Prata e, emblematicamente, Osorio, embora um simples coronel, esteve no centro desse acontecimento que determinou o início da fase final do estabelecimento dos Estados Nacionais no Cone Sul.

Ninguém ali prestava muita atenção ao Paraguai, um país paupérrimo, praticamente ausente do mercado internacional, exportador de um único produto, a erva-mate, uma atividade extrativista. Além disso, ninguém conhecia o país, pois era proibido entrar ou sair desde que os argentinos do general Belgrano haviam tentado integrá-lo a força às nascentes Províncias Unidas e fracassaram, com a prisão de toda a divisão portenha enviada para submeter a antiga colônia. Isso tinha acontecido 50 anos antes. Ao norte, também nada existia que merecesse atenção, pois poucos se davam conta das possibilidades fantásticas que se abriam ao Mato Grosso com a navegação a vapor. Assim, quando o embaixador brasileiro em Assunção, Felipe José Pereira Leal, apareceu em Montevidéu depois de sua expulsão, ninguém levou aquilo muito a sério. Um incidente sem maior importância na conturbada Bacia do Paraná. Só isso.

O ministro da Guerra, porém, sabia o tamanho da encrenca. Bellegarde fora embaixador em Assunção e conhecia bem o lombo do porco que Pedro Ferreira teria de montar, e por isso mandara que chegasse com tamanho aparato. O general Bellegarde era um oficial de carreira, filho de um fidalgo português, e nascera em 1807 a bordo do mesmo navio em que viajava a Família Real. Seu nascimento foi uma festa a bordo. Foi batizado pelo primogênito do príncipe dom João, que também lhe deu o nome: Pedro de Alcântara. Dom Pedro II o chamava de tocaio e tinha grande confiança em suas qualidades de diplomata e de intelectual. Formara-se na Academia Militar do Rio de Janeiro em 1820 e participara da Guerra da Independência. Mais tarde foi um dos grandes renovadores do ensino militar no país, dedicando-se mais à teoria do que à prática militar, embora tivesse uma opinião muito firme de que era necessário agir com presteza para não passar vergonha diante do atrevido Paraguai. Foi por isso que escolheu Osorio para comandar a fronteira de São Borja, àquela altura considerada uma posição estratégica de terceira grandeza, pois o país não só estava em paz como tinha um estreito tratado de amizade e defesa mútua com Corrientes, a belicosa província argentina vizinha, e relações da melhor qualidade com o presidente da Confederação, Justo Urquiza. Contudo, não se ligou uma coisa à outra e ficou para todos que Osorio era uma simples vítima das intrigas palacianas. Nem mesmo se estranhou o silêncio de Caxias.

Osorio arrumou suas malas, aprestou suas ordenanças, montou a cavalo e partiu para o Rio Grande do Sul. Viajava mais tranquilo porque tivera resposta de uma carta que enviara ao senador Cândido Baptista, seu amigo, perguntando sobre sua remoção, e recebera uma resposta que, embora enigmática, dava a entender que haveria algo mais do que fuxicos. Passou por Bagé e de lá seguiu para Porto Alegre, detendo-se uns dois dias em Caçapava para conversar com a mãe. Dona Anna Joaquina também já sabia dos mexericos, mas aconselhou o filho a ter calma. Tal qual lhe dissera o senador, que lhe relatava a conversa que tivera com Bellegarde e assinalava: "Assegurou-me mais o dito ministro que, apenas cesse o motivo que o separa temporariamente de seu regimento, regressará V. Sª ao seu posto de comandante do mesmo."

De Rio Pardo à capital viajou de barco. Mal chegando foi ter com o presidente, o jovem político alagoano João Lins Vieira de Cansanção de Sinimbu, visconde de Sinimbu. Aos 30 anos, era bacharel em Direito pela Faculdade de Olinda, com doutorado em Viena. Liberal, já fora presidente de sua província, deputado provincial, juiz de direito na corte, chefe de polícia da província do Rio de Janeiro e agora presidente do Rio Grande. Era um especialista em questões do Prata, pois servira como embaixador em Montevidéu em 1843. A presença de Osorio no palácio do governo chamou a atenção, pois era um dos homens mais famosos da província. Assim que terminou a fila de cumprimentos dos oficiais destacados na casa do governo, Sinimbu chamou o coronel e os dois se trancaram no gabinete, a sós e foi direto ao assunto:

— Coronel, não vou repetir as qualidades que fazem do senhor o homem certo para o lugar certo. Sua discrição será mais do que nunca necessária. As farpas que estão lançando contra o senhor vêm a calhar, pois disfarçam perfeitamente o que pretendemos. Fique, pois, tranquilo; o senhor não está aqui preterido, mas numa missão fundamental para o nosso país. Deus queira que só precisemos dos seus serviços diplomáticos e não das suas habilidades guerreiras, que também muito contam para essa comissão.

Intrigado, Osorio ouviu seu superior.

— O senhor não ignora que temos uma esquadra subindo o Rio Paraná com destino a Assunção. A essa altura até já pode estar lançando ferros em frente ao palácio de dom Carlos.

Osorio vira a força-tarefa no porto de Montevidéu e conversara com o comandante do batalhão de infantaria que ia a bordo, o tenente-coronel Francisco Vítor de Melo e Albuquerque. Era um pouco demais para acompanhar um simples embaixador. O presidente explicou:

— Os paraguaios interromperam o livre trânsito pelo Rio Paraguai e assim ficamos isolados de Mato Grosso por essa rota, que é a mais conveniente nesse momento. Estamos construindo navios especialmente para ligar Montevidéu aos portos de Albuquerque e de Cuiabá, pois Mato Grosso é uma província promissora, que pode contribuir muito para o progresso do Brasil. O Felipe foi mandado lá para resolver essa questão, mas acabou expulso do país. Agora mandam um oficial da marinha, já que o assunto é a navegação. Só que ele levou uma esquadra. Isso vai dar problemas e precisamos estar prontos a socorrê-lo se o tempo fechar. É disso que se trata. Contudo, não podemos dar a impressão de que estamos nos preparando para a guerra. As fofocas nos ajudam, pois nomear um oficial da sua importância para as Missões poderia ser entendido como uma provocação. Entretanto, como o senhor está em desgraça...

Sinimbu deu uma repassada nas relações do Brasil com o Paraguai. Lembrou que o Brasil fora o único a ter a coragem política de reconhecer a independência do país, e como paga ao gesto brasileiro o Paraguai concordara, em 1848, com um tratado de amizade, comércio e navegação que permitia o trânsito de navios brasileiros com destino a Mato Grosso, embora com grandes restrições. Nos últimos tempos, porém, decidiram interromper unilateralmente essa franquia, como forma de pressão para a demarcação de sua fronteira norte.

— O senhor certamente sabe dos fatos que têm ocorrido em Mato Grosso.

— Sei por alto que já tivemos alguns tiroteios na fronteira.

Sinimbu recordou a sucessão de acontecimentos na região do Rio Apa, que era a fronteira do Brasil não reconhecida pelo Paraguai.

— O mundo inteiro reconhece o Tratado de Madri como documento básico para a nossa fronteira. Aliás, é só por isso que não reivindicamos o Arapeí, como os rio-grandenses querem. Pois bem, os paraguaios exigem o Tratado de Santo Ildefonso, um diploma totalmente anulado pelas cortes de Lisboa e Madri. Se formos para uma arbitragem, ganhamos na certa. Mas eles fincaram pé e não aceitam discutir, não há conversa, não ouvem nem negociam.

Os incidentes de que falava Sinimbu eram um confronto no Fecho dos Morros, uma posição também chamada de Pão de Açúcar. O Brasil postara ali um destacamento de 25 homens para guardar a fronteira. Só que, para o Paraguai, a fronteira ficava ao norte, no Rio Branco. Essa guarda foi atacada por uma força de 800 homens.

— Uma violência. Mataram um oficial e seis soldados!

O comandante da guarda, alferes Francisco Bueno da Silva, em retirada, aliou-se aos inimigos dos guaranis, os índios guaicurus, e contra-atacou, tomando o fortim de Monte Olimpo, também chamado de Bourbon, apoiado pelos índios sob o comando dos caciques Lixagota e Lapagade. Já outro oficial, o capitão Joaquim José de Carvalho, com uma tropa indígena do cacique Quidonani, invadiu o Paraguai por Miranda, agravando ainda mais a questão. O Paraguai, no entanto, não abriu mão de suas posições.

— O acordo sempre empaca, pois o Brasil só quer falar de navegação, e o Paraguai, de fronteira. Fica um diálogo de surdos.

Osorio partiu imediatamente para São Borja, mandando à frente um oficial que fosse até Corrientes trazer-lhe notícias da esquadra de Pedro Ferreira. Sinimbu recomendara-lhe que procurasse o quanto antes estudar formas de chegar ao Paraguai com o menor trânsito possível em território correntino. Caso tivesse de agir, encontraria esse problema, pois dificilmente o governo daquela província permitiria o trânsito de tropas brasileiras sem antes um demorado processo de negociação, uma demora certamente inconveniente para uma tropa que estivesse cercada ou imobilizada no Paraguai, tão longe de qualquer possibilidade de socorro.

— Coronel, procure estudar os passos, quanto mais ao norte melhor, pois assim o senhor terá uma distância menor a percorrer. Aquele trechinho da margem esquerda do Paraná ainda está ocupado por tropas paraguaias que foram para lá na época da guerra contra o Rosas, o que, de alguma forma, justificaria nossa invasão. Não sei se seria acatado sem problemas pelos correntinos, mas sempre é uma desculpa, assim como o envio de tropas por navios, pois o nosso acordo com a confederação deixa inteiramente livre o transporte de tropas e o trânsito de navios de guerra dos dois países em suas águas territoriais.

Chegando a seu novo comando, Osorio tratou logo de botar a tropa existente em condições de combate e iniciou os estudos para um plano estratégico. Lançou uma nota do quartel de comando da fronteira das Missões elogiando "o Senhor Coronel Correia Guimarães, seu companheiro de trinta anos nas fadigas militares e guia seguro da briosa Guarda Nacional Missioneira, que tanto brilho tem dado às Armas Imperiais". Isso queria dizer: em caso de guerra, Osorio somente poderia contar com os guardas nacionais. Contudo, ninguém considerava o Paraguai um antagonista perigoso. Acreditava-se que ao verem a esquadra assinariam qualquer papel que lhes fosse posto à frente. Mas Pedro Ferreira teve uma grande decepção.

Pedro Ferreira fez uma demorada viagem. Levantou ferros no Rio em 10 de dezembro, aportando em Montevidéu em 15 de dezembro, e partiu para Buenos Aires em 12 de janeiro para iniciar a subida do Paraná em 22 de janeiro, parando em Corrientes no dia 12 de fevereiro. Só em 20 de fevereiro tomou posição, chegando ao que seria a fronteira fluvial com o Paraguai, nas Três Bocas, como é chamado o encontro dessas águas com o Paraná. Quando a flotilha se aproximava de Cerrito apareceu uma lancha do comandante de polícia do Rio Paraguai, que lhe entregou um ofício dizendo que "não haveria inconveniente algum em sua missão pacífica e diplomática até Assunção". O chefe de esquadra mandou um ofício se apresentando e recebeu uma resposta insolente. Mais uma vez ameaçou: "Se findo o prazo de seis dias não obtivesse resposta seguiria para Assunção." Então o ministro do Exterior, José Falcón, respondeu estranhando o aparato do embaixador. Depois pediu que retirasse a esquadra de suas águas e se prontificou a recebê-lo. Pedro Ferreira acedeu, deixando a esquadra em águas argentinas, e subiu com a fragata *Amazonas*.

Chegando à capital, foi recebido pelo ministro plenipotenciário, nada menos do que o filho do presidente, o marechal Solano Lopez. Ao fim de alguns dias, satisfeitas suas exigências de reparações — uma salva de 21 tiros disparados em terra à bandeira brasileira —, iniciou-se a *démarche*.

Em 27 de abril assinaram um acordo preliminar, que deveria ser ratificado pelos dois chefes de Estado. Por seus termos, os navios brasileiros poderiam navegar pelo Rio Paraguai unicamente pilotados por práticos paraguaios de Assunção em diante. As embarcações poderiam ser inspecionadas pelas autoridades locais para controle de contrabando, segurança e sanidade, o que era razoável do ponto de vista naval. Mas o plenipotenciário brasileiro caiu numa armadilha, devido a sua reduzida experiência diplomática, concordando com a inclusão de dois artigos que previam a validade do documento por um ano e sua expiração caso não fosse, nesse prazo, configurado um tratado de limites. Era esse justamente o ponto essencial. O jovem Lopez marcou um tento. Ao ler o texto no Rio, o ministro do Exterior brasileiro, José Maria da Silva Paranhos, rejeitou-o e o imperador negou sua ratificação. Voltou tudo à estaca zero. Osorio teve de permanecer em São Borja, preparando uma eventual intervenção militar, o que adiou sua volta ao regimento.

Com o fracasso da missão da esquadra, as negociações foram retomadas no âmbito diplomático, enquanto em São Borja Osorio buscava o melhor caminho para chegar a Assunção caso tivesse de agir para apoiar os negociadores brasileiros. Nessa época, São Borja tinha 3 mil habitantes, 800 não índios e 2.200 indígenas. Osorio era fluente em guarani e conversando nessa língua soube da existência de um grande campo de pastagens ao norte, na margem esquerda do Uruguai, portanto no Brasil. Era um lugar paradisíaco, descrito pelos índios como campo das vacas brancas, pois haveria ali um rebanho trazido pelos jesuítas com pelagem nessa cor.

Osorio mandou uma expedição comandada pelo capitão Tristão de Araújo Nóbrega explorar a região, com o objetivo de fazer mapas, abrir picadas e descobrir os passos do rio, mas também analisar as possibilidades econômicas daqueles campos perdidos. Foi uma penosa expedição. Levou mais de um ano para chegar ao objetivo, só alcançado na segunda tentativa. Não havia gado, mas encontraram ervais riquíssimos.

Enquanto estava nessa base, Osorio procurou organizar seu partido político, ampliando sua área de influência. Também viajava seguidamente a Corrientes e procurava obter o máximo de informações sobre o Paraguai. Era praticamente impossível, pois o limite para estrangeiros era Itapua, num passo do Rio Paraná, onde se construía uma vila que se chamaria Encarnación. Daí para a frente não havia mais estradas nem trânsito, uma área percorrida unicamente pelas patrulhas militares. Ele se deparava com a dificuldade para entrar no país. Seria como um cego tateando no escuro, ou seja, visibilidade zero.

Enquanto a situação no Paraguai se mantinha estável, desenvolvendo-se no espaço diplomático com a viagem ao Rio de Janeiro do novo ministro do Exterior, José Berges, antigo embaixador em Montevidéu, o caldeirão do Uruguai e da Argentina entrou novamente em ebulição. Em Montevidéu, o presidente Flores convocou eleições, elegendo seu candidato, Manuel Bustamante, mas o novo governo não conseguiu estabilizar-se, levando as forças políticas a um acordo considerado impossível, o Pacto de la Unión, entre facções coloradas e blancas, firmado pelos dois rivais inconciliáveis, Flores e o velho Manuel Oribe. Ao mesmo tempo renasceu o fantasma da anexação à Argentina, proposta pelo líder Juan Carlos Gómez, e reapareceu no cenário, vindo do exílio, o herói oriental de Caseros, o general César Diaz, que se apresentou como candidato, sendo derrotado.

Flores impôs censura à imprensa, proibindo críticas a seu governo. Seguiram-se os atos normais nesses momentos de desmando, com prisões ilegais, banimentos e levantes, inclusive em Montevidéu, obrigando o presidente a retirar-se para o interior. Flores pediu o apoio da Divisão Brasileira, mas tanto o embaixador como o comandante se recusaram, dizendo que o tratado não falava de apoio a nenhuma candidatura. O presidente foi substituído pelo presidente do Senado, Manoel Basílio, até que, com eleições, em novembro, foi eleito e em seguida empossado o novo chefe do Executivo, o presidente Gabriel Pereira. A guerra civil se reinstalou. Em dezembro, o general Francisco Felix declarou-se incompetente para conter a luta armada e retirou a Divisão Auxiliadora do cenário, levando-a de volta para o Rio Grande do Sul.

Na Argentina, recomeçou a disputa entre Buenos Aires e as províncias, que se reuniram em congresso nacional em Santa Fé, mas a capital contestou sua legitimidade e se declarou separada das demais. Esse congresso elegeu Justo Urquiza presidente da Confederação em 25 de abril de 1854, e ele instalou a capital em sua cidade, Paraná. A comunidade internacional, incluindo o Brasil, reconheceu o governo de Urquiza e deu foros a sua capital, isolando, dessa feita, a antiga sede do vice-reinado.

Em Buenos Aires, o líder Valentin Alsina estava à frente do movimento contra o caudilho de Entre Rios. De sua base em São Borja, Osorio observava esses movimentos que estavam desembocando numa guerra civil. Sua preocupação específica era um acordo entre o presidente argentino e o Paraguai, no qual Carlos Lopez comprometia-se a fornecer quatro navios para transporte de tropas caso Urquiza decidisse invadir Buenos Aires. No Rio Grande, mudara o presidente, mas o novo chefe do governo era também um liberal, o barão de Muritiba, que chegara à província recomendado a Osorio pelo senador Cândido Baptista de Oliveira. No Rio, Caxias foi nomeado ministro da Guerra. Não passou muito tempo e Osorio foi promovido a brigadeiro graduado, em 2 de dezembro de 1856.

Enquanto esteve em São Borja, Osorio não só cuidou da possível guerra com o Paraguai, mas tratou de ajudar o desenvolvimento da região. A erva-mate de primeiríssima qualidade descoberta nos Campos das Vacas Brancas foi um dos produtos que mais contribuíram para aumentar a renda na região. Também foi ele quem instalou a primeira escola pública do município, obtendo do governo provincial a verba para a contratação de um professor, que foi selecionado em Porto Alegre pelo jornalista Felipe Nery, redator-chefe do jornal *Correio do Sul.*

Osorio não deixou de se meter em boas brigas, políticas ou não. Uma delas foi a queda de braço com os caciques locais quando ficou vaga a posição de comandante da Guarda Nacional devido à morte do coronel Correia Guimarães. Osorio escolheu um advogado formado na França, Joaquim da Silva Lago, que tinha o posto de capitão, caroneando vários tenentes-coronéis que estavam licenciados. Foi um grande rebuliço. Chegaram a ameaçá-lo de morte, mas ele não recuou, conseguindo que o presidente da província apoiasse seu pleito e o ministro Caxias referendasse a indicação. Estava preocupado porque sua principal força ofensiva seria essa tropa.

Lago tinha se convertido em seu braço direito nessa parte inicial da missão em São Borja, atuando como oficial de ligação com as missões diplomáticas em Corrientes, onde estava a base de operações dos negociadores em Assunção. Tornara-se uma das pessoas do círculo íntimo de Osorio, no qual se destacavam dois franceses: o pároco local, padre Pedro Gay, e o botânico Amado Bompland. Esse naturalista chegara até ele com recomendação do general Urquiza e estava havia um bom tempo realizando pesquisas naquela região de transição geográfica, pois havia selvas, serras e campos de várias configurações, incluindo o pampa.

Bompland fazia parte do grupo de cientistas e artistas europeus que aportaram na América assim que o fim da colonização abriu territórios até então fechados a estrangeiros, especialmente aos homens de conhecimento. O estudo da biodiversidade da região foi para eles uma nova descoberta da América. O que se sabia até então nessa área, nos meios científicos, era praticamente nada. O que chegava à Europa eram os produtos de exportação, nenhum deles de origem americana, e algumas aves exóticas, especialmente os papagaios, que ainda faziam sucesso e que se converteram numa imagem para identificar as Américas. No século XVI, o Brasil chegou a ser conhecido como Terra dos Papagaios. Osorio morria de rir quando Bompland falava nisso:

— Já imaginaste se o nome tivesse vingado e o Brasil se chamasse Papagaio? Que beleza... Pois eles tinham razão. O que mais temos em nossa política são papagaios, que ficam dizendo as mesmas coisas a vida inteira.

Bompland era também uma fonte preciosa de informações, um dos poucos homens que conhecia aquele país, e fora por isso que o general Urquiza o encaminhara a Osorio. Fora para lá em 1832, desobedecendo a uma advertência de que não se aventurasse a entrar sem ser convidado. Crente de que não poderia representar nenhum perigo à segurança de qualquer país, desobedeceu e foi. O presidente Francia o recebeu, deu-lhe atenção, tratou-o com cortesia, mas não permitiu que embarcasse de volta. Poderia ficar fazendo seus estudos, mas nada de voltar.

E assim ficou retido por vinte anos, até que os novos ventos e a pressão internacional, especialmente da diplomacia francesa, que condicionou à liberação do cientista o envio de um cônsul para Assunção, fizeram com que Carlos Lopez permitisse sua saída. Ele foi até Paraná agradecer ao presidente da Confederação, que fora fundamental para convencer o presidente paraguaio, e de lá, por indicação do general, veio para o Brasil, radicando-se em São Borja. Nos tempos de Paraguai conheceu José Artigas, já velhinho, "morando numa casinha, um rancho, de pau a pique, coberta de palha", segundo seu relato. "Também sua casa não era pior do que a da maioria da população, pois num país sem pedras o barro e as palhas são os únicos materiais de construção. Até o presidente da república vive numa casa desse material."

Foi Bompland que contou e depois o padre Gay escreveu o relato que entrou para a história sobre o general em seu retiro, no fim da vida. O fundador do Uruguai independente, depois de derrotado na guerra contra o Brasil, recuou para o território de Missões, indo parar em Candelária, na província de Corrientes; sentindo-se perseguido, passou para o Paraguai, em 23 de setembro de 1820, pedindo asilo político a Francia. De início, ficou internado num mosteiro e depois foi liberado para viver numa chácara, onde passou o resto de seus dias. Dizia o general Mitre que o ditador paraguaio o confinara "à cela de um convento de frades num lugar afastado, onde ele ficou para sempre sepultado vivo". Em São Borja, o cientista contou que Artigas nada sabia da independência e que portanto ofereceu a ele um exemplar da Constituição da República Oriental do Uruguai.

— O homem quase chorou. Ficou marejado e, olhando o livrinho, agradeceu: "*Te doy gracias, Dios mio, por haberme concedido la vida hasta ver mi Pátria libre y constituída.*"

Esse grupo também tinha outro atrativo para Osorio, que era a prática da língua francesa.

Bompland podia lhe repassar informações sobre a geografia e outros dados importantes, mas isso era insuficiente para planejar uma campanha militar. Osorio dizia ao capitão Joaquim da Silva Lago: "Deus queira que tudo se resolva nas mesas dos diplomatas." O capitão fizera várias viagens, estivera em Assunção por alguns dias, certa feita subira o rio até Cuiabá, mas pouco tinha a acrescentar. Qualquer pessoa que desembarcasse em terra era constantemente seguida e acompanhada por um guarda. Na subida do Paraguai até o Mato Grosso não pôde desembarcar e teve de se sujeitar a revistas humilhantes nas escalas, quando o barco era inspecionado de ponta a ponta enquanto os passageiros permaneciam no tombadilho, vigiados por soldados mal-encarados.

Certa vez conseguiu entabular uma curta conversa com um oficial que parecia mais educado, tanto que falava espanhol, mas pouco tirou dele a não ser uma resposta de que não conhecia o exterior, não tinha interesse em viajar e que, mais ainda, era proibido conversar com estrangeiros e saber o que se passava além-fronteiras. Era crime informar-se sobre a vida fora do país. Nem mesmo os poucos marinheiros paraguaios que viajavam até Corrientes podiam comentar sobre seu país ou perguntar ou ouvir sobre a vida na Argentina. Mesmo entendendo o guarani, Lago nunca conseguiu ir além do que se passava nos meios oficiais quando acompanhava a missão diplomática.

Foi nesse clima que Osorio foi chamado a participar das eleições para a Assembleia Provincial pelo barão de Porto Alegre, líder do grupo de Osorio, que apoiava o governo nacional de maioria liberal e o presidente da província, Cansanção Sinimbu, constituindo o que se chamava de grupo antiliga. A liga era uma coalizão entre o Partido Conservador, havia pouco criado na província e relacionado com os antigos caramurus, ou seja, comerciantes portugueses e velhos partidários da restauração de Pedro I e liberais ultralegalistas liderados pelo barão de Quaraí, senador vitalício do império. No lado oposto, a antiliga, estavam os liberais moderados e extremados, tanto legalistas quanto farroupilhas, configurando uma rearrumação gerada pela pacificação de Ponche Verde e que se consolidara na campanha contra Rosas. Girava em torno de Caxias e tinha Osorio como uma das principais figuras de articulação entre os grupos de farroupilhas e antigos legalistas.

Nessa campanha estavam do mesmo lado legalistas como Marques de Souza, Osorio e Caldwell, e farroupilhas como Netto, Canabarro, João Antônio e outros. O marechal queria a todo custo que Osorio aceitasse uma candidatura, mas ele recusou, e o partido decidiu acatá-lo, pois já fora eleito duas vezes e em nenhuma delas tomara posse. Dessa vez preferiu lançar um jovem candidato que muito o impressionara, o jovem advogado Felix Xavier da Cunha, e também José Cândido Gomes. O chefe do partido governista, como era chamado o grupo, porque apoiava o governo nacional e o provincial, era o primo de Caxias, Luís de Oliveira Belo, irmão do tenente-coronel André Belo, herói condecorado em Monte Caseros. O grupo governista elegeu 17 deputados, contra 11 da liga. Os dois nomes apoiados por Osorio foram eleitos.

No ano seguinte a briga foi mais acirrada, pois em setembro de 1856 elegia-se a Assembleia Geral, ou seja, a Câmara de Deputados nacionais. Nessa ocasião, o grupo contou com a adesão ao partido e a candidatura do barão de Mauá, que assim se lançava na política interna rio-grandense, com base política na cidade de Rio Grande.

Nessa eleição, mudou o sistema eleitoral. Introduziu-se o voto distrital, dividindo-se a província em seis distritos. São Borja estava no 5°. Osorio apoiou 15 candidatos nas várias unidades eleitorais. A liga conseguiu fazer um único deputado, o médico Francisco Carlos de Araújo Brusque, pelo 3° distrito. Todos os outros eram do grupo de Osorio: pelo 1° distrito venceu o barão de Porto Alegre, pelo 2° o barão de Mauá, pelo 4° João da Silva Borges Fortes, pelo 5° Antonio Gomes Pinheiro Machado e pelo 6 ° José Bernardino da Cunha Bittencourt.

Nessa campanha política apareceu no cenário rio-grandense o jornalista e primeiro-tenente da marinha José da Costa Azevedo (depois barão de Ladário), redator-chefe do jornal *Povo*, editado em Rio Grande. Ele lançou um manifesto aos gaúchos pregando uma linha política que foi a semente do Partido Republicano Histórico, do qual Osorio foi o principal chefe no Rio Grande do Sul, uma variação do antigo liberalismo exaltado dos farroupilhas republicanos, que ficava entre o republicanismo intransigente e o monarquismo moderado dos liberais progresistas. Um pouco à esquerda, portanto. Azevedo dizia que não havia incompatibilidade entre uma monarquia transitória e o ideal republicano. Reconhecia que o sistema de governo emanado exclusivamente da vontade popular era ainda prematuro; daí a grande instabilidade política dos países que adotavam a república sem estar preparados. Por esse motivo, mesmo na Europa as tentativas republicanas haviam fracassado. O mundo dependia de um amadurecimento, de educação política. A única exceção eram os Estados Unidos da América.

No caso do Brasil, era relevante um imperador de muito bom-senso e que não se deixara envolver por nenhuma das parcialidades. O partido era republicano, porém admitia a monarquia com um rei que não se metesse no governo. Assim mesmo, dom Pedro volta e meia mudava gabinetes à sua vontade, mas essas manobras eram consideradas justas e revelavam uma grande sensibilidade do imperador, pois, como as eleições eram um processo frequentemente viciado, a autoridade moral do monarca promovia a necessária alternância, que era a base da estabilidade política brasileira. Osorio dizia:

— Nós éramos em 1808 um dos países mais atrasados do mundo. Hoje, caminhamos mais rápido que muitos dos nossos vizinhos. O segredo é a estabilidade política.

Osorio devorava os artigos de Azevedo publicados na imprensa da cidade de Rio Grande: Ele parecia bem enfronhado nos progressos da política e na criação de novas teorias para conter o mundo moderno, que surgia com base na indústria e na democracia como forma de absorver toda a população. Esses eram assuntos constantes nas tertúlias da casa do padre Gay. Lago, como recém-chegado da Europa, era o mais esclarecido sobre esses temas. Osorio queria saber do futuro do liberalismo, que diziam estar sendo superado por duas outras propostas: o comunismo e o capitalismo. Lago explicava:

— Pelo capitalismo as pessoas empregam suas economias, digamos assim, em projetos. Por exemplo, de um inventor que criou um objeto ou uma máquina, mas não tem o dinheiro para produzi-la. Pega-se o dinheiro de todos, sem o governo se meter, para produzir. O resultado é dividido entre os investidores. Já o comunismo é bem o contrário: quem manda é o trabalho. Como o senhor sabe, a produção se divide em capital, matéria-prima e trabalho. Cada um produz seu resultado. O do capital é o juro, o da matéria-prima é o lucro e o do trabalho é o que o teórico do comunismo, um anglo-germânico chamado Karl Marx, denomina de mais-valia. Quem tiver o comando do processo se apropria do resultado. No capitalismo, quem ganha é o dono do dinheiro. No comunismo, é o trabalhador. Essa é a teoria.

Então, segundo Marx, há uma luta entre o capital e o trabalho, pois ambos são manejados por pessoas. A matéria-prima é inerte, neutra. É o que ele chama de luta de classes. Essa é a briga.

— Mas se não tem capitalista, de onde vem o dinheiro, o capital?

— Aí entra o Estado. Como o Estado é de todos, o resultado fica para quem trabalha. Ou seja: os governos administram o capital social.

— Bah! Dinheiro sem dono... Isso vai ser para os ladrões comerem com farinha e de colher.

Em março daquele ano Osorio teve uma grande alegria, pois com a volta ao Brasil da Divisão Auxiliadora e sua extinção, o 2º Regimento de Cavalaria foi transferido para São Borja. Com sua unidade ele ficou mais confiante, embora já duvidasse de uma guerra contra o Paraguai. As negociações diplomáticas avançavam, segundo lhe contava Lago, que acompanhara o ministro Silva Paranhos a Assunção. Ele conseguira desvincular duas questões: a de limites e a da navegação. Já havia um consenso mundial de que os rios internacionais seriam franqueados a todos os países, para barcos mercantes ou de guerra, e o governo de Assunção teria de acatar essa disposição. Dizia que Paranhos esgrimia essa arma com cautela. O Brasil tinha problema idêntico ao dos paraguaios no norte, pois seus rios amazônicos eram, na maior parte, águas internacionais.

Houve também uma reforma militar, com a redistribuição das forças armadas em cinco brigadas, uma delas com sede em São Borja, sob o comando de Osorio. Chamava atenção ainda a ousadia de Caxias, que estava no ministério da Guerra, de nomear o antigo comandante em chefe da República, Davi Canabarro, comandante da fronteira do Quaraí/Alegrete.

Em dezembro, Osorio foi promovido a brigadeiro. No ano seguinte, foi uma vez mais transferido, cabendo-lhe a fronteira de Jaguarão. Aí mergulhou de cabeça na luta política do Rio Grande do Sul.

CAPÍTULO 65

O Casaco de General

MAL PREGARA OS bordados de general na gola da túnica, Osorio entrou numa zona de turbulência desconhecida. O general Antônio de Souza Netto, seu velho amigo, comentou com ele: "Coronel é coronel; general é general." Caxias, que já era general havia 20 anos, tinha dito quando lhe dera a notícia de sua promoção a brigadeiro: "Meu amigo, Vossa Senhoria está entrando nas águas do Cabo da Boa Esperança, dantes conhecido como Cabo das Tormentas. Terá cruzado essa turbulência só quando se reformar e não tiver mais mando. Prepare-se para a vida de general com boa dose de calma, paciência e muito tino."

Em São Borja, onde recebeu a notícia por um aviso do Ministério da Guerra, conversou sobre isso com os dois amigos mais íntimos, o cônego Gay (que fora promovido recentemente por um ato da Santa Sé) e o naturalista Bompland. Osorio leu o recado que recebera do amigo, a quem creditava sua promoção, pois Caxias desde o início do ano ocupava o Ministério da Guerra no gabinete do marquês do Paraná, o nome nobiliárquico de seu antigo conhecido das liças platinas, senador Hermeto Carneiro Leão. O cônego francês riu-se divertido, dando certa razão ao ministro. Caxias já conhecia tão bem o coronel para antever que ele seria como o patinho feio da fábula num ninho de cobras.

— Um general é um general, brigadeiro; vou ter de me acostumar com o novo título, pois me acostumei a chamá-lo de coronel. Um general é como um cardeal da Igreja. Detém toda a linha hierárquica nos seus bordados. O cardeal ainda é um padre, que pode ser comparado a um soldado; ainda é um oficial comandante de tropa, assim como continua sendo um bispo, um pastor. Mas os bordados que o senhor vai botar na sua manga equivalem à púrpura dos dignitários. É o mundo dos príncipes. Aconselho-o a ler as crônicas do Vaticano, muitas delas maldosas, mas com muito de verdade. Se quiser, posso lhe emprestar alguns livros, mas nunca diga a ninguém que são meus, pois são obras proibidas pelo índex. Lê-los é um pecado que todo servidor da Igreja deve cometer. É o lado terreno da administração da Chave do Céu.

Osorio tinha uma autocrítica acurada o suficiente para perceber que boa parte de seus problemas na carreira vinha de sua concepção de cidadania. Ele via o militar num regime democrático sob dois aspectos: os deveres de obediência cega como soldado e a independência nos posicionamentos nas questões da vida civil.

— Pátria e governo não são a mesma coisa. Devo obedecer sem discutir às ordens do governo, mas isso não implica que eu pense ou haja como cidadão de acordo com as conveniências dos governantes.

O francês Bompland, que nos 20 anos de América do Sul aprendera como no Novo Mundo republicano o poder político era derivado do poder da força, e como isso era usado pelos indivíduos em favor próprio ou de seus aliados, também tinha sua opinião:

— Pois é, coronel, o senhor pensa diferente. Vossos países somente terão paz no dia em que os militares pensarem e agirem como o senhor, separando o soldado do eleitor. É difícil entender como e por que o senhor age dessa maneira. Gera desconfianças.

Osorio reconhecia que sua carreira fora prejudicada por essa maneira de ser e de ver, mas também se conformava:

— Sou assim. Mas, da maneira como o senhor me fala, estaria mais certo do que errado.

As coisas começaram a mudar quando seus adversários políticos perceberam que aquele coronel durão era mais do que apenas uma figura popular. Atribuíam seu desempenho político a sua força nas bases, tanto entre os eleitores de primeiro grau como entre os delegados do colégio, que faziam dele nada mais do que um poderoso cabo eleitoral. Viram que Osorio tinha conexões e que sua aliança com Caxias era um perigo às lideranças estabelecidas. Os integrantes da liga ficaram assustados quando o governo do Rio de Janeiro mandou devolver a Osorio o 2º Regimento de Cavalaria Ligeira, transferindo-o para São Borja com todos os seus integrantes: do coronel ao recruta mais novato. Normalmente, quando se transferia uma unidade, remanejava-se apenas o efetivo, pois cada batalhão ou regimento era criado por lei. Portanto, mandar todos, ainda mais uma unidade que tinha verdadeira adoração por seu comandante, que lhe era de uma fidelidade total, com suas armas e bagagens, era uma demonstração de prestígio sem precedentes. Essa fora uma promessa que havia sido feita quando o mandaram para a fronteira das Missões, tão logo o 2º RC fosse dispensado da Divisão Auxiliadora no Uruguai. Dizia-se que aquilo fora uma simples fase, um cala-boca. Entretanto, quando o regimento ganhou a estrada, viu-se que o acordo era para valer.

Osorio era o portador de uma distinção que vinha desde quando era um simples tenente e Bento Manoel Ribeiro incluíra seu nome entre os destinatários de uma carta pedindo seu apoio ao governo do presidente Araújo Ribeiro, no início da Guerra dos Farrapos. Desde então, todos os novos presidentes escreviam-lhe pedindo cooperação e expondo seus projetos, o que servia como um gesto de boa vontade a toda a oficialidade da província, apenas um gesto simbólico que ele recebia com humildade e agradecia com os bons votos. Isso não era considerado um fator de poder político. Quando foi remanejado de Montevidéu para São Borja, espalhou-se que sua transferência fora uma espécie de punição. Ele próprio dizia-se "desterrado", não do Brasil ou do Rio Grande, mas de seu regimento e da linha de frente. Depois se demonstrou que o verdadeiro ponto de tensão e de emprego efetivo do poder de dissuasão estava ali, ante os problemas com o Paraguai.

Mais tarde, no grande incidente de cunho político, ele também não fora levado muito a sério quando recusara os nomes dos candidatos a comandante da Guarda Nacional, caroneando todos os tenentes-coronéis para dar o cargo ao capitão Lago. Nesse episódio, agiu como era de seu feitio, batendo duro nos outros candidatos. O presidente, o barão de Muritiba, pediu-lhe provas das acusações que fazia e ele respondeu por escrito: "Conheço-os a todos: um é analfabeto... sabe apenas assinar o nome; dois vivem do jogo; este pusilânime deu parte de doente a fim de não marchar para a guerra; aquele é réu; este demasiado indolente... só cuida de sua vida privada; outro tem três processos de responsabilidade." O barão nomeou o candidato de Osorio, preterindo os nomes apresentados pelo sistema político, como era norma na Guarda, e descontentando profundamente o barão de Porto Alegre, que defendia o nome do coronel Fernandes Lima. Assim, quando recebeu seu regimento, preparou-se um ataque mortal contra ele. O nome designado foi o de seu arqui-inimigo, o senador barão de Quaraí, Pedro Chaves, chefe da liga do Rio Grande do Sul.

Quaraí fez um discurso violento no Senado, que alcançou seu objetivo, levando Osorio às primeiras páginas dos jornais na corte. As acusações eram de todos os tipos, desde deslealdade ao exército até intromissão na política interna do Uruguai e ainda desvio de dinheiro da Caixa Econômica do regimento. Quando Osorio tomou conhecimento da crise, estando em São Borja, o assunto já tinha pegado fogo, constituindo-se numa grande polêmica, que no fundo expressava a cisão no Rio Grande do Sul. O primeiro a sair em sua defesa foi o deputado João Jacinto de Mendonça, logo seguido pelo barão de Porto Alegre, que era o grande adversário de Pedro Chaves, e depois pelo senador Cândido Baptista de Oliveira.

Ao ler as acusações, Osorio tratou de se defender, enviando uma longa carta à imprensa, publicada no *Correio do Sul*, de Porto Alegre, e no *Diário do Rio de Janeiro*, dizendo que não responderia a tais "insultos" se a viperina tivesse sido lida apenas no Rio Grande do Sul, "onde ambos somos bem conhecidos". Só contestava porque extrapolara os limites da província. Foi a estreia de Osorio na política nacional. Além do texto, em que atribuía os ataques às derrotas eleitorais da liga, enviou um maço de documentos comprovando que as acusações eram falsas. Com a palavra, comandantes e gestores dos dinheiros das caixas militares e até uma carta do presidente do Uruguai, o general Venâncio Flores, desmentindo que Osorio tivesse se imiscuído nos assuntos internos de seu país. O resultado foi que o barão teve de se calar e, no fim daquele ano, Osorio foi desagravado ao ganhar os bordados de general.

Osorio ficou satisfeito com o resultado final da polêmica, mas uma dúvida permaneceu. Alegando não estar presente para confirmar ou negar as acusações, o senador do Rio Grande, o marquês de Caxias, presente à sessão em que Quaraí pronunciara seu discurso, limitou-se a um aparte para referir-se a um dos acusados no contexto, o deputado Luís de Oliveira Belo: "Esse meu parente tem sido sempre deputado pela sua província; e demais, quando entrei para o ministério já essas forças achavam-se onde se acham." Foi uma defesa fria, quase evasiva, pois ele próprio era acusado de pedir a Osorio proteção ao primo. Quaraí também atacava violentamente o líder político de Santana, o brigadeiro Davi Canabarro, chamando-o de "sultão", no sentido de homem cruel e despótico, como um dos aliados do coronel.

Nesse meio-tempo, houve grandes mudanças no governo nacional. Hermeto Carneiro Leão falecera subitamente e fora substituído em caráter interino pelo marquês de Caxias, logo sucedido pelo político conservador Pedro de Araújo Lima, o marquês de Olinda, que deu continuidade à coalizão de conciliação. Isso mudou o governo no Rio Grande do Sul. Tamanho era o antagonismo entre as forças políticas regionais que o imperador decidiu enviar para Porto Alegre um político de corte liberal, porém absolutamente alheio às disputas partidárias. O nome escolhido foi o do político baiano Ângelo Muniz da Silva Ferraz. Ele assumiu a presidência da província com as boas graças de todas as correntes políticas, enviando a tradicional carta a Osorio, a qual garantia que manteria em sua administração a política de conciliação do governo nacional.

Uma de suas primeiras providências foi compor um Exército de Observação, força de intervenção rápida que ficaria com base às margens do Rio Ibicuí, na fronteira argentina, para sustentar as difíceis negociações que o chanceler Silva Paranhos desenvolvia com o Paraguai. Essa era uma matéria que Osorio dominava, embora a grande unidade fosse comandada por seu desafeto, o general Francisco Felix.

A Osorio tocou o comando da 1ª Brigada de Cavalaria, que seria integrada pelo 2º RC. Além dele, outros oficiais de sua corrente, ambos farroupilhas, faziam parte da unidade, os coronéis Davi Canabarro, comandante da 3ª Divisão, e José Gomes Portinho, comandante da 2ª Brigada da 3ª Divisão. Também integrava a força a 2ª Brigada da 2ª Divisão, comandada pelo flamante coronel José Victor de Melo e Albuquerque, o mesmo que comandara o batalhão de infantaria embarcado na esquadra do almirante Pereira para ameaçar o Paraguai. José Vítor tinha bons conhecimentos sobre as particularidades de defesa daquele país.

No palácio, em Porto Alegre, dizia-se que Osorio refugaria o posto, alegando doença, pois estava muito bem estabelecido em São Borja e não trocaria essa posição por um pequeno comando em unidade dirigida por desafeto. Ao receber a incumbência, porém, Osorio montou e partiu. Já estava prevenido, e via aí não só o objetivo de tirá-lo de uma região onde se constituíra numa barreira para as manobras políticas. Iriam também remover seu regimento, que era uma força considerável a dar-lhe poderio militar. Se ele se recusasse a partir, iria somente o 2º RC, deixando-o com a fraca Guarda Nacional do município. Para surpresa geral ele partiu, decidido. Mal chegando ao acampamento, o Exército de Observação foi extinto, pois passara o perigo de um confronto naquela região. Finda a missão, foi nomeado para comandar a fronteira de Jaguarão, na zona sul, uma área naquele momento pacífica e sem forças consideráveis. Também se imaginava que abdicaria da designação. Mais uma vez, frustrou seus antagonistas, aceitando o encargo.

Osorio percebia, mas não dava o braço a torcer. Assim seus adversários não encontravam por onde pegá-lo, enquanto seus aliados mostravam o óbvio a todo mundo. Caxias, já então o homem mais ilustre do país, com títulos eméritos como o de Pacificador, tendo ocupado cargos do mais alto nível no Executivo como chefe do gabinete, ministro da Guerra e, embora afastado do serviço ativo do Exército, principal conselheiro do imperador nessa área, escreveu-lhe dando apoio. Recomendava que tomasse cuidado, porque tal medida certamente era parte de um plano para prejudicá-lo, forçando-o a um pedido de reforma.

Dizia o conde: "A respeito das maroteiras praticadas aí com a sua pessoa, tirando-lhe o comando do seu regimento e mesmo de uma brigada do Exército para lhe dar o comando de uma fronteira sem importância na atualidade, não posso aconselhar senão que tenha mais um pouco de resignação, porque estou certo de que o presidente da província isso não praticou sem prévio acordo com o ministro da Guerra." Depois vaticinou que o atual governo não teria vida longa e que o novo deveria conter "mais alguns amigos seus e meus". Osorio, então, engoliu em seco e deixou o tempo passar, sempre prestando atenção aos acontecimentos no Prata, pois se alguma coisa ocorresse certamente ele estaria na primeira linha de fogo. Essa transferência teve mais um inconveniente: um comandante de fronteira ganhava menos que um oficial nas fileiras.

Aquela fronteira não estava tão tranquila assim. Pouco antes de ele assumir, em 18 de janeiro, estourara uma rebelião contra o governo colorado do presidente Gabriel Pereira, liderada pelo coronel Brígido Silveira, que em rápidas manobras alcançou os subúrbios de Montevidéu. Aí assumiu o comando das operações o general uruguaio mais famoso da época, César Diaz, que fora o comandante da infantaria oriental na Batalha de Monte Caseros. Pereira, um político duro e decidido, distribuiu armas à população da cidade, rechaçando o assalto, e logo contra-atacou com um Corpo de Exército sob o comando do general Medina, batendo os rebeldes em Cagancha.

As tropas de Diaz recuaram para o Passo do Quinteros, sobre o Rio Negro e, cercadas, decidiram render-se para evitar um banho de sangue. No entanto, o Cone Sul foi surpreendido pelo massacre de toda a liderança blanca, incluindo a de Diaz, por ordens expressas do presidente. Foi tão grande o espanto que o governo de Pereira não resistiu, embora tivesse vencido pelas armas. A desordem generalizou-se, com a volta de grupos armados, sem controle, que tiveram de ser contidos pelas forças brasileiras assim que Osorio tomou posse, em abril daquele ano.

Ferraz era um político astuto para o padrão médio dos homens públicos do Rio Grande do Sul, onde se praticava o jogo do poder de peito aberto, conforme a origem desses quadros, geralmente do sistema militar, sem muita sofisticação intelectual, ou dos cursos superiores das grandes cidades — Rio, São Paulo, Salvador ou Recife. Eram filhos de pais abastados mas de pouca instrução. Para um homem cevado no ambiente baiano, tradicional e adestrado havia gerações no trato da coisa pública, era como brigar de tapa contra um cego. Assim, não teve dificuldades para armar suas arapucas. Fizera um movimento em falso, denunciando a si próprio, quando quis elogiar Osorio, numa carta que lhe escrevera em dezembro, por ter aceitado sua remoção de São Borja. Nessa correspondência, deixava escapar que esperava por sua recusa ao comando da Brigada no Exército de Observação, pois ficara sabendo que "daria parte de doente": "Tão desagradável notícia não deixou, por certo, de entristecer-me por ver a grande falta que ao Exército devia fazer tal sucesso. Felizmente, porém, a carta de V. Exª veio tranquilizar-me e ainda mais a tornar mais sólida a confiança que sempre depositei em sua pessoa." Estava exposta a intriga.

Não demorou muito e veio outra tentativa, dessa vez de envolver Osorio num complô militar contra a oposição. Osorio já estava sabendo do descontentamento entre seus correligionários com os atos do novo presidente, que a propósito de reorganizar a administração desmantelava inteiramente a máquina montada pelo barão de Muritiba, totalmente contrária à liga. O jornal controlado pelo deputado Oliveira Belo, O *Mercantil*, de Porto Alegre, abriu baterias contra o governo provincial. Ferraz escreveu aos chefes militares, entre eles Osorio, denunciando a emergência de uma oposição, o que estaria indo de encontro ao "programa de conciliação do atual governo e recomendado pelo meu Augusto Amo", e anunciando os nomes dos aliados de Osorio, Felix Xavier da Cunha e José Cândido Gomes, além de citar os deputados nacionais Oliveira Belo e Luís de Freitas e Castro.

Desejando isolar o grupo dissidente, o barão de Porto Alegre articulou um manifesto militar condenando veementemente essas ações, colhendo as assinaturas de todos os oficiais generais e comandantes de grandes unidades da província. O documento era uma bomba: a primeira assinatura era do tenente-general barão de Porto Alegre, seguida pela do tenente-general Santos Pereira, dos marechais de campo Frederico Caldwell e Francisco Felix, dos brigadeiros Lima e Silva,

Bittencourt, Santos Pereira, João Propício Mena Barreto e José Egídio Gordilho de Barbuda (visconde de Camamu), dos coronéis Portinho, Canabarro, Vicente e outros. Quando o documento chegou às suas mãos, Osorio recusou-se a assiná-lo. Procurou o barão de Porto Alegre e explicou seus motivos, enumerando caso a caso as perseguições, preterições e demissões de seus amigos e fazendo duras críticas ao presidente, ressalvando, contudo, que não tornaria públicas essas reclamações.

Porto Alegre não gostou. Mais ainda, mostrou-se furioso, retirando-se abruptamente da reunião, pois percebeu, de imediato, que a falta dessa adesão comprometeria irrecuperavelmente o documento, não só pela defecção de um general como pelo fato de Osorio ser muito próximo a Caxias. Como o princípio era de que, se não fosse a favor, era estar contra, Osorio, não estando Caxias, também estaria fora. Sem o marquês o documento não valia nada. Sem Osorio ficava evidente a manipulação. O Rio de Janeiro não só desprezou o manifesto de Porto Alegre como criticou asperamente seus signatários, numa repercussão em que os mais generosos qualificaram o grupo de generais gaúchos de ingênuos que se haviam deixado levar pelo hábil baiano.

O governador saiu-se muito mal dessa segunda empreitada contra Osorio. A primeira aconteceu durante a transferência: tão grande foi a receptividade em Jaguarão que a liga ficou praticamente sem eleitores naquela cidade. No episódio do manifesto militar ainda sobrou para Osorio dar ao Brasil duas lições de comportamento politicamente correto para militares, que passaram a ser um guia para a classe fardada, embora por vezes esquecida. Na primeira, respondendo a Ferraz sobre os movimentos da oposição a seu governo, declarou: "Eu sou soldado; não faço oposição ao governo do qual V. Exª é delegado e por esta mesma razão sustento a administração sem prejuízo de cada cidadão que possa ter direito a queixar-se; e também como soldado não quero nem julgo conveniente emaranhar-me em assuntos administrativos."

Assim que saiu o manifesto, o presidente interpelou-o, perguntando por que não assinara o documento. Ele explicou: "Não assinei esse papel porque o exército que tivesse o direito de aprovar as qualidades do seu governo o teria também para reprovar; e eu não desejo ao exército de 1858 a sorte e o crédito de 1830 e 1831." Essa alusão à desastrada participação do exército e dos militares de Primeira Linha no processo da derrocada do primeiro império botou o estamento em alerta, temendo ser outra vez vítima da ira nacional que levara a sua quase extinção naquela época e que fizera com que só retomasse seu bom nome agora, depois de suas participações disciplinadas nos eventos do Prata. Aos poucos, o movimento do barão de Porto Alegre foi ganhando impopularidade nos meios castrenses e passou a ser considerado um ato isolado, pois não fora precedido de uma consulta com a amplitude necessária para ver o grau de aceitação a que um gesto dessa hierarquia fosse levado a cabo para dar cobertura a um político. Sofreu todo tipo de crítica até se esvaziar completamente e, logo em seguida, assinaturas começaram a ser retiradas, como as dos coronéis Canabarro, Portinho e Vitorino.

Ferraz, entretanto, não se entregou. Urdiu nova trama, conseguindo que o ministro da Guerra, o visconde de Camamu, chamasse Osorio para um posto fora da província. O plano era levá-lo para longe e depois esmagar seu partido político. Na verdade, não era um partido no sentido moderno. Naquele tempo recém-começavam a se esboçar os fundamentos da organização da massa de eleitores no sistema europeu. Os partidos passavam a ser não apenas agrupamentos mais ou menos informais, convertendo-se em organismos vivos, pautados por um programa e com interferência direta não só no processo eleitoral, mas agindo como um bloco consistente nos parlamentos.

A trama se iniciou numa tarde no palácio do governo, em Porto Alegre. O visconde de Camamu estava no Rio Grande do Sul, de partida para o Rio, indo se despedir do presidente. Na conversa, o visconde lembrou que havia um bom posto vago no centro do país, de inspetor das cavalarias. Ferraz estimulou Camamu a convidar Osorio, sugerindo que lhe escrevesse dizendo que iria propor seu nome para a comissão.

Camamu escreveu a Osorio propondo-lhe que aceitasse o cargo de inspetor das Cavalarias do Norte, que tinha jurisdição sobre o 1º Regimento de Cavalaria da Corte e sobre outra unidade com base em Pernambuco. A proposta pouco falava nas necessidades do exército, mas oferecia vida boa ao brigadeiro e a possibilidade de radicar-se definitivamente no Rio de Janeiro. Uma das vantagens seria que seu filho Fernando, já em idade escolar, poderia ser matriculado no Colégio Pedro II, o melhor do país. Pedia a autorização para nomeá-lo, mas não esperou pela resposta e já os jornais publicavam o ato designando-o para o novo posto. Osorio achou aquilo um escândalo, mas viu que não teria outra saída. Era coisa resolvida.

Foi exatamente o que aconteceu. A nomeação saiu no dia 10 de novembro. Alguns dias depois, recebeu uma ordem do comandante de armas, o general Caldwell, com data de 15 de novembro, mandando que se apresentasse ao Ministério da Guerra para assumir o novo posto. Então viajou ao Arapeí, apartou gado na Estância Cruzeiro, para apurar algum dinheiro, levou a família para Pelotas, onde havia comprado uma residência, e partiu para o Rio.

Foi uma sábia medida levantar algum dinheiro, pois o comando não lhe mandou recursos para a viagem, procurando criar um impasse e levar a situação para um mal-entendido que poderia ser confundido com indisciplina. Osorio comprou passagem para si e para sua ordenança, o soldado Marcelino Bety. Chegando ao Rio, foi hospedar-se na casa do senador Cândido Baptista e logo se apresentou ao ministro, não sem antes enviar uma correspondência com as notas fiscais de suas despesas, pedindo reembolso. Ficou evidente a embrulhada. A desfeita teve grande repercussão negativa.

Dom Pedro ficou preocupadíssimo, pois as manobras de seu presidente provincial estavam causando uma cisão nos meios militares, o tipo de problema que nenhum soberano gosta de ter pela frente. Caxias informou-o em detalhes de tudo o que acontecia. O imperador mandou chamar Osorio. A essa altura já havia mudado o ministro da Guerra. Camamu caíra com o gabinete do marquês de Olinda, substituído em 12 de dezembro pelo ministério chefiado pelo visconde de Abaeté, passando o cargo a Manoel Felizardo de Souza e Melo. Caxias estava em São Cristóvão com o imperador esperando o oficial gaúcho. Dom Pedro foi logo dizendo:

— Sei que não estás satisfeito por lhe haverem afastado da tua terra. Os senhores rio-grandenses são muito agarrados à sua província. Deixa estar que não vai a Pernambuco.

— Noutra parte deve Vossa Majestade procurar o motivo do meu desgosto, e não no amor que voto à minha terra. Como soldado da nação e como brasileiro tanto amo o Rio Grande quanto o Amazonas e todas as províncias do império, indistintamente. Em objeto de serviço da minha profissão irei até onde mandar o governo. O motivo do meu desgosto encontraria Vossa Majestade em como fui tratado. Deportaram-me por não ter querido subscrever um papel que a minha dignidade repelia.

— Já sei... Já sei... O Protesto Militar de apoio ao senhor Ferraz, não é verdade? Fez bem em não subscrever; aquilo foi uma imprudência... Diga-me: quando pretende iniciar a inspeção?

— Já, senhor.

— Olhe... Quanto mais depressa melhor; mais cedo voltará à sua província.

Aquela recepção de dom Pedro, e o tom formal que tomou, foi um balde de água fria nas fofocas. Os integrantes da liga, especialmente o senador barão de Quaraí, espumavam. Osorio saiu do Palácio da Boa Vista eufórico. As palavras do imperador não deixavam dúvidas de que seu comportamento fora aprovado pelo monarca. O que se justificava: na América do Sul, generais que não pensam em derrubar um presidente são poucos. Osorio era o tipo de militar de que um país civilizado precisava. Todos tiveram de se calar. Era um recado do trono.

Osorio via objetivo dúbio num trecho da carta de Camamu em que o convidava para ir ao Rio: "Uma glória ser tirado da costa do arroio para um lugar de confiança. Esta escolha iria mortificar certas pessoas." Ironicamente, foi exatamente o que aconteceu. Osorio saiu da costa do Rio Jaguarão, o "Arroio" de Camamu, e fez sua primeira viagem para fora do Rio Grande do Sul. Isso realmente mortificou muita gente. Quando chegaram as notícias vindas da corte, glorificando Osorio e contando de suas andanças pelos salões, os lustres do palácio do governo gaúcho tremeram com a energia das emissões da raiva de Porto Alegre e Ferraz, os dois articuladores da fracassada deportação. Pior que logo se ficou sabendo que brevemente ele estaria de volta ao Rio Grande, a tempo de participar das eleições.

Osorio circulava pela cidade da corte deslumbrado. Antes só conhecera a vida urbana de Montevidéu e Porto Alegre, e a capital uruguaia era uma cidade de aspecto lamentável, semidestruída por bombardeios e empestada pela insalubridade da vida sob sítio. Estivera em Buenos Aires uma vez, por poucos dias, mas não pôde desfrutá-la, ainda fumegando dos incêndios do grande saque dos rosistas. No Rio via uma cidade inteira, em pleno vigor, com pessoas saudáveis, roupas modernas, mulheres lindas e o viço de uma sociedade em crescimento econômico acelerado.

Osorio foi a grande estrela social nos meses que passou no Rio. Era um prato de luxo para o lado frívolo da cidade. A receita era perfeita para ser festejado por todo o chamado *grand monde* do Rio de Janeiro, aquele espaço da corte em que se misturam políticos, ricos, intelectuais, artistas e os inevitáveis *bon vivants*. Havia uma significativa presença feminina em todos os segmentos da inteligência, da beleza, da riqueza e da vagabundagem, evidentemente. E até do poder, com suas rainhas, princesas, camareiras reais e outros cargos reservados com exclusividade às mulheres no centro daquele mundo que era o palácio imperial.

Uma camareira da imperatriz era mais poderosa e tinha mais acesso ao poder efetivo do que seu marido barão que não estivesse no governo ou no Exército. Essas mulheres eram escolhidas a dedo entre a alta nobreza, pois deveriam ter conteúdo intelectual e de refinamento. O espírito era algo de grande valor. Algumas delas viravam a cabeça dos cortesãos. Daí para baixo, era esse o tom de uma corte, pois o Brasil herdara de dom João VI uma porção da infraestrutura do Estado. Era uma corte europeia, que tinha como grande diferença a miscigenação nacional, com seus barões e suas baronesas mulatos ou pretos.

Osorio passou pela corte como um cometa brilhante. Tinha todos os ingredientes: boa aparência, considerada excepcional para sua idade, com um físico enxuto num cenário de obesidade. Sua pele branquíssima era valorizada, sua altura destacada, pois não era grande demais, mas de bom porte, ereto, voz forte, bom cantor e declamador de dicção claríssima. Sua fama era outro atrativo poderoso e todos queriam conhecê-lo. Diziam que era rico, valente, o grande guerreiro, uma mistura fascinante para os homens e irresistível para as mulheres. Surpreendeu os salões por seu domínio razoável da língua francesa, um requisito básico para os bem-nascidos. Os líderes rio-grandenses o exibiam como uma ave rara.

Todos os dias desfilavam as mais altas figuras da corte pelo salão do senador Cândido Baptista. Tê-lo como conviva numa festa era uma glória para os anfitriões. Tudo isso, evidentemente, porque estava nas boas graças do imperador e prestigiado pelo governo. Seus adversários se torciam de inveja e raiva, mas tiveram de se recolher em suas críticas e ataques, pois a imprensa falava dele todos os dias, suas tiradas de prosa viravam voz corrente e, principalmente, era assíduo na Quinta da Boa Vista. Depois daquela recepção formal, na frente do ministro da Guerra, os outros encontros foram informais, divertidos e também muito importantes. O imperador ouvia muito do que o brigadeiro tinha a dizer.

Osorio ficou agradavelmente surpreso com dom Pedro, que via 15 anos depois do encontro no Rio Grande do Sul. Não era mais aquele jovem que conhecera em 1845, que cavalgara pelos pampas. Agora o imperador era um homem contido, parecendo cioso, com jeito de rei. Lembrava-se daqueles momentos como se fosse um idoso recordando a juventude. Seus assuntos preferidos eram a política internacional e, especialmente, as questões do Prata. Osorio constrangia-se, mas dom Pedro estimulava-o a dar suas opiniões pessoais.

— Você conhece as pessoas, brigadeiro. Isso vale muito. Os meus ministros sabem mais das posições políticas de nossos interlocutores, dos seus negócios e das suas fraquezas. Você me conta como são os seus humores.

Osorio lhe falava de Urquiza, de Mitre, de Flores, do gordo Lopez com grande desembaraço.

— Esse Carlos Lopez nunca vi, mas dizem que parece uma estátua de um Buda chinês: gordo e mudo.

Diferentemente de muitos de seus assessores nessa área, homens formados nas universidades europeias, conhecedores do exterior, Osorio sabia das coisas do mundo por viver num espaço genuinamente internacional que era a guerra. Além dos conflitos serem o ponto mais tenso da política entre as nações, os exércitos eram integrados por gente do mundo inteiro, mercenários, voluntários ou técnicos de várias origens. Essa convivência era uma base fantástica para entender a dança do poder entre as nações. E nesse mundo ele tinha vivido desde criança.

Numa dessas tardes dom Pedro perguntou-lhe como andava a inspeção do 1º Regimento de Cavalaria. Osorio falou-lhe um pouco do relatório que estava compondo, mas percebeu que a pergunta demandava outra resposta e calou-se.

— Pois acelere esse trabalho, porque o quero de volta no Rio Grande. Vou lhe contar um segredo diplomático: nosso ministro em Washington acredita que não demora muito e os Estados Unidos vão fazer alguma coisa séria aqui na América do Sul. Aquela briga com os paraguaios está produzindo muito barulho na América do Norte e o presidente James Buchanan está sendo desafiado a tomar uma providência. Na sua opinião, o que pode acontecer no Prata se os americanos se meterem com uma força militar por lá?

Ele pegou Osorio de surpresa. Nunca havia pensado nisso. Precisou puxar do fundo da memória o que sabia dos norte-americanos naquelas paragens, pois nunca lhe passara pela cabeça que alguma coisa nesse sentido pudesse estar ocorrendo. Lembrou-se de que havia muitos americanos circulando no Paraguai negociando com madeira e algodão. Nos últimos anos, essa planta havia sido introduzida na região, primeiro em Entre Rios e logo depois no Paraguai, pois havia grande demanda da indústria britânica, que tinha nessa matéria-prima a base de sua indústria têxtil. O Brasil mesmo estava forte no negócio, com plantações no Maranhão, no Rio Grande do Norte e em menor volume nas demais províncias nordestinas.

Soubera também que havia algumas pendências com os paraguaios e que o forte de Itapiru, perto de Corrientes, disparara uns canhonaços de advertências a um barco americano que se aproximara da costa. Fora isso, nada mais. Dom Pedro explicou:

— Os americanos tiveram alguns problemas no Paraguai e foram postos de lá para fora pelo governo.

O embaixador deles em Assunção, Edward Hopkins, foi virtualmente expulso do país. A tensão chegou a um ponto em que o imperador considerava iminente o conflito, pois o presidente tinha tantos problemas internos que a melhor saída seria mandar uma expedição punitiva. Osorio ficou perplexo:

— Mas como fará isso, majestade? O Paraguai fica lá no meio do continente. Terá de passar pela Argentina, pelo Uruguai... Isso vai ser um quilombo, como dizem os argentinos.

— Temos de nos preparar. Não sabemos como tudo pode acabar. Se de fato os americanos forçarem, pode-se criar uma situação muito grave lá no sul, pois as grandes potências europeias vão acabar se metendo. Uma coisa somos nós; outra são os americanos.

— Pois já tivemos aquele caso com os franceses e ingleses que entraram pelo Paraná mas levaram uma surra do Rosas e voltaram de mãos vazias. Será que os americanos não sabem disso? E contra o pobre do Paraguai? É uma loucura. Pelo que sei, vão ter um enorme problema.

— O Paraguai teria condições de resistir?

— Sim, majestade. Eles estão construindo uma fortificação no Rio Paraguai, logo acima de Corrientes, que não será fácil de ultrapassar, a não ser por forças muito poderosas.

— O que você sabe disso?

— Mandei um relatório para o Ministério da Guerra. Não sei muito porque ninguém entra lá e quem vai não volta, mas eles construíram grandes barcaças de madeira que levam pedras do Alto Paraná para Humaitá, onde estão construindo o forte. Essas barcas podem também ser bases flutuantes para artilharia. Humaitá já é uma fortificação. O doutor Paranhos esteve lá e viu a movimentação militar. O comandante é o próprio filho do presidente, o marechal Solano.

— Lembro-me disso. Quando o ministro Paranhos esteve lá negociando a navegação do rio, eles o desembarcaram em Humaitá e fizeram uma demonstração de artilharia. Ele ficou furioso, considerou aquela demonstração de força uma palhaçada. Você acha que essa guarnição pode deter uma esquadra?

— Não sei, pois pouco entendo de navios. Mas o que sei é que ali há muitos canhões, uma fortaleza de pedra que mesmo que não esteja completa já pode atuar. Botaram correntes com grampos no rio que não só impediriam os navios de passar como furariam os cascos de barcos de madeira. Quando a nossa esquadra do chefe Pedro Ferreira de Oliveira os ameaçou em 1853, eles não tinham nada com que se defender. Tiveram de mudar a guarnição de Paso de Patria para Humaitá e improvisar uma defesa de costa. Agora já evoluíram muito, pois veem que seu ponto fraco é a possibilidade de seus inimigos chegarem a Assunção. Como o senhor sabe, o Paraguai resume-se ao entorno da capital. O resto é banhado e mato.

— Pois é isso o que eu temo. A nossa esquadra tinha um objetivo muito limitado. Poderia ter chegado a Assunção, mas preferimos ficar só naquela demonstração. E se os americanos resolverem ir até o fim? E se acontecer um desastre? Temos de estar atentos. Vou precisar de você no Sul antes que os acontecimentos se precipitem. O que acha que os argentinos farão?

— Não dá para prever. Eles estão cindidos. Buenos Aires separou-se da Confederação. Não vejo como se resolver a questão da Argentina enquanto não houver um enfrentamento entre o Mitre e o Urquiza. O curioso, porém, é que ambos lutam pela mesma coisa: a unificação do país sob um governo nacional. Mas nenhum dos dois conseguiu harmonizar Buenos Aires com as demais províncias. Essa é a grande questão. Se os americanos subirem o Paraná, vão ter de passar por Urquiza, que é o presidente e o encarregado das relações exteriores. Bem, pelo tratado de livre navegação, eles poderiam passar, mas, quando se fala que o rio é aberto a navios civis ou militares de todas as nações, fala-se de um navio ou de outro, dessas canhoneiras que também os ingleses, franceses, italianos e nós mesmos temos por lá. Já uma esquadra é *um casus belli*, como dizem os juristas. Não dá para prever, Majestade.

— Pois conclua o seu trabalho e volte para o Rio Grande.

CAPÍTULO 66

Argentina x Argentina

OSORIO FOI SE despedir do imperador em 15 de junho de 1859, pouco mais de três meses depois de ter chegado ao Rio. No palácio, encontrou dom Pedro acompanhado pelo marquês de Caxias e, de novo, pelo ministro da Guerra Manoel Felizardo. "Ué!", pensou, enquanto cumprimentava os dois alegremente, embora desconfiado. Até que dom Pedro fez um sinal e o ministro entregou-lhe um papel que ele viu ser o texto de um ato oficial. Era o decreto imperial promovendo-o a brigadeiro efetivo, ainda com a tinta molhada. Osorio entendeu, mas não sem surpresa, pois as promoções de generais normalmente se davam no dia 2 de dezembro, aniversário do imperador. Pegar os bordados assim fora de hora só poderia significar uma de duas coisas, ou ambas: um gesto político ou uma pressa inevitável.

No caso, eram as duas. O gesto político de dom Pedro dava uma demonstração explícita de que aprovava o general, posto em desgraça por se recusar a assinar um manifesto de teor partidário-militar. Osorio demonstrara conhecer bem a linha que separava o soldado do cidadão: um era funcionário em função de alta periculosidade e o outro um dos donos da pátria, com direitos e deveres muito claros. A desgraça da América Latina eram os militares políticos que usavam a força das armas em favor de seus partidos, sem falar dos caudilhos, que eram a encarnação dessa força dupla que, inevitavelmente, levava à tirania. A pressa inevitável era a do governo, que estava muito instável. Caxias pedira ao ministro que adiantasse o expediente, pois, sendo Osorio um oficial tão diferente e polêmico, poderia ser que lhe faltasse tinta na caneta até o aniversário imperial. No entender de Caxias, esta última era a razão principal, pois estava óbvio que o gabinete do visconde de Abaeté estava com os dias contados. Nesse ponto, porém, ele errou, pois o governo só foi cair no fim do ano.

Na saída, agradecendo ao imperador, beijando sua mão, o gesto clássico de submissão à realeza, Osorio não resistiu:

— Estou muito honrado. Muito agradecido. Mas com isto Vossa Majestade me fez perder uma festa e tanto!

Referia-se à cerimônia de anúncio das promoções de oficiais generais naquela data. Quando o abraçava nos cumprimentos, o senador Caxias lembrou-se do que eu lhe dissera na ocasião em que pedira reforma por ver tudo escuro, o tempo fechado à sua frente:

— O senhor se lembra do que eu lhe disse? Espere clarear o horizonte, pois quem sabe ainda teremos de comer algum churrasco juntos...

Osorio bateu continência ao imperador e ao ministro, que mesmo vestido à paisana tinha direito ao cumprimento militar. Caxias vestia sua sobrecasaca preta, trajado de parlamentar. Logo o assunto foi para o tema mais candente do momento, que eram as informações sobre a força-tarefa punitiva norte-americana, que viria à América do Sul dar uma lição no gordo Lopez. O marquês disse não acreditar muito na guerra do Paraguai contra os Estados Unidos mas concordava que os brasileiros deveriam estar atentos e preparados para o que fosse.

— O Lopez tem mais de 30 mil homens em armas. É verdade que não valem muito diante dos americanos, mas até matar todos será uma epopeia. Contudo, se os paraguaios lhes aplicarem uma sova, bem, aí sim, que achas, Osorio?

— Esses paraguaios não vão ser fáceis de dobrar. Certamente morrerão muitos, mas mesmo se perderem dez por um eles podem liquidar os gringos. Desculpe-me as expressões campeiras, Majestade. Não se esqueça de que eu comando uma tropa de missioneiros. São a mesma gente. Conheço-os muito bem. Se receberem ordens para isso, morrem sem perguntar nada.

O imperador ouvia calado. Também ele estava surpreso com a ação intempestiva dos Estados Unidos. Entendia apenas como a ação de uma potência emergente querendo marcar seu lugar no terreiro mundial. Cobrar contas a boca de canhão era a norma, mas entrar lá no meio da América do Sul, a mais de 10 mil quilômetros de suas bases, era um risco demasiado. Ou teriam os americanos um aliado oculto? No Prata, tudo era possível. Alguém poderia estar encorajando a expedição, pensando em tirar proveito da força e do gesto. Osorio não discordava inteiramente.

— O velho Urquiza tem outro por dentro.

Caxias concordava, dizendo que sua preocupação era com o Prata. Se abrissem as hostilidades, os Estados Unidos estariam desestabilizando toda a região, e o Brasil não poderia ficar alheio. Os dois generais pensavam a mesma coisa: os americanos podiam derrubar o velho Lopez, tirar seu perigoso filho da frente e botar no governo um pessoal mais razoável para discutir as questões da navegação e da fronteira. O ministro e o imperador já pensavam de outra forma: era preciso impedir que uma potência alheia interviesse no espaço platino. Como disse dom Pedro: "O Rosas me acusava de ser um corpo estranho na América. Mas tanto não é verdade que eu insisto e repito o que dizem os árabes sobre as questões de família, que os irmãos brigam entre si mas se juntam quando um deles é atacado por alguém de fora do clã." Ninguém se esquecia do vexame que fora a intervenção franco-britânica dez anos antes. Mas naquele tempo, os sul-americanos não tinham condições de revidar. O império estava enfraquecido pela sucessão de revoltas regenciais que herdara, tendo levado oito anos para extingui-las completamente, mudando a agenda política do país. E também o Cone Sul estava conflagrado.

Três dias depois, em 18 de junho, Osorio seguiu de vapor para o Rio Grande do Sul, indo diretamente, no mesmo barco, a Porto Alegre apresentar-se ao novo presidente da província, Fernandes Leão, que lhe daria mais detalhes sobre sua missão na fronteira de Jaguarão. Na capital gaúcha encontrou o chefe do governo preocupado com a situação no Prata, que se deteriorava rapidamente. Desde a eleição de Urquiza, para presidente da Confederação, em 1855, que o poder na república se dividia entre Buenos Aires e Paraná.

O governador portenho, o intelectual Valentin Alsina, uma das sumidades do país, tinha em seu currículo a concepção, redação e aprovação de várias reformas progressistas, como, no parlamento, o código rural, ou, como presidente da câmara de Justiça, a lei de execuções penais. Era militante antirrosista, o que lhe custara alguns anos de prisão. Naquele momento, contudo, não aceitou a Constituição Nacional votada pelo congresso das províncias, em Santa Fé, e se opôs violentamente a Urquiza, promovendo uma escalada de hostilidades que deixou o país à beira da guerra civil. Já tivera de enfrentar um levante armado sob a liderança de Jerônimo Costa, sufocado por seu ministro da Guerra, Bartolomeu Mitre, num combate nos arredores da capital e que terminara num banho de sangue, conhecido como "matança de Villamayor", um termo que não condiz com as autoimagens de civilizados dos dois.

No Uruguai, as rebeliões contra o presidente colorado Pereira dividiam os argentinos, pois Buenos Aires apoiava o governo colorado, enquanto Urquiza, seguindo o alinhamento entre federais e blancos, dava recursos à rebelião do general César Diaz. No interior da Confederação, um levante interminável foi sufocado pelo presidente Urquiza, que acabou nomeando um interventor para a província de San Juan, o correntino José Antonio Virasoro. Para complicar, o caudilho oriental Venâncio Flores, que estava em Buenos Aires refugiado, viajou para a região do Vale do Uruguai, mais exatamente nos campos do Rio Arapeí, recrutando uruguaios e brasileiros para integrarem um Exército Portenho.

Para Osorio, nada de novo. Ele regressou a Jaguarão e, ao longo da viagem, desde que botou os pés no cais do porto em Pelotas, vindo de Porto Alegre, foi recebido triunfalmente. A volta por cima que dera no Rio de Janeiro consagrava-o, pois não só suas intimidades com o imperador, a promoção e a reversão de sua transferência para o Norte calaram a boca de seus adversários como ele ainda trazia no bolso a promoção a general efetivo. Era um sinal inequívoco do apoio pessoal de dom Pedro a todas as suas ações, além do aplauso do marquês de Caxias, a figura mais proeminente do país depois do imperador.

Osorio reassumiu suas funções militares, dando ênfase ao adestramento das tropas. Ao mesmo tempo, mergulhou a fundo na política, pois em janeiro haveria eleições para deputado distrital e ele não queria perder a oportunidade de dar o primeiro passo para consolidar seu grupo de apoio, que vinha sendo desmontado pelo governo hostil de Porto Alegre, agora resolvido com a recente substituição de Ferraz por Fernandes Leão. Tinha seus candidatos tradicionais, como Oliveira Belo, Felix da Cunha e outros, mas trazia no bolso o nome de um jovem advogado que conhecera no Rio de Janeiro, natural de Bagé, que pretendia lançar para deputado nacional: Gaspar Silveira Martins. Osorio ficara maravilhado com o jovem tribuno, embora achasse que falava um pouco demais. Raramente escutava seus interlocutores, mas lhe pareceu um homem com grande futuro. Estava decidido a levá-lo de volta ao Rio Grande e conduzi-lo à assembleia provincial, iniciando uma carreira política.

Nesse ano, aconteceu a invasão norte-americana. O acontecimento em si não teve grandes consequências no cenário geopolítico do Cone Sul, mas foi bem aproveitado por Urquiza, pois graças a ele o presidente da Confederação obteve o apoio de Carlos Lopez para o caso de uma guerra contra Buenos Aires. Embora não fosse inteiramente surpreendido pela chegada da esquadra, Urquiza levou um susto quando viu o tamanho da força-tarefa. Até então inscrevia a ameaça americana na conta das costumeiras bravatas de diplomatas do Atlântico Norte, que ameaçavam com retaliações que nunca eram concretizadas.

Quando atracou no porto uma *vedetta* com a notícia de que rio abaixo subia uma poderosa esquadra com a bandeira norte-americana, integrada por 18 navios com 191 canhões e 2.400 fuzileiros navais, levou a coisa a sério e começou a pensar o que fazer nessa situação. Por estar navegando no Rio Paraná, não havia nada de ilegal, uma vez que aqueles rios estavam abertos à navegação dos países que tivessem relações diplomáticas com as nações soberanas. Em tese, como os Estados Unidos tinham relações diplomáticas com o Brasil e a Confederação, os navios poderiam seguir até Cuiabá. Entretanto, para cumprir esse roteiro, teriam de passar por Assunção.

Urquiza chamou ao palácio o embaixador americano, o juiz James Bowlin, que também se declarou estarrecido. Nomeou seu plenipotenciário, Tomás Guido, para ir com o diplomata norte-americano até a esquadra e negociar com o comandante alguma saída diplomática antes de abrir hostilidades. A fórmula encontrada foi a designação de Urquiza como mediador. Ele então seguiu para Assunção, levando consigo uma delegação da frota a bordo do navio *Fulton*, enquanto o restante da esquadra aguardava em águas argentinas. Em Assunção chegaram a um acordo e Urquiza foi devolvido à sua capital com todas as honras, já não mais a bordo de um navio americano, mas conduzido solenemente pela nau capitânia da Marinha Paraguaia, o vapor *Tacuari*. Dando-se por satisfeitos, os americanos foram embora. Lopez disse que cedera porque era do interesse do Paraguai manter o mercado americano, mas desprezou a pressão militar, afirmando que se fosse molestado esmagaria os intrusos com a massa de seu Exército. Como previam Caxias e Osorio, Urquiza não deixou barato, obtendo do presidente paraguaio as bases de um acordo de defesa entre os dois países para ser acionado no caso de uma guerra contra Buenos Aires.

Osorio também não entendeu muito bem o objetivo dos americanos, que assim como chegaram se foram sem disparar um só tiro. Nem sequer depuseram o presidente Lopez ("os gringos bem poderiam ter botado os Lopez para fora e nos poupado o serviço se mandassem o filho dele embora; aquilo vai dar um trabalho!"). Quem lhe explicou o incidente do ponto de vista americano foi Silveira Martins, que viera da corte com o objetivo de trabalhar sua candidatura para o pleito de janeiro de 1860. Bem informado, o jovem advogado falou em linguagem eleitoral, um idioma que Osorio dominava.

— O presidente Buchanan está enfrentando um baita problema nas eleições de novembro. Vem contra ele um candidato de Nova York, chamado Abraham Lincoln. É um homem muito popular, que sabe mexer com os sentimentos do povo, dos eleitores de primeiro grau. Diz que foi lenhador e estudou Direito à noite. Levantou a bandeira da abolição da escravatura, um tema que pega muito bem nas camadas populares e, principalmente, nas industriais, essa nova categoria que está assumindo o poder econômico no lugar dos grandes plantadores escravistas. Isso enlouqueceu os plantadores de algodão e fazendeiros do Sul, que não abrem mão do trabalho escravo. Os sulistas, onde se concentram os servis, não admitem uma abolição sem indenizações e sem uma longa transição, pois não encontrariam na Europa mão de obra habilitada para suas lavouras. Os europeus não sabem plantar e colher algodão.

"Como a candidatura Lincoln parece imbatível, os fazendeiros estão se armando. Vai haver guerra civil. Foi aí que entrou o escândalo do Paraguai e foi parar na campanha eleitoral, acusando-se o presidente de fraco e incapaz de defender os interesses americanos. Buchanan resolveu tomar uma atitude, dando uma resposta à opinião pública ao mandar essa esquadra. Mas viu que era só um rosnar. Bastou Lopez reabrir os negócios dos americanos, para o almirante voltar cantando vitória, pois era uma questão de dinheiro, como, aliás, tudo naquele país. Então, na nossa percepção, a força voltou sem fazer nada. Só isso."

Osorio deu-se por satisfeito:

— Ah, então eram só as eleições. Agora deu para compreender.

O processo eleitoral transcorreu sem grandes problemas. Osorio elegeu seus candidatos e em fevereiro foi transferido para um comando mais importante, a fronteira de Bagé, e teve, uma vez mais, devolvido o seu 2º Regimento de Cavalaria. Parecia estar tudo em paz quando algo totalmente inesperado veio turvar novamente o horizonte. O imperador dissolveu o gabinete, o que era absolutamente normal, para compor um governo com a nova maioria, mas para resolver o impasse teve de nomear um primeiro-ministro liberal com um gabinete conservador. Para surpresa geral, o nome escolhido foi o do flexível baiano e ex-presidente do Rio Grande, Ângelo Ferraz. Osorio gelou quando soube mas ficou quieto.

Uma carta de Caxias, enviada logo depois, dizia que estava tudo bem: "Mudou-se a situação e o Ferraz se apoderou dela, apresentando ideias médias entre o visconde de Itaboraí e o Souza Franco na questão bancária, e por esse caminho chegou, quando menos se esperava, à presidência do Conselho de Ministros! Mas ele reconheceu que não poderia dar um passo sem o apoio dos conservadores e por isso compôs o ministério todo desse lado. Não tenho a menor apreensão sobre as coisas do Exército e dessa Província, porque conheço muito bem o atual ministro da Guerra, o qual me merece tanta confiança quanto o Sr. Manoel Felizardo. Esteja, portanto, tranquilo que o atual presidente do Conselho de Ministros não procederá ou não poderá proceder como o ex-presidente da província do Rio Grande do Sul. Tenha confiança nos amigos da Corte."

Do deputado João Jacinto de Mendonça recebeu uma carta com garantias, afirmando: "Devo dizer que o Cansanção nos procurou antes de aceitar a pasta e declarou ao Ferraz que não consentiria que nos fosse feita a menor hostilidade; ao que respondeu aquele que o passado em coisa alguma influiria no seu espírito, e foi depois que disso se lhe deu segurança que ele aceitou a pasta dos Estrangeiros." O novo chanceler, Cansanção Sinimbu, também lhe escreveu, dizendo bem claramente que Osorio estava prestigiado no novo governo. Embora não fosse tão direto quanto o deputado em relação a Ferraz, pois, afinal, integrava seu gabinete, reforçava a posição de Osorio, pedindo que reavivasse seus canais de informações na região do Vale do Uruguai: "Sendo nossos negócios com o Rio da Prata os que mais prendem a atenção do governo, máxime na atualidade, rogo-lhe muito encarecidamente que, tratando com todo cuidado de informar-me do estado da fronteira, me vá comunicando reservada e confidencialmente tudo o que for sabendo; especialmente sobre as tentativas de guerra da Confederação Argentina a Buenos Aires e das intenções que nutrem o general Flores e os emigrados orientais que se acham em Buenos Aires de fazerem alguma tentativa de invasão do território oriental." Ele pedia mais que informações políticas e militares, pedia também "suas reflexões e observações sobre o estado de nossas relações com essas repúblicas vizinhas. Nisso fará serviço à causa pública e a mim muito particular obséquio". Uma vez mais Osorio estava no centro dos acontecimentos, como o principal interlocutor do ministro do Exterior.

Mesmo com tantas garantias, Osorio tratou de se precaver. Tornou-se urgente reorganizar e fortalecer seu esquema. Precisava institucionalizar seu grupo político, fundando um partido orgânico, com laços amalgamados por um programa e compatibilidade de ideias entre seus membros, mais do que as simples lealdades pessoais que constituíam as amarras entre os correligionários. Chamou a Bagé seus companheiros Felix da Cunha, Davi Canabarro e Silveira Martins, já deputado em Porto Alegre, para constituírem um comitê organizador. O objetivo era compor um programa e arregimentar os quadros e as bases de um Partido Republicano Histórico, pois estavam reunindo sob a mesma bandeira grande parte dos antigos farroupilhas e os republicanos legalistas, apagando de uma vez os velhos escritos do passado. O barão de Porto Alegre, quando soube, não se conteve:

— Ele está querendo o lugar de Bento Gonçalves. Não se admirem se aparecer qualquer dia a bandeira tricolor na ponta de uma lança.

Aos olhos de um leigo, esse partido pareceria um híbrido notável, uma cruza de tigre com jacaré. Como explicar que os históricos rio-grandenses pudessem, no âmbito nacional, alinhar-se com os conservadores? No plano programático, conservadores e históricos eram antípodas. Os históricos eram em sua totalidade republicanos mais ou menos radicais, reunindo moderados como Osorio, que aceitavam a monarquia como regime de transição, e republicanos radicais, como Antônio de Souza Netto e João Antônio da Silveira, ex-generais farroupilhas que pregavam a "República já". Os conservadores oscilavam entre os monarquistas constitucionalistas e os realistas absolutistas. No Rio Grande, conservadores e históricos digladiavam-se tão ferozmente quanto progressistas e históricos. Aliás, a liga era composta de uma aliança local entre conservadores e liberais progressistas. Era muito confuso. A explicação era que, no espaço nacional, o nacionalismo unia históricos e conservadores. Os históricos eram um partido de fronteira, com todos os ingredientes liberais, mas divergiam dos progressistas, que eram internacionalistas. No âmbito nacional, os progressistas eram descentralizadores e favoráveis ao livre mercado, enquanto os conservadores mantinham vários elementos do colonialismo, como o apego aos monopólios concedidos e o dirigismo estatal.

Enquanto Osorio urdia seus planos para a política rio-grandense de acordo com os usos e costumes brasileiros da época, em Buenos Aires as nuvens tenebrosas que se moviam tomando formas ameaçadoras se desfizeram numa borrasca. A capital e as províncias não podiam viver separadas. A unidade era uma questão de sobrevivência. Isso era o que estava ocorrendo na Europa, que redesenhava seus mapas, pressionada pelas novas necessidades políticas da Revolução Industrial. O *risorgimento* e a unidade italiana e a conformação do império prussiano eram os fatos do dia. Na América do Sul, o Brasil já havia resolvido esse problema a ferro e fogo durante a regência, consolidando-se com a restauração da monarquia pelo menino-rei; o Chile, a Colômbia e a Venezuela adotavam reformas liberais; o México iniciava sua caminhada para livrar-se da tutela francesa de Napoleão III, personificada no reinado do imperador Maximiliano, com a revolução liderada por Benito Juarez. A Argentina teria de concluir sua unidade da mesma forma. A guerra era inevitável. Buenos Aires, separada do restante do país, tomaria a iniciativa. Curiosamente, seu principal antagonista, o presidente da Confederação, rezava pela mesma cartilha, assim como o principal líder militar portenho, Bartolomeu Mitre. Entretanto, eles teriam de se bater antes de se unir com o mesmo propósito.

A situação fica pesada quando Mitre, ministro da Guerra de Buenos Aires, pediu demissão do governo e voltou ao Exército como comandante em chefe do Exército de Observação, eufemismo para designar a força com que pretendia se impor a Urquiza. Mitre percebeu que estava isolado mas não podia recuar. Urquiza, presidente da Confederação, recebeu o apoio de todos os pais da pátria: o venerando almirante Brown, Guido, Iriarte, Pinedo, Soler, Olazábal e Chenaut. Todos ficaram ao lado dele. O velho general estava nos últimos dias de seu governo. Reuniu seu exército, integrado basicamente pela cavalaria de Entre Rios, com reforços de Corrientes, mas com participação de efetivos de outras províncias, e marchou sobre a capital. O encarregado de negócios dos Estados Unidos, Benjamin C. Yancey, tentou uma mediação, sem êxito, pois as cartas estavam lançadas. Nenhum dos dois lados conseguia deter a avalanche.

Além dos desacertos políticos e das rivalidades regionais, a Argentina vivia num jogo de perde-perde com a secessão de Buenos Aires. Os dois lados estavam numa crise econômica sem saída enquanto o problema político não fosse resolvido. A desintegração administrativa da Argentina levara o país a uma crise sem precedentes. A situação econômica da Confederação era desesperadora. As receitas evaporavam-se dos cofres públicos. Os funcionários não recebiam os salários havia meses; era normal que negociassem em bônus nas alfândegas com grandes deságios como única forma de botarem alguma coisa nos bolsos.

O ministro Tomás Guido foi nomeado embaixador da Confederação no Paraguai mas não conseguiu viajar porque "não temos de onde tirar 4 mil pesos para despachá-lo no primeiro vapor". Urquiza acionou seu acordo com Carlos Lopez e mandou uma missão negociar os termos da ajuda militar. A missão era chefiada pelo mesmo diplomata que havia negociado o tratado com o Brasil e o Uruguai para derrubar Juan Manuel Rosas, Luis de la Peña.

Nessa missão, a delegação argentina ficou estarrecida com o que viu no Paraguai. O secretário do embaixador, o diplomata Julio Victorica, escreveu sobre Assunção: "Muito teria que dizer sobre a vida naquela cidade ao tempo de Carlos Lopez. Limitar-me-ei a recordar o célebre decreto então vigente que proibia transitar sem lanterna, de modo que todos saíam à noite com seu respectivo farol; e, como em cada esquina havia uma sentinela armada que ordenava alto, era preciso responder às perguntas 'de que vive? e quem é?' com estas respostas: República e republicano. E isso se reproduzia à entrada de cada rua. Os que passavam pela quadra do palácio presidencial deviam caminhar pelo meio da rua e de chapéu na mão. Mas os paraguaios pareciam contentes e divertiam-se muito: com poucas coisas satisfaziam suas necessidades."

Lopez, no entanto, não enviou o auxílio, pois seus informantes diziam que Urquiza estava fraco e seria derrotado numa batalha contra Buenos Aires. Em novembro, os dois exércitos estavam em pé de guerra. Urquiza reuniu suas forças em Rosário, enquanto Mitre, o comandante portenho, marchava de encontro a seu adversário, procurando detê-lo na fronteira. Levava 10 mil homens bem adestrados e uma boa artilharia, com 24 canhões. Urquiza tinha 4 mil homens a mais e 30 canhões. Mitre marchava para a canhada de Cepeda, ao norte de Pergamino, numa posição defensiva, enquanto a cavalaria de Entre Rios esperava pacientemente que a infantaria e a artilharia tomassem suas posições. Urquiza era um guerreiro experiente. Nos primeiros momentos, a infantaria portenha conseguiu algum êxito, levando os confederados de vencida, mas logo recebeu um contra-ataque pelo centro desferido pela formidável cavalaria de Entre Rios. Os buenairenses foram totalmente destroçados. Mitre foi salvo da destruição completa pela caída da noite, que paralisou os combates. Aproveitando-se da escuridão, recuou para as margens do rio, embarcando o que sobrara de seu exército e voltando à capital, onde esperava resistir de casa em casa. Urquiza deteve seu avanço. Disse a seus companheiros que não queria atacar a cidade, mas negociar. Eis que surgiu no rio o navio paraguaio *Tacuari*. Trazia a bordo o filho do presidente Carlos Antonio e ministro da Guerra Francisco Solano Lopez. Essa intervenção veio a calhar. Mitre ainda temia uma ofensiva. Se isso ocorresse, Buenos Aires estaria perdida. No fundo, nenhum dos dois queria continuar a guerra.

O presidente da Confederação também concordou com a mediação. Só fez uma exigência: que o local das reuniões fosse Caseros, no mesmo lugar onde derrotara os portenhos de Rosas, como a lembrar seus adversários que a cidade estava à sua mercê. O governador Alsina negou-se a negociar mas foi derrubado pela Assembleia num golpe parlamentar. Os deputados se negaram a votar recursos suplementares para continuar a guerra. Alsina entendeu que estava perdido e renunciou. Seu afastamento abriu caminho para a pacificação. O acordo de paz foi assinado na localidade de San José de Flores. Solano Lopez, triunfante, presidiu o aperto de mão entre os dois generais inimigos. Pelo denominado Acordo de União, Buenos Aires capitulava e voltava a integrar a Confederação. Estabeleceu-se um prazo de 20 dias para uma convenção das forças políticas portenhas a fim de deliberar sobre seu acatamento à Constituição de 1853, num evento que contou com o apoio de todas as grandes expressões da nova situação: Sarmiento, Vélez Sarsfield, Mariano Fragueiro e Rufino de Elizalde. Também se realizou a unificação das alfândegas.

Mitre foi eleito governador. Urquiza deu mostras de grande magnanimidade: "Basta de guerra entre os filhos da nação argentina, que sem ela seria hoje a maior e mais poderosa nação do continente. Não mais unitários nem federais; todos irmãos; não mais bandos." Com isso, os separatistas saíram de cena e, curiosamente, o derrotado Bartolomeu Mitre saiu fortalecido, pois sempre fora um defensor da unidade nacional, embora tivesse, por motivos regionais, de participar do governo separatista. Mitre proclamou ao final: "Os fatos fizeram do general Urquiza o homem mais notável da República Argentina e sua conduta nas últimas negociações de paz tirou de Buenos Aires o direito de vilipendiá-lo."

A sequência de fatos parecia dizer que a Argentina havia se encontrado, finalmente, depois de 50 anos de discórdias e violências. A conciliação era uma realidade. Em Paraná, Urquiza entregou o poder ao novo presidente Santiago Derqui e retirou-se para sua mansão em San José. Seis meses depois, na data nacional de 14 de julho, Mitre realizou uma grande festa em Buenos Aires para comemorar a reunificação do país. Foram convidados o novo presidente da Confederação e seu vice, Juan Pedernero. Urquiza, que ainda era o capitão-general dos exércitos nacionais, foi o homenageado de honra. Houve um grande espetáculo de fogos, desfiles de tropas, bailes e comícios. O governador portenho entregou uma espada ao vencedor de Cepeda. Urquiza agradeceu com uma frase lapidar: "A integridade da nação argentina não se discute, se faz."

O clima era de festa. O prudente Urquiza voltou ao governo de Entre Rios. Na província de San Juan, uma sucessão de desordens ameaçava o governador nomeado, o coronel correntino José Antonio Virasoro, um dos heróis de Caseros e membro da família que comandava o Executivo de Corrientes. O interventor era repudiado pela população mas insistia em se manter no poder. Nesses dias realizou-se em Entre Rios uma grande festa cívica, uma forma de Urquiza retribuir as cortesias portenhas. Em meio a tanta concórdia, os presentes decidiram escrever uma carta coletiva a Virasoro propondo que renunciasse. Quando a carta estava para ser enviada, chegou a notícia de San Juan: a casa de Virasoro fora assaltada por uma turba integrada pelas pessoas mais eminentes da cidade, e o governador, assassinado friamente, junto com seu irmão Pedro, o cunhado Tomás Hayes e quatro assessores. Uma chacina. A festa se desfez imediatamente. O fogo se reacendeu.

O governador interino de San Juan era Antonino Aberastain, mas o presidente Derqui nomeou outro mandatário, o governador da província de San Luís, coronel Juan Sáa. Aberastain resistiu, Sáa invadiu a cidade, derrotou seus seguidores em Pocitos, prendeu o interventor e mandou fuzilá-lo. Estourou o escândalo. A imprensa portenha acusou membros do governo Mitre de promover a matança, culpando Elizalde e Sarmiento pelos desmandos. Nesse clima veio a gota d'água quando a bancada de Buenos Aires foi desautorizada pelo Congresso da Confederação. Iniciou-se uma nova crise, com intervenções em províncias, denúncias e complôs. Reiniciam-se os preparativos para a guerra.

Em Porto Alegre, Osorio foi acusado de ignorar de propósito o recrutamento de rio-grandenses pelo líder colorado uruguaio Venâncio Flores para integrar as forças de Buenos Aires contra a Confederação. Osorio desconhecia os mexericos, pois era sabido que muitos de seus partidários, seguidores do general Netto, residentes e domiciliados no outro lado da fronteira, eram simpáticos às causas do general Flores. Isso, entretanto, era uma questão doméstica do país vizinho. O governo de Montevidéu não pensava assim e viu naquele movimento uma manobra que podia acabar com nova intervenção em seu país. Reagiu fortalecendo Solano Lopez, incensando-o por sua atuação em San José das Flores, proclamando que o jovem marechal era o grande pacificador do Cone Sul. Lopez, que voltara a Assunção eufórico com seu êxito de mediador, apresentou-se a seu velho pai como grande diplomata, vencedor nos embates contra o Brasil, nos tempos do plenipotenciário Felipe José Pereira Leal, e no recente conflito argentino. Carlos Lopez limitou-se a dar um grunhido, pois bem sabia que tanto Urquiza quanto as raposas platinas o haviam usado para acabar com aquela guerra e que a participação de Solano fora justificar a pacificação de um conflito incontrolável. Entretanto, Berro enalteceu o rapaz e advertiu-o de que Uruguai e Paraguai deviam se precaver, pois a participação de brasileiros no conflito argentino era o primeiro passo para que Rio de Janeiro e Buenos Aires se aliassem contra as duas pequenas repúblicas.

Em 24 de agosto se 1861, as tropas de Buenos Aires avançaram para tomar posição no campo de batalha tradicional dessas guerras provinciais, no Arroio do Meio. Urquiza assumiu o comando do Exército da Confederação e foi a seu encontro com 17 mil homens. Seus subcomandantes eram Juan Sáa, José Francia, Benjamin Virasoro e Ricardo Lopez Jordan. Mitre esperava-o com 15.400 homens, secundado por seu irmão Emílio e pelos generais Wenceslau Paunero, Manuel Hornos e o uruguaio Venâncio Flores. Este comandava a cavalaria, com uma substancial participação de uruguaios e rio-grandenses, a denominada cavalaria oriental. Isso não deixava de ser verdade pelo conceito da territorialidade, pois todos viviam dentro das fronteiras da república, embora uma parte deles falasse português na mesa do jantar.

Em Pavón, às 8h da manhã de 17 de setembro começaram os tiroteios das avançadas. Ao meio-dia, Lopez Jordan fustigou os portenhos e Urquiza organizou a batalha. A artilharia de Entre Rios abriu fogo e castigou duramente a infantaria portenha, um alvo fácil por causa do colorido de seus uniformes e dos chapéus de abas largas de palha da Guarda Nacional de Buenos Aires. A infantaria portenha se recompôs do esparramo do bombardeio e fincou pé, embora seus flancos estivessem sendo destroçados pela cavalaria entrerriana. O choque das tropas a pé foi formidável, com 10 mil homens, dos dois lados, descarnando-se a baioneta. A cavalaria de Flores investiu em três ataques seguidos e foi completamente destruída pela resistência confederada. Surpreendentemente, com a vitória na mão, Urquiza ordenou a retirada, deixando o campo de batalha aos inimigos. Foi impressionante: a cavalaria de Entre Rios, que havia pouco era vencedora absoluta, vagava pelos campos desorientada, sem comando. Mitre avançou, aproveitando o êxito. Urquiza retornou a Rosário e dali foi com uma escolta para seu palácio em San José. Quatro dias depois os portenhos entraram na cidade.

Mitre ocupou a cidade e tratou de serenar os ânimos. Os falcões portenhos exigiam energia. Disse Sarmiento: "Não trate de economizar sangue de gaúcho. Este é um adubo útil ao país. O sangue é o único que eles têm de seres humanos."

A confederação estava completamente destroçada. O governo ainda tentou reorganizar o exército, mas os comandantes não aceitaram a liderança de Juan Sáa, o novo chefe designado. Urquiza mandou emissário a Mitre propondo uma negociação. O governador portenho aceitou dialogar. Pelos termos do acordo, Mitre seria o chefe da nação, deixando a Urquiza o controle de Entre Rios e Corrientes. Derqui estava perdido. Retirou-se de cena, exilando-se a bordo do navio inglês *Ardent*, deixando a presidência ao vice, Pedernero. Mas ainda havia focos de resistência. Mitre enviou Venâncio Flores contra o coronel confederado Cayetano Laprida, que foi surpreendido na Canhada do Gómez. Os gaúchos de Flores degolaram todos os prisioneiros. Um dos poucos a escapar da matança foi o coronel José Hernandes, que fugiu para o Brasil, indo se exilar em Santana do Livramento, onde escreveu seu livro *Martin Fierro*, obra-prima da literatura universal.

Em seu discurso da vitória, Mitre foi enfático: "Devemos tomar a República Argentina tal qual a fizeram Deus e os homens, até que os homens, com a ajuda de Deus, a vão melhorando." Em 1º de dezembro, Entre Rios capitulou definitivamente e o presidente Pedernero declarou extinta a Confederação Argentina. O país estava sem governo. Mitre assumiu e convocou um Congresso Nacional, por sugestão de Urquiza. Ainda levou cinco meses até a submissão de todas as demais províncias. Em 25 de maio instalou-se o congresso, e Buenos Aires foi declarada capital federal, desmembrando-se da província, cuja capital passou a ser La Plata. Mitre foi eleito no dia 5 de outubro por unanimidade dos 133 delegados e tomou posse no dia 12 de outubro de 1862 como presidente da República Argentina. Em abril de 1863, Venâncio Flores cruzou o Rio Uruguai à frente de um pequeno contingente. Do outro lado, 1.200 rio-grandenses esperavam para iniciar a guerra contra os blancos de Bernardo Berro. Confirmou-se o vaticínio do presidente uruguaio. Em Assunção, Lopez mandou pedir informações a seu embaixador. Em Bagé, Osorio estava às voltas com mais uma eleição.

CAPÍTULO 67

Rede de Intrigas

A ÉPOCA ENTRE 1860 e 1865 é considerada decisiva. Foi quando Osorio enfrentou seus maiores desafios e se consagrou como o maior gênio militar brasileiro de todos os tempos e o político mais popular do Rio Grande do Sul. Nesse período, teve de rebater uma infame acusação de traição, que mais o irritou do que lhe causou dissabores concretos. O caso nunca foi levado aos canais oficiais, porém lhe revelou um lado da natureza humana. Viu o que a inveja e a ambição política poderiam fazer com certos homens que tivera até então na conta de gente de bom caráter, mesmo que adversários. A deslealdade dessas figuras foi uma decepção inimaginável. Tudo por causa da política.

No plano militar, participou da grande revolução dos exércitos e travou a segunda maior guerra no mundo de sua época dentro desses conceitos, sepultando de vez as antigas doutrinas napoleônicas e wellingtonianas que dominaram todo o século XIX. As novas armas viabilizaram um tipo de guerra inteiramente diferente das refregas nas planícies do pampa que ele tivera de enfrentar, e os generais norte-americanos foram obrigados a criar e improvisar para dar o melhor emprego ao armamento que tinham à sua disposição, bem à frente das teorias militares vigentes. Todos foram obrigados também a lutar contra as grandes epidemias que se sucediam, matando mais gente do que os combates. A pior delas foi a de cólera, que se espalhou não só pelo *front*, mas também nas bases distantes, atingindo todo o espaço bélico, as cidades ribeirinhas, e chegando a Montevidéu e Buenos Aires, que eram os quartéis-generais recuados dos exércitos aliados.

O início dos anos 1860 encontrou Osorio completamente absorvido pelo trabalho de fundação de um partido político. Pelo novo conceito de agremiação, incluindo no processo a base eleitoral de primeiro grau, a arte da política ganhava no Rio Grande do Sul uma amplitude inédita no país, pois a eleição primária diferenciava-se substancialmente até então. A prática eleitoral nas democracias dividia o processo em duas fases bem distintas. O eleitor básico interagia pouco com seus líderes, estes sim chamados de eleitores, pois era a eles que se delegava o poder de escolher os candidatos. Os pleitos nas paróquias limitavam-se ao espaço local. Depois de eleitos era que os delegados se alinhavam com as candidaturas a deputados provinciais ou nacionais, sem grande simetria com os partidos parlamentares, verdadeiras correntes políticas. O hiato entre eleição e política era muito profundo. Nessa época, porém, os partidos na Europa vinculavam a lealdade ao eleitorado segundo novos conceitos, como as ideologias ou os alinhamentos de classe, descendo até a base.

Foi isso que motivou Osorio a organizar seu Partido Republicano Histórico. Deu certo, pois o general reunia duas precondições que possibilitaram a transição de um modelo para o outro. Primeiro, era extremamente popular, atraindo o voto da opinião pública para os candidatos que apoiava abertamente. Segundo, não disputava cargos, o que lhe dava trânsito livre entre os postulantes. Com ele, a figura do caudilho convencional transformou-se na do líder político moderno, que dava seus primeiros sinais. A grande novidade era que o proselitismo, até então restrito a um ou dois grandes banquetes para os eleitores às vésperas das eleições, converteu-se em grandes eventos, os comícios, com a participação da massa de eleitores primários. Isso exigia a presença física do líder. Em vez de escrever cartas aos chefes, era preciso apresentar-se diante do eleitorado. Haja tempo. Assim mesmo, não deixava de acompanhar as evoluções da arte da guerra, em grande parte suprida pelo atento major Emílio Mallet, que aceitara com toda humildade voltar ao exército no posto de capitão quando seus contemporâneos já eram generais. Por amor às armas, abandonou seus negócios prósperos em Bagé e foi se apresentar ao mesmo 1º Regimento de Artilharia a Cavalo, em São Gabriel. Em 2 de dezembro de 1855, Mallet prestou um exame de suficiência, com provas práticas e teóricas, para ser promovido ao posto de major e, assim, classificado como fiscal administrativo da unidade, na qual ficou 12 anos como instrutor da 4ª Brigada de Cavalaria e artilheiro de seu Regimento.

Como sempre, o francês não se descuidava de estar atualizado, acompanhando passo a passo a guerra norte-americana:

— Osorio, para a cavalaria não mudou muito, mas artilharia e infantaria hoje são outras coisas.

Osorio ainda tinha dúvidas, pois os números dos Estados Unidos e do Cone Sul eram totalmente diferentes. Na Guerra de Secessão norte-americana os exércitos contavam com impensáveis 600 mil homens de cada lado, enquanto na América do Sul um Exército de 20 mil homens era uma força poderosa. Ninguém tinha contingentes desse tamanho, a não ser o Paraguai, que teoricamente engajava toda a população masculina do país em armas, cerca de 60 ou 70 mil. Contudo, como diziam os chefes militares brasileiros e platinos: "Isso não conta. Esse poderoso exército não tem armas, não tem logística, comando, nem objetivo estratégico. Quem irá se bater com o Paraguai?" Era o que se perguntavam. Osorio, com seu conhecimento daquela fronteira de seus tempos de São Borja, retrucava: "Pois me parece que é nisso que estariam pensando para montar uma defesa inexpugnável. Eles estão ressabiados; foram atacados três vezes. Uma vez contra o velho Belgrano, eles venceram; as outras, a nossa e a dos americanos, não se concretizaram, pois os navios deram volta antes de entrar no Rio Paraguai."

O Paraguai era apenas um tema de tertúlias num círculo muito reduzido, pois o país não apresentava interesse nem a militares nem a empresários. Em Montevidéu, a política defensiva dos Lopez era tratada como uma alternativa para reembaralhar o jogo no Cone Sul.

No início dos anos 1860 o Uruguai viveu um curto período sem precedentes em sua história. Nem portugueses nem espanhóis; nem brasileiros nem argentinos. Os europeus tinham ido embora e os vizinhos estavam por demais ocupados com seus problemas internos. O presidente Bernardo Berro, se não tinha paz completa, pelo menos podia governar sem ter dentro de seu território o Exército Brasileiro ou o Exército Argentino, quando não os dois ao mesmo tempo. Aproveitou essa calmaria diplomática para buscar alguma aliança que o fortalecesse, independentemente dos dois grandalhões.

Pode-se dizer que o início de tudo foi quando chegou despercebido ao Rio Grande do Sul o coronel uruguaio Venâncio Flores, em 1847, acolhido por seu amigo Bento Gonçalves a pedido do amigo Juan Antonio Lavalleja. Veio exilado, depois da derrota contra os argentinos na Ilha de Martin Garcia, no final do ano anterior. Com o aval do antigo chefe rio-grandense, que estava em seus últimos dias de vida, as portas do liberalismo rio-grandense se abriram para o oficial desterrado. Um tipo simples, mas muito inteligente, carismático, valente e destemido. Gostava de carreiras e de belas mulheres. Logo assumiu uma posição de destaque naquela fronteira. Nesse tempo, convivendo com os republicanos gaúchos, teve um lampejo que mudou a história do Cone Sul. Rompendo com preconceitos, abriu a cabeça e firmou a convicção de que os liberais hispânicos deveriam aceitar e incluir os brasileiros como parte da comunidade liberal latino-americana, passando a trabalhar ativamente para a integração desses partidos no Cone Sul. Embora os chefes de um lado e outro da fronteira tivessem negócios comuns, usavam os clichês dos antigos ódios ibéricos como força de mobilização popular.

Venâncio Flores tinha referências muito além dos interesses momentâneos, que vez ou outra botaram castelhanos e brasileiros do mesmo lado, nos tempos das lutas pela independência. Sua percepção levou-o a trabalhar em favor dos elos que levaram à grande aliança pampiana contra Rosas, liderada por Urquiza e Caxias.

Já antes disso ele tivera contatos com os brasileiros por meio de seus chefes, pois combatera ao lado de Rivera contra Lavalleja e com este contra Rivera. Lutara contra os irmãos Oribe (em Martin Garcia foi derrotado por Inácio Oribe, que combatia apoiado pelos portenhos). Lavalleja e Rivera tinham fortes conexões no Rio Grande. Contudo, foi sua amizade com os farroupilhas engajados na política uruguaia que lhe deu maior profundidade nesses relacionamentos. O primeiro a lhe abrir os olhos foi o italiano Giuseppe Garibaldi, que fora o comandante da Marinha Rio-Grandense e um dos principais combatentes na luta contra Rosas na Guerra Grande. Por seu intermédio conheceu Souza Netto e, mais tarde, depois do fim da Revolução Rio-Grandense, Osorio e outros liberais que haviam combatido pela legalidade regencial. Nesse mesmo espaço, a Montevidéu sitiada também conviveu com os exilados unitários argentinos, especialmente Mitre e Sarmiento. Transformou-se numa ligação entre esses segmentos, identificados ideologicamente, mas separados por uma rivalidade ancestral importada e remanescente dos tempos coloniais.

Não fosse a ameaça concreta de Rosas e Oribe, teria sido mais difícil a pacificação do Rio Grande, apesar das vantagens políticas obtidas pelos rebeldes no acordo de paz. Com sua visão internacionalista, Flores começou a pensar numa unidade liberal no Cone Sul, com governos simétricos na Bacia do Prata, o que transformaria a região num dos recantos mais frutíferos do mundo. Era o que dizia a seus amigos da campanha, especialmente Souza Netto, que só participava da política municipal de Bagé, operando com o irmão Manuel Netto, e se dedicava aos negócios com tanto êxito como o que tivera como comandante de exércitos, desenvolvendo uma atividade dinâmica e rentável.

A partir da reação à invasão argentina apoiada por Manuel Oribe, Flores converteu-se num dos principais líderes políticos do país, promovendo a grande aliança dos povos do Vale do Uruguai contra o governo de Juan Manuel Rosas, de Buenos Aires. Vitoriosa a guerra, com Rosas deposto e Oribe anulado, de volta a seu país, em 1851, foi nomeado chefe de polícia de Montevidéu e, logo em seguida, ministro da Guerra e da Marinha, subindo depois ao governo como membro do triunvirato que substituiu o presidente blanco Giró, deposto pelos colorados que tinham vencido a guerra mas perdido as eleições. Em março de 1854 foi nomeado presidente da República, mantendo-se no poder até a primavera de 1855, quando perdeu novamente o poder e, com uma licença formal para deixar o país, foi residir em Buenos Aires, já nesse momento controlada pelos liberais do Partido Unitário de Bartolomeu Mitre. Foi nessa condição que participou das últimas grandes batalhas da unificação argentina, levando consigo a cavalaria oriental, integrada por um grande número de rio-grandenses residentes no Uruguai. Isso provocou uma reação em Buenos Aires, com fortes críticas na imprensa portenha, condenando a presença de tropas estrangeiras na revolução republicana. Ele estava, no entanto, plantando as bases da integração liberal já lançada na guerra contra o Tigre de Palermo.

Essa movimentação influiu profundamente na vida de Osorio. No início da década de 1860, no Brasil, como ele previa, o gabinete Ferraz deu um fim à política de conciliação de dom Pedro II. Sem a coalizão, naturalmente o poder foi levado a um governo conservador. O partido convocou seu líder mais consistente para chefiar o gabinete, o marquês de Caxias, compondo um governo moderado, deixando de fora os conservadores radicais. Essa composição tranquilizou Osorio e seus seguidores, que temiam perseguições e arbitrariedades, como era comum a cada reviravolta. Previa-se certa estabilidade nas posições no Rio Grande do Sul, uma vez que as bases mais consistentes de apoio ao marquês na província vinham dos liberais extremados. Osorio entendeu que aquele era o momento de dar uma trégua na luta política e arrumar seus negócios e sua família.

Sua primeira providência foi transferir-se para Pelotas, a cidade polo de sua área de influência. Alugou uma casa simples, mas confortável, na praça principal da cidade, cedida por seu amigo José Luís Martins, que tinha uma irmã casada com seu sobrinho, Pedro Osorio (filho de José Luís Osorio) e que, por parte de outra irmã, era tio do jovem deputado Gaspar da Silveira Martins, protegido político de Osorio. Enfim, estava tudo em casa. Havia boas perspectivas de negócios. Com a guerra civil norte-americana, a região estava em efervescência econômica, pois a obstrução de suprimento de alimentos e matérias-primas têxteis pelo sul dos Estados Unidos aumentou os preços e escancarou o mercado para as carnes, os couros e os produtos agropecuários. O algodão, introduzido por Urquiza em Entre Rios, se expandira para o Paraguai, e no Brasil abria uma nova frente de produção agrícola no Nordeste, desde o Rio Grande do Norte até o Maranhão. Havia que aproveitar a bonança. Osorio pediu uma licença do exército e se tocou para Taquarembó, levantando capital para investimento e administrando seus bens para não perder a maré positiva.

Assim que assumiu, Caxias promoveu Osorio, ampliando sua área de responsabilidade, dando-lhe o comando de suas fronteiras de Bagé e Jaguarão. Parecia que o brigadeiro daria um salto para a frente, mas ele preferiu recolher-se. Instalou a família na casa nova, completou as operações financeiras para os investimentos, entre as quais um financiamento de longo prazo com o Banco Mauá de Montevidéu, e partiu para o Uruguai, pois temia que a boa onda não durasse muito tempo e o país vizinho ficasse outra vez paralisado por uma guerra civil. De Pelotas passou por Bagé, e daí foi a Santana, onde se encontrou com o brigadeiro Davi Canabarro, que comandava a fronteira do Quaraí e estava em grande atividade em seu negócio. Canabarro fornecia para as estâncias, para as cidades e para o próprio comércio de uma clientela que se espalhava pelos dois lados da fronteira e ainda alcançava a margem direita do Uruguai em Entre Rios e Corrientes. Os dois estavam, também, exultantes com a recente vitória do novo Partido Liberal Histórico no Segundo Círculo e de olho vivo em relação aos movimentos do Liberal Progressista do barão de Porto Alegre na capital. Caxias dava-lhes garantias, mas quanto tempo os conservadores ficariam no poder? Canabarro estava inquieto:

— O Berro começou bem, mas está perdendo o controle da campanha. Não demora muito a coisa pega fogo por aqui. Os blancos estão começando a botar as unhas de fora.

— Pois é! Eu tenho de aproveitar a calmaria e ver se ganho algum dinheiro, pois agora, além dos gastos com a família, veio a política para me sugar o bolso. Mais um pouquinho e já tenho de mandar o meu filho para São Paulo ou para o Rio de Janeiro para estudar. Ele ainda não sabe se quer ser bacharel ou doutor em Medicina.

— O Fernando?

— Esse mesmo. Já está com 14 anos. Mais um pouco e se vai. E o Netto? Tens falado com ele?

— Vai bem, gordo e são de lombo. Ainda está quieto, mas vejo que está se aproximando do Flores. Por pouco que não foi pelejar na Argentina. Se a guerra não fosse contra o general Urquiza, acho que teria ido. Jamais iria pegar em armas contra o general. Mas agora que está tudo calmo do outro lado do Uruguai, quem sabe não vá se meter. Ele está muito entusiasmado com essas ideias do castelhano de fazer uma frente liberal nos três países. Disse que essa agora é a moda na Europa.

— Os socialistas estão com essas ideias, mas acho que não vai dar certo. O que não impede os governos de se unirem em torno de ideias comuns. Uma coisa assim vai mudar a briga.

— Pois tome nota! E o senhor, será que vão deixá-lo em paz?

— Sou do Exército; não podem me pegar. Mas não duvido que ao mudar o governo eu seja de novo tirado do Rio Grande. Podem me mandar para o norte ou até para a Europa. Já me falaram que eu poderia ir acompanhar as mudanças que estão se processando na Prússia e na França, com novas armas, novas táticas. Dizem que a guerra de batalhas campais já acabou. São notícias que nos chegam dos Estados Unidos. O Lisboa (agora Tamandaré) já está por lá acompanhando a construção dos tais navios de ferro, os encouraçados, como estão chamando.

Chegando ao Arapeí, Osorio foi diretamente a sua estância para iniciar os trabalhos. Embora seus irmãos ajudassem, ele costumava dizer que "o que engorda o boi é o olho do dono" e não apenas a boa qualidade das pastagens. Em seguida dirigiu-se à estância La Gloria, em Piedra Sola, sede das estâncias do general Netto, a 150 quilômetros da fronteira, cortada pelo Rio Queguay. De longe, a comitiva de Osorio foi avistada pelos vigias que estavam permanentemente postados no castelo, um torreão com terraço construído no canto esquerdo da casa, guarnecido com quatro canhões.

Assim que se avistou o grupo que se aproximava, Netto destacou uma patrulha de batedores que logo voltou dizendo ser gente amiga. Com o binóculo o general farroupilha, já reintegrado ao Exército Imperial como brigadeiro honorário, disse para seu acompanhante, que também de pé, no alto da torre, olhava com sua luneta:

— É o brigadeiro Osorio. Podes escrever, Sezefredo. Já o esperava. Um próprio do Canabarro trouxe a notícia de que ele estava vindo a sua estância Cruzeiro.

Ao se apear, Osorio já encontrou Netto em frente à sede, esperando para lhe dar o abraço de boas-vindas. Junto a ele algumas pessoas de destaque, separadas de um grupo de mais ou menos 50 homens formados em linha, como se fosse uma guarda de honra. Netto tinha 300 homens como guarnição da estância. No grupo de recepção, logo reconheceu o tenente-coronel Sezefredo Mesquita, o advogado Domingos Mendilaharsu, seu consultor jurídico, outros homens de destaque da região que estavam por ali e, no meio deles, a cabeleira vasta de seu antigo cadete:

— Delphino, tu por aqui? Vieste com o Sezefredo? Então, coronel, pegou mesmo o guri?

— Sim, senhor brigadeiro. Estou com o coronel. Compramos uns touros em Buenos Aires. O senhor sabe que eles estão trazendo reprodutores da Inglaterra para melhorar a pecuária. Gado muito bom. Vou levar 20, e o coronel, outros 20. Devem estar chegando embarcados. Amanhã vamos para o Salto esperar as barcaças.

O assunto era pecuária enquanto passavam para a casa e eram recebidos por dona Maria Medina Escayola de Netto, jovem esposa de 18 anos, casada havia três. Todos comentavam os bons momentos para os negócios na região. Embora tivessem passado por uma guerra recente entre a Confederação e Buenos Aires, o conflito não causara grandes prejuízos, pois os dois chefes, Mitre e Urquiza, tiveram o cuidado de circunscrever as hostilidades aos campos de batalha, em Cepeda, e o último, em Pavón, na fronteira de Santa Fé com Buenos Aires. Evitaram, assim, que ocorressem as depredações, os roubos e outras violências a que estavam acostumados, preservando os rebanhos e as plantações. Recentemente, porém, com a inquietação dos blancos, temia-se pela perda de controle do governo de Montevidéu, o que podia degenerar em novo período de tropelias e desmandos, com seus inevitáveis reflexos na produção e nas atividades econômico-financeiras. Netto parecia preocupado:

— O presidente Berro está muito confiado e vem se aproximando do Paraguai, querendo formar uma frente para se interpor entre o Brasil e a Argentina. O Carlos Lopez parece que lhe dá ouvidos, mas, na verdade, o velho urso está apenas jogando, dando corda, mas não vai se meter. Anda muito mal de saúde, pelo que me disseram. Já com seus filhos não vai ser a mesma coisa. O mais velho, que é o dono do Exército, é um perigo. Eles não têm muitas condições, mas se mandarem uns 5 ou 6 mil homens para Montevidéu...

Dali Osorio seguiu para Salto em companhia de Sezefredo e Delphino, que iam buscar seus touros. Na cidade, percebeu que o clima era de grande inquietação. Flores estaria muito próximo do presidente Mitre, agora comandando a República Argentina. E Buenos Aires se inquietava com essa aproximação entre Montevidéu e Assunção. Não que a Argentina pretendesse anexar o Paraguai, já que, depois da guerra contra Rosas, agradecendo o apoio de Lopez aos aliados, reconhecera sua independência. Mas havia uma questão de fronteiras bem mais grave que a disputa com o Brasil por uma nesga de território em Mato Grosso. Sem que se soubesse baseado em quê, o Paraguai reivindicava todos os territórios do Gran Chaco, na margem direita do Rio Paraguai, e também o chifre entre os Rios Paraguai e Paraná no nordeste, as chamadas Terras das Missões. Embora esses territórios nunca tivessem estado sob o controle de Assunção, Lopez reivindicava sua posse. Como no caso do Brasil no trecho contestado, tanto o Chaco como Missiones estavam ocupados por nacionais argentinos, justificando o *uti possidetis*, que era a forma mundialmente aceita para o estabelecimento de fronteiras.

O Paraguai não aceitava essas disposições nem nenhuma arbitragem, pois sabia que perderia numa disputa judicial. Assunção operava politicamente junto aos remanescentes federales que não aceitavam plenamente a designação de Buenos Aires como capital federal, uma forma de disfarçar a hegemonia dessa província sobre as demais. A desestabilização ou o enfraquecimento do governo Berro era do interesse de Buenos Aires, e Flores cumpria esse papel. Era iminente uma invasão, que contaria, certamente, com um forte contingente dos brasileiros que viviam nas imediações do Rio Negro, mas também seria inevitável que, se isso acontecesse, o conflito atingisse a região do Arapeí.

Osorio não estava muito preocupado com a política uruguaia. Para ele, república era sinônimo de anarquia até que o povo tivesse educação cívica para se comportar à altura num regime cidadão. Seu grande problema, dizia a Netto, era o impasse que se criava em seu partido, com o rompimento entre duas facções, o que certamente os levaria à derrota nas eleições. Os dois jovens líderes Felix da Cunha e Gaspar da Silveira Martins insurgiram-se contra a candidatura do barão de Mauá e queriam que o partido tivesse outro candidato em Rio Grande, que era a base eleitoral de Irineu Evangelista. Osorio defendia o barão por todas as razões:

— Acusam o homem de gostar do título de barão. E quem não gosta? Mas também é útil para ele, que assim se coloca ao lado dos nobres na Europa. O concorrente dele, o barão de Rotschild, também não nasceu com sangue azul! Depois não se dão conta de que o barão é um aliado importante, pois controla o sistema financeiro do Uruguai, tem negócios fortes com Urquiza e uma casa bancária em Buenos Aires. Isso para nós é vital. Por fim, sem o dinheiro do Irineu o que seria do nosso partido?

Netto concordava:

— Não dá para dizer nada contra o homem. Nos tempos da revolução ele nos apoiou com dinheiro e prestígio. Prejudicou-se muito por isso.

Em Porto Alegre, os progressistas sabiam que Osorio era o grande sustentáculo do partido adversário. Para tirá-lo da frente não bastaria afastá-lo da província. Essa era uma oportunidade de desacreditá-lo definitivamente. O objetivo era juntar essas ideias confusas que circulavam, com Flores pregando integração, com os rio-grandenses engajados em seu exército composto majoritariamente por históricos, e a ausência do brigadeiro no comando, vivendo exatamente no miolo da nascente rebelião cisplatina. Coube ao mais prestigioso chefe progressista, o barão de Porto Alegre, lançar a casca de banana que faria Osorio resvalar e cair vergonhosamente. Uma carta detalhada, levantando fatos obscuros e fazendo ligações perigosas, foi escrita para ser entregue ao marechal Francisco Felix da Fonseca Pereira Pinto, antigo adversário de Osorio desde a Revolução Farroupilha. Na corte, o velho militar deveria encarregar-se de lançar a calúnia, deixando-a crescer até se transformar em algo impossível de ser desfeito.

Contudo, os deuses mais uma vez perdoaram Osorio e o protegeram, como aconteceu em tantos combates dos quais escapou ileso. Quando a carta chegou ao Rio, Pereira Pinto acabara de falecer e a viúva, sem saber o que fazer, enviou-a ao presidente do Conselho de Ministros. Caxias abriu o envelope, leu o conteúdo e percebeu a trama. Decidiu agir com presteza. Chamou seu cocheiro e dirigiu-se diretamente ao Palácio São Cristóvão, onde mostrou o texto ao imperador. De volta à sede do governo, mostrou a todo o gabinete, opinando que aquilo era um absurdo, que política admitia muita coisa, mas tinha limites. Depois entregou o material ao deputado Oliveira Bello, que se encarregou de botar a boca no trombone para que todos ouvissem o toque desafinado daquela banda.

Quando chegou ao conhecimento de Osorio, o brigadeiro mandou outra carta irada pedindo justiça. Dizia a certa altura: "Como último recurso pinta-me traiçoeiramente ao governo do país como um traidor à Pátria e à Monarquia Constitucional que, com risco de vida, defendo e sirvo há 38 anos e nove meses, muitas vezes galardoado pelo imperador e creio mesmo que estimado por esse povo que me conhece, desinteressado e dedicado." Depois pedia o testemunho de sua lealdade ao país, ao imperador, ao governo e a Caxias, que "foi testemunha do meu proceder por muitos anos nos quais creio que correspondi à confiança com que V. Excia. honrou-me em dias difíceis para a Pátria e para a Monarquia". E exigia: "Com a consciência tranquila espero, pois, que o governo faça seu dever; que exija as provas e, se as obtiver, condene o traidor; ou senão me mande a carta; quero fazê-la pública e desmascarar o caluniador, que, desesperado por não poder levar-me a seu serviço, se pôs à testa do grupo que atassalha minha reputação." Osorio deu ainda nome e endereço: "O barão de Porto Alegre foi ultimamente alistar-se nessa roda... Não me podia fazer ferida mais dolorosa, tão infundada quanto ofensiva, e se, de fato, não chegasse a mim pela letra de V. Exª, dele duvidaria, porque a perversidade é demais."

Osorio justificava também a necessidade de cuidar de negócios particulares: "A minha profissão de militar não me dá fortuna (...) Tenho filhos a educar. O que mais me falta é o saber, que não se adquire nos acampamentos onde envelheci. E eu quero que meus filhos sejam mais felizes e capazes do que eu. Hei de trabalhar, ainda que o não queira o barão de Porto Alegre e que me seja preciso sair do serviço, reformado. Para o próximo verão tornarei a pedir licença a fim de ir à minha fazenda desfrutar de meus gados, para pagar o que devo e as despesas que fizerem meus quatro filhos nos estudos. Em 1864 também hei de pedir licença para levar um deles a estudar em São Paulo, se antes, em guerra, os castelhanos não me comerem os gados pela terceira vez, deixando-me sem recursos."

O deputado Oliveira Bello levou essa carta ao Conselho de Ministros, que a encaminhou ao imperador. Pedro II mandou-a de volta, desacreditando-a ostensivamente, com as palavras:

— Digam ao brigadeiro que não vale a pena falar mais nisso.

Osorio chegou a uma conclusão: seu partido precisava de um jornal. A decisão fora tomada quando sofreu uma campanha de imprensa orquestrada pelos liberais progressistas, acusando-o de desmandos na fronteira. Numa delas, publicada pelo *Correio do Sul*, de Porto Alegre, o seu subcomandante, coronel José Luís Mena Barreto, acusava-o de permitir que o coronel Mayano, do Exército uruguaio, circulasse livremente armado e acompanhado de uma patrulha pelas ruas de Jaguarão, capturando eventuais desertores que tivessem fugido para o Brasil. O caso foi levado a sério e Osorio intimado a se explicar por escrito. Respondeu dizendo que essas ações estavam de acordo com as leis e ordens em vigor e valiam para os dois países. "Inventam para chamar sobre mim a odiosidade! Minha presença aqui é o pesadelo daqueles que não me podem dar suas ordens e que pagaram à custa das derrotas nos pleitos eleitorais de agosto e setembro próximos passados, no mesmo campo em que foram por 12 anos vitoriosos", escreveu para justificar a perseguição dos governantes da capital.

Com o apoio de fazendeiros fortes, incluindo o maior proprietário de terras da província, o comendador Faustino João Corrêa, em 3 de abril de 1863 Osorio comprou o jornal *Progresso*, com a finalidade de defender as posições dos liberais históricos. Mas já era tarde. Dias depois, chegou a notícia de que Venâncio Flores cruzara o Rio Uruguai, dando início à guerra civil que desencadearia todo o conflito do Cone Sul. Suas tropas eram compostas por liberais argentinos, históricos rio-grandenses e colorados uruguaios. No Rio Grande do Sul, o coronel Mena Barreto conseguiu, com o apoio do barão de Porto Alegre, que mandassem chamar Osorio ao Rio de Janeiro, sem nenhuma justificativa de serviço. A ordem partiu do primeiro-ministro Zacarias de Góes, chefe do novo governo que substituíra o gabinete do marquês de Olinda, sucessor de Caxias. Deveria apresentar-se ao ministro do Exército imediatamente. Um logro, pois o gabinete Zacarias durou apenas quatro dias antes de cair diante de uma aliança de liberais e conservadores moderados. O novo presidente do conselho era Francisco José Furtado, um liberal histórico.

Assim que recebeu a ordem de seguir para o Rio, Osorio preparou-se para a viagem. Contudo, não pôde se esquivar de uma sucessão de homenagens e despedidas, todas acintosamente contrárias ao governo provincial e ao subcomandante que tramara seu afastamento. Entre elas, um manifesto assinado pela totalidade dos oficiais da guarnição, um gesto que beirava a indisciplina militar ou, pior ainda, a sedição. Osorio tomou o primeiro vapor para Pelotas, dali para Rio Grande e a seguir para o Rio de Janeiro. Chegando à capital, deu com um novo governo. O ministro da Guerra que o removera, José Mariano de Mattos, estava demitido, assumindo em seu lugar, interinamente, o deputado pelo Amazonas Francisco Carlos de Araújo Brusque, então ministro da Marinha. Era um desafeto político no Rio Grande, onde fora derrotado nas eleições, tendo por isso sido eleito pela província do norte, um lugar aonde jamais estivera para que justificasse seu mandato.

Desembarcando no Rio, Osorio foi se hospedar na casa do senador Cândido Baptista de Oliveira, onde soube o motivo de sua remoção, ainda vinculada a suas ligações com a revolução uruguaia. O ministro transferia-o por solicitação do barão de Porto Alegre, "por ser um perigo à integridade do império se continuasse residindo no Rio Grande do Sul, cuja separação tramava com certos caudilhos do Estado Oriental". Foi ver o marquês de Caxias, visivelmente indignado. Antes mesmo que pudesse falar, Caxias foi dizendo:

— Tranquilize-se. Há "alguém" que sairá aos embargos. O pedido não terá deferimento.

"Alguém" era como Caxias se referia a dom Pedro II. Osorio declarou-se meio incrédulo.

— Por que não? O senhor não vê que já estou no meio do caminho?

— Sim, porém logo que o imperador souber da injustiça que lhe fazem...

— Pois quê! Ele ignora?

— Creio firmemente, como ignora muitas coisinhas mais que deveria saber. Ah, meu camarada! Não faz ideia do que vai por esse mundo! Fale ao imperador; conte francamente tudo o que lhe ocorre e... verá. Eu falarei também.

Não se passaram 24 horas e Osorio já estava no Palácio São Cristóvão. Cumprimentaram-se, falaram-se, comentaram alguma coisa até que o imperador entrou no assunto:

— Que notícias tem da sua terra?

— As notícias que tenho são de que por lá se diz que não há nenhum serviço a dar-me: que me retém por aqui por conveniências eleitorais e que depois mandar-me-á para o norte para ser agradável aos políticos, que não me querem na minha província.

Dom Pedro fechou a cara. Abanou a cabeça, visivelmente contrariado:

— Ah! Isso é grave! O que me disse o ministro da Guerra foi que mandou chamá-lo para ouvi-lo sobre assuntos urgentes concernentes ao Exército.

— Senhor, o ministro que me chamou à corte não é o mesmo que hoje governa; estou há muitos dias aqui e o ministro que o substituiu nada me ordenou até esta data. Isso faz crer que tal urgência é pura fantasia, enquanto as notícias que correm na minha terra são as verdadeiras.

— Bem, bem. Tomarei em consideração as suas palavras. Ouvirei Brusque a esse respeito. E por que não requer a comenda de Aviz?

Osorio surpreendeu-se com a súbita mudança de assunto.

— Por não parecer que sirvo à minha pátria disputando recompensas.

— Não, senhor! Requeira. A lei diz que todos os oficiais generais que contarem 35 anos de serviço efetivo serão condecorados com a comenda de São Bento de Aviz. O senhor tem mais. Requeira. Reclame o que é seu. É da lei. Não lhe farão favor.

Osorio entendeu que era uma maneira de o imperador demonstrar sua contrariedade com seu afastamento do Rio Grande do Sul. Em um mês foi nomeado comendador da Ordem de Aviz.

Dias depois, Osorio soube que Caxias estivera no Paço Imperial, mas ninguém comentou sobre o assunto de que trataram, embora imaginasse que logo teria notícias diretamente do marquês. Foi o que aconteceu. Logo de manhã entregaram-lhe a correspondência: "Exmo. Amigo e Camarada: fiz ontem o que lhe prometi. Estive em São Cristóvão e, em tão boa hora, que lá encontrei o Brusque. Todas as dificuldades foram aplainadas. Apronte, portanto, a mala para voltar para o sul, em vez de seguir para o norte, como desejava o seu coronel. Como V. Exª tem de falar hoje ao ministro, será bom que não dê por sabedor de nada, mas mostre vontade de ter de fazer ali, porque ele me deu palavra de empregá-lo melhor do que estava; e mais 'alguém' foi da minha opinião... escuso dizer-lhe que tudo isso é segredo. Andaraí, 12 de junho de 1864. M. de Caxias."

Osorio ficou com aquilo na cabeça: "mostrar ter de fazer ali". Pensou: "Não, não posso fazer isso. Prefiro ir para o norte a dar o braço a torcer a esses cabrões. Não é certo pedir nada, pois não sou pessoa da confiança do ministro. Além do mais, se falar isso pode transpirar e serei lançado ao ridículo por aqueles borra-botas e deixarei meus amigos indignados. Vou me portar como sempre e seja o que Deus quiser." Na tarde do dia seguinte vestiu o fardamento novo que mandara fazer no melhor alfaiate do Rio, pregou suas condecorações no peito, incluindo o colar da Ordem de Aviz, e se apresentou ao ministro. Já na entrada viu que era esperado, pois a guarda estava a postos, o clarim deu o toque de "general", o oficial de dia estava nos trinques. Mal parou na antessala e já foi admitido no gabinete ministerial. Brusque levantou-se, parando por dois segundos ante a continência do oficial, e mandou que se sentasse, contornando a mesa para sentar-se na sua poltrona. Então, esfregando as mãos, descontraindo-se, saudou Osorio e foi fazendo perguntas, prontamente respondidas: em que condições se encontrava o armamento, a prestabilidade dos cavalos, fardamentos, suprimentos. Falou apenas de assuntos militares e disse que pensava mandar-lhe de volta para o sul. Osorio assentiu com um leve e silencioso movimento da cabeça. Brusque, então, não se conteve:

— Vossa Excelência não desejaria ser conservado no comando da fronteira de Jaguarão?

— Não, senhor. Não faço questão disso. Aceitarei e acatarei qualquer determinação do governo. Irei para onde julgar conveniente mandar-me.

— Mas aí tem os seus amigos...

— É verdade, mas não impedem que eu cumpra o meu dever noutra parte.

— E... a família?

— É exato, mas a família do soldado nunca foi um embaraço às suas marchas nem aos atos do governo. A minha irá aonde eu for sendo possível ou... ficará chorando a minha ausência... como agora.

— Tem razão, senhor general, dura é a lei do soldado, mas creia também que a do governo não é suave. Enfim, como já disse, o governo vai resolver sobre o regresso de Vossa Excelência para o sul, não cogitando senão de aproveitar os bons serviços de Vossa Excelência.

Brusque ainda deixou Osorio assando em fogo brando. Passou-se junho, julho e nada. No Rio Grande do Sul, seus adversários espalhavam que só voltaria em outubro, depois das eleições marcadas para 7 de setembro. O barão de Porto Alegre garantira a seus amigos que ele não teria tempo de influir no pleito. Entretanto, o ministro não pôde segurá-lo, pois apesar da eleição a guerra estava próxima. A imprensa trombeteava sobre as violências dos blancos contra os estancieiros brasileiros no Uruguai, exigindo providências do governo, que custava a se decidir a se envolver na guerra civil de Flores. Diziam no governo que os argentinos, que haviam armado e financiado o caudilho oriental, que o embalassem.

No início do mês anunciou-se a breve chegada ao Rio de Janeiro do brigadeiro Antônio de Souza Netto, o ex-general farroupilha agora integrado ao Exército Imperial, que estaria na cidade para uma entrevista com o imperador. Osorio se preocupava, pois não seria bom que permanecesse na cidade quando o amigo visitasse a corte. O mesmo concluiu o governo, pois seria excesso de barulho. No fim de julho, Osorio recebeu um lacônico aviso do ministro: "Exmo. Sr. General Osorio: Pode V. Exª seguir para o Rio Grande do Sul quando lhe aprouver. De V. Exª Patrício e Cr. Francisco Carlos de Araújo Brusque." No mesmo dia recebeu um ofício do Ministério: "Secretaria de Estado dos Negócios da Guerra. 2ª Diretoria Geral em 6 de agosto de 1864. Ilmo. e Exmo. Sr. Permitindo o Exmo. Sr. Ministro e Secretário de Estado dos Negócios da Marinha e interino da Guerra que V. Exª regresse para a província do Rio Grande do Sul, assim lhe comunico para seu conhecimento e governo. Deus Guarde V. Exª – Ilmo. e Exmo. Sr. General Manuel Luís Osorio – ass. João Frederico Caldwell, ajudante-general."

Osorio estava com Caxias quando chegou a ordem de embarque. Os dois se abraçaram, despedindo-se, e no mesmo instante, a sorrir, o marquês disse-lhe ao ouvido:

— O "homem" de São Cristóvão manda lhe perguntar se não é possível que você deixe de ser tão político?

— Diga-lhe que não, enquanto a lei não me privar de exercer os meus direitos políticos de cidadão brasileiro.

No dia 26 ele embarcou. No Rio Grande do Sul várias manifestações foram organizadas para sua chegada. Uma foi frustrada porque não estava no navio esperado. Quando chegou, porém, foi uma apoteose.

CAPÍTULO 68

Ilusões na Clausura

VOLTANDO DA RECEPÇÃO ao general Osorio em Jaguarão, a comitiva do coronel Sezefredo passou por Bagé, onde ele se reencontrou com o general Netto, que estava na cidade, mas já de saída, voltando para La Gloria. Foi uma alegria o reencontro dos dois antigos farroupilhas, porque não havia nada mais animado e com maior otimismo do que as vésperas de uma guerra: todos estavam confiantes, até que a realidade ia se impondo, a dor das perdas, as misérias, as decepções, confirmando que não havia guerra boa por mais justa que fosse. Permanecia, porém, sempre essa ilusão entre os veteranos de que aquela seria a última e que, para que assim fosse, valeria a pena.

Netto tinha novidades da Banda Oriental:

— Os blancos estão desesperados. Apelaram para o Juan Sáa, aquele caudilho degolador de San Luís, que esteve com Urquiza em Pavón e depois assumiu o comando militar da confederação. Para mim, é desespero entregar a direção do exército a um homem desses. Deve ser porque o Berro tem a ilusão de formar uma nova frente contra nós, juntando os remanescentes federales, paraguaios e eles, os blanquilhos. Mas asso no dedo se o general Urquiza apoiar essa gente.

— O senhor acha que o imperador vai mandar intervir?

— Tenho certeza! Estive com ele; gostei do seu jeito. É mais moço que eu, mas parece o meu pai com aquelas barbas ruivas se esbranquiçando. Foi uma conversa muito construtiva.

Delphino lembrou-se de uma frase antológica que Netto teria dito: “Não tiro chapéu a imperadores.” Agora falava de dom Pedro como um amigo. Não resistiu:

— E o senhor tirou o chapéu para cumprimentá-lo?

Netto, que já conhecia a veia satírica do companheiro de seu destemido capitão, não se deu por achado:

— Ele me recebeu no Palácio São Cristóvão; eu fui fardado, pois ele é meu superior no Exército desde que me reconheceu general e me condecorou com a Ordem de Cristo; também estava na casa dele, não podia ser mal-educado. Por tudo isso, me portei no protocolo, saudei com a continência de estilo. Tudo nos conformes. Nem eu dei nem ele pediu subserviência. Mas a certa altura meio que reclamou que nós rio-grandenses somos muito belicosos e eu retruquei: “Majestade, se a uns cabe o destino de Atenas, a outros toca o destino de Esparta.” Foi mais ou menos assim.

Foi uma gargalhada geral. O espirituoso Netto sempre tinha uma saída. Sua passagem pelo Rio de Janeiro fora um grande êxito político. Apareceu nas primeiras páginas dos jornais todos os dias enquanto esteve na cidade. Os diplomatas uruguaios acusavam-no de ser subversivo, traidor em potencial do império, de ter objetivos secessionistas mandando 2 mil homens para reforçar o exército de Flores com o objetivo de anexar terras uruguaias, sem ter desistido de seus propósitos de separar o Rio Grande do Brasil. Dizia o embaixador: “O general Netto, conspirador conhecido e de ambição ainda não saciada, desistiria dos seus propósitos?”

Ele voltava para o Arapeí levando 200 homens armados e 3 mil cavalos, parte comprada, parte arrecadada por seu irmão Manuel entre os estancieiros da região e parte de sua criação. Também levava duas carretas com armas e munições, charque, rapadura, cachaça e cereais para alimentação da tropa. Na passagem por Livramento pegaria mais gente, cavalos e suprimentos que lhe daria por baixo do pano o comandante da fronteira, o brigadeiro Davi Canabarro.

— Eles não vão deixar o Tatu entrar com o exército. Escrevam isto. Tu também, Sezefredo, vais ficar em casa. Esses luzias do João Propício (Mena Barreto) vão te deixar para trás. Mas não te amofines, pois vamos ter guerra para todos.

Aconselhou o coronel a se articular com o pessoal ligado a Osorio. Seria bom passar por Caçapava para conferenciar com o comandante da Brigada de Infantaria, coronel Antônio Sampaio ("gente do Caxias") e com o coronel Portinho, comandante da Guarda Nacional. "Se vires o capitão Chananeco, diz que lhe mando um abraço!"

Sezefredo aceitou a sugestão. Seria um pequeno desvio. Também serviria para dar uma parada em Lavras e falar com seu pessoal, pois seu 26º Corpo era integrado por efetivos de São Gabriel e de Lavras. Delphino exultou com a decisão. Teria um tempinho para ver a mãe, dona Delfina Brites Rodrigues Souto, e os irmãos, apanhar coisas suas, objetos pessoais e algum dinheiro, ver amigos e saber das últimas notícias.

Encontraram a cidade em pé de guerra. Ali estava o 4º Batalhão de Infantaria de Linha, comandado pelo tenente-coronel Salustiano Jerônimo dos Reis, que integrava a 1ª Brigada sob o comando do coronel Antônio Sampaio, que já servira na cidade e que dali partira em 1852 para a campanha contra Rosas. Nessa cidade, antiga capital farroupilha, quase toda a população masculina estava em armas. Uma parte servia no 6º, pois, embora o batalhão de infantaria viesse de Pernambuco, quase todo o seu contingente de soldados rasos era de gente recrutada ali mesmo. Já os eleitores integravam o 1º Corpo Provisório de Cavalaria da Guarda Nacional, unidade vinculada ao Partido Republicano Histórico.

Na cidade foram se encontrar com o Pai da Pátria local, o doutor João Pinheiro de Ulhôa Cintra, que era a pessoa indicada para uma boa conversa naquele momento: ex-ministro do Exterior da República, fora embaixador em Assunção, Corrientes e Paraná, integrara as missões republicanas enviadas a Montevidéu e Buenos Aires e conhecia os negócios internacionais como poucos naquela região, além de ser deputado provincial na Assembleia Legislativa em Porto Alegre.

— A nossa América está fervendo que nem um vulcão, soltando chispas para todos os lados. Há uma guerra como nunca se viu na América do Norte; os franceses de Napoleão III estão no México sustentando um governo títere para apoiar a indústria têxtil da Europa, que não abre mão do algodão dos confederados americanos; a Espanha está às turras com o Chile e o Peru por causa do salitre; e nós aqui nos pegando de novo. E não se assustem se isso virar uma crise de toda a América do Sul. O Felipe Varela está querendo botar a Argentina na União Americana, que se vocês não sabem é uma proposta de integração política dos países do Pacífico e do Caribe, entre eles Chile, Peru, Bolívia, Equador, Colômbia, Venezuela e Guatemala, para lutar contra agressões europeias, mas exclui o Brasil e os Estados Unidos deliberadamente. Esse foco aqui da Banda Oriental pode se espalhar e se tornar um grande incêndio. Temos de tomar muito cuidado, pois nem o Mitre nem o Flores têm o controle da situação. E não se esqueçam do Paraguai. Ninguém nunca se lembra deles, pois sempre ficaram quietinhos, mas esse rapaz que está no governo em Assunção tem topete. Eu o conheci guri e já era metido. Imagine agora como não estará?

Ulhôa Cintra falou longamente sobre o Paraguai, que conhecera nos tempos do presidente Gaspar de Francia, um homem que isolou sua província no alvorecer da formação dos Estados nacionais platinos com o objetivo de impedir que mergulhasse na desordem. Havia 50 anos o país vivia completamente distante da realidade internacional. Agora, tentava emergir em meio ao mais complicado de todos os conflitos platinos, no que se envolviam num emaranhado incompreensível três países com três séculos de história comum. Uma luta com todos os entrelaçamentos e todas as arestas que tal convivência provocara e que, nessa fase, dava os últimos golpes para completar seus processos de conformação política, completando os movimentos de independência e divisão territorial. No seu entender, essa intervenção era o fato novo que poderia levar a região por caminhos até então desconhecidos.

O ex-ministro farroupilha tinha razão de analisar o quadro uruguaio como o clímax de um processo, mas antevia o passo final, com a inclusão do Paraguai, o filho pródigo que estivera de fora de todos os embates e que nesse momento pretendia fazer sua retomada. Com a chegada de Sáa, viriam os federales cisandinos, com Telmo Lopez, filho do caudilho fundador de Santa Fé, Estanislao Lopez, além dos antigos federalistas do Vale do Paraná. Ao mesmo tempo, os blancos uruguaios representavam seu último papel no drama da cisão da margem esquerda do Vale do Uruguai, defrontando-se com os colorados e os farroupilhas, auxiliados a contragosto pelos liberais progressistas de Porto Alegre. Até aquele momento, o embate ainda se produzia dentro da tradição do Cone Sul, com sua forma peculiar de fazer política de armas na mão, autodestruindo-se.

Um exemplo emblemático do comportamento das facções pode ser tirado da carta que Osorio recebeu de Venâncio Flores logo que botou os pés em Jaguarão, vindo de sua deportação para o Rio de Janeiro. O caudilho uruguaio lhe oferecia garantias e explicações: "Meu estimado general e amigo, há 15 dias estou no seio da pátria à frente de meus homens, no interesse de reivindicar nossos direitos e salvar o país da tirania, do funesto governo que preside nossos destinos. Espero que o senhor não seja indiferente à sorte dos orientais. Lutamos pelos mesmos interesses que combateram brasileiros e orientais em 1852 na memorável Batalha de Caseros, em que o senhor general honrou o pavilhão brasileiro que flamejava à frente do 2º Regimento de Cavalaria sob seu comando naquela época. Havendo chegado a esse destino e encontrando-me necessitado de alguns cavalos, tomei a liberdade de emprestar em seu estabelecimento do Arapeí 30 deles, guardando todas as precauções necessárias com seu capataz Rosa, a fim de não comprometer V. Sª Dentro de 12 ou 15 dias os devolverei a seu estabelecimento, ficando de qualquer modo responsável pelo pagamento dos referidos cavalos. Deseja-lhe felicidades seu atento servidor e amigo, Q.B.S.M. Venâncio Flores."

Osorio entrou em atividade frenética para organizar suas tropas, pois temia que o governo provincial fizesse corpo mole diante das políticas nacionais. No Rio Grande, a surpreendente reação do gabinete deixara os chefes progressistas perplexos, pois a causa do Uruguai era uma bandeira dos históricos: foram eles que reforçaram a cavalaria de Flores na guerra civil argentina, eram eles que estavam com o líder oriental na campanha e eram os mesmos que haviam trazido Osorio de volta para liderá-los naquela campanha. Os progressistas não esperavam por isso. Entretanto, para militares, ordens são ordens. Teriam de marchar quando chegasse a determinação do governo e, a cada dia, ficava mais claro que haveria uma invasão. Os passos eram nesse sentido. Imaginava-se em Porto Alegre que novos fatos trariam novas articulações. Não haveria maior fato novo do que a troca de governo, mas a sucessão uruguaia acabou por radicalizar o processo. O presidente Berro foi substituído por um falcão de garras mais afiadas, o presidente Atanásio Cruz Aguirre, o que já conduzia para a ampliação do impasse.

O governo do Rio de Janeiro também deu uma bela contribuição de lenha para a fogueira ao designar como plenipotenciário em Montevidéu o conselheiro José Antonio Saraiva, deputado liberal de posições moderadas, que foi enviado como chefe de uma missão especial para ganhar tempo até que o Exército tivesse condições de agir. O governo estava firmemente decidido a usar a crise uruguaia para se aproximar dos históricos no Rio Grande do Sul. Como ganho adicional, queria dar uma massageada na autoestima da população carioca, que estava de cabeça baixa devido às humilhações impostas pela armada britânica nos acontecimentos da Questão Christie, como se chamou a briga entre a prepotência inglesa e o Brasil, episódio vergonhoso bem típico da desordem internacional daquela época. Um embaixador britânico que vivia às turras com o governo do país, que era indiferente nas relações com as pitorescas e distantes nações da América do Sul e deixava as forças armadas na mão de um almirante irresponsável e arrogante, provocou um tumulto absurdo sem nenhuma justificativa política.

Esse corre-corre, no entanto, foi identificado pela diplomacia de Montevidéu como um sinal de fraqueza do império brasileiro. Imaginaram então desafiar o Brasil. A Questão Christie, porém, assim como começou terminou, pois dom Pedro II rompeu relações diplomáticas com a Inglaterra, chamando a atenção de sua prima, a rainha Vitória, que mandou dar um basta naquilo. No entanto, ficaram as feridas, pois caiu o gabinete conservador, substituído pelos liberais. Esse quadro político não poderia ser bem avaliado no Rio, nem em Montevidéu ou em Assunção. Nos três países havia governos recentes e ainda instáveis à procura de manobras para desviar a atenção, jogando suas crises internas para o espaço do inimigo externo, sempre uma grande saída para estabilizar governos nessa parte do mundo.

Em Caçapava, Ulhôa Cintra divagava sobre esses fatos, fazendo uma análise a partir de sua experiência na política internacional, em que desprezava os arroubos retóricos e entrava nas motivações íntimas dos governos, que manobravam os países como barcos perdidos na bruma em baías pontilhadas de recifes. Ele usou essa expressão naval para demonstrar o perigo de continuar indo em frente em vez de lançar âncora e esperar um pouco a névoa levantar.

Somente Buenos Aires tinha um prático à altura, pois Mitre, além de experiente político nas embrulhadas platinas, conhecendo a fundo não só as fragilidades e forças dos demais contendores, também sabia muito bem quem era quem e antevia os passos que os homens dariam naquela conjuntura. Os demais estavam atônitos: Rio de Janeiro e Montevidéu tinham governos novos, ainda procurando se firmar diante de oposições mais ou menos agressivas. No Rio os liberais só conseguiram se impor na segunda tentativa, uma vez que o gabinete Zacarias durou apenas quatro dias. Em Montevidéu, Aguirre assumia com uma guerra civil em pleno vigor. Em Assunção, o novo governante, Francisco Solano Lopez, tinha mandado prender uma parte dos deputados do antigo Congresso que o elegera, pois tivera de rasgar a Constituição, que proibia a sucessão na mesma família, para tomar o lugar de seu falecido pai. Existia uma ativa oposição no exílio atuando em Buenos Aires com o objetivo de depô-lo, dar um fim a sua ditadura e implantar no Paraguai um regime liberal nos mesmos moldes de Buenos Aires e Rio de Janeiro. Era um bom pasto para os bodes expiatórios.

Os coronéis Sampaio, Portinho, Salustinano e o alferes Delphino, que não tinha grau para estar naquela conversa mas fora convidado por ser de uma família ilustre da cidade, ouviam com toda atenção a fala mansa do advogado mineiro de São João d'El Rey, inteirando-se dos meandros da crise na qual se preparavam para intervir. Ulhôa Cintra avaliava que o novo ministro do Exterior do Uruguai, Manuel y Obes Herrera, orientara equivocadamente seu governo, porque tivera uma percepção errada da Questão Christie.

Quando o plenipotenciário Saraiva chegou a Montevidéu, foi considerado "um tigre sem dentes". Outro equívoco uruguaio foi confiar demasiadamente nos números. Seu aliado, o novo ás que entrava naquele baralho, o Paraguai, apresentava-se como uma força capaz de virar o jogo no Cone Sul. Seus números eram enganosos, pois oferecia um exército em armas ao qual somente os efetivos de França e Inglaterra em tempos de paz eram superiores, contando mais do que o dobro das forças de Brasil, Argentina e Uruguai juntos (tropas de linha: Paraguai, 77 mil homens; Brasil, 18.320; Argentina, 6 mil; Uruguai, 3.163). Os uruguaios não atinavam com outros dados que poderiam demonstrar que haveria um exagerado otimismo nas bravatas do governo de Assunção. Mesmo o combalido Uruguai, assolado por uma guerra civil, apresentava uma situação econômica mais dinâmica que o Paraguai. Enquanto Lopez, com uma população estimada em 400 mil habitantes, exportara 560 mil libras esterlinas naquele ano, Aguirre, com 250 mil habitantes, exportara quase 4 milhões de libras. Já em relação à Argentina e ao Brasil, a diferença era abissal, pois Buenos Aires exportava 9 milhões de libras e o Rio de Janeiro, 23,7 milhões. Esses dados, contudo, não entravam nos cálculos dos políticos que manobravam nesse espaço, contribuindo, segundo Ulhôa, para jogar os dois governos no precipício. Como a maior parte dos políticos do Cone Sul, Ulhôa não botava muita fé em Solano Lopez:

— Ele ainda era um guri quando estive lá em Assunção pela última vez, mas aos 14 anos já era coronel, aos 17 general, e aos 19, ministro da Guerra. Isso não pode ser levado a sério...

— Bem, o nosso imperador já reinava aos 14.

— É verdade, mas é muito diferente. Aqui o rei não governa e os partidos se alternam no poder. Lá o catecismo de São Alberto, ensinado nas escolas e nas igrejas, diz que o governante é o representante de Deus na Terra. O Supremo é uma figura divinizada.

O que Ulhôa Cintra mais temia era a entrada em cena de um país tão poderoso militarmente e tão frágil politicamente. A experiência internacional de seus dirigentes era praticamente nula.

— Quem mais entende o mundo por lá é a mulher do ditador, uma franco-irlandesa que ele trouxe da Europa e que vive como sua esposa, embora nem sejam casados. Ela se separou do marido e até agora o papa se recusa a anular seu primeiro casamento. Entretanto, é a mãe dos três filhos de Solano Lopez.

Essa mulher era a grande incógnita. Elisa Alicia Lynch era uma católica irlandesa filha do escrevente-chefe do porto de Corck, na Irlanda do Sul, nascida em 1835, filha de mãe austríaca, Adelaide Katherine Lynch, educada em escolas inglesas. Mal sabia usar o idioma nativo de seu país, o *irish*, pois seu pai, sendo funcionário da Coroa, preferia a língua oficial de Londres.

Viveu os primeiros 13 anos como menina abastada, pertencente à categoria dos altos burocratas, até que seu país foi assolado pela peste da batata e mergulhou numa das maiores crises econômicas de toda sua história. Milhares de pessoas deixavam o país todos os dias, emigrando para a América do Norte e outras regiões do mundo. Em meio à recessão, seu pai, Cervan Lynch, faleceu, deixando a família na miséria. Adelaide pegou Elisa e se mudou para Londres, seguindo depois para Paris, onde vivia a filha mais velha, Corinne, casada com um francês. Lá Elisa recomeçou pobremente sua vida, trabalhando no comércio, mas nunca se descuidando de seu aprimoramento educacional. Aos 15 anos, casou-se com um capitão do Exército Francês, Xavier Quatrefages, e foi viver com ele na Argélia, onde estava destacado no quartel de El Biar, a poucos quilômetros de Argel. Nessa época, conheceu a sociedade colonial, profundamente racista, excludente e cruel, mas como mulher de um militar da ativa desenvolveu as artes da fidalguia, aprendendo todos os requintes da vida social e, mais ainda, a prática da equitação, pois seu marido era veterinário da cavalaria.

Depois de separar-se do capitão, voltou a Paris e se dedicou à prostituição de alto coturno na casa da mais famosa cafetina da cidade. Nessa posição, conheceu a alta-roda parisiense e estabeleceu um forte relacionamento com um nobre russo que tinha negócios de tráfico de armas na China, abastecendo o mercado asiático. Em pouco tempo tornou-se a dona da casa, revelando seu grande talento para os negócios. Foi então que conheceu Francisco Solano Lopez, que estava na Europa como plenipotenciário de seu país. O filho do ditador foi levado até Elisa, reconhecida como a mulher mais bonita de Paris, pelo encarregado de negócios do Paraguai na França e na Inglaterra, Juan José Brizuela. Foi um início de relacionamento bastante tumultuoso. Primeiro, ela se recusou a recebê-lo. Depois o rejeitou, apesar de Solano oferecer uma fortuna por seus favores. Ao final, apaixonou-se pelo jovem príncipe sul-americano, um amor carnal recíproco que durou até os últimos dias do marechal.

Foi ela quem levou Solano a uma festa no Palácio da Tulherias e o apresentou ao imperador Napoleão III, uma glória que encheu o Supremo de orgulho a vida inteira.

— Como vocês sabem, Paris é uma cidade permissiva; lá as cortesãs são tratadas como princesas. Além disso, Luís Napoleão não é um rei de verdade, como o nosso; é um simples presidente da república, pois deu um golpe e coroou-se, como o tio — explicou Ulhôa Cintra.

O casal viajou pela Europa, visitando Roma, Sicília, Madri e Londres, comprando talheres, pratos, quadros, tudo de que necessitavam para transformar o casebre de dom Carlos num verdadeiro palácio. No entanto, ninguém esperava que Francisco a levasse para Assunção. Dom Carlos a rejeitava, mas depois que Solano se tornou presidente, todos, incluindo sua mãe e suas irmãs, tiveram de engolir a *peliroja*, como a chamavam pelas costas as mulheres da família.

— Só essas, pois nenhuma outra pessoa teria coragem de dizer uma só palavra da mulher do Supremo.

No entanto, diz Ulhôa Cintra, embora Elisa fosse mais cosmopolita que qualquer outro na "corte" de Assunção, não conhecia quase nada da América do Sul, pois apenas pisou por algumas horas em terra firme em Buenos Aires, em janeiro de 1855, e nunca mais deixou o Paraguai.

— Ela julga os nossos países pelo que vê naquela cidadezinha. Pensa que vivemos em aldeias.

O ministro do Exterior, José Berges, era um diplomata com larga experiência, já tendo negociado limites com o Brasil e a aliança contra Rosas, mas estava totalmente desacreditado. Lopez não lhe dava ouvidos, deixando a seu cargo unicamente a operação burocrática da chancelaria. Quem o aconselhava nos assuntos internacionais era sua mulher de fato. Solano tentara casar-se com Elisa de todas as maneiras. Primeiro ofereceu uma fortuna a Quatrefages para que ele renunciasse a todos os direitos de marido; depois tentou obter uma anulação, mas o papa negou-se. Entre outras coisas, o Paraguai tinha um contencioso com o Vaticano, pois as terras das antigas Missões, pertencentes às ordens religiosas expulsas do país no tempo do rompimento do papado com os jesuítas, nunca foram devolvidas às entidades eclesiásticas, permanecendo como terras públicas exploradas por concessionários, dentre os quais a família do governante. Ulhôa Cintra dizia:

— Ela é muito rica. Tem mais de 3 milhões de hectares de terras registrados em seu nome e muito dinheiro no Banco da Escócia. Pois vejam que país é aquele. É idêntico a uma estância, com dono e capataz, os sotas, os posteiros. Se aqui no Brasil iríamos ter um presidente do Conselho amasiado? Nem na Argentina nem no Uruguai! No máximo um bispo casado e com filhos e olhe lá. Mas aí é com o Vaticano, não é mesmo?

Já era noite quando se despediram e foram para suas casas. Sezefredo pernoitaria na residência dos Souto, perto da igreja. Na manhã seguinte seguiria para São Gabriel. Sampaio comentou:

— Gosto daqui. Tem como padroeira a mesma santa que abençoa a minha terra, Nossa Senhora da Assunção.

Portinho atalhou:

— A mesma do Solano...

O cearense riu-se. Era natural da vila de Tamboril, no sertão cearense, perto da Serra do Serrote Feiticeiro, na freguesia de São Gonçalo da Serra dos Cocos, próximo às nascentes do Rio Acaraú. Sampaio tivera de abandonar sua terra às pressas, jurado de morte pela família de uma moça, Maria Veras. Até então, era o brigador mais afamado da região, lutava de espada, arma de fogo e nos punhos como ninguém.

Fugiu para a capital e sentou praça no 22° Batalhão de Caçadores, uma unidade de infantaria ligeira. Sua cautela de engajamento foi assinada pelo major Francisco Xavier Torres, indicando que deveria servir por oito anos. Era uma época de muitas mudanças na regulamentação militar, mas é importante mencionar que o aviso número 180 de 16 de junho de 1831 proibia o uso da chibata para castigo. Daí em diante, o soldado só apanhava de espada. Outro aviso proibia o uso de bigodes. No Exército de Primeira Linha, Sampaio foi galgando postos, até se encontrar com o coronel Luis Alves no Maranhão.

Sampaio fora para o Rio Grande pela primeira vez na Revolução Farroupilha como um dos assistentes do barão e conheceu o major Osorio em Porto Alegre. Desde então a amizade entre os dois só cresceu. Sampaio teve outros postos fora do Rio Grande, mas sempre voltava, servindo em Caçapava, São Gabriel e Jaguarão, onde se casou com dona Júlia dos Santos Miranda, que faleceu em 1863, deixando-lhe duas filhas ainda crianças, Leonor e América da Conceição: "Não tenho outros parentes aqui no Rio Grande. Vou deixá-las na casa do Pedro Osorio até voltar da guerra." (As meninas depois foram entregues ao general Osorio, que as criou e educou.) Sezefredo, conformado que não iria para o *front*, comentou com Sampaio:

— Pois te cuida com esses luzias. Se deixares, eles te atiram pelas costas. Se eu fosse dom Pedro não permitiria que fossem para a Banda Oriental, pois para nos ver mortos são bem capazes de se aliar aos blancos. Não te admires se fizerem algum fiasco.

As rivalidades políticas chegavam a extremos.

O coronel Portinho se preparava para marchar para o Piraí Grande, com três Corpos de Guarda Nacionais, de Caçapava, Cachoeira e Rio Pardo, onde deveria se concentrar o Exército do Sul, que já estava em "observação". Ele também opinava que o marechal Mena Barreto não iria querer Sezefredo, um notório farroupilha, no seu exército. Seu homem naquela cidade era o comandante superior da Guarda Nacional do município de São Gabriel e distrito de Lavras, o coronel Tristão José Pinto, ex-combatente monarquista na Revolução Farroupilha e membro da liga progressista. Assim, logo que regressou de Jaguarão o excedente do 26º Corpo, foi licenciado. O mesmo aconteceu com Delphino, que tinha pela frente uma safra que se abriria já em novembro. Sezefredo, porém, ao dispensá-lo do serviço ativo, relembrou as palavras de Osorio:

— Fique atento, pois o Canabarro ficará sozinho na retaguarda e não descarto uma ofensiva paraguaia nas Missões. Se isso acontecer, não contem com reforços.

Em novembro as tropas estavam se movendo para a concentração no Piraí Grande, com duas divisões, cada uma comandada pelo chefe de um partido. A 1ª Divisão, com três Brigadas, pelo brigadeiro Manuel Luís Osorio; a 2ª Divisão, também com três brigadas, pelo brigadeiro recém-promovido José Luís Mena Barreto. Osorio levava uma Brigada de Cavalaria, comandada pelo coronel Cândido José Sanches da Silva Brandão, com três Regimentos de Cavalaria de Primeira Linha, e duas Brigadas de Infantaria, uma comandada pelo coronel Antônio Sampaio e a outra pelo coronel Carlos Resin, francês de nascimento e que falava português com dificuldade. Portinho ficou na 2ª Divisão, com seus três Corpos provisórios organizados em Brigada, compondo uma grande unidade que tinha as outras duas Brigadas de Cavalaria. Uma estava sob as ordens do brigadeiro honorário José Joaquim de Andrade Neves e a outra era comandada pelo coronel José Alves Valença. Ainda integrava a força um Regimento de Artilharia a Cavalo, do tenente-coronel Emílio Luis Mallet, com 12 peças (La Hitte, calibre 4, e Paixhans, calibre 6), guarnecidas e operadas por cem homens. No total, as duas Brigadas de Infantaria somavam 2.200 homens, as de cavalaria de linha, 900, as de Guardas Nacionais do Rio Grande, 2.750, a artilharia, cem, e outros dez homens da companhia de transportes, num total de 6 mil homens. Não se contava a Brigada de Voluntários Rio-Grandenses, organizada e comanda pelo general Antônio de Souza Netto, com 1.300 homens, totalmente formada por rio-grandenses residentes no Uruguai e mantida por doações, sem custos para o erário. O comandante em chefe era o marechal de campo João Propício Mena Barreto, ferrenho adversário político de Osorio.

Tudo isso era parte de uma sucessão de acontecimentos em que os brasileiros residentes no Uruguai reclamavam proteção ao império contra os tumultos e desmandos de uma situação incontrolável. A coisa ganhou corpo com a viagem do general Netto ao Rio de Janeiro, quando o assunto entrou de rijo nos debates da Câmara de Deputados. O deputado Ferreira da Veiga reconheceu que havia 2 mil brasileiros entre os rebeldes do general Flores, mas justificou sua adesão à revolta como legítima defesa. Também o deputado Barros Pimentel reclamava medidas enérgicas. A imprensa repercutia esses discursos.

Foi assim que o governo do primeiro-ministro Zacarias de Góes decidiu enviar a missão do conselheiro Saraiva a Montevidéu, apoiado numa força-tarefa da Marinha. Em 27 de abril, na força-tarefa capitaneada pelo vapor *Amazonas*, partiu o conselheiro junto com seu secretário, Aureliano Cândido Tavares Bastos, deputado nacional por Alagoas. O governo de Buenos Aires mandou também uma missão ao Rio. Informava que o interesse do governo Mitre na desestabilização do governo de Montevidéu não tinha nenhum outro propósito além de evitar que os blancos, tradicionais aliados dos federales, dessem abrigo aos adversários do presidente, que poderiam dali lançar uma ofensiva contra a capital federal argentina. O governo brasileiro deu-se por satisfeito. Saraiva logo se entrosou com o ministro do Exterior da Argentina, Rufino Elizalde, e iniciou uma escalada de pressões contra Aguirre.

O Uruguai já tinha rompido com a Argentina desde que um barco da Marinha Portenha fora identificado transportando armas para Flores. O embaixador inglês Eduardo Thornton tentou apaziguar propondo a formação de um governo de coalizão, o que foi aceito por todas as partes — argentinos, brasileiros e colorados. Contudo, impuseram a Aguirre uma solução considerada inaceitável: que o líder rebelde Venâncio Flores fosse nomeado ministro da Guerra de seu governo. Com a inevitável recusa, as negociações voltaram à estaca zero, começando, então, a fase de retaliações hostis. Saraiva retirou-se de Montevidéu e deu ordens ao almirante Joaquim Marques Lisboa, o barão de Tamandaré, para que efetuasse o bloqueio da costa uruguaia. A movimentação da armada inaugurou efetivamente as hostilidades. O capitão de mar e guerra Francisco Pereira Pinto embarcou no *Jequitinhonha*, levou junto o *Araguari* e zarpou em direção ao Rio Uruguai, juntando-se ao *Belmonte*, que já estava rio adentro. O único navio de guerra uruguaio ancorado em Montevidéu, o *General Artigas*, foi advertido para não se mover. O *Villa del Salto*, entretanto, navegava rio acima quando foi surpreendido pela flotilha brasileira. Recebeu ordens de parar, mas intensificou o fogo nas caldeiras e escapou. Perseguido, não se deteve ante um tiro de advertência e se refugiou no porto argentino de Concórdia. Isso foi considerado *casus belli*.

Buenos Aires e Rio de Janeiro conseguiram o que queriam: levar o Uruguai a tamanho desespero que apresentaria um documento com declaração formal de guerra reconhecido nos foros internacionais. Aguirre caiu na armadilha, mandando devolver os passaportes dos diplomatas e dois dias depois cassando o *exequatur* (autorização para exercer o cargo) dos agentes consulares. Isso foi um erro diplomático, pois as ações da esquadra ao longo da costa baseavam-se juridicamente num difuso direito de represálias. Era uma lei leonina das grandes potências para dar forma legal a seus atos de pirataria nos litorais das pequenas nações do mundo, embora a esquadra do almirante Tamandaré estivesse realizando ações bem mais profundas, de valor estratégico, em apoio ao avanço do general Flores.

Esse tipo de ação baseava-se no denominado "direito das gentes", que de alguma forma autorizava um Estado a intervir no estrangeiro para proteger a vida e, em muitos casos, até os bens de seus súditos ali radicados e com residência reconhecida. Não significava dano à soberania do Estado conflagrado. Ao romper relações, porém, o Uruguai inaugurou o estado de guerra, justificando ações militares do Estado agredido.

Quando deixou seu posto no Prata, o ministro plenipotenciário brasileiro, o conselheiro Saraiva, mandou uma carta com recomendações ao presidente da província do Rio Grande do Sul. Entre as muitas propostas para ações agressivas, recomendava que a ofensiva se limitasse às praças de Salto e Paissandu, onde havia presença maciça de brasileiros, e a Cerro Largo, na fronteira sul, onde deveria obter a colaboração dos rebeldes locais. Estes deveriam "incorporar-se à força do major Fidelis, que, seguramente, nas nossas circunstâncias atuais não deixará de auxiliar o Exército de seu país". A coluna rebelde desse departamento uruguaio era não só comandada mas inteiramente integrada por brasileiros ali residentes e por seus amigos do Rio Grande que tinham ido apoiá-los ou, simplesmente, pelo gosto de combater mais uma guerra, por dinheiro ou prazer.

Os uruguaios não eram nulos em ações diplomáticas. Pelo contrário: construíram seu país em meio às velhas questões ibéricas entre diplomacias felinas como Portugal e Espanha e depois manobraram como numa sala de espelhos entre portenhos e cariocas. Sabiam muito bem o perigo que corriam com seu ato, mas não viam melhor saída. Enquanto não se criasse uma situação de fato perante o Brasil estariam mantendo Buenos Aires com as mãos atadas, mas obrigavam Assunção a dar mais um passo, pois Solano Lopez já informara tanto a Mitre quanto a Zacarias que seu país entraria no conflito em caso de guerra contra o Uruguai. Essas advertências, porém, não eram levadas ao pé da letra pelas chancelarias, que atribuíam a inusitada intervenção paraguaia nos assuntos da Banda Oriental a uma tomada de posição preliminar. Serviria para obter algum tipo de concessão antecipada às novas rodadas de negociações sobre limites, que deveriam se reiniciar com Argentina e Brasil.

Essa sim era uma questão substantiva que embaraçava as relações dos três países. No ano seguinte, 1865, venceria a moratória que assegurava o *status quo* territorial da região, reabrindo as questões do Chaco e do Mato Grosso, num quadro razoavelmente favorável ao Paraguai, que ocupava uma posição geográfica central. Seus rosnados valeriam como advertência de que teriam um contendor duro e decidido pela frente. Nenhum dos dois governos admitia que pudesse haver uma guerra para salvar o combalido governo blanco de Montevidéu.

Desde 1860, o Uruguai procurava posicionar-se no renovado espaço político do Cone Sul. A guerra civil vinha desde que Artigas se insurgira contra a liderança de Buenos Aires nos primeiros anos do século XIX, mas tinha um corte bem definido nas lutas armadas pelo poder depois da queda do ditador portenho Juan Manuel Rosas, em 1853. Agora, o país tinha, pela primeira vez, desde de 1860, um governo homogêneo e constitucional. Seu presidente, Bernardo Berro, assumira certa liberdade de movimentos, pois seus dois vizinhos também viviam momentos políticos delicados. No Brasil, o governo de coalizão entre os dois partidos rivais — liberal e conservador —, a chamada Conciliação, dava mostras de esgotamento, reabrindo a luta feroz que caracterizava a política democrática daqueles tempos. Na Argentina também se consolidava a unidade nacional sob a liderança de Buenos Aires, com a reintegração da província e a eleição de um presidente para a república recém-fundada.

Foi para procurar apoio fora das tenazes que sufocavam o Uruguai, um dos países criados para cumprir esse papel de algodão entre os cristais, que o governo blanco de Berro procurou se aproximar do Paraguai. Não havia países mais diferentes entre si do que o Uruguai, multiétnico e voltado para o mundo, e o Paraguai, isolado, homogêneo étnica e culturalmente e dominado desde sua fundação por uma só família.

Ainda em 1862, Berro reconheceu o Paraguai, e seu ministro do Exterior, Henrique de Arruscueta, mandou o primeiro embaixador uruguaio a Assunção, o diplomata Juan José Herrera. A missão era explorar as possibilidades políticas e comerciais com a florescente nação mediterrânea, que crescia velozmente, fornecendo produtos tradicionais à Europa, em substituição aos Estados Unidos, prejudicados pela guerra civil. Nos primeiros momentos, teve algumas dificuldades com o escorregadio ditador Carlos Lopez, mas logo encontrou campo fértil quando, após a morte do pai, Francisco Solano assumiu o poder.

A chave era simples: Montevidéu tinha um porto que poderia oferecer vantagens para o transbordo das mercadorias paraguaias, fortemente tributadas em Buenos Aires, dando-lhe acesso franco ao Oceano Atlântico; o Paraguai poderia contribuir para a independência do Uruguai com seu poderoso exército de 36 mil homens, mas com um único general, o próprio presidente; pois, se o Uruguai não tinha tantos efetivos, sobravam bons e experientes generais em Montevidéu. Herrera teve êxito, conseguindo seduzir o novo estadista. Seu sucessor no Ministério do Exterior, Octavio Lapido, continuou seu trabalho, chegando também a chanceler no governo seguinte do sucessor de Berro, Atanásio Aguirre. Por fim, enviaram a Assunção o diplomata José Vasquez Sagastuno, que conseguiu convencer Lopez a abrir hostilidade contra o Brasil e, logo em seguida, atacar a Argentina.

A verdade foi que Lopez tentou de fato socorrer Aguirre, deposto por brasileiros, argentinos e dissidentes uruguaios, mas quando seu exército estava a meio caminho viu que a operação era inútil, pois Aguirre e seus seguidores estavam fora do poder havia seis meses e não existia clima para um levante contra o novo governo naquele momento. Seu exército acabou derrotado e aprisionado no Vale do Uruguai e teve de bater em retirada na outra frente que abriu ao longo do Rio Paraná.

Os uruguaios manobravam com grande desenvoltura os bastidores da política internacional, criando fatos fictícios prontamente aceitos pelos noviços da diplomacia paraguaia. Acenavam com uma aliança com as províncias argentinas de Entre Rios e Corrientes, chegando a ponto de sugerir que essa frente poderia ter apoio entre os antigos republicanos rio-grandenses. Chegaram a mandar um emissário para confabular com o general Netto, oferecendo-lhe poder e dinheiro, mas foram prontamente repelidos e Lopez nunca perdoou o chefe farroupilha, referindo-se a ele como "o incorruptível general Netto". Tampouco nas províncias argentinas houve recepção à proposta, mas os enviados de Lopez evitavam dar-lhes más notícias, mantendo-o na ilusão de que poderia, em caso de guerra, contar com o concurso do ex-governador Justo Urquiza e outros chefes federales da Mesopotâmia.

Ele estava seduzido por uma frase do embaixador uruguaio: "Aliança do Paraguai, do Uruguai e de algumas províncias argentinas, para resistir ao império, dissociar a confederação, anular Buenos Aires e investir Lopez na função tutelar de supremo árbitro das coisas do Prata." Com seu Exército imaginava dissuadir dom Pedro II de confrontá-lo, dizendo que "muito pesará no ânimo do governo imperial, tanto mais precavido e pusilânime quanto nesse caso procede com complacência timorata para com os politiqueiros e caudilhos do Rio Grande do Sul". E acreditava: "Se a solução for a guerra, estaremos preparados para a devida resistência." A tese uruguaia versava sobre uma traição internacional: Argentina e Brasil já teriam partilhado Paraguai e Uruguai, e a revolução do general Flores era apenas um prólogo da anexação dos dois países.

O Uruguai propunha que Lopez enviasse 4 mil homens para guarnecer a Praça de Montevidéu, liberando seus 8 mil soldados do Exército para enfrentar as forças de Flores e as tropas que eventualmente invadissem o país, pois já havia notícias da concentração do Exército de Observação Brasileiro na fronteira de Bagé. Lopez rejeitou a proposta, alegando que não teria como enviar as tropas sem comprometer inapelavelmente sua marinha, o único instrumento de que dispunha para manter-se com vantagem nos rios.

Enquanto isso, Osorio preparava-se para marchar para o Piraí Grande, o rio em que se concentravam as forças do marechal Propício. No Rio Paraná, batendo as pás de suas rodas, o vapor *Marquês de Olinda* subia em direção ao Rio Paraguai, a caminho de Cuiabá, levando como passageiro o coronel e deputado nacional Frederico Carneiro de Campos, que deveria assumir o governo da província de Mato Grosso. Pouco antes, na câmara, Campos fora o líder da sua bancada na derrubada de uma proposta de aumento do efetivo do Exército Nacional, alegando não haver perigo de conflito que justificasse mais despesas militares.

CAPÍTULO 69

Véspera da Grande Guerra

OSORIO FOI PROCURAR o marechal João Propício Mena Barreto para se apresentar no Exército de Observação. Encontrou o velho militar em Bagé, onde tinha instalado seu quartel-general recuado para organizar as forças que vinham chegando de vários pontos daquela fronteira. Foi um encontro bastante formal, pois a família Mena Barreto andava às turras com o brigadeiro por causa de sua fulminante ação política nas últimas semanas, quando lhes tirara o doce da boca, derrotando a liga, que estava certa da vitória, na eleição de 7 de setembro. Servir sob as ordens de um adversário político não era novidade. Para o marechal João Propício, comandar gente de outro partido também não incomodava, pois numa guerra externa, mesmo sem se entenderem, consideravam-se todos do mesmo lado, ligados pela lealdade à bandeira nacional e ao Exército.

Nessa campanha, Osorio dividiria o comando com seu grande desafeto, o brigadeiro José Luís Mena Barreto. Isso não importava, embora tivesse uma dúvida de ordem estratégica. Foi o que disse ao marechal:

— Proponho que a 1ª Divisão desça para Montevidéu pelo caminho de Maldonado, que assim vamos tocando os blancos para o sul. Isso porque a minha força é a única dessa região. Se eu for para a costa do Uruguai, estaremos vulneráveis a um contra-ataque aqui pela fronteira de Jaguarão.

Não era só o marechal que duvidava dessa possibilidade. Osorio deixara entre os adversários uma farpa na garganta desde sua recusa em assinar o manifesto dos generais, seguida do fracasso das duas tentativas de afastá-lo da província e de intrigá-lo com o imperador como traidor e separatista. O coronel José Gomes Portinho, amigo de Osorio e comandante da 2ª Brigada de Cavalaria, no acampamento de Cerro Branco, a Califórnia Oriental, também duvidava de tamanha audácia:

— Não creia; todos os passos estão guardados.

Osorio retrucava:

— Pois veremos! Há de ficar provado que seis homens não bastam para deter um exército invasor. O inimigo não será tão tolo a ponto de, vendo sua pátria invadida, não querer invadir também. Ou pensará o senhor que em tempo de guerra com uma nação estranha só o Brasil é que tem o direito de invadir? Quanto a mim, mandei retirar a minha mulher e os meus filhos de Jaguarão para Pelotas.

A Brigada de Portinho era composta de três Corpos de Guardas Nacionais, entre os quais o 1º, de Caçapava, no qual serviam os sobrinhos de Osorio. Um de seus oficiais, o capitão Chananeco, concordou com o brigadeiro:

— Eu também acho que os castelhanos vão se aproveitar. Se não para tomar o Rio Grande, pelo menos para roubar cavalos e mulheres.

O rapto estava generalizado. Numa carta que enviara a Osorio pouco antes de se reunir o Exército de Observação, o general Netto reclamava da lentidão com que se organizava a força de intervenção, apesar das promessas que dom Pedro II lhe fizera no Rio de Janeiro: "Tenho a paciência esgotada pela cortesia que devo ao chefe do país, mas não afianço a V. Exª daqui para diante: torna-se preciso de uma vez para sempre fazer soar o respeito que se nos deve a nação a que pertencemos." Narrava as violências praticadas pelos legalistas na região do Arapeí: "Furto de mulheres, agressões, assassinatos etc. Em virtude de tais acontecimentos, vai providenciando o nosso governo."

Osorio havia enviado sua ordenança, o cabo Inácio, com uma carta a dona Chiquinha mandando que fosse imediatamente embora de Jaguarão. Dizia à mulher: "Por este próprio que deve voltar quero ter a notícia de que já seguiste com todos os nossos para Pelotas." O cabo regressou com a informação de que assistira ao embarque de sua família e dos empregados num iate e que sua casa ficara bem fechada.

Às 6h30 do dia 25 de novembro de 1864, Osorio deu um sinal a seu sargento ponteiro que, com sua voz poderosa e sonora, gritou: "Em frente, marche!" E a 1ª Divisão irrompeu com destino à República Oriental do Uruguai, observada em seu desfile pelo marechal Mena Barreto e por outros oficiais de seu estado-maior. Osorio desfilava levando consigo a 1ª Brigada de Cavalaria, a 2ª de Infantaria e a Artilharia, com um total de 1.153 praças. Às 10h30, com 2 léguas de caminhada, acampou à margem direita do Rio Piraí. No dia 28 chegou a seu encontro o restante da força, com a 2ª Divisão, enfermaria, parque, suprimentos, fornecedores e todos os demais acompanhantes, numa longa fila de 200 carretas puxadas por bois. No dia 1º, pelas Ilhas de São Luís, entraram em território uruguaio. No dia 2 de dezembro, aniversário do imperador, depois de uma formatura em homenagem ao monarca, investiram na direção de Paissandu, ponto de reunião com a esquadra do almirante Tamandaré e com as tropas rebeldes do general Venâncio Flores.

Nesse ponto, apareceu o general Netto à frente de mil homens de cavalaria, dizendo que deixara outros 500 ao longo do caminho, em patrulhas que se iriam incorporando à medida que fossem alcançadas. A passo lento, o exército prosseguia no rumo sudoeste: de 3 a 4 léguas de marcha para dois dias de descanso. Nessas paradas a tropa recebia instrução militar, pois mais de 80 por cento do efetivo era de recrutas ou antigos soldados havia tempos desmobilizados.

O Brasil já estava em guerra contra o Uruguai desde 20 de outubro. Ou melhor, o almirante Tamandaré e sua esquadra tinham declarado guerra ao país vizinho. O comandante da esquadra vivia às turras com o novo ministro plenipotenciário, Silva Paranhos, que era a autoridade política na região, e não aceitava suas ordens porque Paranhos era deputado pelo Partido Conservador, enquanto ele, Marques Lisboa, era do Partido Liberal. Com a demissão do negociador anterior, o conselheiro Saraiva, o império o mandara ao Prata para assumir a chefia da legação brasileira junto a todas as forças em conflito: rebeldes uruguaios, o governo de Montevidéu, o governo da Argentina e a esquadra, que deveria dar com seus canhões e fuzileiros músculos ao embaixador. Nesse dia Tamandaré mandou um ofício a Flores declarando reconhecer sua autoridade como legítimo governante do país e frisando: "Creio que V. Exª avaliará quão eficaz é o apoio que lhe garanto debaixo de minha responsabilidade, o qual se traduzirá imediatamente em fatos, e que reconhecerá nele mais uma prova de simpatia do Brasil pela República Oriental, a cujos males estimaria por termo, concorrendo para constituir o governo que a maioria da Nação deseja e que só encontra oposição em um reduzido número de cidadãos."

O militar jogava por terra a autoridade política do plenipotenciário e criava uma situação de fato. No dia 28 de novembro, as forças combinadas de Flores e Tamandaré sitiaram a cidade de Salto, abandonada pelo exército, sob o comando do general Leandro Gómez, recebendo a capitulação oferecida por seu comandante interino, o coronel Palomeque, que ficara guarnecendo a praça com um número reduzido de homens, na sua maior parte feridos e doentes. Gómez desceu para o sul e foi se fortificar em Paissandu, a cidade mais importante do Vale do Uruguai. No dia 11 de dezembro Flores e Tamandaré chegaram a Paissandu, declarando a cidade sob sítio. No dia 14, Mena Barreto despachou um pequeno grupamento de escolta com o major José Antônio Correia da Câmara para fazer a ligação do exército em marcha com Flores; no dia 15 chegou ao acampamento oriental a Brigada de Cavalaria Ligeira de voluntários rio-grandenses do general Netto, vanguarda da divisão de Osorio, com 1.200 homens.

Paissandu era a essa altura uma praça-forte. Com 1.274 homens e 15 peças de artilharia de calibres 12 e 18, Leandro Gómez dava início, na América do Sul, ao novo modelo de guerra inaugurado na América do Norte: a guerra de trincheiras. Quando chegaram os reforços do Exército do Sul, Paissandu já era assediada em terra por um contingente de 400 fuzileiros navais e marinheiros armados com três canhões de calibre 12 e uma estativa de foguetes à Congrève e 800 uruguaios de Flores com sete bocas de fogo. O grosso do Exército

Legalista Uruguaio, com 3 mil homens, sob o comando do general argentino Juan Sáa, cognominado de Lança Seca, ex-governador da província de San Luís, retirara-se para o sul do Rio Negro, ficando em ameaça ao flanco dos atacantes da cidade. A cidadela, entretanto, revelava-se inexpugnável.

Tamandaré entregou o comando da infantaria naval ao major Câmara. Netto, com a cavalaria, acampou às margens do Rio São Francisco, ao norte da cidade. Com as forças dispostas, Tamandaré desembarcou mais três canhões, duas peças de 12 e uma de 68, postou-as no Alto da Boa Vista e começou o bombardeio, com toda a artilharia de terra e mais os canhões das corvetas *Araguari*, *Belmonte* e *Paraíba*. Conseguiram empurrar os defensores para o perímetro urbano, mas não conseguiram penetrar no casario. Ali se via na prática a nova concepção de ofensiva, na qual os atacantes, para estar em equilíbrio, precisavam de no mínimo três homens por um da defensiva. Mesmo tendo Netto desmontado uma parte de seus cavalarianos, a força não teve poderio para invadir a cidade. Decidiu-se esperar o exército que marchava pachorrentamente. O ataque ficou limitado ao castigo das artilharias e ao fogo dos atiradores.

No dia 20 de dezembro, a tropa levantou o cerco diante das notícias de que Sáa havia cruzado o Negro e pretendia atacá-los, deixando-os entre dois fogos. Flores então retomou a iniciativa e avançou até Rabón, onde soube que o Lança Seca havia outra vez recuado. Decidiu voltar às posições originais e retomar o assédio.

Mena Barreto continuava seu avanço, agora mais acelerado, pois sua lentidão estava provocando críticas ácidas da imprensa em Porto Alegre e no Rio de Janeiro. Finalmente no fim do mês chegou às imediações de Paissandu. Dividiu então seu exército: deixou a cavalaria sob o comando de Osorio no São Francisco, a légua e meia do objetivo, e marchou com as infantarias de Resin e Sampaio mais a artilharia de Mallet. Deixou para trás todas as bagagens e limitou a carga a 70 tiros para cada canhão. Finalmente, em 29 de dezembro chegou às imediações da cidade. Flores e Tamandaré esperavam pelo restante do exército para o desfecho da campanha.

Na noite de 31 de dezembro Mena Barreto lançou o ataque final. Os canhões da Marinha faziam o bombardeio estratégico, enquanto a artilharia móvel disparava contra os prédios nos quais se entrincheiravam os defensores. De São Francisco, Osorio ouvia o troar dos canhões. Sua missão era cobrir a retaguarda das forças atacantes contra uma possível investida de Juan Sáa. Entretanto, com patrulhas cobrindo toda a região até as margens do Rio Negro, sabia que Leandro Gómez não seria socorrido por nenhum reforço. Isso causava grande inquietação em seus soldados, que viam nesse posicionamento uma discriminação. Mena Barreto queria Osorio fora da ação. Não tardou para se confirmar.

Depois de dois dias de combate, quando a cidade foi tomada, o comandante em chefe emitiu uma ordem do dia dando a entender que a 2ª Divisão teria se acovardado. O texto, redigido por um político extremado, o secretário do marechal, tenente-coronel Peixoto de Azevedo, reportava todos os detalhes da luta e deixava para citar Osorio em último lugar, com um encolhido comentário de que: "Finalmente, sendo o Exmo. Sr. brigadeiro Manuel Luís Osorio comandante da 1ª Divisão, o mais graduado dos oficiais que se acham sob o meu comando, ficou S. Exª à frente das Brigadas de Cavalaria que estavam acampadas junto ao Arroio S. Francisco, a légua e meia da cidade de Paissandu."

Quando o Boletim do Exército chegou ao acampamento de São Fernando, levantou-se o clamor, tanto de oficiais quanto da soldadesca. Estabeleceu-se um clima de revolta e de revanche contra o que se considerou uma iniquidade. Vários oficiais se dispuseram a protestar por escrito, a abrir um movimento de desobediências, elevando a temperatura ao nível de motim. Osorio, porém, não se abalou, percebendo que o planejo era desautorizá-lo. Reuniu seus oficiais e deu uma resposta final, jogando água fria na fervura:

— Não há razão para revolta. Tudo o que está escrito aí é verdade. Como Paissandu, também São Francisco era um posto e alguém tinha de ficar nele. Fiquei eu cumprindo a ordem.

Osorio justificava-se afirmando que, em caso contrário, ou seja, se ele fosse atacado, diria também que seu comandante estava em Paissandu quando se combatia em São Francisco. Desmontou a rebelião mas não pôde conter a chacota da imprensa do Rio de Janeiro, que, percebendo as artimanhas de Mena Barreto, não poupou o general da acusação de levar perigosamente para o campo de batalha as picuinhas da política partidária da Província.

Osorio sempre lembrava que a tropa mais destacada no ataque, o 3º Batalhão de Infantaria do tenente-coronel André de Oliveira Bello, era parte de sua divisão. Bello capturou o comandante inimigo e acabou sendo o protagonista da cena mais lamentável da campanha. Ao ser preso, Leandro Gómez pediu para ser entregue a seus compatriotas, dizendo-se humilhado por ficar sob a guarda dos soldados brasileiros. Bello então mandou conduzi-lo ao general Flores, sob a guarda do coronel oriental Goyo Suárez. Não sabiam, porém, que Gómez havia exterminado a família do rebelde uruguaio, deixando que sua mulher e suas filhas fossem violentadas e depois mortas por seus soldados. Ao receber o prisioneiro, Suárez disse que o levaria até seu comandante, mas, assim que o oficial brasileiro se virou, mandou fuzilá-lo pelas costas. Era a maior desonra possível, destinada aos covardes e aos traidores.

Foi um escândalo: Tamandaré e Flores, como compensação, mandaram soltar todos os prisioneiros, sem condições, para se desculparem pela violência de seu subordinado. Tamandaré exigiu a punição de Goyo, mas no final ele foi esquecido, pois o justiçamento de Gómez teve a aprovação de toda a tropa oriental. Muitos tiveram bens e familiares violados pelos seguidores do general derrotado em Paissandu. No Rio de Janeiro, porém, a imprensa, ao reprovar o justiçamento, colocou em dúvida "a missão civilizadora" do Exército Imperial naquele território de bárbaros.

A desculpa da guerra de levar a liberdade a um povo subjugado por cruéis tiranias, repetida desde os tempos coloniais, era refutada pelo paraguaio Lopez, que dizia não ter nada a aprender com seus vizinhos. Nas reuniões com os ministros uruguaios, "El Supremo" nunca se referia a portenhos ou cariocas pelo gentílico dos povos de Buenos Aires ou do Rio, mas chamava-os, respectivamente, de "anarquistas" e "macacos".

Também em Montevidéu a morte desonrosa do militar provocou ira e repulsa. Foi um ingrediente a mais na propaganda contra Flores e, especialmente, contra o Brasil e Mitre. Muito se esperava de uma reação das províncias federalistas e do próprio Paraguai, que se apresentava como a tábua de salvação, mas as tropas estrangeiras que já estavam às portas de Montevidéu não eram os salvadores guaranis paraguaios, e sim os negros da infantaria brasileira que haviam desembarcado nas proximidades da capital.

Em 17 de janeiro, Mena Barreto embarcou a infantaria e a artilharia nos navios da esquadra e foi assediar Montevidéu, enquanto Osorio, com a cavalaria, integradas por rio-grandenses e uruguaios, seguia por terra em marchas forçadas. Pretendia chegar às defesas da cidade antes que os navios pudessem transportar tudo o que compunha os demais trens de guerra. Bagagens, suprimentos e o próprio comércio estavam seguindo por via fluvial, deixando os cavalarianos leves para avançar a toda velocidade. Na escala na Colônia do Sacramento, Mena Barreto mandou um ofício ao ministro da Guerra dizendo que suas forças — 3.200 homens de infantaria — eram insuficientes para tomar a cidade, "defendida pelo menos com 5 mil homens". Quando a esquadra tocou em Frai Bentos, o exército foi reforçado por 1.700 soldados de infantaria chegados do Rio de Janeiro.

Foram acampar em Santa Lúcia. Osorio chegou com sua cavalaria e, em combinação com Flores, instalou seu quartel-general em Cerrito, enquanto o marechal se estabelecia em Villa de la Unión. Nos primeiros dias de fevereiro, Tamandaré completou o cerco, atitude baseada na legislação internacional que vedava o acesso ao porto de navios de qualquer nacionalidade. Diante dos fatos, a diplomacia dos demais países aceitou a situação.

O marechal Mena Barreto estava à beira de um ataque de nervos, pois passara a ser o bode expiatório de tudo o que acontecia de errado ou desagradável. Era o saco de pancadas da imprensa conservadora do Rio de Janeiro, que, explorando sua animosidade contra o general Osorio, àquela altura a pessoa mais popular no país, atingia indiretamente o governo liberal. A guerra era poupada das críticas, pois estava redimindo o amor-próprio carioca, humilhado recentemente pela Marinha Real Britânica.

O fuzilamento de Leandro Gómez foi atribuído a seu desleixo ou, segundo o deputado Paranhos, à vingança contra a crueldade com que tinha tratado os prisioneiros. O governo brasileiro também pediu a punição, mas tudo ficou só nas notas, destinadas mais a satisfazer a opinião pública do que a botar o oficial uruguaio e seus seguidores na cadeia. Quando se deu a invasão do Brasil pelo Exército de Vanguarda da República do Uruguai, em 27 de janeiro, mais uma vez a culpa recaiu sobre o comandante em chefe.

Nessa madrugada, uma tropa de 1.500 homens comandada pelo general Basílio Muñoz cruzou a fronteira no Passo da Armada e encurralou dentro da cidade de Jaguarão os 500 guardas nacionais que vigiavam a fronteira sob o comando do coronel Manoel Pereira Vargas. Mesmo em inferioridade numérica, Vargas tinha a vantagem da posição defensiva. A força de Muñoz era de cavalaria ligeira, não dispondo de armamento pesado, enquanto Vargas tinha no porto três barcos armados, as canhoneiras *Apa* e *Cachoeira* e um lanchão da *Mesa de Rendas*, cada um equipado com um canhão. Aproveitou o dia para evacuar o que pôde da população — velhos, mulheres e crianças — em nove iates de passageiros e carga que estavam no porto, mandando escoltar os barcos até uma distância segura, para que pudessem seguir para Pelotas. Cavou trincheiras e distribuiu atiradores pelos telhados das casas.

À noite, os uruguaios tomaram posição para desfechar o ataque. O centro era comandado pelo temível coronel Timóteo Aparício, um caudilhete bem conhecido do povo da região por suas atrocidades. As alas eram comandadas pelos coronéis Juan Blaz e Angelo Muniz. Ao anoitecer, Muñoz intimou Vargas a se render, com um ofício que oferecia todas as garantias aos prisioneiros. Vargas rejeitou, declarando que resistiria. Baixou então um profundo silêncio nas trincheiras dos dois lados, protegidas pela escuridão.

Ao amanhecer, os defensores notaram que não havia movimento nas linhas uruguaias. Uma patrulha que avançou para reconhecimento não encontrou resistência, constatando que os atacantes haviam levantado acampamento e evaporado. Muñoz queria apenas registrar, simbolicamente, uma contraofensiva dentro das fronteiras brasileiras. Protegido pela noite, retirou-se levando apenas o butim da pilhagem. A culpa, porém foi lançada sobre Mena Barreto, que não dera ouvidos a Osorio. No acampamento de Montevidéu, ele reforçava a advertência:

— Que lhes dizia eu? Estão agora convencidos? Pois saibam que ainda nos há de acontecer coisa pior. As nossas fronteiras continuam desguarnecidas e não temos exército para evitar invasões. Quem viver verá.

Em Montevidéu, o governo Aguirre chegava ao final num processo de profundo desgaste. Desde que correra a notícia de que o general Osorio comandava as forças que sitiavam a cidade, houvera um arrefecimento dos ânimos, até então extremamente exaltados. O general brasileiro era um homem muito conhecido e respeitado na capital uruguaia. Sua presença contribuía mais para o apaziguamento do que para os combates. A cidade vivia, então, à beira da histeria.

Quando chegou a notícia da queda de Paissandu, o governo promoveu um ato cívico sem precedentes, que levou a população ao auge da indignação contra os brasileiros. Foi a queima dos tratados na Praça da Independência, conforme noticiou o jornal *Reforma Pacificadora*: "No momento marcado, formadas as tropas, o presidente, seguido de seus ministros, dos generais da República e dos membros da comissão extraordinária administrativa, subiu os degraus da plataforma e, depois que todos tomaram assento, o escrivão do governo fez a leitura dos decretos de 13 e 14 do corrente que declararam nulos os tratados com o Brasil e mandou extingui-los pelo fogo."

A notícia do jornal chegou ao Rio de Janeiro e foi destacada como mais uma afronta, recaindo a culpa sobre o comandante do Exército. Dias depois, o ministro da Guerra, Susviela, precedido de uma banda de música, arrastou a bandeira do império pelas ruas de Montevidéu e o general Lamas pisoteou-a e convocou os manifestantes a urinar sobre o pendão brasileiro. Entretanto a multidão já era bem menor, e o ânimo guerreiro circunscrevia-se à massa de militantes blancos.

Com tudo isso, o marechal Mena Barreto não aguentou mais. No dia 10, mandou chamar o general Osorio ao acampamento de Santa Luzia. Deu parte de doente e revelou que pedira dispensa, recebendo do ministro da Guerra, o general Henrique de Beaurepaire-Rohan, a determinação de passar o comando ao oficial que competia por seu posto, isto é, Osorio, o general mais antigo, pois os demais eram recém-promovidos. Entregou-lhe o comando do exército, embarcando imediatamente de volta para o Brasil.

Dentro da cidade era o pânico. O presidente Aguirre mandara recolher toda a munição do arsenal de Cerrito, para evitar que caísse em poder dos brasileiros e também como suprimento para a guerra de resistência que pretendia levar a efeito, de casa em casa. Milhares de toneladas de pólvora eram transportadas em carretas para o centro de Montevidéu e depositadas nos porões das casas, nos salões das repartições públicas e nos prédios de maior porte, sem nenhum cuidado de segurança. Os diplomatas estrangeiros protestaram, mas não foram ouvidos. Aguirre estava determinado, até que Tamandaré anunciou o bloqueio da cidade e seu iminente bombardeio pela esquadra, dando o prazo de sete dias para quem quisesse deixá-la. Imediatamente as ruas e as estradas que davam saída encheram-se de refugiados. O embaixador inglês pediu mais uma semana de prazo, tempo concedido por Tamandaré. Nessa debandada, incluíram-se o presidente e grande parte de seu ministério. Aguirre entregou sua carta de renúncia e se asilou num navio de bandeira britânica.

Sem condições de fazer eleições, o senado elegeu um novo governo, disputado pelas duas facções blancas: os radicais apresentaram o senador Juan Ceravia, mas venceu um partidário do apaziguamento, apoiado pelos comerciantes da cidade, o vice-presidente do Senado, Tomaz Villalba que mandou chamar o ministro italiano, Ulisses Barbolani, que foi procurar o plenipotenciário brasileiro Silva Paranhos, oferecendo um acordo de paz. No dia 20 foi assinado um termo que declarava concluída a guerra civil e empossava o general Venâncio Flores como presidente da República Oriental do Uruguai. O Exército Brasileiro adentrou luzindo em Montevidéu.

Era 22 de março quando o recém-promovido brigadeiro Antônio Sampaio entrou na cidade marchando à frente de sua 1ª Brigada de Infantaria, integrante da 1ª Divisão do general Osorio. O novo general, estreando os bordados que ganhara por bravura na tomada de Paissandu, marchou à frente do 4º Batalhão de Infantaria de Caçapava, ao ritmo de 24 caixas de guerra, logo seguido pelo 6º BI e pelo 12º BI. Sua missão era ocupar a cidade e manter a ordem até a chegada das tropas do general Flores. A população que havia abandonado

Montevidéu temendo o bombardeio e a explosão dos barris de pólvora também regressou às casas.

Foi quando se deu a grande briga no El Capurro, uma casa de licores na Rua Missões, perto da Alfândega Velha. Um furriel negro baiano do 12° BI foi barrado por um latagão vestido com o uniforme dos Blandengues de Artigas, unidade que se mantivera até os últimos momentos fiel a Aguirre. A briga se generalizou e resultou num blandengue morto por arma branca. Quem assumiu a culpa foi Antônio Benedito da Silva, o Cospe-fogo, natural do Crato, número 39 da 2ª Companhia, praça de 1851, ferido na batalha de Monte Caseros. Sampaio praticamente deixou por isso mesmo, mandando "abrir inquérito" apenas *pro forma*.

Mal assumiu o comando interino, Osorio foi engolfado pela sucessão de acontecimentos que sacudiram a América do Sul naqueles dias. Mitre recusou-se a se aliar ao Brasil, o plenipotenciário se agastou com o almirante, até que, de repente, a coisa explodiu, com a chegada a Buenos Aires, num vapor argentino, do embaixador residente do Brasil em Assunção, César Sauvan Viana de Lima. Tinha sido expulso de sua embaixada e levava no bolso um documento que significava uma verdadeira declaração de guerra. Pior ainda, já havia um ato hostil registrado, a captura do navio *Marquês de Olinda*, com a prisão da tripulação e dos passageiros, entre eles um oficial do Exército e governador nomeado de Mato Grosso. Eram fatos graves.

Francisco Solano Lopez, porém, estava decidido a produzir um fato novo de grande impacto internacional para marcar seu jovem governo. De seu ponto de observação, no coração da América do Sul, olhava o cenário naquele começo dos anos 1860. Havia muita confusão na época. Os Estados Unidos ainda viviam uma guerra civil que levara à ruína sua região mais rica e produtiva; o México perdia o Texas e a Califórnia e era ocupado pela Legião Estrangeira de Napoleão III, que sustentava um imperador títere austríaco; a Grã-Colômbia de Bolívar virava outro viveiro de republiquetas, e a Argentina continuava sendo o maior equívoco político, eternamente mergulhada na anarquia desenfreada, um mal que não tinha atingido o Paraguai graças à determinação de Francia e à sagacidade de Carlos Lopez. Cabia ao filho, Pancho Solano, consolidar esse processo. A fórmula da poção estava à sua frente; bastava manipulá-la: uma derrota militar poderia produzir o fim da monarquia e trazer o Brasil para o seio dos "bons".

Uma vitória armada não seria difícil, pois a própria ação do Exército Imperial na Banda Oriental demonstrava como seu vizinho estava frágil, com as forças armadas excessivamente partidarizadas, generais brigando mais entre si do que contra o inimigo. A humilhação da classe dirigente brasileira seria uma decorrência, desacreditando a liderança tanto interna como externamente, cortando sua capacidade financeira e abrindo espaço para emergirem novas forças. Imaginava-se uma formidável rebelião da escravatura.

Republicanizado e redividido, o Brasil redesenhado perderia seu potencial hegemônico. Com a tradição de estabilidade e um nacionalismo que se encaixava nas tendências ideológicas mais modernas do mundo civilizado, o Paraguai seria o exemplo. Seria o país livre dos trópicos, uma ilha de virtudes para servir como farol para a nova América do Sul, que vinha ocupando os espaços dos Estados Unidos nos seus principais mercados, especialmente do algodão, do tabaco e da madeira. A América do Norte, que fora um modelo revolucionário para os demais povos do Novo Mundo, caíra na vala comum, autodestruindo-se como as outras grandes bases coloniais europeias no hemisfério. Assim Lopez montava seu projeto estratégico.

Para implementá-lo, tinha seu Exército e uma possibilidade concreta de usar suas fraquezas a seu favor, como um lutador oriental. Assim como os portenhos usavam o antagonismo histórico de lusos e hispânicos como cimento para conter seus antagonismos inconciliáveis, o Paraguai poderia mover-se dentro do espaço da União Americana de Felipe Varela, conduzindo todos os países de formação espanhola da região contra o inimigo comum, o país dos negros, "dos macacos", que era um corpo estranho na homogênea América espanhola de corte ibérica e indígena. Em seu discurso na reunião do Congresso americano, reunido em Lima, o representante boliviano rechaçou uma proposta de incluir Brasil e Estados Unidos, alegando que esses países de cultura e línguas distintas não poderiam fazer parte do grande projeto comum: "Por que misturar o forte quando se trata de associar os débeis para que deixem de sê-lo?"

Lopez perdeu as esperanças nos portenhos quando Mitre se recusou a incluir a Argentina na União Americana e se pronunciou frontalmente contra o movimento. Embora não tivesse mandado delegação para o Congresso americano, em Lima, o outro grande líder argentino, Faustino Sarmiento, foi ao Peru em caráter privado, mas foi recebido como um chefe de Estado virtual em seu país. (Foi presidente da república logo em seguida.) Lá recebeu uma carta do presidente Mitre, da qual deu conhecimento aos demais participantes e que continha a posição de Buenos Aires: "Era tempo que já abandonássemos essa mentira pueril de que éramos irmãozinhos e que, como tais, devíamos auxiliar-nos afastando-nos reciprocamente até nossa soberania. Que devíamos nos acostumar a viver a vida dos povos livres e independentes. Devíamos tratar-nos como tais, bastando-nos a nós mesmos, e auxiliando-nos segundo as circunstâncias e os interesses de cada país. E parar de brincar de bonecas das irmãs, folguedo pueril que não corresponde a nenhuma verdade, que está em aberta contradição com as instituições e a soberania de cada povo independente, e não responde a nenhum propósito sério para o futuro." Com isso Lopez viu que não podia contar com os liberais platinos para o grande projeto e voltou-se definitivamente para os antigos federales, que ainda contestavam a supremacia de Buenos Aires e tinham outras propostas para a unidade argentina.

O momento era propício. O Brasil estava fraco, a Argentina acabara de se articular, mas ainda tinha uma divisão profunda, que poderia virar seu foco para o outro lado. Acreditava contar com a adesão de algumas províncias, como Entre Rios, do general Urquiza, que recentemente se submetera à hegemonia portenha. Lopez recebia acenos mais do que concretos e por isso confirmava sua percepção, mas não entendia que boa parte do que ouvia era decorrência de seu poder discricionário sem precedentes no restante do continente. Habituado a ouvir sem prestar atenção a palavras desagradáveis, seus enviados a Corrientes, Entre Rios, Buenos Aires e Montevidéu só lhe diziam o que queria escutar, formando um quadro excessivamente otimista.

Entre os blancos uruguaios, apesar de antibrasileiros e em guerra aberta contra os portenhos, havia grandes interesses procurando uma composição mais produtiva do que a guerra com os vizinhos. A liderança oriental não confiava muito nos paraguaios. Tanto que Assunção negou-lhes um empréstimo de 100 mil pesos e não enviou tropas para ajudar na defesa de Montevidéu. Lopez via o governo blanco deteriorar-se rapidamente, esvaindo-se assim o pretexto político para uma intervenção. Era preciso agir.

Nos últimos dias de novembro, Lopez embarcou no *Taquari* e foi para Humaitá a fim de inspecionar a guarnição, ver as obras das fortificações e depois deslocar-se até as demais praças.

Tinha praticamente toda a população masculina militarizada, o que não era difícil de fazer, pois a organização social paraguaia originada no sistema indígena pré-colombiano atribuía às mulheres os trabalhos agrícolas. As lavouras eram tarefas femininas, o que liberava os homens para as atividades castrenses. Nas fazendas da nação, terras públicas tomadas ainda pela coroa de Espanha aos missionários, a mão de obra para os trabalhos pesados estava a cargo de cinco mil escravos africanos, sem nenhuma integração com as demais etnias. Esses homens não tinham atribuições no dispositivo de defesa. Embora Lopez jogasse a pecha de escravista sobre o Brasil, a Constituição paraguaia não proibia o cativeiro. Com essa organização, ele podia compensar a grande diferença de população entre o Paraguai e seus vizinhos, o que lhe conferia um poderio militar sem igual na região.

Em sua inspeção, as tropas que formaram para revista eram constituídas de 4 mil homens em Humaitá, 10 mil em Encarnación, na fronteira argentina, 17 mil em Assunção e 30 mil no centro de treinamento e formação de Cerro Leon, escola de guerra montada nos moldes europeus. Ele estava nessa guarnição, a 200 quilômetros ao sul da capital, quando chegou o embaixador uruguaio, Vasquez Sagastume, com a informação da viagem rio acima do vapor *Marquês de Olinda*. O navio fazia a linha Montevidéu — Cuiabá. Os espiões haviam constatado que o barco levava certa quantidade de armamentos, mas o diplomata exagerou dizendo que era um grande carregamento, suficiente para armar uma força considerável em Mato Grosso. Lopez viu aí a oportunidade de demonstrar inequivocamente a perfídia do império.

Quando tomou a decisão fatal, o *Marquês de Olinda* já havia saído do porto, pois fizera uma escala de apenas 24 horas em Assunção, seguindo viagem para Mato Grosso. Solano, temendo perder o momento, despachou um ajudante de ordens numa locomotiva especial, sem vagões, com linha livre em alta velocidade, com ordens de apresar o navio. Mal chegou à cidade, ciente do atraso, despachou o *Taquari*, que era o barco mais veloz que navegava no Rio Paraguai, no encalço da embarcação brasileira. Nas imediações de Concepción, o *Marquês de Olinda* foi alcançado, interceptado e conduzido de volta a Assunção.

Na cidade, o navio foi invadido e vistoriado. Não encontraram o grande carregamento de armas, mas havia algumas caixas com carabinas, que o comandante disse serem destinadas às forças policiais de Cuiabá. Mas já estava feito. Lopez mandou prender todos os tripulantes e passageiros. No dia seguinte, diante dos protestos do embaixador brasileiro, devolveu as credenciais ao diplomata, o que configurava um virtual rompimento de relações, embora não tivesse declarado guerra, uma tática sugerida pelo embaixador uruguaio. A fórmula seria atacar Mato Grosso e ocupar o território contestado. Dias depois, partia de Assunção uma força de infantaria e de Concepción uma Divisão de Cavalaria para atacar as guarnições brasileiras naquela província. O único obstáculo real era o Forte Coimbra, em Corumbá, guarnecido por um corpo de infantaria e algumas peças de artilharia. Aí se daria o primeiro combate da guerra.

Lopez dizia que estava em guerra contra uma monarquia anacrônica e que pretendia liberar o povo brasileiro da mancha da escravidão; os liberais do Rio de Janeiro diziam combater um tirano sanguinário para livrar o povo paraguaio de uma ditadura hereditária, implantando um regime legítimo e constitucional. Lopez, porém, era desastrado em política externa. Em Assunção, as regras do protocolo internacional não eram respeitadas ao pé da letra. Seu ministro do Exterior, Berges, devolveu os passaportes dos funcionários da legação brasileira, mas negou-lhes meios de locomoção para saírem do país.

O diplomata, sua família e os funcionários da embaixada brasileira não podiam sair da cidade. Em suas casas, eram ameaçados. O cônsul brasileiro, Amaro José dos Santos Barbosa, foi atacado e espancado na rua. Sem meios de deixar Assunção, diante das reclamações do embaixador Viana de Lima, o chanceler Berges aconselhou-o a sair do país por terra, o que seria impossível sem uma forte escolta para atravessar mais de 500 quilômetros de território deserto, hostil e sem recursos para prover suprimento a uma caravana como aquela.

No fim, houve uma forte pressão da comunidade diplomática, liderada pelo decano do Corpo, o embaixador dos Estados Unidos, Charles Ames Washburn. O governo paraguaio cedeu, mandando uma corveta da Marinha, a *Paraná*, levar a família do ministro brasileiro até Buenos Aires. O cônsul-geral, Barbosa, decidiu ficar para zelar pela segurança dos prisioneiros do *Marquês de Olinda*. O diplomata não acreditava que a situação se agravasse além desses tapas na cara, tanto que, meses antes, enviara ao Rio de Janeiro um relatório qualificando de exageradas as notícias sobre os preparativos e as disposições do Paraguai para abrir guerra contra o Brasil. Morreu na prisão três anos depois, em 1868.

Os dois países mergulhavam num pantanal de equívocos. Numa carta escrita em 6 de novembro de 1864, poucos dias antes de os acontecimentos se precipitarem, o oficial de gabinete do ministro do Exterior brasileiro, João Batista Calógeras, escrevia ao filho Pandiá George dizendo: "Toda a nossa política nessa questão foi infeliz desde a origem. Começamos por enviar uma missão especial, levados por uma ameaça de revolução dos rio-grandenses que apoiavam Flores e que visam a estender sua influência ao Estado Oriental. Assim deixamo-nos arrastar por um princípio revolucionário e fomos apoiar uma revolução, a de Flores, contra o governo legal de Montevidéu. Fomos exigir a satisfação de reclamações que tínhamos abandonado há 12 anos, enquanto o Estado Oriental tinha outras tantas coisas contra nós, uma verdadeira provocação. Mais ainda, pois, no momento em que apresentávamos semelhantes pretensões contra o governo da República do Uruguai, esse governo estava, e continua, a braços com uma revolta que não consegue dominar e que é sustentada sobretudo pelos brasileiros que abraçaram a causa de Flores."

Quando o *Paraná* atracou no porto de Buenos Aires, desembarcando a delegação brasileira, a tensão chegou ao ponto máximo. Em Montevidéu, Osorio percebeu a gravidade da situação, pois não teria força para revidar a ofensa e estava em suas mãos todo o poderio do orgulhoso Império do Brasil.

CAPÍTULO 70

A Tríplice Aliança

A CAPTURA DO *MARQUÊS DE OLINDA* apareceu na agenda diplomática mais como incidente do que como declaração de guerra. Mesmo o embaixador Viana de Lima, ao chegar a Buenos Aires, não sabia dos desdobramentos da crise. Quando deixou o Paraguai, depois de ser corrido de Assunção, ainda não havia a ordem para o ataque a Mato Grosso. O apresamento do navio tinha ficado no espaço jurídico da pirataria. O barco pertencia a uma companhia privada, a Companhia de Navegação por Vapor do Alto Paraguai, e seus tripulantes civis foram libertados, mantendo-se prisioneiros somente os oficiais que foram encontrados a bordo, incluindo o novo governador da província. A acusação de transporte de armas também foi abandonada. Lopez concentrou suas reclamações na alegação de que encontrara a bordo e apreendera documentos comprometedores e uma grande quantia, 200 patacões, em dinheiro. O Brasil disse que a quantia tinha sido enviada do Rio para o pagamento das despesas do serviço público em Cuiabá. A coisa estava nesse pé quando o governo mandou voltar o plenipotenciário Silva Paranhos, atendendo a um pedido explícito do almirante Tamandaré.

A divergência entre o almirante e o embaixador não era só o antagonismo político levado do Rio de Janeiro para o Prata. Havia também um fosso entre duas concepções. Tamandaré era um falcão agressivo e personificava a sofreguidão dos liberais de criar fatos que acalmassem a opinião pública na corte; Paranhos não estava seguindo nenhuma cartilha dos conservadores, mas atendia aos desejos de apaziguamento de dom Pedro II, no que o monarca concordava com o presidente Mitre. Os dois chefes de Estado, cada um por sua razão, não queriam exaltar ainda mais os ânimos no Uruguai. A questão paraguaia nem sequer entrava em cogitações, até que aconteceu o pior.

Paranhos tinha um bom relacionamento com Osorio. Seu filho mais velho, o major do exército Antônio da Silva Paranhos, era o comandante do 6º Batalhão de Infantaria, integrante da 3ª Brigada do brigadeiro Antônio Sampaio, uma das grandes unidades da 1ª Divisão que Osorio comandara até assumir como comandante em chefe em substituição a Mena Barreto. Com esse antecedente, o diplomata aproximou-se do general, levado pela mão do filho, um jovem oficial brilhante e respeitado nas forças armadas. Antônio da Silva Paranhos, um futuro destaque, fora formado com as melhores qualificações na Academia Militar, mas revelava uma veneração desconcertante a Osorio, um militar famoso mas tido como um "tambeiro", o epíteto pejorativo que os "científicos" reservavam aos militares formados nas fileiras. O major Paranhos não era condescendente nem se deixava deslumbrar pela imagem do general, repetindo ao pai com grande convicção o que lhe dizia seu comandante, demonstrando que era um seguidor genuíno das ideias de Osorio. Outro detalhe que contribuía para desmerecer o ídolo era a cavalaria, uma arma de baixo prestígio entre os intelectuais, formada por homens tidos como afoitos e inconsequentes. Quando alguma tarefa não correspondia, dizia-se: "Como na cavalaria, rápido e malfeito."

Essa proximidade entre Paranhos e Osorio evoluiu para uma amizade, o que provocava críticas ácidas ao general. Osorio era malvisto pelos liberais ortodoxos pelos motivos mais antagônicos: era considerado um radical, líder dos antigos farroupilhas gaúchos, e suas ligações pessoais e políticas com Caxias, a essa altura o mais proeminente líder do Partido Conservador, eram consideradas uma aberração política. Os farroupilhas tinham em comum com Caxias e, por consequência, com os conservadores do Rio de Janeiro a defesa do nacionalismo. Já com os conservadores do Rio Grande do Sul, disputavam espaço nas lutas eleitorais, embora os republicanos do Segundo Círculo votassem em alguns candidatos conservadores, como Oliveira Bello, que no plano nacional alinhava-se perfeitamente com eles, até simpatizando firmemente com os ideais descentralizadores dos liberais. Era uma salada.

Quando o imperador mandou Paranhos ao Prata, tinha o propósito de resolver a questão da melhor maneira, com autoridade para neutralizar o voluntarismo do almirante. Tamandaré não tinha poderio para tomar Montevidéu, nem o exército efetivos para sitiar a cidade. Se o governo Villalba não tivesse capitulado, o império não teria força para tirar os blancos da capital. Paranhos pediu ajuda militar a Mitre, mas o presidente argentino negou habilmente, ainda que revelasse simpatizar muito com a intervenção brasileira. O motivo subjacente era que também Mitre estava sob forte pressão de seus adversários, e uma aliança explícita com os brasileiros poderia levar seu governo ao colapso devido ao antibrasileirismo dos liberais autonomistas de Buenos Aires e dos antigos federales das províncias, incluindo-se aí a figura de Justo Urquiza, que poderia desequilibrar inapelavelmente o balanço das forças na Argentina. Para obter a rendição de Villalba, Paranhos fechou o acordo com Montevidéu e o novo governo uruguaio aceitou todas as reivindicações do governo brasileiro, incluindo indenização pelos prejuízos das depredações durante a guerra civil e o livre trânsito dos gados pelas fronteiras. Contudo, não aprovou as reparações morais, uma reivindicação difusa de um ato de humilhação para desagravar as profanações à bandeira brasileira pelos radicais do governo deposto dias antes da rendição.

A solução de Paranhos foi aplaudida pelo general Osorio. Todos sabiam que se houvesse resistência a guerra se prolongaria e seriam necessários reforços que não estavam disponíveis. A intervenção se transformaria num desastre político e num fiasco militar. Essa foi uma das principais razões para o marechal Mena Barreto ter deixado a batata quente no colo de Osorio, que, antevendo a crise, levantou um brinde ao plenipotenciário num banquete realizado em Montevidéu no dia 14 de março em homenagem ao aniversário da imperatriz Teresa Cristina. Osorio já previa o ataque que Paranhos sofreria pelas costas, pois sentira isso na própria pele. Na época da capitulação de Montevidéu, o plenipotenciário discutira com o almirante Tamandaré em termos ácidos. Paranhos irritara-se e, mesmo não perdendo a pose diplomática, dissera que o almirante era "incapaz de plano e de método", uma ofensa ao orgulhoso lobo do mar. Tamandaré mandou uma carta ao ministro da Marinha relatando o que teria sido um descaso de Paranhos pelos símbolos nacionais, uma humilhação inconcebível, e pedindo providências urgentes, ou seja, a imediata remoção do plenipotenciário.

No jantar imperial, Osorio levantou um brinde de desagravo ao ministro, para profundo desgosto do almirante: "Tenha vossa Excelência confiança no bom-senso dos seus compatriotas; o Brasil inteiro aplaudirá o ato de 20 de fevereiro." Dias depois, o governo atendeu ao pedido de Tamandaré, mandando que Paranhos voltasse ao Rio de Janeiro. Uma vez mais Osorio desacatou-o, embora tenha sido mais comedido. Não foi ao embarque, mas mandou em seu lugar seu secretário militar, o capitão Francisco Bibiano de Castro, que, pedindo a palavra, teceu rasgados elogios ao diplomata. Isso provocou péssima repercussão no Rio de Janeiro, mas Osorio não tomou conhecimento das críticas. Dias antes, conversando com Paranhos, explicou a atitude de Tamandaré:

— O barão está vendo uma oportunidade única para fazer o seu nome definitivo. Ele é o oficial mais graduado aqui no Prata, podendo-se dizer que todas as armas brasileiras estão sob o seu comando. O senhor sabe, ministro, a Marinha é uma Arma estratégica, mas de apoio, tem de agir em combinação com as forças de terra, que terminam levando as glórias das conquistas. Com a partida do marechal Propício, ficariam para ele os louros da tomada de Montevidéu à viva força. O acordo frustrou sua expectativa.

— O senhor acredita que teríamos condições de tomar essa cidade?

— Nem com o triplo de homens e armamento, que teria de ser importado, pois não dispomos de artilharia de sítio. O senhor agiu certo. Essa capitulação foi o melhor negócio.

— Mas o que queria o almirante?

— Um sítio sem sentido. Mas certamente ele arrasaria a cidade com seus canhões, sem que pudéssemos tomá-la efetivamente. Todos agiram com prudência, entre eles os orientais, rendendo-se, pois assim pouparam-se do castigo desnecessário. Contudo, o almirante perdeu a sua oportunidade, isso nenhum de nós pode negar. Bem, ele conseguiu retirá-lo daqui. Grande vitória...

Enquanto isso, o exército continuava acéfalo, pois Osorio era apenas um encarregado que assumira provisoriamente até que o governo tomasse alguma providência. Paranhos propôs o nome óbvio, o marquês de Caxias. O imperador acolheu a sugestão e também o ministro da Guerra, com a aquiescência conformada do chefe do governo, o conselheiro Francisco José Furtado. Só Tamandaré não gostou, pois era notória sua rivalidade com o tenente-general, que, além de tudo, era seu superior hierárquico no conjunto das forças armadas, pois Tamandaré era apenas vice-almirante, enquanto o outro alcançara o topo da carreira de oficial da ativa. Caxias, porém, apresentou sua tradicional exigência: além do comando de armas, queria o governo do Rio Grande do Sul. Foi o que bastou para Porto Alegre e os demais liberais progressistas gaúchos abrirem a boca e baterem pé. A presidência da província pertencia ao partido. O ministro Beaurepaire-Rohan endureceu: ou se aceitavam as condições de Caxias ou ele renunciaria. Sua demissão foi aceita e Osorio foi mantido precariamente como comandante interino.

Ninguém dava ouvidos às vociferações de Solano Lopez, que de Assunção ameaçava o céu e a terra. Embora a notícia da invasão de Mato Grosso já tivesse chegado à corte, o governo ainda estava tonto com a direção inesperada dos acontecimentos. Todos os cenários diplomáticos até aquele momento consideravam improvável uma ação ofensiva do Paraguai, atribuindo os movimentos do governo de Assunção à tomada de posição para as negociações sobre limites que deveriam se realizar a partir do ano seguinte.

A documentação das chancelarias previa que a invasão do Uruguai atrairia protestos, mas nunca uma ação bélica. Por sua vez, a diplomacia paraguaia não tinha condições de suportar uma ação daquela envergadura. Enquanto os demais países sul-americanos dispunham de representações completas nos principais países do mundo, o Paraguai tinha um único diplomata no exterior, o cônsul Felix Egusquiza, sediado em Paraná, antiga capital da extinta Confederação Argentina. Fora isso, Solano Lopez tinha um representante comercial em Montevidéu e outro em Buenos Aires, um encarregado de negócios na Europa, Candido Barreiro, acreditado em Paris e Londres, e um representante comercial com escritórios em Bruxelas e Berlim, o francês Alfredo Du Graty. Devido à insuficiência de seu quadro diplomático ninguém entendia direito quando Lopez afirmava estar revidando a uma declaração de guerra do Brasil. Ele se referia às suas declarações de que uma intervenção no Uruguai seria o mesmo que atacar o território metropolitano do Paraguai. Isso, entretanto, não era considerado pela diplomacia, pois o Paraguai e o Uruguai de Aguirre nem sequer haviam firmado um tratado de defesa mútua, tampouco havia qualquer documento que autorizasse o Paraguai a tomar as dores da invasão brasileira.

Logo em seguida, chegou a Buenos Aires o novo ministro plenipotenciário, o deputado Francisco Octaviano de Almeida Rosa. O tratado de 20 de fevereiro foi aprovado pelo governo mas publicamente reprovado, pois a imprensa e a opinião pública exigiam reparação pelo ultraje à bandeira brasileira. Osorio não se importou com todo esse ruído. Eram manobras do governo para esconder a grave crise interna. Mesmo interino, esperando pela nomeação de um novo comandante, deu início aos preparativos militares, pois temia que tivesse pela frente uma longa guerra. A maior parte de suas tropas estava estacionada em Montevidéu, exceto a 1ª Brigada de Cavalaria Ligeira do general Netto, que se deslocara para a região de Jaguarão a fim de exterminar os grupos de guerrilheiros do general Muñoz que ameaçavam a região sul da província.

Octaviano conferenciou com Tamandaré e foi desencadeada a ofensiva contra o Paraguai. As medidas tomadas foram o bloqueio do Rio Paraná aos barcos paraguaios e o envio para Corrientes do cônsul-geral do Brasil em Buenos Aires, o diplomata de carreira Miguel Joaquim de Souza Machado, com o objetivo de montar um sistema de informações políticas e militares. Embora a Argentina ainda se mantivesse neutra, os ministros do Exterior, Rufino Elizalde, e da Guerra, general Gelly y Obes, deram instruções ao governador da província, Miguel Lagranha, para cooperar com o adido brasileiro, até mesmo facilitando as comunicações com sua embaixada em Buenos Aires.

O presidente Mitre esperava pacientemente que Lopez desse um passo em falso para entrar na briga. O sentimento antiparaguaio na capital argentina era muito forte, sustentado por uma ativa campanha de imprensa e pela ação da comunidade paraguaia exilada, um grupo poderoso, com forte atuação no comércio local. Desde sua posse, em 1862, Solano iniciara uma truculenta repressão contra seus opositores, obrigando-os ao exílio e confiscando seus bens.

Mitre acompanhava de perto os movimentos de Lopez dentro da Argentina. Os enviados e agentes paraguaios atuavam dos dois lados, procurando apoio. Uma ação firme era feita junto ao general Urquiza, procurando motivá-lo a se rebelar contra o governo de Buenos Aires e a se aliar ao Paraguai na guerra contra o Brasil. Entretanto, também articulavam junto a Mitre, pois Solano temia ambos; Urquiza, assim que o Exército Paraguaio estivesse fora de suas fronteiras, podia tentar anexar o país à confederação, e Mitre poderia usar a guerra contra o Brasil para reincorporar o Paraguai à República Argentina. Seus agentes insuflavam os caudilhos regionais, uns contra o governo de Buenos Aires, outros contra o Brasil, e esse jogo ambíguo era acompanhado pelo governo argentino.

Assunção, porém, tinha um serviço de informações muito mais eficiente. Lopez conseguira recrutar um espião que estava bem postado exatamente no centro das operações políticas e militares. Era o ministro português em Montevidéu, Leonardo de Souza Leite Azevedo, que passava tudo o que ouvia ou sabia ao agente de Solano na cidade, José Brizuela, o mesmo cafetão que o apresentara a Elisa Lynch em Paris, onde fora encarregado de negócios nos anos 1850. Depois que começou o bloqueio, interrompendo o trânsito de navios mercantes para Assunção, Leite Azevedo usava a mala diplomática, que nunca foi revistada pelos brasileiros, para mandar seu material. Em Assunção, Portugal tinha uma legação. Quando a guerra parecia iminente, o cônsul José Corrêa Madruga retirou-se para Buenos Aires, deixando em seu lugar seu genro e secretário da legação, José Maria Leite Pereira. Entretanto o contato de Solano Lopez que lhe entregava o material vindo de Montevidéu era o vice-cônsul português Antônio de Vasconcellos.

Em Mato Grosso iniciava-se o grande drama. Chegara a Buenos Aires, vinda do Rio, a notícia da invasão, mas sem maiores detalhes, pois a informação fora levada da província à capital brasileira por um chasque que viajara mais de um mês a cavalo. O que relatou não dizia muito. Em Buenos Aires, imaginava-se que o conflito não passaria de escaramuças de fronteira, com os paraguaios eventualmente ocupando algum fortim no território contestado. A verdade, porém, foi que ocorreu uma operação militar de grandes proporções, com o desmonte quase completo do dispositivo defensivo daquela província.

Logo depois de apresar o *Marquês de Olinda*, Lopez ordenou a abertura de hostilidades. Ainda em dezembro, um exército de quase 9 mil homens atacou Mato Grosso. Uma coluna de 4.200 homens, comandada pelo cunhado do presidente, o coronel Vicente Barrios, aproximou-se do Forte Coimbra, fortificação brasileira às margens do Rio Paraguai; outra, com 3.500, comandada pelo coronel Francisco Isidoro Resquin, atacou pelas campinas, tomando a localidade de Miranda, infletindo daí para fazer junção com a força que viera rio acima. Em Coimbra, o Exército brasileiro tinha uma guarnição de 115 homens, com 17 canhões e munição para 9 mil tiros de fuzil. Por acaso encontrava-se no forte o coronel Hermenegildo Portocarrero, oficial de artilharia que fora instrutor do Exército Paraguaio em Humaitá e comandante do Distrito Militar do Baixo Paraguai. O presidente da província, general Alexandre Albino de Carvalho, já havia mandado reforços para a região, com quase toda a tropa de linha, convocando 193 guardas nacionais de Cuiabá para guarnecer a cidade.

As operações militares em Mato Grosso foram confusas e ineficientes, como seria natural numa província longínqua, equipada com material obsoleto e com treinamento insuficiente, que atingia mal e mal o padrão mínimo para operações policiais. Mas também houve lances de grande dramaticidade, como a resistência do Fortim de Dourados, onde o tenente Antônio João resistiu com 11 homens a uma força de várias centenas de atacantes. Ou o episódio em que o tenente José de Oliveira Melo abandonou o navio *Anhambaí*, no qual se retiravam as famílias dos oficiais e dos notáveis de Corumbá, sob o comando do coronel Carlos Augusto de Oliveira, para salvar mulheres e crianças que estavam a bordo do navio argentino *Jacobina*, sobreviventes do ataque à cidade que iam em direção a Cuiabá.

No Forte Coimbra a resistência aguentou até o esgotamento das munições. Atacado por 750 homens de infantaria, o forte se manteve até sobrarem apenas mil balas de fuzil, quando a posição foi abandonada e seus defensores recuaram para Corumbá, uma pequena cidade com mil habitantes, 80 casas de alvenaria e 149 ranchos de barro cobertos de palha.

Nessa investida, os paraguaios pilharam residências e prédios públicos, levando até os sinos das igrejas, mas fizeram uma presa preciosa: um total de 50 canhões, conduzidos para Humaitá, onde armaram a Bateria Coimbra, assim batizada em honra à origem de seus armamentos. No final, Barrios decidiu interromper a marcha para o norte, pois temia as dificuldades de navegação até Cuiabá, limitando-se a ocupar militarmente os territórios reclamados pelo Paraguai, deixando mil homens na região e levando os demais de volta à capital, onde seriam incorporados às tropas que preparavam a grande ofensiva rumo ao sul. O projeto era atacar o Rio Grande do Sul e, dali, passar para o Uruguai, onde se esperava um levante dos blancos para expulsar os brasileiros.

Quanto mais notícias da guerra no norte chegavam a Buenos Aires, mais os meios econômicos e políticos movimentavam-se para participar do grande evento. O comércio já estava lotado de pedidos para suprir a armada, e começavam a chegar demandas do Exército, que ainda estava em Montevidéu, preparando-se para marchar até as margens do Rio Uruguai. Nas localidades ribeirinhas do Rio Paraná já se viam os carreteiros com seus veículos cheios de carvão vegetal para vender aos navios, recebendo em metal, pago diretamente pelos comandantes. Uma coisa era certa: o Exército do Império estava chegando com muito dinheiro para irrigar a combalida economia platina, que ainda se coçava com as sarnas da guerra civil.

No Brasil, o governo estudava como reagir à agressão, mas não se viam muitos espaços para agir concretamente contra o Paraguai. Caxias ofereceu um plano de ação, mas o projeto pareceu irrealizável para muitos que conheciam a região. Pelo plano, o Exército entraria com 25 mil homens pelo Passo da Pátria, sobre o Rio Paraná, com 10 mil do Rio Grande do Sul atuando sobre Encarnación e 10 mil invadindo pelo norte, através do Mato Grosso. O projeto, entretanto, esbarrava na necessidade de atravessar território argentino, pois o país vizinho ainda insistia em manter sua neutralidade.

O Brasil se preparava para formar um exército realmente poderoso. Vendo os números, parecia algo esmagador: o país tinha 440.972 guardas nacionais alistados, distribuídos por 239 comandos superiores. Essa força era integrada pela elite do país, embora desde 1862 tivesse sido dispensada a comprovação de renda para entrar na corporação. A verdade, porém, era que em 21 de janeiro podia-se contar efetivamente com 15 mil guardas, a maioria no Rio Grande do Sul. Os restantes apenas constavam das folhas de alistamento mas não tinham nem uniformes, nem armas, nem treinamento, nem nada. Além disso, os convocados esquivavam-se. Em São Paulo, o número de deserções era assustador. Chegou-se até a cunhar a frase: "Deus é grande, mas o mato é ainda maior", referindo-se aos refúgios dos convocados.

Já os números paraguaios, embora ressaltando que seriam precários porque o país não possuía estatísticas, apresentavam um prognóstico amplamente favorável ao Brasil. A população do país atingiria no máximo 400 mil habitantes, mas, por uma razão não explicada, era composta de oito ou nove mulheres por cada homem, com uma desproporção incompreensível entre população feminina e masculina, cabendo às mulheres a maior parte dos serviços, tanto no comércio como nas lavouras, reservando-se aos homens as atividades do serviço público e das forças armadas. O exército contava com mais de 73 mil homens, sendo 13 mil ativos e 16.500 reservistas convocados, constituindo os demais uma reserva que era obrigada a exercícios semanais, aos domingos, com ordem-unida e manobras com armas. O grosso do exército estava armado com espingardas de pederneira, mas recentemente recebera 106 caixas com rifles modernos da Inglaterra e contratara três cirurgiões e quatro técnicos militares naquele país. Os paraguaios também tinham quatro encouraçados construídos com especificação fluvial, mas os barcos ainda estavam nos estaleiros europeus e não chegariam a tempo para intervir no conflito. Contudo estavam mais próximos do apronto que os dispersos guardas nacionais brasileiros.

O quadro de oficiais era reduzidíssimo: havia um general, que era o próprio presidente da república, elevado a esse posto quando tinha 18 anos sem ter cursado nenhuma escola militar nem no país nem no exterior. Depois vinham dois coronéis, dois tenentes-coronéis, 10 majores, 51 capitães e 22 primeiros-tenentes. Era muito pouco, mas numa guerra corpo a corpo esse número era expressivo. Improvisando e com o apoio de alguns poucos conselheiros estrangeiros, Solano Lopez enfrentou as duas maiores potências da América do Sul, reforçado por um contingente dos combatentes mais aguerridos da região, os gaúchos uruguaios.

Lopez só tivera uma proposta de aliança dos uruguaios, que se esfacelara com a derrota militar do governo blanco. O presidente da Bolívia, o general Mariano Melgarejo, dera sinais de simpatia, dizendo poder se associar a algum tipo de pressão sobre o Brasil para concluir tratados de limites. Também fez a oferta do livre trânsito por seu território para mercadorias e cidadãos paraguaios, o que até certo ponto era inútil, pois não havia estradas unindo o altiplano com as terras baixas, sendo a própria Bacia do Prata o meio de comunicação daquelas paragens bolivianas.

A Bolívia era um país diplomaticamente isolado naquele momento, pois o presidente tivera uma briga com o embaixador britânico em La Paz, obrigando o diplomata a desfilar sem calças pelas ruas da cidade e chamando a população para rir da humilhação. Ao saber do insulto, a rainha Vitória, da Inglaterra, deu ordens para a esquadra britânica bombardear a Bolívia em represália. Criou-se um impasse quando, ao consultarem os mapas, viram que o país não tinha litoral nem nenhum rio navegável que levasse até seus centros vitais. Impossibilitada de reagir e muito irritada, a rainha virou-se para seu almirante, pediu um lápis e, traçando um xis sobre o território do país, decretou: "Pois então está resolvido: a Bolívia não existe!" E mandou que em novos mapas aquela soberania fosse abolida, aparecendo como terras desconhecidas.

O presidente do Peru acenou com apoio a Solano Lopez, mas não passou da retórica, pois ele próprio estava em situação precária e logo foi derrubado, assumindo o governo seu vice-presidente, o general Pedro Diez Canseco, que se não apoiou o Brasil tampouco deu qualquer ajuda material ao Paraguai. A diplomacia brasileira nesses momentos deu provas de sua capacidade diferenciada, não só pela atuação nos países ricos, mas por sua eficiência na América do Sul, onde neutralizou a ação de seus oponentes hispano-americanistas da União Americana, que tinham fortes bases nos países andinos, especialmente os vizinhos Peru, Equador e Chile. Esses países foram muito úteis a Lopez durante todo o conflito. Contando com diplomacias exponencialmente mais profissionais do que a paraguaia, atuaram a seu favor no hemisfério norte, destacando-se o trabalho ativo da embaixada peruana em Paris. O Brasil era facilmente atacável em sua imagem externa por causa da escravidão, mas também o Paraguai era um regime escravista, prática que somente foi abolida na Constituição de 1870 por imposição do comandante em chefe das tropas de ocupação, o conde d'Eu.

O Brasil mandou a La Paz um plenipotenciário, o conselheiro Lopes Neto, que obteve de Melgarejo um tratado de limites, comércio e navegação nos termos pretendidos pelo Palácio do Quemado, neutralizando um possível apoio militar a Solano. Somente o Chile deu alguma ajuda em armamentos, usando o território boliviano como acesso ao Paraguai cercado, mas sua ação era estreitamente vigiada pela diplomacia e pelos serviços secretos argentinos. Sem estradas, os suprimentos chegavam em pequenas quantidades e a custos exorbitantes.

A crise estava nesse impasse quando Solano Lopez decidiu retomar a ofensiva. Deixou vazar que suas tropas não tinham avançado até Cuiabá, limitando-se a ocupar os territórios reclamados. O Brasil não pôde tomar medidas concretas, pois o presidente Mitre renegara parcialmente o tratado de 1857 celebrado com a Confederação. A Argentina reconheceu o direito da esquadra brasileira de singrar as águas interiores do Rio Paraná, mas negou licença para que tropas brasileiras cruzassem as Missões, por onde Caxias propusera invadir o Paraguai.

O presidente Mitre relutava em tomar posições, procurando ganhar tempo, enquanto se correspondia com o ex-presidente Urquiza, que era considerado o fiel da balança nesse processo. Numa dessas cartas, Mitre reafirmava sua convicção de que a Argentina deveria conservar-se neutra, pois não obteria nenhuma vantagem de uma aliança com o Paraguai. Dizia que o país não tinha problemas concretos com o Brasil: o império "pode fazer-nos maior mal, e o que até hoje nos fez mais foram bens". Recordava que havia a questão de limites com o Paraguai a ser resolvida e lembrava que com os paraguaios "podemos ter no futuro questões de interesse nacional" e que Urquiza se dera muito bem na aliança que fizera com o Brasil em 1852.

O líder entrerriano, porém, mantinha-se mudo e impassível. Observava os acontecimentos e controlava milimetricamente os pesos na balança. De um lado tinha o governo central argentino com um exército desarticulado, com pouco mais de 6 mil homens ativos e treinados (2.993 de infantaria, 2.858 de cavalaria e 540 de artilharia) e uma reserva duvidosa, pois em sua maior parte eram guardas nacionais submetidos a governadores pouco confiáveis, alguns francamente hostis a Buenos Aires.

Olhando para o Brasil, o quadro era de caos: as centenas de milhares de guardas nacionais revelaram-se um engodo, obrigando o governo a criar um corpo de tropa alternativo, denominado Voluntários da Pátria, que se organizava precariamente nas cidades e nas províncias, sustentado unicamente pelo entusiasmo popular. As notícias da agressão paraguaia a Mato Grosso acenderam um clamor patriótico inesperado no Brasil, até então um país meio amorfo, indiferente às convocações cívicas, com um isolamento profundo entre suas diversas regiões. Essa era uma base significativa para recrutamento, mas os homens alistados careciam de treinamento militar. Dom Pedro II levaria mais de um ano para ter um exército que merecesse esse nome. A única força operacional estava com Osorio em Montevidéu, além de um contingente de guardas nacionais mal armados no Rio Grande do Sul. As rivalidades políticas entre os liberais gaúchos da Campanha e de Porto Alegre, porém, eram tão aguçadas que não seria exagero prever que, antes de enfrentar uma invasão estrangeira, poderiam entrar em combate entre si. Se tudo isso não era mentira, ainda assim eram exageradas as informações que chegavam a Assunção, onde o presidente Lopez preparava sua ofensiva embalado por um intenso otimismo.

Solano Lopez tinha um plano grandioso: seus exércitos invadiriam o Rio Grande do Sul, passando dali para o Uruguai, retomando o país e entregando o poder a seus aliados blancos, parte deles exilados em Assunção, esperando serem chamados para sua entrada triunfal em Montevidéu. Para compor politicamente, ofereceu o comando em chefe ao capitão general Justo Urquiza, que concorreria com sua famosa cavalaria entrerriana. Essa medida completaria a formação do Exército Paraguaio, que tinha uma cavalaria numerosa mas de qualidade precária, principalmente se comparada aos fogosos corcéis criados nos pampas. As pastagens de capim de forquilha criavam animais vigorosos e muito mais adequados do que os limitados cavalos pantaneiros, de grande valia nos terrenos alagadiços de seu país mas insuficientes para os combates em campo aberto.

Urquiza, esquivo, mandou uma resposta muito contida, agradecendo o oferecimento, mas dizendo que a Argentina não iria interferir em caso de guerra entre Brasil e Paraguai. Entretanto aconselhou Solano a evitar a passagem pelas Missões, sugerindo que invadisse pelo Paraná e, de lá, investisse rumo ao sul. Foi um balde de água fria. Lopez abjurou as manifestações que fizera em Assunção, dias antes, enaltecendo Urquiza. Essa rota de ataque era impraticável. Antes de encontrar o primeiro centro civilizado, teria de percorrer mais de 600 quilômetros de mato fechado, um muro de araucárias intransponível para uma tropa numerosa com suas bagagens e sua artilharia. Mandou então pôr em prática o projeto original de invadir cruzando o nordeste argentino. Para isso, tinha informações não oficiais de que não haveria reação. Contava com várias sublevações em seu apoio na passagem de suas tropas: correntinos e entrerrianos adeririam em massa na Argentina, e os escravos esperariam seu exército com flores no Brasil. Havia, no entanto, um obstáculo: o governador de Corrientes, o general Miguel Lagranha, era ferrenho adversário de seus aliados e via nisso, como primeira consequência, sua deposição imediata. Mandou dizer que Lopez não atravessasse, pois encontraria o Exército de Corrientes em pé de guerra contra ele.

Na Argentina, parecia que tudo isso não era com eles. Até que nos primeiros dias de março chegou a hora da verdade: Solano Lopez pediu oficialmente autorização ao governo de Buenos Aires para cruzar o nordeste do país com seu exército, oferecendo todas as garantias às populações, com o objetivo de entrar no Rio Grande do

Sul. Reiterando sua política de neutralidade, Mitre escusou-se de conceder a licença. Foi o estopim da crise. No dia 5 de março o governo convocou o congresso paraguaio, um órgão com poder unicamente de referendar os atos do Executivo, que votou por declarar guerra à Argentina. A justificativa era de uma ação de legítima defesa, pois ao negar autorização para o trânsito do Exército paraguaio por seu território a Argentina estaria, de fato, declarando guerra ao Paraguai. Assim repetia-se o mesmo modelo aplicado ao Brasil: ao invadir o Uruguai, automaticamente o Brasil estaria declarando guerra ao Paraguai, justificando-se a invasão de Mato Grosso como legítima defesa.

Três dias depois, o cônsul argentino em Assunção embarcou sua família num navio de carreira e deixou o Paraguai. Soler temia ficar preso em Assunção, como de fato ocorreu com os demais funcionários da legação, que não tiveram suas imunidades diplomáticas respeitadas e acabaram mortos nas prisões nos anos seguintes. Pouco antes, eleito presidente do Uruguai pelo senado, o general Venâncio Flores mandara retirar o pessoal diplomático de Assunção e pedira o encerramento das atividades do escritório comercial paraguaio em Montevidéu. No dia 8 de abril fez escala em Paraná o tenente Cipriano Ayala, levando na pasta o termo de declaração de guerra à Argentina. Urquiza ficou de sobreaviso.

No dia 13 de abril uma esquadrilha da Marinha de Guerra do Paraguai atacou o porto de Corrientes, aprisionando dois navios da Armada da República Argentina — o *Gualequary* e o *25 de Mayo* — e uma força de 3 mil soldados desembarcou na cidade sob o comando do recém-promovido a general por suas glórias em Mato Grosso Wenceslao Robles. Nos dias seguintes, uma força de 22 mil homens atravessou o Rio Paraná pelo Passo da Pátria. O governador Lagranha juntou os marinheiros que escaparam da captura, chamou policiais e militares destacados na capital e guardas nacionais e retirou-se para Empedrado, ao sul da capital provincial. Estava detonada a guerra.

A ocupação de Corrientes, que deveria ser um mero passeio, transformou-se num pesadelo. De Empedrado, Lagranha lançou uma proclamação convocando todos os cidadãos entre 18 e 60 anos para o serviço militar e abriu hostilidades contra os invasores. Robles investiu para o sul e Lagranha recuou para São Roque, na região central da província. Lopez mandou a Corrientes seu ministro do Exterior, para que organizasse a nova administração da província.

José Berges chegou à cidade. Corrientes recebera friamente os paraguaios. Em vez das manifestações de regozijo esperadas, encontraram uma população assustada, recolhida às suas casas. O general Robles ofereceu garantias, mas mesmo assim pouco comércio e demais atividades foram retomados. Chegando à cidade, Berges deu posse a uma junta governativa integrada por um velho político senil, Teodoro Graúna, por um amigo pessoal do presidente Lopez, Sinforoso Cáceres, e por um jornalista atuante, partidário do movimento paraguaio, Victor Silvero, considerado "competente por sua cultura". Esse grupo, entretanto, logo começou a ser contestado.

Aos poucos a convivência entre paraguaios e correntinos foi se degenerando. Acostumados à subserviência cega, os soldados paraguaios interpretavam qualquer reclamação ou simples recusa a uma ordenação das tropas de ocupação como grave ofensa à lei, prendendo, espancando e até matando os desobedientes. Não demorou muito para o comandante militar perder o controle e a província entrar em estado de insurreição. Lopez culpou Berges pelo fracasso político. Em novembro ele foi chamado de volta ao Paraguai e deixado em semidesgraça. Suas funções resumiam-se aos contatos com os diplomatas estrangeiros que haviam ficado no país mas que tampouco tinham muito a fazer, pois o isolamento diplomático paraguaio era muito grande.

A invasão de Corrientes inflamou os ânimos em Buenos Aires. Os estudantes, em sua esmagadora maioria liberais exaltados, vociferavam contra o "tirano" e pediam vingança pelos ultrajes à bandeira nacional. A imprensa, as classes sociais, todos os segmentos organizados protestaram e se uniram em torno do presidente, que fez um discurso diante de uma multidão que se concentrou em frente ao palácio pedindo revanche: "Chegou a hora. Basta de palavras. Vamos aos fatos. Que essas exclamações que enchem o ar não sejam um vão ruído que o vento carrega. Que elas sejam o toque de alarma, a chamada popular que convoca todos os cidadãos em 24 horas aos quartéis, em 15 dias em campanha e em três meses em Assunção."

Osorio não se iludiu diante da exaltação dos diplomatas que viram nesse tropeço de Solano o caminho para a conclusão rápida da guerra, tendo a Argentina como um aliado efetivo:

— Os próximos seremos nós, os rio-grandenses. Tenho pena do velho Canabarro, que terá de enfrentá-los sem armas, sem gente e sem nenhum apoio do seu governo.

Aproveitando o clamor popular, o governo Mitre agiu rapidamente para concretizar uma aliança estratégica com o Brasil, antes que a oposição começasse a se movimentar para colocar em dúvida a necessidade de se compor com esse aliado. Osorio não acreditava muito nessa aliança, pois conhecia bem a realidade argentina para prever que logo poderia virar a direção do vento. Tanto que se propôs a voltar rapidamente com seu Exército para a fronteira do Rio Uruguai, a fim de enfrentar a inevitável invasão paraguaia. Também Lopez tinha pressa de atacar o Brasil, pois o fracasso político em Corrientes demandava uma ação contra o inimigo principal. Quem sabe lutando contra os "macacos" não conseguiria trazer a opinião pública argentina para seu lado?

Os diplomatas entraram em atividade frenética. Osorio, embora fosse ainda apenas comandante interino, foi chamado a Buenos Aires para conferenciar com os chefes militares aliados a fim de estabelecer um plano de campanha. O projeto era bastante simples: contra-atacar as forças que haviam invadido Corrientes, capturando seus efetivos ou expulsando-as da Argentina; na fase seguinte, concentrar-se sobre o sistema de fortificações de Humaitá, seguindo daí para Assunção, onde seria terminada a guerra com a tomada da capital adversária. Isso estava de acordo com os manuais políticos: tomada a capital e desmantelado o governo, estava terminado o conflito, ou seja, a realização da política por outros meios, a máxima de Clausewitz que Osorio lera ainda nos tempos da guerra da Cisplatina no livrinho emprestado por Mallet e que depois da guerra civil norte-americana se difundira amplamente e estava na cabeceira de todo general que soubesse ler.

O passo seguinte foi concretizar o Tratado da Tríplice Aliança. Esse nome oficial, Tríplice Aliança, já vinha sendo cevado pelo ministro do Exterior argentino, Rufino Elizalde, havia muito tempo. Além de bonito, era uma denominação conveniente e de acordo com a tradição liberal dos três governos. Os aliados combatiam uma tirania sanguinária, primitiva e retrógrada. O objetivo era dizer que não se guerreava o Paraguai, mas o governo de Francisco Solano Lopez.

Os detalhes do Tratado da Tríplice Aliança foram negociados por diplomatas profissionais: o ministro argentino Elizalde, o plenipotenciário Francisco Otaviano de Almeida Rosa, do Brasil, e o embaixador Carlos Castro, do Uruguai. Na ponta político-militar estavam os dois presidentes chefes de Estado, os generais Bartolomeu Mitre e Venâncio Flores, e os comandantes brasileiros, o recém-promovido marechal Osorio e o almirante Tamandaré.

Urquiza, personalidade convidada, era o fiel da balança. Para o lado que pendesse poderia significar a vitória. Tinha diante de si, ao norte, 22 mil homens do general Robles, prontos para marchar sobre sua capital, Paraná, como aliados ou inimigos, dependendo do que ficasse resolvido naquele encontro. O efetivo paraguaio somava mais do que o dobro dos três exércitos reunidos. Urquiza, porém, tinha 16 mil homens em armas, o maior contingente disponível no teatro de operações, 8 mil dos quais estavam reunidos em seu quartel-general. Essa força tanto podia representar uma contenção para dissuadir Robles de avançar como poderia se juntar aos invasores. Lopez havia oferecido o comando dos exércitos ao entrerriano, reservando a si o comando político do empreendimento.

O encontro de Osorio com Urquiza foi efusivo. O velho caudilho tinha uma admiração genuína pelo *troupié* brasileiro, uma expressão acabada do campeador gaúcho: forte de corpo, simples no trato, orgulhoso por dentro. Urquiza foi logo dando um abraço, cumprimentando-o pelas duas recentes promoções: no mês de abril fora efetivado como comandante da Força Expedicionária Brasileira e como marechal de campo. Em seguida referiu-se aos oito cavalos tubianos que Osorio lhe mandara de presente, um regalo precioso, animais lindíssimos, com aquela pelagem colorida que o general tanto apreciava e que era tão rara naquelas paragens. Nas conversas de reaproximação, lembraram outras guerras, falaram da atual e de suas possibilidades.

Osorio fez comentários pertinentes sobre as forças e as fraquezas de Lopez, acentuando que um país como o Paraguai jamais poderia submeter nações fortes como o Brasil e a Argentina, a não ser num golpe de mão, mas sua ofensiva relâmpago parecia paralisada. Com suas potencialidades financeiras, seria questão de tempo uma reversão do quadro militar. Ao mesmo tempo, a movimentação de tropas tão numerosas seria uma bênção para as economias da retaguarda, pois suprir exércitos tão numerosos traria infindáveis oportunidades de negócios. Urquiza comentou que Lopez tinha muito dinheiro em caixa e geria um Estado mais equilibrado que seus vizinhos. Osorio contestou que era tudo o que tinha, enquanto seus inimigos nem sequer haviam colocado a mão no bolso. Urquiza concordou que o poderio econômico do Brasil e da Argentina acabaria por esmagar o Paraguai.

Osorio percebia que era aquilo que agradava o governador. Por mais dinheiro que tivesse em seus cofres, Lopez não poderia se contrapor aos recursos infindáveis, naquele cenário, dos dois gigantes. A balança começava a mover seus pratos. Urquiza não se amofinava com a proposta de aderir ao Paraguai, mas também pensava no futuro, seu e de sua gente. Dali a pouco, na reunião, Urquiza negaceava, esquivo e dúbio, procurando uma forma de posicionar-se num espaço entre iguais, quando Osorio lhe arrumou a saída para encerrar a conversa:

— Quero estar novamente ao seu lado. Proponho que o comando da vanguarda do Exército Aliado seja dada ao capitão-general Urquiza, herói de tantos feitos.

Já o tratado político apresentou muitos problemas. Como todos os documentos desse tipo naquela época, era repleto de cláusulas secretas, pois os beligerantes deveriam esconder todas as segundas intenções. Em parte porque em guerras travadas corpo a corpo as tropas não podiam nem deviam ter conhecimento dessas minúcias, reservando seu entusiasmo pelos grandes princípios enunciados, como nesse caso a defesa da liberdade para todos os povos, incluindo o paraguaio. Tampouco os observadores deveriam conhecer o que estava efetivamente em jogo. Por fim, o inimigo não podia ter acesso a tudo o que o outro lado pensava. Como os acontecimentos se definiram com a invasão de Corrientes, um dos principais sócios da aliança, o Brasil não tinha uma política acabada para essa hipótese. O governo imaginava obter livre trânsito da Argentina para atacar o

Paraguai, algo tão improvável como o equívoco de Lopez de que poderia obter permissão para usar território estrangeiro a fim de invadir um vizinho.

Assim, Francisco Otaviano não teve como consultar o Rio de Janeiro antes de assinar o documento com seus poderes plenos, e o governo do império foi obrigado a acatar o documento tal qual estava escrito. Antes mesmo de conhecido em sua íntegra, o tratado já recebia críticas ácidas. Um dos mais categorizados políticos portenhos, o ex-embaixador argentino na França e na Itália e um dos principais líderes políticos do país, Juan Bautista Alberdi, denunciou a inconsistência do acordo: "A Tríplice Aliança atual é a liga de três inimigos. O Brasil instalou dentro do território argentino, por tempo indefinido, 40 mil soldados e 40 vapores de guerra, destinados a destruir uma república que é o contraforte histórico e geográfico dos demais contra os avanços territoriais do Brasil." Dizendo que o objetivo da aliança era "destruir o governo atual do Paraguai", acrescentou que, ao aceitar as pretensões territoriais do Brasil, o tratado "fará o país em pedaços". O tratado também foi condenado no Rio de Janeiro pelo conselho de ministros pela mesma razão, embora com outro beneficiário, pois, atendendo às reivindicações de limites da Argentina, o Paraguai ficaria cercado por esse país pelo oeste, pelo sul e pelo leste. Isso, porém, naqueles primeiros momentos, ainda não era conhecido.

Osorio desconfiava de que a guerra estava servindo de instrumento para as retaliações políticas contra os liberais históricos do Rio Grande do Sul. Sua nomeação como comandante definitivo foi um parto difícil. Só aconteceu porque foi impossível obter um consenso entre o governo e o imperador depois que o nome de Caxias fora impugnado para governar o Rio Grande. E isso só provava que o marquês tinha razão. Foi preciso que o deputado Silveira Martins fizesse uma pressão irresistível e que Caxias mostrasse a dom Pedro que precisava tomar uma decisão urgente, pois o país não podia entrar em negociações de tal nível sem ter um chefe militar efetivo. Para isso tiveram ainda de promovê-lo, pois seu posto hierárquico estava muito abaixo daqueles dos demais chefes, incluindo o comandante da marinha. Como marechal ele estava agora no mesmo posto que um vice-almirante, o grau de Tamandaré.

Em sua correspondência com o governo do Rio Grande do Sul exigindo a movimentação de seu exército para defender o território nacional só recebia evasivas. Assim que Corrientes foi tomada e chegaram as notícias sobre a concentração de tropas em Encarnación, próximo à fronteira de São Borja, e sobre a movimentação de patrulhas e levantamentos de engenharia nas margens do Rio Uruguai, ficou certo de que a invasão do Rio Grande era iminente. Entretanto, o plenipotenciário não o autorizou a se mexer. Só mandou que passasse o exército para território argentino e que aguardasse novas ordens.

— Acalme-se, marechal. Deter essa invasão não é o nosso objetivo. A nossa missão é atacar o território metropolitano paraguaio.

— Concordo, mas posso ir ao Rio Grande, repelir os paraguaios e voltar? Não posso?

— Não creio. Se o nosso exército deixar o território argentino, não volta. E mais: se sairmos daqui o governo Mitre corre perigo. Não se assuste se chegar uma ordem para o senhor descer até Buenos Aires para sustentar o governo liberal. Há muito mais inimigos do que esses guaranis das Missões.

Osorio então comentou com Francisco Otaviano:

— Coitado do Canabarro... Vai levar uma surra...

CAPÍTULO 71

Divisão em Uruguaiana

O MÊS DE JUNHO de 1865 foi o mais importante da história dessa guerra, pois em seus 20 dias últimos Solano Lopez cometeu os grandes erros que levariam o Paraguai à derrota final, anos depois. O maior deles foi invadir o Rio Grande do Sul, deslocando o eixo estratégico do Rio Paraná para o Rio Uruguai. Na madrugada de 10 de junho uma coluna de aproximadamente 7 mil homens se lançou de Santo Tomé, na Argentina, sobre São Borja, no Rio Grande do Sul. Em Concórdia, na Argentina, onde se concentravam as tropas aliadas, Osorio comentou com seus dois auxiliares mais próximos naquele momento, o brigadeiro Antônio Sampaio, inspetor-geral da infantaria, e o tenente-coronel Emílio Mallet, da artilharia:

— Estão vindo. O Solano quer me pegar. Só agora eles perceberam que nós somos a verdadeira ameaça. Bem, vamos esperá-los onde o nosso governo deixar que fiquemos. Por mim estava no Alegrete.

O plano paraguaio era investir ao longo do Vale do Uruguai, derrotar as tropas brasileiras de Osorio e as tropas orientais de Flores que se concentravam nessas posições e daí investir sobre Buenos Aires. Para isso, juntaria todas as suas forças na região do Salto Grande do Uruguai. O próprio Solano Lopez iria para a frente de batalha comandar suas forças, que, nessa altura, deveriam ser compostas pelos 34 mil paraguaios que tinham invadido a Argentina (22 mil por Corrientes e 12 mil por Encarnación), recebendo adesões dos federales de Entre Rios e dos blancos uruguaios para uma arrancada triunfal sobre os detestados portenhos. Nessa primeira parte das operações o exército que invadiu o Rio Grande do Sul levava um batalhão composto exclusivamente por correntinos e brasileiros, o que seria uma demonstração de que sua causa atraía até os asquerosos macacos. Essa unidade, porém, era quase toda composta por prisioneiros recrutados a força, que desertaram logo no início da campanha. A debandada desses recrutas era um indicativo de que Lopez não tinha tanto apoio quanto imaginava.

No Rio Grande do Sul, a invasão paraguaia encontrou pouca resistência, tal como em sua passagem por Corrientes. Nas duas províncias, tanto na brasileira como na argentina, as divisões políticas internas estavam tão aguçadas quem nem mesmo uma invasão estrangeira serviu para aglutinar as forças. O inimigo então pôde transitar livremente até que lideranças externas viessem enfrentá-lo. No lado argentino, foi o presidente uruguaio Venâncio Flores quem retomou a defensiva, e no Brasil foi preciso vir do Rio de Janeiro o imperador dom Pedro II para botar a casa em ordem. Lopez tinha consciência de que precisava se aproveitar da discórdia entre seus inimigos.

O único movimento significativo contra Lopez era a Associação Paraguaia, uma entidade fundada em Buenos Aires pelo líder da oposição, Gregório Machain, que reuniu um grupo de dissidentes e criou uma tropa denominada Legião Paraguaia, que não conseguiu juntar mais de 200 homens e se integrou ao Exército Argentino sob o comando de dois antigos aristocratas: Fernando Iturburu e Juan Francisco Decoud. Contudo não podiam fazer muita coisa: suas famílias ainda estavam em Assunção.

Solano Lopez estava eufórico com os últimos acontecimentos militares. No final de maio, a Argentina tentara uma contraofensiva, apoiada pelo Brasil, que mobilizara uma parte da armada e algumas unidades de infantaria, conseguindo retomar Corrientes por algumas horas. Contudo, logo tiveram de abandonar a praça. O general Wenceslao Paunero, um dos principais cabos de guerra do governo Mitre, atacara a cidade junto com o almirante Francisco Manuel Barroso, novo comandante da 2ª Divisão Naval que tomara posição com nove barcos de guerra no Rio Paraná, fundeado nas imediações de Goya, a menos de 200 quilômetros de Corrientes. Se o ataque foi um fracasso, deveu-se mais a seu planejamento e aos limitados objetivos estratégicos.

Mitre não tinha ilusões de retomar a cidade; queria simplesmente realizar uma ação à retaguarda do grosso do Exército Paraguaio do general Robles, que estava concentrado em Bela Vista, nas imediações do Rio Corrientes, esperando ordens para avançar, com duas opções: seguir pelo Paraná abaixo ou cruzar a província, indo se juntar às forças que estavam em vias de invadir o Rio Grande do Sul por Encarnación e seguir pela costa direita do Uruguai em direção ao Prata. Paunero tomou a cidade, mas uma força de 1.500 homens de cavalaria comandada pelo general entrerriano Nicanor Cáceres, que contornara as linhas paraguaias e deveria apoiar o golpe de mão, atrasou-se. Por isso Paunero não pôde perseguir as tropas da guarnição da cidade, que se retiraram.

Ao mandar reforços através do Rio Paraná, pelo Passo da Pátria, Lopez constatou que a esquadra brasileira não tinha condições de operar livremente naquelas águas. Depois do ataque, quando o general argentino já dominava a cidade, percebendo o movimento paraguaio para enviar reforços vindos de Passo da Pátria, Paunero pediu a Barroso que enviasse duas corvetas para deter a travessia, mas o almirante recusou-se, alegando que não tinha mapas nem práticos para operar naquelas águas traiçoeiras e que, se encalhasse diante do Forte de Itapiru, os barcos seriam destruídos pela artilharia costeira. Lopez soube dessas divergências. Chamou seu comandante naval, o capitão Pedro Inácio Meza, e pediu um plano de um golpe de mão sobre a esquadra. Meza propôs algo mais ousado do que jamais pensaria até mesmo "El Supremo":

— Vamos capturar a esquadra intacta. Tomamos seus navios num ataque combinado por terra e água. Eles são marinheiros de alto-mar, mas não têm experiência fluvial e, como vimos, nem práticos. Se montarmos uma boa massa de ataque, eles acabarão encalhando e nós poderemos varrê-los com tiros de fuzil e canhonaços de terra.

A tática seria a mais simples. Uma poderosa força de artilharia se colocaria num ponto favorável do rio, onde tivesse os navios a seu alcance; a armada paraguaia desceria a favor da correnteza com uma tropa de abordagem, tomando os barcos a fio de espada, como nos combates navais do século XVI.

— Perfeito. Aí embarcamos na esquadra deles e vamos atacar Buenos Aires. Quando passarmos por Paraná, vou ver o general Urquiza me acenando das margens.

Solano ria-se. Estava concluída a guerra. A guerra-relâmpago, como dizia seu assessor austríaco, o general von Wisner. No mesmo dia em que o exército comandado pelo tenente-coronel Antonio de la Cruz Estigarribia cruzava o Paraná para atacar São Borja, o comodoro Meza desfechou seu ataque à esquadra do almirante Barroso.

As tropas deixaram Encarnación no dia 10 de junho, cruzando o rio no dia 11. Na manhã desse dia a Marinha foi atacada por nove navios paraguaios e assediada de terra por 30 canhões postados nos barrancos de Santa Catalina e 3 mil fuzileiros entrincheirados nas margens do Rincón de Lagranha.

A Esquadra Imperial estava fundeada na embocadura do Arroio Riachuelo, 17 quilômetros ao sul de Corrientes, com a missão de impedir o tráfego de navios paraguaios ou de embarcações que levassem suprimentos correnteza acima. Somente passavam barcos militares das potências amigas e que mantivessem relações diplomáticas com o Paraguai mas se comprometessem a transportar unicamente material destinado às respectivas legações. Admitia-se que prestassem serviços aos países que não tinham navios na região, como era o caso de Portugal, que mandava suas malas diplomáticas pelos italianos *Veloce* ou *Príncipe Odone*. Era por esse meio que chegavam a Solano Lopez os informes políticos e militares enviados pelo espião Leonardo Azevedo, embaixador português em Montevidéu.

Alta madrugada do dia 11, Barroso autorizou que uma parcela das tripulações dos navios baixasse à terra para cortar lenha. A fim de economizar o caro e dificultoso carvão, os navios queimavam madeira, que, embora não tivesse o mesmo poder energético, dava conta para as manobras mais simples, como a de navegar burocraticamente pelo Paraná.

A esquadrilha brasileira era capitaneada pela fragata *Amazonas*, um navio de ferro movido por roda, no qual estavam o almirante e o único prático confiável para embarcações daquele porto de que dispunham os aliados, o argentino Bernardo Gustavino. Todos os demais ou haviam sido capturados pelos paraguaios no ataque a Corrientes ou estavam a serviço de Solano Lopez. Os demais eram os vapores *Jequitinhonha*, *Belmonte*, *Parnaíba*, *Mearim*, *Araguaí*, *Iguatemi* e *Ipiranga*. A flotilha paraguaia era capitaneada pelo único navio de guerra, o *Taquari*, e integrada por oito naves mercantes armadas, além de seis chatas sem propulsão, cada qual com um canhão. Na saída, ainda de madrugada, os paraguaios tiveram um problema mecânico, com o rompimento da hélice do vapor *Paraguari*, o que determinou um atraso de várias horas. O correto teria sido esperar mais uma noite, por causa da vantagem da escuridão, além da surpresa. Entretanto, o comodoro Meza, temendo a ira do marechal Lopez, mandou avançar assim mesmo.

Às 9h30 da manhã os vigias de mastro dos barcos brasileiros avistaram a força-tarefa paraguaia descendo o rio e deram o alarme. Foi um corre-corre, pois os navios estavam com suas caldeiras apagadas. "Toca fogo", gritavam os maquinistas, enquanto os foguistas procuravam inflamar o carvão por todos os meios.

Quase uma hora e meia depois, às 10h50, quando a flotilha paraguaia chegou ao alcance das baterias dos navios, as caldeiras já estavam em condições de acionar os motores. Assim mesmo, o ataque foi terrível, pois os brasileiros não esperavam pelo tipo de assalto que Meza lhes impôs, usando simultaneamente todos os meios. O Brasil perdeu dois navios que, encalhados, foram atingidos duramente pelas baterias de terra ou pelos canhões navais dos navios ou das chatas. Estas eram pouco mais do que um pranchão ao nível da água, com tamanhos que variavam de 15 a 40 metros, quase impossíveis de ser atingidas pela artilharia, que somente tinha efeito se conseguisse um impacto direto. No fim, o Brasil venceu porque o prático Gustavino, ao timão do *Amazonas*, feito de ferro, saiu a abalroar os paraguaios, que tinham naves de madeira, com seu esporão de proa, usando-o como aríete e destroçando-os com o impacto.

Os paraguaios perderam mais da metade de sua frota e os barcos que voltaram estavam seriamente avariados. O comandante Meza morreu no meio da fuzilaria. Lopez culpou-o pelo resultado, embora não reconhecesse a derrota. Declarou: "Desejo que Meza retorne vivo para poder mandar fuzilá-lo pelas costas, com desonra." A perda de sua esquadra e o fracasso da tentativa de retomar o controle do rio isolaram as tropas de Robles. Um avanço abriria tanta distância de suas bases de suprimento que seria desastre certo. Lopez criticava seu general, dizendo que ele receava passar o Rio Corrientes e se ver frente a frente com Urquiza, tido como um gênio militar. Urquiza recusava-se a cumprir a ordem de Mitre de cruzar o mesmo rio para bater os paraguaios, ponderando que naqueles campos não haveria forragem para os cavalos de seu exército, o que o levaria a uma derrota certa. Assim, essa frente estava estagnada.

Lopez optou, então, por reforçar a força que invadia o Rio Grande do Sul e atacar o Uruguai e, a seguir, Buenos Aires, a partir dessa posição. O tenente-coronel Estigarribia conseguira entrar no Rio Grande sem perdas importantes e a coluna que descia pela margem direita do Rio Uruguai, comandada pelo major Pedro Duarte, vencera sem maiores dificuldades a coluna argentina de milicianos correntinos comandada pelo coronel Paiva, nas proximidades de Santo Tomé. Ao desembarcar seu exército em São Borja, não encontrara grande oposição. Tivera de se bater contra 300 homens da Guarda Nacional rio-grandense e, logo depois, enfrentar um batalhão de infantaria de Voluntários da Pátria do Rio de Janeiro, sob o comando pelo coronel João Manuel Mena Barreto.

O padrão de indisciplina nas hostes aliadas chegava a seu ponto máximo. Entre os argentinos, o general Urquiza ficara falando sozinho quando sua cavalaria desertou em massa no dia 24 de junho. O caudilho entrerriano acampara com seu exército às margens do Arroio Basualdo, próximo ao acampamento aliado de Concórdia. No dia seguinte, dirigiu-se ao quartel-general para conferenciar com Mitre, Flores e Osorio e combinar as operações militares. Ao voltar, encontrou o acampamento praticamente vazio. Oito mil homens haviam evaporado. Urquiza mandou fuzilar alguns coronéis desertores, pois a rebelião ia além de qualquer condescendência, mas um de seus principais aliados, o caudilho López Jordan, protestou, escrevendo a seu chefe, com todas as letras: "O senhor nos chama para lutar contra o Paraguai. Nunca, general; ele é nosso amigo. Chame-nos para lutar contra os portenhos e os brasileiros. Estaremos prontos. Esses são os nossos inimigos." A coisa ficou tão feia que o general Paunero estabeleceu a "quintada", sorteio para fuzilar um em cada cinco desertores. Qualquer soldado que se afastasse mais de mil passos do grosso da tropa durante o dia e 200 passos à noite era considerado desertor em potencial e entrava no sorteio da quintada.

No lado brasileiro, a situação não era melhor. O presidente do Conselho de Ministros era Francisco José Furtado, liberal histórico, que apoiava Osorio e Canabarro. O ministro da Guerra, Ferraz, natural da Bahia, ex-presidente do Rio Grande do Sul, liberal progressista, era adversário ferrenho do comandante da 2ª Divisão, o brigadeiro Canabarro, que era o chefe político dos liberais históricos na fronteira. Mandou ao Rio Grande o seu ajudante-general, o marechal Frederico Caldwell, oficialmente para fazer inspeção, mas ao chegar foi nomeado comandante de armas e transferiu-se para Alegrete, para comandar diretamente as tropas em ação. Caldwell, um militar experimentado e decidido, revelou-se indeciso e sem iniciativa, responsabilizando seus subordinados pelo fracasso das operações defensivas.

A defesa da fronteira sul estava a cargo do brigadeiro Francisco Pedro, o Moringue, inimigo de Canabarro desde a Revolução Farroupilha e desafeto de Caldwell. Sob todos os pretextos, adiava sua incorporação às forças da fronteira oeste, alegando problemas com os cavalos, ameaças inexistentes de caudilhos blancos do Uruguai ou problemas de saúde. Para o comando-geral dos exércitos, foi chamado de volta à ativa o marechal reformado barão de Porto Alegre, então deputado nacional pelo Partido Liberal progressista, grande rival dos históricos, que não tolerava nenhum deles e fora responsável pelas mais cabeludas acusações contra Osorio.

Como Caxias já tinha dito em carta a Osorio, esses chefes preferiam ver o inimigo derrotar seus adversários a vê-los vencer. Em Concórdia, Osorio via ainda o quadro geral, no qual o maior perigo, naquele momento, seria Estigarribia cruzar o Uruguai e fazer junção com Robles, às margens do Paraná, engrossando em mais de 10 mil homens a força principal da ofensiva de Lopez. Melhor seria que os invasores ficassem retidos no Rio Grande até que ele pudesse ocupar a margem direita do rio. Assim, mandava dizer a Canabarro que simplesmente assediasse os inimigos, impedindo que atravessassem o rio. Canabarro, então, mandou botar canhões nos barcos que faziam o comércio na região e entregou-os ao comando do major Floriano Peixoto, com ordens de impedir o trânsito entre as duas margens.

Peixoto comandava a bordo do vapor *Uruguai*, auxiliado pelos lanchões *São João* e *Garibaldi*. Nesse meio tempo, dom Pedro II decidiu ir ao Sul para pacificar seu Exército a fim de poder bater o inimigo, então cercado na cidade de Uruguaiana, de onde não podia se mover. Os brasileiros estavam brigando entre si, mas cercavam os paraguaios, não lhes dando espaço para sair da zona urbana. No dia 10 de julho, Dom Pedro embarcou no vapor *Santa Maria* com destino ao Rio Grande do Sul. O governo ainda tentou impedi-lo de viajar, mas o monarca bateu pé, dizendo que se fosse proibido de ir abdicaria do trono e se alistaria como Voluntário da Pátria e assim ninguém poderia impedi-lo de participar da guerra. Desta forma, até o rei se rebelava contra as decisões superiores. Sua comitiva era composta pelos dois genros, Gastão de Orleans, o conde d'Eu, neto em linha direta do último rei da França, Louis Phillippe, e Luís Augusto Maria Eudes de Saxe Coburgo-Gotha, duque de Saxe — e dois ajudantes de campo, os generais marquês de Caxias e Francisco Cabral.

No acampamento de Concórdia, Osorio não descansava. Todos os dias algum navio vindo do norte derramava uma ou duas centenas de recrutas, os Voluntários da Pátria, que lhe chegavam às mãos doentes e completamente leigos em qualquer assunto militar. Os voluntários eram soldados captados entre os patriotas exaltados que proliferavam pelo Brasil inteiro, principalmente depois que foram anunciadas as recompensas a quem se apresentasse para aquele passeio ao sul. A ideia era se dedicarem alguns meses às glórias da vitória sobre um inimigo indefeso, porém descarado, pois como um paiseco metido lá nos meios dos pântanos podia desafiar o majestoso império de dom Pedro? Além de ganhar roupas e uma viagem de recreio, receberiam um soldo de 500 réis diários, mais 300 mil réis na baixa, e teriam direito a um lote de terras de 49.500 metros quadrados. Eles acorriam em massa. Em Salvador, na Bahia, havia tantos voluntários que não se encontrava lugar para alojá-los. Como treinamento, faziam exercícios de ordem-unida pelas ruas das cidades, observados pelas mocinhas, que lhes jogavam flores e os tratavam como heróis gregos.

Passadas algumas semanas, eram embarcados em algum navio de passageiros arrendado a uma companhia estrangeira, pois com tanto mercado vários armadores europeus e norte-americanos vieram para o litoral do Atlântico Sul esperar por esses clientes que pagavam a vista e em metal. A coisa começava a mudar depois da primeira parada, invariavelmente no Rio de Janeiro, onde desfilavam nas ruas centrais e recebiam uma visita e um aperto de mão do imperador, antes de seguirem para Montevidéu, a primeira escala da viagem. Mal passavam o Trópico de Capricórnio, os ventos polares começavam a dar suas demonstrações de mau humor. Assim que o bicho batia, davam-se conta da imprudência e, mesmo, da irresponsabilidade de seus chefes, pois aqueles fardamentos vistosos que faziam tanto sucesso nas marchas pelas cidades equatoriais não serviam de nada, e era tudo o que tinham.

Algumas unidades foram inteiramente dizimadas, como o corpo de nadadores do Pará, integrado inteiramente por hábeis bracejadores que iam dispostos a vencer no braço as correntezas do Paraná. Todos morreram de pneumonia antes de chegar ao acampamento de Concórdia. Os que sobreviviam pegavam outros tipos de doença, principalmente intoxicações alimentares, pois seus organismos habituados às dietas pesqueiras e às farinhas se revoltavam com tanta carne gorda, que era só o que havia para comer. Se sobrava alguém depois disso tudo, o brigadeiro Sampaio tirava-lhe o couro, tentando transformar aqueles jovens citadinos em soldados para uma guerra que já sabiam dura e cruel. O caso mais famoso foi o da voluntária Jovita Alves Feitosa, do Piauí, que se disfarçou de homem e foi aceita na tropa mas logo descoberta. Entesou, vociferou, fez tanto barulho que os colegas pediram por ela. Deram garantias de que seria respeitada como se fosse homem, e o assunto transpirou e foi parar nos jornais do Rio de Janeiro. Por fim, foi aceita e mandada para o *front* com os restantes. Na passagem pela corte caiu nas boas graças da imprensa, converteu-se em celebridade e foi convidada pela imperatriz para assistir junto com a família real a uma ópera no Real Teatro São João, no camarote imperial, ao qual compareceu fardada, atraindo a curiosidade das grandes damas e sendo ovacionada pelo público e pelos artistas como símbolo da mulher brasileira. Jovita, entretanto, foi rejeitada pelo Ministério da Guerra, pois não havia lei que permitisse mulher sentar praça. Acabou se suicidando no Rio de Janeiro em 1867, depois de ter sido abandonada por um engenheiro inglês.

Osorio tinha de cuidar da imprensa, que publicava tudo o que queria, e era chamado pelo Ministério da Guerra a dar respostas a qualquer bobagem que saísse nos jornais. Para militares acostumados a dar e receber ordens, isso era um incômodo, mas ele entendia como um mal necessário na democracia. O que de fato o aborrecia eram as tarefas burocráticas, a organização do exército, de seus esquemas de suprimento, saúde, vestuário, armamento, atividades a que estava pouco habituado, pois sempre fora um homem de operações. Entretanto, justamente por isso, sabia muito bem o que era necessário e o que era supérfluo, agindo no sentido de dotar sua grande unidade, agora denominada 1° Corpo do Exército Brasileiro, dos meios e do treinamento mínimos para enfrentar um inimigo infinitamente mais poderoso.

No lado paraguaio, o comando era monolítico. Não havia dissidentes, muito menos disputas abertas entre chefes. O general Robles, acusado de embriagar-se constantemente, foi substituído no comando pelo general Resquin sem nenhum alvoroço. Embora Lopez cantasse vitória, preparava-se para entrar num processo de guerra defensiva. O cerco de suas forças em Uruguaiana e a destruição de sua esquadra em Riachuelo aconselhavam uma mudança de objetivos estratégicos. Seu projeto de guerra-relâmpago foi abandonado e ele passou a apostar na desagregação de seus inimigos para que pudesse promover uma grande rebelião na Argentina ou, pelo menos, negociar uma paz vantajosa. Seu triunfo seria levar os exércitos inimigos a um impasse, contando para isso com seu sistema de fortalezas em Humaitá e arredores, o chamado quadrilátero. Para ele era uma questão de tempo: as províncias iriam rebelar-se contra o governo central, ainda mais porque seu chefe, o general Mitre, estava aliado ao inimigo comum, os monarquistas e escravistas brasileiros.

O presidente argentino publicou em seu jornal *La Nación* um editorial negando que o Brasil fizesse algum mal ao seu país: "O governo brasileiro é um governo liberal, civilizado, regular e amigo da República Argentina. Sua aliança moral conosco está no interesse de muitos países e representa o triunfo da civilização no Rio da Prata. Sucederia-nos o mesmo com o triunfo do Paraguai? Não, por certo. (...) Triunfante o Paraguai, nada o conteria. Ele tem toda a sua nação militarizada. Se, antes de obter triunfos militares ninguém pode entender-se com semelhante vizinho, o que seria depois de uma vitória?"

Mitre transferiu o governo para o vice-presidente Marcos Paz e foi para Concórdia tomar posse de seu cargo de generalíssimo dos exércitos aliados. Assumiu em 17 de junho, já tranquilizado pela vitória naval em Riachuelo, que afastou o perigo de um ataque a Buenos Aires, e preocupado com a movimentação paraguaia no Vale do Uruguai. Concordava com Solano Lopez que esse caminho era uma alternativa para chegar à capital portenha e sabia também que nessa rota poderia encontrar muitos amigos para engrossar suas tropas. Era essencial que a guerra se movimentasse, pois a pasmaceira militar leva à inquietação política. Logo de chegada, deparou-se com o vexame de Urquiza e com a deserção de Basualdo, mas também se tranquilizou com o enfraquecimento do rival em potencial. Ainda tinha quente na memória a proclamação do entrerriano apoiando sua posição: "Toca-nos combater de novo sob a bandeira que reuniu em Caseros todos os argentinos", enfatizando que essa guerra "enquanto dará glória à República, pode dar por resultado seguro extirpar de todo as dissensões políticas que antes dividiram o país".

Era justamente isso que Mitre queria preservar ativando as operações. Suas primeiras semanas no acampamento foram destinadas a organizar o exército argentino, que levantou as barracas a poucos quilômetros dos brasileiros, e ajudar Osorio na arrumação de suas forças. Entretanto, as notícias do *front* em preocupantes, pois os brasileiros do Rio Grande cuidavam mais de picuinhas do que de enfrentar os inimigos. Em meados de julho, já sabendo que o imperador estava a caminho de Uruguaiana, o presidente Mitre decidiu ir encontrá-lo. Nessa época, as enchentes de São Miguel, como eram chamadas as grandes chuvas do final do inverno, elevaram as águas do Rio Uruguai, possibilitando a navegação sobre as cachoeiras do Salto Grande. Isso permitiu que o almirante Tamandaré entrasse com uma flotilha de navios de guerra a vapor, o *Onze de Junho*, o *União* e o *Iniciador*, e ocupasse o Rio Uruguai.

Nesse tempo foi constituído pelo presidente Flores o Exército de Vanguarda, com tropas dos três países para operar pela margem direita, atacando as forças de Duarte a fim de cortar a retirada de Estigarribia, impedindo sua junção com as tropas de Resquin, que ainda ocupavam as terras ao norte do Rio Corrientes. Esse exército tinha de marchar 289 quilômetros até onde se encontrava o inimigo, na margem direita do Uruguai, na vila de Paso de los Libres, em frente a Uruguaiana. Contando com 4.500 argentinos do general Paunero, que se transferiram do Vale do Paraná para o do Uruguai, 2.440 uruguaios e 1.450 brasileiros da chamada Brigada (tenente-coronel Joaquim Rodrigues Coelho Kelly) Kelly, o Exército de Vanguarda ia retomar a ofensiva aliada. Tudo ia bem até que chegou a notícia de que o marechal barão de Porto Alegre fora nomeado para assumir o comando de todas as forças brasileiras na margem esquerda do Uruguai. Ele vinha nomeado diretamente do Rio de Janeiro, reincorporado ao serviço ativo do exército, pois havia se reformado dez anos antes para dedicar-se exclusivamente à política, dando atenção integral a seu mandato parlamentar.

Aquilo esfriou o ânimo dos farroupilhas, que vinham fazendo a campanha contra Estigarribia sem condições, com o equivalente à metade do efetivo inimigo e praticamente sem armas de fogo nem cavalos. Canabarro, o comandante da divisão, mandara fazer um exercício de tiro com os oito canhões de pequeno calibre que possuía e nenhum acertou o alvo, um dos disparos quase atingindo o brigadeiro, que, embora estivesse na direção do tiro, estava longe do objetivo. Eram peças descalibradas, que mais serviam para fazer barulho do que para atingir o inimigo. Ao requisitar armas, recebeu do presidente da província, João Marcelino de Souza Gonzaga, a informação de que os arsenais estavam vazios e que no depósito só havia uma espada enferrujada. Foi com muito custo que impediu Estigarribia de invadir o Rio Grande contando apenas com ponteiras de lança de tesoura de tosquiar ovelhas, cavalos semichucros ou simples animais de pastoreio que se assustavam com os tiros e refugavam na frente das linhas de infantaria. A chegada do barão, no dia 28 de agosto, completou o quadro: estavam frente a frente todos os antagonistas.

A primeira confusão se deu quando o presidente uruguaio cruzou o Rio Uruguai, depois de derrotar Duarte no lado direito, às margens do Arroio Jataí, no dia 9 de setembro. Fora uma batalha cruenta, pois Duarte recusara-se a render-se, tendo diante de si uma força mais de duas vezes superior, tanto em homens quanto em armamentos. Flores ordenou o ataque, mas não esperava pelo resultado, pois os paraguaios não se rendiam. Morreram 1.700 homens e houve 300 feridos, estes realmente inutilizados, pois os que eram atingidos mas ainda podiam se mexer atacavam até serem mortos. Os aliados perderam 83 homens e tiveram 257 feridos, aprisionando 1.200 paraguaios, entre eles o comandante Pedro Duarte. A essa altura já estava ao largo uma pequena flotilha da Marinha que viera sob o comando pessoal do almirante Tamandaré para reforçar o dispositivo fluvial de Floriano Peixoto, uma necessidade política, porque não ficava bem a batalha naval ser conduzida por um oficial de artilharia do Exército em barcos pilotados por marinheiros de água-doce. Também era uma providência tática para impedir a transposição do rio pelos paraguaios, pois Flores estava chegando para bater os 3.200 homens de Pedro Duarte.

Ao desembarcar, o almirante juntou-se aos demais generais em chefe. Foi aí que se deu o primeiro incidente. Com naturalidade, Flores propôs ataque imediato às tropas sitiadas, mas Porto Alegre recusou, dizendo que iria deixar que os paraguaios se rendessem pela fome e, mais ainda, que iria esperar a chegada do imperador para tomar medidas ofensivas. Flores discordou, e daí a uma altercação foi um pulo.

Tamandaré, vendo a crise, apoiou Porto Alegre. Flores disse que atacaria de qualquer forma, pois seus 6 mil homens bastariam para tomar a cidade. Os dois brasileiros retrucaram que aquilo era uma simples bazófia. O uruguaio irritou-se, a temperatura subiu, e Flores ameaçou retirar-se para o outro lado do rio com seu exército. Estava em crise a Tríplice Aliança. Tamandaré embarcou em sua capitânia, a canhoneira *Onze de Junho*, e foi até Salto para conferenciar com Osorio e Mitre, pois só o que faltava era que o imperador chegasse ao *front* e encontrasse o inimigo assistindo à implosão do acordo entre aliados. Osorio deu de ombros e disse que com Porto Alegre tudo era possível, mas concordou que alguma coisa deveria ser feita. Mitre decidiu ele próprio intervir. Seu plano era chegar junto com o imperador, mas a situação demandava pressa. Osorio mandou um emissário a Caxias, que vinha na comitiva imperial, prevenindo que chegasse o quanto antes, pois só Sua Majestade poderia evitar o pior. Enquanto Mitre embarcava na *Onze de Junho*, Osorio comentou com seu ajudante:

— O presidente vai montar num porco. Ele não sabe como esse Porto Alegre é tinhoso...

Mitre desembarcou em Uruguaiana no dia 10 de setembro e, de fato, como previa Osorio, o barão de Porto Alegre entesou com o presidente argentino. Tentando resolver o impasse entre o general brasileiro e o presidente uruguaio, Mitre se propôs a assumir como comandante em chefe, nos termos do tratado da Tríplice Aliança. Alegava que, apesar de estar em território brasileiro, suas forças vinham em perseguição ao inimigo, pois a divisão paraguaia era uma só, separada em duas frações, uma de cada lado do rio. Porto Alegre refutou essa configuração, alegando que as tropas cercadas em Uruguaiana haviam sido sitiadas ali por tropas brasileiras operando do lado esquerdo do rio, ou seja, reconhecia que a divisão do brigadeiro Canabarro havia anulado a ofensiva paraguaia, revertendo sua situação para defensiva. Dias depois, Porto Alegre renegou essa mesma afirmativa para poder processar Canabarro, seu desafeto político. Como dizia Canabarro na tarde de 18 de setembro, vendo os paraguaios depor as armas:

— Esse cabrão chegou aqui de charrete e agora vem querer nos dizer que não fizemos nada e vai passar como o vitorioso de Uruguaiana.

Canabarro enfrentara Estigarribia com pouco mais de 2 mil homens no início da invasão. Na manhã daquele dia estavam em posição para lançar o ataque final 17.346 aliados, dos quais 12.393 brasileiros, 3.733 argentinos e 1.220 uruguaios. Ao meio-dia Estigarribia mandou um emissário, o major Ibañez, comunicar ao comandante brasileiro que seu exército se renderia mediante condições. Na ala direita da tropa formada para o ataque estava o alferes Delphino, já como tenente graduado, de lança em riste, quando viu sair da vila o grupamento dos negociadores com uma bandeira branca desfraldada. Sezefredo, comandante da 4ª Divisão, comentou com seu ajudante, referindo-se às calças turcas usadas pela cavalaria inimiga:

— Já se cagaram os de bombachas!

CAPÍTULO 72

O Caminho do Dever

Os TRÊS GENERAIS farroupilhas conversavam em frente a Uruguaiana no fim da manhã de 18 de setembro de 1865. Davi Canabarro, comandante da 1ª Divisão do Exército, Antônio de Souza Netto, da 1ª Brigada de Cavalaria Ligeira, e o coronel recém-promovido a brigadeiro graduado João Antônio da Silveira, comandante da 1ª Brigada de Cavalaria da divisão de Canabarro. Netto comentava:

— Lá está o homem. É simples, nem parece um rei. Estive com ele no Palácio São Cristóvão... O que tu achaste dele, Canabarro?

— Gostei. E dei uma rata, pois quando vi o Moringue não me contive e fui para cima do cabrão...

O brigadeiro lembrava o encontro de dom Pedro com seus generais dias antes. Seus genros, jovens europeus, já vinham aturdidos à medida que iam conhecendo os generais da campanha, mas o encontro desses dois foi inusitado. Ao se anunciar a entrada dos comandantes das duas Divisões Operacionais, a 1ª de Canabarro e a 2ª do brigadeiro Chico Pedro, entraram ao mesmo tempo, um de cada lado da barraca imperial: Canabarro, o Tatu, corcunda, mais parecia o Quasímodo da Torre de Notre Dame (a comparação foi do príncipe Gastão); do outro lado, o Moringue, com sua cabeça gigantesca, disforme, com orelhas pontudas e para fora. Bateram continência e se apresentaram, adiantando-se a seguir para apertar a mão que o imperador lhes oferecia. Dom Pedro percebeu como um foi caminhando contra o outro, rosnando, fechando os dedos e preparando os punhos. Caxias ficou petrificado. Dom Pedro levantou-se e se meteu entre os dois, cumprimentando-os. Eles se separaram sem se falar, mas Caxias comentou com dom Pedro:

— Vossa Majestade viu como eles são? Se não é o senhor...

Canabarro, enfurecido, se explicava:

— Eu ia quebrar a cara dele ali mesmo. Que sacripanta! Enquanto eu aqui ia puxando os paraguaios para o cocho, ele fazia corpo mole lá por Bagé, dizendo que combatia... Combatia o quê? Assombrações? Não havia inimigos por lá pela fronteira do Jaguarão. Depois que eu enchiqueirei os paraguaios no brete foi que eles apareceram para a briga.

Netto se ria. Depois falou para João Antônio.

— E tu não quiseste cumprimentar o imperador?

— Não pude. Não tenho nada contra o homem, mas não admito cabeças coroadas. Já vou sair daqui antes que me vejam e eu tenha que dizer com todas as letras que não vou. Vai ficar feio, não vai?

— Claro que vai. Veja que o homem conseguiu reunir todo mundo do mesmo lado. Ali está o Flores com os garibaldinos de Montevidéu e os orientais da campanha, sem falar de nós, do Arapeí, que também estamos juntos e do mesmo lado; o Mitre, que é presidente da República Argentina, de toda ela, não de Confederação ou governador de província. E estão com eles, olhe ali: correntinos, os de Entre Rios, o Batalhão de Santa Fé, os portenhos do Paunero; é tudo uma coisa só! E nós, gente de todo o Brasil, liberais e conservadores. Ali está o Moringue, que o Canabarro me perdoe, o Porto Alegre, o Caxias, nós, está todo o Rio Grande. Digo-te, João Antônio, esse Solano Lopez nos juntou todos; merecia uma medalha!

— Só falta o Osorio.

Netto respondeu:

— Pois ele não está aqui, mas está lá, a essas horas, marchando rumo ao inimigo. O Caxias me disse que havia um movimento para mudar as ordens do exército. Queriam que o 1º Corpo ficasse onde está, garantindo a retaguarda da Tríplice Aliança, e que a força ofensiva saísse daqui, com o Porto Alegre. Mas o Mitre não deixou, alegando que Osorio está muito bem preparado e que faz uma ligação muito tranquila com o general Urquiza. Mas não é só isso: vocês acham que esta gente do Porto Alegre tem condições de combater contra alguém? É só número...

Caxias impedira que os progressistas dessem um golpe de mão e retomassem o comando do exército. Foi apoiado por todos os segmentos apartidários da administração e por dom Pedro, que não deixou isso acontecer. O ministro da Guerra ganhou um cala-boca, faturando ali mesmo o título de barão de Uruguaiana. Com isso, abortaram a manobra dos progressistas para retomar o controle, agora que os ventos começavam a soprar a favor. O senador Caxias contrabalançava nos bastidores a pressão contrária, dizendo a Dom Pedro:

— Não lhes permita tomar conta, pois senão essa briga não para nunca. Não vamos deixar o inimigo nos esperando...

Osorio já estava preparado para a briga e havia conversado com Mitre sobre o assunto quando Porto Alegre chegou ao *front*. Teve então certeza e não demorou muitos dias para aparecer de volta no acampamento de Concórdia, a todo vapor, no *Onze de Junho*, do almirante Tamandaré, que já foi contando da briga do barão com o presidente Flores. Homem da corte, o almirante preocupava-se com a implosão prematura da aliança que acabara de concluir em Buenos Aires, porque Flores, como gaúcho que era, também não se intimidava com os arroubos do recém-empossado comandante brasileiro. Disse Tamandaré:

— Ele está ameaçando retirar seu exército do território brasileiro ou então atacar os paraguaios só com sua gente. Não sei o que será pior, mas o meu medo é que em vez de atacar o Estigarribia eles se peguem ali mesmo e deixem o paraguaio assistindo de camarote.

Osorio sugeriu que o presidente Mitre fosse para lá imediatamente. O plano do argentino era desembarcar no dia seguinte à chegada do imperador, pois como comandante em chefe deixaria dom Pedro à vontade sobre a questão do comando. Contudo, a situação exigia presteza e ele pediu a Tamandaré que o conduzisse imediatamente a Uruguaiana, pois, se não podia controlar Porto Alegre, pelo menos poderia segurar um pouco Flores, seu velho conhecido e antigo subordinado no exército. Isso contava numa hora dessas. Osorio comentou com o comandante do Exército Argentino, general Gelly y Obes, que assistia a tudo aquilo atônito:

— Parece uma cachorrada faminta em volta de uma ripa de costela no churrasco. Mas assim é o Rio Grande. O inimigo ali à frente e eles brigando para ver quem fica com as migalhas. Coitado do Canabarro, não lhe invejo a vaza.

Mitre chegou com jeito. Diplomata, político refinado, velho conhecedor dessa gente, pois aprendera muito sobre os gaúchos nos seus tempos de Montevidéu, procurou contornar a situação com sua manha portenha. Pediu para assumir o comando até a chegada de Dom Pedro, pois, oficialmente, era o generalíssimo dos três exércitos. Então Tamandaré deu força a Porto Alegre, que entesou com o presidente da Argentina. "Pelo Tratado no Brasil o comando é do chefe de Estado brasileiro", refutando, ainda, o argumento do presidente de que as forças de Flores estavam ali exercendo o direito de perseguição ao inimigo comum. Porto Alegre não aceitou a tese, afirmando que as tropas de Estigarribia configuravam outra frente. Mitre não perdeu a oportunidade para dizer que então a vitória era de Canabarro, mas os dois, Porto Alegre e Tamandaré, desconversaram, levando a situação para o impasse. Mitre estava a ponto de estourar quando soube que dom Pedro chegaria no dia seguinte, vindo acelerado de Alegrete, onde recebia homenagens e levantava o moral da população. Decidiu esperar, pois não dava para discutir logicamente com aquele pessoal.

Com a presença do imperador, os generais baixaram o facho. Entretanto, quando dom Pedro aceitou que Mitre comandasse o ataque final, Porto Alegre foi para cima dele. Dizia que o monarca deveria assumir o comando, já que o Exército Brasileiro não concordaria em ser liderado por um presidente estrangeiro dentro de seu próprio território. Com isso, até Caxias concordou. Então dom Pedro tomou uma atitude salomônica: assumiu o comando, mas disse que as operações seriam conduzidas por Porto Alegre em seu nome. Assim, resolveu o impasse. Até tudo isso acontecer passaram-se sete dias, pois havia chegado em Uruguaiana dia 11 e só pôde ordenar o ataque no dia 18. Nesse ínterim, o inimigo morria de fome pedindo, pelo amor de Deus, que seus inimigos se entendessem para dar um fim àquele tormento.

Canabarro não se conformava de ter sido excluído:

— Eu peguei o touro a unha, quebrei o pescoço do bicho no braço, tirei o couro sem faca nem nada e agora que o churrasco está assado eles querem comer sem me dar nem uma prova!

A verdade era que a 1ª Divisão merecia todos os créditos, tendo revertido o pessimismo geral com a vitória no Combate do Butuí, em 26 de junho, que marcou a primeira derrota das armas paraguaias em toda a guerra desde a invasão do Mato Grosso, passando por Corrientes. Embora não fosse uma batalha decisiva, a vitória de Fernandes Lima e Sezefredo Mesquita ajudou a mudar o clima, junto com a vitória de Flores em Jataí, em Paso de los Libres.

Contudo, o que de fato trouxe sangue novo e recobrou a confiança foi a vinda do imperador. Ele reanimou todos os segmentos da sociedade rio-grandense, que já não acreditavam mais em nada, vendo o inimigo se adonando do Rio Grande enquanto seus chefes militares brigavam entre si fazendo politicalha. Como previra Osorio nas cartas que escrevera a tantos correligionários pedindo apoio, incluindo o coronel Sezefredo, o plano dos homens da capital era se valer dos paraguaios para humilhar os liberais históricos. Não importavam as consequências para a província, desde que Canabarro perdesse o jogo. Como perguntava João Antônio:

— Pois o João Marcelino (de Souza Gonzaga, presidente da província do Rio Grande do Sul) não nos respondeu que só tinha uma espada enferrujada no arsenal de Porto Alegre quando lhe pedimos uma medida de pólvora que fosse, pois estávamos com os paraguaios dentro de casa? E agora essas armas todas que eles têm aqui, esses canhões, de onde vieram?

Netto lembrou que estava cobrindo sua retaguarda na fronteira de Bagé quando recebeu de Osorio a ordem de ir reforçar Canabarro.

— Ele já estava prevendo a armadilha. Mandaram o Caldwell do Rio de Janeiro até aqui só para ele fazer a cama do Canabarro. De concreto, seu comando não fez nada além de insuflar o José Luiz Mena Barreto contra o seu comandante. O traquinas sempre votava contra os outros. E que novidade é essa de comandar guerra por votação?

Dom Pedro conseguiu esfriar a disputa política só por alguns dias. Logo depois, os progressistas deram o troco. Assim que o imperador virou as costas, o ministro Ferraz chamou Porto Alegre e mandou cassar formalmente, por imprópria, a ordem do dia da 1ª Divisão em que Canabarro comemorava a vitória. Depois mandou Porto Alegre propor um processo para apurar as responsabilidades pela derrota. Ou seja: para uma finalidade, fora uma vitória; para outra, uma derrota. Porto Alegre percebeu:

— Mas, ministro, se abrirmos um processo ele vai ter como se justificar e a gente pode perder no conselho de guerra.

— Quem falou em julgamento? Basta levantar a suspeita e tu já o atiras no meio da lama. Ele é que vai ter de limpar o barro da farda.

Caxias engoliu em seco quando ficou sabendo da manobra. Era o troco do novo barão de Uruguaiana ao que considerara uma traição de Canabarro quando retirou sua assinatura do manifesto militar acompanhando Osorio. Porto Alegre afastou Canabarro do comando, mas teve o cuidado de entregar a Divisão a outro ex-general farroupilha, nomeando interinamente o brigadeiro João Antônio da Silveira. Canabarro só foi recuperar seu comando mais de um ano depois, quando Caxias assumiu a frente dos Exércitos Brasileiros. Como pensara Ferraz, o processo nunca foi adiante. Canabarro morreu na ativa, liderando uma divisão do 3º Exército.

Se não pôde salvar Canabarro da desonra, Caxias pelo menos impediu que o complô atingisse Osorio. Porto Alegre continuou com o 2º Exército, mas a unidade ficaria na reserva estratégica guarnecendo a retaguarda da ofensiva. O 2º Exército, recém-formado, deveria permanecer cobrindo o exército no exterior, guardando a fronteira de São Borja. Os paraguaios, embora expulsos do Brasil, ainda dominavam todo o Vale do Paraná na província de Corrientes, ameaçando a esquadra rio abaixo e o próprio Rio Grande a partir de suas bases em Missiones e em Encarnación. Caberia a Porto Alegre impedir que fosse retomada a ofensiva pelo Vale do Uruguai, enquanto as tropas de Concórdia e os reforços que partiam de Uruguaiana se transferiam para a outra costa da Mesopotâmia. Fazia parte do contingente enviado para reforçar o exército de Osorio, como estava sendo chamado o 1º Corpo, o 26º da Guarda Nacional de São Gabriel, integrante da 4ª Divisão, que estava sob as ordens do coronel Sezefredo, tendo Delphino como seu ajudante de campo.

Ainda antes de desfazer o dispositivo de Uruguaiana, dom Pedro, involuntariamente, deu uma demonstração de força política a seus aliados. Naqueles dias, chegara a Buenos Aires um despacho da rainha Vitória, da Inglaterra, reconhecendo a arbitragem do rei Leopoldo I, da Bélgica, que dera ganho de causa ao Brasil na Questão Christie, que provocara o rompimento de relações entre os dois países em 1863. Com o documento e aproveitando a navegabilidade do Rio Uruguai, o embaixador Edward Thornton pegou um barco veloz e foi a Uruguaiana. Desembarcando na cidade, já retomada e em fase de reorganização, apresentou-se a dom Pedro, oferecendo a amizade de seu país e com um pedido de desculpas da soberana do mais poderoso império do mundo. Dizia a rainha: "Exprimindo o sentimento com que Sua Majestade a rainha viu as circunstâncias que acompanharam a suspensão de amizade entre as cortes do Brasil e da Inglaterra, declara que o governo de Sua Majestade (britânica) nega da maneira mais solene toda a intenção de ofender a dignidade do Império do Brasil." Ali mesmo restabeleceram-se as relações diplomáticas entre os dois países.

Assim que recebeu o aviso de Caxias de que precisava criar um fato consumado, Osorio botou suas tropas na estrada. Marchando minguadas 3 léguas por dia, partiu no rumo norte. Deixou para trás 5 mil homens internados em hospitais de Montevidéu e Buenos Aires, atacados pelos tipos mais variados de doenças, principalmente sarampo, tifo e disenteria. Morriam entre 60 e 100 soldados por dia. Assim mesmo, entrou pelos esteiros (canais rasos com barro no fundo que enchem e alagam com a maré), enfrentando um território sem recursos, sem estradas, com o objetivo de chegar a Mercedes, onde deveria receber reforços que seriam enviados de Uruguaiana. As tropas argentinas iam sob o comando do general Gelly y Obes. Antes de partir, Osorio tomou uma providência estratégica: comprou 30 mil cavalos de batalha do general Urquiza, ou seja, animais treinados para combate. Deixou praticamente a pé a cavalaria de Entre Rios, que, num prazo curto, somente poderia contar com animais de pastoreio, úteis, numa guerra, apenas como meio de locomoção.

O ponto de reunião, a cidade de Mercedes, fica bem no meio da mesopotâmia argentina. A força que vinha de Uruguaiana tinha a percorrer 200 quilômetros de marcha até essa localidade. Os que subiam de Concórdia teriam de enfrentar o triplo dessa distância. Quando chegou lá, o exército aliado contava 35.411 soldados, dos quais 16.173 argentinos, 13.828 brasileiros e 5.583 uruguaios. Os paraguaios, com a derrota de Uruguaiana, abandonaram a Argentina, cruzando o Paraná em Passo da Pátria entre 31 de outubro e 3 de novembro, levando consigo 100 mil cabeças de gado. Seu efetivo era de 14 mil homens sãos e 5 mil doentes. Na província de Corrientes não sobrara nada. Lopez chamava isso de guerra de recursos. Tudo fora saqueado.

Mitre e seus três exércitos conseguiram chegar às imediações de Corrientes em final de dezembro de 1865. O 26° Corpo de Cavalaria da Guarda Nacional, com seus animais nas últimas, acampou ao sul das Três Bocas, na confluência dos rios Paraná e Paraguai. Ali estava a hora da verdade. Delphino comentou com o coronel Sezefredo:

— Lá estão eles. Vamos buscá-los?

Os brasileiros acamparam na Laguna Brava; os argentinos, em Tala-Corá; os uruguaios, em Yaguari. Em posições diferentes ficaram os correntinos, com Hornos à vanguarda de Mitre e Cáceres cobrindo sua direita.

Os primeiros meses de 1866 foram de preparativos, pois para restabelecer a capacidade ofensiva dos exércitos seriam necessários tempo e dinheiro. Nesses meses, em que a tropa estava em Corrientes, Lopez realizou uma guerra de refregas, com ataques de surpresa contra os acampamentos às margens dos rios, que se não tiveram nenhum resultado estratégico serviram para mostrar aos comandantes aliados que teriam pela frente um inimigo duro e destemido. Rapidamente o conceito do soldado paraguaio como indolente e despreparado mudou para o de um inimigo temível.

Em final de março os exércitos aliados se deram por prontos para invadir o Paraguai. As águas do Paraná subiam, dando calado para a navegação de navios mais pesados, permitindo postar sua artilharia nas imediações dos pontos de desembarque. Até então, as escaramuças limitavam-se aos "raides" paraguaios contra as guarnições ribeirinhas e à chamada guerra das chatas, em que Lopez despachava balsas artilhadas para hostilizar as tropas ou para apoiar essas investidas, normalmente realizadas à noite. Em final de março decidiu-se iniciar uma ação para enfrentar as defesas paraguaias na margem direita do Paraná. Nesse lado do rio, em frente ao porto argentino Paso de la Patria, estava outro, paraguaio, de nome quase idêntico, Passo de Patria, onde se achava o quartel-general de Solano Lopez, formando um poderoso dispositivo de defesa guarnecido por 30 mil homens. O terreno era plano, o solo arenoso, uma geografia variável devido à diversidade das constantes inundações dos dois rios que confluem naquele ponto. São originários de climas completamente diferentes, com regimes de chuvas diversos: o Paraná, formado nas alturas do planalto paulista, e o Paraguai, vindo dos chapadões do centro-oeste sul-americano, nos confins de Mato Grosso.

Além disso, há um completo desconhecimento da margem paraguaia. Nem mesmo os tropeiros e pescadores eram vaqueanos naquela área. Contra esse lugar preparava-se a maior operação anfíbia da América Latina, comandada por generais e oficiais de cavalaria, geralmente formados nas próprias lides guerreiras, sem grande preparo teórico.

No final de março, Mitre mandou ocupar uma ilhota deserta, chamada de Ilha de Santa Ana, em frente a uma antiga fortificação colonial ainda sólida mas modernizada em seus armamentos, o Forte Itapiru, onde os paraguaios haviam plantado oito canhões de artilharia de costa. Embora essa fortificação não tivesse impedido a navegação pelo Rio Paraná, era uma ameaça à operação de desembarque na área, protegendo as praias que davam acesso à vila, onde estava o centro do dispositivo defensivo. Após uma tentativa frustrada do Paraguai de retomar a posição, os aliados se fixaram e mantiveram um duelo de artilharia constante com a defesa costeira. Nesses combates morreu o principal artilheiro do exército e o único homem que conhecia o interior daquela região, pois fora no passado instrutor de artilharia em Humaitá, o tenente-coronel Vilagran Cabrita. Em sua honra, o banco de areia foi denominado Ilha Cabrita.

Aí se travou um duelo de artilharia. Num desses enfrentamentos, os canhões de Itapiru acertaram um tiro na ponte de comando do encouraçado *Tamandaré*, atingindo cinco oficiais, entre eles o comandante do barco, o tenente Antônio Carlos de Mariz e Barros, que precisou ter a perna amputada. Quando o médico chegou com o serrote e o facão, que eram os instrumentos cirúrgicos, recusou a anestesia. Enquanto sua perna era cortada fora, o fêmur serrado, fumava um charuto e procurava conversar com a equipe médica até desfalecer e morrer em consequência da hemorragia. Era assim que se comportavam os soldados de ambos os lados.

Embora Mitre fosse o comandante em chefe, havia um acordo de cavalheiros de que as decisões mais importantes seriam tomadas em conjunto e com unanimidade. Com tudo pronto, os quatro comandantes estavam divididos: Mitre e Osorio consideravam o porto de Itati, um pouco rio acima, mais adequado, por estar menos exposto à artilharia de costa, fora do alcance dos canhões de Itapiru; Flores e Tamandaré opinavam que a melhor opção seria ali mesmo em Paso de la Patria, porque, devido ao maior calado do rio, os navios de grande poderio de fogo poderiam apoiar o desembarque. A data para o ataque estava fixada: 16 de abril de 1866. Essa informação, embora devesse ser secreta, era de amplo conhecimento, até mesmo do inimigo. Lopez também tinha firmado opinião de que os aliados iriam atacá-lo de frente. Assim, preparou um dispositivo de defesa que considerava inexpugnável, com uma muralha de artilharia e seus 20 mil infantes entrincheirados nas barrancas do rio, protegidos pelas matas, e ainda com 10 mil homens de reserva para acudir onde fosse necessário.

A solução para o ponto de desembarque foi mais uma obra do acaso do que um projeto do alto-comando. No final de março, o comandante de uma canhoneira, a *Ipiranga*, o primeiro-tenente Francisco José de Freitas, mandou uma carta ao almirante Tamandaré. Pedia desculpas, receando estar se metendo onde não devia, mas dizia ter identificado um lugar apropriado, a praia Boca do Atajo, 2 léguas acima das Três Bocas, na costa do Rio Paraguai. O almirante relutou, mas, temendo as dificuldades e a impossibilidade de se chegar a um consenso, submeteu a sugestão aos comandantes. Curiosos, resolveram investigar. Dias depois, o capitão de mar e guerra Sena Madureira deu uma passada na região e confirmou as observações do tenente Freitas. Tamandaré chamou os dois e pediu sigilo absoluto. Em seguida, ele próprio, levando Osorio, Mitre e Flores na sua nau capitânia, *Apa*, deu uma volta no lugar. A coisa pareceu melhor ainda.

Como estava no relatório do marujo, "existe ali uma vasta planície que vai terminar na margem do Paraguai em uma barranca com cerca de 2 milhas de extensão, de fácil atracação para nossos navios, pois além de estar cortada em seções perpendiculares ao rio, tem uma altura que não excede 8 pés, até com o rio baixo como agora se encontra". E continuava: "Apesar do canal ser largo e de fácil praticagem desde aqui até o Atajo, convém também saber que a profundidade da água nunca seria menor que 4 braças, o que dará franca navegação a qualquer dos nossos navios. Além disso, ainda que o inimigo aí nos esperasse, o que não é provável porque os reconhecimentos feitos no Alto Paraná devem ter-lhe chamado a atenção para esse lado, essa posição ser-nos-ia vantajosa, visto como poderíamos varrer e limpar facilmente o terreno com a nossa artilharia, para o que muito se presta esse lugar descampado. Resta-me dizer a V. Exª que desde ali até Humaitá, Curupaiti e Itapiru os caminhos estão livres de tropeço."

Osorio achou aquilo tudo uma beleza e Mitre fechou com ele.

— E vamos dar-lhes uma surpresa. O Solano já decidiu que vamos desembarcar no Rio Paraná. Quem lhe disser o contrário leva chumbo. Se ninguém botar a boca no mundo, ele só acreditará que estamos em terra depois que tivermos botado todo o nosso exército aqui. Até lá, insistirá que é uma diversão. Muito bem, almirante, vou mandar colocar uma medalha no seu tenente. Parabéns.

Manter segredo foi o primeiro teste para o êxito da operação. Nessa época, era comum aos oficiais jactarem-se de informações privilegiadas para desfazer boatos e esclarecer objetivos. Os espiões pululavam nos acampamentos. Era fácil recrutar olheiros em Corrientes, não só pelo grande número de simpatizantes da causa paraguaia, mas também pelo dinheiro que corria solto a quem trouxesse uma boa informação, tanto de um lado quanto de outro. Por esses informantes o alto-comando aliado ficou sabendo que as praias de Atoja estavam totalmente desguarnecidas. Os paraguaios sabiam o dia do desembarque, o número de efetivos e até o escalonamento das expedições, como se chamavam as levas de ataque. Só não imaginavam onde seria realmente realizado. Lopez tinha 30 mil homens dispostos ao longo das barrancas do Rio Paraná, das Três Bocas para cima, prontos a acudir em qualquer ponto, desde Timbó até abaixo de Itapiru. O centro nervoso seria Passo da Patria.

Uma reserva de 15 mil homens estava de prontidão em Humaitá para socorrer qualquer ala em dificuldades. Com 45 mil homens na defensiva, considerava-se inexpugnável e não entendia a imprudência de Mitre mandando atacá-lo com efetivos tão reduzidos, pois os 65.730 homens que se preparavam para o empreendimento não representavam nem a metade tecnicamente recomendável para uma operação de assalto a uma praça fortificada, que, conforme o caso, seria de três para um no mínimo. Podia chegar a dez atacantes para cada defensor, no caso de assalto a entrincheiramentos a partir de campo aberto. Um desembarque anfíbio nessas condições estaria destinado ao fracasso. "Que venham!", dizia.

Na reunião do Conselho do alto-comando para decidir o dispositivo de ataque estavam presentes todos os oficiais generais: nove brasileiros (um marechal, Osorio, e oito brigadeiros), dez generais argentinos e três uruguaios, além do almirante Tamandaré, que tinha um comando independente, pois a esquadra não respondia ao generalíssimo Bartolomeu Mitre. O presidente abriu os trabalhos dizendo que era preciso decidir qual seria o general argentino que comandaria a primeira leva do desembarque, esclarecendo que um general brasileiro poderia ser incluído na força e sugerindo o nome do brigadeiro Antônio Sampaio. O recém-promovido na nobiliarquia brasileira visconde de Tamandaré protestou: o primeiro ataque deveria caber aos brasileiros na condição de primeiro país agredido. No meio do debate, o presidente do Uruguai, Venâncio Flores, perguntou a Osorio o que achava.

— Digo que vocês façam o que quiserem. Quem passa o rio sou eu!

Tamandaré levantou-se e abraçou Osorio. No dia 14, Mitre voltou a falar sobre o assunto com o comandante brasileiro:

— Ainda está decidido a ir no primeiro escalão, general?

Osorio olhou-o com cara de surpresa, como se não entendesse a pergunta. O presidente concordou:

— Pois está bem.

E não se falou mais no assunto.

O plano tático era desembarcar em Atoja e daí infletir na direção de Passo da Pátria, limpando as praias para o desembarque do restante das tropas que esperariam em Paso de la Patria em território argentino. Osorio escolheu duas divisões de infantaria: a 3ª, comandada pelo general Sampaio, com oito batalhões de Voluntários da Pátria, e a 1ª, do general Argolo Ferrão, com oito batalhões de Voluntários. Além da Companhia de Zuavos Baianos, uma tropa de elite integrada exclusivamente por soldados e oficiais negros, que tanto sucesso fizeram em Uruguaiana, marchando numa disciplina que lembrava a Guarda Real da Rainha da Inglaterra, com seus uniformes multicoloridos, cheios de penachos espalhafatosos. Depois Osorio dissolveu essa unidade, alegando que seus quadros eram muito valiosos para ser desperdiçados naquela guerra mortífera e mandando-os para trabalhos especializados na retaguarda, principalmente em serviços nos hospitais militares. A 3ª Brigada da 5ª Divisão, comandada pelo coronel Sezefredo, integrada pelo antigo 26º Corpo de São Gabriel, renomeado 4º Corpo Provisório de Cavalaria da Guarda Nacional, e mais o 6º CPC, permaneceria em terra, esperando o segundo assalto, assim que fosse estabelecida uma cabeça de ponte em Paso de la Patria. Naqueles banhados a rainha das armas era a infantaria.

Osorio preveniu seus comandantes de que iriam enfrentar um inimigo sem limites. Para o paraguaio, mais importante do que o resultado das batalhas era o comportamento dos homens em combate. Isso queria dizer que ninguém deveria esperar a rendição, lembrando que essa filosofia estava expressa no texto da proclamação do ministro da Guerra de Lopez sobre a batalha naval de Riachuelo, no ano anterior: “Ainda que tenhamos perdido quatro vapores, o que é um acontecimento normal na guerra, isso nada significa quando enfrentamos o inimigo, com toda a sua superioridade de combate, e quando nossos valentes, sem considerar sequer o número de inimigos, se portaram como heróis.” Isto era frontalmente contra a postura de Caxias, que defendia o menor custo em vida, tanto das tropas próprias quando dos inimigos. O mesmo se dera em Jataí, onde pereceram ou ficaram gravemente feridos dois terços das forças paraguaias. Era preciso ter cuidado e determinação para enfrentar as defesas, pois cada homem de Lopez estaria disposto a vender caro sua vida.

Antes da partida, Osorio autorizou a leitura de sua ordem do dia, um dos textos mais famosos e significativos da história militar brasileira. Dizia a proclamação do comandante em chefe: "Soldados! É fácil a missão de comandar homens livres; basta mostrar-lhes o caminho do dever. Nosso caminho está ali em frente. Não tenho necessidade de recordar-vos que o inimigo vencido e o paraguaio desarmado devem ser sagrados para um exército composto de homens de honra e de coração. Ainda uma vez mostraremos ao mundo que as legiões brasileiras no Prata só combatem o despotismo e fraternizam com os povos. Avante, soldados! Viva o Brasil! Viva o Imperador! Viva os exércitos aliados!"

No dia 15 de abril, às 18h, Osorio autorizou o início do embarque. A tropa iria em três navios fretados próprios para esse tipo de operação, com o material e os animais a reboque em balsas, chatas e chalanas. O *Wipper* levava 1.300 homens de infantaria e rebocava a chata *Rio Grande*, com 71 cavalos, e quatro canoas com o pessoal e o material de Engenharia: uma com 20 homens, outra com 50 homens e duas com ferramentas. O *Weiteinch* transportava outros 1.300 infantes e rebocava a chata *Cearense* com munições e outras duas canoas de engenheiros. O *Suzan-Bearn* conduzia 1.460 homens e rebocava a chata *Pernambucana*, com oito canhões, e duas canoas com munições. Esse primeiro escalão era composto por 4.060 homens da 3ª Divisão do brigadeiro Sampaio e 4.414 da 1ª DI do general Argolo.

Osorio embarcou às 8h da manhã no vapor batizado com seu nome, com suas escolta e seu estado-maior, além de seu cavalo. O comandante da operação era o capitão de fragata Francisco Cordeiro Torres Alvim. À meia-noite começaram o embarque do segundo escalão, com 4.414 homens, nos transportes *Marcílio Dias* 1.300, *Presidente* 914, *Riachuelo* 1.400 e 800 distribuídos pelo *Duque de Saxe* e pelo *Berenice*. O *Presidente* rebocava a chata *Monitor*, com 40 cavalos, duas canoas, com 50 praças de Engenharia, e outras duas com as respectivas ferramentas. Esperava-se encontrar córregos profundos e ainda seria necessário, eventualmente, cavar trincheiras e defesas para conter alguma contraofensiva. De longe os paraguaios assistiam à operação, embora os quatro embarcadouros usados estivessem escondidos, mas não o suficiente para que os espiões não os vissem e percebessem a intensa movimentação de pessoal e material.

Ao amanhecer, a esquadra foi se dando a conhecer, estendida ao longo do Rio Paraná, logo saudada pelos canhões do forte e pelas baterias assentadas nos entrincheiramentos. A resposta dos navios foi imediata e o céu cobriu-se de fumaça. As baterias de terra, assentadas na Ilha Cabrita, associaram-se ao fogo da armada. Às 8h30 foi dado o sinal de partida. Os transportes navegavam pachorrentamente, cruzando o rio na direção dos pontos de desembarque possíveis em frente a Paso de la Patria. Solano Lopez exultava, pois os aliados estavam procedendo exatamente como ele previra, e estava preparado para recebê-los com todas as honras. Ao chegar diante da margem, manobrando como se fossem aportar a flotilha de transportes, bruscamente viraram 180 graus, e se viu a lufada de fumaça saindo das chaminés, indicando que as naves retrocediam a toda força. Inicialmente, Lopez imaginou que Mitre havia abortado o desembarque. Logo a seguir ficou desconfiado de que poderia ser outra coisa, pois em vez de voltar para seus ancoradouros os navios desciam o rio a toda velocidade.

Às 9h, meia hora depois de ter levantado ferros e navegado diretamente para a praia de Atoja, Osorio encostou-se à barranca e os marinheiros soltaram uma prancha, por onde ele desceu, antes de todos os demais, botando os pés em terra. O segundo a descer foi um de seus ajudantes de campo, o tenente Manuel Jacinto Osorio, seu sobrinho, seguido pelo sargento Salvador Machado, seu ordenança. O graduado trazia o animal a cabresto pela mão direita e a lança na esquerda. Assim que botou o pé em terra, cravou a lança no chão e foi apertar os arreios de seu cavalo. Osorio montou, e o cavalo, fogoso, saiu de lado, atropelando a arma. O general pegou da lança e ficou com ela em punho. Seguiam-no 12 homens de sua escolta pessoal com seus cavalos. Logo veio a tropa de choque que acompanhava o comandante, levada pelo major Manoel Deodoro da Fonseca. Dez minutos depois, Osorio e seus homens já avançavam numa primeira exploração, sem encontrar qualquer sinal de gente.

Lopez descuidara inteiramente daquela posição, fortificando 30 quilômetros de costa na margem do Paraná, abandonando a hipótese de desembarque pelo Rio Paraguai. O restante da força de invasão já estava à vista, aproando à praia. Nas imediações havia uma pequena unidade de infantaria e cavalaria comandada pelo major Hermosa, com dois pequenos canhões, com a missão de observar o movimento da esquadra nas Três Bocas; mais adiante havia um contingente do 18º Batalhão de Infantaria sob o comando do capitão Venegas. Logo depois de passar um banhado que havia a pouca distância da praia, Osorio topou com essas frações, mas a essa altura já estava em terra. Seguindo seus passos, a tropa do major Deodoro, duas companhias do 2º Batalhão de Voluntários da Pátria, integrado basicamente pelo corpo de polícia do Rio de Janeiro, e o 11º Corpo de Voluntários, também composto por policiais, de Pernambuco. Os paraguaios não tiveram a menor chance contra essa bem treinada tropa de choque. Osorio passou por cima deles e seguiu.

Lopez custou a perceber que aquele era o ataque principal. Nos primeiros momentos, fiel a sua teoria, dizia que aquilo era apenas uma distração e que o esforço principal viria pela frente, acima das Três Bocas. Assim mesmo, despachou o 20º Regimento de Cavalaria para reforçar o grupo diminuto que estava na região do desembarque, mas seu movimento foi percebido pelos navios, que abriram fogo em cima dos cavalarianos, atrasando sua marcha. Às 14h a cabeça de ponte estava bem sólida e já desembarcava o segundo escalão, com 10 mil homens.

Osorio estava a poucos quilômetros de Itapiru, que era o primeiro objetivo da ofensiva, quando caiu uma chuva torrencial de granizo, paralisando o avanço. Sem abrigos nem roupas próprias para as chuvas, tendo deixado barracas e outras bagagens na praia, os atacantes tiveram de aguentar as pedras do tamanho de uvas, sem possibilidades de se esquivar, disparando sem parar. Suas armas com espoletas, as carabinas Minié, com cano raiado e carga de chumbo cônico, funcionavam mesmo nessas condições atmosféricas, ao contrário das espingardas de pederneira dos paraguaios, que não inflamavam a pólvora molhada. O combate durou a noite toda, até que Lopez mandou evacuar o forte antes que sua guarnição ficasse com sua retirada cortada pelo avanço envolvente dos brasileiros.

Osorio foi atacado por uma Divisão com 4 mil homens, comandados pelo tenente-coronel Basílio Benitez. Essa força era composta por quatro batalhões de infantaria, dois regimentos de cavalaria e três bocas de fogo. A essa altura o dispositivo brasileiro já tinha o general Argolo na vanguarda, reforçado por dois regimentos da divisão Sampaio. A luta se dava nos areais, impedindo o emprego da cavalaria montada. Os soldados dessa arma combatiam a pé, tanto os brasileiros quanto os paraguaios. A luta foi feroz, corpo a corpo, com baioneta. O coronel uruguaio Leon Palleja, um dos principais cronistas dessa fase da guerra, escreveu: "*El mariscal Osorio ha estado en primera linea, batiendose como un cadete, mostrando a sus soldados el camino de la gloria*". Depois dessa batalha o general foi criticado por ter se exposto, mas retrucou:

— Comandando um exército de recrutas que ainda não haviam em quase sua totalidade recebido o batismo de fogo, tinha de lhes dar o exemplo, convencê-los de que eu poderia ir onde os mandasse. — E depois arrematou, troçando: — De resto, ainda conto com o medo do inimigo.

No dia 17, ao encerrar sua atividade para um descanso, não conseguiu descalçar as botas, tal o inchaço dos pés e das pernas. Tiveram de cortar os canos das botas. Começava, também, a doença que iria contribuir para tirá-lo de combate. Osorio foi recolhido a um dos navios, pois além do problema da hidropisia (acumulação de líquido nas cavidades ou tecidos do corpo), a chuva e o frio provocaram uma forte gripe, com febre e calafrios.

No dia 20 Osorio estava de volta. Andava contente. Voltara a ser o velho cabo de guerra, depois de passar meses de mau humor tratando da burocracia do exército e tendo de administrar as desavenças entre os comandantes brasileiros, decorrentes das disputas políticas do Rio Grande.

No dia 20 de abril o exército reiniciou a marcha em perseguição a Lopez, que abandonara Passo de Patria, depois de incendiar a cidade. Ao passar pela povoação, Osorio viu os trabalhos de reconstrução das casas destruídas, pois o plano era montar ali a nova base de suprimentos para as forças, usando seu porto como ponto de apoio. A casa de Solano Lopez ficou intacta. Também a igreja e alguns outros prédios, mas a maior parte dos ranchos de pau a pique e coberta de palha foi consumida pelo fogo. Na vanguarda ia o Exército Uruguaio, com seus três Regimentos de Cavalaria e duas Brigadas de Infantaria, além de um esquadrão de artilharia com quatro canhões La Hitte, emprestados pelo Exército Brasileiro. Esse contingente era a 12ª Brigada da 6ª Divisão, comandada pelo coronel Manuel Lopes Pessegueiro, destacada no Exército de Vanguarda à disposição do general Venâncio Flores. Seguiam pela estrada de Humaitá, para onde recuara o inimigo. No caminho, acamparam em Estero Bellaco (Velhaco) e Estero Rojas constituem duas concavidades, um terreno que na época das chuvas fica inundado, juntando as águas dos rios Paraná e Paraguai.

Aí os paraguaios aplicaram outro golpe de mão. No dia 2 de maio o Exército Uruguaio foi atacado por uma força poderosa que brotou do mato sem ser pressentida. Poucas horas antes duas patrulhas argentinas, uma comandada pelo coronel Arredondo, da 1ª Legião de Voluntários, e a outra pelo capitão Ascona, da Brigada do general Hornos, haviam vasculhado as matas sem encontrar nenhum sinal de gente. Dali a pouco, como se saíssem do nada, Flores foi atacado por uma tropa de 6 mil homens, quatro Batalhões de Infantaria flanqueados por dois Regimentos de Cavalaria, um de cada lado, que investiram com tudo sobre os uruguaios. A surpresa foi total. A Brigada de Pessegueiro conseguiu se organizar, mas não deter a investida. As tropas paraguaias eram comandadas pelo coronel José Eduvigis Diaz, que atacou o quartel-general do presidente Flores. A situação era desesperadora. Osorio estava em seu QG, a mais de 4 quilômetros de distância. Nem bem ouviu o tiroteio, montou a cavalo e saiu para ver o que podia fazer. Encontrou quatro Batalhões de Voluntários da Pátria (30°,40°, 41° e 51°, da 14ª e 18ª Brigadas da 6ª Divisão) do general Vitorino Monteiro, e ordenou o toque de reunir, dirigindo-se para a zona de onde vinha o barulho.

Vitorino avistou o inimigo e contra-atacou com dois Batalhões que se desenvolviam no flanco esquerdo dos paraguaios. Com isso, os atacantes começaram a recuar. A Cavalaria Paraguaia estendeu-se em dois escalões e caiu em cima dos argentinos. Formou-se o entrevero, mas um grupo de cavalarianos capturou os quatro canhões da Bateria Oriental. Recuaram para os matos e voltaram às suas linhas, deixando 3 mil mortos no terreno. Os aliados perderam 1.200 homens, entre mortos e feridos. Acabava-se o combate do Estero Bellaco, como ficou conhecido esse encontro. Não foi uma batalha, mas apenas um golpe de mão. O argentino José Inácio Garmendia comentou a participação de Osorio no entrevero: "Nessa crítica situação aparece Osorio no campo de batalha. Mostra-se repentinamente com o caráter jovial de Henrique IV."

Mitre convocou o conselho de generais para analisar o combate. Estava irritado.

— Não foi batalha; não foi combate; foi uma briga de rua. Não entendo o Solano Lopez. Quando o conheci pareceu-me um rapaz educado, fino, de trato. Como se porta de forma tão grosseira? Se quer combater-nos, que nos dê uma batalha. Vamos nos medir como povos civilizados.

Os três aliados falavam em espanhol. Mitre continuou:

— Já estou há um ano nisso. Tenho mais o que fazer do que matar paraguaios. O Solano parece um demente. Lança seus homens para a morte como se fossem um bando de bárbaros, como os gauleses se jogando cegamente sobre as espadas dos romanos. Será que ele pretende que exterminemos o seu povo?

Flores concordou:

— Nunca vi nada assim. Já combati contra vocês todos, portenhos, federales, rio-grandenses, cariocas, mas igual a isso nunca tinha visto. Temos de tirá-lo da toca, fazer com que venha nos enfrentar. Já estamos dentro do país dele; cabe defendê-lo!

— Esse larápio quer ganhar tempo. Espera que eu seja derrubado, que você seja deposto pelos blancos. Quer botar o império numa encruzilhada. Mas que lute como um cavalheiro!

Osorio ouviu calado. Mitre olhou para ele pedindo uma opinião. Ele não disse nada. Acendeu um charuto de Havana que chegara de Pelotas. Mitre continuou analisando o desempenho do antagonista. Osorio fez uma observação:

— Não me parece um verdadeiro general. Nem critico essa tática de golpes de mão. O que me intriga é por que não usa reservas? Se acontece algo errado num ponto, não há como corrigir. Foi o que vimos hoje quando sofreu o contra-ataque pelo centro. Se tivesse reservas, elas poderiam acudi-lo. De fato, parecia interessado apenas em levar nossos canhões.

— É isto que ele é: um ladrão. Deu um golpe como um assaltante de rua. Senhores, temos de fazer alguma coisa. Essa demora está produzindo muita inquietação. Vou lhes propor: se eles não nos derem combate até o dia 25 de maio, nós entramos nesses matos e vamos tirá-los lá de dentro a ferro e fogo. Se eles vierem para a batalha antes disso, melhor. Até lá a gente anima o nosso pessoal, pois sempre é bom dar combate num dia de valor cívico. Afinal, lutamos contra a tirania, e 25 de maio é uma data da liberdade, da democracia.

CAPÍTULO 73

No Potreiro de Tuiuti

— O VELHO BENTO MANOEL Ribeiro é que está fazendo falta nessa guerra. Se ele estivesse aqui te garanto que já teria dado um jeito nesse dom Pancho. É ou não é, Osorio? Estou errado? O velho zorro não estaria parado no meio desses banhados enquanto esse paraguaio dá festa lá do outro lado do mato?

O general Antônio de Souza Netto estava enchendo o mate da roda, na qual além dele e de Osorio estavam os generais Sampaio, Argolo, Vitorino e o velho Mallet, o coronel com status de general. O comandante-geral dessa arma era o brigadeiro José Soares Andréa, mas quem de fato mandava era o francês, que não levava os bordados devido à burrice da burocracia. Era com ele que Osorio conversava quando o tema era canhão. O assunto era o golpe de mão no Estero Bellaco. Osorio não se conformava em ter perdido os canhões.

— Foi como se tivessem me passado a mão na bunda.

Achegou-se à roda o general Venâncio Flores. Estavam todos na barraca do comandante em chefe, ainda lambendo as feridas do combate do dia anterior. Ninguém entendera o objetivo de Solano Lopez. Com o efetivo que mandara não teria condições de destruir o inimigo. Quando poderia fazê-lo recuar, ganhando assim algum terreno, o que não deixava de ser um objetivo na guerra de posições, não teve condições, pois seu exército não levara reservas.

Argolo concordou com seu sotaque nordestino bem puxado. O pequeno general, tido como o oficial de menor estatura do exército, ficara famoso como guerreiro na Revolução Praieira de 1848, em Pernambuco. Sua lógica de gestão era que soldado parado era problema na certa. Portanto, nunca havia vadiagem sob o comando de Alexandre Gomes de Argolo Ferrão: se não estavam fazendo exercícios, os recrutas e mesmo soldados velhos estavam abrindo trincheiras, cavando bocas de lobo. Por isso seu apelido era general Tatu. Havia até um versinho fazendo graça com sua baixa estatura: "O Tatu subiu num pau/ É mentira de vancê/ Mas o pau tava deitado/ Isso sim que pode sê".

— O cabra da peste está nos esperando para nos pegar no mato. Se não entrarmos nesse matagal, ele não sai e ficamos assim por dez anos. Ou estou inventando?

— É verdade. Ele está apanhando, mas fazendo o que quer: já nos trouxe para dentro do terreno dele. O Argolo está certo. Nunca vamos concluir essa guerra a não ser que aceitemos o jogo do Lopez. E esse é um jogo muito perigoso, para o qual não estamos preparados.

Osorio ficou com aquilo na cabeça. Argolo acertara em perceber que Solano Lopez estava dando as cartas. A invasão do Paraguai era uma armadilha, pois o único sentido de estar ali era o fato de estar pisando território inimigo. Além disso, ao passar de atacante para defensor invertia o equilíbrio de forças, aumentando, teoricamente, pelo menos em três vezes o seu exército. Nesse terreno, e com o sistema de fortificações do Quadrilátero, composto pelas quatro fortalezas e seus entrincheiramentos, aumentava por dez. Mallet ainda complementou:

— A nossa artilharia não serve para essa guerra. Não temos um só canhão de sítio. Garanto uma coisa, Osorio: o orçamento de dez anos do império e das duas repúblicas juntas não compra nem uma décima parte da artilharia de que precisamos para atacar Humaitá. Sem falar da munição, pois não sei quantos anos teríamos de ficar soltando barragens de fogo em cima deles. Portanto, vocês vão ter de tirá-los de lá na ponta das baionetas e de peito aberto.

Sampaio completou:

— É essa guerra nova que temos pela frente. Em Gettysburg os confederados aguentaram quantos anos uma força dez vezes superior? E não tinham nem esses matos, nem esses banhados, nem esses paraguaios suicidas pela frente. Eu os tiro de lá com a minha infantaria, mas preciso de tempo e muita gente. E bota gente nisso... Por alto, uns 200 mil no campo. Isso quer dizer, outro tanto na retaguarda.

Osorio perguntou:

— O que achas disso, Flores?

— Vai ser o paraíso dos fornecedores. Quem vai gostar é o general Urquiza, que ninguém nos ouça...

Na roda só Argolo não bebia o mate. Sampaio, embora cearense, já tinha se agauchado, casando-se em Jaguarão e fixando residência em São Gabriel. Para um homem de sua profissão, o Rio Grande do Sul era o melhor mercado. Até ao clima se adaptara. Ele e Argolo eram os maiores especialistas na arma que dominaria a guerra naquele terreno. Sampaio lembrava o homem que projetara aquele sistema defensivo, o barão von Wisner de Morgenstern, prisioneiro de Caxias na Batalha de Santa Luzia, em Minas Gerais, em 1842.

— Apesar de barão era republicano radical. Estava com Teófilo Ottoni. Pois foi o conselheiro Pimenta Bueno quem o indicou ao presidente Carlos Lopez para trabalhar nessas fortificações. A gente pensava que isso serviria para conter o Rosas. Pois não é que está sendo usado contra nós? O que sei, por ouvir do Cabrita e do Portocarrero, é que botaram aqui dentro todo o dinheiro do Paraguai, nas construções e nas armas, pois fora isso não se fez uma única estrada para ajudar na produção.

Osorio estava invocado:

— A verdade, meus amigos, é que temos de encontrar uma maneira de vencer rapidamente ou vamos negociar, vamos para a política. Como dizia o velho Napoleão: "A guerra é um assunto muito sério para ser tratado só por generais", ou algo assim.

Flores voltou:

— Também não creio que o Mitre aceite essa tua proposta. Se deixar o Lopez com tudo o que tem ele derruba o governo de Buenos Aires numa pernada.

Osorio deu mais um palpite:

— Se bem conheço essa gente, uma barrica de libras esterlinas resolvia tudo. Ele podia ir para a Europa com a madame.

— Dizem que é muito linda. Só sei de ouvir falar, pois nunca falei com ninguém que tivesse visto a figura frente a frente.

E assim nessa conversa de galpão, o mate correndo, os chefes do Primeiro Corpo iam especulando. A verdade era que o confronto de Estero Bellaco os deixara preocupados, temerosos de que não pudessem derrotar aquele inimigo tão diferente que tinham pela frente, tão fácil de vencer nas batalhas campais, mas que agora se revelava surpreendentemente forte em seu terreno. Mallet lembrou a Osorio:

— Recordas aquele livrinho do general chinês traduzido pelo padre Amiot, o missionário jesuíta francês que viveu na China, e que te emprestei há muitos anos?

— Claro que me lembro. Serviu muito. Que tal? Acho que pode ser muito interessante. Preciso lê-lo de novo. Agora é que vai me servir para abrir as ideias. Tu o trouxeste?

— Acho que botei na minha bagagem. Vou procurar. Se ainda o tiver, te empresto novamente.

No dia seguinte, Mallet entregou-lhe uma brochura surrada, envolvida num envelope porque o exemplar era bem velho.

Osorio tinha poucos dias para encontrar uma solução para o impasse. Não havia perspectiva de armistício, pois os dois governos, da Argentina e do Brasil, estavam decididos a depor Solano Lopez e favorecer um regime menos contundente, mais flexível, voltado para a cooperação e não para a hegemonia. Segundo Mitre, Lopez estava seguro de que, com sua força militar, sua sólida base interna e as ambições de uns e o fanatismo de outros, poderia quebrar a frágil unidade argentina e se converter numa versão mais apurada de Juan Manuel Rosas. Seu governo monolítico era uma vantagem formidável naquele espaço de dissensões e conflitos, uma catapulta poderosa para lançá-lo como grande caudilho da América do Sul, igualando-se a Bolívar ou George Washington. Estava certo de que nada a não ser a força o deteria.

Com esses problemas na cabeça, Osorio lia o pequeno volume do padre francês que dizia estar traduzindo um sábio e vitorioso general chinês, Sun Tzu, que denominava seu livro de *A Arte da Guerra*.

Já na primeira leitura identificou um ponto fundamental: "Uma das tarefas essenciais que deves realizar antes do combate é escolher criteriosamente o campo de batalha. Para isso, é preciso agir rápido. Não permitas que o inimigo tome a dianteira. Ocupa o terreno antes mesmo que ele tenha tempo de te reconhecer." Osorio percebeu que deveria usar esse ensinamento a seu favor, pois na verdade Lopez os estava atraindo para seu chão. Esse ensinamento era completado por outro: "Se estiveres em lugares pantanosos, passíveis de inundação, cobertos de espessas florestas, cheios de desfiladeiros, inundados, desertos e áridos, ou seja, em lugares onde não tenhas nenhum apoio, tenta sair o mais rápido possível" (Osorio pensou: só faltava dizer Estero Bellaco), completando: "Procura instalar tuas tropas em lugar espaçoso e vasto, de onde possam se retirar facilmente e onde teus aliados possam, sem dificuldades, aportar-te a ajuda possível." O maior erro que os aliados estavam cometendo, porém, estava nesta outra parte: "Um grande general não é arrastado ao combate; ao contrário, sabe impô-lo ao inimigo. Se quiseres que o inimigo marche, de livre e espontânea vontade, para lugares para onde queres precisamente atraí-lo, procura dirimir todas as dificuldades e suspender todos os obstáculos." Osorio pensou: "É isso!"

Nos dias seguintes, começou seu planejamento. Primeiro, escolheu um lugar amplo, onde pudesse travar uma batalha. Segundo, criou todas as artimanhas para atrair Lopez a esse confronto no lugar escolhido. Ia seguir um dos conselhos de Sun Tzu: "A força militar baseia-se na dissimulação." Essa afirmação completava-se com uma regra profundamente identificada com a situação presente, em que Lopez estava com seu exército protegido por um sistema de trincheiras de Paso Pocu no meio de pântanos, matas, carriçais e florestas. Dizia o chinês: "Quando pretenderes iniciar o combate, se os inimigos permanecerem em suas trincheiras, não os ataques ali, sobretudo se estiverem bem entrincheirados ou protegidos por fossos profundos ou por muralhas elevadas. Ao contrário, se pensas que não convém travar combate e queres evitá-lo, permanece em tuas trincheiras, preparando-te para responder ao ataque e realizar algumas ofensivas úteis."

O importante era o sigilo, mas Osorio precisava compartilhar seu projeto sem despertar suspeitas, pois não havia segredos naquele acampamento. Chamou seus principais auxiliares e iniciou os preparativos. A primeira providência seria retirar a tropa do acampamento, encontrando um lugar adequado para uma batalha defensiva. Mitre não foi obstáculo, pois logo concordou que precisavam mudar com urgência, pensando mais nas condições topográficas para distribuir o pessoal do que em qualquer outra coisa. O lugar escolhido foi um terreno seco, que segundo os vaqueanos não se inundava nem nas maiores enchentes dos grandes rios, mesmo quando os dois transbordavam simultaneamente, alguns quilômetros à frente, ao sul da Lagoa Tuiuti.

No dia 20 de maio os aliados transferiram seu acampamento para esse sítio, limitado ao sul pelo Estero Bellaco, a oeste pela Lagoa Piri, que os brasileiros chamavam de lagoa Pires, e ao norte pelo Estero Rojas, ladeado por uma espessa floresta. Ou seja: tudo o que Sun Tzu condenava. Não havia, porém, alternativa. Mesmo totalmente inadequado, era ali que Osorio pretendia armar sua arapuca. O fundamental seria o segredo. Chamou seus comandantes mais próximos: Netto, Sampaio, Argolo, Mallet e o parceiro Flores, comandante da vanguarda.

— Tenho certeza de que o Lopez vai tentar mais um golpe de mão. Posso até adivinhar a data: 24 de maio. Vocês sabem como são as coisas, esses coronéis das milícias ficam contando segredos para se dar importância...

Flores deu um aparte:

— Como as orelhas têm ouvidos...

— É isso aí. Algum passarinho já deve ter cantado no poleiro do Lopez.

— Asso no dedo se ele não tentar estragar a festa do Mitre. O nosso generalíssimo pretende alguma coisa grande para esse dia, pois é grande a pressão de Buenos Aires.

— Para quem prometeu em três meses entrar em Assunção, ele ainda está longe.

— Pois então. Os paraguaios não vão perder essa oportunidade de rir na cara dos argentinos. Se assim for, vamos esperá-los. Mas ninguém fala nem para seus botões sobre o que vamos combinar. Entendido?

Todos concordaram. Flores, num gesto gaúcho, puxou um fio de seu bigode e colocou em cima da mesa. Os demais entenderam o gesto e fizeram o mesmo. Estava selado o pacto pampiano com forte adesão nordestina.

Nos dias que se seguiram foram sendo completados os preparativos. O *front* estava animado, com confrontos, escaramuças, algumas pegadas grandes de unidades completas, mas nada de real valor estratégico, pois Lopez continuava em sua linha defensiva e os aliados não tinham outra opção de combate a não ser assaltar as trincheiras num terreno inteiramente desconhecido. Nenhuma patrulha conseguia infiltrar-se, pois as informações dos prisioneiros capturados não eram suficientes. Mitre continuava andando no escuro.

Ao mesmo tempo em que seguia as instruções do comando-geral, mantendo sua prontidão, Osorio preparava seu dispositivo para deter um ataque paraguaio. Aplicava outro preceito do mestre chinês: "Assim como é necessário que conheças a fundo o lugar em que deves combater, não é menos importante que saibas o dia, a hora, o momento exato do combate. Trata-se de um cálculo que não convém negligenciar. Se o inimigo está longe de ti, procura informar-te, diariamente, do caminho que ele faz. Segue-o passo a passo, embora em aparência permaneças imóvel em teu campo. Perscruta todos os seus atos, embora teus olhos não possam alcançá-lo. Escuta os seus discursos, embora não possas ouvi-lo. Sê testemunha de sua conduta. Penetra no íntimo de seu coração, para ali leres os temores e as esperanças recônditas." As patrulhas de Osorio vigiavam os paraguaios de perto. No dia 22 foram detectados os preparativos. Os ecos das jactâncias do presidente paraguaio chegavam até Osorio.

O dia 23 foi dia de festa no acampamento brasileiro, pois chegara a notícia de que Osorio fora agraciado com o título de barão do Herval, em ato assinado pelo monarca no dia 1° de maio. Netto, em tom de blague, comentou: "Agora estás igual ao Porto Alegre, que também é barão. Só vou te chamar de Herval daqui para a frente." O título referia-se às descobertas das terras novas no noroeste do Rio Grande do Sul, nos tempos em que era comandante em São Borja.

Nesse dia, chamou alguns homens de confiança, entre eles Delphino. Um de cada vez, pois um não sabia da missão do outro.

Cada qual deveria se infiltrar pelos matagais e pelos banhados do Estero Rojas, procurar as trilhas e assinalar o movimento de tropas. Se fosse haver a ofensiva, seria nesse dia. Mitre planejava um grande movimento para o dia 25, data nacional argentina, e por isso estavam previstos reconhecimentos de grande porte para testar as defesas paraguaias. O projeto, pensou Osorio, contrariava o ensinamento de Sun Tzu, pois atacar as trincheiras inimigas sem perfeito conhecimento do terreno e de suas disposições de tropas e equipamentos era algo muito perigoso. Os aliados estavam confiantes de sua superioridade militar. Consideravam os paraguaios soldados valentes, mas também desprezavam sua capacidade militar em operações de grande porte.

Na manhã do dia 24, Osorio estava tenso. Todos os comandantes estavam de prontidão, mas sem dar a perceber o que tinham em mente. No acampamento paraguaio, Lopez recebeu a informação de que os aliados dormiam até tarde, que haviam passado a noite festejando, que descansavam despreocupadamente. Enquanto isso, cinco colunas caminhavam pelo mato em direção ao acampamento de Tuiuti. Os generais reuniram-se para um último apronto. Faltou o general Netto, que fora acometido por uma forte infecção alimentar. Caso grave, causa de morte. Netto tinha uma missão importante em seu dispositivo: secretamente trouxera de Corrientes 500 cavalos amilhados, ou seja, alimentados com grãos de milho. Fortes, verdadeiras máquinas de guerra, fariam a diferença naquele combate em que a cavalaria inimiga estaria com animais enfraquecidos, mal aguentando um trote. Seria possível levar de roldão qualquer efetivo que pudesse ser lançado contra sua infantaria. Netto ficaria à retaguarda, no Estero Bellaco, podendo daí acorrer aonde fosse chamado. Mas o velho general estaria fora de combate, Osorio não tinha ilusões.

Ao amanhecer do dia 24, quem visse de longe diria que o acampamento estava na mais santa paz. Os homens se movimentavam para os ranchos buscando comida, caminhavam descontraidamente e conversavam em grupos. Era o que os paraguaios enxergavam pelas lentes de suas lunetas postadas nos mangrulhos (mastros de vigia). Solano exultava:

— Dormem os cabrões. Vamos pegar os macacos na cama e cortar-lhes o rabo.

Ele queria dizer que seu plano de batalha tinha o objetivo estratégico de encerrar os aliados naqueles areais cercados de mata e pântanos, com 4 quilômetros de comprimento por 2,4 quilômetros de largura. O conceito ofensivo era o mais moderno de sua época, o ataque em pinças, que seria desenvolvido pelos generais Vicente Barrios pela direita (esquerda dos aliados) e Hipólito Resquin (ultrapassando os argentinos que formavam a direita do dispositivo), atacando a retaguarda inimiga. Fechando o cerco, investiriam sobre Passo de Patria, retomariam a vila e cortariam a base de suprimentos dos aliados. Lopez mostrava as duas mãos em gesto ameaçador:

— E aí vamos esganá-los como se estivéssemos apertando o pescoço deles com garras poderosas até que exalem o último suspiro.

Era um projeto engenhoso. Não contava, porém, com a reação do inimigo. Mitre deixara uma guarnição nutrida em Passo de Patria, composta basicamente pelas cavalarias, tanto a brasileira quanto a argentina, que estava desmontada por falta de cavalos mas que sabia combater a pé. No rio, estava a armada intacta, que além de sua centena de canhões, com alcance para proteger a defesa de Passo de Patria, tinha seus fuzileiros navais. Por fim, havia quase 10 mil homens em Paso da Pátria e na cidade de Corrientes que poderiam eventualmente acudir, embora a maior parte fossem feridos e doentes. Isso não foi considerado, pois poderia embaçar o brilho do projeto, e ninguém ousava contradizer o marechal.

No lado operacional, a falha básica desse projeto era a falta de um comando-geral no campo, pois a coordenação geral da operação ficara com o próprio Lopez em Paso Pucu, a muitos quilômetros do *front*, num regime que não permitia aos generais tomar decisões fora do plano geral. Qualquer mudança dependia da aprovação explícita de Lopez. Os aliados dispunham de um comando central no terreno e seus generais tinham autonomia para tomar decisões táticas. Isso foi de grande valia. Uma tropa podia avançar ou recuar de acordo com as circunstâncias, dando grande flexibilidade e eficiência ao dispositivo.

No acampamento, embora não aparecesse no telescópio, havia um controle absoluto de toda aquela folga, pois os generais mantinham seus coronéis às suas vistas, mandando que eles fizessem o mesmo com os demais oficiais. O movimento de formação que se via era de uma tropa que se preparava para o reconhecimento, marcado para as 14h. No acampamento argentino, à direita do brasileiro, também havia preparativos, e os oficiais davam ordem-unida e mantinham a tropa perto das armas. O general Paunero foi até o quartel-general de Osorio e recebeu o aviso: "Na minha opinião não demora muito vamos ter baile, general", disse-lhe o comandante brasileiro. Voltou para sua barraca e recomendou atenção. Confiava muito na intuição do chefe aliado.

Se pudesse distinguir, Solano Lopez veria que naquela aparente desorganização as tropas brasileiras estavam com duas Brigadas de Artilharia e uma Brigada Mista, com um Batalhão de Engenharia e dois Corpos de Voluntários de Infantaria e mais duas Divisões de Infantaria (Sampaio à esquerda, Vitorino à direta). Além de dois Batalhões de Artilharia e outras duas Divisões de Infantaria (Argolo à frente e Guilherme Souza atrás). Em terceiro escalão, duas Divisões de Cavalaria e a Brigada Ligeira de Netto.

Também não prestavam atenção na disposição da artilharia brasileira. Mallet botara seus 30 canhões La Hitte em linha, como se fosse entrar em batalha, e mandara abrir um fosso com mais de 2 metros de fundura em frente às peças, mas sem parapeito. Reuniu num só grupo toda a artilharia tática brasileira e uruguaia. O buraco só poderia ser visto bem de perto, porque a terra retirada de dentro fora espalhada nas redondezas. Mais ainda: a obra fora realizada durante a noite, sem nenhum alarido, com os engenheiros trabalhando em silêncio. Qualquer um que falasse mais alto era logo advertido pelos superiores. Mallet supervisionara pessoalmente os trabalhos. Quem tivesse passado ali no dia 23 nada veria. Naquele terreno arenoso, não custou muito abrir a terra. Já a artilharia de posição ficara em segundo escalão, conduzida diretamente pelo brigadeiro Andréa.

Lá pelas 11h30, ouviu-se o estrondo de um canhão disparando no meio do mato, um foguete à Congrève subiu e já todos corriam para as armas, pois não havia dúvida de que aquilo só poderia ser um sinal. Fora assim 21 dias antes, quando Diaz atacara no Estero Bellaco. A diferença era que dessa vez as tropas acampadas estavam posicionadas e perfeitamente preparadas para receber um ataque em massa. Só não esperavam que fosse tão grande. Todo o Exército Paraguaio foi entrando em cena. Osorio, seguindo o ensinamento do mestre chinês, deixou-os entrar, fazendo as tropas da Primeira Linha recuar, embora em ordem. A expectativa era de que o esforço principal se desse em cima dos brasileiros. Na noite anterior, Osorio dissera que seria assim:

— O Lopez despreza os brasileiros. Acredita que somos frágeis, desmotivados, sem valor, simplesmente porque nossos soldados são pretos. Para ele somos uma sub-raça, animais falantes, macacos. Pois ele vai ver como esses macacos têm valor, usando a palavra no sentido de coragem e civismo. Por essa e por outra é que o esforço principal deve vir sobre nós. Ele acredita que nos quebra.

Osorio estava nervoso, inquieto. Sabia que seria atacado, mas não tinha ideia de quantos homens e que armamento seriam empregados. Quando escutou o sinal e viu o foguete cortando o ar, gritou para o corneteiro:

— Toca "sentido".

O som propagou-se, logo seguido pelos demais corneteiros repetindo o toque vindo do comando. Osorio acrescentou:

— "Chamada ligeira"!

De novo a onda sonora se espalhou. Todos acudiram. Aquele exército inerte em segundos estava formado para batalha. Osorio montou e se preparou. Ficou esperando, ouvindo de longe o alarido da cavalaria paraguaia precipitando-se contra a Vanguarda Uruguaia que guardava a boca do mato. A força inimiga vinha conduzida pelos comandantes mais importantes do Exército Paraguaio. O ataque central, contra os brasileiros, estava sob responsabilidade dos coronéis José Eduvigis Diaz, com 5.030 homens, e Hilário Marcó, com 4.200 soldados de cavalaria e infantaria. Aí estava o esforço principal. Pelos flancos vinha, à esquerda dos brasileiros, o general Vicente Barrios, ministro da Guerra e cunhado de Lopez, com 8.700 homens de cavalaria, infantaria e artilharia, entrando pelo Potreiro Pires, ameaçando tomar a retaguarda brasileira. Pela direita, caindo em cima dos argentinos, vinha o general Francisco Isidoro Resquin com 6.300 homens. Outros 6 mil homens tinham ficado em Paso Pucu, sob o comando do general Brugues, como reserva, mas sem condições de emprego imediato, devido à distância entre o quartel-general e o campo de batalha.

Repetia-se o erro de Estero Bellaco quando o Paraguai atacou sem uma reserva tática. Mas era uma massa formidável, cerca de 24 mil paraguaios contra 32 mil aliados: 21 mil brasileiros, 9.700 argentinos e 1.300 uruguaios. Osorio não esperava por tanto. Imaginava que seria uma força de inquietação destinada a causar um estrago e sair fora, como ocorrera no dia 2 de maio em Estero Bellaco. Tinha seu favor, porém, uma falha de Lopez que Sun Tzu não perdoaria. O comandante paraguaio não havia feito o reconhecimento do terreno antes de entrar na batalha. Assim, Osorio estava operando segundo os preceitos do mestre e explorando a falha primária de seu antagonista.

Mal Diaz e Marcó deram a ordem de ataque e seus milhares de homens investiram furiosamente, cavalaria e infantaria misturadas, cada infante montado na garupa de um cavalo, dando uma velocidade estonteante para as tropas a pé que só baixavam ao chão em frente ao inimigo. A surpresa, contudo, inverteu-se: os paraguaios perceberam que estavam sendo esperados, mas nada mais podiam fazer. Naquele exército não se mudavam as ordens, acontecesse o que acontecesse. E assim, em levas sucessivas, avançaram sobre os canhões de Mallet, que iam varrendo os atacantes atirando com revólver, disparando metralha e lanternetas.

A infantaria uruguaia, integrada por Orientais e pela Brigada Pessegueiro, recuava, abrindo campo para a artilharia. À medida que a massa encurtava a distância, Mallet, com sua precisão incrível, só no olho, mudava a alça de mira dos canhões e os projéteis explodiam no meio das Primeiras Linhas Paraguaias. A planície entre o mato e a bateria ia ficando cheia de homens e cavalos mortos ou nos estertores. Já tinham de escalar pilhas de cadáveres para se adiantar, tentando alcançar os canhões. Mallet diminuía o alcance. Quando a muralha inimiga chegou aos 10 metros de distância, gritou a ordem de fogo à vontade, na terminologia da artilharia:

— Fogo de horror!

Os soldados, de cavalaria ou a pé, que conseguiam chegar diante das baterias, caíam no fosso, onde eram abatidos por tiros de fuzil e pistola. A divisão Vitorino sustentava a posição com descargas compassadas e baionetas. A Brigada Sampaio cerrou fileiras e contra-atacou em formações cerradas com linha de atiradores e baionetas. Levou um encontrão da massa paraguaia, mas aguentou o tirão no corpo a corpo. As novas carabinas Minié, com seus projéteis cônicos, aerodinâmicos, de alta velocidade, arrancavam pedaços no impacto. Sampaio marchava na Primeira Linha. Logo o comandante foi atingido, um tiro, depois outro e, por fim, um terceiro. Ficou fora de combate.

Encostado numa árvore, Sampaio sangrava por todos os lados. Osorio percebeu que a chave da resistência estava na 3ª Divisão. Se cedesse ali, a situação se complicaria. Mandou um de seus ajudantes, o alferes Francisco Corrêa de Melo, com ordens para que Sampaio resistisse a todo custo. O general já estava a ponto de desmaiar e não reconheceu o uniforme:

— Capitão, diga ao general Osorio que estou cumprindo o meu dever, mas, como já perdi muito sangue, seria conveniente que me mandasse substituir.

O alferes voltou a seu cavalo e quando já estava com o pé no estribo viu o sangue espirrando no peito do brigadeiro. Fora atingido uma vez mais e acrescentou:

— Diga ao general que esse é o terceiro...

Osorio recebeu a notícia sem demonstrar emoção. Apenas deu a ordem: "Volte lá e mande o Jacinto assumir o comando da Divisão." Referia-se ao comandante da 7ª Brigada de Infantaria, coronel Jacinto Machado Bittencourt. O outro general que morreu em consequência desse combate foi o brigadeiro Antônio de Souza Netto, o mesmo que proclamara a República Rio-Grandense nos Campos dos Meneses em 6 de setembro de 1836. Nos dias que antecederam à batalha, fora atacado por uma infecção intestinal, sofrendo desidratação, diarreia e febre altíssima, além dos efeitos psicológicos provocados pela fraqueza e pela certeza da morte iminente. Assim estava o general na sua barraca quando se iniciou o combate.

Sua unidade estava quase toda em forma. Um Corpo estava em Paso de la Patria a pé garantindo a retaguarda, esperando o ataque paraguaio caso as pinças conseguissem se fechar. O restante estava no Estero Bellaco, pronto para operar, com sua tropa de choque de 500 cavalos amilhados e outros 300 em estado razoável. Netto chamou sua ordenança, vestiu o fardamento, calçou as botas e montou seu cavalo baio, dirigindo-se escoltado por seus ajudantes para a posição. Ali se apeou novamente e foi sentado numa cadeira que um deles levava, esperando a hora de entrar em combate. Quando surgiram os milhares de homens de Barrios procurando subir o Potreiro Pires e envolver a infantaria que combatia em Tuiuti, ele deu a ordem de montar e também subiu à sela de seu cavalo. Parecia um disparate de lenda grega: 600 homens galopando na direção daquela massa de infantes e cavalarianos que saíam do matagal e disparavam seus canhões. Eram 14h. Mais de mil homens da Brigada Ligeira de Voluntários, com suas clavinas e lanças, preparavam-se para combater a pé, pois não havia animais para montar. Só aquele grupamento estava completo.

O tenente Manuel Joaquim Osorio contava em carta a um irmão: "Às duas horas estávamos com a frente salva, onde nosso General Osorio havia ido ajudar Flores, mas éramos atacados por 5 mil ou 6 mil paraguaios que pelo Potreiro Pires vieram à nossa esquerda, protegidos pelos da frente, que se reorganizaram depois de repelidos; à mesma hora nos atacaram na direita [Resquin], debandando a Cavalaria Argentina para Itapiru, segundo nos consta. Mas, viva Deus, por toda parte onde nos ameaçava a horda paraguaia encontrava uma resistência formal e, carregadores como são os bárbaros, eram detidos sempre; o nosso General voltando às duas horas do centro para a esquerda, que reforçou com toda a 4ª Divisão [de infantaria]. Salvou o transporte que já não era possível defender com os quatro batalhões de voluntários e a cavalaria muito mal montada que ali tínhamos. Desses quatro batalhões, o 1° e o 24° ficaram reduzidos à metade. Quanto à cavalaria, que brigou a pé, de lança, ficando a cavalo cento e tantos homens somente, incluindo um esquadrão de oficiais em cavalos amilhados, fez prodígios, guiada pelos bravos general Netto, coronéis Bueno e Trintão Pinto etc., etc., etc." Mais adiante ainda dizia: "Quase à noite os atiramos na Lagoa Pires a baioneta e lança que foi um gosto." Netto foi apeado do cavalo e dali levado quase agonizante para Corrientes, onde foi hospitalizado, já desenganado.

Osorio estava presente em todos os pontos críticos. Seguia uma máxima de Sun Tzu que aprendera ainda na primeira vez que lera o livro, quando era tenente em Bagé: "Sempre que entrares em combate com o inimigo deve se esforçar para ser o primeiro a ocupar vantajosamente o terreno. A regra é: não ataque em terrenos de contenção." Esse foi um talento que Osorio desenvolveu ao longo da vida de combatente. Ninguém como ele, diziam, com um simples lance de olhos avaliava tão bem todo o campo de batalha. Quando o inimigo chegou, ele já se assumia como senhor do terreno. Sua tropa estava também bem alimentada, pois tiveram um soberbo e nutritivo desjejum: "A regra é: permanecer em teu terreno esperando por aqueles que vêm de longe, esperando que se cansem, que fiquem famintos, é dominar a força", dizia Sun Tzu. O mais importante, porém, era a confiança que todo o exército, do soldado ao general, tinha em seu comando. Ele estava ali, no meio da batalha, dando ordens, socorrendo, ciente de que seu inimigo não usava reservas, deixando claros onde era batido. Aos gritos de "viva o general Osorio" os homens se lançavam contra o inimigo. Sua contraparte estava longe dali, olhando pelo binóculo no meio da fumaça.

Osorio foi o indiscutível vencedor da maior batalha da história da América do Sul. Nunca antes nem depois houve tamanho morticínio nem tantos homens frente a frente como em Tuiuti naquele 24 de maio, véspera da grande data nacional argentina.

O coronel argentino Garmendia assim descreveu aqueles momentos:

> Es entonces que Osorio revela todas las grandes condiciones que adornan el que impera; porque un general debe, si tiene la bélica inspiración del domínio militar, conocer el corazón de sus soldados que de ese consorcio intimo nasce la armonia del conjunto. Osorio, sacando provecho de la formación de sus quatro líneas, restabelece el combate: acude impávido con sus reservas y entrando el caballo en medio de aquel desorden homérico, grita: Adelante! Adelante! La majestosa serenidad de su espiritu en medio de aquella mosqueteria infernal esta revelada con sublime estoicismo en la frase. Su voz poderosa se oye como la eletricidad del coraje que sacude corazones de soldados. Adelante, adelante, y todo sucumbe al embate de esa pujante infanteria, de esa cuña fomidable, que talandra el centro y la derecha del ejercito paraguayo.

Outra testemunha daqueles fatos, o general Rodrigues Silva, lembrava da figura do lidador: "A galope sempre, chapéu de Chile, de espada em punho, percorria toda a linha de fogo de ponta a ponta e a tudo atendia. Tinha o dom da ubiquidade." Sena Madureira confirmava: "Osorio multiplicou-se; não houve soldado brasileiro que combatesse nesse dia que não o visse passar como um raio, entre os maiores perigos da batalha, e que no exemplo sublime que lhe dava o chefe não sentisse o coração pulsar de entusiasmo e de valor invencível."

A carnificina durou cinco horas. No final da tarde, por volta de 16h, o que restava do Exército Paraguaio começou a se retirar, parte em ordem, parte em debandada. Deixaram para trás 12 mil mortos e feridos graves. Os aliados tinham perdido 3.913 homens, dos quais 3.011 brasileiros, 606 argentinos e 296 uruguaios. A fina flor do exército de Lopez ficara estendida no chão. A tarde caía. Osorio chamou seus generais sobreviventes e deu uma ordem:

— Reúnam seus homens e reorganizem as unidades! Só vamos parar às margens do Rio Paraguai. O jantar vai ser no cassino de oficiais de Humaitá. Já volto; vou falar com o nosso comandante.

Encaminhou-se para o QG do presidente Mitre, que ficava ao lado do seu, a uns 500 metros de distância. Estacou o cavalo e precisou da ajuda de seus ajudantes de ordens para apear. Na cavalgada mandara um deles, o tenente José Luís Osorio, ir saber notícias de Sampaio e Netto, que haviam sido retirados quase agonizantes do campo de batalha. Mitre veio à porta da barraca vê-lo descer do cavalo com grande dificuldade. Sua perna estava enorme. Não havia como esconder o semblante de dor.

— Presidente, vamos encerrar a guerra. Vamos atrás deles, na cola deles, vamos acabar com o que restou!

— General! O senhor já venceu essa guerra. Acabou.

— Ainda não, presidente. O inimigo se retirou. Temos de persegui-lo, destruí-lo ou anulá-lo. É esse o preceito da arte da guerra. Vencemos uma batalha, não a guerra.

— General, olhe à sua volta. Veja essa montanha de cadáveres. Aí está o exército inimigo. Acabou-se. O senhor venceu. Nós vencemos. Parabéns. Congratulemo-nos.

— Permissão para discordar, presidente. Enquanto uma bandeira inimiga tremular num mastro a guerra não terá acabado. Temos de aproveitar o nosso êxito e segui-los, matando os que não se renderem, até tomarmos a sua cidadela. Enquanto isso não ocorrer, estamos em guerra. Não há trégua. Não podemos perder essa oportunidade.

— General, os nossos exércitos estão exaustos. Os nossos homens não têm mais força para prosseguir. A noite cai e não sabemos o que temos pela frente ali depois do carriçal. O inimigo está vencido. Amanhã vão se render, creia-me.

Osorio mantinha-se em pé com dificuldade. Um ajudante do presidente adiantou-se com uma cadeira. Mitre mediu a figura, coberto de poeira, o rosto manchado pela pólvora dos disparos de pistola, a túnica rasgada por um tiro de raspão, e convidou:

— Sente-se.

Foi uma longa conversa. Mitre apontou para o céu, mostrando a nuvem de corvos que tomava posição no ar, alguns já se arriscando a mergulhar no meio da fumaceira que ainda pairava. O cheiro de cordite era insuportável. O silêncio aqui e ali era cortado por um tiro, que poderia ser de misericórdia para encerrar o sofrimento de um amigo ou para abater um inimigo ainda vivo, que tentava levar alguém em sua última viagem. Os dois sabiam que as facas estavam trabalhando. O rescaldo de uma batalha era um poço de ódios. O inimigo inerte não era um vencido, mas ainda um algoz que precisava ser justiçado. Era assim que as coisas aconteciam.

— O senhor levou um tiro?

— Não foi nada. O meu cavalo levou a pior.

A noite ia caindo. Começavam a chegar ao campo as mulheres e crianças que iam revistando os mortos. Osorio olhou o campo coberto de cadáveres e completou:

— Preferia contar muitos prisioneiros e poucos mortos.

O presidente argentino, entretanto, não concordou com a contraofensiva. No dia 30 de maio, num conselho de guerra, todos chegaram à mesma conclusão: os exércitos não tinham meios de mobilidade para ataques de grande envergadura. Em carta ao ministro da Guerra, Osorio confirmou: depois que desembarcara no Paraguai, o exército perdera a mobilidade. A cavalaria, que era a principal arma das guerras platinas, também perdera a preponderância. Os animais não aguentavam, o terreno não era próprio, e o sistema defensivo dos paraguaios era infenso à cavalaria. Artilharia e infantaria seriam os elementos dos próximos anos.

Mitre ponderou que além dos aspectos militares estavam as possibilidades políticas. O mais provável seria que Lopez concordasse em negociar; caso contrário, seria derrubado.

— Nenhum governo aguenta uma derrota como essa. O Solano Lopez é um homem deposto, meu general. Pode escrever.

— Ele é um jaguar; tem sete vidas.

— Vamos negociar a saída dele sem humilhações. Por favor, general vá cuidar da sua perna, não podemos perdê-lo.

— Muito obrigado, presidente. O senhor uma vez mais tem razão. Vou recolher as minhas tropas e cuidar dessa perna paraguaia.

— Paraguaia?

— Ela agora é a minha maior inimiga...

CAPÍTULO 74

A Espada contra a política

A NOITE CAIU SOBRE o campo coberto de cadáveres e feridos imóveis. O barulho dos sapos, das aves e dos insetos noturnos se misturavam ao coral de gemidos e gritos. No meio da escuridão era impossível identificar, no amontoado de corpos, quem ainda estava vivo e quem estava morto. Os sobreviventes exaustos foram comer e, principalmente, beber. Cataratas de aguardente desciam goelas abaixo, provocando os seus efeitos, geralmente o sono profundo, mas também risadas, gritos, verdadeiros uivos, de vitória, xingamentos e o som de tambores, violas e cânticos. Cada qual procurava espantar os demônios da maneira que pudesse.

Delphino havia tomado uns goles, mas não podia se esbaldar. O coronel Sezefredo, assim como os demais comandantes, havia selecionado lotes de oficiais, sargentos e soldados que não podiam se deixar levar pela moleza geral, pois nunca se podia descartar um contra-ataque traiçoeiro no meio da madrugada, pegando a tropa entorpecida. Quantas vitórias não se transformaram em derrotas por causa dessa confiança descabida. Sezefredo era duro com seus oficiais e se justificava:

— Na Revolução Farroupilha perdemos para aqueles bundinhas de Porto Alegre porque eles nos deram um porre e, quando acordamos, estávamos todos presos e a cidade era deles. Foi aí que perdemos a guerra. Bem, não perdemos, mas também não ganhamos.

Estavam todos exaustos. Delphino nunca havia combatido a pé. Foi seu batismo de fogo como infante. Sem cavalos, a 5ª Divisão de Cavalaria, que estava agregada à 3ª Brigada, se posicionava na reserva em terceiro escalão quando foi chamada a enfrentar a coluna do general Barrios, que entrava pelo Potreiro Pires, ameaçando a 4ª Divisão de Infantaria, que se batia contra os homens de Diaz na esquerda brasileira. De lança na mão os cavalarianos se atiraram em cima dos paraguaios. Delphino levava um grupo de 50 homens, ao lado do coronel Sezefredo, o único montado. Assim que começou a refrega, cravando a lança nas costelas de um inimigo, ficou sem sua arma, mas puxou a espada e sacou o revólver Lafaucheux modelo 1863, de fabricação espanhola, de seis tiros, com quatro raias no cano, a arma curta preferida dos oficiais de cavalaria. Com o sabre na mão direita e a pistola na esquerda foi ceifando paraguaios do alto de seus quase 2 metros de altura (1,93 metro, para ser exato). Teve também um momento de glória, pois, a certa altura, Sezefredo chamou-o para integrar o esquadrão de oficiais que Netto articulara para contra-atacar com seus 300 cavalos amilhados. Aí, sim. Mas ficou com as vestes rasgadas, a túnica empapada de sangue e suja de imundície das vísceras das barrigas que abriu com lança e depois com espada.

Lá pelas 21h, um oficial do comando apareceu com uma novidade: montar equipes de sepultamento. Todo mundo estranhou, até que o enviado do quartel-general explicou:

— Não podemos deixar essa gente apodrecendo. Os médicos disseram que amanhã eles já vão estar espalhando doenças. Vamos botar todos debaixo da terra; caso contrário, os mortos vão nos matar mais que os vivos.

Nas guerras da campanha, terminada a batalha, as tropas seguiam em frente, deixando os mortos para os corvos, cães e demais carnívoros que andavam pelo campo. Antes, as vivandeiras salvavam as roupas e o que mais pudessem tirar dos defuntos. Em Tuiuti isso não seria possível, pois na guerra de posições as tropas não se movem.

No segundo dia, o campo de batalha era um lugar insuportável. Mesmo com um terço do efetivo trabalhando nos enterros, nem um décimo dos mortos estava debaixo da terra. Era uma cena dantesca. Os coveiros disputavam os cadáveres com os corvos e cachorros. E até os jacarés se aventuravam nas margens da Lagoa Pires para buscar um almoço fácil. O médico-cirurgião-chefe do Exército, dr. João Severiano da Fonseca, irmão mais velho do major Deodoro, deu uma sugestão, logo aceita por todos os generais: queimá-los, pois assim, mesmo que todos os corpos não se consumissem, não gerariam epidemias. Um grupamento foi designado para entrar no mato e fazer lenha.

Ao anoitecer do dia 26 começaram a ser montadas as piras: uma camada de lenha seca, outra de cadáveres, até uma altura de 2 metros. Dezenas de fogueiras foram acesas e, pouco depois, o fogo iluminava o campo, alimentado pela madeira e pela gordura dos corpos, elevando as chamas a mais de uma dezena de metros de altura. Delphino assistia ao lado de um cadete de infantaria que dissera chamar-se Delmiro Cerqueira. As chamas produziam um rumor estranho, a fumaça era pesada, custava a subir, o cheiro de carne queimada ia longe. Os ossos estalando produziam um estrépito diferente, alguns pareciam vivos, pois subitamente ficavam sentados, outros se retorciam para trás como se fossem contorcionistas, os membros pulavam e chutavam, emitiam silvos. Ninguém dormia, assistindo ao último ato da grande tragédia.

No dia 31, Sezefredo chamou Delphino para comunicar sua decisão:

— Vamos embora. O general Osorio já pediu substituto. Não temos muito a fazer aqui. Essa guerra daqui para a frente é para os infantes. Quando voltar a cavalaria, então podem nos chamar. Já estou tratando da nossa dispensa. Tu voltas comigo.

Osorio conferenciou com o plenipotenciário Francisco Otaviano, que estava em Corrientes quando se deu a batalha. O diplomata explicou-lhe que estavam procurando uma mediação, mas que Lopez rejeitava qualquer capitulação. Dizia que se os aliados quisessem poderiam deixar o Paraguai, desde que pagassem os prejuízos da guerra e atendessem às reivindicações paraguaias, reconhecendo as fronteiras reclamadas por Assunção. Isso porque já havia perdido as esperanças de cooptar Montevidéu. Para ele os uruguaios eram falsos, pois tinham a ambição de permanecer como satélite das grandes potências da região.

Os líderes da Tríplice Aliança ainda acreditavam que Tuiuti fora uma marco político, que a derrota era uma fato insuperável e que o governo de Lopez não se sustentaria. Nesse caso, para os brasileiros, por mais paradoxal que fosse — e isso só se explicava pelo pragmatismo da política, uma arte de conquista e sobrevivência —, era importante que se estabelecessem contatos com o próprio inimigo! Ou seja, com membros do gabinete do ditador. Qual a lógica dessa opção, depois de tanta mortandade? Era que o entorno de Lopez compunha-se de antiargentinos, que poderiam ser aliados dos brasileiros no pós-guerra. No raciocínio dos estrategistas, isso fazia sentido: a Argentina, aliada na guerra, seria a rival depois que o Paraguai capitulasse.

Essa tese da aliança com os lopistas, nunca verificada como viável na prática, custou a vida, mais tarde, de boa parte da liderança paraguaia a serviço do ditador, que os acusou de conspiração e de traição. O plenipotenciário disse que o Brasil tinha como certo que, estando a oposição paraguaia exilada em Buenos Aires, devendo muitas obrigações ao governo Mitre, certamente se alinharia com os portenhos.

Depois dessa conversa, Osorio foi ter com o comandante da armada. Tamandaré andava às turras com Mitre porque o comandante em chefe queria que a Marinha atacasse de frente Humaitá, calasse seus canhões e abrisse caminho para as tropas de terra. O projeto seria obrigar Lopez a uma batalha decisiva. No entanto, não aceitava a proposta do almirante de um desembarque em frente às fortificações de Curuzu e Curupaiti, a pouca distância de Humaitá, por onde poderiam penetrar mais facilmente na fortaleza. Mitre insistia num ataque pela retaguarda, seguindo o caminho que já havia tomado e que, com a derrota em Tuiuti, deixava Solano vulnerável por esse lado. Tamandaré não poupou o presidente argentino, dizendo a Osorio que seu plano era expor a esquadra para eliminar o poderio naval do império e assumir o controle total da Bacia do Prata. Sem Marinha, dizia Tamandaré, o Brasil perderia a voz na região. Sua proposta era trazer da fronteira o 2º Corpo do Exército para operar junto com a esquadra. Assim, não estaria maculando o Tratado da Tríplice

Aliança, que estabelecia comando independente para Marinha e Exércitos.

Perguntou a Osorio se ele não se ofenderia, pois sabia das diferenças entre o general e o barão de Porto Alegre. Osorio deu de ombros. Tamandaré considerou aquilo um "de acordo" e mandou uma mensagem a Marques de Souza, convidando-o a levar seu exército para as Três Bocas. Tamandaré oferecia transporte.

O almirante julgava descabidas as demandas de Mitre por cavalos, bois e mulas antes de ordenar um ataque. Também propunha que o Brasil lançasse mão do 2º Corpo de Exército, comandado por Porto Alegre, seu primo, para reforçar imediatamente as tropas na frente de combate e preencher os claros deixados pelos mortos e feridos. Osorio concordou, pois também estava de partida. Dizia que essa modalidade de guerra não era a dele. Era melhor trazerem um general de infantaria, pois, além de tudo, sentia-se muito doente para ficar ali. Seria mais um peso do que uma vantagem. Otaviano discordava e afirmava temer que não fosse compreendido e que os aliados interpretassem sua defecção como sinal de dissensões no alto-comando brasileiro.

A verdade era que, se nos primeiros dias a vitória em Tuiuti provocara uma euforia desmedida nos países beligerantes, logo a dura realidade foi trazendo o desânimo aos militares, uma impaciência incontrolável aos políticos e a descrença generalizada à população. O homem da rua das grandes cidades do Brasil, que nos primeiros momentos indignara-se com a ousadia da agressão paraguaia e acorrera em massa aos postos de recrutamento, voltou para uma oposição cada dia mais intransigente, culpando o governo e as forças armadas pela falta dos prometidos resultados breves e gloriosos. Na Argentina e no Uruguai, que haviam entrado bastante divididos no conflito, com partidos atuando fortemente contrários à guerra com o Paraguai, esses sentimentos convertiam-se rapidamente em militância oposicionista e indícios concretos de rebelião armada. Tudo isso, no Paraguai, contribuía para fortalecer a decisão de Lopez de resistir, à espera de que a desagregação política dos governos inimigos produzisse uma situação favorável e até uma vitória, com a retirada pura e simples dos exércitos de seu território.

Com sua habilidade e a credibilidade que detinha, Solano não teve dificuldades em apresentar sua versão da Batalha de Tuiuti ao seu país. Teria sido uma grande vitória militar e política, sem encontrar quem o contestasse. Sufocou qualquer manifestação que contrariasse a versão oficial dos fatos. Mesmo com a morte de familiares, as pessoas não podiam comentar nem chorar em público, segundo o relato do cônsul francês Cochelet. Em vez de velório, eram dadas festas públicas, com grandes bailes populares, aos quais todos eram obrigados a comparecer e nos quais tinham de se divertir.

Tudo isso convergiu no final do primeiro semestre de 1866. Osorio temia por sua saúde. A perna inchava sem cessar. Logo depois da invasão do Paraguai, em 26 de abril, ele escreveu ao ministro da Guerra pedindo que mandassem ao Prata um general que pudesse substituí-lo no caso de ficar incapacitado. Depois veio a Batalha de Tuiuti, que lhe trouxe a glória, mas também a depressão devido ao grande número de amigos e companheiros diletos mortos, dentre os quais os generais Sampaio e Netto. Netto faleceu na segunda-feira, dia 2 de julho, no Hospital Militar de Corrientes; Sampaio, a bordo do navio-hospital *Eponina*, na sexta-feira, dia 6 de julho. Em seus últimos suspiros, Netto mandou que dessem seu cavalo a Osorio. O animal, um esplendoroso baio, morreu em combate, dois anos depois, no assalto do Reconhecimento de Humaitá, a única derrota em sua carreira de comandante.

Nesses dias, já estava em Corrientes o tenente-general Polidoro da Fonseca Quintanilha Jordão, com um cargo de fachada de inspetor dos depósitos de material do exército, pronto a assumir se fosse chamado. No dia 15 de julho Osorio passou o comando do 1º Corpo de exército a seu sucessor e foi examinado por uma junta médica da Marinha. Com essa avaliação, o almirante Tamandaré informou o governo de que o estado de saúde de Osorio tinha sido julgado "gravíssimo" e os médicos tinham aconselhado que se tratasse no ambiente familiar. No dia 20 de julho ele embarcou no vapor *Jaguaribe*, designado por Tamandaré para conduzi-lo a Pelotas. Ainda estava navegando de volta à casa quando o imperador assinou o decreto condecorando-o com a Grã-Cruz da Ordem de Cristo, por atos de bravura nas batalhas de maio.

Osorio desembarcou em Pelotas não só doente, mas também em sérias dificuldades financeiras. Um homem que nos dois anos anteriores tivera carta branca do governo para emitir cheques no valor de milhões de contos de réis escrevia ao filho Fernando, estudante em São Paulo, pedindo-lhe que economizasse nos gastos, pois o dinheiro estava curto e o futuro era incerto. Ele temia morrer. Naqueles tempos, adoecer era estar a um passo da cova. Fazia, então, recomendações. Uma delas, também a Fernando, era para que não se alistasse. Em 1865, quando houve uma avalanche de alistamento nos Voluntários da Pátria, os estudantes acorreram em massa aos centros de recrutamento, entre eles Fernando, então com 16 anos. Os menores de 18 anos eram aceitos, desde que tivessem o consentimento paterno. Osorio negou-se a assinar o requerimento do filho, mandando que voltasse aos bancos escolares. Como o pai o proibira de continuar os estudos, ele fazia o mesmo, em sentido contrário, impedindo os filhos de seguirem a carreira militar: "Vou fazer 43 anos de serviço e eis o que tenho ganho e a razão por que não quero que meus filhos sejam soldados... Meu filho — economia e estudo — não te importe [com] mais nada; muito respeito aos lentes e às suas opiniões; aos políticos ouve só muito e como quem não entende o que ouve; a época é tal que até as boas maneiras e comportamentos excitam inimigos."

Osorio foi bem recebido pelo governo gaúcho. O vice-presidente que governava a província, Antônio Augusto Pereira da Cunha, a princípio fez todas as reverências, mas isso só durou enquanto o general estava convalescente. Assim que começou a se mexer já encontrou os antigos adversários progressistas pela frente. Havia eleições marcadas para 1867. Em setembro, seu maior adversário, o agora visconde de Porto Alegre, sofrera um baque terrível no Paraguai como comandante do 2° Corpo de Exército, transferido para o *front*. Sofrera uma fragorosa derrota em Curupaiti, logo depois de uma vitória opaca em Curuzu, que fora supervalorizada por seus correligionários no Rio Grande, apresentada como um feito que rivalizaria com Tuiuti. Foi uma batalha desastrosa, que empregou 20 mil homens, brasileiros e argentinos, apoiados pelos canhões da esquadra, contra 5 mil paraguaios. O número exato de mortos aliados nunca foi apurado, variando entre 4 mil e 9 mil baixas, contra 100 mortos do Paraguai.

Ainda antes disso, o presidente Solano Lopez pedira uma conferência de paz, o que foi entendido como uma rendição em consequência do ataque a Curuzu. Isso daria ao visconde a glória de ter vencido a guerra sozinho. Entretanto, a chamada conferência de Yataiti-Corá, na qual Lopez se encontrou com os presidentes Mitre e Flores, acabou sem nenhum resultado, constituindo-se apenas num estratagema para ganhar tempo enquanto concluía as obras do entrincheiramento de Curupaiti, que estava sendo assediado por Porto Alegre. Essa derrota provocou a queda dos comandantes militares brasileiros, pois Caxias assumiu a chefia do Exército e da Marinha, e o almirante Tamandaré foi retirado do *front*. Osorio ficou sabendo dos detalhes numa carta enviada de Tuiuti por seu sobrinho, Manuel Luís Rocha Osorio. Em 18 de outubro, pouco depois do fracasso, Caxias foi nomeado comandante em chefe e mandou chamar Osorio para voltar com ele para os campos de batalha. A situação piorou.

A nomeação de Caxias fora uma decisão do imperador, acatada pelo primeiro-ministro liberal Zacarias de Góes, pois a indicação de um senador conservador contribuiria para aliviar a pressão sobre o governo nas duas casas do parlamento, e, mais ainda, diante da possibilidade quase certa de um fracasso, a opinião pública dividiria a culpa entre os dois partidos. O governo precisou mexer no gabinete, porque o ministro da Guerra, Silva Ferraz, era adversário político ferrenho e inimigo pessoal do marquês. O cargo foi ocupado pelo senador João Lustosa da Cunha, marquês de Paranaguá, amigo pessoal de Caxias. Com essa escolha e a notícia de que Osorio voltaria ao *front* reverteu-se o desânimo que tomara conta do exército. Embora ainda não estivesse curado, Osorio aceitou a missão e logo foi nomeado comandante de armas do Rio Grande do Sul e, dois dias depois, comandante do 3º Corpo de Exército, que seria recrutado na província para preencher os claros do exército em Tuiuti.

De uma hora para outra os abraços e afagos se transformaram em cotovelaços e encontrões. Mesmo doente, Osorio voltara a atuar no Partido Liberal Histórico. A proximidade das eleições misturou-se com sua campanha de recrutamento, confundindo as cabeças de seus adversários, que entraram imediatamente em linha de boicote. O comandante da Guarda Nacional na província, o marechal reformado

Luis Manuel de Lima e Silva, embora fosse tio do marquês de Caxias, assumiu um comportamento dúbio, aceitando todas as determinações do novo comandante de armas, mas não tomando nenhuma providência concreta para dar consequência a essas ordens. Como a Guarda era subordinada ao Ministério da Justiça, e não ao da Guerra, Osorio não tinha autoridade direta sobre o velho militar. Assim que ele convocava um oficial, Lima e Silva o dispensava. Bastava pensar num nome para vê-lo em licença. A junta médica de Porto Alegre dispensava do serviço militar qualquer um que se queixasse de dor de cabeça. As tropas já organizadas, designadas para ser incorporadas como Voluntários da Pátria, como o Corpo Policial de Porto Alegre, nunca marchavam para o ponto de concentração de São Borja. Por sua vez, o presidente Pereira da Cunha dizia uma coisa e fazia outra. Osorio estava apavorado.

A opinião pública gaúcha também estava mobilizada contra a guerra, insuflada pela imprensa, que acusava os chefes militares de ser incompetentes para vencer no campo de batalha e os políticos do Rio de Janeiro de jogar todo o peso da campanha em cima da população rio-grandense. O projeto estava se revelando um grande fracasso, pois, dos 16 mil homens que Caxias pensava obter no Rio Grande do Sul, Osorio havia conseguido levantar apenas 400, em Pelotas mesmo.

Em dezembro a crise se formou. Osorio mandou um ofício ao ministro da Guerra denunciando a falta de cooperação das autoridades da província. Paranaguá, ingenuamente, respondeu dizendo que o visconde de Porto Alegre teria um mês de licença para ir ao Rio Grande tratar de seus negócios e poderia ajudá-lo na empreitada. Osorio ficou furioso, mas respondeu com elegância e fina ironia, como era de seu feitio. Disse reconhecer que Porto Alegre era muito influente na província, que "montara um sistema no Rio Grande do Sul que dá todo poder a seus aliados", e que "os meus amigos têm sido para isso apeados das posições oficiais e muitos deles perseguidos pelo governo, incluindo eu mesmo". Dizia também não ter grandes esperanças nesse apoio, pois em tão pouco tempo um homem com tantos negócios como Porto Alegre não teria como ajudá-lo. Contudo, não recusava o auxílio oferecido, já que era tema do interesse da pátria, não se importando se após vitória na guerra "torne o governo do meu país a ser o inimigo de minha dignidade militar, como tem sido mais de uma vez, esquecendo a lealdade com que sirvo para perseguir-me, cortejando à minha custa interesses políticos".

Logo em seguida, recebeu uma carta de Caxias queixando-se da falta de apoio e dos problemas que enfrentava. Dizia o marquês que antes de partir do Rio tivera garantias de que as eleições no Rio Grande do Sul seriam suspensas para evitar que as lutas eleitorais complicassem o recrutamento do 3º Corpo, mas temia que, com o atraso da medida, a campanha já estivesse gerando as "intrigas a ela anexas" e os respectivos efeitos. Criticava o presidente Pereira da Cunha, "essa nulidade administrativa que a estava regendo", e acrescentava: "Assim vai tudo em nossa terra e por isso é que estamos, há dois anos, a braços com uma guerra que já estaria concluída há muito se as coisas não tivessem, desde o começo dessa campanha, sido tão mal dirigidas pelos chamados políticos e diplomatas". Por fim, reclamava de ter encontrado na frente de combate mais dificuldades do que esperava, queixando-se do governo, que julgava "tudo fácil e que [achava que] a guerra pode ser feita sem gente, sem dinheiro, sem armamento e sem fardamento".

Osorio encontrou uma saída para o problema dos recursos. Toda movimentação financeira do exército no exterior era feita por bancos ingleses, mas esses agentes financeiros estavam dificultando a liberação dos fundos, alegando que o governo brasileiro atrasava os pagamentos. Os cheques emitidos por Caxias não eram aceitos, e fornecedores e salários estavam atrasados. Havia soldados que não recebiam seus soldos havia sete meses. Caxias não conseguia resolver esse problema, pois nem mesmo dom Pedro II podia interferir nessa área, que era de competência exclusiva do governo. E Zacarias dava o troco ao marquês contingenciando esses fundos. Mesmo tendo amplos poderes, como seus cheques eram devolvidos Caxias estava de mãos atadas. Osorio então conversou com seu deputado Irineu Evangelista, o barão de Mauá, que passava por Pelotas naqueles dias, relatando a situação do partido no Rio Grande e as consequências de um eventual fracasso de Caxias no Paraguai. Prometeu ajudar.

Mauá também dava o troco a Zacarias e aos banqueiros ingleses, pois devido às suas posições na política interna brasileira o Banco

Mauá ficara inteiramente de fora das operações da Guerra do Paraguai. Em viagem a Montevidéu, Caxias foi convidado pelo deputado para uma estada em sua estância em Mercedes, perto da capital uruguaia, e lhe ofereceu ajuda, autorizando-o a sacar o que precisasse no Banco Mauá do Uruguai. Caxias emitiu um cheque de 140 mil libras, pegou o dinheiro e voltou para Corrientes. Com esses recursos, botou os pagamentos em dia, tanto de fornecedores como da folha de salários. O resultado foi uma enorme crise no governo. Quando chegou ao Rio de Janeiro para cobrar a fatura, Zacarias negou-se a pagar. Mauá foi queixar-se ao imperador e escreveu a Caxias. O marquês tomou uma atitude, enviando uma carta de renúncia a seu comando. Zacarias, contra a parede, também mandou uma carta de demissão ao imperador. Dom Pedro convocou o Conselho de Estado e submeteu a questão aos notáveis. A pergunta era: recebendo um pedido de renúncia do governo e outro do comandante do Exército, qual dos dois deveria aceitar? O conselho ficou com Caxias, desautorizando o primeiro-ministro e mandando pagar a conta.

Caxias começou a tomar providências para despolitizar o exército. A primeira foi decretar a extinção das investigações e dos processos instaurados por Conselhos de Guerra em razão de motivos políticos. O primeiro dos oficiais afastados fora Davi Canabarro, que foi chamado de volta à ativa e devia integrar o 3º Corpo do Exército. Com ele foi uma legião de antigos farroupilhas, entre os quais o brigadeiro João Antônio da Silveira, e já o efetivo subia para 1.800 homens. O governo nacional também decidiu intervir no Rio Grande do Sul, destituindo o vice-presidente em exercício e nomeando o paulista Inácio Marcondes Homem de Melo. Antes mesmo da chegada do novo mandatário, Osorio decidiu sair a campo para resgatar homens dispersos, desertores que haviam abandonado o Exército pelos mais variados motivos que não fossem crimes de roubo e furto.

Foi à procura de adversários políticos, falando em nome do interesse nacional. Um deles era o caudilho bageense João da Silva Tavares, veterano das guerras cisplatinas e monarquista de primeira hora na Revolução Farroupilha. Membro do Partido Conservador, o visconde do Cerro Alegre e seu clã estavam fora do exército desde que o marechal João Propício Mena Barreto tinha deixado o comando do

Exército do Sul em Montevidéu, em janeiro de 1865, passando-o para o Partido Liberal Histórico, com Osorio na chefia. O general vinha de Pelotas, passando por Jaguarão, sempre levantando gente. Viajava numa charrete adaptada para manter sua perna levantada, pois não podia caminhar nem montar e devia manter os joelhos para o alto a fim de evitar o inchaço. Osorio estava sendo esperado em Bagé por seus correligionários, que tinham articulado uma grande festa e uma bateria de homenagens para festejar sua volta à cidade já com título de nobreza e com o galardão de maior general do império. As festividades, porém, estavam contaminadas pelo espírito eleitoral, embora as eleições já estivessem sido suspensas devido ao estado de beligerância, uma vez que o Rio Grande era considerado zona de guerra. Silva Tavares era um dos sabotadores da constituição do exército, obtendo dispensa e escondendo desertores. Era preciso virar seu posicionamento.

Antes de entrar na cidade, Osorio fez uma parada na estância de um amigo e mandou uma mensagem ao visconde, conclamando-o a apoiar a formação do 3º Corpo, apelando para seu prestígio e patriotismo. Silva Tavares desarmou-se e recebeu-o com grande pompa, oferecendo o filho mais velho para integrar a força como voluntário.

— Vou te dar o guri, o Joca, que é bom de briga.

Osorio exultou. João da Silva Tavares, o Joca, era um comandante de cavalaria testado, que fora chefe de uma Brigada de Cavalaria nas tropas de José Luís Mena Barreto e depois do próprio Osorio na invasão do Uruguai, em dezembro de 1864. Tinha 41 anos e participara da Revolução Farroupilha ao lado do pai, combatendo pelo imperador. Joca foi nomeado comandante da 19ª Brigada Ligeira de Cavalaria e levou consigo uma centena de voluntários. Entre esses destacou um e o apresentou a Osorio. Era um rapaz alto e forte, seu escudeiro.

— Este aqui, general, é o cabo Francisco Lacerda. Vou pedir que lhe faça uma demonstração.

Os gaúchos em volta esperavam pela proeza. De trás alguém gritou:

— Cabo Chico Diabo.

Outro emendou:

— O Diabo Negro!

Chico não era preto de pele, mas era chamado de "negro" no jargão dos castelhanos, que se referiam assim aos "cabecitas negras", pessoas com cabelo bem preto e liso como o dos índios. Lacerda fez seu show. Botou uma barrica na frente da casa e se afastou uns 50 metros ou pouco mais. Com a ponta da lança traçou um risco. Tomou distância, correu e atirou o dardo, que subiu, cruzando o espaço, e foi cravar-se na madeira do tonel. Osorio aplaudiu.

— Que maravilha! Esse rapaz é o que os gregos chamavam de atleta!

Joca assegurou:

— Chico Diabo é o melhor lanceiro do nosso exército. Que o Lopez não se meta na frente dele.

E o velho visconde emendou:

— Mas não tema, meu amigo. Ele não tem o demônio no coração. Chamam o Chico de diabo por causa da força e da pontaria do braço dele. Aí estaria a maldade. Uma coisa eu lhe garanto. Com Chico do lado dele, se não morrer de doença, o meu filho volta vivo.

A conversa com Silva Tavares foi amena, descontraída, a retomada de uma antiga amizade rompida sem ofensas pessoais, rota apenas pelas desavenças políticas, vencidas pelo valor mais alto do interesse nacional. Para demonstrar esse estado de espírito, o visconde disse lamentar a morte do general Netto, o chefe farroupilha que o vencera na Batalha do Seival, em setembro de 1836. Nesse combate, o menino Joca fora capturado e Netto, num gesto cavalheiresco, mandara devolvê-lo ao pai. Silva Tavares não se esquecia:

— Derrotou-me duas vezes. Também o Antônio Gonçalves, irmão do Bento, deu-me uma surra. Grande homem, uma perda irrecuperável para o Brasil.

Osorio concordava, mas fez uma ressalva:

— O senhor só se lembra das derrotas, mas teve muitas vitórias na Farroupilha e em outras guerras.

— Só falo das que perdi. As demais, os outros que contem.

A reconciliação com Silva Tavares teve uma grande repercussão em toda a província. Desanuviou o ambiente. Osorio voltou a Pelotas para esperar o novo presidente, que faria uma escala na cidade para conferenciar com ele. De São Borja recebeu notícias do coronel João Manoel Mena Barreto, comandante daquela fronteira, apresentando suas dificuldades. A conversa do presidente com o comandante de armas (ele ficaria no cargo até transpor as fronteiras nacionais, segundo o decreto de nomeação) foi objetiva. A cada dificuldade, Homem de Melo anotava e já ia dizendo como superá-la. Havia um ponto, entretanto, muito delicado, que era a furiosa campanha de imprensa contra a formação do exército, que levantava a opinião pública contra a guerra interminável e conduzida de forma incompetente. Uma ideia do presidente era usar a Lei nº 602, de 19 de setembro de 1850, que permitia a censura à imprensa nas zonas sob lei marcial. Osorio, no entanto, discordou, pedindo a Homem de Melo que conversasse com os jornalistas e explicasse a situação, solicitando seu apoio àquela causa, que estava acima dos partidos e muito além dos governos.

O presidente concordou e chegando a Porto Alegre escreveu uma carta muito bem redigida ao principal instigador da campanha, o diretor do jornal *Diário do Rio Grande*, Henrique Bernardino Marques Canarim. Foi a melhor solução. Canarim respondeu agradecendo às ponderações do presidente e declarando que as aceitava plenamente e retirava toda e qualquer oposição à organização do Corpo de Exército.

Em dezembro Osorio deixou Pelotas e foi se instalar em seu quartel-general em Orqueta, próximo ao Rio Santa Maria, onde todos os dias chegavam voluntários, bem montados, gente vinda de Bagé, Quaraí, Livramento, São Gabriel, Caçapava, Cruz Alta, Alegrete e também de outras localidades do Rio Grande do Sul e do Uruguai. Osorio se iluminou quando viu chegar um grupo de 200 homens, tendo à frente o coronel Sezefredo Alves Coelho de Mesquita, ladeado pelo primeiro-tenente Delphino Rodrigues Souto.

— Ué! Fredo. Tu por aqui? Me disseram que estavas pesteado.

— Ainda estou meio encrencado, mas não tanto para perder mais essa.

— Bem-vindo, amigo. E tu, Delphino? E quem são esses?

O tenente tinha a seu lado um mulato forte, grande, com jeito de desabrido.

— É o Norberto, general. O meu escudeiro.

— Estás granfa! E o piá?

Osorio perguntava por um menino que estava ao lado de Norberto montado num tordilho negro.

— É o Adão. Escudeiro do escudeiro.

— *A la fresca!* Pois se apeiem.

E assim todo dia chegava alguém trazendo um grupo. Quando chegou a São Borja já contava para mais de 4 mil homens em armas. Multiplicara por dez o núcleo inicial. Juntando com a Divisão do general José Gomes Portinho, estacionada na Argentina, próxima ao Rio Arapeí daquele país, afluente do Paraná, teria 7 mil homens em armas. O 3º Corpo já contava o efetivo de um exército: 4.388 homens de Osorio e 2.500 de Portinho, com dez bocas de fogo.

Nesse tempo todos os soldados recebiam instrução apropriada ao tipo de guerra que iriam lutar. Atendendo à recomendação de Caxias, formava unidades de caçadores a cavalo, ou seja, tropas hipomóveis que podiam combater a pé, armados com clavinas e pistolas, além da espada e da lança, naturalmente. Todos eram aptos nessas quatro armas e sabiam manobrar tanto como cavalaria quanto como infantaria ligeira. Delphino, a pé, treinando o emprego de baioneta, dizia a seu coronel:

— Até que não é difícil. Se precisar, brigamos até debaixo d'água.

Osorio estava ainda em Orqueta quando chegou de Tuiuti um mensageiro de Caxias contando que o presidente Mitre deixaria temporariamente o comando dos exércitos aliados e levaria consigo uma parte do Exército Argentino. Essa informação ainda reservadíssima naquele final de janeiro deixou o general ressabiado. Se a rebelião tinha uma dimensão que tirava o presidente e as forças armadas da guerra externa, era porque a coisa deveria ser realmente muito feia. Não eram novidades correrias e tiroteios contra o governo nacional e os governos provinciais na Argentina. Dessa vez, no entanto, era diferente, porque envolvia governadores de províncias e tinha uma articulação internacional.

O líder da revolução era o chefe da filial argentina da União Americana, Felipe Varela, e seu manifesto à nação convocava Justo Urquiza para comandar política e militarmente o movimento. Ele era o governador da província de Catamarca e tinha forte influência na vizinha Salta. De imediato, teve a adesão de dois caudilhos poderosos: o general Juan Sáa, militar relevante que substituíra Urquiza depois da derrota de Pavón como comandante em chefe do Exército da Confederação, e o governador recém-empossado de San Juan, Juan de Dios Videla Moyano.

O projeto estratégico da revolução previa a tomada de todo o noroeste argentino, incluindo no levante as províncias de Córdoba e Santiago del Estero, e a entrega do comando político a Justo Urquiza. O manifesto não atacava diretamente o Brasil nem fazia menção a Solano Lopez, mas era evidente que, se o movimento fosse vitorioso, se encaminharia nesse sentido, até porque, na situação difícil em que se encontrava, certamente o presidente paraguaio aceitaria fazer concessões aos confederados.

O perigo de um isolamento do Brasil era maior ainda porque o presidente da Bolívia, general Melgarejo, que antes da invasão havia oferecido 12 mil homens a Lopez embora não tivesse enviado nenhum até então, estaria aumentando sua oferta para 100 mil e ainda mandara um diplomata a Assunção para instalar um consulado na cidade. Também o Peru entrava em rota de colisão com o Brasil: o presidente Prado fizera um discurso tão violento contra a política brasileira que o governo retirou seu embaixador e rompeu relações diplomáticas com Lima. Havia ainda a militância lopista do embaixador dos Estados Unidos, Charles Ames Washburn, que significava uma possível posição de apoio velado ao governo de Assunção. Na Europa a imprensa atacava o Brasil, dando a entender que o país mantinha um exército de escravos combatendo no Paraguai. Tudo isso tinha grande impacto em Caxias e Osorio.

Quanto à crise argentina, Osorio disse a Homem de Melo:

— Não creio que o general Juan Sáa consiga derrotar o general Paunero. Sou capaz de apostar que os portenhos vão dar uma surra nesses federalistas. Paunero é um general experimentado, está nas pontas dos cascos. Essa campanha no Paraguai bota qualquer um nos trinques. Ainda por cima levaram um exército de veteranos, homens calejados, disciplinados, aguerridos. Não temo por isso. E lhe digo mais: o general Urquiza não vai se meter nessa aventura. Pode escrever, presidente.

Em abril, Osorio estava pronto. Era esperado para o reinício das operações ofensivas que estavam paradas desde o desastre de Curupaiti. Caxias propôs que Osorio saísse de Tuiuti com o 1º Corpo, agora sob o comando do general Argolo, e fosse se reunir com o 3º Corpo num ponto denominado Estância de Pedro Gonzalez. A partir daí, uma opção seria marcharem juntos para San Solano, estância da família do presidente Lopez nas proximidades de Humaitá, num movimento envolvente pelo Passo das Canoas e Tio Domingos, até cercar completamente a fortaleza, cortando-lhe a comunicação com Assunção e bloqueando a remessa de suprimentos. Esse movimento, dizia Caxias, era porque "tendo o inimigo concentrado toda a sua defesa nas matas próximas ao Rio Paraguai, fortificando-as consideravelmente, como V. Exª deve saber, seria um contrassenso irmos fazer-lhe a vontade, procurando-o justamente no único lugar em que ele nos pode resistir".

Depois ele especulou sobre as alternativas que Lopez poderia adotar: partir para uma batalha campal; atacar Tuiuti e cortar as comunicações com Paso de la Patria; ou encerrar-se em Humaitá. Se partisse para a batalha, dizia, "terá de abandonar suas trincheiras saindo a nosso encontro e então as forças deixadas em Tuiuti poderão tomá-las facilmente e a superioridade das nossas forças num tal encontro o mutilariam tanto que depois seria facílimo acabar com ele". No caso de os paraguaios atacarem as linhas de suprimento em Paso de la Patria, "nos dará tempo para avançarmos pelo seu flanco esquerdo e tomar-lhe a retaguarda antes que possa retirar-se". Por fim, se ele ficasse encerrado em Humaitá, cercado por terra, "a esquadra há de ter ordem de subir o rio, mesmo por cima dos torpedos, ainda que perca dois ou três navios, e sitiar essa fortificação pelo lado de cima". Aventou ainda uma quarta hipótese, de Lopez abandonar o forte e procurar nova linha de defesa no Rio Tebicuari. Essa, no final, foi a opção adotada pelo presidente paraguaio.

Osorio ainda levou dois meses para chegar ao *front*. Uma epidemia de cólera que se iniciara em Montevidéu espalhava-se por toda a região, atingindo cidades do sul brasileiro, Buenos Aires e também as tropas dos dois lados. A guerra parou. Foi o que Caxias chamou de a batalha da saúde, na qual perdeu 4 mil homens. No Brasil e na Argentina a resistência ao recrutamento devia-se basicamente ao medo de morrer da epidemia.

Assim retardada, para evitar a contaminação, a marcha de Osorio para o Paraguai, que começara no dia 23 de março, só chegou a Paso de la Patria, em Corrientes, com a tropa se apresentando para ser transportada para território paraguaio, em 18 de julho, com 5.400 homens. A doença ainda atacava as tropas, mas a maior parte já era de sobreviventes, autoimunizados. No primeiro dia de junho o imperador assinara o decreto promovendo Osorio a tenente-general. Uma semana depois, os dois Corpos do Exército romperam a marcha para fechar o cerco. O objetivo era a posição de Tuiu-Cuê, a 60 quilômetros de Tuiuti.

Osorio e o 3° Corpo foram na frente, fazendo a vanguarda do exército. Estava retomada a ofensiva, depois de quase dois anos de paralisação. O 2° Corpo, do visconde de Porto Alegre, com 3 mil homens, dos quais apenas dois terços eram de combatentes, e 600 argentinos, ficara guardando Tuiuti, que ainda era o centro das operações da frente, fazendo a ligação com a base de suprimentos de Passo de Pátria e abrigando as carretas do comércio. Esse acampamento, que tinha virado uma verdadeira cidade, com lojas, bares, cabarés e hospital, sofria o assédio dos francoatiradores paraguaios. Amarrados nos galhos das árvores para não caírem quando feridos ou quando dormiam, eles ficavam dias empoleirados, comendo fiambres e bebendo água de uma bota. E atiravam em quem se expusesse.

Na madrugada de 23 de julho, Osorio deu a ordem de "ordinário, marche" e irrompeu na direção de Tuiu-Cuê, a 10 léguas dali, uma posição a apenas 9 quilômetros das fortificações do Quadrilátero, o complexo que tinha seu castelo em Humaitá. Seu 3° Corpo de Exército foi reforçado, elevando-se para 7.500 homens. A ordem de marcha era a seguinte: 1ª Divisão de Cavalaria, do general José Luíz Mena Barreto; 2ª Divisão de Cavalaria, do general Andrade Neves; infantaria e artilharia uruguaias; três companhias de Engenharia; 4ª Divisão de Infantaria; quatro estativas de foguetes à Congrève, e quatro peças de artilharia raiadas. A divisão de Mena Barreto saiu à frente em exploração, parando 20 quilômetros adiante, sem encontrar oposição, apenas vigiada por pequenos contingentes de guardas paraguaios postados nos passos.

As forças aliadas que entraram em movimento eram compostas por 21.521 brasileiros sob o comando direto do marquês de Caxias, 6.016 argentinos do general Gelly y Obes e 600 uruguaios comandados pelo general Henrique Castro. Na retaguarda havia 10.577 homens hospitalizados e 4.118 oficiais e soldados empregados nos demais serviços. No dia 25, a vanguarda atingiu o Passo Tio Domingos e aí o exército concentrou-se novamente, ficando dois dias parado à espera das carretas do transporte. Foi quando encontraram os primeiros entrincheiramentos paraguaios. A verdade é que durante o sítio Lopez não parava de construir, aperfeiçoando e reforçando suas defesas. No dia 31 de julho, Osorio bateu uma guarnição inimiga no Combate de Guaiavi. No primeiro dia de agosto, o presidente Mitre, que havia voltado de surpresa de Buenos Aires, reassumiu o comando dos exércitos, retomando seus títulos de comandante em chefe e diretor da guerra. Foi o início das desavenças com Caxias.

CAPÍTULO 75

A Muralha de Humaitá

Ao amanhecer de 3 de outubro de 1867, Delphino encilhava para seguir com o coronel Sezefredo na missão de descoberta de um destacamento paraguaio, que estava num local próximo a San Solano, numa posição aquém do banhado, chamada Pare-Cuê. A cavalaria, nessa região de terra firme do flanco direito de Humaitá, voltara a operar com toda força. Depois de meses enterrados nas trincheiras de Tuiuti, os rio-grandenses puderam voltar ao emprego de sua arma preferida em sua plenitude. O comandante da 6ª Divisão de Cavalaria, o coronel Antônio Fernandes Lima, chegou cabresteando seu cavalo.

— Vamos dar uma coça naquela gente. Como estás, Sezefredo?

— Estou bem. Por enquanto. A nossa gente está toda no hospital...

— Pois é! A nossa Divisão já está do tamanho de um corpo, mas vamos assim mesmo.

Antes das 8h da manhã Fernandes Lima ordenou o ataque. Na frente ia a pé uma pequena formação do 4º Corpo de Caçadores a Cavalo, integrada por um capitão e 20 praças. Na cobertura estavam os outros dois Corpos da Divisão, o 17º e o 18º Corpos provisórios da Guarda Nacional, da 7ª Brigada, do coronel Sezefredo, e o 20º e

25°, também provisórios da Guarda, da 8ª Brigada, do coronel Tristão Nóbrega.

Começado o tiroteio, aproximou-se a 2ª Divisão, do general Andrade Neves, com um efetivo de um pouco mais de 900 homens, e tomou posição à esquerda da 6ª. Em proteção à cavalaria encostou a Divisão de Infantaria do coronel Barros Falcão, reforçada com duas peças de campanha. A 1ª Divisão de Cavalaria, do general João Manoel Mena Barreto, tomou posição à retaguarda, em observação, com 800 homens, para intervir onde fosse necessário. Os paraguaios eram comandados pelo coronel Bernardino Caballero, o mais afamado comandante de cavalaria do Exército Paraguaio. A ação estava se desenvolvendo tranquilamente, como se estivessem em manobra de treinamento, quando repentinamente a 6ª Divisão entrou em perigo. Já se retirando, Fernandes Lima deixou-se ficar, esperando a volta de alguns cavalarianos que tinham se afastado em guerrilhas, quando os paraguaios, vendo-os separados do grosso, caíram em cima com uma força composta por seis Regimentos de Cavalaria, um grande número. Foi só o tempo de gritar:

— Desembainhar sabres!

Andrade Neves viu a crise e ordenou a sua unidade que contramarchasse para impedir a destruição iminente de Fernandes Lima. Mandou o 10° Corpo Provisório, do tenente-coronel Hipólito Ribeiro, ocupar a estrada Humaitá-San Solano, e o 11°, do tenente-coronel Rodrigues de Oliveira, galopar, ultrapassando sua divisão para evitar o envolvimento da 6ª. O general José Luíz Mena Barreto também interveio, mandando a 2ª Brigada de sua 1ª Divisão proteger a direita, enquanto a 1ª Brigada saiu para flanquear Caballero pela esquerda, evitando que eles fizessem um ataque pela retaguarda, cruzando o Arroio Hondo, mandando o contingente argentino, do coronel Santos Correa, ocupar a ponte para evitar que os paraguaios cruzassem o rio por ali. Esse arroio, como diz o nome, era muito profundo para ser transposto. Contra-atacado, o coronel paraguaio ocupou uma posição em frente ao banhado protegido por bosques dos dois lados. Nesse momento, entrou em ação o 50° Corpo de Voluntários da Pátria, tropa de infantaria, que desenvolveu sua linha e foi atrás da cavalaria, até que esta abriu um claro, postando-se nos flancos, e os infantes abriram fogo cadenciado. A frente já tinha 3 quilômetros de extensão. Com a contraofensiva os paraguaios retiraram-se para seus entrincheiramentos, deixando 500 mortos. Os brasileiros perderam 170 homens. O Combate de Pare-Cuê durou 45 minutos.

Foi uma pegada curta mas intensa. Como dizia Delphino, "500 mortos já é número de batalha". Foi para todos um grande dia, porque também marcou o fim da pasmaceira em que se encontravam desde a chegada de Bartolomeu Mitre. O presidente voltara depois de vencer a Revolução dos Montoneros, como se chamou a revolta de Felipe Varela, em razão do tipo de guerra que se desenvolveu, puramente de cavalaria em confrontos esparsos. Devido a essa rebelião, o general Venâncio Flores também se retirara da guerra, voltando para reassumir o governo em Montevidéu e deixando em seu lugar o general Henrique Barrios.

Houve uma só batalha e as tropas comandadas por Paunero levaram os rebeldes por diante. Sezefredo, que já havia combatido contra Juan Sáa, o principal comandante dos revolucionários, nas tropas de Venâncio Flores, até repetiu o que Osorio dissera quando soube que Mitre levava seu exército para bater o levante das províncias:

— Essa tourada ninguém segura nem que a vaca tussa.

No entanto, bastou voltar para o Paraguai que a guerra parou. Fazia 41 dias que só se via briguinha de patrulhas. Por isso o coronel se entusiasmou:

— Acho que agora a coisa vai.

O pessoal já estava ficando desanimado quando a ofensiva começou a ser retomada. O exército ficara sem combater e a cavalaria estava a pé havia mais de um ano. Primeiro veio a grande derrota em Curupaiti, que botou fora de combate quase todo o 2º Corpo do general Porto Alegre e os argentinos. O 1º Corpo também parou depois do Boqueirão, pois aí vieram as doenças. Principalmente a cólera, mas também outras epidemias e enfermidades decorrentes de água suja e de alimentação estragada. Com a vinda de Caxias (para os veteranos, ele estava ali desde o começo), o trabalho recomeçou, mas sem grandes movimentações. Foi reorganizando parte por parte, retomando os treinamentos da tropa que já estava enferrujada, até que chegou Osorio com o 3º Corpo e retomaram a iniciativa. "Esse é o estilo do velho", diziam os veteranos ao pessoal que acabara de chegar. Delphino estivera nos primeiros momentos até participar de Tuiuti. Escapou então da miséria que tomou conta do exército depois que o General, como eles chamavam, foi embora.

Ninguém chamava Osorio por seus títulos de nobre. "Não pegou. Ele sempre vai ser o General Osorio." Quando se pronunciava a palavra general, era o mesmo que dizer Osorio. Nesses primeiros três meses o grande problema no 3º Corpo era fazer o pessoal entender que era preciso se cuidar com as imundícies, não beber água sem ser fervida, e bem fervida, não comer fruta e muito menos as porcarias que eram vendidas nas biroscas. Ali naquela sujeirada vivia o bichinho que matava mais que punhal paraguaio. Pois foi assim que eles pegaram o coronel Sezefredo. No dia seguinte, 4 de outubro, no fim da tarde, Delphino achou que o coronel estava meio estranho, perguntou e ele disse que não era nada:

— É só uma caganeirazinha. Deve ser de alguma fruta verde que ainda não estava bem madura.

— Melhor ir ao ambulatório ver um médico.

O coronel refugou, mas dali a pouco sentiu tonturas. Delphino levou-o meio à força, temendo pelo pior. Nem bem chegaram ao hospital e Sezefredo já estava se desfazendo em fezes. O médico recebeu-o, acomodou-o e falou para Delphino e para a ordenança que os acompanhava:

— É cólera e parece ser da braba.

Há dois tipos de cólera. Uma provoca diarreia, que dura uma ou duas semanas, e muito mal-estar, mas passa. A outra mata em horas. Os médicos não sabiam diferenciar claramente no primeiro momento, mas sabiam que de um ponto em diante não tinha volta. Isso já se constatava na largada, pois a "braba" liberava em seguida o leito do hospital, isso quando o paciente conseguia chegar num ambulatório. Naquele momento, mais de um terço do exército estava fora de combate. Havia, prontos para a luta, 30.600 homens, outros 4.106 em atividades de suporte ou cedidos para alguma missão longe do *front* e 10.577 internados em hospitais, doentes ou feridos. Mais da metade, 5.980, no Hospital Militar de Corrientes, o restante nas enfermarias da zona de guerra, em Tuiuti, Paso de la Patria, Cerrito e Chacarita.

Sezefredo teve um enterro de verdade, na tarde de 6 de outubro de 1867. Morrera no dia anterior. Naqueles lugares o lugar de defunto morto de epidemia era a vala comum. Para os oficiais, cova individual e, se fosse de tenente-coronel para cima, um piquete para as honras, mas não passava disso. Mesmo os amigos e parentes raramente estavam na hora. O coronel gabrielense, entretanto, teve honras mais encorpadas. Até Osorio acompanhou o féretro ao cemitério dos oficiais. Sezefredo fora o comandante do 26° Corpo de Cavalaria da Guarda Nacional, que chegara na hora exata e definira o Combate do Botuí, a primeira vitória brasileira na guerra e também a primeira derrota paraguaia. Merecia mesmo esse nome de batalha, pois foi uma vitória estratégica que marcou a reversão da ofensiva. Dali para diante foi detida a ofensiva de Solano Lopez e desde então ele não ganhou um centímetro de terreno, embora se mantivesse aferrado e vendendo caro cada metro perdido.

O coronel Fernandes Lima, comandante da Divisão, mandou avisar aos amigos e à Brigada de Cavalaria Ligeira, a tropa do finado general Antônio de Souza Netto, comandante de Sezefredo na Revolução Farroupilha. O comandante da unidade, o tenente-coronel Astrogildo Costa, mandou de Tuiuti um representante, o major Bento Gonçalves da Silva, filho do primeiro presidente da República Rio-Grandense, comandante do 14° Corpo Provisório de Cavalaria. Ele servia no 2° Corpo de Exército, do visconde de Porto Alegre, quando o major foi derrotado pelo general Netto em Pelotas, onde aguentou um cerco entrincheirado num casarão da praça principal da cidade. Agora estavam todos do mesmo lado.

Entre os presentes estava o tenente-coronel Chananeco, comandante do Corpo de Caçapava:

— Ficaste guacho, Delphino? Por que não pedes ao general para vir se juntar a nós? O teu antigo Corpo está praticamente extinto...

Delphino achou uma boa ideia e foi conversar com Osorio. Argumentou que sempre fora ajudante do coronel Sezefredo, sem funções no corpo a que pertencia. Também mostrou que o antigo 26° desaparecera, com seus homens mortos, doentes ou remanejados. Osorio concordou. Assim mesmo, antes de mudar de unidade ainda participou da operação de "exploração do êxito", na perseguição à coluna de cavalaria paraguaia derrotada no Combate de Tataibá em 21 de outubro.

No início de dezembro, dias antes de se retirar para o Brasil, doente, seu comandante de divisão, o coronel Fernandes Lima, chamou Delphino a sua barraca e lhe entregou um documento.

— Aqui está a tua transferência para o 1° Corpo. Podes te apresentar ao Chananeco. Estás satisfeito?

— Sim, senhor coronel. Vou para o meio da minha gente. O senhor sabe que sou de Caçapava.

— Sei, claro. De fato, o teu antigo 26° não existe mais. Eu também estou partindo. Não me aguento mais de doente. Ah! Esquecia-me: também foste promovido a capitão graduado.

Delphino chamou seus dois escudeiros, Norberto e o guri Adão, e mandou embalar suas coisas. Eles partiram à procura de sua nova unidade que, segundo lhe informaram, estava operando na margem esquerda do Rio Paraguai na região do Rio Tebicuari.

Na retomada das operações a partir do finalzinho de setembro pareceu que se encerrava a discussão entre Mitre e Caxias sobre os objetivos e a estratégia para tomar Humaitá, que envolvia o emprego da esquadra num confronto com a poderosa fortaleza paraguaia. O presidente argentino insistia que, antes de os exércitos avançarem para ocupar as margens da esquerda do Rio Paraguai, a armada deveria subir o rio e sitiar o forte pelo lado de cima, cortando as comunicações fluviais de Lopez com suas bases terrestres antes de as tropas de terra investirem sobre os vários sistemas de trincheiras que havia naquela região. Caxias estimou que, mesmo perdendo um ou dois navios, o custo valeria a pena. Entretanto, o novo comandante naval, o vice-almirante Joaquim José Inácio, afirmava que não tinha poderio para cruzar Humaitá.

Embora em nenhum momento um tenha faltado com o respeito ao outro, o fato gerou uma rede de intrigas. Pressionado, o almirante cedeu ao comandante em chefe Caxias, que tinha jurisdição sobre a Marinha. Em 15 de agosto, passou sem nenhum problema a primeira fortaleza, o entrincheiramento de Curupaiti, guarnecido por 29 canhões de grossos e médios calibres, entre eles um gigantesco de calibre 80, chamado de El Cristiano porque fora fundido com bronze derretido dos sinos das igrejas do país. Contudo, parou de subir antes de Humaitá, ficando ali seis meses em intermináveis duelos de artilharia com a fortaleza.

Construiu um porto e uma pequena ferrovia na margem direita do Rio Paraguai, para levar suprimentos e combustível para os navios, e deixou-se ficar. Mitre argumentava que os navios eram invulneráveis àquela artilharia. O almirante desconfiava dos objetivos reais da ordem do presidente argentino, seguindo a mesma teoria do almirante Tamandaré, de que Mitre queria ver a esquadra brasileira destruída para controlar sozinho a Bacia do Prata. Caxias também começou a pensar assim. Tudo ficou parado até que os dois concordaram em reiniciar as operações terrestres para controlar a margem direita do rio, criando uma base para a Marinha rio acima, antes de forçar a passagem pela barreira de 190 canhões que guarneciam as muralhas de Humaitá. Osorio escrevia à mulher, dona Chiquinha: "A nossa esquadra ainda bombardeia Humaitá, porém tenho pouca fé no resultado que se possa obter." Só quem sofria com isso era o vigário, padre Fidel Maiz, pois todo santo dia sua igreja de San Carlos de Bartolomeo recebia uma saraivada de petardos.

No norte do reduto, as cavalarias brasileiras e argentinas iam atacando uma a uma as guarnições paraguaias e as infantarias iam tomando suas trincheiras. A Cavalaria Paraguaia estava praticamente desmantelada no final de setembro. No dia 20 Caxias tomou a Vila de Pilar, a maior povoação da região. No dia 29 foi atacado o Potreiro Obela, onde havia as últimas reservas de gado para o suprimento de Humaitá, e no dia 2 de novembro José Luíz Mena Barreto tomou a fortaleza de Taí, às margens do Paraguai, cortando definitivamente todas as comunicações terrestres de Lopez com o interior do país. Estava completado o sítio. Embora fosse uma frente muito ampla, a Cavalaria Gaúcha, como era chamada a força montada do Brasil, percorreu o terreno incessantemente, hostilizando as pequenas partidas paraguaias que tentavam ultrapassar as linhas de cerco. A situação era desesperadora. Lopez planejava novo golpe de mão, como era de seu estilo de guerrear.

Na madrugada de 9 de novembro, quase 9 mil paraguaios aproximaram-se sorrateiramente do acampamento aliado em Tuiuti, defendido por 3 mil brasileiros do 2° Corpo de Exército, dos quais apenas 2 mil em condições de combate, 712 argentinos e cerca de 300 paraguaios da Legião Paraguaia, comandada pelo coronel Baez, que fazia a segurança avançada da posição. O comandante em chefe da operação era o ministro da Guerra, o general Vicente Barrios, secundado pelo coronel Luís Gonzalez. A força era composta de quatro Brigadas de Infantaria, com quatro batalhões cada uma, e duas Brigadas de Cavalaria, com dois regimentos cada uma, sob as ordens do coronel Bernardino Caballero, apoiado pelo tenente-coronel Valois Rivarola. Também havia três esquadrões de artilharia do major Mendoza. A 1ª Brigada de Infantaria fazia a vanguarda, sob a responsabilidade de um dos mais aguerridos oficiais da guarnição de Humaitá, o coronel Manuel Gimenez. A infantaria deveria atacar os redutos argentinos, e a cavalaria, os brasileiros. A cavalaria marchou pelo Passo Saty e a infantaria pelo caminho de Yataiti-Corá.

Havia dois objetivos militares: primeiro, capturar os canhões Whitworth do Exército Brasileiro; segundo, obrigar Caxias a reforçar Tuiuti, retirando tropas das tenazes que se fechavam sobre Humaitá. Não havia plano de manter a posição, pois Lopez não dispunha mais de condições objetivas de enfrentar um contra-ataque maciço.

Às 4h da manhã tocou alvorada no acampamento brasileiro. Alguns minutos depois se ouviram os disparos dos canhões das *vedettas* (navios avançados de patrulha) da Marinha que estavam na Lagoa Pires. Atiravam no mato, mas ninguém deu importância, pois isso acontecia a toda hora. Às 4h30 começou o assalto, com o ataque aos argentinos e logo aos brasileiros. Porto Alegre assumiu o comando e foi reunindo suas tropas no centro do acampamento, rebatendo o fogo dos paraguaios com a artilharia. Nas imediações, o coronel Paranhos, que estava com sua Brigada em forma para escoltar um comboio de suprimentos que se dirigia para Tuiu-Cuê, juntou-se a outra escolta vinda do quartel-general e contra-atacaram. No acampamento do comandante em chefe, o marquês de Caxias designou o general Vitorino para partir em socorro de Tuiuti. No caminho encontrou o presidente Mitre, que do alto de um mangrulho (torre de observação feita com troncos altos) acompanhava os acontecimentos, vendo de longe o incêndio que logo se espalhou pelo acampamento aliado. Às 10h30 o visconde conseguiu articular um contra-ataque.

A invasão de Tuiuti foi um ato desesperado e sem objetivos militares claros. O grande morticínio foi de civis e suas baixas não foram registradas. Entre os militares o Brasil teve 193 mortos e os argentinos 101, totalizando 294 baixas. Os paraguaios tiveram 2.734 mortos e 155 ficaram prisioneiros, dando uma ideia da ferocidade da luta e do nível das represálias. Com essa derrota, entretanto, Lopez perdeu sua última possibilidade de romper à força o cerco de Humaitá. Caxias era o senhor do sul do Paraguai.

Em 14 de janeiro de 1868, o presidente Mitre passou o comando a Caxias e retirou-se para Buenos Aires, deixando em seu lugar, embora restrito ao comando das forças argentinas, seu irmão, o general Emílio Mitre. Ele teve de voltar porque seu vice-presidente, Marcos Paz, morrera de cólera em meio a uma epidemia que castigava Buenos Aires. Dois dias depois, o visconde de Porto Alegre deixou o comando do 2º Corpo, substituído pelo general Argolo Ferrão, passando o 1º Corpo para o general Vitorino Monteiro. Com Osorio no terceiro, estava de volta o trio de Tuiuti. Faziam falta Netto e Sampaio, mortos naquela batalha.

Assim que assumiu, Caxias reencetou a ofensiva e preparou um ataque final contra Humaitá. A primeira providência era fazer o que negara a Mitre, ou seja, levar uma parte da esquadra rio acima para assediar a fortaleza pelos dois lados e cortar inteiramente suas comunicações, pois, embora os brasileiros vigiassem as margens do rio, barcos paraguaios ainda conseguiam ir e vir, levando suprimentos e pessoas. Osorio teve uma atuação muito discreta nesse período, que vinha desde sua chegada do Brasil. Todas as ações, tanto políticas quanto militares, estavam sendo coordenadas por Mitre e Caxias. Sua perna também piorara muito. Ele mal podia ficar alguns minutos a cavalo. Movimentava-se no *front* numa charrete, com o cavalo a cabresto. Quando queria ver alguma coisa de perto e fora da estrada, montava com dificuldade e ia no máximo a trote, voltando logo com expressão de sofrimento no rosto.

Escreveu a dona Chiquinha dizendo que só não voltava imediatamente para casa porque se sentia obrigado a continuar ao lado dos homens que recrutara para o 3º Corpo de Exército. Não queria repetir uma atitude já bastante comum entre oficiais, que regressavam do *front* e continuavam recebendo seus vencimentos: "Ando na guerra porque sou soldado e tenho vergonha de levar à tesouraria o meu recibo quando o povo está nos campos de batalha."

Menos de uma semana depois da partida de Mitre, Caxias fez o que o presidente argentino queria. A Marinha se preparou para a operação considerada impossível, a passagem de Humaitá. Em terra o exército já havia tomado o porto de Taí, onde seria instalada a base naval. No mesmo dia da operação naval, Caxias atacaria o Estabelecimento, um centro de aprovisionamento paraguaio. O comandante em chefe, José Inácio, designou para liderar a operação o capitão de mar e guerra Delfim Carlos de Carvalho, que com seis vapores blindados tinha de vencer as baterias de Lopez.

Humaitá ficava numa curva do rio e dominava, em todo o seu desenvolvimento, a volta brusca em forma de parábola que faz o Paraguai. Ele se estreita e se engarrafa, formando uma forte correnteza. Na margem esquerda, uma muralha formada de tijolos e pedras tinha abertura para canhões, dispostos em baterias. Eram ao todo 72 peças de grosso calibre, secundadas por duas outras baterias, uma com 16 canhões e outra com 14 bocas de fogo. Além disso, havia ainda mais 101 canhões das defesas terrestres que podiam ser mobilizados para alvejar o rio. Além dos canhões, havia uma linha de 1,5 metro de abatis, que são grandes mastros de madeiras pontiagudas, e sete correntes que atravessavam os 640 metros de largura do rio e se amarravam a outras três no meio da água, formando uma rede de ferro capaz de impedir a navegação. Para completar, o rio estava pontilhado de torpedos e minas explosivas. Os navios estariam por mais de uma hora no raio de alcance dessa formidável artilharia.

Os navios designados para a missão começaram seus preparativos em 15 de fevereiro. Foram escalados os navios mais modernos da esquadra, três encouraçados e três monitores. Estes eram a última novidade da tecnologia bélica naval do mundo, lançados em combate pela primeira vez na guerra civil dos Estados Unidos, nas operações fluviais no Rio Mississipi, com grande êxito. Os brasileiros seguiam os desenhos norte-americanos e eram fabricados no estaleiro do barão de Mauá, na Ponta de Areia, no Rio. Eram navios pequenos, com quase toda a sua estrutura abaixo da linha d'água, e providos de uma torre giratória para os canhões. Toda a tripulação ia dentro da nave, protegida pela cobertura de aço. Os encouraçados também tinham suas partes vitais abaixo da linha d'água, e tudo o que ficava acima do ponto de flutuação era coberto por camadas de aço.

A flotilha era composta em três blocos: cada encouraçado rebocava um monitor, que eram barcos mais leves e sujeitos a derivar no meio da correnteza. O primeiro da fila era o encouraçado *Barroso*, comandado pelo capitão-tenente Artur Silveira da Mota, rebocando o *Rio Grande*, do primeiro-tenente Antônio Joaquim, que teria de romper os obstáculos e limpar o caminho das minas. Em seguida vinha o *Bahia*, do capitão de fragata Guilherme José Pereira dos Santos, que levava a flâmula do comandante Delfim e rebocava o monitor *Alagoas*, do primeiro-tenente Joaquim Antônio Cordovil Mauriti. Fechando o comboio ia o encouraçado *Tamandaré*, do capitão-tenente Augusto César Pires de Miranda, arrastando o *Pará*, do tenente Custódio José de Melo. Os três comandantes das naves-mães e os tenentes dos monitores teriam de passar a toda força bem diante das baterias que estariam cuspindo fogo sem cessar. Na posição rio abaixo ficaria o restante da esquadra, tanto no Rio Paraná quanto na Lagoa Pires, disparando seus canhões para atrapalhar a artilharia de costa.

Às 22h30 veio a ordem para esquentar as caldeiras. Às 2h30 o comandante do *Barroso* mandou tocar a toda força e iniciou o movimento. Da ponte podiam observar os foguetes paraguaios subindo na costa para sinalizar que havia movimento na esquadra. Às 3h10 o *Barroso* entrou no campo de tiro da artilharia de costa. Os encouraçados e os monitores abriram fogo. A esquadra rio abaixo também soltou seus canhões. De terra dispararam todos ao mesmo tempo. Eram 300 canhões disparando sem parar. O ribombo foi ouvido em toda a região. A cidade de Corrientes despertou; os acampamentos de Tuiuti, Tuiu-Cuê e as novas conquistas na margem esquerda entraram em regime de prontidão. Ninguém via nada. Começou um grande incêndio na margem direita do Paraguai, em frente ao forte. O fogaréu era para iluminar os alvos, mas acabou prejudicando a visão dos artilheiros, que erraram a maior parte dos tiros. As balas que pegavam provocavam apenas danos leves na blindagem, pois os canhões paraguaios eram obsoletos. Uma bomba explodiu bem em cima da corrente de reboque do *Alagoas*, desprendendo o monitor, que foi à deriva rio abaixo. O tenente Mauriti ligou seus motores e retomou o caminho, enfrentando sozinho a artilharia paraguaia.

Às 4h30 da madrugada os seis barcos estavam do outro lado, já fora do alcance de Humaitá. Então foram surpreendidos pelas baterias de costa de Timbó, uma fortificação logo acima, que não estava assinalada nos mapas de que dispunham. Recomeçou o canhoneio. Finalmente às 7h da manhã os navios avistaram a bandeira brasileira hasteada no mastro do porto de Taí. Os marinheiros exultaram. Antes das 10h estavam todos juntos, Marinha e Exército. Os navios estavam bastante avariados, mas todos navegando. Bastaria uma boa sessão de reparos e eles ficariam novamente em forma. Dentro da fortaleza, Lopez convocou seu estado-maior para desenvolver um plano de abandonar Humaitá.

Cercado por todos os lados, tinha apenas duas alternativas além da rendição: uma era romper o cerco a ferro e fogo; a outra encastelar-se e procurar resistir até encontrar alguma solução política. Caxias estava pronto para impedir que ele saísse com seu exército de sua fortaleza. Todos os caminhos estavam fechados, as estradas patrulhadas em um esquema que poderia acorrer a qualquer ponto se ele abrisse os portões. Quanto à rendição, bem, isso era um caso para os políticos. O cônsul inglês em Buenos Aires, G. F. Gould, tentava uma saída, mas sempre esbarrava na teimosia de Lopez em abdicar. A imagem que Gould tinha de Lopez era a de um herói em guerra contra dois países poderosos, que cobiçavam o território de uma nação pobre e desprotegida. Logo viu que, embora houvesse questões de limites, as terras em disputa eram desertos e, mais ainda, que nenhum dos três membros da Aliança queria acabar com o Paraguai independente. Em seu entender, era uma questão de bom-senso e, mais ainda, ele poderia obter o apoio da Inglaterra para pressionar a Argentina e o Brasil.

Tudo se encaminharia se o ditador deixasse Assunção e fosse viver na Europa. Gould esteve em Humaitá e chegou a obter alguma flexibilidade de Lopez, mas logo em seguida, quando trouxe contrapropostas, foi rechaçado e desautorizado. Foi a mais consistente tentativa de apaziguamento depois que estourou a guerra. Então era sentar-se e esperar. Com o cerco da fortaleza e o confinamento do governo, ele ficou também sem alternativas militares no entender da comunidade internacional que observava a tragédia sul-americana.

Solano, no entanto, não desistia da opção militar. Sua única saída seria passar por entre os aliados e escapar onde praticamente não havia tropas inimigas, pois era uma região pantanosa e de mato, impenetrável, de reduzido interesse tático. Era ocupada por uma pequena guarnição brasileiro-argentina, que tinha por objetivo suprir os navios fundeados entre Curupaiti e Humaitá para bombardearem o forte. Mandou um de seus oficiais mais próximos, o coronel Bruguez, construir uma estrada no chaco, pela margem oposta do Paraguai, por onde escaparia durante a noite, cruzando o rio em canoas. Foi o que fez no final de março, nos dias 22 e 23, tirando de Humaitá mais de 10 mil homens e suas famílias e desembarcando além das linhas aliadas, na margem direita do Rio Piquissiri.

Com uma esquadra a poucos quilômetros rio abaixo e dois exércitos rio acima, na outra margem uma base naval, Porto Eliziário, suprida por uma miniferrovia e uma guarnição dos dois exércitos para sustentar essa posição, ele escapou por ali. Passou sob as barbas de Caxias, numa demonstração de quão grande era a desatenção dos comandantes aliados e da grande disciplina dos fugitivos. Sair com tanta gente por uma fresta tão curta exigia mais que ousadia, mas também muita obediência de toda aquela gente. A fuga foi uma empreitada dura, cruel. Soldados, mulheres, crianças e velhos caminharam por pântanos e matas, assolados por insetos e animais de todo tipo, incluindo onças, que comeram alguns dos retirantes. Os poucos animais que transitavam ali, mulas e cavalos, levavam os trens de guerra, entre eles canhões desmontados. Era andar e andar. Quem caísse ficava. Evidentemente que Lopez, sua família e alguns oficiais do alto-comando não passaram por isso, pois um grupo reduzido, em canoas rápidas e bem remadas, conseguiu sair sem ser pressentido, navegando pelas partes rasas, evitando ser avistados à noite pelos encouraçados que estavam bem longe rio acima vigiando os grandes barcos de suprimentos. Dias depois, botaram ao fundo os últimos vapores paraguaios, dentre os quais o famoso *Taquari*, a grande joia da navegação dos Rios Paraguai e Paraná.

Contornando os aliados nessa rota arriscada, cruzando o Paraguai em silêncio em canoas a remo e depois retornando à margem esquerda bem acima das linhas inimigas, Lopez conseguiu tirar três quartos de seus efetivos e a artilharia leve para montar novas bases. Escolheu a região além dos Rios Tebicuari e Piquissiri, onde poderia retomar seu projeto de guerra de trincheiras, segurando os aliados na passagem desses cursos de água. Nesses rios caudalosos, profundos e velozes, iniciou rapidamente a construção de novas linhas de defesa, com trincheiras e casamatas. Fortificou algumas posições ribeirinhas, como Timbó, na foz do Tebicuari, e mais ao norte Villeta e Angostura. Instalou seu quartel-general ao norte dessa linha, em San Fernando, na região denominada Lomas Valentinas. De uma hora para outra sua situação mudou outra vez, pois passou a contar com uma ampla retaguarda, embora a única cidade que merecesse esse nome fosse Assunção, que ele havia mandado evacuar logo depois que a Armada Imperial fez uma demonstração diante da capital, disparando alguns tiros de canhão em seu palácio e quebrando uma torre.

Com o objetivo de evitar que os aliados aproveitassem uma tomada de Assunção para instalar um governo fantoche e obter o reconhecimento da comunidade internacional, tratou de excluir a cidade, transferindo a capital para uma pequena cidade vizinha, Luque. Para isso, era necessário declarar a cidade evacuada e zona de guerra, antecipando-se a qualquer movimento político dos inimigos em sentido contrário. Visando a concretizar a providência e não deixar dúvidas de que o governo legítimo estava em Luque, deu 24 horas para a população civil deixar a cidade com o que pudesse transportar e com os meios que cada um tivesse, ou seja, as próprias costas. A maioria, 90 por cento das pessoas, eram mulheres e crianças, pois os homens estavam em sua quase totalidade no exército. Ao se iniciar a guerra, segundo apurou o diplomata inglês Richard Burton, o país tinha entre 400 e 450 mil habitantes, dos quais 110 mil eram homens entre 15 e 60 anos, a idade militar da época. Nos primeiros anos de guerra, quase metade dessa população acabou, cerca de 30 por cento em combate, morta em batalhas ou em consequência de ferimentos, e as demais foram vítimas das epidemias. No êxodo de Assunção, os doentes não foram removidos dos hospitais. Em poucos dias, a população hospitalar faleceu, pois os hospitais eram apenas depósitos de moribundos num país onde existiam apenas dois médicos de nacionalidade inglesa e alguns enfermeiros, formados em cursos rápidos por esses dois profissionais, denominados "praticantes".

Era essencial a esse projeto político que toda a população abandonasse a cidade. Os habitantes foram levados de qualquer jeito, a relho e a estocadas pelas pontas das lanças do exército e da polícia. Os diplomatas foram mais relutantes. O cônsul boliviano Aniceto Arce (que mais tarde, em 1888, foi presidente da Bolívia), alegando necessidades de serviço, pegou um barco e subiu o rio à procura de sua fronteira. O cônsul português exilou-se na embaixada americana, junto com os médicos ingleses e alguns técnicos estrangeiros que estavam no país contratados para trabalhos de engenharia, tanto na indústria como em obras públicas e militares. O único país a mandar seu embaixador seguir o governo em sua migração foram o dos Estados Unidos, mais por decisão pessoal do embaixador Washburn, que representava os interesses norte-americanos nas plantações de algodão. Com o bloqueio fluvial, esse negócio perdeu sentido e o diplomata ficou por sua conta e risco, embora o governo de Washington não tivesse mandado que ele se retirasse, pois continuava reconhecendo o Paraguai como uma possibilidade de contrabalançar os interesses europeus na região. Ao mesmo tempo em que se preocupava com esse isolamento, Lopez sentia a pressão interna. Não só os notáveis do país, mas também suas famílias, levantavam dúvidas se não seria o momento de negociar com os aliados alguma solução antes que a situação militar se deteriorasse ainda mais e não sobrasse nenhuma migalha para barganhar com os vencedores.

Caxias ficou desconcertado e furioso com esse movimento do inimigo. Já era grande a pressão do governo imperial para que desse termo à guerra. O primeiro-ministro Zacarias de Góes e Vasconcellos equilibrava-se na corda bamba, acossado pela imprensa e pela oposição conservadora, que, apesar de tudo, apoiava o comandante em chefe do exército, seu senador, que em última análise era o responsável pela morosidade das operações de guerra. Quando chegou ao Rio a notícia de que o ditador escapara por entre os dedos, a pressão aumentou, com a grande novidade na formação da opinião pública que era o poder inusitado das charges com desenhos humorísticos caricaturando as autoridades. Dentro do exército também se levantavam dúvidas, embora veladas, dizendo-se que Osorio deveria substituir o marquês, o que provocava um indisfarçável mal-estar, embora nenhum dos dois chefes demonstrasse dar ouvidos ao zum-zum e às intrigas. Osorio, principalmente, submergiu, desaparecendo de cena e sempre desmentindo boatos, rebatendo acusações a seu chefe, defendendo-o em toda a linha de dúvidas e ressalvas às suas decisões táticas e estratégicas. Caxias não consultava ninguém, sentindo-se isolado dentro de um exército cujos principais chefes pertenciam ao partido adversário. Os dois comandantes máximos estavam sob pressão de crises intestinais. Caxias reagia oferecendo sua demissão ao governo; Lopez, mandando prender e processar os suspeitos de oposição.

A evacuação de Assunção foi organizada pelo vice-presidente da república, o advogado Francisco Sanchez. Era um homem de mais de 70 anos, meio senil, amigo e colega de dom Carlos Lopez, que seguia Solano com indulgência paternal. Logo depois da incursão da esquadra, nos primeiros dias de março, ele reuniu os notáveis da cidade para deliberar sobre as providências a tomar diante da possibilidade de um desembarque aliado. Nessa reunião algumas dessas figuras sugeriram que se firmassem posições para negociar com as autoridades aliadas no caso de a cidade ser invadida. Essas especulações foram levadas a Lopez como uma conspiração para sua deposição. Instalou-se a primeira crise interna do governo Lopez.

Sem experiência nem tolerância para lidar com tais controvérsias, Lopez mandou prender todos os integrantes daquela reunião, menos o vice-presidente. Assim, enquanto preparava a defesa contra o avanço dos aliados, implantava um tribunal político para julgar os indigitados conspiradores.

Caxias vivia esse impasse quando chegou a seu quartel-general em Pare-Cuê às 2h madrugada do dia 16 de junho um estafeta do general argentino Inácio Rivas dizendo: "Avisa-se nesse momento o comandante Ivanowski que o chefe da esquadra de baixo comunica que de Humaitá estão passando para o Chaco canoas carregadas de gente, e as minhas avançadas me avisam também que sentem ruído delas na lagoa. Tenho tomado as medidas possíveis. Se escaparem pela lagoa nada se pode fazer, porque não há um bote para atacá-las por aí." Foi o que bastou para deixar o QG de Caxias em polvorosa. O generalíssimo brasileiro vinha querendo havia dias atacar o forte, mas encontrava sérias resistências dos demais comandantes. Entretanto, mais uma evasão de vulto seria um desastre político quando a notícia chegasse ao Rio de Janeiro. Além disso, um observador anotara que fora visto um foguete disparado de Humaitá, o que poderia ser sinal de algum movimento na guarnição. Não dava para esperar. Estava na hora de agir.

Caxias decidiu formar todo o exército para atacar a posição e dar um fim naquela ladainha. Deu ordens ao brigadeiro Jacinto Machado para manter a vigilância na lagoa que cobria todo o lado direito da divisão. Mandou o brigadeiro Mena Barreto fazer o mesmo na área de Ñeembucú e Pedro Gonzáles. Deu ordens aos generais Osorio e Argolo, ao argentino Gelly y Obes e ao uruguaio Henrique Castro que preparassem suas forças para um assalto a Humaitá. Mandou também uma mensagem ao almirante José Inácio para que iniciasse imediatamente um bombardeio contra a praça com os navios de baixo, e uma ao almirante Delfim, agora denominado barão da Passagem, para que encostasse sua esquadra de rio acima e metralhasse as canoas que eventualmente fossem encontradas cruzando o rio. Estava iniciada a toque de caixa uma grande operação envolvendo todas as forças aliadas.

Ao raiar do dia mandou uma mensagem a Osorio "para que avançasse com a vanguarda sob seu comando o mais próximo possível das trincheiras inimigas e procedesse ao reconhecimento delas e, no caso de achar probabilidade, empreendesse o assalto". De imediato, montou a cavalo e foi se posicionar no mangrulho que ficava à direita da vanguarda, para daí comandar a operação. Osorio montou seu dispositivo: sua vanguarda ficou com o 1º Corpo Provisório de Cavalaria de Caçapava, sob o comando do tenente-coronel Vasco Antônio da Fontoura Chananeco. O capitão Delphino marchava à frente de um esquadrão de cavalaria. A seguir vinha o grosso, com a 7ª Brigada de Infantaria, do coronel Frederico Mesquita; o 4º e 13º Batalhões de Engenheiros, tendo à frente o coronel Conrado Bittencourt, e a Brigada de Infantaria Rolante, do coronel Emílio Luís Mallet. Na reserva o brigadeiro Carlos Resin, com três Brigadas de Infantaria, e o Exército Oriental, do general Henrique Castro. Às 6h Osorio deu a ordem de marcha a Chananeco e disse a seu ajudante de ordens:

- Encilha-me o baio do general Netto. Assim o velho caudilho vai comigo...

Chananeco deu a ordem e os caçapavanos se atiraram contra a trincheira inimiga, surpreendendo um grupamento que patrulhava o exterior da posição. Apenas quatro paraguaios conseguiram escapar. Ele prosseguiu a toda velocidade até chegar ao fosso da Primeira Linha defensiva e mandou a tropa apear e se desenvolver em atiradores ao longo da linha. Os paraguaios imediatamente revidaram com artilharia de grosso calibre, disparando granadas e metralha, mas seus servidores dos canhões eram impiedosamente alvejados pelos clavineiros do 1º Corpo de Cavalaria, que avançavam a pé. Osorio mandou avançar a toda velocidade os dois Batalhões de Engenharia, o 4º e o 13º, levando suas carretas com escadas e pranchões para o assalto. O morticínio era arrasador. Quando mandou as forças da direita investir já não havia soldados para cumprir suas ordens, pois estavam quase todos mortos. Mandou o 39º apoiar os dois de engenharia que já estavam debaixo de fogo pesado, mas nem bem chegaram à posição e estavam dizimados, com a morte do capitão-fiscal João Teixeira Guimarães e 127 praças. Logo em seguida, tombou ferido o comandante dessa unidade, o major Antônio José Pereira Júnior.

A artilharia não conseguia tomar posição, varrida pelo fogo de metralha. Dizia Osorio: "O primeiro fosso do inimigo computei-o em 12 palmos de largura e igual se não maior profundidade, seguindo-lhe uma larga linha de abatis e depois a trincheira principal, que tinha pela frente bocas de lobo, segundo diziam os vaqueanos. A guarnição da trincheira mostrava somente as cabeças, e seu nutrido fogo de fuzilaria cruzava-se com a metralha das faces do ângulo sobre nossas tropas. O terreno a percorrer até aquele ponto tinha diversas lagoas e pântanos pelos flancos e do ângulo para a direita e a esquerda tinha um pequeno espaço seco cortado por alguns valos velhos. As lagoas não são profundas, alcançando a água a barriga dos cavalos. Tivemos

1.019 homens fora de combate, como consta das relações que já devem ter sido apresentadas a V. Exª." Mais adiante assumiu a responsabilidade: "Se as forças que tomaram parte na ação e tão bem se portaram não conseguiram o fim que V. Exª teve em vista, seria só devido à imperícia de minha parte."

Os paraguaios defendiam-se com 3 mil homens e 48 canhões contra 6 mil de Osorio. As forças de Gelly y Obes e Argolo que deveriam avançar ficaram paradas. Argolo chegou a movimentar um batalhão, mas logo mandou seus homens se retirarem. Os argentinos nem sequer iniciaram o ataque. Logo na investida, ao se aproximar das trincheiras paraguaias, o cavalo baio de Netto levou três tiros, rodopiou e caiu morto. Osorio conseguiu safar-se e foi levado para dentro de um fosso que já estava em poder dos brasileiros. Foi quando viu um paraguaio preparando um canhão para disparar bem na sua direção. Ao lado estava um soldado morto, com sua carabina Spencer caída ao lado. Pegou a arma, engatilhou e disparou um tiro certeiro, abatendo o artilheiro. Logo outro correu para tomar a posição do companheiro morto, aprontando a peça enquanto Osorio recarregava e, logo em seguida, dava outro tiro, derrubando o segundo. Em seguida pegou a espingarda de outro morto e baixou mais um. O coronel Frederico Augusto de Mesquita, comandante da 7ª Brigada de Infantaria, estava quase a seu lado quando chegou um soldado, implorando:

— General, retire-se. O senhor pode ser ferido!

— Não te aflijas, camarada. As balas não fazem caso de mim.

Logo se aproximou rastejando um de seus ajudantes, o tenente João Carlos, puxando-o para dentro da trincheira e repreendendo-o:

— General, isso não é serviço para o senhor! Quem diria! Na linha de fogo que nem um recruta. Vamos sair daqui!

Osorio deu uma gargalhada:

— Sair como? Estou a pé!

João Carlos procurou o cavalo de reserva e viu que também estava morto, caído por cima da ordenança que o cabresteava, estrebuchado.

Foram minutos dramáticos. Ele foi retirado da Primeira Linha de Fogo por seus ajudantes e mandou um oficial de seu estado-maior, o major Francisco Silveira, ir até o posto de comando consultar Caxias sobre o que fazer, avançar ou recuar. Aquela missão era para ser um simples reconhecimento, que somente deveria evoluir para um ataque frontal depois que o comando tivesse avaliado o inimigo. O major galopou até o mangrulho onde Caxias e um grupo de oficiais acompanhavam o combate pelos binóculos.

— Permissão, excelência, o general Osorio manda dizer que tem grandes perdas e que o inimigo faz resistência tenaz. Está esperando sua ordem para retirar ou avançar.

— Diga a S. Exª que deixo inteiramente a critério dele avançar ou retirar-se; mas que reflita que, depois de ter-se chegado à escarpa de uma bateria, tendo de se retirar naturalmente perderá mais gente do que avançando.

O major Silveira voltou a galope e transmitiu a ordem que escutara:

— O Sr. marquês de Caxias disse para transmitir a V. Exª que se retire em ordem e não deixe gente para trás.

Osorio então deu a ordem de retrair. Aos poucos as unidades foram deixando o local dos combates e retornando às suas linhas. O capitão Manuel Jacinto Osorio escreveu numa carta a seus parentes em Caçapava: "O intrépido 1º Corpo, com lágrimas nos olhos de seus oficiais e soldados, devolveu a trincheira aos paraguaios e regressou com a perda de 15 mortos e 38 feridos, entre eles um alferes e entre os feridos o capitão Quadros. Foi a única Cavalaria Rio-Grandense que entrou em ação", disse o sobrinho do general.

Essa controvérsia azedou o relacionamento entre os dois generais. Mais tarde, quando ambos eram senadores, o tema voltou à baila e cada um deu sua versão, Osorio dizendo que recebera a ordem de retirada; Caxias mantendo que dissera para ele decidir. Naquele momento, porém, não houve recriminações. Contados mortos e feridos, o Brasil perdeu 1.031 homens, 12 de Argolo, nove da esquadra e os restantes de Osorio. Do pelotão de comando morreram dois ajudantes escreventes e dois clarins. Os paraguaios tiveram 34 oficiais e 227 soldados mortos.

A fortaleza de Humaitá resistiu ainda por mais um mês. Seu comandante, o tenente-coronel Paulino Além, tentou o suicídio. Fracassou e foi evacuado pela estrada de Monte Lindo. Finalmente em 24 de julho os aliados surpreenderam o novo comandante, o coronel Francisco Martinez, que se rendeu quando já tinha atravessado o rio com os remanescentes da resistência. No dia seguinte, Osorio ordenou novo reconhecimento. Ao meio-dia de 25 de julho o tenente-coronel Chananeco, à frente de 12 homens, entrou a cavalo na fortaleza e a encontrou praticamente vazia. Logo apareceu o comandante da brigada, o coronel Correa da Câmara, e forçou os últimos remanescentes e se lançar no rio, em canoas, tentando fugir. Caxias era o dono de Humaitá. Capturara 200 canhões e farto armamento. Comida, bebida e roupas.

Consumada a vitória, a notícia foi celebrada no Rio de Janeiro. Entretanto, o governo estava em crise, pois o presidente do Conselho, Zacarias de Góes, discordara do imperador na escolha do novo senador Torres Salles Homem, do Ceará, e pedira demissão. Dom Pedro promoveu uma vez mais a alternância dos partidos no governo e convocou o visconde de Itaboraí, do Partido Conservador, para presidir o governo. Os conservadores estavam de volta. Caxias animou-se com a notícia e preparou nova ofensiva Tinha um plano secreto para derrotar Lopez definitivamente.

CAPÍTULO 76

A Glória do Herói Ferido

SOLANO LOPEZ ENTROU num processo de profunda degeneração política e mental depois da queda de Humaitá, instalando o regime de terror que ficou conhecido como "Os Processos de San Fernando", quando toda a elite intelectual do país foi eliminada, acusada de tramar sua queda e de buscar um acordo de paz com o Brasil. O canal de comunicação com os aliados seria a maçonaria, uma entidade que naquela época tinha entre seus membros toda a elite sul-americana, incluindo os presidentes das repúblicas em guerra contra o Paraguai, Venâncio Flores e Bartolomeu Mitre. Entre os brasileiros, seus dois principais comandantes, Caxias e Osorio, também pertenciam à irmandade. Da loja de Assunção faziam parte os dois irmãos do ditador, Benigno e Venâncio, seus cunhados, o general Vicente Barrios, ministro da Guerra, e Dr. Saturnino Bedoya, ministro da Fazenda, e um tio que era arcebispo, Manuel Antônio Palácios, assim como o cônsul português Leite Pereira e o embaixador norte-americano Charles Ames Washburn. Nesse espaço cultural o grupo fez uma análise da situação política e militar e um exame de suas conexões maçônicas no exterior, por onde poderiam buscar uma solução negociada para a crise que se instalara com a queda das fortalezas.

Do ponto de vista militar, o próprio general Barrios considerava a guerra perdida. Na análise política o grupo palaciano concluiu que a melhor saída seria negociar com o Brasil para contrabalançar a influência argentina junto aos exilados, que inevitavelmente tomariam o poder quando o regime de Lopez fosse destruído.

Esse grupo de refugiados deixara o país aproveitando viagens ao exterior. Tiveram seus bens confiscados e seus familiares foram presos e mortos em represália. Jamais perdoariam a camarilha lopista. Com os brasileiros teriam pelo menos uma chance de sobrevivência física e uma possibilidade de renascimento político e econômico. Tudo isso foi minuciosamente anotado e constou numa ata, lida e assinada por todos. O documento chegou ao vice-presidente, que o enviou a San Fernando para ser entregue ao marechal Lopez.

Solano ficou estarrecido. Não tinha a menor ideia de que pudesse estar sendo tramado um golpe de Estado para sua deposição, muito menos uma sedição. Entretanto, estava tudo ali escrito e assinado pelos conjurados, que explicitavam que o arcebispo se valeria de sua proximidade com a família presidencial para apurar informações sobre o exército e os movimentos do ditador. Também se propunha que seu irmão, Benigno, fosse seu sucessor nos termos do testamento político de dom Carlos, que fora mudado para favorecer Solano quando o pai estava agonizante. Deveria haver uma conexão com a maçonaria, pois a reunião se dera em uma sessão da irmandade, o que também remetia a alguma conexão dos aliados. Mais ainda, um movimento de articulação internacional bem amplo, pois também figuravam na lista o embaixador norte-americano Charles Ames Washburn e o cônsul de Portugal Leite Pereira, ambos maçons. E, mais ainda, isso poderia explicar a carta que recebera poucos dias antes do presidente da Bolívia, general Mariano Melgarejo, oferecendo-lhe proteção e exílio. Conteve seu ânimo de agir imediatamente e escreveu um bilhete ao vice-presidente Sanchez pedindo-lhe absoluto sigilo sobre ter-lhe enviado a ata e começou a articular uma operação para sufocar a conspirata.

A primeira medida foi mandar vigiar todos os conspiradores. Repentinamente, todos os maçons passaram a ter um ou mais policiais às suas portas. Enquanto isso, Lopez tratou de instalar um tribunal militar para julgar os acusados, pois dizia que em seu país havia lei, e todos responderiam de acordo com as regras, ou seja, teriam de confessar seus crimes antes de serem sentenciados. Também de acordo com a lei, qualquer pessoa era obrigada a denunciar se soubesse que um ato ilegal estava sendo cometido ou planejado, o que incluía na lista dos processáveis as famílias, os pais, a mulher e filhos dos suspeitos.

Para integrar o tribunal foram designados dois padres católicos, Julián Roman e Fidel Maiz, pois, segundo Solano, tinham estudado noções de processo nas cadeiras de Direito Canônico. Maiz fora retirado da prisão, onde estava por ter levantado uma questão de constitucionalidade em relação à eleição de Solano Lopez em 1862. Os demais membros do tribunal eram oficiais do exército e um da marinha.

Em poucos dias El Calabozo, nome oficial da prisão, que era chamada de Colégio, já que ficava num antigo educandário jesuíta, encheu-se de altas figuras do país. Madame Lynch ficou assustada, dizendo ao marido temer pela vida dos filhos. Perguntou por que não deixavam tudo e iam viver em segurança em algum outro lugar. Lopez reagiu ferozmente, evocando as vidas que tinham sido perdidas na guerra, dizendo que seria uma traição aos heróis e pronunciando pela primeira vez a frase que marcou seu final de governo: "Solano Lopez é o Paraguai." Assim ele assumia a encarnação da nacionalidade e, com essa autoridade, decretava que o país venceria a guerra ou desapareceria, e que ele morreria junto. Não morreria pela nação, mas com ele também o Paraguai estaria extinto.

As notícias começaram a se espalhar quando os acusados passaram a ser transferidos para San Fernando, onde se reuniria o tribunal militar. As pessoas ficavam chocadas ao ver aquelas altas figuras em farrapos, andando com dificuldade numa caminhada de mais de 10 dias entre a capital e o acampamento. Muitos não aguentaram e seus corpos ficaram expostos para ser comidos pelas aves de rapina. Era um exemplo e, também, uma vingança contra os "Traidores da Pátria". Essas notícias não tardaram a chegar ao acampamento brasileiro. Logo aumentou o número de "passados", como se chamavam os desertores ou fugitivos civis, que relatavam o clima interno no lado inimigo. Caxias acompanhava passo a passo, ao mesmo tempo em que preparava sua ofensiva, que pretendia realizar no início do verão. Cada um que chegava contava uma história mais horripilante, fortalecendo a convicção do marquês de que seu antagonista perdia as estribeiras.

Uma delas foi a cena patética da "presidenta", como chamavam Dona Juana, a mãe do ditador, tratada como se fora uma rainha-mãe. Ela foi obrigada por Solano a comparecer a um ato religioso na Igreja de Luque para renegar seus outros filhos, Benigno, Venâncio, Rafaela e Inocência, anunciando diante dos santos que seu único filho era Francisco Solano. Depois do ritual macabro, a velha senhora, com mais de 70 anos, amaldiçoou Francisco e fez uma revelação bombástica: El Supremo não era filho legítimo de dom Carlos, mas de um amigo dele, que fora um dos sustentáculos do presidente Francia. Para abafar o escândalo, dom Carlos, um jovem advogado e sobrinho de Francia, aceitara casar-se com Juana e assumir a paternidade de Pancho. Ele ficou arrasado. A notícia correu, embora muita gente soubesse do fato, que era o segredo mais bem guardado de Assunção: os que sabiam não ousavam comentar o fato nem com as mulheres, pois seria morte certa. Ao botar a boca no trombone, porém, dona Juana escancarou que Solano era um bastardo, algo muito grave naquela sociedade. Sob o pretexto de que faria parte da conspiração, foi condenada à morte, embora a execução da sentença ainda não tivesse data. Os irmãos e as irmãs de Solano Lopez já estavam com os pés no cadafalso.

Caxias também preparava sua operação secreta. Todo dia, pedia notícias do andamento das obras da estrada que Argolo construía no Chaco. Oficialmente, a rodovia deveria servir para o abastecimento da esquadra e para o transporte de material leve ao longo da costa rumo aos navios. O pequeno general fazia uma verdadeira carreteira, pavimentando o terreno alagadiço com toras de troncos de palmeiras e construindo pontes nos passos. Na região ao sul do Piquissiri, o exército operava como se fosse realizar um ataque frontal, como Lopez esperava. O ditador não duvidava disso. Estava tão certo que desqualificava as informações de que havia uma obra de grande envergadura em andamento. Ninguém se atrevia a contradizê-lo. Solano andava furioso, desconfiava de todo o mundo. Já ia para mais de mil o número de sediciosos. Ninguém se arriscava, e assim Lopez deixou que a construção da via seguisse em paz, hostilizada apenas por pequenas partidas de guerrilheiros, que não chegaram a atrapalhar os trabalhos. Em pouco mais de um mês a estrada do Chaco estava pronta e, no fim de novembro, Caxias pôde iniciar o transporte do exército.

No Brasil, o governo conservador ia ocupando os cargos e botando seus quadros nas posições, entre elas o Rio Grande do Sul, província majoritariamente liberal. O choque partidário foi tão grande que as duas e inconciliáveis facções liberais, progressistas e históricas, reconciliaram-se para enfrentar o inimigo externo. Osorio soube dessas composições e não gostou. Em sua província os verdadeiros adversários eram os progressistas. Escreveu à mulher dizendo que, se lhe perguntassem a que partido pertencia, dissesse que a nenhum, "porque os partidos desunem os brasileiros e a desunião é a fraqueza e a derrota; depois dela, porém, sou o mesmo de sempre". Esse texto gerou um boato de que Osorio tinha se unido aos conservadores. Muitos liberais não conseguiram engolir os antigos desafetos e se passaram para o Partido Conservador. Osorio teve de desmentir essa versão e pronunciou-se a favor do novo Partido Liberal surgido da fusão das duas correntes. Fora isso, dedicava-se às operações e à preparação da manobra envolvente que somente ele e uns poucos altos-comandantes conheciam. A Osorio caberia sustentar a retaguarda da grande marcha. Caxias iria à frente. O Exército seria embarcado em Palmas, pequena cidade ribeirinha, um pouco ao norte de Humaitá, e seguiria pela estrada até um ponto em frente a Santo Antônio, nas proximidades de Assunção e atrás das linhas defensivas de Lopez.

O desembarque brasileiro em San Antonio provocou novo êxodo no Paraguai. Lopez ordenou a evacuação das cidades, deslocando o que restava da população para as serras, uma área denominada cordilheira, região montanhosa a sudoeste de Assunção. Nessa época chegava ao país o novo embaixador dos Estados Unidos, general Martin MacMahon. O antigo, Washburn, caíra em desgraça e estava ameaçado de prisão. O diplomata já tivera de se submeter a Lopez, entregando-lhe alguns exilados que estavam homiziados na embaixada, entre eles o cônsul português Leite Pereira, que foi logo em seguida preso e fuzilado como conspirador. O cônsul francês, Cochelet, a pretexto de recolher material diplomático em sua residência em

Assunção, voltou à capital e aproveitou a vinda da corveta norte-americana *Wasp*, que trazia o diplomata e iria resgatar o pessoal americano e os médicos ingleses que estavam sob proteção da embaixada. Embarcou e se tocou para Montevidéu. Lá narrou os horrores que presenciara em Luque, onde milhares de mulheres, velhos e crianças morriam de inanição e da nova marcha para o leste que, dizia, certamente vai acabar com o que restou da população civil do país.

No dia 30 de novembro Osorio atravessou o Paraguai e seguiu para o norte pela Estrada do Chaco para se unir ao exército que estava se reorganizando em San Antonio. Em 5 de dezembro completou-se a passagem do 3º Corpo de Exército. Caxias estava com 18.600 homens, prontos para investir sobre as defesas de Lomas Valentinas. Estava ali quase todo o seu exército, menos um destacamento com 50 por cento de tropas argentinas que ficara assediando o Piquissiri pelo sul e a cavalaria que ainda estava no Chaco esperando transporte para a margem esquerda. No dia seguinte, Caxias deu a ordem de marcha na hora da estrela-d'alva. Dessa feita o 3º Corpo ficou com a retaguarda, bem recuado em relação aos restantes que seguiam com o 2º Corpo do general Argolo na vanguarda, que fora a primeira grande unidade a cruzar o rio e já estava mais bem preparada para reencetar a marcha.

Ao chegar ao alto de uma colina, Caxias viu uma posição inimiga do outro lado de um pequeno rio, o Itororó, onde havia uma ponte. Embora não fosse muito largo, era profundo e de correnteza bem forte. Caxias deu ordem para Argolo ocupar a ponte, mas ele não pôde fazê-lo porque não tinha cavalaria suficiente para chegar a tempo. Quando estava em condições, 5 mil paraguaios, sob o comando do jovem general Bernardino Caballero, já estavam do outro lado do rio em posição de batalha. Doze canhões paraguaios abriram fogo. Argolo mandou o coronel Conrado Niederauer atacar a ponte, mas ele também não pôde tomar a posição por falta de cavalaria e ainda por cima levou um tiro. Decidiu, então, investir com a infantaria. Caxias mandou uma ordem a Osorio para que tomasse outra estrada que contornava a posição a fim de pegar Caballero pela retaguarda. O 3º Corpo teria de percorrer, segundo estimou o vaqueano, o major paraguaio Céspedes, cerca de 10 quilômetros. Calculado o tempo de marcha, Caxias ordenou novo ataque. Entretanto, Osorio não chegara a sua posição, pois o vaqueano se enganara quanto à distância. O trecho a percorrer tinha, na verdade, 22 quilômetros, ou seja, um pouco mais que o dobro da distância estimada. Ao se dar conta, Osorio passou à frente com a cavalaria, mas assim mesmo não conseguiu chegar a tempo, pois ainda teve de enfrentar partidas paraguaias que patrulhavam a região, atrasando-lhe a marcha.

Caxias mandou Argolo fazer um reconhecimento da posição inimiga, uma operação limitada de morde e larga. A ideia era esperar a chegada de Osorio pela direita do inimigo, obrigando-o a combater em duas frentes, além de tirar-lhe a vantagem da defensiva por detrás de uma proteção natural. Seria um combate rápido. Os paraguaios, além de todas as desvantagens, ainda estariam em inferioridade numérica. Argolo, à frente de 5 mil homens, não entendeu e ordenou um ataque em massa. Ao se aproximar da ponte se deparou com uma resistência substancial. Caballero estava aferrado ao terreno e com sua fuzilaria foi derrubando os infantes brasileiros que tentavam cruzar a ponte. Argolo levou um tiro e foi retirado gravemente ferido. Caxias viu o desastre: as tropas do 2° Corpo começaram a debandar. Então tomou uma decisão: pregou suas medalhas no peito, montou a cavalo e se dirigiu para a ponte. Os soldados, que já vinham em retirada, passaram ao ver o comandante em chefe todo paramentado, parecendo uma estátua ambulante, de espada em punho a gritar: "Avante, avante". Os homens se viraram e voltaram, seguindo seu general. O cavalo de Caxias levou um tiro e caiu sobre os joelhos. Ele rapidamente pegou outro animal e continuou a investida. Outra vez seu cavalo foi atingido. Pediu um animal a um ajudante e novamente montado continuou. Quando estava em cima da ponte o terceiro cavalo levou uma rajada e se foi. Caxias pela quarta vez montou noutro cavalo e continuou, sempre animando a tropa.

O exército rompeu as defesas paraguaias e saiu do outro lado da ponte, já se espalhando e formando as linhas para as cargas a baioneta. Aí tocou a vez a Caballero recuar, deixando o campo de batalha crivado de mortos e feridos. Meia hora depois aparecem no alto da coxilha os primeiros soldados do 3° Corpo. Caxias escreveu: "Era de recear a desmoralização deste [2° Corpo]; não sabia ao certo quando o general Herval chegaria, porque não conhecia o terreno que ele tinha de percorrer. Em tal emergência, o que fazer? Fui para a frente e carreguei sobre a posição inimiga, que foi tomada. Daí a pouco, mais de meia hora depois, chegou o senhor marquês do Herval e deu razões que provaram a absoluta impossibilidade de chegar mais cedo. Justificou-se perfeitamente." Essa confusão, no entanto, causou grande estranheza no exército. Falava-se que Caxias estava com ciúmes da popularidade e do estigma de vitorioso de seu parceiro e que o mandara para a retaguarda e depois para a missão de contorno com o objetivo de tirá-lo da batalha e assim empanar-lhe o brilho. Osorio refutava essas versões, mas era claro que a unidade de comando cindia-se com a intriga. O comando do 2º Corpo foi entregue ao general Machado Bittencourt.

No dia seguinte, os Exércitos Brasileiros retomaram sua marcha em direção a Lomas Valentinas. Osorio, com seu 3º Corpo, voltou a ocupar a vanguarda. Na semana que se seguiu foi até um porto denominado Guarda do Ipané para receber as duas brigadas de cavalaria que ainda estavam no Chaco e que a Marinha transportava para o *front*. Eram as forças dos generais barão do Triunfo e João Manoel Mena Barreto. Durante todo esse percurso, o 3º Exército estava sob observação de uma nova força paraguaia reunida pelo general Caballero com as guarnições de Villeta e de outras localidades vizinhas, com 6 mil homens e 18 canhões. Era nítida a intenção do comandante paraguaio de enfrentar os brasileiros quando estivessem passando pelo Arroio Avaí.

Do alto da coxilha Osorio avaliou o campo de batalha e estudou o inimigo. Caballero dispôs seus homens ao longo da crista de uma elevação, do outro lado do rio, e sua artilharia no centro, apontada para a passagem do Avaí, onde as tropas brasileiras inevitavelmente estariam expostas a seu fogo. Caxias, que estava meia légua à sua retaguarda, chegou e os dois generais conferenciaram, combinando a tática da batalha. Caxias mandou as duas brigadas de cavalaria desbordarem o inimigo, saindo Mena Barreto, com 900 homens, pela direita, e Triunfo, com 2.700, pela esquerda. A cavalaria do general Câmara entraria pelo centro, à retaguarda a infantaria. Chananeco e Delphino estavam com o general gaúcho. A 3ª Brigada de Infantaria, do coronel Wanderley, foi em primeiro escalão. Osorio marchou com eles. O plano era uma manobra clássica para a situação: investir o inimigo de frente e envolvê-lo pelos flancos com suas cavalarias, cair sobre sua retaguarda e cortar a retirada. Contudo como soía acontecer nessa guerra, os paraguaios complicaram. O primeiro problema foi a rápida mudança do tempo. De uma hora para outra desabou um temporal, inundando os campos, fazendo subir as águas do arroio e, principalmente, inutilizando grande parte das armas de fogo. O combate seria basicamente com arma branca e fogo de canhões.

As tropas brasileiras encontravam grande dificuldade para avançar. A brigada do coronel Wanderley entrou mal no terreno, dividida em duas colunas em vez de marchar em linha, sendo envolvida. Osorio decidiu tomar parte pessoalmente no combate. Se aquela posição caísse, a sorte da batalha estaria comprometida. Chamou dois Corpos de Voluntários da Pátria da Brigada Pedra e partiu para cima do reduto do general inimigo. Foram com ele o 36° do Maranhão, com o major Cunha Júnior, e o 44° de Pernambuco, com o major Floriano Peixoto. Quando estava na frente de combate gritou aos soldados que o seguissem:

— Avante, leões!

Chegando à crista da colina o cavalo de Osorio levou um tiro e caiu. Os paraguaios, reconhecendo o general à frente daquelas duas unidades, se lançaram sobre ele com toda força, sem se deter diante das balas e das baionetas de Cunha Júnior e Floriano. O general levantou-se, montou outro animal e ia prosseguir na luta quando levou um tiro. Depois de escapar por um triz em tantos combates, o Lidador fora realmente atingido. O impacto da bala derrubou-o do cavalo. Sangrava abundantemente. Fora atingido na cabeça. Com seus ajudantes, foi até o riacho lavar o ferimento para prosseguir no combate, mas a hemorragia era excessiva. Não tinha saída. Precisava retirar-se. Chamou o comandante da 7ª Brigada de Infantaria, o general Auto Guimarães, para assumir o comando. Montou novamente a cavalo, colocou sobre o rosto o pala de seda para que os soldados não o vissem sangrando e galopou para a retaguarda. Caxias foi informado do ferimento de Osorio e se dirigiu imediatamente para o campo de batalha, assumindo o controle do exército. Mandou o 2° Corpo avançar, porém o inimigo já estava batido e tentava se retirar, sendo dizimado pelas tropas dos brigadeiros Andrade Neves, Mena Barreto e Correia da Câmara. Osorio mandou sua charrete dar umas voltas para que os soldados a vissem e pensassem que ele estava ali. Entretanto, ele já estava nas mãos dos médicos, que lutavam para estancar o sangue. A batalha durou quatro horas. Os paraguaios perderam 3 mil homens, enquanto dos brasileiros morreram 297. Também os paraguaios já não combatiam até a morte, como no passado: 800 homens, entre eles cinco oficiais superiores, renderam-se.

Osorio foi levado para Villeta, onde já estava funcionando um hospital com equipes médicas e condições para cirurgia. Os médicos constataram que a bala varara-lhe a região messeteriana esquerda, de cima para baixo, fraturando gravemente o maxilar. Lá ficou alguns dias. Enquanto isso, Caxias, mantendo seu estilo de não afrouxar a ofensiva, jogou-se contra os QGs de Solano Lopez em Lomas Valentinas, destroçando inteiramente o exército do Paraguai em batalhas nos dias 21 e 27 de dezembro. Não escapou ninguém, com exceção de Lopez, que conhecia o terrreno. Ele, sua família e alguns ajudantes de ordens conseguiram passar pelas linhas brasileiras e fugir para as cordilheiras. Acusaram Caxias de ter facilitado a evasão do ditador, que teria prometido render-se, um acordo de cavalheiros patrocinado pela maçonaria. O marquês sempre desmentiu esse acordo.

No dia 1° de janeiro de 1869 o tenente-coronel Hermes da Fonseca, à frente de um batalhão de infantaria, entrou na capital paraguaia. Assunção estava deserta. No dia 5 de janeiro chegou Caxias com o exército. Nesse dia a cidade foi invadida por uma turba de comerciantes e aventureiros que se juntaram aos soldados para saquear a cidade. Vasculharam casa por casa à procura de valores que teriam sido deixados escondidos por ocasião da fuga ordenada por Solano Lopez. O general Emílio Mitre, comandante do Exército Argentino, acampou fora da cidade, dizendo que não compartilhava dos vandalismos. Osorio também foi transferido para a capital e instalado na casa que pertencera ao presidente Gaspar de Francia. Não tinha mais condições de lutar. Os médicos recomendaram que voltasse ao Brasil.

No dia 17 de janeiro chegou a ordem para sua evacuação. Foi quando, no final da tarde, assistindo a um *Te Deum* na catedral de

Nossa Senhora da Assunção, Caxias desmaiou, provocando um corre-corre. Os médicos também o licenciaram para tratamento. O mesmo ocorreu com o comandante da esquadra, o almirante José Inácio, que alegava que a guerra acabara e que não havia mais inimigos para combater. Em poucos dias desmantelou-se o alto-comando brasileiro, pois houve ainda a morte do general Argolo, em consequência dos ferimentos de Itororó, e, mais ainda, do brigadeiro barão do Triunfo, o general Joaquim José de Andrade Neves, que era o herói da cavalaria rio-grandense. Ferido nas escaramuças de Potreiro Marmol, morreu no dia 6 de janeiro.

Caxias foi embarcado no dia 18 de janeiro. Osorio desceu o Rio Paraguai em 22 do mesmo mês; José Inácio voltou em fevereiro e morreu no Rio em 9 de março. O governo conservador no Rio dava mostras de querer desembaraçar-se da guerra, afastando-se de seu aliado platino. Enfim, romper com o legado liberal que levara o partido à derrota nos três países. O primeiro a cair foi Venâncio Flores, derrotado nas eleições e logo em seguida morto nas ruas de Montevidéu por um bando de blancos insuflados por seu arquirrival, o ex-presidente Bernardo Berro, o qual, por sua vez, foi esfaqueado pelos filhos de Flores logo em seguida. Quando soube do assassinato de Flores, Osorio mandou ordem à sua mulher, em Pelotas, para que se mudasse para Porto Alegre, pois considerava iminente a invasão da zona sul do Rio Grande se houvesse guerra civil no Uruguai. No ano seguinte, em julho, caiu o Partido Liberal no Brasil, numa contenda envolvendo o primeiro-ministro Zacarias de Góes e Vasconcellos e o marquês de Caxias, que, entre outros trunfos, tinha o apoio dos liberais gaúchos.

Nesse mesmo mês, na Argentina, o candidato do presidente Mitre entrou em terceiro lugar nas eleições presidenciais. Sua chapa derrotada estava inteiramente comprometida com a guerra: tinha o ex-chanceler e autor do Tratado da Tríplice Aliança Rufino de Elizalde na cabeça e Wenceslao Paunero, o general mais ativo, vencedor em Corrientes, e o líder da contraofensiva argentina em Tuiuti e depois vencedor da Revolução dos Montoneros de Felipe Varela como vice-presidente. Abandonados por todos os segmentos políticos, econômicos e comerciais, não passaram de míseros 22 votos no colégio eleitoral. Em segundo lugar, igualmente extirpado da vida política dali para a frente, ficou o antigo líder federal, o legendário Justo Urquiza. A vencedora foi a nova força do país, representada por um intelectual que trazia uma proposta de desenvolvimento econômico e de integração da Argentina na economia internacional, Domingo Faustino Sarmiento, com maioria absoluta de 79 votos. A guerra estava órfã nos três países. Solano Lopez estava a um passo da sobrevivência, agarrando-se com as unhas à beira do precipício.

Foi então que dom Pedro II usou de seus poderes de monarca e bateu com o punho na mesa: a guerra só acabava com a prisão e expulsão de Solano Lopez, último vestígio de um sistema que ameaçava a própria monarquia brasileira. Dali os dois países do Prata deram um salto, o Uruguai no vácuo da Argentina, que iniciou um bem-sucedido programa de desenvolvimento econômico baseado na educação e na imigração de mão de obra europeia excedente devido à industrialização do Velho Mundo e à diáspora árabe do império otomano dos turcos. A Argentina converteu-se no quarto maior Produto Interno Bruto anual do mundo, atrás apenas de Estados Unidos, Inglaterra e França, nesta ordem.

Sem chefes e sem governos que os apoiassem, os exércitos aliados estavam parados em Assunção, enquanto Lopez ficava encastelado nas montanhas da Cordilheira. Toda a população civil de seu país se espalhava pelos matos e pequenas cidades que existiam na região. O presidente paraguaio inaugurava, no mundo, embora de maneira tosca, um Estado totalitário, policial e militarizado, colocando em prática uma estratégia de terra arrasada para não deixar recursos aos invasores. Eliminou a elite intelectual e econômica e a população pobre foi removida para o interior sem nenhum esquema de sustentação.

Sua economia estava aparentemente arruinada, mas de fato não houve grandes danos, porque o país vivia do extrativismo, a pecuária era reduzida e a agricultura do algodão operada por empresas estrangeiras. O mercado interno também não existia antes da guerra, uma vez que o país nem sequer possuía moeda. Com tal estrutura, não foi difícil para Lopez manter-se nos confins do país, recrutando um novo exército, composto de velhos e crianças, pois os adolescentes já haviam sido largamente utilizados nas forças armadas. As crianças, porém, eram grandes guerreiras e dariam muito trabalho aos aliados.

Caxias estava enganado. Quando abdicou de seu comando, dando a guerra por encerrada, não sabia que ainda haveria mais de um ano de combates e que Osorio, mesmo destroçado fisicamente, seria chamado de volta aos campos de batalha.

O regresso dos dois generais do Paraguai quase ao mesmo tempo expressou a grande diferença que havia entre eles sob todos os aspectos. Caxias, apesar de vitorioso, desembarcou como um passageiro comum no cais do porto do Rio de Janeiro, tendo a esperá-lo somente seus familiares. Nem o imperador, nem o governo, nem mesmo o Exército mandaram representantes para recebê-lo. Dom Pedro estava profundamente desgostoso com seu antigo mentor, pois se afastara abruptamente do *front*, não lhe dando tempo para resolver o problema que estava criando. O governo não queria mais nada com a guerra e ainda ressentia-se contra o marquês por suas estreitas vinculações com os liberais do Exército, o que provocava críticas ácidas dos conservadores do Rio Grande do Sul às ligações do senador com os segmentos mais exaltados do liberalismo naquela província. Lá ele se negava a ajudar seu partido, declarando que de Santa Catarina para baixo as questões políticas eram com Osorio.

Não fosse o ferimento de Osorio, sua sucessão seria tranquila, sem problemas. No entanto, saindo como saiu, Caxias abria uma enorme crise não só dentro do exército, mas também em toda a Aliança, pois, na condição de ex-governante, não criara um problema de hierarquia num exército que era comandado, até algum tempo antes, pelos presidentes das repúblicas vizinhas? Como enviar um simples general?

Osorio, por sua vez, era uma unanimidade tanto na tropa quanto nos altos escalões, pois sempre conseguira transitar simultaneamente nas facções opostas: fora monarquista com copa franca entre os farroupilhas, nas intervenções no Uruguai falava com blancos e colorados e na Argentina servira de algodão entre dois cristais delicados, Mitre e Urquiza. Entre a soldadesca, seu primeiro afastamento já demonstrara o quanto era querido pela gente simples dos três países pelo desânimo que provocou. Esse clima se reverteu quando chegou a notícia de que logo estaria de volta, levando consigo um novo exército do Rio Grande. Em contraste com o retorno obscuro de Caxias, sua chegada ao Rio Grande do Sul foi uma verdadeira apoteose, que repercutiu intensamente na imprensa do Rio de Janeiro. Embora Osorio tivesse procurado manter-se discreto, em sua passagem por Montevidéu, onde o navio *Alice*, que o conduzia, fez escala para reabastecimento, recebeu a visita do presidente Battle. A notícia de seu ferimento e iminente regresso já corria no Rio Grande.

Tentou evitar a divulgação da sua chegada, mas de nada adiantou. Assim que a notícia se espalhou, uma multidão foi se juntar no trapiche para ver o navio atracar no cais do porto em Rio Grande. Quando ele desembarcou e entrou na carruagem que o levaria à casa do cunhado que morava na cidade, a população desatrelou os cavalos e foi puxando o carro na mão, o que era a maior homenagem que se poderia prestar a alguém naqueles tempos. Ao chegar a Pelotas, repetiu-se a cena, mesmo ele tendo tomado todas as medidas para que isso não ocorresse.

Os jornais do Rio aproveitavam para dar alfinetadas dolorosas em Caxias, que estava solitário, recolhido a seu sítio nas montanhas da Tijuca, e ainda tinha de responder a insinuações maldosas que seus adversários publicavam nos jornais. Acusavam-no de ter promovido um número excessivo de oficiais no campo de batalha, de ter facilitado a fuga de Lopez para as montanhas e até mesmo de ter se apropriado indevidamente de animais pertencentes ao exército. Caxias rebatia as críticas, chegando a mencionar que por direito poderia levar consigo seis cavalos e 14 mulas, mas que levara apenas três cavalos e quatro mulas, demonstrando como era recatado com o dinheiro público.

O imperador resolveu a questão do comando enviando seu genro, o conde d'Eu, para a chefia dos exércitos aliados. Assim estaria bem colocada a sucessão, pois Gastão de Orleans era um príncipe europeu e como príncipe consorte era o segundo homem na hierarquia masculina do país. O conde tinha alguma vivência militar e fala va razoavelmente o português. Como membro de uma família real, neto de rei, sabia várias línguas, o que era parte da educação das famílias reais desde a Idade Média. Os monarcas tinham de saber ler os textos dos tratados e dos atos importantes e conhecer línguas para não ser surpreendidos por conversas paralelas quando estivessem negociando com seus pares. O português era conhecido e falado por todos os soberanos europeus naqueles tempos. O nome do conde foi bem aceito pelos demais sócios. O embaixador argentino no Rio, general Wenceslao Paunero, logo deu o "de acordo".

Paunero fora nomeado plenipotenciário no Rio pelo novo governo. O presidente Sarmiento não mexeu no esquema de seu antecessor. Manteve os generais Emílio Mitre, Gelly y Obes e Rivas no Paraguai e mandou Paunero para o Rio como embaixador. Com isso dava continuidade à Tríplice Aliança e mantinha o exército liberal de seu antecessor longe de Buenos Aires, o que era salutar para reforçar a estabilidade de seu jovem governo nos primeiros tempos no poder. A maior dificuldade nesse processo foi convencer o próprio conde. No início da guerra, o príncipe Gastão queria ir para o *front*, mas dom Pedro não deixou. Agora que o monarca o mandava partir, ele relutava, e só embarcou porque foi obrigado. Suas ressalvas, porém, eram válidas. As tropas estavam cansadas da guerra, ninguém tinha ânimo para se enfiar no Paraguai com o objetivo de caçar um exército maltrapilho e desarmado mas protegido por uma geografia agressiva e ameaças terríveis de doenças epidêmicas. O conde chegou a dizer que se desse uma ordem ao exército ninguém obedeceria, mesmo que mandasse do general ao mais humilde recruta para conselho de guerra. Via-se entrando sozinho no mato, desafiando Lopez para um duelo de espada.

A solução encontrada foi levar Osorio de volta para o *front*. Somente o Lidador poderia fazer o exército pegar em armas novamente. Ao deixar o comando, Caxias havia nomeado para substituí-lo um homem do sul, o general catarinense Guilherme Xavier de Souza. O general também estava gravemente enfermo, andando em cadeira de rodas, e, pior de tudo, não tinha instruções do governo sobre como agir. A armada passou para o comando do chefe Eliziário Santos.

A popularidade desproporcional de Osorio era algo inexplicável. Por que ele e não os demais chefes? Embora houvesse muitos comandantes respeitados e acatados por seus subordinados, nenhum outro chegava nem perto dele. Em toda a guerra, somente um homem rivalizava em despertar a lealdade de seus homens: seu inimigo, o presidente Solano Lopez, que também conseguia levar homens seminus, famintos e doentes para as batalhas. O velho capitão

Delphino possivelmente tinha razão quando explicava por que era assim:

— Ele era um pai para os seus soldados.

Certamente essa locução expressava exatamente o fenômeno, pois como explicar que uma guerra impopular e distante produzisse um ídolo que extrapolava fartamente os limites da vida militar, sendo reconhecido e amado por toda a população do país — homens, mulheres, crianças? Osorio era uma lenda viva, um vulto, como se dizia na época. Como isso se formou nos desertos dos pampas e nos pântanos do Paraguai em torno de um homem que nem sequer vivera em cidades que merecessem esse nome? Ele nascera na remota Conceição do Arroio, fizera sua vida em Bagé, ainda um povoado acanhado, e sua família se radicara em Caçapava, cidadezinha perdida no meio da única serra daquela fronteira, implantada num lugar quase inacessível como bastião para defesa ante um inimigo exponencialmente mais poderoso. Só podia ser algo assim, esse sentimento paternal.

Osorio se formara nos campos de batalha e ali fizera seu nome, ainda jovem, como guerreiro destemido e hábil. Depois, já comandante, consolidara seu nome no 2º Regimento de Cavalaria Ligeira, de Bagé, como soldado exemplar, amigo e companheiro de sua tropa. Seu físico privilegiado vencia todas as agruras, frio, ventos cortantes, chuvas torrenciais, trabalhos extenuantes; seu temperamento bondoso e interessado era um consolo para os soldados submetidos àquelas fadigas sem roupas, sem comida, sem dinheiro. Na hora da luta, era um espadachim formidável, um lanceiro implacável, um pistoleiro certeiro e um fuzileiro atirador de elite. Na batalha, sua visão e sua capacidade de movimento eram sempre uma segurança de vitória para os homens que o seguiam, cumprindo cegamente suas ordens e chegando a um resultado positivo ao final da liça. Tudo isso o tornava uma legenda entre os soldados rio-grandenses.

Quando assumiu o comando em chefe do exército no Uruguai, em janeiro de 1865, logo passou a receber as levas de Voluntários da Pátria, jovens vindos de todo o Brasil, sem experiência nem roupas adequadas, ainda inflamados por uma explosão de patriotismo, seguros de que participariam de uma guerra curta, uma empreitada fácil, recebendo bons salários e tendo todo apoio e reconhecimento de seus patrícios. Ao chegarem ao Uruguai a situação era outra. A preparação para a guerra era dura, as perspectivas eram de doenças ou morte nas mãos do inimigo. Osorio logo viu que não poderia fazer muito. A descrença era geral, pois seus críticos diziam que era um grande tático, mas também um homem despreparado para a organização e o comando de um grande exército. Teve de se superar. Uma das primeiras mudanças foi espalhar os recrutas no meio de unidades de veteranos. Assim, os infantes vindos das províncias eram distribuídos entre as infantarias baiana e pernambucana, os de cavalaria entre os rio-grandenses. Os veteranos ensinavam os novatos a cuidar das armas, a usá-las e a manobrar corretamente, enfatizando que tudo aquilo era fundamental para a sobrevivência.

Osorio escreveu para o governo a esse respeito, justificando o desmantelamento dos quadros dos Corpos de Voluntários. O governo, assustado com o desastre iminente, concordou, embora os políticos estivessem se aproveitando do entusiasmo para faturar nas suas bases com a mobilização. No acampamento, Osorio era incansável. Os testemunhos dessa época relatam que ele estava diferente, não era mais aquele comandante bonachão, mostrando-se irascível, duro, mal-humorado. Isso, entretanto, só com os oficiais, pois junto aos soldadinhos ele andava, perguntando a um e outro como estava, emprestava dinheiro, obrigava os oficiais a dar aval a seus subordinados para suas compras no comércio, visitava os doentes. Com tudo isso, a admiração que seus homens lhe dedicavam passou para os novatos. Eles escreviam para seus parentes no Brasil e os que voltavam diziam quem era aquele homem. Assim essa imagem se consolidou e o transformou num verdadeiro ídolo popular. Um fenômeno de comunicação como nunca se vira no país. Dom Pedro não viu outra saída a não ser mandá-lo para o *front* dando cobertura a seu genro, com a missão de botar o exército novamente em pé de guerra.

O imperador cumulava Osorio de honrarias. Outorgou-lhe a Grã-Cruz da Ordem do Cruzeiro, a mais alta condecoração do país, uma ordem que era limitada a 12 pessoas vivas. Também lhe conferiu a medalha do Mérito Militar. Além disso, mandou seu médico particular, Francisco Pertence, a Pelotas para examiná-lo. Seu estado era grave. Habituado a uma alimentação vigorosa, à base de carne gorda, só podia comer líquidos ou pastas, que sorvia com auxílio de uma bomba de chimarrão. Os ferimentos produziam escaras, cacos de osso que a natureza tratava de expulsar do meio dos músculos da boca, provocando dores agudas e um incômodo constante. Osorio estava fraco, a boca sangrava, perdera quatro dentes e mal podia falar, tendo de segurar o queixo com as mãos para poder articular as palavras. O médico da corte levou também o oferecimento para que fosse à Europa tratar-se, mas Osorio recusou, temendo que tal bondade fosse uma artimanha dos conservadores para tirá-lo da província, pois naquele ano haveria eleições para uma vaga de senador. O governo conservador causava grandes estragos nos meios liberais do Rio Grande. O conde de Porto Alegre, seu grande adversário de outros tempos, escreveu-lhe uma carta muito amável conclamando-o a cerrar fileiras com os demais membros do partido para enfrentar os caramurus. Foi uma época de grandes reconciliações.

Ao mesmo tempo, o líder republicano Teófilo Ottoni, que era senador do Império desde 1864, ofereceu-lhe uma vaga para concorrer ao Senado por Minas Gerais. Osorio chegou a pensar no assunto, mas logo em seguida, depois de fundar o Centro Liberal, Ottoni faleceu e, a essa altura, Osorio já tinha voltado à ativa e seguido para o Paraguai. Em fins de março recebeu uma carta do conde d'Eu comunicando-lhe que assumira a chefia do exército e convidando-o insistentemente para ir com ele de volta ao Paraguai. Osorio estava muito preocupado com a situação das tropas. Todos os dias, chegavam-lhe cartas contando da rápida deterioração da disciplina, pedindo-lhe que voltasse logo para evitar que tudo fosse por água abaixo. Em 14 de abril, escreveu ao príncipe dizendo que aceitaria sua oferta e que voltaria a Assunção, desde que lhe fosse permitido levar consigo seu médico pessoal.

Osorio embarcou em Rio Grande acompanhado de um grupo de oficiais. No caminho parou em Buenos Aires, onde foi recebido como um chefe de Estado, cumulado de homenagens e de reconhecimento pelo povo da capital argentina. O feito mais significativo foi sentarem-se à mesma mesa o presidente Faustino Sarmiento e seu antecessor, Bartolomeu Mitre, que não se viam desde 18 de outubro do ano anterior, na cerimônia de transmissão do cargo. Foi num dos dois banquetes que se realizaram no Hotel de la Paix, no dia 23 de maio. Osorio estava hospedado numa residência oficial brasileira, ocupada pelo ministro do Exterior do governo conservador, José Maria da Silva Paranhos, que se encontrava em missão especial no Prata e em Assunção, cuidando de instalar um governo provisório no Paraguai e de manter acesa a chama da guerra no exército desanimado. Todo o trajeto entre essa pousada e o hotel estava repleto de gente. Segundo a imprensa portenha, uma multidão se comprimia nas ruas para ver a passagem da carruagem do herói e, no testemunho do diário *The Standard*, as aclamações "enchiam o ar e se repetiam de quarteirão em quarteirão".

Impossibilitado de falar, o general foi representado no discurso pelo chanceler brasileiro, mas ouviu o presidente Sarmiento dizer que seu nome estava associado à conquista da liberdade na Argentina, onde "lutou conosco para colocar abaixo a tirania", referindo-se a sua participação na guerra contra Rosas, em 1853. Disse ainda que não poderia oferecer-lhe títulos de nobreza, pois era um simples chefe de Estado republicano, mas "eu, como representante do povo argentino, lhe dou o título que está à nossa disposição, a única distinção que a nação pode lhe conferir: ofereço-lhe a cidadania da República Argentina".

No dia seguinte, houve outro banquete, oferecido pelo ex-presidente Mitre e pelo comerciante atacadista portenho Anarchasis Lanús, sócio principal da empresa Lanús, que foi a grande fornecedora do Exército Brasileiro durante o conflito. Embora o Estado Argentino tivesse ficado endividado pela guerra, o setor privado do país foi muito beneficiado, enriquecendo produtores e fornecedores das cidades do Rio Paraná, especialmente de Corrientes e Rosário, e da praça de Buenos Aires. Esses recursos geraram tributos e criaram o caixa para o presidente Sarmiento financiar seu projeto de desenvolvimento, que, ao final, teve grande êxito, marcando o descolamento de seu país dos demais vizinhos pobres. Com o fim das grandes operações militares, esse comércio havia diminuído sensivelmente, mas com a tomada de Humaitá e as vitórias no leste paraguaio, São Paulo estabeleceu linhas de suprimento para os acampamentos e as cidades, que aos poucos recuperavam a vida com a volta dos refugiados e dos deslocados pelas migrações forçadas.

Em lombo de mulas, as tropas saíam do planalto paulista e se embrenhavam pelo Paraná, entrando na região de Foz do Iguaçu, numa atividade inteiramente privada, mas dentro da tradição paulista de operar pelo interior, em contraposição à civilização litorânea brasileira que funcionava ao longo da costa, usando a rota marítima até o Prata e daí para a frente pelos rios navegáveis. Nesse momento, a guerra deu um formidável impulso à até então acanhadíssima economia de São Paulo, marcando o primeiro passo da grande marcha dos paulistas para a hegemonia da América Latina.

O Brasil gastou 614 mil contos de réis com a guerra, dos quais 49 mil contos em empréstimos estrangeiros. Desses, mais de 70 por cento foram investidos em suprimentos comprados na Argentina e se converteram na dívida externa do império. O restante dos custos foi captado no Brasil por meio de empréstimos internos (27 mil), impostos (265 mil), emissão de dinheiro (102 mil) e emissão de títulos (171 mil). A participação dos empréstimos internacionais, em grande parte captados em Londres, não correspondeu nem a 10 por cento.

No segundo banquete, falando em nome do homenageado, Paranhos fez o elogio do ex-presidente Mitre, "cujas ideias elevadas tendem a fazer desaparecer para sempre as preocupações entre as duas nações, que devem ser amigas". No final, com todas as dificuldades para falar, Osorio fez questão de lembrar os nomes dos que tinham lutado pela liberdade na Argentina, citando Justo Urquiza, Venâncio Flores e outros atores do processo que estavam já àquela altura esquecidos.

Osorio chegou a Assunção no dia 6 de junho e se encaminhou imediatamente para o quartel-general aliado em Piraju, a menos de 100 quilômetros da capital. Foi de trem, pois os engenheiros militares haviam recuperado a pequena ferrovia que cortava a região habitada do Paraguai, obra de Solano Lopez, que se vangloriava de ter construído a primeira estrada de ferro do continente. Na estação esperavam-no o conde d'Eu e todo o 1º Corpo de Exército, que ele iria comandar outra vez dali para a frente. O príncipe assistiu, então, a uma cena que jamais esperava ver.

O exército estava formado em frente à estação, pronto para prestar as honras a seu velho comandante. Quando Osorio apareceu e os soldados o viram deixando a plataforma, não se contiveram e saíram de forma em massa, oficiais e soldados, correndo para cercar o general e tentar tocá-lo, vivá-lo, algo inimaginável e incontrolável. Depois de quatro anos Osorio voltava à unidade que formara e disciplinara ainda em Montevidéu e com a qual marchara para a guerra e destruíra o exército inimigo em Tuiuti. Depois ele formou o 3º Corpo, com o qual cercou e tomou Humaitá e participou da destruição final na "Dezembrada", como se chamou a série de batalhas de dezembro de 1869.

Embora estarrecido com a cena, inimaginável num exército de veteranos disciplinados, que se atiraram como um grupo de aficionados que encontram seu artista preferido, o conde teve certeza de que aquele homem alquebrado levaria suas tropas para os combates. O inimigo estava ali perto, em cima da serra, esperando-os. Osorio estava de volta para travar a última grande batalha de sua vida militar.

CAPÍTULO 77

Depois da Guerra, o Mito

Na manhã de 10 de julho de 1869, o general Osorio lutou sua última batalha. À frente de 21 mil homens atacou a terceira capital paraguaia depois que Solano Lopez tirara o governo de Assunção em 1868. Lá ficava a Primeira Linha de Defesa do seu novo bastião, assentado em Ascurra, nos altos da serra de onde ele pretendia vender muito caro sua posição. Talvez o inimigo desistisse, abandonasse tudo e fosse embora ou, em última instância, oferecesse algum tipo de paz pelo menos tragável, ou seja, que preservasse seu governo e sua pessoa. Já Osorio viu que, se não tomasse uma atitude, não criasse uma situação plausível, nem ele mesmo conseguiria conter o exército na sua disciplina, o que seria o mesmo que entregar o Paraguai de volta sem ter resolvido nada. Assim como Pedro II, o general estava convencido de que um governante como Lopez era um mal no Cone Sul, que funcionaria como um tumor maligno num organismo que estava se regenerando depois de tantas chagas abertas em lutas políticas improfícuas, e que agora encontrava o caminho da convivência em paz. O ministro plenipotenciário Paranhos dizia-lhe:

— O senhor é um otimista, general. Ainda levaremos cem anos antes de varrer essa desconfiança nutrida por três séculos de lutas constantes. Mas o senhor tem razão quando diz que somente em regimes de liberdade simultaneamente em todos os países poderemos nos entender. A ditadura de Lopez é um obstáculo a ser removido.

Osorio compartilhava da ideologia panregionalista de Mitre, que era sua maior expressão naquele momento. Também conhecia o presidente Sarmiento desde o acampamento de Urquiza na guerra contra Rosas, quando o escritor se vestia com um uniforme francês e fazia graça com as roupas toscas dos gaúchos. Fora muito bem tratado pelo novo presidente quando passara por Buenos Aires, mas entendeu que a homenagem era mais para ele como veterano do Grande Exército do que para o comandante brasileiro no Paraguai. Entretanto, Osorio dizia-se satisfeito com a sucessão tranquila e de acordo com a ordem democrática na Argentina. Paranhos, por sua vez, já via essa cooperação se esvaindo no governo Sarmiento, em parte em reação à hostilidade demonstrada pelo governo conservador do Rio de Janeiro. Aquela "entente" liberal de Mitre e Zacarias já era coisa do passado, enterrada em duas derrotas eleitorais acachapantes. A guerra ainda não tinha acabado e, nos bastidores, os dois vencedores já se digladiavam para ter o maior controle possível sobre os destroços dos vencidos. Contudo, ambos concordavam que a prioridade absoluta naquele momento era acabar a guerra. E isso somente seria possível com a deposição do governo Lopez.

Para o lado de dentro, Osorio tratou de reiniciar imediatamente a ofensiva, pois, como dissera a Sua Alteza, seu modo de tratar o conde d'Eu, não podia dar tempo para esfriar o ânimo combativo que sua chegada trouxera ao exército.

Segundo as informações dos desertores paraguaios, que já eram em grande número, Lopez teria 8 mil homens em armas. Era um número pouco confiável, pois nessa cifra estava todo tipo de gente, desde homens e mulheres de idade até crianças, que em poucos tiros já eram peritos nas armas. Já o Exército Brasileiro era uma incógnita: Emílio Mitre fazia seus planos estratégicos atribuindo um efetivo de 20 mil homens ao Brasil, enquanto Osorio não contava mais de 14.800. Além disso, o general não considerava esse contingente uma força efetivamente operacional. Objetivamente, tinha prontas algumas Divisões de Infantaria e a cavalaria rio-grandense. Entre os restantes, principalmente entre os Voluntários da Pátria, mais se ouviam reclamações do que invectivas contra o inimigo. O Exército Argentino contava 4 mil homens, o uruguaio 600 e a Legião Paraguaia algo em torno de 400.

Caxias já havia reorganizado o exército antes de partir de volta ao Brasil no início do ano. Extinguira o 3º Corpo, recompletando com seus efetivos o 1º e o 2º, transferindo o comando do 1º para Osorio e o do 2º para o general Polidoro. Porém, como os dois generais sexagenários estavam doentes, os comandos de fato ficaram com os generais João Manoel Mena Barreto, do 1º, e Jacinto Bittencourt, do 2º. A base de operações foi transferida de Humaitá para Assunção. Assim estavam quando chegou o conde d'Eu. Nesse tempo, a única evolução foi a restauração parcial da linha férrea e a disposição dos exércitos ao longo da cordilheira, cortando as comunicações de Lopez com o Rio Paraguai. O Brasil ainda tinha a 1ª Divisão de Cavalaria como força independente estacionada em Misiones, nas nascentes do Rio Arapeí argentino, próximo a Candelária. Era comandada pelo general José Gomes Portinho e tinha a missão de impedir uma contraofensiva paraguaia sobre aquela região, de onde poderiam, até, voltar a ameaçar o Rio Grande do Sul. Mas essa disposição estratégica já estava superada. O conde mandou que Portinho entrasse no Paraguai e seguisse para se juntar ao grosso do exército nas proximidades de Assunção.

A retomada da ofensiva gerou um intenso debate entre Osorio e Emílio Mitre, pois os generais tinham concepções diferentes sobre as operações contra o reduto de Ascurra. Mitre propunha uma ação direta pelo trajeto mais curto, subindo a serra e abrindo o caminho a bala. Osorio era mais cauteloso, sugerindo uma manobra de sabor napoleônico, contornando a serra pelo sul e atacando a retaguarda do inimigo. Cada qual tinha seus motivos políticos e militares. Mitre acreditava que investindo frontalmente teria a vantagem de encurtar o caminho, superando o maior problema daquele momento, que era o suprimento dos exércitos. Osorio tinha outros cuidados. Os exércitos não teriam combatividade para vencer as escarpas fortemente defendidas, sendo mais prudente encontrar um caminho em que pudesse empregar sua cavalaria, que era a única força realmente aguerrida que ainda possuía. Pela rota de Mitre as cavalarias, tanto argentinas como brasileiras, seriam praticamente inúteis.

A manobra proposta por Osorio trazia um grave problema a ser resolvido: o suprimento de um numeroso exército. Em sua retirada Lopez introduzira um conceito raro nas operações militares, que era a guerra total, ou seja, retirar todo e qualquer recurso que pudesse ser útil ao inimigo. Em seu avanço os aliados só encontravam cidades e fazendas desertas, sem um único quilo de víveres. Na marcha para o leste, o ditador levava consigo todas as pessoas e todos os bens, e o que não pudesse ser transportado era destruído. Os aliados tinham de trazer tudo de Buenos Aires por navio. Com a baixa das águas do Rio Paraguai, os vapores não conseguiam navegar além de Humaitá. Mesmo rio abaixo os leitos estavam muito rasos, verificando-se um grande número de naves encalhadas, com as cargas nos porões. Os exércitos careciam de tudo, principalmente de forragem para as cavalhadas. Era tão grave a situação que a divisão de cavalaria do general Câmara, integrante do 1° Corpo, teve de voltar depois de tomar as vilas de Concepción e San Pedro, porque os homens e os animais morriam de fome. Ela fora enviada para o norte com objetivo de impedir as comunicações de Lopez com a Bolívia e com os campos de criação do norte paraguaio, ainda intactos e controlados por suas tropas. Mulas e cavalos magros foram abatidos para a alimentação dos soldados, até que os navios da esquadra conseguiram chegar a eles e resgatá-los para suas linhas em Assunção.

O debate estratégico entre os dois generais, Osorio e Mitre, deu-se através de uma verdadeira batalha. Enquanto se discutia a melhor forma de atacar Lopez, na retaguarda professava-se uma luta política em torno da reorganização do Paraguai. A primeira coisa, logo que tomada a capital e tendo Caxias, em 14 de janeiro, declarado encerrada a guerra, foi instalar um governo provisório. Decidiu-se que seria inaugurada a Segunda República, pois a primeira era a de Francia e dos Lopez. Seria um Estado democrático, e para isso tratou-se de nomear uma Constituinte, formada por 60 homens escolhidos pelos plenipotenciários, Silva Paranhos e José Roque Lopez Perez, do Brasil e da Argentina, respectivamente, pois não havia eleitores para se fazer uma votação. Chegaram a organizar uma assembleia geral no Teatro Nacional, com 129 participantes, mas a reunião não se concluiu, tantas eram as divergências entre seus membros. A maior parte do pessoal era gente vinda do exterior, refugiados ou paraguaios residentes em outros países.

A política interna paraguaia logo se dividiu em três grupos: um deles, apoiado pelo governo de Buenos Aires e liderado pelo advogado e comerciante Juan Francisco Decoud, radicado em Buenos Aires, apresentava uma proposta reformista e era aberto às inovações e de tendência liberal, apoiado pelo governo Sarmiento. Paranhos e o governo do Rio sustentavam o grupo liderado pelo ex-ministro de Solano Lopez, ex-embaixador em Paris e refugiado Candido Bareiro. Mais conservador, reunia dissidentes tardios, ex-oficiais do exército aprisionados ou desertores, antigos funcionários graduados, estudantes que eram bolsistas no exterior e que não puderam retornar ao país devido ao bloqueio fluvial. Havia um terceiro grupo apoiado pelos militares argentinos do general Emílio Mitre, composto pelos legionários do tenente-coronel Fernando Iturburu, que tinham ligações de lealdade militar com os mitristas, ao lado de quem haviam combatido toda a guerra. Todavia, entre os legionários havia algumas dissidências que se juntavam aos decoudistas ou bareiristas, como se autodenominaram os dois grupos de civis. Os legionários tinham a única força armada organizada e, por isso mesmo, eram vistos com desconfiança pelos dois grupos.

Por fim, havia ainda o imbróglio da bandeira paraguaia, que gerou uma intensa polêmica e troca de correspondência entre Solano Lopez e o conde d'Eu. Em 25 de março o comandante argentino Emílio Mitre pediu o "de acordo" dos aliados, Brasil e Argentina, para autorizar o uso da bandeira paraguaia pelas tropas da legião nas suas operações militares. Assim, logo em seguida, o pavilhão tricolor passou a ser exibido nos acampamentos e nos movimentos dessa tropa, que operava na vanguarda das forças aliadas, sedenta de vingança contra seus conterrâneos. Lopez mandou um oficial parlamentar com uma correspondência ao conde protestando contra o uso abusivo da bandeira. O conde respondeu dizendo não ter nada com isso, pois a legião respondia aos argentinos, mas informou ter encaminhado sua correspondência aos governos. Lopez voltou a se queixar dizendo que aquilo era um abuso e uma ilegalidade, pois o país ainda tinha um governo no uso pleno de seus poderes, e os aliados estariam querendo suprimir o caráter de guerra internacional do conflito e reduzi-lo a uma simples guerra civil. Os aliados contestaram, dizendo que estavam de posse da capital e que as instituições civis do país eram geridas por pessoas dessa nacionalidade, reconhecidas por seus governos.

O tema chegou à imprensa e, na Europa, causou irritação, chegando até o plenipotenciário Paranhos, com uma ordem do governo para acabar com aquela guerra que já estava abalando a credibilidade do país no exterior. No fim, a questão acabou e a própria legião paraguaia foi incorporada ao Exército Brasileiro no fim de julho para participar da ofensiva em Peribebuí. Como a estratégia adotada foi a proposta por Osorio, os argentinos ficaram à retaguarda realizando operações ofensivas de diversão junto ao pé da Cordilheira, enquanto os brasileiros desenvolviam a operação principal pelo flanco sul.

No início de julho, os exércitos debatiam-se com os problemas logísticos. O único meio de transporte era a ferrovia, inadequada, pois era pouco mais do que um trem de recreio para levar as famílias abastadas a suas quintas ao sul de Assunção, já que no país era proibido o cidadão comum viajar. Lopez havia destruído o material de tração e rolante, mas o leito da estrada e suas pontes puderam ser recuperados, assim como o material de tráfego, principalmente o telégrafo. Mas havia os ataques à ferrovia e acidentes que interrompiam a estrada. Assim, as tropas que estavam concentradas em Piraju não tinham como se abastecer, enquanto os suprimentos estavam estocados em Assunção.

O comando aliado desenvolveu algumas operações de guerra para criar as condições da ofensiva de Osorio. O general João Manoel, com sua divisão de cavalaria, investiu nos campos ao sul do fim da linha para destruir os últimos fortins e desbaratar ou prender pequenas guarnições que resistiam. Deveria também atacar e destruir a Fundição de Ibicuí, uma pequena siderúrgica operada por seis metalúrgicos ingleses e que era o orgulho da indústria paraguaia. Ao norte, o Regimento San Martin, comandado pelo coronel Donato Alvarez, atacou os contrafortes de Ascurra, expulsando daí a guarnição paraguaia. O general Portinho, vindo do sul a partir de Encarnación e rumando na direção de Humaitá, enfrentava uma Divisão de 1.200 paraguaios mandados por Lopez para impedir seu avanço sob o comando do major Rozendo Romero, que tinha como subcomandante o major Manuel Bernal. Chananeco e Delphino integravam a Divisão de João Manoel, mas não participaram das ações ofensivas.

Como o 1º Corpo era integrado basicamente por homens originários da pecuária, eram usados para arrebanhar gado e conduzir as tropas, pois os vacuns eram o único alimento de suprimento seguro. Nessa empreitada, arrecadaram 600 cabeças de gado e libertaram 600 famílias de um campo de prisioneiros ao sul do Piquissiri. Famélicos, doentes, atrasavam o avanço das tropas, e Osorio admirava-se da disciplina social daquela gente, pois mesmo morrendo de fome não abatiam o gado no pasto, pertencente ao Exército Paraguaio:

— Que gente! Não matam nem uma vaca velha enquanto morrem de fome comendo raízes, insetos e ratões do banhado.

No dia 27 de julho, o conde d'Eu reuniu seu alto-comando. Estavam ali os dois comandantes de um exército integrado por generais com mais do que o dobro de sua idade. O conde tinha 27 anos e sua única experiência militar fora a participação em expedições militares francesas em Marrocos. Lá enfrentara partidas da cavalaria berbere, guerreiros hábeis e astutos, que tinham muito em comum com seus cavalarianos pampianos, do Rio Grande, da Argentina e do Uruguai, incluindo o hábito de degolar seus prisioneiros. Seus interlocutores eram os generais Osorio e Polidoro, comandantes de exércitos; João Manoel Mena Barreto, que comandaria uma coluna independente; o general uruguaio Henrique Castro; e o comandante em chefe da artilharia, general Mallet. Também integrava o grupo um civil, o plenipotenciário Silva Paranhos, representando o governo brasileiro. Somadas, as Divisões levavam uma força de 21 mil homens de todas as armas. No dia 1º de agosto, como estava nos plano de Osorio, o exército se movimentou na direção sul. Teria uma longa marcha até atingir seu objetivo, que seria a tomada da capital paraguaia, a Vila de Peribebuí.

No dia 2 Osorio submeteu-se a uma cirurgia na boca para extrair duas escaras. Depois da operação teve um desmaio, perdeu o pulso e esteve por um bom tempo desacordado: "Estive morto por alguns minutos", declarou. No dia seguinte, foi o general Polidoro que teve um problema de saúde, sendo obrigado a abandonar a marcha, substituído pelo marechal Vitorino Monteiro no comando do 2º Corpo de Exército.

Dois dias depois Osorio já estava de novo em forma, liderando o ataque ao sistema defensivo de Sapucaí, o único grande obstáculo no caminho que escolhera. Uma semana depois, em 7 de agosto, os dois exércitos entraram na cidade de Valenzuela, encontrando-a deserta. No dia 8, o exército continuou a marcha, chegando no dia seguinte aos arredores de Peribebuí. Osorio, com grande dificuldade, avançava em sua charrete com o cavalo à soga pronto para ser montado. O brigadeiro João Manoel foi ter com ele.

— General, soube que o senhor pretende participar pessoalmente do assalto.

— É verdade. Acho que essa vai ser a minha última batalha. Vejo que mal posso me mexer.

— Pois então não se exponha. Eu sei que o senhor vai ser um osso duro de roer, mas sempre um paraguaio desses pode vir pegá-lo... E o senhor assim, pode ficar em dificuldades.

— Não te preocupes. Vai ser difícil me pegarem...

Mostrou-lhe três revólveres. Levava um recém-lançado nos Estados Unidos, feito em 1863 por Smith & Wesson, um Lefaucheux espanhol e um terceiro, uma verdadeira joia, que nem parecia uma arma:

— E tem esse 11 milímetros aqui. Ganhei de presente do imperador logo depois de Monte Caseros. Se eu for, vou, mas levo alguns comigo... Não te preocupes, dizem que tenho o corpo fechado...

— O senhor mandou fechar o seu corpo?

— Isso é lenda. Se bem que pode ser verdade. Nesses anos todos de acampamentos já vi todo tipo de batuque: candomblé dos baianos, candomblé dos orientais, macumba, tudo. Numa dessas algum mago pode ter fechado o meu corpo. Mas não tanto quanto eu queria, pois olha o estado em que me encontro...

Na alvorada do dia 10 de agosto, a artilharia aliada abriu fogo. A cidade estava encoberta por uma névoa densa, impenetrável. Lá dentro, 1.800 homens comandados pelo major Pablo Caballero esperavam os 21 mil brasileiros, argentinos, uruguaios e paraguaios da legião, estes agregados ao 2° Corpo Brasileiro. Os canhões, porém, não se calaram por duas horas, mandando mais de 1.500 tiros em cima das trincheiras de 2.200 metros que protegiam a cidade. Do lado de fora, quatro colunas esperavam a ordem de carga para avançar. Uma delas era comandada pessoalmente por Osorio, outra pelo conde d'Eu e as demais pelo marechal Vitorino e pelo general João Manoel.

Osorio e João Manoel, com suas unidades lado a lado, se lançaram sobre as trincheiras inimigas com o 7º e o 10º Batalhões de Infantaria e o 27º de Voluntários. Osorio, montando um cavalo branco, foi o primeiro a entrar no reduto inimigo. Seus infantes vinham atrás, gritando seu nome, vivas ao general, vivas ao imperador. Mal botou os pés no reduto inimigo, Osorio viu um canhão apontado diretamente para ele, com o artilheiro fazendo fogo. O paraguaio acionou o mecanismo e o canhão falhou. Armou novamente a espoleta, sempre apontando para o general, e nova falha. Osorio então gritou para um sargento que estava a seu lado, petrificado, assistindo àquilo:

— Mata aquele homem!

O suboficial apontou e abateu o artilheiro. João Manoel, que estava perto, comentou:

— É verdade. O velho tem o corpo fechado.

João Manoel deu de rédeas e foi acudir na trincheira ao lado. Seu corpo foi ejetado da sela. Levou um tiro de fuzil e logo outro quando seu cavalo transpôs o primeiro fosso. Não teve tempo nem sequer para ser atendido, pois as duas balas atravessaram-lhe a bexiga atingindo a artéria e provocando hemorragia violenta, que o matou em menos de cinco minutos. Às 10h da manhã a cidade estava em poder dos aliados. Osorio, apeado, sentava-se numa cadeira que alguém retirara de uma casa, tendo à mão o revolver do imperador ainda fumegando. Estava completamente esgotado, mas podia se mexer. Os ferimentos e a perna cobravam-lhe caro. Seu médico, que vinha junto, dizia ao conde:

— Temos de retirá-lo imediatamente daqui; temos de levá-lo de volta ao Brasil. É incrível que esteja resistindo. Não sei explicar como não morreu de infecção depois de ferido. É um milagre estar vivo.

O conde pensou e foi taxativo:

— Não, doutor. Não posso dispensá-lo. Antes precisamos vencer essa guerra.

— Mas ele vai morrer...

— Também não pode morrer! Doutor, se esse homem faltar o exército se extingue com ele. Leve-o para Assunção. Depois resolvemos. Mas que fique bem claro: o general Osorio continua no comando do 1º Corpo. Não foi dispensado nem licenciado!

Isso ele falou bem alto para que todos ouvissem. Podiam sair a repetir: Osorio continuava.

O médico providenciou uma carruagem para acomodar o general e logo o retirou da cidade, tomando o caminho de volta na mesma hora. Aquele não era lugar para um doente. Os brasileiros iniciaram então a revista da cidade. A morte do general João Manoel provocou uma reação de ódio. Foram poucos os prisioneiros militares que sobreviveram. Enquanto isso, as tropas dedicavam-se ao saque, e os oficiais, com pequenos grupos de soldados, vasculhavam os prédios públicos à procura de armas e de documentos. Nessa cidade, foi capturado quase todo o arquivo público paraguaio, incluindo a documentação do Ministério do Exterior até 1868. O exército ficou dois dias parado. O maior problema para avançar era o suprimento de mais de 20 mil homens num território totalmente destruído. Nada ficava para trás. Somente algumas patrulhas foram enviadas na direção de Caacupé, cidade vizinha, onde estava o ditador. Dali não havia escapatória, pois a outra estrada que dava saída estava bloqueada pelo Exército Argentino, que já vinha forçando as escarpas da serra pelo outro lado. Para a retaguarda, na direção leste, havia um caminho que levava até um vilarejo de taipa e palha, Caraguataí, e dali em diante somente mato fechado, selva virgem.

O conde d'Eu estava dando um descanso aos homens para uma última investida, pois tinha certeza de que Lopez iria resistir. Segundo informavam os prisioneiros e desertores, deveria ter entre 4 mil e 6 mil soldados com ele numa população total que poderia chegar a 15 mil pessoas, basicamente os prisioneiros políticos e, as "residentas", como se denominavam as mulheres livres, e as "destinadas", as prisioneiras, geralmente familiares dos acusados de traição. Lopez, porém, preparava-lhe mais uma das suas.

Na noite de 12 para 13 de agosto o Exército Paraguaio entrou na estrada e passou nas barbas dos brasileiros, tomando o caminho improvável de Caraguataí. Lopez dividiu seu exército em dois Corpos, cada um com 6 mil pessoas, assim denominadas, pois seria incorreto dizer que eram soldados, embora constassem assim na documentação. Todos eram combatentes, até Elisa Lynch, com quatro meses de gravidez. O filho Solano, o Panchito, com 15 anos, promovido a coronel do Exército, assumiu como chefe do Estado-maior. O 1° Corpo ficou sob o comando do veterano general Francisco Isidoro Resquin, e o 2° com a nova estrela guerreira, o general Bernardino Caballero. Lopez, a mulher e três filhos, os ministros e suas famílias, funcionários, serviçais e agregados iam à frente, em carretas e carroças guiadas pelo tenente José del Rosário Miranda, chefe político lopista em Caraguataí. Depois vinham os prisioneiros, arrastando as correntes das cadeias, dentre os quais seu irmão Venâncio, condenado à morte mas que tivera a pena comutada para prisão perpétua a pedido de Madame Lynch, que era amiga do cunhado, a única pessoa da família Lopez que tinha relações cordiais com ela. A mãe de Lopez e as irmãs, Inocência e Rafaela, também seguiam numa jaula a bordo de uma carreta de bois. Depois vinha o 1° Corpo. Na retaguarda, o 2° Corpo dava cobertura à retirada, já seguido de perto pelas tropas do brigadeiro Vasco Alves.

Caballero também tinha um exército misto de homens, mulheres e crianças, com 36 bocas de fogo, e conduzia um comboio de 87 carretas com suprimentos e munições, além de bagagens do *entourage* presidencial. No dia 14, mandou uma mensagem ao presidente dizendo que seria alcançado, pois a pressão da Cavalaria Rio-Grandense aumentava. Entretanto, o conde encostou-se à tropa com duas Divisões de Infantaria conduzidas pelos generais Carlos Resin e Vitorino Monteiro. Lopez deu ordem para resistir em algum ponto favorável, dando tempo a Resquin para articular uma contraofensiva. Nessa ordem, dizia com todas as letras que Caballero estava proibido de ser aprisionado. O jovem general escolheu então um lugar para resistir. No passo do Rio Juqueri viu uma posição mais ou menos favorável, pois as barrancas favoreceriam uma defesa, e ali se postou para retardar o avanço brasileiro. O lugar se chamava Ñu-guaçu ou, como o denominaram os brasileiros, Campo Grande. Essa foi a última grande batalha brasileira. A posição paraguaia era defendida, em sua maior parte, por meninos, mas com pontaria certeira. Tanto que fizeram 323 mortos na manhã de 16 de agosto de 1869.

A última refrega desse combate, que ficou na história como a Batalha das Crianças, foi um ataque suicida de um batalhão de tropas de linha. Os brasileiros já dominavam inteiramente o campo. Caballero, rodeado de 12 oficiais, destacou dois para comandar a última unidade organizada que restava a seu exército, os alferes José Aquino e Estanislao Loguizamón. Antes de mandá-los para a frente fez um pequeno mas solene discurso: "É chegado o momento de finalizar essa contenda. Confio ao vosso valor e arrojo essa última missão. Tomai conta desse fraco porém entusiástico batalhão que temos em frente e carregai com ímpeto contra o inimigo, pois com esse resultado, qualquer que ele seja, teremos cumprido o nosso lema: vencer ou morrer!"

Os oficiais partiram e percorreram a linha. Os soldados estavam em forma, mas desnudos. Poucos tinham algum pedaço de pano cobrindo o corpo; levavam somente as bandoleiras de cartuchos e os cinturões das espadas. Na mão as armas de fogo e lanças. Enquanto eram revistados pelos dois comandantes os soldados soltavam vivas ao Paraguai e ao marechal. Animavam-se para a última carga, a pé, pois não havia mais cavalos. O comandante brasileiro, o general Resin, tomou rapidamente as disposições para enfrentá-los quando viu que seriam atacados. Botou a 6ª Brigada de Cavalaria em prontidão por detrás das linhas de infantaria. Quando o comandante paraguaio deu a ordem de ataque, Resin manobrou seus infantes, que se abriram em alas, e a cavalaria do coronel Sabino da Rocha investiu sobre os paraguaios. Foram atropelados, destroçados, e só uns quatro ou cinco ficaram de pé. Caballero, acompanhado de dois homens, procurava cumprir a ordem de Lopez, retirando-se. Seu cavalo, contudo, refugou o arroio, recusando-se a lançar-se na água. O general não teve alternativa. Apeou, tirou as botas, amarrou-as ao pescoço e se atirou na correnteza, passando o rio a nado. Do outro lado, internou-se nos matos para não ser apanhado pelos brasileiros, que já vinham em seu encalço.

O conde d'Eu anotou em seu relatório: "Às 15 horas os restos do inimigo, espavoridos e dispersos, tinham desaparecido na extensa mata que nos separa de Caraguataí. O campo de batalha, juncado de 2 mil cadáveres inimigos, nos apresentava como troféus de tão bela jornada não menos de 23 bocas de fogo, quase todas de bronze e raiadas. Os prisioneiros feitos por nós nesse dia, entre os quais contavam vários oficiais superiores da confiança de Lopez, sobem a 1.300 e dos inimigos dispersos ou separados de seus chefes mais de mil posteriormente se apresentaram ao nosso exército e foram, como os mais, conduzidos com segurança a Assunção." O conde também mencionou a descoberta no campo do armamento usado pelos paraguaios, as carabinas Winchester, equipamento de última geração e ainda desconhecido dos brasileiros.

Lopez enfiou-se pelas selvas, seguido por milhares de pessoas, sem víveres nem roupas. Os aliados detiveram sua marcha. Não havia como suprir aquele mundaréu de gente. Também os argentinos desistiram da perseguição. O general Emílio Mitre havia entrado na região do conflito no dia 14 de agosto, subindo a serra pela estrada do Taquari, passando pelas maiores dificuldades. Chegou a Ascurra e daí, tomando o flanco direito do Exército Brasileiro, procurou cortar a retirada de Lopez, porém não conseguiu alcançá-lo. Chegando ao Arroio Hondo, já com linhas de abastecimento demasiadamente alongadas, retrocedeu a suas bases. O mesmo fez o conde d'Eu, voltando ao acampamento do Capivari. Dali mandou pedir para regressar ao Brasil, dizendo que a guerra tinha acabado. Seu projeto era esperar que Lopez se rendesse ou escapasse do país, pois não haveria condições de se manter nos ermos em que se metera. Dom Pedro, no entanto, proibiu o genro de voltar ao Brasil enquanto não concluísse sua missão. Decidiu-se então perseguir o que restava do Exército Paraguaio. O general Câmara foi enviado para o norte, pelo rio, e de lá com sua cavalaria iria caçar o ditador onde ele estivesse. O 1° Corpo de Cavalaria do coronel Chananeco foi integrado a essa força. Delphino seguiu com ele como comandante de um esquadrão. A vanguarda era constituída pelo pessoal de Bagé do coronel Joca Tavares.

Osorio, muito mal de saúde, sofreu em sua retirada de Peribebuí. Chegando ao quartel-general do exército em Capivari, teve de ser operado novamente para extrair um pedaço de osso do maxilar e outras duas escaras. Não conseguia se alimentar, tinha grandes dificuldades de falar, mas ainda assim permanecia no serviço ativo. Respondendo a uma carta de dona Chiquinha disse que queria voltar para casa, mas que o conde d'Eu insistia para ele ficar e reassumir o comando do 1° Corpo de Exército. Entretanto, não durou muito sua participação na guerra. Quase nada mais podia fazer além de dar confiança às tropas, que combatiam longe de suas vistas. Depois da campanha da Cordilheira, Lopez enfurnara-se nas matas e fugira, sem que o exército pudesse persegui-lo adequadamente, pois a terra arrasada obrigava a esforços de abastecimento desmedidos.

Em novembro o estado de saúde de Osorio agravou-se perigosamente. O conde não teve como segurá-lo. Em 1º de dezembro ele foi embarcado, levado numa maca até o trem que o conduziu para Assunção; da estação ferroviária na capital foi levado diretamente para o navio de transporte *Alice*, que o reconduziria diretamente ao Rio Grande do Sul, com uma curta escala em Montevidéu. Desembarcou no porto de Rio Grande em 15 de dezembro e dali foi no mesmo dia para Pelotas. Na escala em Montevidéu teve a notícia: dona Chiquinha falecera no dia 4 de novembro de um acidente vascular cerebral. Osorio mergulhou na tristeza e escreveu um poema em memória à mulher morta que intitulou "Como viverei sem ti?":

Desde esse fatal momento
Que tua vida perdi
Abismado na tristeza
Como viverei sem ti?

Cuidados consumidores,
Só no meu peito senti
Se só com o ver-te me alegro
Como viverei sem ti?

Quanta ausência custaria
Certamente não previ
Hoje por ti suspirando
Como viverei sem ti?

Como esposa amante e terna
Sempre teus passos segui!
Hoje a longa distância
Como viverei sem ti?

Seu estado de saúde era tão precário que nem pôde atender às demandas de homenagens que lhe ofereciam. Dom Pedro II mandou seu médico particular, o dr. Pertence, outra vez a Pelotas. Ao chegar, no entanto, o médico constatou que Osorio recuperava-se surpreendentemente. O presidente da província, João Sertório, foi a Pelotas visitá-lo e ofereceu-lhe para ir à Europa tratar-se e descansar, mas ele recusou. Uma vez mais viu nessa oferta uma manobra do governo conservador para tirá-lo do cenário rio-grandense. Não só sua volta da guerra, mas o regresso do Paraguai dos demais chefes liberais favorecia enormemente o partido da oposição na província. No dia 3 de janeiro, dom Pedro assinou o decreto nomeando-o marquês, título ostentado por apenas outras 10 pessoas. Havia no Brasil, nessa época, 139 nobres, dos quais 36 eram viscondes e apenas um duque, Caxias. Osorio gostou, mandando fazer seu brasão de armas com o símbolo heráldico do "Leão Passante". Também recebeu a Medalha do Mérito, condecoração atrasada da campanha do Uruguai, e, por fim, a da campanha do Paraguai. Logo em seguida, foi para sua estância, pois andava mal de finanças. Acompanhou-o a filha Manuela.

Na fazenda Cruzeiro, mesmo sem poder montar nos primeiros dois meses em que lá ficou, retomou os trabalhos. Obteve um empréstimo com o amigo José Antônio Moreira, um português que viera para o Brasil ainda menino, em 1817, no valor de 44 contos de réis, e povoou seu campo de 2 mil cabeças de gado. Em 1873, Moreira foi agraciado com o título de barão do Botuí, em memória à primeira grande vitória brasileira na guerra contra o Paraguai. Nesse mês de março soube do fim da guerra com a morte de Solano Lopez perfurado pela lança do cabo Chico Diabo, guarda-costas do coronel Joca Tavares Mais tarde, Joca Tavares, nomeado barão de Itaqui, foi o segundo governador republicano do Rio Grande do Sul. Nesse ano, também o governo imperial contemplou Osorio com uma pensão vitalícia no valor de 6 contos de réis anuais, que se somaram a seu soldo de general, que era de 4.800 contos por ano.

Ainda nesse ano, teve a grande homenagem de Porto Alegre. Terminada a guerra, os militares decidiram homenageá-lo com uma espada de honra, abrindo subscrição popular para arrecadação de fundos. A peça foi encomendada ao ourives Manoel Valentim, do Rio, considerado o maior artífice de joias do país. Era uma preciosidade Toda de ouro, cravejada com 109 brilhantes, a peça era ainda trabalhada com relevos dos maiores artistas vivos do país, Faccinetti, Vitor Meirelles e Pedro Américo, e tinha inscrições com os nomes das suas maiores vitórias na última guerra: "Passo da Pátria, Tuiuti, Humaitá, Avaí". Foi marcada a data para a entrega do troféu, mas Osorio nem sequer tinha farda de gala para envergar na cerimônia. Teve de mandar confeccionar às pressas. Em julho de 1870, embarcou no vapor *Guaíba* e se dirigiu para a capital. Na foz do Guaíba, em Itapuã, esperavam-no seis navios embandeirados. No seu desembarque, uma multidão o aguardava no cais do porto, levando-o em desfile até o palacete de seu cunhado, o coronel Bordini, onde se hospedou.

À noite foi oferecida uma recepção, em que se acendeu a luz elétrica, então uma novidade na época. Em volta da casa, milhares de pessoas se aglomeravam para ver o general e também a nova iluminação. Em 6 de agosto, foi a entrega da espada, numa cerimônia cívico-militar na várzea do Bom Fim (atual Parque da Redenção), em frente à escola de cavalaria do Exército. A essa festa gigantesca compareceram milhares de pessoas. O mimo foi-lhe entregue pelo coronel Manoel Deodoro da Fonseca, o oficial que botara o pé em segundo lugar, depois dele, em território inimigo em 1866.

Em 1870, Osorio foi convidado a participar da fundação do Partido Republicano. Embora fosse partidário desse regime, acreditava que o país não estava amadurecido politicamente para tanto. Assim mesmo, os líderes do movimento colocaram sua fotografia na sede da nova agremiação política. Mesmo sabendo que ele não apoiaria o movimento, Quintino Bocaiuva escreveu-lhe dizendo que "com restrições mentais levantamos o retrato de nosso Osorio na sala de sessões do Clube. Ele podia e devia ser o nosso símbolo se a farda não o tornasse, de alguma forma, coacto" (que se submete a uma coação). Mais tarde, na década de 1890, seu grupo político integrou o Partido Republicano Rio-Grandense, liderado por Júlio de Castilhos.

Em 1872, houve eleição e Osorio já estava em alta campanha política. Até então, seu partido, prejudicado pela presença dos principais quadros no Paraguai, tinha apenas um deputado na Assembleia Provincial, o juiz Carlos Thompson Flores. Os liberais recuperaram a maioria. Tristão Araripe foi nomeado para presidente da província. No ano seguinte, 1873, em sua loja maçônica, a Honra e Humanidade, de Pelotas, foi promovido do grau 13 para o 33, o mais alto da irmandade. As contendas políticas continuaram. Em 1876, com a morte do senador Antônio Rodrigues Fernandes Braga, abriu-se uma vaga na Câmara Alta para o Rio Grande do Sul. Osorio foi eleito na lista tríplice e nomeado em 11 de janeiro de 1877 pela princesa Isabel, então regente. Chegou ao Rio de Janeiro para tomar posse de sua cadeira em 25 de abril e, uma vez mais, foi alvo de uma manifestação popular gigantesca, com o povo desatrelando os cavalos da carruagem, puxando-o numa longa e demorada passeata, a toda hora interrompida por oradores que queriam saudar o herói. A essa altura Osorio já era mais do que um herói: transformara-se num mito. Em 2 de maio tomou posse como senador numa cerimônia que ficou marcada pela descortesia do duque de Caxias, também senador pelo Rio Grande do Sul, que não lhe apertou a mão para cumprimentá-lo.

A popularidade de Osorio na capital não foi fogo de palha. Ele se converteu numa das pessoas mais conhecidas e homenageadas da cidade. Bailes, festas, saraus eram seu chão, sempre disposto a dizer uma quadrinha, a dançar uma polca, mesmo com a dificuldade com a perna enferma. Suas deficiências não atrapalhavam sua saúde geral. Afora os problemas com a boca e a perna, mantinha todo o vigor físico e a elegância e o porte atlético. Nada tinha de alquebrado ou depauperado pela idade. Sua vida galante era comentada, embora nunca se tenha registrado nenhuma de suas aventuras, pois se portava com grande discrição. Entretanto, nos quartéis os clarins criaram um toque para anunciar que o general estava recebendo uma visita íntima. Era o "toque de Osorio". No Rio, sua carruagem era conhecida. Quando passava pelas ruas era saudado pela população e os militares batiam-lhe continência. Isso se repetiu até que um dia, passando o carro, um grupo de oficiais se perfilou e fez o cumprimento militar, depois do que se abriu a cortina do landau e uma bela moça acenou-lhe e correspondeu à saudação. A história espalhou-se a ponto de o chefe do governo da época, o duque de Caxias, baixar uma portaria proibindo os militares de prestar continência se não fosse de frente para o superior reverenciado.

No Senado teve uma atuação discreta, destacando-se sua defesa da construção da ferrovia Porto Alegre-São Borja, da implantação de linhas telegráficas e de melhorias no sistema de navegação dos rios e lagos da província. Eram obras de interesse econômico e militar, principalmente a estrada de ferro, porque direcionava a produção, que até então era levada para o Uruguai, para o porto brasileiro da capital gaúcha. Também a questão estratégica mais grave para o Brasil na época, que era a navegação dos Rios Paraná e Paraguai, foi resolvida quando os governos do futuro construíram a ferrovia São Paulo-Corumbá, a Estrada de Ferro Centro-Oeste do Brasil, fazendo a ligação direta, por terra, inteiramente pelo território brasileiro.

O fato de maior relevância política dessa época, porém, foi o debate em torno das ordens dadas pelo comandante em chefe no Reconhecimento de Humaitá. O senador liberal Silveira da Motta lançou acusações contra Caxias, que rebateu, ficando a questão na base do disse não disse. Logo em seguida o Partido Conservador foi derrotado nas eleições e Caxias, que era presidente do Conselho de Ministros pela terceira vez, pediu demissão, subindo ao poder um gabinete liberal, liderado pelo senador Cansanção Sinimbu, que convidou Osorio para ser o ministro da Guerra. Foi um gabinete cheio de celebridades, com dois ministros do Rio Grande do Sul, pois, além dele, o deputado Gaspar da Silveira Martins era o ministro da Fazenda. Em 1878 houve eleição para a Câmara e os dois deputados liberais eleitos pela região sul do Rio Grande, a base eleitoral de Osorio, foram seu filho Fernando Luís Osorio e seu sobrinho Luís Flores. Nessa época, Osorio lembrou que desde 1840 os sucessivos governos tiveram apenas três ministros rio-grandenses, falando num discurso em que protestava contra o descaso do sistema político com sua província. Como ministro da Guerra, em pouco mais de um ano e meio de gestão, promoveu a reorganização da Intendência do Exército, renovou os arsenais com a padronização dos armamentos e criou o Tiro de Guerra civil como alternativa para o serviço militar.

Osorio faleceu de uma moléstia de rápido desenvolvimento, uma pneumonia dupla. Caiu doente em final de setembro e em 4 de outubro expirou no Rio de Janeiro. Uma semana antes enviara um ofício ao chefe do governo, Cansanção Sinimbu, pedindo demissão do cargo de ministro da Guerra. Manteve a lucidez até os últimos momentos.

Com o corpo tomado pela infecção, recebia visitas e conversava com as pessoas que o visitavam, principalmente com dois dos filhos homens, Fernando, já deputado, e Francisco. O terceiro filho homem, Adolfo, não chegou a tempo ao Rio de Janeiro. Era visitado também pela filha Manuela, que se casara em 1873 com o médico gaúcho Cipriano Mascarenhas e também vivia na corte.

Entretanto, embora fosse um dos mais notáveis conciliadores de todo o cenário sul-americano, deixou três desafetos: o duque de Caxias, que nem sequer compareceu a seu enterro; o barão de Mauá, com quem rompera por causa de seu pupilo Gaspar da Silveira Martins, num confronto entre os dois porque o barão apoiou o governo conservador do visconde de Rio Branco, o antigo plenipotenciário Silva Paranhos; e, por fim, o próprio Silveira Martins, que desacatara o general porque ele não quis abandonar o governo, provocando um racha no Partido Liberal no Rio Grande do Sul. Osorio sentiu que não superaria aquela crise e deixou tudo arrumado, incluindo um testamento em que legava sua terça parte à filha. Segundo ele, ela não recebera o seu dote no casamento porque Osorio estava mal de finanças, e suas dificuldades financeiras, em grande parte, advinham dos gastos que teve com a educação dos filhos homens, os três formados em Direito.

Pouco antes de entrar em agonia, chamou a atenção do chefe do governo, Sinimbu, para as questões internacionais, na época abaladas por uma forte tensão com a Argentina, pedindo "atenção às fronteiras do império". Ao filho Fernando recomendou que agradecesse aos médicos, aos homens de letras e da imprensa a maneira atenciosa com que o trataram. "Morro e perdoo as ingratidões." Ao filho Francisco disse que "os rapazes que escrevem devem trabalhar pela Pátria". Suas últimas palavras foram: "tranquilo... independente... pátria... sacrifício... último infelizmente". Recusou-se ainda a receber a extrema-unção, devido às relações hostis entre a Igreja Católica e a maçonaria, mas permitiu que o capuchinho frei Fidélis, amigo da família, rezasse enquanto vivia seus últimos momentos.

Osorio foi enterrado no Rio de Janeiro quase um mês depois da morte, em 3 de dezembro. Seu corpo foi embalsamado e depois alvo de muitas homenagens. Depositado numa urna de chumbo, recoberta por um caixão de raiz de nogueira, foi velado na Igreja de Santa Cruz dos Militares. O corpo deveria seguir para ser sepultado no Rio Grande do Sul, mas a família preferiu enterrá-lo no Rio de Janeiro, no cemitério dos veteranos da Guerra do Paraguai, no Asilo dos Inválidos da Pátria, na Ilha do Bom Jesus. Na ocasião, dom Pedro II rompeu com o protocolo, que proibia o rei de comparecer a enterros, e pegou a alça do caixão. Depois Osorio teve outros enterros, pois foi transferido para a Igreja de Santa Cruz dos Militares, não obstante fosse maçom. Por fim, foi levado para a cripta do monumento com sua estátua equestre em frente ao Paço Imperial, no centro do Rio, esculpida por Rodolfo Bernardelli. Em 1993 seus restos mortais foram transferidos para sua terra natal, para um parque que leva seu nome na casa onde nasceu, a poucos quilômetros da costa de Tramandaí, onde foi menino de praia.

Chananeco, Delphino e os outros sobreviventes do 1º Corpo de Cavalaria da Guarda Nacional voltaram do Paraguai a cavalo, ainda no ano de 1870. Desceram até Corrientes, cruzaram a província pela estrada de Mercedes e entraram no Brasil por Uruguaiana. Dali continuaram pelos pampas. Quando iam chegando se separaram, cada qual tomando seu caminho. O grupo de Delphino passou pela Estância das Três Divisas, de Francisco Pereira de Macedo, na época barão do Cerro Formoso, pai de um dos oficiais, Antônio Leal de Macedo. Vendo chegar o piquete, todos foram para a varanda da casa e o barão logo reconheceu o filho, admirando-se por ele montar o mesmo cavalo zaino com que saíra para a guerra seis anos antes, para invadir o Uruguai. Antes mesmo de cumprimentar o pai, os companheiros ainda montados, Antônio desencilhou seu cavalo lentamente, depositando os arreios no chão e, quando em pelo, deu-lhe um tapa nas ancas e sentenciou: “Devo a ele a minha vida; esse ninguém mais prende nem monta.” O cavalo era um sobrevivente entre mais de 1 milhão de cavalos que morreram durante o conflito, a maior parte de fome ou de esgotamento, mas também de balas e doenças. O zaino de Macedo viveu ainda 15 anos até morrer de velho, livre e fagueiro nas fantásticas pastagens do Vale do Seival, nas nascentes do Camaquã-Grande.

— Meu avô, o senhor viu a morte de Solano Lopez?

— Não, Eurico. Eu não estava lá. O Chananeco foi mandado arrebanhar gado para alimentação da tropa. Estávamos a muitas léguas de Cerro Corá naquela manhã. Assisti à rendição do general Caballero, que se entregou quando soube que seu chefe havia morrido.

O velho Delphino levantou-se lentamente, foi até uma estante de livros, procurou um pouco, tirou um exemplar da prateleira, abriu e pegou um recorte de jornal. Entregou-o ao filho e pediu que lesse em voz alta. Era o texto de uma carta do barão de Itaqui num jornal de Porto Alegre de 1880. Manuel Firmino leu:

"Há dez anos que, com a tragédia de Aquidabã, terminou essa epopeia que se chama Guerra do Paraguai. Há dez anos que em meu retiro lido com as mais inexatas informações sobre o resultado de Aquidabã, guardando religioso silêncio, esperando a palavra fria da história. Mas em vista de um artigo publicado pelo senhor general visconde de Pelotas em 8 de março corrente, restabelecendo a verdade histórica sobre a morte do general Solano Lopez, não posso guardar o mesmo silêncio. Porque a verdade do senhor visconde de Pelotas, dizendo que Lopez tinha um ferimento de bala no baixo ventre, que havia recebido naturalmente quando transpunha o rio junto ao qual havia caído, está de encontro à verdade dos fatos por mim relatados na parte oficial do combate de Aquidabã.

Coube-me a honra de comandar a vanguarda das forças que encontraram em seu antro as forças do ditador; e, sem que pretenda fazer uma descrição do combate que se travou, referirei unicamente o que tem relação com a morte de Solano Lopez.

Na ocasião em que se aprontavam as forças para o combate, mesmo na presença do senhor general Câmara, eu disse:

— Dou cem libras a quem matar Lopez em combate.

Depois de empenhada a luta, sentindo eu falta de cavalaria, voltei a galope pela picada por onde vinha o general Câmara, que, ao avistar-me, perguntou:

— O que quer?

Respondi:

— Cavalaria à frente!

O general mandou dar o toque respectivo e eu voltei imediatamente.

Ao chegar à barranca vi nossos soldados atravessando o rio; eu o transpus também, saindo da picada já para os lados do acampamento do Lopez; mandei o major Joaquim Nunes Garcia e meu estado-maior pela estrada do Chiriguêlo, única saída para o ditador, e fiquei só na boca da picada, reunindo alguns soldados dispersos, que se retiravam a pé do combate.

Quando tinha cerca de 30 homens reunidos, apareceu a força comandada pelo general Delgado, que ficou prisioneiro; mandei esses poucos bravos fazer fogo e carregar, levando-os completamente de vencida.

Quando cheguei ao rancho de Lopez, avistei-o rodeado por oficiais e de perto perseguido pelo major Joaquim Nunes Garcia, capitão Antônio Cândido de Azambuja e meu estado-maior. Ao alcançarem-no os nossos companheiros houve um pequeno intervalo. Lopez entrou no mato, dizendo nessa ocasião Francisco Lacerda:

— Vai lanceado na barriga.

Chegou então o senhor general Câmara perguntando por Lopez, ao que responderam:

— Entrou aqui. Repetiu Lacerda: Vai lanceado na barriga.

Então o general apeou-se, entrou no mato e não muito longe encontrou Lopez recostado sobre a barranca do rio, com parte do corpo metida na água, com a espada na mão, atravessada sobre a cabeça, segurando a ponta da espada com a mão esquerda.

Intimado a render-se ao general comandante da força, respondeu já com dificuldade:

— Morro por minha Pátria com a espada na mão. E deixou-se cair para o lado do general brasileiro.

Nessa ocasião, tendo-se-lhe puxado pelo punho para ser desarmado, recebeu sobre a região dorsal um ferimento de bala.

Em vista do dito por José Francisco de Lacerda e da promessa que fiz antes do combate, fui pessoalmente examinar o cadáver de Lopez, que, por ordem do general, fora recolhido ao rancho que lhe servira de morada; e pelos meus próprios olhos verifiquei que Lopez tinha no baixo ventre um largo ferimento de lança. E para certificar-me de sua gravidade e dos resultados que poderia produzir, pedi aos ilustres médicos drs. Costa Lobo e Barbosa Lisboa que examinassem o cadáver do ditador e atestassem a natureza dos ferimentos recebidos.

Além do atestado que esses ilustres facultativos me entregaram, disseram-me que o ferimento de lança era mortal e que se Lopez não estivesse dentro da água não o teríamos encontrado vivo.

O documento reproduz a autópsia e comenta a gravidade dos ferimentos e uma declaração formal, emitida dez anos depois, do coronel Francisco Antônio Martins:

> Atesto que o alferes José Francisco Lacerda, durante o combate de Aquidabã, como cabo de ordens do comandante da brigada, coronel João Nunes da Silva Tavares, portou-se sempre com decidida bravura, combatendo de lança na força que perseguia o ex-presidente Lopez; e que examinando eu próprio o cadáver do ex-ditador, depois do combate, vi que tinha na barriga do lado direito um ferimento de lança que atravessou o esquerdo.

Todos os documentos, a autópsia e a declaração de Martins têm firmas reconhecidas pelo tabelião José Maria da Silva. Joca Tavares disse ainda que "com convicção plena da causa da morte do ex-presidente Lopez, ao chegar a Bagé cumpri a promessa feita antes do combate de Aquidabã, dando o gado que havia prometido em dinheiro. Essa foi a única recompensa que recebeu esse bravo José Francisco Lacerda pelo ato de bravura praticado no combate". O tiro disparado em Lopez saiu da arma do ajudante de campo do coronel, capitão João Pedro Nunes.

Assim se conta essa história, de uma guerra que durou um século e envolveu várias gerações de combatentes do Cone Sul. E que teve no general Osorio, herói e mito, um protagonista à altura da importância dos acontecimentos. Quando perguntarem se houve guerra no Brasil, basta percorrer essas páginas para ver que nossas fronteiras não foram definidas com flores, mas no campo de batalha, onde nossos ancestrais deram suas vidas para que tivéssemos um chão para viver.

Apesar das homenagens, das estátuas, das memórias, da História, o general Osorio e o mundo onde se criou e lutou permaneciam até agora pouco conhecidos para os contemporâneos. Este livro pretende contribuir para tirar sua espada da sombra e trazê-la à luz do tempo presente, para que possamos entender de que material é feita uma nação que inventa o próprio destino.

Nota do autor

Neste livro volta à cena o alferes Delphino Rodrigues Souto, personagem real, embora fictício quando aparece como narrador da história. É certo que ele sentou praça na Guarda Nacional com 15 anos, que foi para a guerra contra Juan Manuel Rosas em 1852, e voltou alferes. Em 1865, no começo da Guerra da Tríplice Aliança, participou do Combate do Botuí como alferes, a primeira vitória brasileira. Esteve no cerco a Uruguaiana e dali seguiu para o Paraguai como tenente. Em 1870 regressou já capitão. Da passagem pela Guarda Nacional como oficial de cavalaria há sua fé de ofício no Arquivo Público de Porto Alegre.

De sua carreira, só não é verídica sua transferência da Guarda para o 2º Regimento de Cavalaria, comandado pelo tenente-coronel Osorio, na Batalha de Monte Caseros, nos arredores de Buenos Aires, em 1852. Ele participou da expedição, mas seu 26º Corpo de Cavalaria ficou na reserva em Colônia, no Uruguai, na outra margem do Rio da Prata, de onde se avistavam as luzes da capital argentina. Os demais nomes de alferes que aparecem naquela batalha, como os filhos do marechal Mallet e outros, realmente ali estiveram e combateram. Fora isso, quando vez por outra Delphino emerge no meio da narrativa e faz alguma coisa, é porque ele estivera naquele episódio, podendo ou não ter feito o que eu conto. Por exemplo: pelas cartas dos sobrinhos de Osorio, mandadas a seus familiares em Caçapava, sabe-se que oficiais oriundos do corpo de cavalaria dessa cidade integraram a tropa de choque organizada pelo brigadeiro Antônio de Souza Netto, na Batalha de Tuiuti. Com seus 300 cavalos amilhados (ou seja, bem alimentados), surpreenderam e destroçaram a cavalaria paraguaia do general Barrios, dez vezes mais numerosa, mas montada em matungos esgotados e famintos. Delphino certamente estava nesse grupo, pois levou para a guerra seus cavalos pessoais e dois escudeiros, Norberto e o menino Adão — este com 11 anos —, que ainda conheci na sede da estância de minha família, em São João, atual município de Vila Nova do Sul (pelo modo como tio Adão falava de Osorio, parecia-nos que o general fora um deus grego). Essa carga de cavalaria decidiu a Batalha de Tuiuti no flanco esquerdo do Exército Brasileiro.

Outro narrador, meu tio Eurico, era um menino que em 1916 e 17 foi designado pelo pai, meu avô Firmino Rodrigues Souto, para pajear o avô nos seus últimos anos de vida. Foi então que, curioso, passou a puxar por Delphino para lhe contar suas histórias. Nessas conversas, comparava o cerco de Humaitá às fitas (filmes) naturais (jornais da tela) que já passavam nos cinemas de Porto Alegre e Santa Maria com imagens da Primeira Guerra Mundial.

É ele que faz a ponte comigo para compor o narrador. De fato, sou eu quem conta a saga dos Osorio pela boca de Delphino, através de Eurico. Com sua voz submersa, o velho capitão conta, pela pena do autor, a história dos antigos como ficou na memória, nas lendas das famílias, das comunidades e no canto dos trovadores, como no Sul se chamavam cantadores que compunham suas décimas, narrativas interpretadas ao ritmo da milonga, compostas em dez estrofes de dez versos com sua métrica e rimas características, ao som de gaitas e violões. São fontes preciosas.

Os feitos épicos foram narrados com a soma de três fontes: os livros dos grandes historiadores aceitos pela historiografia oficial, os livros dos micro-historiadores, que embora não tenham o rigor acadêmico são obras legítimas apuradas a partir de documentação, e, por fim, as lendas e versões populares, que denominamos de História oral. Os livros de História estão nas livrarias; os micro-historiadores se vendem nas cidades em que vivem. E, as lendas e memórias, captei indo aos lugares dos acontecimentos, nos quatro países, e conversando com as pessoas. A inspiração vem de caminhar nos sítios históricos, invariavelmente ciceroneado pelos conhecedores locais.

Cinzas do Sul começa na revolução Farroupilha, no Rio Grande do Sul. Este é o primeiro momento da sequência de conflitos do espaço platino que resultam na consolidação política das nacionalidades argentina, brasileira, paraguaia e uruguaia. Nesta guerra civil, verifica-se o encontro dos dois homens que vão dominar a cena brasileira na segunda metade do século XIX: Osorio e o futuro duque de Caxias. Os dois pacificam o Rio Grande do Sul, organizam a invasão da Argentina em 1852 e comandam o exército na Guerra do Paraguai.

Uma afirmação deste livro centrado no general Osorio que não se comprova em nenhum texto histórico é seu domínio do idioma francês. É comprovado que era fluente no espanhol e no guarani. Há, porém, evidências muito convincentes de que lia e falava francês. Em primeiro lugar, é preciso lembrar que no seu tempo o francês era a língua franca e que as forças armadas brasileiras empregavam grande número de oficiais europeus, tanto comandantes como oficiais de média patente, e que esse seria o idioma em que se comunicavam com os colegas brasileiros. Também há uma quase prova: foi encontrado na biblioteca do general um exemplar do livro *A História da Guerra do Paraguai*, de Theodoro Fix, na edição francesa, fartamente anotado nas margens. As anotações foram escritas em português, mas é quase certo que Osorio tenha lido esse livro no original. Não havia tradução. Além disso, seu amigo e compadre Emílio Mallet recebia da França toda a literatura militar editada em francês e espanhol. Por fim, Mallet possuía um exemplar do livro *A Arte da Guerra*, de Sun Tzu. Por isso fazemos aquela montagem da Batalha de Tuiuti em cima dos ensinamentos do mestre chinês, pois é impressionante a coincidência da artimanha usada pelo chefe militar brasileiro para chamar os paraguaios para uma batalha campal nas condições preconizadas pelo sábio oriental.

Este livro não é o que se chamaria de História, pois não fiz pesquisa primária. Ele tem uma grande dose de reportagem: viajei mais de 4 mil quilômetros na Argentina, Brasil, Uruguai e Paraguai. Naveguei pelos rios e cruzei os passos em pequenas canoas. Visitei os campos de batalha, lugares históricos, museus, e conversei com historiadores qualificados dos quatro países. Li algumas obras de História, de literatura, biografias e memórias de testemunhas. Tudo em benefício da grande reportagem, ressalvando que uso a palavra "grande" no sentido de uma matéria jornalística de algum fôlego, como se diz no jargão da imprensa. A maior parte das obras consultadas está relacionada na bibliografia enunciada neste livro.

Gostaria de destacar alguns autores, como Francisco Doradioto, Tasso Fragoso, Arthur Ferreira Filho, J.B. Magalhães, Max Von Versen, Henrique Wiederspahn, Ladislau dos Santos Titária, Paulo de Queiroz Duarte, Emilio Ocampo, Ricardo Titto, Miguel Angel Cuaterolo, Guido Rodríguez Alcalá, entre tantos outros. Uma referência essencial é a obra do filho e dos netos de Osorio *História do General Osorio*, em que se publica toda a documentação do general. Osorio guardou tudo. Ainda menino, quando escudeiro de seu pai no cerco de Montevidéu, o coronel Manuel Luís mandava-o copiar todo o expediente de sua unidade, advertindo que no Exército era importante ter tudo por escrito. Osorio seguiu fielmente essa recomendação. Numa das poucas vezes que recebeu uma ordem verbal, ordenando a retirada do Reconhecimento de Humaitá, registrou sua única derrota em toda a carreira e criou uma polêmica com seu comandante em chefe, o duque de Caxias. Na verdade, como anos depois revelou o estafeta que transmitiu a ordem verbal, o major Francisco Silveira, ele adulterou a determinação do comandante e, por isso, os dois chefes, Caxias e Osorio, morreram como desafetos, por causa de um mal-entendido bem-intencionado.

Referências Bibliográficas

ALCALÁ, Guido Rodríguez. *Caballero*. Porto Alegre: Tchê, 1994.

_______. *El Peluquero Frances*. Assunção: Servilibro, 2008.

_______. *Residentas, destinadas y traidoras*. Assunção: Servilibro, 2007.

ALCALÁ, Guido Rodríguez; ALCÁZAR, Jose Eduardo. *Paraguay y Brasil — Documentos sobre las relaciones bi-nacionales*. Assunção: Editorial Tiempo de Historia, 2007.

ALEGRE, Aquiles Porto. *Homens ilustres do Rio Grande do Sul*. Porto Alegre: Erus, 1975.

ALENCAR, Francisco; CARPI, Lúcia; RIBEIRO, Marcus Venício. *História da sociedade brasileira*. Rio de Janeiro: Livro Técnico, 1979.

ALMANAK Militar. Rio de Janeiro: Secretaria de Estado dos Negócios da Guerra, 1864.

ALMANAQUE Gaúcho: extratos da coluna de Olyr Zavaschi, Jornal *Zero Hora*, Porto Alegre.

ALVES, J. V. Portella Ferreira. *Mallet, patrono da artilharia*. Rio de Janeiro: Biblioteca do Exército, 1995.

ARAÚJO, Orestes. *Sociologia de la guerra*. Montevidéu: Biblioteca General Artigas, 1959.

AZEVEDO, Antônio Carlos do Amaral. *Dicionário de nomes, termos e conceitos históricos*. Rio de Janeiro: Nova Fronteira, 1990.

BAEZ, Adolfo J. *Yatayty-Corá: una conferencia histórica. Recuerdos de la guerra del Paraguay*. Buenos Aires: Imprenta Y Papelaría J. Perrotti, 1929.

BANDEIRA, Luiz Alberto Moniz. *Brasil, Argentina e Estados Unidos, da trípiice aliança ao Mercosul.* Rio de Janeiro: Revan, 2003.

BARROSO, Gustavo. *História militar brasileira.* Rio de Janeiro: Brasiliana, 1935.

_______. *O Brasil em face do prata.* Rio de Janeiro: Biblioteca do Exército, 1952.

_______. *O centauro dos pampas.* Rio de Janeiro: Guanabara, 1933.

_______. *Tamandaré, o Nelson brasileiro.* Rio de Janeiro: Getúlio M. Costa, 1939.

BASTOS, Augusto Roa et al. *O livro da grande guerra.* Rio de Janeiro: Record, 2002.

BECKER, Klaus. *Alemães e descendentes na guerra do Paraguai.* Canoas : Hilgert & Filhos, 1968.

BENITEZ, Gregório. *Anales Diplomático y Militar de la Guerra del Paraguay.* Assunção: Estabelecimento Tipográfico de Muñoz Hunos, 1906.

BENTO, Cláudio Moreira. *General Osorio: "O Maior Herói e Líder Popular Brasileiro".* Barra Mansa: Gráfica Irmãos Drumond, 2008.

BOBBIO, Norberto; PASQUINO, Gianfranco. *Dicionário de política.* Brasília: Universidade de Brasília, 1998.

BONES, Elmar. *A paz dos farrapos.* Porto Alegre: Já Editores, 1995.

BONFIM, Manoel. *O Brasil nação: realidade da soberania brasileira.* Rio de Janeiro: Topbooks, 1996.

BRASIL, J. F. de Assis. *História da república Rio-Grandense.* Porto Alegre: Erus, 1981.

CAGGIANI, Ivo. *Davi Canabarro.* Porto Alegre: Martins Livreiro, 1992.

CALDEIRA, Jorge. *Mauá, empresário do império.* São Paulo: Companhia das Letras, 1995.

CÂMARA, José Aurélio Saraiva. *Um soldado do império, general Tibúrcio e seu tempo.* Rio de Janeiro: José Olympio, 1978.

CARVALHO, Luís Paulo Macedo (Coord.). *O exército na história do Brasil, Reino Unido e Império.* Salvador: Biblioteca do Exército: Odebrecht, 1998.

CASSOL, Arnaldo Luiz; ABRÃO, Nicolau da Silveira. *Caçapava capital farroupilha.* Porto Alegre: Martins Livreiro, 1985.

CERQUEIRA, Dionísio. *Reminiscências da campanha do Paraguai.* S. L: Biblioteca do Exército, 1979.

CHEUICHE, Alcy et al. *Chananeco, a história de um carreteiro.* Caçapava do Sul: Metrópole, 2004.

CIDADE, Francisco de Paula. *Síntese de três séculos de literatura militar brasileira.* Rio de Janeiro: Biblioteca do Exército, 1998.

CLEARY, Thomaz (Coord.). *Dominando a arte da guerra.* São Paulo: Madras, 2005.

Contribuições para a história da guerra entre o Brasil e Buenos Aires, uma testemunha ocular. São Paulo: Editora da Universidade de São Paulo, 1975. Anônimo atribuído pelo Barão do Rio Branco ao Barão Carl von Leenhof.

COSTA, Alfredo Toledo. *Osorio.* Porto Alegre: Livraria Selbach, 1928.

COSTA, Virgílio Pereira da Silva. *Duque de Caxias.* São Paulo: Três, 1974.

COSTA E SILVA, Virgília. *Duque de Caxias — A vida dos grandes brasileiros.* São Paulo: Editora Três, 1974.

CUATEROLO, Miguel Angel. *Soldados de la memória.* Argentina: Planeta, 2000.

CUNHA, Francisco. *Reminiscências na imprensa e na diplomacia: 1870/1910.* Rio de Janeiro: Imprensa Nacional, 1914.

DONATO, Hernani. *Dicionário das batalhas brasileiras.* São Paulo: Instituição Brasileira de Difusão Cultural (IBRASA), 1987.

DORADIOTO, Francisco. *General Osorio: a espada liberal do império.* São Paulo: Companhia das Letras, 2008.

_______. *Maldita guerra: nova história da guerra do Paraguai.* São Paulo: Companhia das Letras, 2002.

DORNELLES, Sejanes. *Os últimos bandoleiros a cavalo.* Caxias do Sul: Universidade de Caxias do Sul, 1992.

DUARTE, Paulo de Queiroz. *Os voluntários da pátria na guerra do Paraguai.* S.L: Biblioteca do Exército, 1981.

_______. *Sampaio.* Rio de Janeiro: Biblioteca do Exército, 1986.

El LOPIZMO: a Rebaudi. Buenos Aires: Ed. do Autor, 1923.

Estados Unidos e Rio Grande: negócios no século XIX : despachos dos cônsules dos Estados Unidos no Rio Grande do Sul, 1829/1841. Rio Grande do Sul: Instituto Histórico e Geográfico do Rio Grande do Sul, 1998.

ESTRAGO, Margarida Duran. *Catecismo de San Alberto.* Assunção: Intercontinental, 2005. (Adaptado para las escuelas del Paraguay; Gobierno de Francisco Solano López).

FAGUNDES, Molivalde Calvet. *História da revolução farroupilha.* Caxias do Sul e Porto Alegre: Educs e Martins Livreiro, 1985.

FALCÓN, José. *Escritos históricos* (1844/1870). Assunção: Servilibro, 2006.

FERNANDES, Ari Carlos R. M. et al. *Coronel Chicuta: um passo-fundense na guerra do Paraguai.* Passo Fundo : Universidade de Passo Fundo, 1997.

FERREIRA FILHO, Arthur. *História geral do Rio Grande do Sul.* Porto Alegre: Globo, 1978.

FIGUEIREDO, Osorio Santana. *General Osorio, o perfil do homem.* São Gabriel: Palotti, 2008.

FRAGOSO, João Luís. *Homens de grossa aventura.* Rio de Janeiro: Civilização Brasileira, 1998.

FRAGOSO, Tasso. *A batalha do passo do rosário.* Rio de Janeiro: Biblioteca do Exército, 1953.

________. *História da guerra entre a tríplice aliança e o Paraguai.* Rio de Janeiro: Biblioteca do Exército, 1956.

GOLIN, Tau (Org.). *Império.* Passo Fundo: Méritos, 2006.

GOLIN, Tau. *A fronteira.* Porto Alegre: L&PM, 2004.

GOMES, Carlos de Oliveira. *A solidão segundo Solano Lopez.* São Paulo: Círculo do Livro, 1982.

GOMES, Laurentino. *1808.* São Paulo: Planeta do Brasil, 2007.

GUIDO, Horacio. *El traidor, Telmo López y la pátria que no pude ser.* Buenos Aires: Sudamericana, 1996.

Jornal Zero Hora: Textos de Nilson Mariano e fotos de Genaro Joner. Porto Alegre, abr., 2002.

JUCÁ, Joselice. *André Rebouças, reforma e utopia no contexto de segundo império.* Rio de Janeiro: Construtora Norberto Odebrecht, 2001.

LEMIESZEK, Cláudio de Leão. *Bagé, relatos de sua história.* Porto Alegre: Martins Livreiro, 1997.

LIRA NETO. *O inimigo do rei.* Rio de Janeiro: Globo, 2006.

LOUZEIRO, José. *Ana Néri, a brasileira que venceu a guerra.* Rio de Janeiro: Mondrian, 2002.

MACHADO, César Pires. *Canabarro em Porongos.* Porto Alegre: Est Edições, 2006.

________. *Chananeco: da lenda para a história.* Porto Alegre: Já Editores, 2008.

MAGALHÃES, J. B. *Osorio, símbolo de um povo, síntese de uma época.* Rio de Janeiro: Agir, 1946.

MAKAI, Toshio. *Sistemas eleitorais no Brasil.* Brasília: Instituto dos Advogados do Brasil, 1985.

MARCO, Miguel Angel de. *La guerra del Paraguay.* Buenos Aires: Planeta Argentina, 2003.

MARENCO, Cláudio V. F; MARTINS, Néri C. *Itaqui.* Itaqui: Intermédio, 1979.

MARTINS, Hélio Leôncio. *Abrindo estradas no mar, hidrografia da costa brasileira no século XIX.* Rio de Janeiro: Serviço de Documentação da Marinha, 2006.

MCNEILLY, Mark. *Sun Tzu e a arte da guerra moderna.* Rio de Janeiro: Record, 2005.

MEIRA, Antônio Gonçalves; SCHIRMER, Pedro. *Música militar e bandas militares, origem e desenvolvimento.* Rio de Janeiro: Estandarte Editora, 2000.

MULLER, Carlos Alves. *A história econômica do Rio Grande do Sul.* Porto Alegre: Gazeta Mercantil, 1998.

NASCIMBENE, Luigi. *Tentativa de independência do Estado do Rio Grande do Sul.* Porto Alegre: Est. Edições, 2002.

NEUMANN, Eduardo. *O trabalho guarani missioneiro no Rio da Prata colonial, 1640/1750*. Porto Alegre: Martins Livreiro, 1996.

OCAMPO, Emilio. *Alvear en la guerra con el império del Brasil*. Buenos Aires: Claridad, 2003.

OSÓRIO, Fernando Luís. *História do General Osorio*. Rio de Janeiro: Tipografia de Leuzinger & Filhos, 1894. v. 1.

OSÓRIO, Joaquim Luís; OSÓRIO, Fernando Luís. *História do General Osorio*. Pelotas: Tipografia do Diário Popular, 1915. 2 v.

PAHIM, Jesus. *O Barão de Itaqui, Joca Tavares*. Itaqui: Ed. do Autor, 1998.

PARTES oficiales: documentos relativos a la guerra del Paraguay. Buenos Aires: Imprenta Americana, 1871.

PEIXOTO, Demerval. *Memórias de um velho soldado*. Rio de Janeiro: Biblioteca do Exército, 1960.

PIMENTEL, Joaquim Silvério de Azevedo. *Episódios militares*. Rio de Janeiro: Biblioteca do Exército, 1978.

PINTO, Luís Flodoardo Silva. *A batalha de Uruguaiana*. Porto Alegre: Age, 2002.

PONT, Raul. *Campos realengos, formação da fronteira sudoeste do Rio Grande do Sul*. Porto Alegre: Renascença, 1983. (vols. I e II).

PORTO, Aurélio. *Trabalho alemão no Rio Grande do Sul*. Porto Alegre: Martins Livreiro, 1996.

QUEVEDO, Júlio (Org.). *Rio Grande do Sul, quatro séculos de história*. Porto Alegre: Martins Livreiro, 1999.

QUEVEDO, Júlio; FONSECA, Orlando. *Cezimbra Jacques*. Porto Alegre: Martins Livreiro, 2000.

QUEVEDO, Júlio; TAMANQUEVIS, José C. *Rio Grande do Sul, aspectos da história*. Porto Alegre: Martins Livreiro, 1994.

REVERBEL, Carlos; BONES, Elmar. *Luiz Rossetti: o editor sem rosto*. Porto Alegre: L&PM, 1996.

RIBEIRO, João Ubaldo. *Viva o povo brasileiro*. Rio de Janeiro: Nova Fronteira, 1984.

RUAS, Tabajara. *Netto perde sua alma*. Rio de Janeiro: Record, 2001.

________. *Os varões assinalados*. Porto Alegre: L&PM, 1981.

SAINT HILAIRE, Augusti. *Viagem ao Rio Grande do Sul*. Porto Alegre: Martins Livreiro, 1987.

SALDANHA, Alcides José. *Parlamentarismo e demais sistemas de governo*. Porto Alegre: Age, 1993.

SALLES, Ricardo. *Guerra do Paraguai, memórias e imagens*. Rio de Janeiro: Biblioteca Nacional, 2003.

SCHRÖDER, Ferdinand. *Imigração alemã para o sul do Brasil*. São Leopoldo: Unisinos, 2003.

SCHWARCZ, Lilia. *As barbas do imperador.* São Paulo: Companhia das Letras, 1998.

SERRA, Adolfo. *Caxias e o seu governo civil na província do Maranhão.* Rio de Janeiro: Biblioteca Militar, 1943.

SHELBY, Graham. *Madame Lynch, el fuego de una vida.* Buenos Aires: Sudamericana, 1992.

SILVA, Alberto Martins da. *João Severiano.* Rio de Janeiro: Biblioteca do Exército, 1989.

SEZEFREDO, Alves Coelho de Mesquita - J.B.C. no Almanak do Rio Grande do Sul. Porto Alegre: [s.n.], 1867. Edição de 28 de dezembro de 1867.

SILVA, Benício da. *Osorio, na infância, na adolescência, na família, na imortalidade.* Rio de Janeiro: Biblioteca Militar, 1939.

SILVEIRA, Adão Saldanha. *Vila nova do sul.* Vila Nova do Sul: Ed. Autor, 2004.

SILVEIRA, José Luiz. *Notícias históricas, 1737/1898.* Santa Maria: Edigal, 1987.

SOUZA, Eusébio de. *Anedotário da guerra da tríplice aliança.* Rio de Janeiro: Biblioteca Militar, 1943.

SPALDING, Walter. *A revolução farroupilha.* São Paulo: Companhia Editora Nacional, 1982.

TAUNAY, Visconde de. *Diário do exército, campanha do Paraguai 1869-1870.* Rio de Janeiro: Biblioteca do Exército, 2002.

TAVARES, José António Giusti; ROJO, Raul Enrique. *Instituições políticas comparadas dos países do Mercosul.* Rio de Janeiro: Fundação Getúlio Vargas, 1998.

TITÁRIA, Ladislau dos Santos. *Memórias do Grande Exército Libertador do Sul da América.* Rio de Janeiro: Biblioteca do Exército, 1950.

TITTO, Ricardo J. de. *Los hechos que cambiaron la historia argentina en el siglo* XX. Buenos Aires: El Ateneo, 2006.

TZU, Sun. *A arte da guerra.* Porto Alegre: L&PM Pocket, 2000 (Traduzido para o francês pelo padre Amiot em 1772).

VAINFAS, Ronaldo. *Dicionário do Brasil Colonial (1500/1808).* Rio de Janeiro: Objetiva, 2001.

________. *Dicionário do Brasil Imperial (1822/1889).* Rio de Janeiro: Objetiva, 2002.

VELLINHO, Moysés. *Capitania d'El Rei.* Porto Alegre: Globo, 1964.

VON VERSEN, Max. *História da guerra do Paraguai.* São Paulo: Universidade de São Paulo, 1976.

WAGNER, José Carlos Graça. *Partidos políticos no Brasil.* Brasília: Instituto dos Advogados do Brasil, 1985.

WIEDERSPAHN, Henrique Oscar. *O general farroupilha João Manuel de Lima e Silva.* Porto Alegre: Sulina, 1984.

Este livro foi composto na tipologia Sabon LT Std,
em corpo 11/14,5, impresso em papel off-white 80g/m²,
no Sistema Cameron da Divisão Gráfica
da Distribuidora Record.